U0548429

Crown Me with Roses

一溪见海

雲雪铭 著

I

北京联合出版公司

图书在版编目（CIP）数据

一溪见海 . I / 雲雪铭著 . — 北京：北京联合出版公司，2021.8

ISBN 978-7-5596-4901-0

Ⅰ. ①一⋯ Ⅱ. ①雲⋯ Ⅲ. ①长篇小说—中国—当代 Ⅳ. ①I247.5

中国版本图书馆CIP数据核字（2021）第003170号

一溪见海 . I

作　者：雲雪铭　　　　　　出 品 人：赵红仕
出版监制：辛海峰　陈　江　　产品经理：于海娣
责任编辑：牛炜征　　　　　　特约编辑：杨　凡

北京联合出版公司出版
（北京市西城区德外大街83号楼9层　100088）
北京联合天畅文化传播公司发行
天津中印联印务有限公司印刷　新华书店经销
字数 379千字　710毫米×1000毫米　1/16　23.5印张
2021年8月第1版　2021年8月第1次印刷
ISBN 978-7-5596-4901-0
定价：49.80元

版权所有，侵权必究
未经许可，不得以任何方式复制或抄袭本书部分或全部内容
如发现图书质量问题，可联系调换。质量投诉电话：010-88843286/64258472-800

目 录
CONTENTS

第一章
1 特别的面试 · 1
2 入职 · 12
3 钻石会员 · 24
4 冤家聚头 · 32
5 "圈套" · 47
6 酒会 · 55
7 情愫渐生 · 64
8 教训 · 71

第二章
1 职场的人生话题 · 80
2 解围 · 90
3 调职 · 97
4 并非善境 · 102
5 辟谣 · 107
6 危机暗伏 · 117
7 峰回路转 · 127

第三章
1 晚会的惊艳 · 137
2 爱情唯美主义 · 145
3 "情敌" · 154
4 旗开得胜 · 165
5 躲过一劫 · 178
6 等闲视之 · 189
7 明哲保身 · 198

第四章
1 反击 · 206
2 晴天霹雳 · 222
3 承诺 · 235
4 今非昔比 · 241
5 求助 · 247
6 重逢 · 258

第五章
1 置于死地 · 270
2 忍辱负重 · 277
3 初试锋芒 · 288
4 重整旗鼓 · 295
5 烽烟四起 · 303
6 软硬兼施 · 312

第六章
1 转机 · 319
2 表白 · 332
3 踌躇的"灰姑娘" · 341
4 渐入佳境 · 347
5 新的起点 · 358

第一章

~1~

特别的面试

五月的北京郊外，天晴风暖，煦色韶光。此时正值高尔夫运动的黄金季节，NST·御景山庄里，会员及嘉宾络绎不绝，一派生气勃勃、热闹兴隆的景象。

高尔夫会所第三层，半开放式的咖啡厅，古朴典雅，占据了俯瞰球场美景的最佳位置。靠外的少数台子边坐着几个客人，一边聊天，一边欣赏着远处绿茵如毯的球场上那些点缀其中的人影，以及球杆在阳光下的斑斓景致。空气中飘散着的咖啡淡香，被外面拂来的阵阵轻风带着一起曼舞，缓淡的音乐在耳际出出没没，让人有一种慵懒闲适的憩息之趣。

咖啡厅靠墙边较为幽静的角落里，一张较大的台子边围坐着四名年轻女子，看样子均不到三十岁。她们的位置离那些集中靠外坐的客人较远，只有邻近一张小台子边，一个男人单独坐着看报，因此周围很是安静。

四名女子是刚刚通过人力资源部初试选出的求职者，确定入围复试，御景高尔夫球会会员服务经理的人选将在她们四人当中产生。

今天上午，人力资源部对着十余位前来面试的人员，一会儿是紧锣密鼓的素质测验，一会儿又是咄咄逼人的压力面试……一番软硬兼施的拷问后"生还"的寥寥四人，想必也已是疲惫难当，于是承蒙用人部门的美意，中午被安排用餐之后，又被请来咖啡厅小歇，以便松弛一下紧绷的神经。

此时，一个穿着职业套装的女孩悄无声息地走近，在边上一个空位坐下。她面对周围的四人时，不由自主地露出一种青涩，接着开口问候大家，稚嫩而腼腆的声音掩盖不住磕磕绊绊的节奏。

"嗯……你们好，我呢，是会员服务部的Lucy……很高兴认识大家。"

"Hi! Lucy，你好！"四人中看似年长的一个，似乎在美容院里种植过眼睫毛，笑的时候忽扇忽扇的像两把袖珍型的羽毛扇。然而那毛扇并未影响她敏锐的眼力，不需多问，来者估计是部门派来招呼她们休息的小角色。其余的三人似乎也有同感，却懒得搭话，只是应景地回了个微笑。

"Lucy，看你年龄应该不大，来这里工作多长时间了？""羽毛扇"眯着眼睛，亲切的口吻和热情的笑容相得益彰，传递着一种暖融融的气息，恰逢一阵风掠过，将她身上腻腻的脂粉气一并带给了邻座的几人。

"我还没毕业，是来这里实习的。"Lucy憨憨地笑了笑。

"噢——""羽毛扇"的眼中闪过一丝轻慢，又被亲热所掩饰，"你可真幸福呀！能来这里实习……"她灿烂地笑着歪了一下头，像是在逗三岁的孩子。

服务员这时端着一个托盘走过来，Lucy忙起身帮忙将四杯咖啡放在了每个人的面前。

"哎，Lucy呀，"其中一个扎着马尾辫的端庄女孩向前欠了欠身子，表情神秘，声音却无法压低，否则对方不一定听得到，"你们会员服务部，到底招几个会员服务经理呀？"她话音一落，其余的人也暗暗竖起了耳朵。

"应该……就一个吧……"Lucy老实作答，心里却没底，不知道到底应不应该说实话，毕竟来之前上司也没有交代过。

四人不由得面面相觑，沉默的气氛有点古怪，看来大家没办法一同分享胜利的喜悦，接下来也许还有一场厮杀，想摘得最终的桂冠，必须踩着除己之外的三人。

"呵呵，看来，这个职位的竞争还是挺激烈的嘛！不过我们能够闯过第一关，也不容易了。已经努力过，接下来呢，就算失败也没关系，重在参与嘛！"另一个穿着深灰色西服裙的女孩突然打破了沉闷，故作轻松，却笑得并不自然，"我估计，我可能不如你们有经验，比不过你们呢！"她说着又谦虚地笑了笑，深灰西服配着灰色的立领衬衫，中规中矩，像只朴素的乌鸦。

"哎哟，太谦虚了吧？那你以前在哪个球会啊？也做会员服务？""羽毛扇"扬起娇俏的声调，顺水推舟地想要探底。

"我不是在高尔夫球会做的，是在一家私人会所里，做会员服务也就一年多一点。""灰乌鸦"也不避讳，坦然告之，末了又补了一句，"不过，我想应该大同小异吧……"

"还是不一样的。""马尾辫"轻抬下巴，眼帘微垂，不失时机地想要挫败一下对手，"普通的会所再高档，也无非就是吃吃喝喝的消费，最多就是强调一个'私密'的特色，有些会所有没有月费还不一定呢。高尔夫的会籍可就复杂多了，涉及使用球场的规则啦、高尔夫运动的规矩啦，会籍的章程也有不同的内容。"她这一招似乎很见效，"灰乌鸦"只是轻轻地"嗯"了一声便不再多言，明显是感觉到了自己的短板，秀气的容颜掠过一丝惭色，而"羽毛扇"也随之暗暗发笑，看来已经有人要打退堂鼓了。

"马尾辫"得意了片刻，又转向Lucy："哎，我问你，你们会员部有几个人？是不是招这个经理就是管所有人的？"她忘了这小姑娘到底叫什么，反正也不重要，她甚至都懒得使用尊称。

Lucy刚才一直在做看客，突然的发问吓了她一跳。"噢，我们现在……一共五个人。来个经理是不是管我们的……我也不清楚。"说完，她又开始郁闷：这个问题上司也没交代，也不知这样说到底对不对。说实话，真是搞不懂为什么他要让自己过来，搞得自己傻乎乎的，倒像是来被她们几个"面试"的。

"那你们总得有个主要管事儿的吧？五个人就没一个领头儿的吗？""马尾辫"仍不甘心。

"呃，没有。"

"那每个人的工作向谁汇报啊？"

"不太清楚……"Lucy木讷地摇了摇头，她这次其实可以回答说，向市场总监汇报，但又怕对方紧追不舍，索性决定从此"一问三不知"。

"马尾辫"显然有些失望，看Lucy的目光中露出轻蔑，淡淡地补了一句："你是不是刚来也没几天啊？"

Lucy笑得有点拘谨："嗯，是啊。"心里却有些释然，既然从自己这里再无所获，她们应该就会闭嘴了。这时的她，方才有机会反过来观察在座的四人，"羽毛扇"对着她仍是一个亦真亦假的笑脸，却不说话；"马尾辫"没有再看她，自顾自端起了咖啡杯，但没有取出仍在杯中的咖啡匙，用拇指别着匙柄喝了几口咖啡；"灰乌鸦"似乎还未从刚才的失意当中恢复过来，心不在焉的表情分明已写着"放弃"二字；而最后一位，直到现在仍缄默不语。

大多数人会用稳重的深色作为面试着装的首选，即便戴着时尚大耳环的"羽毛扇"也是一身藏蓝的严谨打扮；"马尾辫"的黑色连衣裙，虽也颇有质感，但配上一张端正却冷漠的面孔，便有如修道院里的嬷嬷；而这黑沉之中的一抹亮色，便是坐在Lucy斜对面的那只安静的"小白兔"。说她是"白兔"，因为她很白，像兔子般沉默，但感觉她正暗暗竖着一对长耳朵收揽周边的所有信息。略施粉黛的脸庞始终挂着淡定自若的神情，身穿一件柔粉色西服上装，配黑色百褶裙，仪表大方，散发着一种知性的气质。当旁人关注这四个人时，那抹粉色总能第一时间将目光吸引到她的身上。恬静无语的姿态，也让人产生探究的好奇心。

"咦，还没请教呢！你以前是在哪家Golf Club（高尔夫球会）呀？""羽毛扇"此时也留意到了这个还潜藏在暗处的对手，巧笑着刺探，并特意用了英文。

"小白兔"随即将咖啡杯放低在膝上，笑了一下："我没有在高球会工作过。"

"噢……那你一定在会员服务管理上有经验！""羽毛扇"并未放松，继续追问。

对方笑着摇头："呵呵，没有。"

"羽毛扇"稍感松弛，同时现出一丝赞许的笑容："既是这样，那我敢打赌一定是你有相当出色的综合能力！刚才那么多人，他们选择你，肯定也是这样认为的！"

"小白兔"仍是淡然的口吻："坦白说呢，我对自己在这个职位上是否有能力，心里真的没有底。不过尝试一下，跟着你们一起感受感受这种氛围，也是一种收获嘛。"她说着又转向Lucy笑笑。

"哈哈，是啊！我也觉得，重在参与嘛！""灰乌鸦"听了也有些释然，看来"菜鸟"级的选手并不只是她一个。

"羽毛扇"再次巧笑嫣然，同时又扭头问坐在身边的"马尾辫"："刚才听你聊高球会，肯定在会员部工作过，看来咱们算是'同行'了！"

"马尾辫"的笑容却有些冷，她自然明白，"同行"在眼下这种局面，与"竞争对手"是画等号的，回答的口吻中不乏张扬："呵呵，我在上海和深圳都是做高尔夫会籍管理的，总共加起来也有四年了。哎，你呢？一直在北京的高球会吗？"

"是啊，我一直在北京，以前是做会籍销售的，后来转做会员服务了，时间还真不如你工作得长啊！""羽毛扇"奉承地笑着，继而又问，"那你已经在不止一家高球会里工作过了吧？经验一定挺多！你的英文一定也很棒！"

"马尾辫"摸不透对方这番赞许究竟是何用意，但她很希望利用一切机会展示实力，尽早挫败对方。"呵呵，还行吧！反正做这个工作这么多年了，专业英语基本上没什么问题。"接着，她坦然自若地和"羽毛扇"继续攀谈，聊着一些行内的话题，旁边的"灰乌鸦"偶尔会插话询问两句，"马尾辫"总会带着些许的不屑稍做解答，时不时带起一连串的英文术语，"羽毛扇"只是摆着她一贯的招牌笑容，而坐在一旁的"小白兔"也依然是文静无语的姿态。

　　不一会儿，Lucy接了个电话，之后便请四位求职人一同回到了人力资源部。

　　复试是由用人部门的最高负责人——市场总监亲自面试。"马尾辫"是第一个进去面试的，大约过了二十分钟，她出来了，脸色接近身上的黑衣，准备离开时，"灰乌鸦"拉住她打听道："怎么样？还好吧！"

　　其余两人没有出声，现在这个时候，人家怎么可能讲真话？！然而"马尾辫"却如实相告，还是那种傲慢的态度对着"灰乌鸦"："全要用英文交流，可比初试时的问题难多了！"

　　"灰乌鸦"果然被吓到，她来之前做了很多准备才通过初试的英文考核，如今自己又不懂高尔夫的专业英文，连刚刚四人聊天时听得的那些会籍术语都不懂，怎么可能通得过……她想了想，决定放弃求职并起身去找工作人员。

　　侧目望着那个灰扑扑败退的背影，"马尾辫"挑了下嘴角没说什么，扭头意味深长地瞟了眼仍坐着的"羽毛扇"。如此看来，胜出的一方应该就在自己和这个浓妆艳抹的女人之中产生。而她坚信自己的实力更胜一筹，于是挎起提包昂着头轻快地离去。临走前也懒得再跟余下的两人打招呼，因为觉得没有必要。今天，她只对着负责面试的人绽开了生动而"有必要"的笑容。

　　"这人可真够直截了当的……""羽毛扇"也挑着嘴角冷笑，接着听到说下一个便是自己。她站起身调皮地对着"小白兔"挤挤眼道："我先去看看，回头告诉你是不是要说英文。"

　　"小白兔"笑了笑："祝你好运。"随后她一个人坐着，继续沉默。

　　三四十分钟后，"羽毛扇"面试结束出来了，临走时仍是一副亲热的口吻："我先走啦，的确都要用英文，你好好准备吧，我都有点应付不了……的确挺难的……Bye-bye！"

　　"小白兔"与其客气地道别，接着有工作人员来请她进去面试。

面试室里，只坐着一个西装男人，见她进来，微微笑了笑。

"Good afternoon, sir."她坐下前主动用英文问候。

"Good afternoon。你是Rosie，陈溪吧？我是御景的市场总监，我姓杨。"

"啊……您好，杨总监。"陈溪一直准备着用英文应答，不料对方突然说起了中文，她竟有些措手不及。同时，她感觉似乎在哪里见过对方，仔细回想……天哪！他居然就是咖啡厅里一直坐在她们邻桌看报的那个男士——这一点，那个"羽毛扇"肯定也发现了，却没有告诉她……她忽然讪笑了一下，险些走神。

"感谢你来面试我们的职位，也很抱歉让你久等。怎么样，我们可以开始了吗？"

"当然。不过……我听说复试全要用英文，那您是需要我用中文还是英文？"陈溪似乎还在刚才的迷雾中找不准方向，索性直接发问。

"这个随你吧！但我很好奇，你是怎么听说的？"

"嗯……是刚才的两位出去后说的。怎么，难道不是吗？"陈溪小心地探问道。

杨总监又温和地笑了笑："呵呵呵，对她们两位，的确是这样。不过，你们初试的时候，我已经通过监控录像了解了你的英文程度，因此认为没有必要再面对面地测试了。"见她腼腆一笑，他又继续说道，"你的英文我很认可。但是我也注意到，你并没有在高球会以及会籍服务这方面的职业经验。不过呢，以你以前的专业能力，我很想请你自己来评估一下，你相对于刚才的两位，有什么优势和劣势。"

"我……相对于她们？"陈溪觉得这个题目有些出人意料。

"是啊。刚才你们四个人也有机会坐在一起交流，应该说相互都有了些了解。你一直坐着不怎么说话，应该不是真的闲着呢吧？"他笑着看她，显然确定她已经认出了自己，索性开门见山，"现在自动弃权的那位就不用提了；其他两位，都是有几年高尔夫工作经历的，我很想听听，你是如何比较你们三个人的？"

陈溪也笑了，沉默片刻，继而坦然作答："OK，劣势已经很明显，我没有相关的工作经验。优势呢……我觉得应该是在表达能力上。包括英文和中文两方面。"

"噢——"杨总监饶有兴趣，"英文，我刚才已说过了。但是中文……她们两人的中文都不可能差啊，何以见得你的中文能力比她们强？"

"我所说的'表达能力'，不是指单纯的语言能力，而是沟通的综合能力——在这方面我觉得自己会有一定的优势。尽管我还没有做过相关的工作，但在来之前，我就你们在网上公布的职位描述做过些分析。按我个人的看法，'会员服务经理'这个职位，既然是代表着一个高端的球会，那么在为会员或其他客人提供高品质服务的同时，她还需要具备得体的仪态及修养，不能表现得像'交际花'一样，对会员亲切得失去了应有的距离，那样就会影响球会的形象；当然，也不能太过纯朴，让人觉得如同'邻家女孩'，没有深度可探。这个职位上的人，应懂得如何与会员在原则问题上迂回周旋，说话不能过火而惹恼了对方，但有时也要善于绵里藏针，不该让步的事情就得给对方碰个'软钉子'，以便维持一个表面上的和谐。"

杨总监听罢静思片刻，又问："那你说自己在这方面优于她们，能否说得再具体一点儿？"

"我不知道她们如何称呼。刚才的第一位，那个梳着马尾辫的女孩子，尽管她已经有几年做会籍管理的经历，但我凭个人感觉，认为她更趋向于做那种严谨认真的工作，因为她之前所负责的会籍管理似乎偏重于档案及文件的审核管理。这些，当时她在咖啡厅与我们交流时，就能体现出来。我不清楚她在初试中是如何表现的，但大家坐在一起时，她的姿态有些高傲，个别时候又急于表现自己的优势，急于压倒其他的对手，其实她并没有充分了解对手的情况。同时，她对人的态度也缺乏亲和力……因此按我的推断，您应该不会考虑她。"

杨总监的目光中掠过一丝不易察觉的叹服。"你分析得还是挺到位的。咱们现在虽然是在面试，不过我不介意与你交流我的体会——的确如此，她的锋芒露得不是地方，很喜欢表现自己的英文，可实际上英文能力并不算好，这也是复试她时为什么我全程讲英文的原因，是想进一步确定她的水平。OK，关于她就说到这里了。那么另一位呢？在你之前的那个女生，看着可比你们三位都成熟老到，按你刚才对职位的分析，她其实应该就有你所说的亲和力，英文也还不错，所以我也没怎么跟她讲英文。她的中文沟通能力嘛，就更不是问题了。这样看来，我目前还感觉不出你比她在这方面有什么优势。而另一方面，她又比你多了专业经验，这可是事实。"他说着，又开始审视陈溪，等待她的下文。

"羽毛扇"临走前，别有用心地渲染英文的难度，而实际上她的面试也大部分是用中文交流。如此看来，她是想把陈溪也吓跑……不过这种事情是无法在此提及的。陈溪想了想，慢慢说道："她嘛……比我们几个都年长、成熟，我想象得到，语言表达能力不在我之下。只不过，这个职位所面对的服务对象，都是些身份地位处于社会上层的商界、政界名流，与这些阅历深广的人沟通协调各类会籍事务，除了要有周旋的技巧，在语言交流上，也要表现出端正恳切的态度，也就是说，'以礼相待'的同时，还要'以诚相待'，以便取得对方的信任。而这位姐姐，似乎缺乏一种诚实稳重感……"

杨总监不置褒贬，双臂抱于胸前，靠向椅背。

上午的初试，身穿柔粉色上装的陈溪第一时间便吸引了众人的眼球，包括看录像的这位市场总监。他觉得这个女孩其实很用心思——巧妙地调整一下自己的衣着色调，便在一片灰暗之中十分抢眼——接着一路对她也会稍多关注；而在咖啡厅里据他近距离的目测，也给她打了个高分，认为她带有一种知性的气质，落落大方，举止不俗。他甚至留意到，大家喝咖啡时，那三位都是从茶几上只端起了咖啡杯，只有她一人，将杯、碟一起托起，用咖啡匙搅动一下咖啡，再将小匙放入碟内，端起杯子慢慢喝了一小口。每个人的碟中有两粒小点心，有人用咖啡匙铲起点心，而她则用两只手指轻轻捏住点心，缓缓送入口中。

在注重细节的杨总监眼里，一个人可以不擅长"品味"，但不可以没有"品位"。举止优雅得体，是会员服务人员的第一要素，因此又给了陈溪一个高分。然而在咖啡厅，她坐在四人当中，表现却不如衣着那般高调，一直沉默不语，让他颇感意外，同时又有些担心她性格偏内向，不如"羽毛扇"那样开朗，懂得左右逢源。如果是这样，日后与会所内各方人士的协调，还真是个问题。

"不好意思，我的面试，不太拘泥于常规的形式，请你不要介意。我还想问你一个问题，"他又重新坐直身体，"我初步的印象之中，你也是很有想法的女孩儿，在初试中，也很具有表现能力。但在咖啡厅里，怎么一下子变得很安静，其他人都在交谈的时候，你却坐着很少说话……能告诉我，你当时在想什么吗？"

陈溪微微一笑："我没多想，当时只是在做两件事情。一个呢，就是在接受面试。"

"接受面试？当时不是在休息吗？"

"呵呵，我以前是从事与人力资源有关的工作，对面试的理解或许更深入一些。记得曾有年长的同事告诉过我：任何一个面试，只要你还处在用人公司的环境中，不论是在什么地方，与你接触的是什么人，你的一举手、一投足，其实都是在接受面试。"

杨总监禁不住也笑了："有道理！那么，第二件事呢？"

"第二嘛，我是在观察她们，了解我所处的竞争环境。其实这件事，我们四个人都在做，只不过她们在明处，我在暗处，这也是我个人的习惯，我一般不会像她们那样主动询问，但相互之间的信息，我都会留意。"

"哦？那么告诉我，你都留意到什么了？"

"留意到大家在相互摸底的同时，那两位最有经验或者说最有实力的，也在尝试着找机会了解对手，同时寻找打败对方的攻击点。谁都看得出来，梳着马尾辫的那位小姐很想尽快压制住其他人，以便确定自己的优势。但她毕竟没有年长的那位姐姐有心计，人家一边不动声色地奉承着她，一边寻找她的劣势或者说不足之处，早已摸清了她的路数。当然，我其实也在做着同样的打算。"陈溪说着，诡异地抿了下嘴。

"哈哈哈哈！很有意思！"杨总监爆发出爽朗的笑声，"我明白了——螳螂捕蝉，黄雀在后。"

"似乎是这种局面。"陈溪笑得含蓄，"如果您不介意，请允许我利用这个典故偷换一下概念，用三者来表达一种强弱次序的食物链关系——我们四人中，谁是'蝉'，谁是'螳螂'，谁又是'黄雀'，最初还不能按照传统定义去推测。也就是说，不代表谁看起来综合实力最强，谁就最终一定会是'黄雀'。可大家并不都是这样想的，于是有人一开始就觉得自己是只'蝉'而早早就产生自惭形秽的心理，而有人又认为自己肯定就是'黄雀'，其实都是过早断言了。"她说到这里，看看总监，见他正靠坐着等她继续，于是又深入聊了聊自己对三种角色的看法。

杨总监听完后摸了摸下巴。"你的观点的确挺特别。不过我还是没有完全搞明白，你究竟有没有信心成为'黄雀'？"

"杨总监，想必您也赞同——生活之中的每则道理都有各种变通及发挥的可能性。我现在跟您讨论'蝉''螳螂'以及'黄雀'三者的辩证关系，其实只是一个话题游戏而已。我的真正用意，是帮助您更好地判断我的沟通能力，了解我的应变思维以及语言逻辑能力，所谓'巧舌如簧'，有时也是职场必备的一种技能。这也是我刚刚所提到的，我的优势所在。如果您认可了这些，那么，我自然就有机会成为'黄雀'了。"

杨总监闻言看着陈溪，掩不住露出惊讶之色，想不到自己竟被她"绕"进去了！不由得扑哧笑道："经你这么一点，我还真是领教了你的'巧舌'，可是话又说回来，你唱这么一套'花腔'，难道就有十足的把握说服我，让你做这只'黄雀'？"

"呵呵，我们做每一件事情，都必须抓住重点。正如我前面所提到的，您部门这个职位上的人，要懂得如何与会员迂回周旋，处理问题游刃有余，同时也要懂得适时内敛。因此这只'黄雀'应有一种收放适度的能力。在面试中技压群芳固然重要，您也一再问及我到底哪方面比别人强，但在我看来，此刻自己所要表现出的'强'，并不是一种单纯的'竞争力'概念，您总不会希望我在会员或客人面前也是一贯的锋芒毕露吧？所以呢，我借用您提的典故临场做个小发挥，请您着重审核我随机应变的能力，这或许是这个职位真正需要具备的……"陈溪说着嫣然一笑，"这也可算是透过现象看本质嘛！"

杨总监望着她片刻，感慨地笑笑，一个看似不着边际的借题发挥，仔细琢磨，好像也有些值得揣摩的逻辑……他耸耸肩："Well——你还有其他什么问题需要问我的？如果没有，今天的面试就到这里吧！"

陈溪很意外："怎么，您对于我，再没有什么需要了解了吗？"她似乎有些失望，目前看来，三个人之中，她的面试时间最短，难道是……他对自己的应答并不满意？

"呵呵，我不介意直接告诉你，是这样的：在没有正式复试之前，我有意安排所有的求职人一起去咖啡厅小坐，其实就是为了观察你们每个人在不同的场合下会有什么表现。并且根据每个人的具体表现来确定我的面试题目。对于你的，我要了解的就是刚才问到的那些，现在都已经进行完了。如果你没有别的问题，那么，就谢谢你今天来参加面试。我需要时间考虑，麻烦你回去后耐心等待我们通知结果。"

杨总监回到自己的办公室，拿着三份简历考虑了片刻，继而打电话给人力资源部负责本次招聘的人事经理，告诉他最终决定录用的人选。

"可是……她毕竟没有相关的工作经验，甚至在北京都没有工作过……我都没有想到，居然会让她也参加面试。"人事经理听说决定要录用陈溪，似乎出其意料。

"她参加初试是我同意的。你们部门的 Juliet 的确跟我解释过，说联系她的时候搞错了，以为她是有经验的。但我觉得人家大老远地从市里赶过来，用我们的失误作为理由拒绝她，太不合适了……不过最终，我还是最认可她的综合素质，整个面试的表现张弛有度，我比较欣赏。"

"哎，那个年龄大一些的怎么样，你最初不是对她的印象最好吗？"

"她嘛，乍一看是不错，人也挺机敏，但是表现得有点儿'过了'，身上的浮华气也太浓，我不确定她能否沉下心来做一些琐碎的基础事务。与会员沟通我相信她还 OK，但是会籍的管理牵扯许多烦琐的细节，是需要耐心和细心的，很多在场面上混得开的女孩子，却不一定肯花心思去钻研这些基本功。或许她也能做到，但可惜在面试中始终没有表现出来……算了，不考虑了。总之，这个陈溪目前是最理想的人选，尽快安排她入职吧！我这边正缺人力，等她工作上手，会籍这一块儿理顺了，我们部门才能集中精力，考虑下一阶段如何调整新会籍的推广活动。所以啊，还得请你们多多配合，跟进余下的事情了。"

人事经理表面上客气地应和着，在电话那边却没有好脸色。"羽毛扇"的初试，他给了很好的评价，结果被用人部门拒绝，而他最不看好的一只"菜鸟"，用人部门却在他的差评之后做了一个"录用"的决定……这不是明摆着否定了他的专业性，在打他的脸吗！尽管对方不能得罪，他也得给自己找个台阶下。

"录用陈溪也不是不可以，可是她毕竟没经验，与我们当初的招聘要求不符……我担心这个硬伤会让总部质疑我们御景的择人标准不符合原则……要不这样吧！我们把这个 Manager（经理）的职位改为 Membership Service Officer（会员服务专员或会员服务主任），待遇暂时降为 Officer（"专员"职级）级别。我去跟陈溪谈，如果她肯接受，那我们对着总部也好交代……"

杨总监有些不悦，最近人力资源部对他部门的招聘协助很是不力，要么是推荐来的人选都不理想，要么就是他看上的人他们找理由阻拦，最后搞得他不得不通过录像亲自监督初试过程。如今确定的人选不是他们预想的，便又有微词，实则"暗杠"。并且对方动辄就抬"总部"出来，让他不能直接反对。

"这样突然降低职位级别，人家恐怕不会接受吧？如果不来了，那我们大家今天不是白忙乎一场？"

"呵呵，我先试着跟她谈谈，不行再说。"人事经理在电话那边圆滑地笑着。

~2~

入职

人力资源部的面试接待室里，陈溪和另一名男士坐在里面，他们今天过来办理入职手续，刚刚签完劳动合同，等着去工作的部门报到。

"认识一下，"男士首先友好地伸出右手，"我叫赵玉刚，英文名Edward，在销售部。"

"你好，我叫陈溪，英文名Rosie，是会员服务部的。"陈溪笑笑，也伸出了右手。

"Rosie，很高兴和你成为同事！"

"我也一样。"陈溪淡淡地笑了一下，眼睛转向门口，见招聘主管Juliet走了进来。

"好了，在人力资源部的手续已经办完了，我现在领你们去部门报到。下午两点，再请你们到培训部找培训经理Vivian，她会帮你们安排Orientation。"

"Orientation？"赵玉刚显然不太明白，陈溪小声嘀咕了一句："就是新员工的入职培训。"

两人跟着Juliet顺着员工通道的走廊，进入了客用区域，推开通道门的一刹那，满眼便是大理石、水晶灯及华贵的织毯组合而成的金碧辉煌，耳边如流水般的轻音乐，按摩着赵玉刚略微紧张的神经，沿途两边的装潢景物已然令他目不暇接，他悄悄看了眼旁边的陈溪，她却是一脸漠然的神情，目不斜视地跟着Juliet。

"这里是酒店的大堂，再往前就是高球会的会所，你们的办公室就在那边……Edward，不用担心，下午Orientation之后会有一个tour（参观），培训老师会领着你们把所有的地方都转一遍，她会详细地介绍给你们听的。"赵玉刚听了不好意思地笑了笑，加快了脚步。

到了天井式的高球会所，阳光由四层楼高的玻璃天顶一泻到底，大堂中央高高的树丛流水景观不时传出零星的鸟鸣，如同进入了美轮美奂的仙地。他们上了二楼，经过走廊时，还可看到一边的红木围栏外，那组树景在较高视角中枝繁叶茂的郁郁姿态。到达走廊边一个双开式的栗色大门前，Juliet推开了两扇门，一排明亮宽敞、用玻璃隔断的办公室赫然在目，其间米黄色的百叶窗帘裹着阳光，交叠出远近不一、深浅不同的柔和色彩。

"这就是你们工作的地方了，这个门是去销售部的，中间的办公室是会员服务部，最尽头是公关部和会议室，那边是个会员接待厅，你们先进去坐一会儿，我去跟市场总监打声招呼。"

赵玉刚和陈溪走进清静雅致的接待厅，在靠近门口的沙发坐了下来。不多时，一个面容姣好、穿着红色针织套衫及黑色一步裙的女孩子和Juliet一起走了进来。一见到他们，女孩脸上的表情立即生动起来。"Hi，你们好！"她主动打招呼，赵玉刚和陈溪立即站起身回了个问候。

"这是Amy，刘小慈，你们的同事。杨总监现在在开会，一会儿，Amy会安排你们和他见面，现在她先帮你们安排工位。我回人力资源部了，你们别忘了下午两点准时到培训部。"Juliet交代完毕，跟刘小慈打了个招呼，便离开了。

刘小慈亲昵地拉着陈溪："你是Rosie吧，我也是会员部的，咱俩是同事，你稍微等会儿，我先把Edward带到销售部去……你先坐会儿啊！"说罢她笑着转向赵玉刚："Edward，走，咱先上你们部门。"话语的尾音中，陈溪听出了她的东北口音。难怪她长得这么标致，陈溪以前见过很多东北女孩子，都生得十分标致。

陈溪一个人又坐回了沙发，静静地享受这安宁的时刻。

芳龄二十七的陈溪，出生在广州。父亲是某知名高校艺术学院音乐系的教授，母亲则在该艺术学院主教现代舞。二十七年前的一个夏天，一个女婴降生在了这个艺术家庭，她是在早上七八点之间出生的，母亲蒋涵看着小生命伴着朝霞一起到来，遂有意起名为"晨曦"；初为人父的陈子樵则激动不已，觉得女婴的啼哭声宛若灵哗作响的小溪在流淌，是人间最美的音乐，他认为女孩子还是应该低调轻柔一些，于是同夫人商量，取名为"陈溪"，既如溪水一般，又有晨曦之隐义，岂不妙哉？

教授夫妇视这个独女为掌上明珠，悉心教养。陈溪自小聪明过人，学什么会什么，除了和其他女孩子一样娇气任性，在学业上倒是很听父母的话，成长的过程一路还算是平坦顺利。父母深知从艺道路的艰难，并不希望女儿"步其后尘"，于是早早规划，考大学时费尽周折硬是让她报了新闻传媒专业，准备着一毕业，便托关系将她"活动"进电视台，不求她有大发展，只要有个旱涝保收又体面又稳定的工作，守在父母身边即可。不料女儿的叛逆期迟了好几年，到大学毕业时方才显现，一向乖巧的她却不肯再听父母的摆布，抱怨说从小学到大学，都未出过广州……陈教授苦心安排的面试，她愣是不去，自己跑到深圳，去了一家外资公司应聘，之后便毅然决然地要进去做什么人事培训……父母拗不过女儿，想想深圳离广州也不远，看她在工作中自得其乐，也只能勉强作罢。

不料，小鸟一出笼便越飞越远。陈溪在公司的深圳本部工作了一年多，熟悉了业务，接下来的三年便经常被公司派往外地，进入客户的企业去实地辅助工作。这个城市停留半年，那个地区待两个月，她自己尽管乐此不疲，还没新鲜够，当父母的可是一直在担心挂念，连女儿电话里不经意地咳嗽几声，母亲都会神经紧张，怀疑她是不是得了什么重病……最让他们无奈的是，女儿这样漂浮不定，居然将原本中意的准女婿也给漂没了！

男友提出分手，陈溪似乎也受了打击，跑回家关起门哭了一天，将以前两人的合影都撕得粉碎。知女莫若父，陈教授安慰夫人："放心吧，没事！他们俩天各一方的早就没感情了，她之所以伤心，因为是人家先提出分手，要是她甩了人家，估计这时候还不知怎么得意地傻笑呢！"蒋涵半信半疑，不过第二天，夫妇俩的心情又上了一个"高八度"，女儿打了几个电话，收拾了行李，就订了去北京的机票，扬言要北上"疗伤"，离开广东这片伤心地……"以前你不也是全国跑？并没有一直在广东啊……"父亲费解，心想女儿这个疗伤方式还真是闻所未闻。

"你们不是说总这么满世界跑不好吗？那我不跑了，我已经辞职了。但我想重新找个我喜欢的城市稳定下来，我以前去北京的时候就觉得那里不错，比上海还好，所以我决定去北京了。你们放心吧，我一个人在外面那么长时间，不是一直也好好的，我自己能照顾好自己，你们别管我的事了。"女儿一边轻松答话，一边收拾行李，并未体谅为父者的心情，父亲一时也摸不准她这是根本不伤心还是伤心过度，总之不敢发脾气，怕又刺激到她，最终只得开导夫人："算了，由她去吧！有些事咱们理解不了，你就当是——年轻人的'行为艺术'……"于是第三天，教授夫妇万般不舍地送女儿上了飞机，叮咛一到北京，先去找正在那边读研的堂妹，相互好有个照应。那时候，元宵节刚过。

陈溪到了北京却是一番从容不迫的心境，她先在一套青年公寓里租了个单间，睡了几天的懒觉，又逛了几天的街，才开始慢吞吞地投简历。不料接下来的日子却过得并不轻松，简历石沉大海，她的信心随即开始萎缩。不知是刚过完年各企业的招聘还未完全"解冻"，所以自己运气不好，还是因为首都单位的"门槛儿"本身就高……总之，她没有在京的工作经历，居然成了一个致命的硬伤，想要在好一点的外企找人力资源方面的管理职位，连做个"Supervisor（主管）"都不可能，而普通的公司她又看不上，再就是外企中的一些小兵小将的基层职位——那不等于自贬身价嘛！这种尴尬持续了两个多月，其间还经历了一次非常短暂的感情，但最终她离开了对方，又开始"流浪"。

一个偶然的机会，她来到NST·御景求职，面试还算顺利，本可以松口气了，偏偏人力资源部那个姓沙的人事经理突然变卦，说她只能担任"会员服务专员"，待遇也由经理级降为主管级，这样一来，她的薪资即被砍到了七千大毛，好好的工作顿时变成了"鸡肋"！然而此时的陈溪也现实了许多，先找个差不多的工作做着吧，反正不是原来的专业，职位低一点，就当是学习呗……总之，只要自己好好做事，将来或许会有机会，实在不行也可以"骑驴找马"。抱着这种心态，陈溪最终接受了这个offer（工作机会）。只不过，今天入职时，她的确没有什么好心情，只是平淡地应付着。

起初面试时被告知，会员服务部是要由招聘的这名经理来负责管理的，她对此也信心满满，可现在自己却成了部门之中一个新来的"晚辈"。尽管姓沙的说，如果她表现突出，再升为经理是绝对有可能的……可陈溪不信这套鬼话，她以前面试求职人时，也曾许下过类似的"空头支票"。

约莫十五分钟后，刘小慈又回到了接待厅，见到陈溪便喜笑颜开："Rosie，走，我领你到你的位子。"

陈溪拿起手提包，跟着刘小慈进了会员服务部，她的工位已经提前安排好，和刘小慈的位子离得很近，都在这个大房间的一个相对安静的角落里。房间中间的几张办公台都接连在一起,中间用隔断隔开,而她和刘小慈则是两张独立的办公台,台子前面各有一把椅子。刘小慈说,很多时候,她们需要和同事甚至会员面对面地交流,因此这把椅子很有用。她们的背后是一排排上着锁的铁皮档案柜,不用问,里面保管的,肯定是会员们的档案资料。

办公室再靠里的位置,有一个十来平方米的小单间,陈溪猜想,那应该就是市场总监的私人办公室。她见外间的几个位置都空着,不禁问道:"怎么没见其他的同事?"

"他们都去公关部跟着一起开会了,就我一人留守。咱俩是专门做会籍管理的,他们几个都是负责会员活动的。"刘小慈边说,边把一只纸盒放在陈溪面前,"这里头吧,都是些新领的办公文具,你瞅瞅还缺点儿啥,回头再去领。"

"谢谢啊!"陈溪感激地笑笑,很喜欢刘小慈那热乎乎的东北腔,在这种大家都流行用商务语言的环境中,她觉得这个东北女孩略带憨直的话语听着特别亲切舒服。

"Amy,以后工作上有什么问题,还得请你多关照。"陈溪诚恳说道,首先表现了一个低姿态。

"妈呀,你可别逗了!我也才来俩星期,咱俩都是新手……互相帮忙呗!哎,我听James说,你的素质可高了,他可看好你了!将来啊,指不定谁关照谁呢,我寻思着你多帮帮我还差不多……"刘小慈话语真诚,陈溪越发喜欢她的朴实,继而含蓄地笑笑,又问:"James?是那位总监吗?"她记得面试那天,他自我介绍时,只是说姓"杨"。

"就是他,不过他可没啥总监架子,人也年轻,据说刚满三十,这里的人都喊他James。哎,告诉你,人家也算是年轻有为了,我还听说啊,他是英国帝国理工回来的'双硕士'!"

刘小慈话音未落,已有一行人陆续进了办公室。前面两个穿着西装的男生正推推搡搡地开着什么玩笑,一见陈溪,立刻收起张牙舞爪的架势。其中一个即时扮出彬彬有礼的举止,还未走到陈溪面前,便早早伸出了右手:"这是新来的同事吧?你好,我是Steven……"

Steven还没说完,突然被人从后面拽了一把,待他后退的当儿,另一男生插了上来,正好握住了陈溪伸出的右手:"你好,我是Frank,你是Rosie Chen吧?幸会!幸会!"

"我说，你怎么一见漂亮美眉就这副德行……"Steven 皱着眉头推了 Frank 一下，马上又满脸堆笑地握住了陈溪的手："Hi Rosie，欢迎你加入！"

陈溪并不习惯男生这种问候的方式，只得报以微笑，回应着"你好"。刘小慈则在一旁帮着轰人："别围着了，小心 James 马上就回来。"待他们都回了各自的工位，她悄悄告诉陈溪："他俩就好开个玩笑，看着不太正经，其实俩人心眼儿可实诚了！时间长了你就知道了。"

陈溪笑笑，忽然注意到靠近门口的台子，一个女孩正乖乖地坐在那里，清秀的脸庞还透着一股稚气，很是面熟，她想起来了，是面试那天在咖啡厅见过的 Lucy。刘小慈顺着她的目光看去，立即招呼："Lucy，过来认识一下新同事吧！"

Lucy 应声过来，对着陈溪笑了笑。"我们之前见过面的。"陈溪也笑着对刘小慈解释。

这时，工位离她们最远的另一个女孩自己走了过来，还抱来一堆资料，放到了陈溪的台面上。

"Hi，你是叫 Rosie 对吧？我是邓雪，英文名 Anita，和你是一个部门的。你现在主要是和 Amy 一起负责会籍的管理，而以后与会员之间的沟通，要以你为主。这里……是我们御景会籍的种类，以及每种会籍的价格和权益、会员的入会条件……你看一下。"

邓雪说着便将一本厚厚的皮质文件夹撂到了陈溪面前，说："这个呢，是我们的 Rules and Bylaws（《会籍章程》），你也需要了解，有时跟会员掰扯《会籍章程》的法律细节会用得到……"紧接着她又扬了扬手中的一沓表格，边说边在陈溪面前铺摊子，"这些表格，是会员办理一些变动手续时需要填写的……这是 Nominee Change（更换提名人）的……这是申请 Spouse Card 和 Family Card（配偶卡及子女卡）的……这张呢，是关于 Absentee（缺席会员）的……还有这些，是关于不同种类的 Membership Transfer（会籍转让）的……这些表格你必须清楚怎么用英文填，以后有可能要为会员做咨询。另外，关于这些会籍变动的申报程序呢，我下午会发邮件给你。"

"那……如果会员是中国人，平时不写英文呢？"陈溪看着那些表格，她毕竟初来乍到，问话的时候还是有些底气不足。

"那你可以帮他填好了，让他签字啊——"邓雪拉长的尾音跟着挑起的眉毛一起上扬，那种气势明显表示：陈溪问得多余。"我们可是高档球会，所有会籍文件均要求用英文书写，这也是一种档次的体现！"

这是什么屁话啊！会跩几个单词就算"高档"啦！陈溪过去接触过N多个北京叫"老外"、广东叫"鬼佬"的英语动物，其中素质差的还真不少！很多人母语肯定说得流利，但一听便知是街头的"痞子英文"⋯⋯这也算"档次"的标志？不就是"洋芋"和"土豆"的区别嘛，身上还不是都沾着泥巴！陈溪想着，暗暗在心里嗤之以鼻。

"哎我说Anita啊，你这个说法可有点儿逗啊！"坐在一边的Frank似乎也听不下去了，"记不记得上回来的那两个东北大庆的会员？销售部的Vincent，那个北京小侃爷，倒是挺能'喷'，把俩人都忽悠入会了。可是他英文不灵吧，还爱瞎跩，帮会员填资料的时候，所有Membership（会籍）的'ship'，都写成了'shit'，那俩主儿也不懂英文啊，让他们签字也就签了⋯⋯结果呢，好好的会籍都变成'Membershit'了！最后这两泡巨高档次、彰显身份的'会员屎'一直端到James面前才被打回来⋯⋯估计他没被气死，也被活活熏晕了！"

Frank在那里绘声绘色地调侃时，Steven早已张着大嘴笑趴在台面上。女生中除了拘谨忍笑的陈溪，以及脸上正红白大战的邓雪，刘小慈和Lucy也是"花枝乱颤"。其他人都是在笑Vincent那"三脚猫英文"的败笔，只有邓雪心里清楚Frank是在嘲讽自己，因为当时Vincent转来的入会资料就是由她负责审核的，自己居然没检查出来，直接端着"屎"去给James报批⋯⋯

"你有完没完？！"邓雪气恼地对着Frank甩去一声怒喝，除此之外却找不出别的"弹药"附加进去。好在面前的陈溪还算正常，但仔细一看，也不对，她的脸上分明有一种在拼命掩饰讥笑的挣扎表情，邓雪立即气不打一处来——"新芽子"也敢没大没小？！她的话立时变得更加尖厉而快速。

"除了刚给你的，你还需要自己去前台、出发台或者专卖店收集一下会员月刊和各类高尔夫活动的推广宣传页，一些常识性的东西你必须掌握！尤其是会员、嘉宾及访客之间的不同待遇，平日和假日打球的限制，以及他们在酒店、俱乐部又享受什么不一样的折扣⋯⋯还有，怎么帮他们开据Handicap（高尔夫术语，差点证明），Hole in One（一杆进洞）的纪念牌如何申报发放⋯⋯这些你都必须清楚！知道吗？"

"Handicap和Hole in One是什么？"陈溪眨着眼睛，怯生生地插了句嘴。

邓雪以俯视的角度盯着她懵懂的表情，突生一种惬意，继而略带轻蔑地加重了语气，面冲陈溪却对刘小慈发话："Amy，你到时给她补补课！"

陈溪明白了，按邓雪这种回应的意思，自己是理应早知道这些专业知识的，她不管你以前有没有经验，总之你现在在这个位子上，无师自通才算正常，不知道就是伤天害理！哼，职场上经常会遇到这种人，表面上说是培训你，其实就是为了显示自己比你懂得更多！别说你听不懂再多问一遍了，有些没听过的东西你一旦发问，对方便会显露出一种对待白痴的专用目光，非要羞得你无地自容才算到位……对他们来说，这样做的好处还有一个附加值，就是你不懂也不敢再问，甚至是永远都不敢再问，他们便从此安生……按人家的想法：我的看家本事，凭什么全都教给你呀？！将来你自己学会了，算你本事大、道行高；学不会干不了，你恰恰就是抬高他们的垫脚石。

想到这里，陈溪决定闭紧嘴巴，至于业务上的这堆"鬼东东"……自求多福吧！

邓雪双臂交叉抱在胸前，转转眼睛望着天花板，似乎在想还有什么遗漏。"你的邮箱嘛，电脑房下午会安排好，到时Lucy会告诉你。你自己在电脑的Outlook里设置一下。设置完了告诉我，我就把其他的资料发给你。还有一点，这些资料你只能在办公室里使用，没有特殊需要，一律不得携带到外部门，更不允许带回家。这是规矩！"接着她又转转眼睛，"就这些了吧……再有什么不懂的，你可以来问我。不过，大家都挺忙的，在这里你还是需要养成独立解决问题的习惯。噢，对了，尽管你主要是负责会籍管理的，James要求我们这个部门，每个人都应该多承担一些职责外的事务，算是一种尝试和提高吧！我们最近负责会员活动的人手不够，所以有时候有可能也需要你和Amy的协助，其实这也是一种锻炼和学习，多接触一点新东西也没坏处，你说对吧？"

邓雪东一榔头西一棒子、毫无条理的工作交接，和着又硬又利的口吻，陈溪只觉得如同左右开弓在扇她的耳光。等到邓雪终于说完了，她只感到脸发麻耳朵发热，别的什么也没记住……

"哦，当然，没问题的。"陈溪勉强定定神，挤了一个僵硬的笑容。她这时才注意到，这个邓雪还真像是"雪"，身上杏黄色的套装也没能融化那种寒冷逼人的气质。高高的个子肯定在一米七以上，长相中庸，一对细细的丹凤眼，配上瓜子脸，倒是有几分古典的姿色，估计老外会很喜欢这种长得很"中国"

的女孩。然而她非常瘦，皮肤也白得没有一丝血色，不免会让人联想到《西游记》里那位姓白的骨感美女。

"好吧，那先这样。"邓雪抬抬眉毛，做了一个古怪的调皮表情，立即又在一秒钟之内抹平，转身回自己工位时顺便又喊了一嗓子："Lucy，你一会儿记得去电脑房帮Rosie落实邮箱和高球管理系统授权的事。"

陈溪被搞得纷乱的思绪此时稍稍平息下来，她回想着邓雪的派头，想向刘小慈打听一下她是不是主管会员部事务的，但又觉得第一天上班不该如此八卦，终究没有开口，倒是刘小慈主动安慰她："别理她！我刚来那会儿，她教我时也这样儿，完了都是我自己看资料整明白的，她其实不管咱俩这摊儿，只不过她来这儿的时间长了，在以前的经理辞职走后，她曾经兼管过会籍。你听她跟你说得挺像回事儿似的，真要有啥事儿你去问她，她还不一定行！"

陈溪笑了笑，她凭直觉，感到这个邓雪似乎对自己这次入职并不开心，所以交接时不但草草"填鸭"，还夹带了不少怨气。不过过去很多次，陈溪初接一家新项目时，即使老板笑脸相迎，人事部那边有时也会冷面以对，毕竟自己的到来意味着对人家工作的否定，有点抵触也在所难免。

刘小慈帮着陈溪将邓雪刚刚撂下的一大摞文件资料慢慢分类，放进办公台的抽屉里，忽闻门口有个男中音由远及近，随即一个穿着深灰色西装、身高至少有一米八的高个子男人凛凛而入，正拿着手机放在耳边，讲着流利的英文，经过Lucy的位子时，Lucy交给他一份文件，接文件时他扭了下头，目光正好扫到陈溪，便微笑着向她点了点头，表示问候，但一直没有间断和手机另一端的通话，大步流星地迈进自己的办公室，身过之处刮起一阵疾风，连旁边邓雪台面上的文件纸也随之轻轻抖动了几下。邓雪则跟着他进了办公室，似乎是有几份文件需要他签字。

陈溪认出男人就是市场总监，尽管面试时见过，但两次他都是坐着，没想到他这么高，而且当时精神高度集中在对话上，直到现在才敢正眼看人家。他虽然有些清瘦，但是精神抖擞。陈溪以前也经常进入一些星级酒店去帮他们的员工做培训项目，类似的这些行业，对员工的外形都有一定的要求，因此多是俊男靓女。但她总觉得这位总监挺特别，具体是哪方面她也说不上，只是感觉，他有一种阳光般的温暖气息，让人容易接近。

"Rosie，James找你。"陈溪刚刚浮想到的温暖，硬让邓雪的这句话给冷却掉了，她有些不快地站起了身，走到总监办公室门口，敲了敲开着的玻璃门。

"Hi! Rosie，欢迎你加入，请坐！""阳光总监"抬头笑了一下，招呼她进来坐在自己对面，"还记得我吗？我姓杨，杨帆，你以后可以叫我James。怎么样？今天上午还顺利吗？"他端详着面前这个身着淡蓝色套装的女孩，对她得体的装扮很是满意。

"啊，还好，人力资源部的入职手续，已经办完了……刚才Amy和Anita，给我介绍了一下工作的内容……下午，我会去培训部，参加Orientation。"陈溪说话时不由自主地间歇停顿，不知为何，今日面对着他，自己竟有些局促无措。

"呵呵，第一天上班可能会感觉有点儿没头绪，不过别紧张，我们这些同事都很友好，他们会帮你的。"

"没什么，我会很快适应的。"陈溪的目光落在杨帆的领带上，浅灰图案的背景上一朵朵黄色的小菊花，令人感到亲切。

"那就好，我相信自己不会看错，你应该是非常adaptable（适应能力强）的。如果工作上有什么问题，我希望你能及时提出来，我们的部门最注重的就是'沟通'。"

"我会的。"

"好吧，总之你能加入，我非常高兴，也希望你在这里能够开心地工作。今天下午Orientation结束后，麻烦你来找一下我，我要跟你go through（通读）一下你的Job Duty（岗位职责）。"

"OK，谢谢，那我先出去了。"

杨帆望着陈溪的背影，微微点了点头，暗暗对自己的决定多了几分信心。

如同陈溪自己的直觉，老员工邓雪其实一直渴望得到"会员服务经理"的职位，以前的经理离职后，她还主动承担了一部分会籍管理的工作。而日语专业出身的邓雪虽有她的长项，杨帆却并不认可她那副与生俱来的冰冷态度，且听闻个别会员对她也略有微词，因此一直没有松口提拔她。不过现在他已不再担心：既然陈溪入职后是和邓雪同样的级别，邓雪也应该心理平衡了。

下午，陈溪和赵玉刚一起在培训部接受了入职培训。培训老师为他们介绍了NST·御景的企业背景、组织架构、各部门的负责人以及部门的职能，另有关于美国NST管理集团的介绍……在黑暗的培训教室里坐了近一个半小时，看了一堆的投影，他们才被"解放"出来，由培训老师领着去山庄各处参观。

NST·御景山庄理论上应属一家中外合资企业，中方为原国营企业改制，持有土地的所有权以及御景的一部分股份；而作为服务行业管理的知名品牌，美国NST管理集团已在中国境内的数百家星级酒店、度假村、俱乐部注资并管理，御景山庄则是他们旗下为数不多的包括高尔夫球会在内的经营项目。山庄包括：拥有四百间客房的五星级酒店、包括36洞国标球场、9洞的灯光球场及120个打击位的双层练习场在内的高尔夫球会，内设豪华康体娱乐中心及配套消费设施的会员制俱乐部，以及远处的一片湖畔别墅地产。

山庄由NST集团实施日常的经营管理，因此除了国企甲方个别人物在御景任职，大部分高层管理者均由NST派驻，包括总经理、几位总监及各部门经理。其中，美国人Thomas任总经理；市场总监杨帆，负责北京的公关部、策划部、会员服务部、销售部，以及办公地点分别设在上海、重庆、香港以及韩国首尔的会员部。

陈溪对于会员服务部的工作，上手很快。处理日常的会籍事务很是麻利，做事的准确性高，完成也及时，最近处理的一些会员投诉，倒也没有引起什么纠纷，算是比较妥当了。尽管御景山庄有一千余名的会员，但对于原本就是与人打交道的她，只是工作内容及形式上的变化，本质上并没有太大的差别。而且，相较之前她所要面对的那些客户企业以及各种各样的问题员工，这些层次相对高的会员自然更容易处理，只要自己细心加耐心，让会员满意，就不会再有其他的问题。这样看来，这的确是个不错的工作，并没有太大的心理压力，也不会牵扯太多的办公室政治。入职两个月后，她已掌握了所有的业务知识，并将自己的工作打理得井井有条，人也比刚入职的时候开朗许多。加之她与会员的关系日益熟络，很多会员的朋友要入会索性来找她，由她引荐给销售部，因此销售部的同事随之也将她尊为"小财神奶奶"。

然而邓雪对于陈溪的表现不但嗤之以鼻，还怀有一种莫名的醋劲儿。这只"小菜鸟"无非是占尽地利，坐享其成混得超高人气……这令她们原本就不太融洽的关系更有雪上加霜的趋势。好在她毕竟是"前辈"，因此只要不撕破脸，平日的交流里夹枪带棒的，陈溪也得挨着。不但如此，只要目测到陈溪有闲着的时候，不管是真的不忙还是忙累了歇息，邓雪都会不失时机地将自己的工作丢一些给她，尤其是自己不愿意出去的跑腿活计，比如去宴会部或是后厨协调一些会员活动的细节……以至于到最后，凡是这种要看人家脸色的差事都留给了陈溪，还冠冕堂皇地谓之曰：锻炼她与各部门的协调能力。哼，你不是牛嘛，在销售部里人人巴结着，既然这样就在别的部门也充分发挥一下自己的人格魅力呗！

而作为平级的同事还是应该"互相帮忙"的，因此遇到英文不好的日本会员，邓雪倒是主动帮陈溪解决问题，甚至不用陈溪露面。不过，她这么做也是有自己的"小算盘"，在会员服务部里，邓雪的日语可是无人能比的独特优势，御景有相当人数的日本会员，你陈溪就算人缘儿好，英文也好，这部分会员还是只会买我邓雪的账，再说我的英文也不是一点都不行……这样一来，在部门里，邓雪的地位还是稳固的，而换句话说，只要有机会，她仍然有实力与陈溪抗衡。

陈溪并不是个一点城府都没有的人，不过她在职场上的一大优点，就是对于任务总是抱着其他人少有的积极乐观。邓雪丢给她的那些小而难啃的"硬骨头"，只要她自己认为这的确是个尝试新事物的机会，并不在乎来路如何，更不会浪费精力去揣摩邓雪意图中的阴暗面。她有着灵敏的触角，善于感知并收集一切有用的信息，从而为自己做积累。这也是过去三年中，她能够不断地汲取经验，且一直居于公司前位的制胜法宝。的确，心态决定成败，只要把握住关键点，明确这是一次机会，至于能得到的是在物质还是精神层面；会吃亏的，是自己的精力还是钱财，便都在其次。总之，有个平衡的心态即可，很多时候，赢了输了都是财富。

内在的心态好，外在的表现便会更好，因此，一个文静秀美又亲切和气的小姑娘，自然受欢迎，即便她是来给对方"找麻烦"的，真诚耐心的笑容也能化解一切不快。如此一来，各个业务关联部门反而赞赏邓雪的明智——知道自己风冷霜寒，来了恐会冻着别人，便换了阵暖洋洋的"小春风"来给大家养养心情，也算识相。

例如中厨房的厨师长老米，五十多岁的老头儿，过去曾在人民大会堂当过差，论资历也算是这一行业中的元老级人物了，连御景的行政总厨对他都会敬重三分。而邓雪每次找他总是一脸傲慢地"老米"这、"老米"那的，似乎什么都是他们欠她的，怎能抵得过陈溪一声恭恭敬敬的"米师傅"以及饱含感恩的求助？工作嘛，都得有个好心情，心情舒畅了，一切问题自然迎刃而解。老米发现，这个和自己女儿差不多大的小陈不但尊重他，对其他的师傅也是一样客气，有时她来到忙乱的厨房里，遇到有人不慎将东西掉在地上，也会主动帮忙，这在之前是绝不可能发生在邓雪身上的。于是这个生得周正又讨人喜欢的小妹妹来协调工作，大家自然会大力支持，甚至某次宴会上，客户临时换菜，蛮横地对着邓雪发脾气，邓雪又把怒火转撒在了陈溪身上，最终还是老米主动出面替陈溪解了围，率领中厨房摆平了此事。

这也算是一种离奇的"双赢"局面，陈溪在周围部门中赢得了好人缘儿；邓雪不管开始是出于什么动机，最终也跟着沾了光——工作成绩上的加分几乎都是她捞了！实际上，杨帆对此并非熟视无睹，但他只看最后的结果，如果两人的不和没有影响到工作，上司都没有那么多闲心去伸张正义。

~3~

钻石会员

九月上旬的一个周六，轮到陈溪值班。

周末值班一般不忙，除非有会员的投诉或其他紧急情况才去处理。她正好可以静下心来，将所有在本周内入会的新会员资料整理一下，并输入系统。翻到有两名公司会员是赵玉刚的，陈溪笑了笑，心想这家伙还不错嘛，居然一连开了两个大单，好吧，看在是朋友的情面上，给他行个方便，陈溪先帮他的会员报了审批手续。

突然一阵急促的电话铃声，陈溪吓了一跳，不得不放下手中的鼠标。"Good morning, Membership Services.（早上好，会员服务部。）"铃声显示是内线，她也懒得再说那段标准而冗长的接听语了。

"Hi, Rosie, 我是Helen。"是高球会前厅部主管打来的，"我们这里现在有一位会员，他们是公司会籍，系统显示他已经是过期的Nominee（公司会籍提名人）了，我想问问你们那里，是不是已经收到他们延续这位Nominee的申请，只是还没来得及update（更新）系统？"

"不太可能，更换Nominee的申请我通常周二就更新完了。不过，你告诉我会籍编号吧，我可以double check（重新检查）一下。"

"等等，我看看……COV0936。"

"稍等，我进系统……"陈溪飞快地进入电脑系统中的会籍板块，输入会籍编号，屏幕显示立即跳转至一个名为"香港方氏集团"的公司会籍信息页面。他们是钻石级会籍，共有五位提名人，除了这个0936的提名人，其余四位都是有效的会员，并且经常过来打球消费。而这位叫"Michael Fong 方浩儒"的提名人因为是去年就被提名的，因此很快有效期满，早在四个月前就应办理延期手续了。遇到类似的情况，会员服务部通常会在对方对于初次提示没有回复时，于第二、三个月再给予两次提醒，如果仍然没有回应，第四个月的月初，系统就会自动锁死。除非有相关负责人的授权才能重新激活状态，否则，各部门均无法正常地进入系统的相关板块为其服务。

陈溪调出历史记录仔细查了查，又拿起了话筒："Helen，我查过了，我们已经多次提醒他们公司这个Nominee要到期了，他们一直没有回复，所以系统就按规定锁死了。今天是周六，现在我还无法跟他们的公司联系，但是按这种情况，可能他们公司内部已经将他的资格作废了，他自己还不知道，或者知道也想来碰碰运气。你就直接告诉他，现在没法下场，有事回他公司再问问情况吧，我可以将三次提示信的发出日期提供给你们，需不需要？"

"但是Rosie，"Helen突然把声音压低，感觉她好像用手捂住了话筒，"这个方浩儒可是方氏的少东家，又是总裁，集团主席是他亲娘……我觉得不太可能是他被取消资格啊……是不是他们忘记了，没有跟你们及时联系？"

"唉，现在不知道啊，要到周一才能打电话去他们公司核实。"

"那……要不然你下来跟他解释一下吧，我们这里还有很多会员在Check-in（办理登记手续）呢——他现在就坐在大堂休息区里，等着我们的消息呢。"Helen又把"皮球"踢到了会员服务部。平时各服务部门解决不了的事，都拿会员服务部当万能钥匙——总之我们级别不够，还是你们上吧，会员要打要骂，要杀要剐，你们会员服务部顶得住就顶，顶不住你们就让步，反正不是我们的责任。

"OK，"陈溪轻叹了口气，"你请他稍等一下，我这就下来。"职责如此，没办法，她也只能见机行事。

陈溪将这个提名人的资料打印出来，又拿了一份《会员章程》，一起放在一个合页夹里，退出了电脑中的会员系统，补了补妆，便下了楼。

"您好，请问是方总吗？"凭着系统中的会员照片，她一眼就认出了坐在休息区靠窗沙发上的一名男士。看他本人，倒是比照片要显得精神，浓眉大眼的有几分英气，不过单眼皮下的目光更多地透着一种冷酷与傲慢，或许是因为今天被前台给挡了吧……

陈溪早就习以为常，会员多数都要面子，不过这么没面子的事，还不是自找的？她心里暗想："你活该，我更倒霉！还得浪费时间来跟你磨嘴皮子，我招谁惹谁啦？！"

男人抬头看了看她，没有起身，也没有开口回应，不过陈溪确定就是他。

"我是会员服务部的 Rosie，专门负责会籍管理。"陈溪依然摆着可亲的微笑，但见对方一副懒怠德行，她并没有主动递上自己的名片——既然自己是个小人物，就保留点尊严吧，要是人家不接，不是自讨没趣？

男人依然没表情，旁边有个站着的小伙子突然对着陈溪不客气地开口道："你是会员服务部的？我们方总入会都很长时间了，你们是怎么搞的？！好好的会员资格怎么就无效了呢？我们可没欠你们一分钱月费啊！"

陈溪愣了一下，暗暗打量着这个人："请问您是……"

"我是方总的司机。"对方仍旧一副理直气壮的模样。

"哦，你好，先生。"陈溪笑笑，礼貌中同样也夹着高傲，"按照规定，我只能跟会员本人沟通有关会籍的事宜，如果没有正式的授权，很遗憾，我还不能跟您谈具体的细节。要不，正好方总也在这里，您两位随我去办理一下授权手续，那么以后大家沟通就会方便些，我也不用再耽误方总的时间了。"她一副公事公办的姿态，说完便微笑着转脸去看坐着的男人，根本不理会面前的司机是何种又惊又气的样子，心想你算哪根"葱"？敢到我面前来狐假虎威……

"好了，小周，你去车里休息吧，这儿的事儿我自己来处理。"

陈溪闻言，暗暗在心里嗤之以鼻——喊！看来这位兄台不是个哑巴啊，而且说话字正腔圆的，带一些京味儿普通话的音调。

"你好，小姐，我就是方浩儒本人，我现在可以了解我的会籍出什么问题了吗？"方浩儒站起身，双手插在裤袋里，他比陈溪想象得要高大。

她望着这个几乎高过自己一头的男人，仍然保持着淡定的微笑："您公司的会籍没有问题，可是您本人的提名人资格出了一点问题，现在——"

没等陈溪说完，方浩儒突然无礼地打断她："小姐，我现在没兴趣听你解释这些，如果会籍没问题，我们也没有欠费，就请你立即恢复我的会员资格。我今天是来打球的，不是来晒太阳的，麻烦你别浪费我的时间，我的朋友已经下去更衣了。"

妈呀！这又是哪个洞的魔头！陈溪自入职以来还是头一次遇到这么蛮横的会员，话语虽不粗鲁，但字字见狠！以前也听邓雪她们说过有些会员难缠，还圈了个黑名单给她，但是传说中的"妖魔鬼怪"里，不记得有这么一只姓方的啊！

"对不起，方总，简言之，是因为贵公司在我们连催了三次的情况下，依然对您的问题置之不理，所以现在我没法让您下场。"陈溪用笑容掩盖怒火，以最快的语速说出中心思想。趁着方浩儒愣神的空当，她又继续说道："我理解您此时的心情，但因为今天是周六，我们没法与贵公司取得联系，所以您看是否可以改天再来，我下周一第一时间先解决您的问题。"

"小姐！"方浩儒突然想发脾气，但猛然意识到自己现在身处大堂，他快速用余光扫了下周围，镇定了一下说道，"我现在还不知道你说的情况是否属实，按道理我们公司没理由要取消我的资格，这事儿先放在一边，你们做会员服务的，应该多为会员提供便利，我怎么觉得你倒像是来制裁我的！"他的声音很低，但怒气不减。

陈溪刚想说话，碰巧一名金头发的外籍会员走近他们，她认出那是花旗银行的首脑之一。

"Hi, Michael!"

方浩儒扭头一看，立即摆出晴朗的笑容："Hi, Jack, how are you doing（你好吗）？"他操着一口美音，与对方用力握了握手，继而如老友般你一言我一语地谈笑。

陈溪站在边上耐性子等着，见两人一直无视她的存在而东拉西扯，不由得愤然：难不成自己就应该干杵在一旁耗时间陪着？！"Excuse me（失陪）。"说完她扭头自顾自往楼梯处走去。

她上楼梯时，方浩儒怒气冲冲地追了过来："我说小姐！你怎么没解决问题就走了！"

"噢，不好意思，"陈溪转过头居高临下地对着他，微微一笑，"我看您忙着和其他会员交流，以为您今天并不着急解决会籍的事，碰巧我还有一堆事情要处理，只能失陪了。"

方浩儒也是头一次在这里遇见"谱儿"比自己还大的工作人员，却又发不出火。"OK，我现在不想跟你讨论刚才的事儿，我只想麻烦你，赶紧把我的资格恢复。"

"真的对不起，方总，您现在的情况我也无能为力。公司是有规定的，我知道会给您带来不便，但是我们要面对的是上千位会员，每一位都像您这样，我们对谁都难交代，其他的会员会指责我们不能公平地服务。"陈溪也是强压怒火，摆出一副无辜又无奈的表情。

"你不要动不动就搬出所有会员来压我！我不管怎么说也是你们的钻石会员，今天如果你耽误了我下场，这后果你担当得起吗？！"方浩儒怒喝道，他已经没有耐性了。

陈溪立刻敛起那似笑非笑的笑容，语气也是毫不畏惧："您也不用拿您的钻石会员身份来逼我！耽误您打球我是担当不起，可是违背了公司规定，我也是要担责任的！我两边为难，被炒了鱿鱼，您是不是就开心了？！"说罢她瞪着方浩儒，不由得眼圈一红……她以前也曾经用这种说法来逗趣会员，但那只是一种调侃，而今天则是真的被激恼了。

方浩儒惊愕之余也注意到了她的眼睛有潮湿的变化，可能刚才自己的语气有些重了，这要是在大庭广众之下，让别的会员看到自己一个大男人把个小姑娘给气哭了，可就太现眼了……

"好！好！我不为难你，你先别着急，咱们慢慢说……"他立即缓和了语气，又下意识地用手指掐了下眉心，试探性地问，"你看这样行不行？这事儿你做不了主，要不请你们的值班经理过来，我直接跟他谈，也就不耽误你时间了。"

"那倒不必，只要您肯配合，我可以试试帮您临时恢复资格，周一请您公司的人再来补办手续。"

"你既然能解决，为何刚才还说无能为力？"方浩儒有一种被耍弄的感觉。

陈溪理直气壮："您刚才根本不给我说话的机会，我当然无能为力啦！"

"行了行了，不说这些了，那现在你需要我怎么做？"方浩儒觉得自己现在已近乎低三下四，可没办法，刚收到短信，几个朋友已经换好衣服在出发台等着了。

"请跟我来。"陈溪将他领到会员服务部办公室外的接待厅先坐下，自己回办公室用了三四分钟，噼里啪啦地打了一份说明，拿给了方浩儒请他签字确认。

方浩儒快速过了一下目，内容是关于事情的大致原因，以及临时恢复资格的理由。他不禁暗暗惊叹这个女孩子的文字能力了得——篇幅虽然不长，但言辞精准，层次清晰，而且居然只用了短短几分钟。

"对不起，我忘了，你是叫……"

"我叫Rosie。怎么，您要投诉我？那好吧，我的中文名字叫陈溪，耳东'陈'，溪水的'溪'。"陈溪面无表情，只是将一支笔递给了方浩儒。

"呵，你比我们会员的架子都大，我已经很客气了，你居然还是这种态度，"方浩儒边说边签了字，"你肯高抬贵手放我一马已经感激不尽了，哪儿还敢投诉你？我只是问问你的名字，以后不至于不尊重。"

陈溪机械性地笑笑，她也不想闹得太过火。

"好吧，是我多心了，请您原谅……这份东西您签完了，现在只是临时恢复以便您能下场，如果周一您公司的人还不来补办手续，是会被再次取消资格的。您现在就可以去前台了，我一分钟后恢复系统中的状态。"

"一分钟？"

"怎么，您觉得一分钟还长吗？"

"Rosie小姐，能用一分钟搞定的事情，你却让我在这儿待了这么久……"方浩儒心里再次蹿起的火苗，又被陈溪那双瞪得圆溜溜、水汪汪的眼睛给压了下去。

"方总！对您来说就是一分钟的事，我接下来还得写一份报告，去解释我为何动用权限在不符合规定的情况下，还要恢复您的资格，如果您公司周一再不来人办理手续，那我今天的行为就叫'滥用职权'！到那时我要面对的，就不只是写份报告这么简单了！"

"哎哎！我清楚了，我全清楚了！你放心，周一我公司没人来我就亲自来，绝不会让你为难——谢谢！谢谢！那我不打扰了，谢谢！再见！"

方浩儒快步走出接待厅，重重地吐了口气。这也许是有史以来，他在御景山庄最为谦卑的一天。

下午打完球在回市区的路上，方浩儒想起自己的会籍，问司机："小周，你知不知道这会籍的事儿，是市场部还是总裁办负责？"

"在御景的会议什么的都是市场部在管，但公司会籍的事儿应该是总裁办。因为我见市场部想安排客户打球都是来找总裁办的，以前好像是那个Debra负责吧，就是那个'小呆'——那个刚毕业的大学生，试用期还没完就被Lisa劝退了。"

"噢——我想起来了，关于她的事儿，Lisa还专门跟我解释过，我倒是也同意了。不过现在看来，是不能留她。可是，她走了以后这事儿就没人管了吗？"

"估计啊，是她走的时候没有通知御景，当然她自己才不会主动管呢，可能现在在御景登记的公司联络人还是她的名字呢，寄过来的信也许她还没走的时候就收到了。这孩子没脑子，估计也不知道给丢到哪儿去了。唉，听人事部说，其他几个刚毕业的学生都挺机灵的，唯独她一个——说不定就是被那姓'呆'的英文名儿给闹的……"

方浩儒叹了口气，掏出手机拨了电话给助理何艳莹，也就是Lisa，告诉她今天自己在球会前台的遭遇，之后吩咐道："我不管你下周一有多忙，先把Debra的工作交接好好整理一下，别再出什么丢人现眼的事儿了。另外，你本人抽空去趟御景山庄，到会员服务部找一个叫Rosie的女孩儿，补办一下我的提名手续。我今天可是够灰头土脸的，在人家前台碰了壁，又被那小丫头教训得哑口无言——都是因为你们！你记得再让那个Rosie彻底查一下我们的会籍还有没有其他什么问题，一次性解决。我可不想再看见她了！就这样。"

小周等方浩儒挂断电话，不相信似的探问："怎么？方总，那个女孩儿那么厉害啊？居然敢教训您？"

"唉，别提了！伶牙俐齿的，我还真招架不住……怕了她了！下次再有什么事儿，你去替我办吧。"

"啊——真有那么厉害啊，那其他的会员遇到她不是也倒霉？"

"哼，会员出了差错，遇到她才倒霉，但她的老板遇到她这样的员工可真是幸运的。哪儿像我——我遇到像Debra这样的员工，就是真正的倒霉了，否则今天也不会这么糟……"说罢，方浩儒又无奈地叹了口气，不再说话，靠在后排座位上闭目养神。

其实，陈溪的确可以很快就帮方浩儒恢复会员资格，但富家公子那副傲慢的做派也惹恼了从小被父母娇惯的她，长这么大她还真没受过这样的气，没遇过这么霸道的人，所以也就豁出去了。陈溪觉得自己其实还算是职业化的，如果真的是会员部的错，她就算被方浩儒骂死，都不会吭一声，气就气在这个公子哥，明明自己理亏居然还这么专横……喊！横什么横，谁怕谁啊？！不过最终，念在方浩儒态度有所转变，陈溪也是尽力帮他了。只不过，她让他签的那份东西，是额外增加的手续，目的很简单：她也不是没脑子的人，人是会变的，这是她以前做人事工作最大的感触，这个会员看似放低姿态了，说不定转过身就会投诉她，所以有一份书面的证据总归是保险一些。

即使陈溪已经想得很周全，周一的例会上，邓雪照样拿这件事来戳点她的不是。

"既然是会员自己的问题导致状态锁死，就不能随便就给他开通啊，我们这么多的会员，如果人人都这样，那还不乱套了！何况还有《会员章程》，那大家就得按规矩办事，会员也是一样。我们自己的工作人员，更要把好关，总不能用公司的利益为自己做人情吧！"邓雪说着不客气地白了陈溪一眼，她倚老卖老，才来不久的陈溪也不想反驳她。

"Anita，我听前台主管说了，Rosie开头儿也是跟会员说了不行的，可那会员咋可能那么好忽悠呢，让他回去就回去？再说了，那方氏可是个大客户，那哪能随便得罪啊？"刘小慈见陈溪不语，有点替她打抱不平。

"大客户就可以不守规矩啦？要跟他讲道理，怎么又成'忽悠'了呢？！"邓雪觉得没面子，又揪住刘小慈的用词做文章。

"好了，都别争了。"杨帆担心再不喊停，这班女孩子就要把房顶掀了，"Anita，你说的没错，原则上是这么回事。只不过有时我们处理问题也得看看当时的情况。我看了Rosie发给我的邮件，周六她没办法再进一步核实，而且对方的确是方氏的总裁，很明显是两边的沟通上出了一点差错，他是绝对不可能被取消Nominee资格的。如果Rosie去问Duty Manager（值班经理），估计也是让她开通，而她自己尽早开通，等于给方氏行了个方便，落个人情，将来方氏也能多关照我们的生意。要知道，方浩儒那个人我们可是得罪不起的，方氏每个月除了固定的两次展会活动，大大小小的宴请也占了不少营业额，他们可是我们每月业绩的大份额。所以，有些事情可以灵活一点，看看对方的情况再定。不过，Rosie，如果情况你拿不准的，就应该给我打个电话，免得耽搁会员的时间。"

"哦，知道了，James。"陈溪应着，没留意邓雪气歪的鼻子，只是刚才听到杨帆提及方氏的背景，她居然也为自己悄悄捏了把汗，难怪那个恶少一副臭德行……还好还好，有惊无险。

等会散了，刘小慈悄悄拽住了陈溪，小声问："哎，我咋听Helen说，你好像还跟会员急眼了？"陈溪叹了口气，点点头："哼，是他先不讲理的，会员就了不起啊？有钱就能目中无人啦？"

"妈呀！你也不合计合计，要是真把他给惹毛了，你可咋整啊？"刘小慈睁大了双眼。

"喊！大不了走人呗——本小姐还不伺候了呢！"陈溪眼睛一翻，大步走出了会议室。

~4~

冤家聚头

中秋夜的御景山庄，会员及宾客早已散去。这种举家团圆的时刻对外地的员工却是一个不辨滋味的"满月当空"……因此每年的中秋节，山庄都会为外地的或者单身的员工举办一场晚会——聚个餐，自导自演些小节目，平时忙碌的人们在一起热闹热闹，边吃边喝的时候聊些工作以外的话题联络下感情，如同一群孤寒之人可以抱在一起取取暖。

"下面，我们请市场部门的一位同事，为大家献上一段别有异域风情的——肚皮舞！"晚会主持人报幕发言的最后三个字，好似打响了发令枪，激昂的音乐霎时响起，带起所有人的心脏跟随热烈明快的鼓点一起跳动。一名阿之前有不少读者说这是套"值得一读再读"的小说，第一次阅读时他们多半是在追情节，而读第二遍时即会有新的收获，关注到一些情节以外发人深思的东西。然而通过交流，我发现，他们还是漏掉了一些职场内容中值得借鉴的信息点。

既然是小说，内容毕竟会受情节所限。为避免庞杂之味，我对于其中所包含的信息点必须"有轻有重"地诠释，以避免破坏故事的脉络层次。因此，部分有价值但不适于展开讲述的信息，只能一笔带过而容易被读者忽略。为此，我另外写了数十篇助读微文（例如第一部即有16篇小文为读者补充讲解小说中一些基础性的职场知识）发布在小说公众号中，并会定期更新这个"微课堂"，将每部小说里无法在情节中透彻讲解的职场小常识进行提炼，帮助年轻读者们挖掘故事中值得深入了解的信息点。

扫描以下二维码即可进入小说公众号收阅更多微文及资讯，也可通过留言功能与我们交流。

衷心希望，《一溪见海》能让奋斗在职场中的朋友们或有启发，或有共鸣。

这套小说的创作，并非随性而为。故事情节的设计除了遵从小说属性，力求生动有趣，还须围绕"职场教材"这一特质，融汇各类职场文化元素，再通过小说情节分阶段呈现给读者。同时，每部小说的职场故事层面呈阶梯性递进，并且各有侧重。

　　小说第一部为白领阶段的写实故事，穿插于其中的多是基础性的、在其他同类书籍里常被忽略，但在现实职场人际关系中颇有影响的生存法则。第二部开始，为读者展现金领人的职场生活画面，调整行业背景，并以男女主人公的婚姻演绎为主线，工作与家庭生活交替，牵出新层面的职场故事。与第一部不同的是，第二部中跟随情节做细致阐述的职场准则逐渐减少，一系列工作与生活中悲欢荣辱的博弈，等待读者自己做更深入的思考。可以说，这一部也是在为读者能够透彻理解第三部中更高层面的人生命题做某种"铺垫"。

　　另一点需要和读者朋友们提前交流的是，《一溪见海》虽然也是由浅及深、自低向高的阶段设定，但故事起点并非从"职场小白"的懵懂经历开始，女主人公陈溪早有一定的工作经验及管理能力。所以也曾有毕业生读者担心，书中的信息对于刚进公司的他们来说暂时还用不到……

　　借此机会向大家解释：我认为，即使是最底层的"小菜鸟"，也应了解至少比自己的职场地位高一个层面的事物——思想意识的提高应先于职位的升迁，于是特意做了这样"错位"设计。以小说第一部为例，虽然表面上是在讲述中层管理人员的故事，其实是针对初级职场人的读物。而第二部、第三部则是带着已有职场经历的读者们跟随情节了解企业高管们的处事思路，让读者融会贯通并从中得到思想提升。一直以来我都认同：想掌握自己的命运，先要学会站在现实中掌握我们命运的那些决策者的角度看待问题。

　　诚然，一些职场底层小人物的所思所想并不应被忽视，只不过我把这些内容都安排在最高层面的职场故事里。个人认为，站在企业高管层的角度去审视基层员工的心态言行，将会比以"平视"的角度同命相怜更加有所得益。

《一溪见海》系列小说,并非某个职场小强打怪降魔、惩恶扬善的故事,这里没有"脸谱化"的人物塑造。因为现实中的职场人是一个个非常复杂的"变量"——不仅人与人之间存在着种种个体差异,每个人的性格本身也包含有多重"自我",没有绝对的好人与坏人,人人都具有多个面孔,在不同的环境下即会产生不同的心理,表现出不同的状态。读者从小说中每个人物的身上,或许都能找寻到自己的影子。

　　我们也不想故弄玄虚地揭示什么"职场黑幕",因为现实中的江湖即便再险恶,也会为内心强韧的人保留一片净土。初入职场的读者们随着职龄一年年增长,终会明白一些事无法逃避,却也毋须畏惧,那些经历恰恰就是你一步一步向上攀登的"阶梯"。

　　不过,《一溪见海》并不是神通广大的"宝典"或者"秘笈",有各式套路可以教大家打遍职场无敌手,或是名利双收——别说是几部小说,不少管理书籍中的理论在现实的职场中如法炮制,也未必都能奏效。因此,我在最初就把小说构思为一套"职场心智培训"教材,它不局限于某一行业,不阐述太多理论性的法则,重点放在对读者(尤其是即将进入职场的毕业生读者)的"心理干预"上。希望读者在读小说的过程中,除了"情节文娱",还能感悟职场生态中的各种现象,摸索其内在规律,从启发中形成自己的思维逻辑及判断能力——无疑,这才是学生朋友们将来在职场中能够用于应对各种局面的"万能钥匙"。

写给读者

一·溪·见·海

拉伯服饰打扮的蒙面女孩忽然现身于聚光灯下，艳红的短衣裹着酥胸，胸下一直到胯部裸露出丰润健美的腰肢，下身的雪纺红裙随着胯部及臀部的快速抖动更像是熊熊燃烧的火焰。那性感而富有热力的舞姿，以及胸上、腰间流光溢彩的金色珠片，一道融合为众目之中撼人神经的迷魂魅影，火辣淋漓的激情瞬间点燃了全场，不时引来台下如潮的掌声和兴奋的哨声……

"等一下！等一下！"主持人拉住舞罢的女孩，不让她离台，"大家来猜猜，这位美女是谁啊？"一时间台下又开始骚动，大家把公关部、会员服务部以及销售部的美女们都点了一遍名，但很快又发现其中的一些人就坐在台下，直到台上的女孩自己摘下了面纱……

"哈哈！大家看清楚了吧——她是会员服务部的Amy Liu，刘小慈小姐！"随着主持人一声哄起，全场又爆发出如雷的掌声。刘小慈站在台上，厚厚的浓妆也掩不住一脸的羞涩，她谢过观众便匆匆退了下去，留下热辣舞蹈的影像依旧让在座的男同事们赞不绝口。

杨帆正陪着总经理Thomas和梁若清坐在台下，他也被刘小慈身上的活力所震撼。鼓掌之时，身旁的梁若清忽然偏头与他耳语："我说杨总监啊，你整日都在花丛中工作，肯定天天都是香气怡人的吧？"

"哪里啊！您是不知道，是花就喜欢斗艳，平时大大小小的是非啊、争吵啊，搞得我都头疼，哪儿还有心思闻什么香味儿啊！"杨帆说罢，与梁若清一起会心地大笑，引得Thomas好奇地看着他们，也忍不住打听何事如此愉快。

第二天早上，刘小慈一到办公室就受到了同事们的"夹道欢迎"，围着她七嘴八舌地逗趣。

"哎呀Amy，你昨晚的舞跳得太棒了！魅力四射啊！啥时候教教我们嘛！""对呀对呀！你是在哪里学的，跳了多久啦？那么专业，你可以去参加职业比赛啦！""唉，Amy，你可不知道，昨天我们一起坐的几个男生，都跟我打听你现在有没有男朋友。不过我已经跟他们说了——用不着他们操心了，如果你要找朋友，我Steven第一个先冲上来！""哎哟——你脸皮可真厚！你配得上人家Amy吗……"几个人推来搡去的，好不热闹，刘小慈笑着应付着，只有邓雪冷着脸远远旁观。

"喊！不就是会跳个风骚的舞嘛！"邓雪狠狠地白了这群人一眼，又悄悄地将电脑屏幕下端的一个窗口点击放大。那是一个交友网站,趁大家都围着刘小慈的时候,她正好可以抓紧时间再浏览一下。今天又有不少人向她投来秋波,刚才她已把一个网名叫"英俊儒生"的小帅哥收到了自己的备选名单内,准备作为"重点培养对象"。

"Amy——"这时陈溪也到了办公室,她昨晚和堂妹约好一起在家过节,因此没有参加晚会,"哎呀,Amy！我刚才坐班车过来的时候,就听见车上有几个男生在聊你昨天的表演,据说你把大家都给震翻啦！哈哈哈！你可真行啊！"

陈溪正眉飞色舞地说着,杨帆也进来了。

"呦呵,怎么大家这么开心啊？"他在门外便已听到了办公室里一片欢乐。

"Morning,James,我们正在热议Amy昨天的表演呢,可惜我没看着,您看到了吗？"陈溪依然兴致不减。

"呵呵,我看了——Amy,的确跳得不错啊！"杨帆说着也将赞许的目光投给了刘小慈,接着又对陈溪感叹:"可惜呀！Rosie,你错过了一次专业表演！"

"哪儿啊……James,你可不知道,如果Rosie昨晚去了,也整个节目,那现在哪儿还有你们夸我的份儿啊……"刘小慈微微红着脸,知趣地小声道。

"哦——Rosie,你也会跳肚皮舞吗？哪天给我们大家表演一下？"杨帆接着逗陈溪。

"我？得了！得了！您快饶了我吧,这么高难度的技巧,我可搞不定！"陈溪连连摆手。

"James,瞅您都想哪儿去了！我这舞可登不了大雅之堂,人家Rosie整的都是高雅艺术——人家会弹钢琴！"

刘小慈此言一出,大家的目光一起投向陈溪,搞得她尴尬得一个劲儿拉刘小慈的衣袖:"我说你……嘴边儿怎么没个把门儿的！"

"是吗Rosie？"杨帆带着几分惊奇,"这是好事儿啊！干吗还瞒着不让大家知道啊？你钢琴几级啊？"

陈溪谦虚地笑了下:"弹得也不好,所以没认真去报考。我爸爸是教音乐的,我从小跟着他学。不过也没怎么正经学,只是自娱自乐罢了。"

"能有个文艺爱好就是好事儿！我以前学过小提琴,哪天咱们一块儿切磋切磋。"杨帆说着看了一下墙上的挂钟,上班时间已经过了两分钟。

"好啦！上班时间到了——大家散了吧！"随着上司一声招呼,同事们各自回到工位。杨帆一边走向自己办公室,一边冲Steven招手道:"你昨天拿给我的那个Memo(内部通启)签好了,来我办公室拿吧。"

香港方氏集团将一份最新的嘉宾名单发传真给了刘小慈,她收到后便拿给了杨帆。

"James,这是方氏这个月要来参加活动的嘉宾名单。"等杨帆接过名单,刘小慈又站在一边发牢骚,"他们为啥非得发传真过来?赶上传真机突然卡纸,我整了半天才好……"

"呵呵,他们其实是故意的。这些都是有身份的客人,这么重要的名单他们肯定是要尽量避免发邮件给你的——否则你有意无意地转发出去,他们的信息资源泄露的概率岂不是会大很多?"

"妈呀,他们那个Lisa还挺贼!"刘小慈恍然大悟——难怪自己建议对方发邮件时,人家却坚持要发传真,看来是比自己有心眼儿。

刘小慈留下传真件转身要出去,杨帆又叫住了她。

尽管他知道上班时间不应谈论私事,但也许下了班又没有机会了……他犹豫了下,继而轻声道:"晚上……你有时间吗?一起吃晚餐好吗?"

"哟……真不好意思……我正好约了人了……"刘小慈不自然地笑了笑,其实她已不是第一次谢绝杨帆的邀约了。

"噢,是吗……那改天吧。"杨帆也笑笑,示意她可以出去了。

午餐后,会员服务部的同事们仍在员工餐厅里围在桌子旁,边喝茶边听几个男生谈天说地。陈溪和刘小慈没留下,早早就回到了办公室。

由于刚刚过完节,御景的很多会员都还没有回到北京,因此这两天球会、酒店以及俱乐部里来消费的会员人数并不多,她们也不像平时那样忙碌。慢慢料理着手头的事务,趁着此刻办公室里安静,刚好可以顺便聊聊小姐妹间的"闺房话题"。两人正说得开心的时候,有一男一女从会员服务部的玻璃门前经过。

"哎哎!爱德华N世!"刘小慈眼尖,第一时间发现了赵玉刚,即刻叫住了他们。

"哦……"赵玉刚的表情有点僵硬,"你们好……"

他在门口站住时，随行的女子也跟着停下脚步，侧着头冷冷斜视会员服务部里的两个女孩。

"哦……介绍一下——这是我爱人，钱莉莉。"赵玉刚说话间，身边的女子也随着挑了一下嘴角，算是个笑容，但并不生动。

"哟！是嫂子啊！你好！你好！"刘小慈倒是一团热情，立即迎到门口，"怎么，今天过来看看Edward？"

钱莉莉皮笑肉不笑地点了点头，没有出声。

"哎呀，你可真关心他！怪不得他工作业绩那么好——这不有这么个'贤内助'在这儿呢嘛！"刘小慈依然咋咋呼呼、热情似火，"你可是不知道——这Edward在咱们这儿，那可是个大帅哥啊！这人长得帅吧，工作能力还强，我们这儿的小姑娘吧，这是知道他成家了，也不能有啥想法了，可你是不知道她们有多羡慕嫂子你呢！"

钱莉莉听了这"恭维话"，居然连那点干巴巴的笑容都挤不出来了，只是冷冷地瞥了赵玉刚一眼。

"呵呵……我们还有事情要做，你们先忙吧，回见啊！"陈溪意识到钱莉莉的脸色不对头，赶忙跟上来打圆场，拉了拉刘小慈，客客气气地放走了赵玉刚夫妇。

"你拉我干啥呀？"刘小慈还没回过味。

"傻呀你！"陈溪瞪了她一眼，"没看出来他老婆吃醋了吗？你还喋喋不休的……"

"拉倒吧！我又没跟她抢老公，她吃啥醋啊？"刘小慈不屑。

"你这么想，不代表他老婆也这样想。算啦算啦！咱们还是少给Edward惹麻烦吧——你看他刚才那副窘样，我感觉他老婆不像是省油的灯。"陈溪边说，边拽着刘小慈回到了各自的工位。

傍晚，办公室窗外天色渐暗，远处的御景酒店主楼华灯初上，仿佛夜幕下的繁星在闪烁。杨帆把手头的事情都处理完，看了看表，居然还没到七点。

外面办公区的员工们都已经下班离开，杨帆长长地舒了一口气，今天的工作也是难得地轻松，他准备给自己也放一小会儿假——早点回家！

杨帆驾着车刚刚从停车场里转出来，便看见路边有个熟悉的身影，是刘小慈拎着皮包一个人站在那里。

"Amy，你怎么还没走？"他停下车，探出头来问刘小慈，"要不，我送你回家吧！"

"啊……不用不用！谢谢您了……真的不用……"刘小慈的表情有些尴尬。

杨帆还想再说几句，忽闻后方有车"嘀嘀"响了两声，回头一看，梁若清从一辆香槟色的奥迪A8里伸头出来跟他打招呼："杨总监，下班啦？"

"是啊，梁总，你也才下班啊？"

"呵呵，是啊。其实早没什么事儿了，就是想等等，请你们部门的刘小姐吃顿饭。"梁若清说罢，毫不避讳地招呼刘小慈上车。

"James……那我先走啦……"刘小慈小声说道。

"啊……好啊，"杨帆愣了一下，立即又恢复了微笑，"明天见。"

看着刘小慈上了梁若清的车，杨帆没有再说话，默默将自己的"宝来"车挪到了一边，让开路以便梁若清先走。梁经过的时候，隔着车窗玻璃向他摆了摆手，他也回了个礼。待两人的车走远，他才再次发动了引擎。

毫无疑问，刘小慈上午所说的，约好的人就是梁若清。想不到这只老狐狸动作还真够快的！

杨帆又仔细回忆了一下，自己几番主动接近都碰了刘小慈的软钉子，而梁若清却能一发即中，难道他就是刘小慈喜欢的男人类型？

梁若清在御景高层虽说官位不低也不高，但大小也算个人物。若论家底，有房有车，似乎收入也不错。虽然听说他已年近四十，离过婚，还有个十二三岁的女儿，但或许刘小慈重点关注的只是他殷实的经济条件。

年轻女孩期望嫁人后即能有衣食无忧的富足生活，确实无可厚非。而相较之下，像杨帆这样意气风发但暂时仅仅拥有美好远景的人，就很难入刘小慈的眼了。

唉，算了！杨帆失落之余，又有几分莫名其妙的庆幸——早些发现不适合，也不失为一种幸运。而他最大的感触就是身为男人一定要有发展，要够强悍。有了物质实力，才会有女人喜欢。现在的女人都很现实，生活里光有爱情是远远不够的。好在自己还年轻，如今的起步也不算低，再拼个几年，相信一定会比梁若清更有发展天地。

杨帆想着，长长地叹了口气。无论怎样，他都会善意地祝福刘小慈。至于她将选择谁,是她自己的决定。

这天的例会上,杨帆跟大家交代完其他事情,接着说道:"下周四,方氏集团准备再增加一个活动——Rosie,你还记不记得上次的那个方浩儒?"他突然转头问陈溪。

"噢,记得……是他的公司啊。"陈溪先是一怔,继而又恢复平静。

"是的,这次的活动是Thomas亲自给我打电话讲的。据说,方氏本打算在中秋节的时候搞个高层职员的聚会活动,后来考虑京港两地的高层人员过节时也要与家人团圆,所以就推到节后了。这次除了北京这几个我们熟悉的人物,他们香港、上海和重庆等地的高层也都会过来,听说还邀请了几家重要的外包商和渠道商。按Thomas的意思,这次不但是方氏给我们的又一单大买卖,同时也是他们花钱在替我们做宣传。这些嘉宾所在的城市也有我们的会员分部,所以说他们很有可能成为我们的潜在客户。如果我们策划及服务令所有人满意,将来这些人在北京举办什么商务活动就会第一时间想到我们。"杨帆停顿了下,又继续道,"现在,我把具体任务安排一下,由于这个月本身就有几个重要的会议需要Anita跟进,Lucy、Steven和Frank要去酒店那边协助土耳其使馆的文化展,我看要让Amy一个人负责方氏这次的活动恐怕忙不过来——所以Rosie,你那边会籍的工作,先把急的处理了,不急的留到下周,这两天先腾出点儿空来帮帮Amy。"

"好的,没问题!"陈溪说完,和刘小慈相视一笑。不过她心里又暗暗有些担忧——上次自己把那个"恶少"搞得落花流水的,但愿他没有记仇……这次的活动这么重要,她可不想给刘小慈帮倒忙。

散会后,陈溪和刘小慈一起走出会议室。陈溪问:"Amy,你现在有什么需要我做的?"

"其实也没啥特别的,James早上先跟我说了方氏的事儿,我这儿正好有现成的方案,改改就行了。回头我改好了发给你,你文笔好,就帮着改改,瞅瞅有没错字啥的。"

"啊——就是改错字这么简单啊?"陈溪有点不相信。

"嗨呀,你瞅见不通顺的地方,再帮我整通顺了呗……"刘小慈不好意思地笑笑。

"行，没问题！我办事，你放心！"陈溪煞有介事地拍了拍胸口。

一个多小时后，刘小慈将自己调整过的方案发给了陈溪。陈溪打开发过来的文件包，看得出刘小慈的方案做得十分用心。关于活动的日程安排、场地布置、人员配备、应急措施以及各个协调部门的调度……该想到的都想到了。虽然文字陈述偶有瑕疵，但总体来说很完整，也很细致。

陈溪一边仔细阅读，一边对坐在旁边工位的刘小慈说："Amy，你还说让我帮你，我怎么感觉，其实是你给我上了一课呢！"

"快拉倒吧！你尽拣好听的安慰人——就算咱俩互相学习呗。"刘小慈笑着，眼睛依然盯着自己的电脑屏幕，"他们下午就要过来，听说是那个总裁亲自来看活动方案，因为他妈这次也要来北京。"

"哦，是吗？"陈溪随口应付着，心里却有惊讶，暗自盘算着要提前闪人，"是你跟他们谈，对吗？嗯……我下午要去酒店那边看看Lucy他们布展的情况，还要去前厅部——那现在就提前祝你好运吧！"

"咋的啦？你下午有安排？我还以为是咱俩一块儿呢！"

陈溪不自然地笑了下："你方案做得这么好，还怕他们通不过啊？我下午真的要过去……"

"行，好吧，那你早点儿回来啊。"刘小慈倒是爽快。

"OK——"陈溪说罢，两人各做各的事。她又认真地看了遍刘小慈的方案，难得的机会也多学一学别人的工作思路。

午餐后大家照例还在餐桌边闲聊，陈溪早早回到办公室，整理了一些资料，准备带去酒店那边。其实，她的确是有事要去酒店找前厅部，但并不是很急。只因上午听说方氏集团的人要来，便临时决定还是今天去吧，免得在办公室里见到不该见的人。

"Rosie! Rosie!你在吗？"杨帆急匆匆地跑了进来，在门口四下里张望。

陈溪此时正蹲在自己的台子下面拔手机充电器，听到杨帆喊得急，连忙起身，从台子后面冒了出来，问："怎么了？James."

"好！好！你在就好！Amy刚才在员工餐厅的楼梯上滑倒了！膝盖不能动了，现在送医院了。"

"啊！要不要紧啊？"陈溪闻讯也有些担心，要是骨折可就麻烦了，要养三个月呢。

"不知道，应该还好，不是太严重。人资部的人陪着去医院了——现在，我跑回来找你的原因是，今天下午和方氏的碰头会，Amy看样子是不行了，所以你得替她。"

……

陈溪这才回过神来——刘小慈这么一摔，不但摔伤了自己的膝盖，还给她陈溪摔出了个"冤家路窄"……

"我？不行！我没准备……James，您自己出面行不行？"陈溪怯生生地看着他。

"哎呀，我不是得去酒店彩排MC（主持人）嘛！别想太多了，早点儿告诉你，就是让你尽快熟悉熟悉，准备得充分点儿。你也不用有压力，没事儿的！只是一个小小的沟通协调会而已，你就让他们先了解一下活动规程，有什么问题可以记下来，我们回头再调整——再说那个方总，你不是以前和他打过交道嘛，就更不用担心了。"杨帆不提这事还好，提了陈溪更是暗暗叫苦。

"……好吧……我现在就准备。"显然没有别的退路了，陈溪只有硬着头皮面对。

"很好，那你先准备吧！跟他们约的是三点钟，还有差不多两个钟头，应该够了。"杨帆临走前又给陈溪鼓了鼓劲儿，"你没问题的！"陈溪点点头，苦笑了一下。

总之，逃是逃不掉的了。陈溪静下心来回忆了一下，自从那天方浩儒来打球之后，接下来便是星期一他们公司的小姐来补办了提名人手续，再就没什么了。看来，他并没有再挑起事端，兴许是自己心虚，想多了。这么重要的活动，对他们公司也是意义非凡，他总不能拿来当儿戏，伺机寻衅跟自己过不去吧……哎呀，小陈小姐，你也太不professional（职业化）了！她想想又捶了下自己的头——任务当前，脑子里塞得都是些什么乱七八糟的……还是抓紧时间再看看刘小慈的方案吧。

差十分钟到三点的时候，陈溪将会议室整理了一下，把该提供给对方的资料打印出来，一套一套装订好，提前放到了会议室里。她转身刚要回办公室，却见前台的员工领着三男一女走到了会议室门口，其中最显眼的就是方浩儒。

"方总，您好！"陈溪落落大方，主动打了招呼。

"哦……你好！"方浩儒显然有些意外，"我听说，接待我们的是一位姓刘的小姐。"

"非常抱歉，刘小姐中午不小心跌伤了，现在正在医院。因此我临时代替她，对不起！如果您不介意，这次我先帮着介绍一下活动的安排。或者，您更倾向于刘小姐，也没问题，今天您几位先将资料拿回去审阅，明天我们再安排大家一起面对面沟通，估计到时即便刘小姐不行，还有杨总监。我们也可以去您公司，这样就免得您跑两趟。"陈溪笑容可掬，心里却巴不得方浩儒拿了资料就赶紧撤军。

"哦，不！不！我不是这个意思。是你也没问题，我们急着要定方案，今天就谈吧！"方浩儒尴尬地笑笑，他也郁闷怎么每次总是这个女孩子占上风，似乎他不让步就太没风度了。其实也无所谓，只要能把事情落实了，是谁都无妨。

方氏来的人除了方浩儒，还有他的助理何艳莹以及市场部的两位负责人，据说以前他们的活动都只是市场部人员过来协调，如今总裁御驾亲临，看来他们对此次活动的确是高度重视。陈溪将事先准备好的资料逐套发到每个人手上，当他们开始翻阅资料时，她走到会议室前方主持台位置放下了投影屏幕。

"方总，我已得知，您几位和刘小姐事先计划的只是看看我们初步的方案，如果有问题再调整。依我看呢，您几位各自看文字资料，是要花时间来消化的，也不能保证步调一致，之后大家再来集中讨论，所有的重要环节也未必都会涉及到，万一有漏掉的，也许就会有问题。所以，我刚才已经准备好了一个PPT，如果各位不介意，我能否占用大家十来分钟，带着各位将方案仔细过一遍，如果中间有什么地方各位认为有问题，当时就提出来，我会把它记下来，下一次沟通之前就会调整。您几位——认为可以吗？"

"好呀！这样更好！"何艳莹连连应允，其他两位也随声附和。

方浩儒并没有说话，沉默片刻才轻轻点了下头。他有些诧异，没想到这个态度不恭的服务专员，办起事来倒是挺认真投入。用PPT演示并不是什么新鲜事物，但是像这样一个小小的碰头会，原先的安排确实只是大家坐下来，看看书面的文件然后提出一些各自认为需要再探讨的问题。不过，这个女孩子说得也确实在理——每个人的阅读节奏快慢不等，对同一样事物的理解领悟也有差异，或许这个过程中就会有某些关键性的问题被疏漏了。而她作为一个临时替补的人，对于仓促接手的任务都能这么认真，不惜再多花些心思力图达到最好的效果，还真是挺难得的。

"OK，那么我们现在开始……"陈溪一边控制电脑播放幻灯片，一边仔细地讲解，遇到重点环节，她会停顿一下看看大家的反应，发现个别内容似乎有人没完全听懂，就会放慢节奏再来一遍。同时，她已将纸质资料的内容穿插在其中，以便他们知道随后该如何重温。将近二十分钟的时间，所有人对整整一天活动的各项日程、御景内部的安排以及与方氏之间的配合，甚至突发情况的预想和处理措施均有了清楚的了解。

"OK，基本上就是这些。请问各位，最后还有什么问题吗？"陈溪挺了挺腰，稍稍放松了一下。

"Rosie，你讲得真的是很细，而且也没费太长时间。我觉得比我们自己看要有效率，还省得我累眼睛去看了！"何艳莹说完推了推眼镜，赞许地微笑，她因为上一次帮方浩儒补办提名手续，已经和陈溪混了个面熟。

"呵呵，谢谢Lisa，你没问题我就放心了。"陈溪笑着应和，目光转向方浩儒："方总，您还有什么意见吗？"

"如果他们都清楚了，我这边就没什么了。谢谢你，Rosie。"方浩儒由衷而言。

随后，所有人都轻松地起身准备离开，陈溪跟在后面送他们出会议室，方浩儒突然在门口站住，转身饶有兴趣地问陈溪："Rosie，你在这里多久了，以前是做什么工作的？"

陈溪愣了一下，随即笑着答道："我吗？呵呵，我刚做会员服务不久，以前是做人事培训的。"

"做过培训？难怪，你的口才和文笔都很有功底。"方浩儒说着，主动伸出了右手，"以前如果有什么让你不开心的地方，请别介意！"

"呵呵，方总，您太客气了，这话应该我说才对啊！"陈溪又笑了笑，很礼貌与他握了手。之后，直到目送着他们下了楼，她才长长地舒了一口气——总算安全过关！

下午四点多，刘小慈才从医院回来，一瘸一拐地进了办公室。

"Amy，你要不要紧啊？你怎么没有回家休息啊？"陈溪和其他同事都关切地询问。

"哎呀，回不去。家门钥匙在包里，这不就得回来取嘛。"刘小慈正嘟囔着，忽然问陈溪："哎，Rosie，方氏那个会后来咋样啊？我差点儿给忘了！"

"放心啦，"陈溪得意地挑挑眉，"都说过了嘛——我办事，你放心！"

两人正在谈论方氏的会议，不经意间看见赵玉刚情绪低落地从会员服务部门口经过，进了销售部。

"哎，我咋觉得，他耷拉着脑袋有点儿不对劲儿呢……走！问问去。"刘小慈带着伤，动作居然比陈溪还迅速。

两个女孩走到销售部门口，见其他的销售都不在，只有赵玉刚很颓废地斜靠在门边的沙发上。于是两人走过去，一左一右坐到了他的身边。

"哎哎，爱德华N世，这是咋的啦？咋看你有点儿不对劲儿啊？"刘小慈是直肠子，说话直切主题。

"呵，我没事啊，倒是你，"赵玉刚看了看她的膝盖，"摔得不严重吧？"

"嗨！不碍事儿！开头我也吓得要命，以为伤着骨头了呢。到医院，拍了片子；完了呢拿给大夫看了，人家说没事儿，就是擦破皮流了点儿血，所以当时觉得特疼——那啥，你真没事儿啊？我俩咋瞅着你……是不是心里不得劲儿啊？有啥闹心的事儿就别藏着啦！"刘小慈又绕回了原来的问题。

赵玉刚犹豫似的闷声片刻，最终无奈地叹了口气："唉……我老婆呗。"

刘小慈和陈溪对视了一眼，陈溪试探着问："是不是因为她昨天来咱们办公室……"

赵玉刚默默点了点头，良久才道："回家又闹了一场，还打电话给她爸，非得要给我换工作。"

"那是为啥呀？"刘小慈费解地瞪大眼睛。

陈溪想了想，说："难道她看到了我们一班娘子军，对你不放心？"

赵玉刚又点了下头，三人一起陷入了沉默。

"我大学快毕业的时候，我妈让我一定要想办法留在北京。"赵玉刚低声说着，垂眼一直盯着地毯，"其实……那时我有个女朋友，家里也是安徽的。本来打算毕业后，和她一起回我们县里找工作的，可我妈死活不同意，说什么如果我回去她就去死……硬逼着我跟女友分了手……我妈是上海知青，当初插队到了农村，最后返不了城就嫁给了我爸，有了我和我妹妹。后来我爸得病去世了，她一个人带着我们两兄妹，一直没再婚，就是为了将来有一天能回上海……可惜，一直都没有机会。好不容易盼到我大学毕业，她说在北京也行，总之不能再回农村。我妈为了我们两兄妹，已经很操劳了，我也不忍再伤她的心。我也明白，她都是为了我们两个孩子好才这么坚决的。"

赵玉刚说着，用手指抓了抓头发，似乎想把烦恼赶出脑子。陈溪和刘小慈都没有作声。

"主要就是因为我妈，我才和莉莉结了婚。在大学的时候，她就对我挺好，可当时我有女朋友。后来分手了，我也就糊里糊涂地和她好上了。毕业后，我们就去登记了。后来她爸帮我办的户口，我进御景，也是她爸托的关系……其实她人也不坏，就是脾气特别大，有时不太讲理，再有就是总爱疑神疑鬼的。她知道我以前有女朋友，老是说我对她不是真心的……呵呵，真不真心，婚都结了，我还能怎么着啊？这不，昨天来办公室，看见你们几个都是年轻女孩子，她又有怪话了，非得让我赶紧换工作。"

"我们都是你的正经同事，她能有啥怪话啊？"刘小慈愣头愣脑的，还是不能理解。陈溪瞪了她一眼："你呀，这还用问吗？！也怪你，昨天当着他老婆的面，帅哥长帅哥短的……惹出祸了吧？他老婆肯定记住你了！"

"拉倒吧！你老婆不会那么小心眼儿吧！我当着她面儿夸你帅还不好啊——那这可咋整啊？"刘小慈也意识到，不是每个女人都像她那样大大咧咧、满不在乎的。

"Edward，你也别烦了。你太太担心也能理解——因为你人长得帅嘛，她有点危机感也正常，说明她非常在乎你。可能是你们结婚之前并没有太多的感情积累，你这几天好好关心她，别冷落她，只要她感到安全了，也就不逼你换工作了。"陈溪说着拍了拍赵玉刚的肩，"凭我老本行的经验，可不会看错人，你做销售很有潜力！你看，这才几个月啊，你都开了好多单了，厉害啊！"

"我想，我来御景，梁总其实是碍于我老丈人的面子，难于拒绝。安排我做销售，估计就是让我要么凭自己本事赚钱，要么知难而退，主动走人。不过我还真是挺喜欢这份工作的，接触的人多，也挺锻炼人。呵呵，他要是真帮我安排一个像工会那样只能端坐办公室的差事，没准儿我就真的废了……"

"可不是嘛！"刘小慈也跟着赞同，又像是打抱不平，"所以你是靠自己努力，你老婆凭啥老嘚瑟啊！"

陈溪递了个眼色给刘小慈提醒她别再多说，又安慰赵玉刚道："Edward，你是有实力的人，只要遇到了适合自己的土壤，就先想办法扎下根，别管之前你是被风刮来的还是被水冲来的，现在机遇对你而言才是最重要的。你现在虽然成了家，但其实在这个城市根基还不稳固，需要适合自己的机会来走自己的路，否则你永远要受他们的支配。等到以后站稳了脚，你也不用再担心你太太或岳父的态度了——加油！"说罢，她又重重地拍了一下赵的肩膀。

"谢谢，"赵玉刚略带感激地看看坐在左右两边的陈溪和刘小慈，"说实话，在这里遇到你们两个，还真是挺高兴的——谢谢关心啊！"

"哎呀妈呀！可别再说啦！"刘小慈突然开始抖袖子，"鸡皮疙瘩落一地！"

三人随即一起大笑。

第二天的例会上，杨帆就陈溪昨天下午接待方氏人员时的表现给予了表扬。

"方氏的总裁助理Lisa昨天下午给我打了电话，说她老板对我们的安排很满意，基本上都接受，她还特意跟我提了一下Rosie……"杨帆随即转向陈溪："那个PPT做得不错！"

"谢谢，主要是Amy之前的准备工作很充分。"陈溪腼腆地笑了笑。

"你就别谦虚啦——那还不是你改的文案？"刘小慈说着也笑了，坐在她旁边的邓雪却抱臂翻了个白眼。

"Amy，现在方案已经初步敲定，你可以在这周四，也就是明天，让采购部通知供应商把我们新印的宣传册送过来——这样的话，在方氏活动的当晚办宴会时，我们也可以在客人的礼品袋中加一份我们御景自己的宣传册。"杨帆说罢，又低头看自己的记事本。

刘小慈眨了下眼："可是，James，明天就拿过来，是不是早了点儿？"

"你明天原本有别的安排？"杨帆抬头看刘小慈。

"那倒不是，就是觉得那活动下周四才举办，我们这么早没那必要！那啥，我下周一打电话叫他们送过来，周二正好等方氏的东西到了一块儿装袋儿，赶得及！"

"真逗！能在初一做的事儿，干吗非得拖到十五？！"邓雪挑着眉毛瞥了眼刘小慈。

"Anita说的确实是对的。"杨帆耐心地看着刘小慈，"你看，这次的宣传册印好之后，我们还没有看过实物。下周四的活动，如果他们只是提前两天才把货送过来，留给我们的时间最多只够装袋。理论上讲，这样不是不可以，但万一发现册子有问题，或是出现其他的意外，咱们可就被动了。如果是这周五拿货过来，我们就能有充分的时间检验印刷质量，还可以仔细审核一下内容，发现有问题我们还有机会调整、补救。再者，方氏的礼品是下周二才送过来，但是礼品袋这周五就到这里了，我们还需要看一下宣传册实际的尺寸大小能否装进礼品袋里——所以，Amy，老话讲'赶前不赶后'，咱们做每件事都应该尽量提前，把后面的时间预留充分一点儿，哪怕提前做好了放在这儿，都踏实啊。"

"噢——"刘小慈服气地点点头，"我刚才就是觉得早拿过来占地方。您这么说，也是这个道理，我知道了！"

陈溪听了杨帆此番话，心里也暗暗佩服他考虑问题细致周全。她以前在工作中也接触过很多老板或高层管理人员，但极少有男士做事如此耐心、缜密的。回想自己来会员服务部后亲身体会了这位上司的领导，不免又为杨帆的努力与敬业深深折服。他斯斯文文的，说话又有分量又有感染力，对谁都很客气，但行事却不失气魄……陈溪突然发觉自己看他的眼神中夹杂了别的内容，赶紧坐直了身体，将目光移向了刘小慈。

某次，杨帆在刘小慈身后注视她的目光，被恰巧在对面的陈溪捕捉到了一丝很特别的温柔，随后她暗中观察，感觉上司对刘小慈似有爱慕……其实也很正常，刘小慈属于东北姑娘中很有女人味的那一类型。1.68米的个子也算是高的，而比起身高1.65米的陈溪，这3厘米的区别可就大了。她虽比陈溪稍胖，但那身材堪称标准的"曲线美"。尽管平时说话有点东北的"大子味儿"，但并不是那种粗粗拉拉的效果，相反还有种质朴可爱的感觉。毕竟，人家也是人大毕业的正经学士。杨帆那样文质彬彬的男人，或许就喜欢这样有活力又心直口快的女孩子……

"OK，今天的会就开到这儿！可以去吃午饭了。"杨帆看了看手表，解放了大家。

"哎哎，"陈溪和刘小慈走在大家的后面，她突然拉了拉刘小慈，眼睛瞟向最前面的杨帆，小声道，"像这样前途无量的青年才俊，再不抓紧可就放凉啦，说不定会被别人抢走了呢！"

"说啥呢你？"刘小慈佯装不明，"谁要抢啊？你呀？那你可得快点儿啊！"

"我是说你啊——别装傻了！他对你有意思……这可逃不过我的火眼金睛！"陈溪得意地一挑眉。

"哎呀妈呀！你可真八卦！别让人听到……"刘小慈立即心虚，看了下前方，又瞪了陈溪一眼。

"呵呵呵，怕什么呀！你未嫁，他未娶，怎么还躲躲藏藏的？"

"我对他呀，没那感觉……"

"为什么呀？他还不够优秀啊？海外的名牌学历，又年轻，又有才干，长得也是一表人才，你还不满足啊？嘚瑟！"

"拉倒吧！我可不稀罕，我寻思着找个北京的——哎，我咋瞅着，你倒是被他整得五迷三道儿的……哎呀……一不留神儿，把自己的心里话给秃噜出来啦！"刘小慈恍然大悟地偷笑。

"Shut up（闭嘴，住口）！你怎么不识好人心，反咬我一口啊……"陈溪立即用力摇着笑个不停的刘小慈，想让她尽快安静下来，但同时自己也感觉到脸有些发烫。

~5~

"圈套"

"方总，您是不是现在要去御景山庄？"何艳莹走进方浩儒的办公室，看见他正在穿西服外套。

"嗯。瑞士Stone的老板，说从没在北京的秋天打过球，我请他下场体验一下。你问这个，有事儿吗？"方浩儒转过头，见何艳莹欲言又止的样子。

"我……是有点儿小事儿……但不知您的车方不方便。我们安排了这周五要将所有的礼品袋送到御景，可是那天还要拉其他的展品，我怕到时候车上的地方不够，如果您今天也去御景，后备厢里能不能……"

"你拿一部分礼品袋交给小周吧，我们正好会早一点儿到那边，到时让小周先送到他们办公室去。你问他后备厢能放多少，就拿多少给他吧。"

"啊，谢谢！我这就去。"何艳莹如小鹿一般跑了出去。

两小时后，方浩儒到了御景高球会所的大厅，看看时间还早，趁小周和服务员从车的后备厢里取礼品袋的空当，他自己先上了楼，打算跟会员服务部的工作人员打个招呼，告诉他们今天提前存放一部分礼品袋。

此刻正值午休时间，他远远望过去，好像会员服务部办公室的玻璃墙内并没有人影，犹豫了一下，还是打算过去探探究竟。

走到门口，方浩儒见正对面没人，扭头向左望，看到只有陈溪一个人坐在位子上，面前放着个化妆包，刚刚扑完粉，正在抹口红。

通常撞见这种情形，方浩儒会主动回避。然而这次他却觉得陈溪对着面小镜子左端详右端详的样子很有意思，而后又意识到这么看人家并不妥，便用手轻轻叩了两下旁边的玻璃门。

陈溪抬眼看到方浩儒站在门口，正微笑着看自己，即刻明白了他在笑什么。不过她并无拘谨，更没有起身，只是歪着头招呼道："您好方总，请进。"一边说着，一边不慌不忙地收拾起化妆包。

方浩儒慢慢走近陈溪，看了下她办公台前面的椅子。

"可以坐吗？"

"当然，您请坐。有什么可以为您做的？"陈溪熟练地回应着，顺手拉开旁边的抽屉，把化妆包放了进去，但并没有合上抽屉。

方浩儒趁她低头放包的时候，快速而仔细地看了看她刚刚修整过的妆容，发现女孩的脸色出奇地好，浅桃红色的口红，更是把皮肤衬得光洁白晰，像个小瓷娃娃。

"我刚好今天过来打球，顺便帮Lisa捎带了一批礼品袋，一会儿我的司机会拿上来。"

"咦，我听我的同事说，您公司周五才会送礼品袋过来，怎么现在就到了？"陈溪虽是这样说，也并未表现出吃惊的样子，同时低头从抽屉里又取出了一支粉红色包装的护手霜，"我们恐怕还没有腾出足够的地方。"她边说边挤了一点护手霜在手背上，之后双手来回交错轻轻地按摩着，几秒钟的动作却是舒缓而又优雅。

方浩儒坐在陈溪的对面，也一同感受着护手霜那茉莉花的芬芳。他趁她将手霜放回抽屉时，又悄悄瞥了一眼她的手——纤细的手指，指甲上涂了淡粉色的透明指甲油，但很少见女孩子像她一样将指甲修剪得这么短。从她手上及脸上的肤色可以想象，她身上的皮肤一定也是嫩白水润的。

"哦……只是一部分，因为……Lisa担心周五的东西太多……"方浩儒突然发觉，自己好像被那幽幽的香气搞得恍惚起来。

"噢，这样啊，只是一部分就没问题。一会儿大家都上班了，我会告诉他们接收的。"陈溪此时已完成了补妆的所有工序，微笑着站起身，似乎是要恭送方浩儒。

"好吧，谢谢！"方浩儒也随之起身，知趣地告辞。碰巧陈溪台面上的电话突然响了，她随即接起，只得目送他离开。

走到门口时，方浩儒却鬼使神差地停了下来。他转身又看了看陈溪，她正集中精力边听电话边记录着什么，全然不觉他依然存在。她穿着淡紫色的套装，颈上的白丝巾别着银色的丝巾扣，由于正在用一边下颌和肩膀夹着听筒，她的长发随之侧披，另一边耳垂下的珍珠耳环显露了出来，很是灵巧。

他的心里悄然漾起一波涟漪。眼前的这个小女人，居然能把职场人知性的做派与女人的俗常姿态结合得如此有味道。刚刚坐在她的对面时，不但不觉无聊庸鄙，反而有几分赏心悦目……

可惜，直到方浩儒真的离开，陈溪始终都在专心致志地讲电话。这让他不禁生出几分失落——为何每次她都是这样不冷也不热地对待自己？而他却在偶然间发现了她那种特别的光芒，尽管不是很耀眼，却与众不同，透着淡淡娟秀之气。

然而，这种局面似乎对他很不公平——他欣赏的人，居然不懂得被他欣赏是应该感恩的。

下午，陈溪正在核对会员资料，公关部的高级经理Shirley从办公室的门口探进身来找她："Rosie，你在忙吗？James在我们部门，请你过去一下，方便吗？"

"好的，Shirley。给我一分钟，马上过去，谢谢！"

公关部就在会员服务部的隔壁，陈溪很快到了公关部的小会议室，杨帆、Shirley及策划部的几名美工都在，还有和她同部门的小文员Lucy。

"坐吧，Rosie。"杨帆看到她进来，用目光扫了下他斜对面的空位。

陈溪坐定，接着问道："找我有事吗？"

"Rosie，我想了解一下，这期的Member's Bulletin（会员简报），你审核过了吗？"杨帆扬了扬手中的一份稿件。

"哦，我只是将版面排列组合了一下，审核了大致内容，没有仔细看每一篇的文字……"陈溪隐隐意识到，肯定是自己哪里出了问题。

"为什么没有看文字？"杨帆继续追问。

"Sorry，我当时在赶会员月报表。Lucy拿给我文稿时说，她都已经校对过了。我为了快一点完成，就忽略了审核文字……Sorry，出了什么事吗？"她开始感到不安，再看Lucy的脸红红的，头都快要缩到衣领里，预感到事情不妙。

"你自己看看吧！"杨帆将手中的稿件放在台面上，推到了陈溪面前。

陈溪拿起一看，用黄色笔标记的一句话写道："本次月赛中，会员×××先生，最后一轮打出了70杆，以低于标准杆27杆2杆的成绩，成功获得……"

杨帆望着她惊愕的脸，表情严肃地再次说道："Rosie，我知道你刚来不久，如果说你还不清楚高尔夫球赛的标准杆数为72杆，或者不知道这种低两杆的情况叫'老鹰球'，我尚能认为是情有可原。不过，对于70和27之间的量比关系，我想小学生都会知道这两个数字哪个多哪个少，难道你会认为'70杆比27杆低2杆'这种说法很合理吗？"他的语气仍然温和，但话语中的责备已是非常明显。

陈溪羞愧难当，连连道歉。不得不承认，这是个非常低级的错误，Lucy将"72"写反，成了"27"，而她却没有检查出来……

杨帆看了她一眼，又拿起一张美工制作的工作申请单转向大家："我当然知道，这个错误的始作俑者是Lucy。不过，我希望大家能明白一点，一个小错误的存在，本身也许是微不足道的，然而每经过一道工序却被疏漏掉，它的破坏力就会翻倍。你们推想一下，这个错误Rosie没有及时检查出来，结果我们现在要在这里开会，占用每个人的时间来强调这件事的重要性。如果这张单子接下来给到Shirley，Shirley也没查出来，再转给美工去制作正式的简报……是不是这个错误就会像滚雪球一样，继续蔓延它的不良影响？它不仅让相关的每一个人都浪费时间做了一次'无用功'，而且不久之后还要耗精力对此进行弥补……倘若最后到了我这里，我也没有发现，批准送去印刷，让这个错误最后被印刷在了几千张会员简报的成品上，那将会是什么后果？"

大家都静静地听着，陈溪则恨不得将脸藏到会议桌底下。

"这次是Shirley及时发现了，没有再继续造成不良后果。但是问题肯定是要处理的。我的决定就是，没有查出错误、在这张工作单上签字确认的最后一个人，将承担所有后果，之前的人就不予追究了。因此Rosie，你现在要对目前的这个错误负全责。"杨帆说着，又转向陈溪。

陈溪闻言，抬头看杨帆的目光中有一丝惊诧，但是没有反驳。

杨帆并未理会她的默不作声，继续道："还有，请你补上没完成的工作，下班之前将每一篇的文字都仔细过一遍。有问题吗？"

"哦，好的，没有问题。"陈溪振作了一下，干脆地回应道。

"OK，你和Lucy都先回去吧，带上这份简报初稿。"杨帆一如往昔的平和语气，却无法令人感受到阳光的暖意。

陈溪不记得自己是怎样灰溜溜加气鼓鼓地回到会员服务部的，Lucy之后跑到她的位子边，连连向她赔不是："Rosie，对不起啊……都是我害了你……我真的不是有意的！"

"不是你的问题，我自己没查出来而已。"陈溪看着Lucy平静地笑了笑，但其实心里多少有些不舒服，就因为她的一时大意，把自己也拖下了水，而她却平安无事地"上岸"了……可是，对于这种事，谁也不是故意的，人家已经道歉，也只能自认倒霉了……

下午接下来的时间，陈溪不得不用一部分的精力来重新审核会员简报的每一段文字，等到稿子确定无误了，她本来安排在下午完成的工作，则必须要留下加班完成。

八点左右，杨帆在外见完媒体返回办公室，远远看到会员服务部的灯还亮着，有些好奇谁还在办公室里，便放轻脚步走了过去。到门口一看，陈溪嘴里衔着棒棒糖，背对着门口正在档案柜前核对一份会员资料，但见她用手翻页的动作很是烦躁，关上抽屉时也是撞得"砰砰"作响。

"怎么还没下班？"

杨帆一开口，陈溪吓了一跳，从嘴里拔出糖，悻悻地回答："工作没完成，只能加班了呗……"她发现手中捏着的糖实在没处藏，索性又塞回嘴里，坐回位子低头整理资料。

杨帆走过来，拉出她办公台对面的椅子坐下。

"你多大了？还吃这个？"

陈溪心想，下班时间，你凭什么管我呀！拨出嘴里的糖，淡淡地回了一句："这是'妇女儿童食品'，社会舆论只规定男士不应该吃。"说罢又从容地把糖塞进嘴。

杨帆笑了笑："要是饿了，拿这个充饥也不管用呀，还是我帮你点一份餐吧！"

"不必了，谢谢。我不饿，有时候吃糖可以改变心情。"

"改变心情？怎么，现在心情不好？呵呵……是不是因为今天我当众说了你几句？我都没在意，你还弄得苦大仇深的，你这样闷闷不乐，难道是我今天说错了吗？看来吃糖并没有改变心情，你到底吃的是糖啊，还是火药啊？"

陈溪毕竟是心思细腻的女孩子，不经逗，杨帆随意调侃两句，她便开始有些赌气了。不过怎么说对方也是上司，不可能破口大骂，只得咬咬牙小声回敬："天下的员工都一样，挨了剋还乐呵呵的，那不是没心没肺嘛！"

"哎哟，我那叫剋你啊？我可没说一句重话，你就受不了啦？你去问问那帮男孩子，我平时是怎么剋他们的？"

"我可没说是因为您说什么重话了，我只是生自己的气——居然会犯这样滑稽的错误，自己都没法原谅自己！"

"行！多谢你把我择了出来……那我也帮你个忙，替你开解开解，看看是不是比吃棒棒糖管用？"杨帆说着调整了一下坐姿，又继续说，"先声明一点啊，我当时所谓的'让你负全责'，随后也不会再有什么处罚措施了，这样……你是不是就可以放心了？"

陈溪的回应却不带一丝感激："算了吧，敢做敢当！这种人情我可不想欠您的，回头再有别人指责您没有原则，我岂不是又多了一宗罪？"

"呵呵呵，难怪这帮男孩子说你Rosie清高，我今天也算领教了。这样，我换个说法，其实不是我不处罚了，而是已经处罚过了。我说的可是真的啊！"

陈溪有些困惑："Sorry，我不明白，怎么就处罚过了呢？"

"呵呵，我看得出来，你不在乎钱，倒是很要面子。"杨帆诡异地笑了笑，"所以对付你这种类型的员工，我极少动用罚款手段，多数采取让你丢面子的方式，要你一次就长足记性……不过，念在你是女孩子，我今天可真的是'嘴下留情'了啊！"

她听了却并不领情，说："我承认，我是很在乎自己的颜面，今天当众挨训肯定也是长记性了。我想说的是，您的这种惩罚方式，我认为无可厚非，但是您的理由，却让我有一种很古怪的感觉，我没法解释为什么会这样想，可的确是觉得：这件事，像是Lucy给我下了一个'圈套'，而我呢，也是运气不好，没有将这种责任风险成功地转嫁给Shirley，属于'下套未遂'……您不觉得，这种方式是在误导员工曲解自己的错误吗？"

杨帆听罢又淡淡笑了笑，陈溪虽然没有明说，但他听明白了，令她不舒服的心结就在于，自己放过了别人，只追究了她一个人的责任。即使没有实质性的处罚，也让她心理不平衡了……其实，此类情况在职场中是很常见的现象。

"你签了名字，就代表要负责任，这一点你应该明白。至于是你的直接错误还是间接错误，有必要再去加以区分吗？此外，很简单的道理：假如我也签字批准了，结果印刷了一堆废品，难道我可以去跟Thomas解释说：老板，我没有审，是我下面的Rosie审核的……"

"James，这道理我懂，不过我怎么感觉，您的方式让人觉得，除了最后环节的那个人最倒霉，别人都可以侥幸逃脱了。我怎么觉得这样很……有悖常理。"

杨帆望着她，语气变得平静温和："我理解你的感受。Rosie，引用你刚才关于'圈套'的说法。其实在职场里，尤其是这种一个环节接着一个环节的协作机制中，处处都会有'圈套'存在。唯一的区别就是，有的是故意的，有的是无意的。然而不论什么性质的'圈套'，它都是圈套、是陷阱，中招的人一定会有种遭人暗算的感觉。丢开那些恶意的圈套不谈，凡是中了无意圈套的人，都是犯了一个相同的错误：盲目相信别人。而那些无意之中害了同事的人，则也都有个共同的毛病：粗心大意，没有意识到自己的行为有可能会给同事带来麻烦。"

见陈溪不语，他又继续说道："因此在职场中，既要提防着别中人家的'圈套'，也要小心避免给人家设'圈套'，别小看这一点，这是在团队协作中赢得好人缘儿的关键。否则尽管你不是有意的，别人吃了亏最终还是原谅你了，但仍然会远离你，回避与你的合作。而有些圈套虽说不是你的'原创'，你却因为粗心没有检查出来，那么对于下一个环节的同事来说，你至少也算是个'帮凶'。以前呢，我看过的所有管理教科书，基本上就此类问题都不是这样讲解的，但我本人对此就是这样一种诠释。我们必须以人性的角度来看待、来感受这个问题的后果，大家才能真正体会到它对自己，以及对他人到底会造成什么样的影响或者伤害。有时候，尝到了被人拖累的滋味，才会在日后加倍小心，避免殃及无辜。"

"您这么一说，我倒是能理解一些。这次我中了圈套，心里也确实有点怨Lucy，当然也明白是自己轻信而造成的。唉……但愿下次我再别成为什么'帮凶'了。幸好Shirley细心，否则她中招了，我又要内疚死……"陈溪无奈地嘟囔着。

"所以我刚才说，我已经处罚过你们了，不仅是你，还有Lucy。在我看来，只要是有正常责任心的员工，在一个错误上，对着别人的负疚感，远比只为自己的悔恨更加令她难过。我虽然当时嘴上没提Lucy，但是我针对你的力度越大，她就越难过……而你呢，今天也算是在人前丢了一回面子了，呵呵，估计我这两种罚法，会让你们俩都长记性。"

陈溪忽然笑了笑："这就算过关了吗？"

"哈哈，你什么意思？是不是还要我'大刑伺候'啊？"

"您高抬贵手吧！这还不算是'刑罚'吗？当着那么多人面前……我恨不得找个地缝钻进去……"

杨帆忍了忍笑，又补充道："不过我今天拿你'开刀'，其实也有对你的另一种期望。Lucy只是个实习的小文员，而你将来是会有升职空间的。我希望你通过这件事，同时也调整一下自己的心态。第一，请你下次遇到这类问题，不要提前面那个级别比你低的人，否则会让人误解你是想要推卸责任；第二，永远记住：将来你的下属拿给你批准签字的每一份文件，其实都可以理解为一个潜在的'圈套'。你要是不细心，中招的概率可就难讲了。"

陈溪忽然调皮地歪起脑袋，问："老板，这是您的心里话吧？看来您平时就是这么提防我们下'圈套'的……真难为您了！"她说着便开始抿着嘴笑。

杨帆瞪起眼睛："嘿！你还挺会借题发挥！我没再说你什么，你反倒挤对起我来了！再说了，你可真是我见过的'最守规矩'的员工了，老板训话，你边听边吃棒棒糖，甜——吗？"

陈溪突觉不好意思起来，背过脸去，心里有种很舒服的感觉，仿佛又沐浴在阳光下。

"一会儿你怎么回家？要不要搭我的车一起走？"杨帆站起身，看了看表。

"不了，不敢再劳您大驾了，一会儿还有一班员工巴士。"她边说着，边整理好最后一份会员资料。

"呵，还不给我面子！"他又开始逗她。

陈溪抬头看他，一脸的顽皮："我今天已经把面子丢光啦！再没有面子给您啦！"

杨帆不由得爆出一阵爽朗的笑声，接着道："行！有个性！我喜欢！"说罢进了自己办公室，坐下的时候嘱咐了一句，"抓紧时间吧！别误了车！"

他随口的一句"我喜欢"，却让陈溪的心里突发一丝颤动，她不禁思忖：自己今天犯了错，挨了批评，便一直郁郁寡欢，难道仅仅是因为丢脸？还是……因为批评自己的是他？又不知为何，现在他说了几句软话，好像自己真的就不那么难过了……

她发觉似乎有一种朦朦胧胧的思绪正在自己脑子里作怪……该死！该死！陈溪同学……你快醒醒吧！

~6~

酒会

香港方氏集团很早前便在御景山庄预订了本周四的大型公关活动，到场的多为重量级嘉宾，因此这也是本月会员服务部最关注的一次活动。周四一大早，会员服务部及公关部的同事都不约而同地提早来到办公室，杨帆很是欣慰，于是提前召集大家开会，以便尽快布置各项工作。

"本来希望趁这次高端客人云集，可以借机也发展一些我们御景的新会员，但由于方浩儒明确表态，不允许我们在各个活动的现场安排御景的销售人员进去和客人交换名片，所以，这次销售部的同事是没办法参与了。而收集客户名片、break the ice（打破僵局，消除生疏）的担子，就得由公关部的同事来挑了。我看了一下嘉宾名单，方氏此次确实是很大手笔，所以Mark、Alex、Shirley，你们拿的都是'高级经理'的名片，这次就要好好利用你们的身份，多争取一些高端客户资源。不过呢，我们目前只有客人的名单和身份，谁是谁现在还分不清楚，因此，Doris和Jason，你们俩打头阵就尤其关键了，特别是晚上的鸡尾酒会，你们就和宴会部的同事一起守在接待台。对了，这些客人的名单你们都已经熟悉过了吧？"杨帆边说边看着他们，两人立即点了点头。

"Good!那份名单中我已经划出哪些人是重点中的重点了。你们在接待台，在来宾签名时注意看他们的print name（名字英文的工整拼写，而非签名字样），然后尽快核对出身份，怎么做标记就不用我来教你们了，总之，一会儿Mark他们进场的时候，你们俩尽量先找出重点目标给他们，先从这些人入手……OK，这就是公关部今天主要的任务，你们如果没有问题，可以先回去忙自己的工作了。"

待公关部人员离开，杨帆随即开始安排会员服务部的工作，由于这次活动的前期准备大部分是由会员部承担的，所以不需要浪费太多的口舌，只是强调一下重要的环节，大家分工盯场，邓雪和其他几名同事盯上午的会议、高球活动及下午的宴会，而刘小慈和陈溪则负责跟进晚间的酒会。一切都安排就绪，散会时，杨帆把陈溪叫进了他的办公室。

"Rosie，关于美国之翼那个case，我看了你昨天发过来的邮件，你的处理方式我是清楚了，可以告诉我你是怎么想的吗？"杨帆说着打开了那封邮件。

为了平衡御景在淡季的庞大开支消耗，杨帆早在两个月前推出了一种特殊的消费方式，即与海外以经营豪华团为主的旅行社合作，他们的客人到了北京这一站，可以加入项目，在御景打高尔夫球或者进行其他消费体验，之后，御景按照具体的消费额给这些旅行社返佣金。这件事如果由销售部来操作，恐会引起会员们关于会员制消费私密性的投诉，所以杨帆将这种合作模式设计成一种新的会籍种类，持这种会籍的旅行社，即可以采取不记名方式安排若干嘉宾在御景消费，于是这项工作的协调管理又落到了会员服务部。

美国之翼是美国东部的一家旅行社，由陈溪负责。他们刚刚交了一笔订金，准备安排一个有十八名美国游客的豪华团在下个月来御景，但中途又改变了主意，决定取消本次行程。尽管对方提出退团的时间是在条款约定的允许范围之内，陈溪却找了些理由，软硬兼施地拒绝退费，并因为这件事与邓雪发生争执，没等陈溪有行动，邓雪已抢先一步在杨帆面前参了她一本，状由是：以不正当的理由有意怠慢合作商户，对御景的诚信形象造成了损害。而陈溪昨天发给杨帆的邮件，只是常规性的报告，并未提及邓雪。杨帆了解了事情经过后，今天找陈溪，就是想听听，她到底是如何看待这件事的。

"James，美国之翼一开始是准备送客人过来的，后来突然改变了主意，我听他们那边的职员说，是因为他们其中一个老板认为没有尝试过这种活动，觉得有些冒险，所以建议不要做，其实并不是他们所有人的意思。虽然他们口口声声说'maybe next time'（也许下次），但我不认为下次还会有合作的可能性。"

"即便你怀疑再次合作的可能性，他们也是按照协议条款的规定，在允许的期限内通知了我们，"杨帆平静地说道，"你建议说不给他们退款，确实是有悖协议的。"

"我当然明白。可是，假如这次我们单纯地只是履行了协议条款，退了款，其实就等于结束了和他们之间的一切合作，他们从此以后也只是我们的一个'挂名'公司会籍，不用交会费，也没有任何的款项在这里，我们对他们，将没有任何的牵制能力。说得好听点，是大家维护了一个诚信，但这种诚信是子虚乌有的东西，他们现在就不信任我们，不相信我们可以做得好，将来就更不可能了。"

陈溪见杨帆没有再插话否认，继续说道："现在这个局面，我们唯一行之有效的办法，就是拖住不退款，争取说服美国之翼负责我们这个项目的那几个人，至少要让他们认为：说服那个老板来尝试一次合作，会比跟我们扯皮退款要容易，这些美国人也是打工的，他们肯定会选择最容易的解决方式，那么，只要他们能把那十八个客人带过来，我们便好好地接待，之后不管赚了客人多少钱，第一时间兑现给他们的佣金。如此一来，他们获得了正面的利益，在老板那边有了交代，同时也会对我们产生进一步的信任。我认为这才是我们真正需要的、对未来有利的诚信。"

杨帆听罢，想了一下又道："你说的是很有道理，但是Rosie，这样做是很有风险的，如果他们坚持要我们退款，拒不合作，你这样逼他们不是越闹越僵？到那时的确有可能，我们会被指责在对客服务方面没有诚信。"

"James，首先，我认为这个诚信的概念要一分为二：如果是对待会员，我们只有一条宗旨，就是诚信为本的服务，我们为他们尽职尽责地服务，他们满意了甚至还会介绍更多的人来入会；而这些旅行社，他们并不是我们的终端客户，换句话说，他们是我们的同盟，那么一味地跟他们去讲这种单纯的诚信是毫无意义的。况且，我们一开始为了表达合作的诚意，在协议上已经有所迁就，他们当初要求在十个工作日内即可无条件退款，本身就是一种只维护单方利益的霸王条款，谁都知道在这十天内，我们有可能必须要先完成一些准备工作，一旦他们突然反悔，我们之前的人力物力就等于打水漂儿了。现在，他们没有意识到这种双赢的原则，一味只求自保，那么我们在一开始，采取非常手段把他们逼到合作的良性轨道上来，也许是唯一能争取积极合作的方法，至于什么风险的概念，那只相对于刚才说的前者诚信，美国之翼如今刚刚开始合作就改变主意，尽管按照条款不算违约，但本身也是有失诚信的行为。当初，他们是在对我们不公平的前提下签了协议，那么我们为什么不可以找个不公平但也不违法的方式来反制他们？"

杨帆望着陈溪，目光中满是惊讶。他一直只是觉得她工作挺认真，踏实好学，而如今，自己似乎需要重新认识她了。她刚才的那番话，不仅仅有着培训师的口才，清晰的思路中同时也透着一种商业范畴的精明。其实，邓雪来打小报告的时候，杨帆凭直觉即认为陈溪的做法也许是正确的，但他需要验证。而今这个推断美国之翼工作人员心态的女孩，自己也是替公司打工的，却有着一份出乎意料的勇敢与忠诚，令他既有些感动又有些诧异。她平日里性格温婉，待人谦和，而柔弱的外表下，似乎有种深藏若虚的刚毅。

"你的意思我全听明白了。"杨帆赞许地笑了笑，"你说的很有道理，我也同意了，就这样做吧，我会支持你的。跟他们周旋的时候注意谨言慎行，我听说你以前接触过一些法务，想必有这方面的头脑，相信你会好好处理的。放心，如果真的有什么问题出现，承担风险的肯定是我，不会让你一个做下属的去顶风冒雨的。"

陈溪听后感激地笑笑，起身准备回自己的位子。

"哎，等一下。"杨帆也同时起身从办公台后走出来，伸手托起了陈溪缠着医用纱布的手腕，仔细看了看，又关切地看着陈溪，"现在好点儿没有？还疼吗？"

上周五方氏集团将两箱活动中要用的礼品袋送到了御景会员服务部，不巧部门里的男同胞都有工作外出了，陈溪和刘小慈主动充当劳力，谁知搬运过程中陈溪不小心砸伤了手腕。事后，杨帆责怪两名女孩为何不等他回来……虽听说伤无大碍，但见今天陈溪仍缠着纱布，不免又有些愧疚。

"嗯……不疼了……"陈溪有些不自在，突然从上司的眼神中发掘出一丝男人看女人的成分，脸颊腾地红了，"真的不疼了……我先出去了……"她慌忙转身想跑，却突然"哎哟"一声，整个身体都贴到了玻璃门上——真是见鬼！自己刚才进来时怎么顺手把门给关上了……

杨帆看到她的窘相，急忙用一只手扶住了她，另一只手替她拉开了玻璃门。陈溪羞得只是低低地点了一下头表示谢意，一路小跑奔回了自己的座位。几名同事也看见了她撞到门上，大家嘻嘻哈哈地打趣她，只当她脸红是因为撞了门。

杨帆笑着摇摇头，也回到了自己的椅子前，坐下的时候他又望了望外面的陈溪，忽然发现，这女孩子脸红的时候还真是漂亮！

方氏集团白天的活动进行得非常顺利，只等着晚上的鸡尾酒会能够画个圆满的句号。傍晚七点半，会所西餐厅、酒吧以及外围的露天区域组合成一个大的酒会场地，室内花团锦簇，华丽堂皇；室外繁灯烁彩，风柔乐雅。除了御景的工作人员严阵以待，方氏集团的各路掌门人也都盛装齐聚，正有条不紊地迎接着陆续到来的宾客。

刘小慈看着现场的人流穿梭，不时跟旁边的杨帆发感慨："这方氏也真够铺张的，不是说客人一半是员工，再有一半就是渠道和外包商嘛——既然都是求着他们家吃饭的，为啥还整这么大张旗鼓的感谢啊？要我说，每家发点儿钱完事儿，那多实惠！"

"这你就不懂啦——据说啊，这方家的老夫人，也就是他们的集团主席，善打'亲民牌'。他们去年的利润不错，所以请大家轻轻松松地玩一天。其实，他们还请了不少的媒体，之后的几天这个活动将在一些网站上、报纸上继续造势。我看这种高端商务活动连同礼品的费用，少说也得有一百万了——你想想，这笔钱这么花对于他们企业来说，是不是比简单给员工发个红包更有意义，更有影响？"

"妈呀，这老太婆算盘打得可真精！哎，James，她今天也来了吗？"刘小慈打听的同时已在四下张望，没发现哪里有个银发老妪。

"当然来啦。"杨帆神秘兮兮地笑着小声道，"等一会儿酒会开始了，你就找全场最老、头发最白的女人，就是她了。好了，你和Rosie先在这边盯着，我去看看刚才他们的晚宴有没有什么问题。"他说罢便离开了酒会现场。

不多时，酒会正式开始。先由总裁方浩儒代表方氏集团高层向来宾致辞，随后便是宾客间的自由互动。因为已有白天一系列的活动做了预热，到这时候很多人已经混了个脸熟，交流的气氛自然十分融洽。陈溪和刘小慈或坐或站地耗了近半小时，百无聊赖之际忽然看到接待台前涌起一小股人潮，随即见一位中年贵妇在两旁人员簇拥下慢慢走了进来。她面带恬淡的微笑，步态优雅，不时向周围的人点头问候。一袭长至脚面的黑色晚礼服，肩部及胸前用水钻和银珠片绣成抽象的花叶图案，庄重中尽显华贵。尽管看得出她已上了年纪，但似乎也就是四十多岁的样子，发髻又黑又亮，皮肤依然光润而富有弹性，丝毫不显衰老。

"Jason！Jason！那女人是谁啊？"刘小慈拉着陈溪，跑到接待台问公关部的同事。

"你不知道哇？她就是方氏的集团主席——方于凤卿啊！"

"咦……她不老啊！头发也没白啊！"

"谁跟你说她头发全白了？"Jason惊讶地瞪大了眼睛看刘小慈。

陈溪醒悟过来，忍不住对着刘小慈笑了出来："肯定是James刚才开玩笑，逗你玩儿的。难怪他那样故作神秘的——骗你的！"

"哼！这个James也有不敞亮的时候……哎呀，你们说，这老太太咋这么会保养呢？我可真瞅不出她的年纪，按说，咋着也得快六十了吧？腰板儿还挺直，得有一米七了吧？他家的方浩儒，还真是遗传了他妈不少好基因。"刘小慈又开始八卦。

"嘿嘿，是啊！要说他们家两兄弟，这个大公子估计是把他妈的优点全占尽了，到了二公子那儿，几乎就落不着什么好处了，可能长得像他爸。"

"Jason，你是说他还有个弟弟？哪一个啊？"刘小慈的眼睛又开始忙碌。

"方浩良啊，方氏集团的董事兼一个什么项目的总经理，好像长期在香港，总之他就是方浩儒的弟弟。喏——现在不就站在他妈和他哥旁边嘛，再旁边那位就是他太太，行政总监方姜楚楚，据说也是个富商的女儿。"

刘小慈顺着Jason的目光望去，又看到一个也是穿黑色礼服的男人。她不禁努了下嘴："哎呀，别说，他虽说也不磕碜，但和他妈、他哥还真是不像。"

的确，如果不是提前了解情况，估计所有人都不会将方浩儒和方浩良联想为同胞兄弟。方浩儒看上去更像是方于凤卿的儿子，身材挺拔，仪表堂堂。而方浩良个头儿没有长过哥哥，体形偏胖，由于肤色很白，端正的相貌总是透着股奶油的味道，通身一副花花公子的派头。刘小慈又皱了皱眉："你说他咋不像是个正经人呢？真应该跟他哥好好学学。"

"依我看，也许是他哥哥接触社会早一点，越来越会装正经了，以前肯定和他弟弟一样。别忘了他们可是两兄弟，在一个家庭里长大的。弟弟以后再世故一点，可能也会跟哥哥今天一个样——说到底，两个人本质上都是纨绔子弟。"陈溪说着拉起了刘小慈要往回走，"别在这儿八卦了，咱们回到里面看看情况去。不然一会儿James回来，发现我们俩擅离职守跑没影儿了，我还得跟着你挨骂。"

她们一起走回酒会主场时碰巧被方浩儒看到，他跟面前的几位客人打招呼后，便慢慢向陈溪走去。

"两位小姐，今天也来捧场？"

陈溪和刘小慈一起回头，近距离看见方浩儒黑色天鹅绒制的镶边礼服熨烫得平整服帖，还是他一贯的双手插裤袋的招牌姿势。

"啊，您好！方总……我们俩负责今晚酒会的现场协调，您要是有什么需要或者问题可以随时来找我们。"陈溪边忙着应付，边拽着刘小慈准备去外场。

"你们不想喝点儿什么？"方浩儒又补问了一句。

"哦，我们工作时间不能喝酒，刚刚喝过果汁了——谢谢，失陪！"陈溪笑笑，继续向外挪动脚步。

他也不想再纠缠，淡淡笑了笑。默默地望着她身着浅烟灰色丝绸礼服裙的背影，裙摆上用银丝线织成的碎花，随着身体的摆动闪出星星点点的亮意，显得典雅含蓄，只是手腕上用蓝色丝巾系了个花结，似乎有些冗余。

此时何艳莹看见老板与会员服务部的人员说话，担心是遇到了什么问题，也跟了过来。

"方总，出什么事儿了？我看到您在找会员部的人。"

"哦，没事儿。我只是看见她们顺便打个招呼，今天的活动，她们算是出了大力了。"

"那倒是，今天还真是挺顺利的，我看客人们的反应也不错。对了，我听说，那个Rosie帮我们准备礼品的时候，手腕还被砸伤了。"

"砸伤了？"方浩儒看了何艳莹一眼，又望向陈溪，"严不严重？"

"呵呵，严重怎么还会在这里，他们说还好，她只是手腕肿了，骨头没事儿，不过消肿得等几天。"

方浩儒现在明白了，陈溪手腕上那条多余的丝巾到底是何用途。

"Lisa，你帮我办件事儿。御景的会员俱乐部里有个名品店，好像有卖首饰的，你去挑挑，选个适合戴在手腕上的饰品送给她，记在我的账上。"方浩儒说着掏出自己的会员卡递给何艳莹。

"我去？要不然我领着她去？我也不知道她喜欢什么款式的。"

"不必了，你觉得她会跟你去吗？既然人家是因为我们的事儿受了伤，你就代表公司去选件礼物表示一下心意，你看着选吧！别浪费时间了。"

何艳莹耸耸肩，她觉得老板今天有些怪怪的，怎么突然对御景的工作人员变得如此客气……算啦，交代什么就办什么呗，想多了也不关自己的事。她跑到俱乐部名品店里转了一圈，首饰的牌子并不多，最后在施华洛世奇的柜台前挑了一款宽宽的手镯，听店员介绍是今年仅在欧洲推广的新款，国内很难买得到，应该还拿得出手吧。

酒会的气氛相当不错，方氏兄弟作为主角，也是占尽风头。他们时而与男宾握手谈笑，时而和女宾打情骂俏，驾轻就熟地应付着各色人等。这期间有人起哄让总裁秀秀歌艺，方浩儒也不推躲，高歌了一曲成龙的《壮志在我胸》，豪迈的嗓音和洒脱的台风引来阵阵掌声，更惹得几位女宾上台献花时趁机拥抱。

刘小慈也跟着连声感叹，陈溪却没那么浓厚的兴致——这些整天混场面的公子哥，在人前卖弄的本事自然不会差。她倒是饶有兴趣地观察着坐在台下的方于凤卿，总感觉这位集团主席对于两个亲生儿子的态度好像有哪里不太一样……尽管她时常对着小儿子温情地微笑，但只有望着台上的大儿子时，脸上才会显现出一种母亲特有的陶醉。

一天的活动结束得很圆满，几乎所有在名单上的客人都出席了。并且大多数人都是从上午一直留到晚上的，说明他们对这次活动的安排很满意。

方于凤卿临离开前，欣慰地看着大儿子笑了笑："浩儒，你辛苦了，这次的活动很成功。"

"谢谢妈咪，走吧，大家都累了，咱们一起回家吧！"方浩儒扶着母亲，招呼弟弟、弟媳一道离开，扭头叮嘱何艳莹："Lisa，余下的事情都交给市场部吧。你去跟他们交代一下，主要是把重要的设备和文件先运回公司，其他的等明天我们再来处理。对了，明天让他们中午再来上班。你交代完了也早点儿回家吧，今天辛苦了！"

"方总……"何艳莹见方浩儒准备离开，迟疑了一下还是叫住了他，"我用您的卡买了个手镯送给Rosie，可是她说太贵重了，怎么也不肯收——东西在这里，要不然我赶紧拿去退掉？"她无奈地端着一只深蓝色的礼品盒，顺便把会员卡还给了方浩儒。

"你不会买个便宜点儿的？"

"那间店可都是普通分店里见不到的欧美款，都是几千、上万的，又必须是戴在手上的，我好不容易才找到这个手镯……"何艳莹一脸的委屈。

"好了好了！这不怪你，总之我们心意尽到了——这样吧，东西你就自己留着，不用退了。"

"我留着？"何艳莹觉得有些不妥，"……那我还是去退了吧，现在应该还来得及，这个手镯五千多呢！"

方浩儒看了看即将走远的家人，轻轻拍了下何艳莹的肩："这没关系，你就当是帮我的忙，留着它就好，千万别再提退的事儿了——这里就拜托你了，我先走了。"

何艳莹目送方浩儒疾步去追家人，又看看手里的东西，叹了口气……

"怎么了？浩儒，你在找什么？"方于凤卿站在车前，发现大儿子正在摸上衣口袋及裤袋。

"我的名片夹不见了。"方浩儒倏尔想起，"估计是刚才我和飞叶传媒老板握手时，顺手就放在了门口的台子上……我得回去找找，妈咪，您和浩良他们先回去吧，我很快就回来。"

酒吧里，杨帆和公关部、会员服务部的同事们为庆祝这一天的赫赫战功，打开了一瓶香槟。今天公关部的几员猛将还真是不负众望，连连拿下多个重量级的人物，这些人都有可能在日后成为御景的潜在商机。大家边喝边聊，兴致正浓，正好背景音乐切换到了另一张碟，一曲轻快悠扬的华尔兹舞曲随即响起，杨帆一时兴起："我说，哪位小姐肯赏光和我跳支舞？"

"这种'高大上'的舞我可不行——Rosie! Rosie会跳！"刘小慈用力推搡身边的陈溪，杨帆也走过来大大方方地拉起了陈溪的手，竟令她有些不知所措。

"放心，我会保护好你的手腕。"

陈溪抬头看见杨帆自信的眼神，又垂下眼羞涩地笑了笑，随他一起走进了舞池。

伴随维也纳华尔兹欢快的旋律，陈溪在杨帆身边轻盈地旋转着身体，似一只美丽快乐的银雁。杨帆带着她，突然觉得她并不是第一次与自己共舞，仿佛前世早已修得这份默契……

方浩儒回到酒吧门口的接待台，庆幸没有记错，名片夹果然就在一堆收起的台布下面，估计服务员也没有发现。他拿起来揣进了上衣的内侧口袋，转身要走时忽闻酒吧里传出音乐，间或夹着几声喝彩，他怀着些许好奇走到门口，却又站住，不到半分钟的时间，突然转身快步离开。

坐在回程的车上，方浩儒一直在沉思。和杨帆跳舞时那个笑中藏羞、娇颊粉红的陈溪，与自己印象中的女专员，真是判若两人……

他想着想着，深吸了口气。这个陈溪，真是个极其特别的女孩，她看自己的眼神，纯净得没有一丝女人对男人的眷慕，却总能拨动他的心弦。想找个机会献殷勤，偏偏她又百毒不侵，永远是那副谦恭、友善却没有温度的笑容……令他感到难以接近，束手无策。

~7~

情愫渐生

御景在香港的会务部今年也拓展了不少业务，很多香港公司来京做推广，都愿意选择这里的场地做活动。每当有大型的宴会，香港会员部的Joana就会过来北京。

Joana的普通话讲得不太好，因此在广州长大、会讲白话（广东话）的陈溪与她自然会亲近些，每次Joana一到御景，都会对别人说"揾Rosie（找Rosie）"，偶尔还会在香港买一些名牌的化妆品带过来。她和陈溪聊天投机，又没有利益上的冲突瓜葛，算是职场中那种最简单愉快的关系。

陈溪经常与Joana一起盯场，闲着也是闲着，于是两个女孩子常凑在一起嘀嘀咕咕、说笑取乐，用广东话说，就是在一起八卦。这周五的晚宴是香港一家上市公司在北京设立办事处后的第一次年会，所以格外隆重。宾客云集的场面让两个女孩又多了不少八卦题材。

无意间，陈溪看到方浩儒也进了会场，出于礼貌，她在他走得已经离自己很近的时候，还是"主动"打了招呼："您好！方总，您也赏光了。"

"呵，你也在这儿，今天穿得这么光鲜，一起去喝点儿东西？"方浩儒暗暗欣赏着淡柠檬黄长裙配珍珠项链、妍姿艳逸的陈溪，边说边将手中的半截香烟顺手灭在了旁边台子的烟灰缸里。其实他早已戒烟，刚才在门厅和一个重要的客人聊了几句，他觉得人家山东汉子很豪爽，敬了烟不接受不太礼貌。

"不了，谢谢。我们还在工作，不方便。"陈溪嫣然巧笑，礼貌地谢绝。

方浩儒似乎也不觉出奇，点头笑笑，转身准备往前走，恰逢晚会的主持请公司首脑人物致辞，他没有再继续走动，暂时停下脚步站在陈溪与Joana前方不足一米的位置，同时象征性地鼓了鼓掌。

"喂，昵个靓仔几有型喔！（喂，这个帅哥很帅哦！）"Joana先起了"标题"。

靓仔？陈溪心想，你Joana什么眼神啊？这男人怎么也得有三十了吧。她努努嘴道："我唔中意，睇佢嗰衰样，仲食烟，好似'古惑仔'咁唔……（我不喜欢，看他那坏样，还吸烟，像个流氓……）"说话间，她想起了杨帆，这样干净利落、文质彬彬的青年才俊才称得上是"靓仔"。

"怎么样？"前面的"古惑仔"突然转过了身，幸亏他转身的速度不是很快，让她们俩有时间再绽放一个花般的招牌笑容给他，"你们真不想去喝点儿什么？"

"不了不了！谢谢方总！"陈溪笑着坚持，目送他走远才吐了口气，Joana冲她挤挤眼睛："好彩佢不识白话……（幸亏他不懂广东话。）"

晚宴结束后，陈溪送Joana到了酒店房间门口，便自己返回会员服务部办公室。经过会所酒吧时,她被一阵轻柔抒情的小提琴乐曲声吸引。

奇怪,明天酒吧将外租场地给一家公司举行表演,今晚为了布置场地已不对外营业,怎么会有人演奏?陈溪不由得转身进了酒吧,想看看究竟。

酒吧里早已为明日演出布置停当,灯光昏暗,但有一种柔和的色调,陈溪觅声而进,掀开帷幕,见杨帆站在舞台一角,正在忘情地演奏着《梁祝》,她听了听,是刚刚开始的第一部分《相爱》。杨帆的琴弦,正在勾勒出风和日丽的江南三月,少男少女从相遇到伴读、爱意萌动的绵绵场景……优雅温纯的旋律,也牵着陈溪轻轻地绕过舞台,走到一旁的钢琴边坐定。

杨帆注意到了一抹柔亮的黄色飘来,饱含春意。他没有停下,继续用琴声和眼神示意她融入。陈溪羞涩地笑笑,掀开琴盖,开始用清新舒缓的音符与之配合。如水波般展开的钢琴声中,心有灵犀的"草桥结拜",和着轻悠回婉的小提琴声,道出了少女内心的脉脉深情。

接着,杨帆开始加花变奏,陈溪也跟随他转入欢快、活泼的回旋曲部分,一同描绘着两情相悦的恋人同窗三载的美好时光……奏完了《十八相送》,他慢慢地结束,放下了弦弓,她也随之放缓尾音,停止弹奏,两人不约而同相视一笑。

"呵呵,我不是很喜欢《抗婚》的那种感觉,所以一般只拉呈示部分,这一段最美。"杨帆慢慢走下舞台,来到陈溪面前。

"我也是,不过……《抗婚》和《化蝶》我压根儿就不会弹……"陈溪憨憨地耸耸肩,又腼腆地笑笑。

杨帆默默地注视着她,觉得今晚的陈溪就像童话中穿着云纱的公主,他即刻又意识到,自己盯着人家这样看并不礼貌,马上收回目光转到钢琴上。"我在英国的时候,有一次学生聚会,我就演奏了这支曲子,那些英国的同学都说太动听了,只可惜,那时没人能和我配合。现在倒是有搭档了,可惜又少了观众。"

"男人和女人真是不一样,男人既要搭档,又要四周围满观众;女人则不然,只要有人与她合拍,人前人后都无所谓。"陈溪突然觉得自己在老板面前失言了,立即收住,"Sorry,我只是随口一说,您别介意。"

杨帆笑笑:"这是我最喜欢的曲子,从小就喜欢,不知拉过多少遍了,可总是一个人独奏,今天算是遇到知己了。哎,你以前是和你父亲合练过吗?能用钢琴配合得这么流畅。"

陈溪听到"知己"二字，犹如饮蜜，低着头甜甜微笑。"我中学时在校文艺队，曾经与别的同学合作过，那个女生拉小提琴，我负责钢琴协奏，我爸爸倒是辅导了我很长时间，我也很喜欢这支曲子，很美。"她忽然好奇地歪着头看杨帆，"咦，James，您怎么会在这里？"

"呵呵，我刚才过来看看场地布置的情况，正好看到乐队有部分乐器已经到位，居然有人懒到连小提琴也提前放到这里，倒是便宜我了，一时手痒，玩了起来，没想到……还有意外的收获呢！"说罢他看回陈溪，眼睛里有一种特殊的光芒。

"时间不早了，不走吗？"她撞到他的目光，有些不好意思，又低下头看着琴键。

"意犹未尽呀！再来一曲如何？我找个我们可以合奏的……"杨帆随手翻着旁边谱架上的琴谱，"哎，再来一首雄壮的，舒伯特的《军队进行曲》怎么样？这张正好是钢琴谱……"他顺手便将乐谱摆到了钢琴的谱架上。

陈溪笑而不应，率先在琴键上敲出了铿锵有力的音律，杨帆随即夹起小提琴由主部主题切入，两人又在节奏强烈而振奋的旋律中开始了一场别开生面的角逐，直至一起到达终点。

"Rosie，你弹得太棒了！"杨帆禁不住拍手，陈溪不语，笑颜含羞，娇媚动人，半响方才开口："其实您的琴拉得，比我强多了。"她轻轻合上了琴盖，"时间不早了……"

"哦，是啊，我们走吧！这么晚了，我开车送你回家。"他并未征求她的意愿，伸手扶她起身，陈溪的心里禁不住小鹿乱撞，借着低头看路的动作，想尽量遮掩烫烫的双颊上不由自主的羞色。

她第一次坐他的车，第一次和他肩并肩如此近距离地坐着，眼睛看似朝向右边的车窗，佯装看另一边的风景，却时不时地悄悄用一丝余光扫过他那俊朗的侧影。心里暗想，这个傻Amy真是有眼无珠！James这么出色的男人，温文尔雅，又通音律，换作是自己……

"Rosie，你喜欢北京吗？"杨帆边看着前方，边问她。

"还不错，觉得北京是个很有包容力的城市。"

"那你打算在这里长期发展，或者说是定居喽？"

"呵呵，还没想好……将来也有可能会回广州。"

"你有男朋友在广州等着你？"杨帆仍然望着前面的路，一脸的随意。

"不是，我没有男朋友，只是我父母在广州，他们总是希望我待在他们身边，不过我还是更喜欢北京的生活氛围，也有可能就留下不走了。"

恰巧遇到红灯，杨帆停住车，转脸看着陈溪，笑着说："也不错，将来再找个男朋友，就在北京扎根了。"

陈溪注意到杨帆在看她，立即回避他的目光，又将脸转向右边的车窗。"呵呵，我还没想过这么长远的事，一切随缘吧！"她尽量装出一副超脱的姿态。

"你以前有过男朋友吗？"杨帆话一出口立即想收回，"Sorry，也许我不该这样问，你不必理会了。"

陈溪笑笑，轻描淡写地聊了聊自己大学时期的青涩恋情，继而转移主题："James，您呢，没有过女朋友吗？至少，我觉得您现在，不像是有的样子。"

"呵呵，你为什么这么肯定？"杨帆继续看着前方驾着车。

"您整天这样泡在御景，不像是有女朋友的人。"陈溪其实知道杨帆曾尝试接近过刘小慈，但她是不可能提这些的。

"呵呵，那倒是……"杨帆淡淡地笑了笑，"我在英国读书的时候，有一个交往了三年的女朋友，那时候两个在异国他乡漂泊的人，很容易就擦出了火花，我们住在一起很长时间，一直到拿到Master Degree（硕士学位），我们俩又一起申请了两年的实习工作签证，我待了一年觉得没什么发展的机会，就决定回国。她没有反对，只说想考虑一下，于是我就先回来了。没过多久，她给我发了一封邮件，说她花了三万英镑和一个英国人结了婚，换了结婚签证，两年以后就可以转永居，要我等她两年，之后我们再结婚……呵呵，人各有志，她选择留在英国，也有权利不惜一切代价，但利用婚姻这么严肃的事儿作为人生求进的杠杆儿，我实在没法认同这种做法，所以也回了一封邮件，算是做了个了结。"

"她也是在帝国理工读书？那应该是很优秀的，回国不愁发展。"

"说是这样啊，我以前一直认为她是个很有主见、很有能力的女孩，我们一起从Bachelor（本科学士课程）到Master（硕士课程），只不过我开始和她一样，是读电子工程的，后来觉得没意思，申请转到商业管理，而她一直踏实地留在原专业……我也想不到，最后她会选择这样留在英国。"

陈溪渐渐感觉自己离这位年轻的上司又近了一步，也不知他今晚为何会有感而发，居然跟她聊起了个人的隐私。但她立即又刹住了自己的好奇心，不敢再继续探察他的内心。

"你如果找男朋友，会考虑什么类型的人？"杨帆先转移了话题。

"这个嘛……我没有想过。"陈溪再次把头扭向车窗，很快又回头，"您呢，您喜欢什么样的女孩子？"

杨帆故作神秘地笑问："你猜呢？"

"我猜？您一定是喜欢活泼的、外向型的，富有感染力……像Amy那个类型的。"

他听了，惊讶地扭头看了她一眼，突然想起，她们是无话不谈的"闺密"，继而带着解释的口吻："Amy是很不错，我也曾一度对她很有感觉，不过她拒绝我也是对的，最终我自己也发现，我俩并不合适，或许真的是梁总更适合她。"

"James，我发现您这个老板很有意思，其实……很多职业经理人，尤其是男性，都会把工作和私人感情分得很开，坚决抵制办公室恋情。可您不是，您不但不反感，好像还……呵呵。"陈溪一时找不出合适的词语，只能憨笑一下。

"我不知道是不是因为我在国外受的影响，回国后我一直对职场中这种不成文的规定很反感。大家整天挤在一起，几乎都超过了八小时，剩下的时间就是回到家里吃饭睡觉，很少有机会能接触到工作以外的异性，时间长了个人问题没解决，也会影响工作情绪。而我有几个同学，本来是一对一对的，回国后进了职场便各忙各的，说好一年后结婚，不到半年就因为经常不在一起，感情没了，最终分道扬镳。所以我说呀，最重要的并不是两人所在的职场地域性，而是要看他们的职业意识，只要人家可以遵守职业的准则，情侣、夫妻又何妨？当然，有时候两人在一个部门里是敏感一些，不过，往往恋情就是从同一间办公室里开始的，'日久生情'又不是什么新鲜话题了，但是企业一旦知道就立即逼迫一方离职，太没人权了！哼，这就是中国多数企业目前的状况，就算是憎恨它，偏偏又不能脱离它的摆布。不过，我还是坚持我自己的原则。"

陈溪静静地听着，没有作声，突然她注意到熟悉的街景，忙道："我快到家了，前面那个红绿灯右拐就到了。"

"你就住在这个小区？看起来不错嘛，这里离我住的地方也挺近，有空约你坐坐。"杨帆缓缓地将车挪近小区的门口。

"呵呵，等您有空吧。"陈溪抿嘴一笑，她突然有些不情愿，想赖着不走，今晚的James多有风度啊，到了明天……又要变回办公室里那个温和却有距离的老板了。

"咦，你们小区怎么没路灯的？"杨帆探头看了看外面。

"哦，昨天出了通知，说是在抢修什么东西，还没修好，所以外围的路灯都停了电。"

杨帆停稳车，说了句"等一下"便自己先下了车，绕到陈溪一侧，打开了车门，扶她出来。"看着挺黑的，我送你进去，走吧！"

陈溪抿了下嘴，没拒绝。"我住在后面的那幢楼。"

两人并肩在黑暗中慢慢地走着，陈溪感到杨帆那伟岸的身躯在散发一种感召的热能，烘得自己暖暖的，不由得又悄悄靠近了一点，再一点点……行走之中，身体间偶尔会不经意地轻轻碰触，然而那撞击却一直能震荡到她的心底。

"看着脚下，小心！"见脚下的路面因为维修而拆起了地砖，变得坑洼不平，杨帆握住了她的手，陈溪立即感到一阵电流的震波顺着这只手向自己体内蔓延……她赶忙闭紧嘴巴，生怕一不小心，心脏就会从胸口跳出来。

她低着头，顺从地跟着他走。突然，一团黑乎乎、毛茸茸的小东西从她脚下蹿过，她忍不住惊叫："老鼠啊！"吓得一闭眼睛，迅速缩到了面前男人的身边。

"没事了！别怕，它已经跑了。"杨帆温柔地拍着她的后背，陈溪闻言慢慢睁开了眼睛，嗅到了一种木香的味道……咦，自己的脸怎么贴着他的领带？她不由得目光上移，发现杨帆的下巴像屋檐一样在自己的头顶上方……

天哪！她吓得又一激灵，立即退后，低着头不停地说"对不起"，忽然发觉自己的手居然和他的手"粘"在了一起，还没松开。杨帆猛地一把又将她拽回自己怀里，裹紧她紧张的身体，不容她再纠结。

"Rosie，我喜欢的人其实是你……你呢？"

陈溪早已惊得不知失措，忙不迭地低着头躲闪杨帆灼烈的目光，不料一只手撬起了她的下巴，他温热的嘴唇与她的唇缠绵不已，她顿时感到自己身轻如云，不听使唤，仿佛已经与他融为一体……

~8~

教训

  酒店的宴会厅明天有会员的公司举行新品发布会，公关部人手不够，向会员服务部借人。

  陈溪正好有空，爽快地答应帮忙，协助复印公关部搬过来的一大摞文件，等到基本上都搞完了，公关高级经理Shirley求陈溪再帮最后一件小事，请她将一个装饰用的鲜花花篮送到宴会厅旁边的宴会部办公室去。

  陈溪提着花篮走进了宴会厅，偌大的一个无柱殿堂此时一片繁忙，宴会部的员工忙着搭台子，主办方的工作人员正在往背景板上张贴彩页……她从容地穿梭于其间，途中见几个人正围在一起拿着图纸商议事情，其中一个她认得，是香港设计师Kevin。Kevin此时则在和另一个穿着深蓝色V形领毛衣的男人比画着什么，两个人用广东话交谈，当她走近的时候，那个男人低着头正说着什么，Kevin则托着下巴连连点头。

  陈溪定睛看了看那个毛衣男人，是方浩儒。

  她起初并没有什么反应，突然头皮开始发麻，因为瞬间联想到了前几天的宴会……他竟然懂广东话！她不敢相信自己的耳朵，他居然可以讲这样一口地道的广东话，夹着一些英文单词的那种，典型的港式白话！

  常说八卦女人容易生事端，真的没错！那天她和Joana居然还傻乎乎地站在人家背后嚼舌头……现在可糗大了……自己怎么没想到呢！真是该死！他是"香港"公司的总裁，这企业又是他们家族的，怎么可能不会白话呢！自己还真被他一副北京爷们儿的做派给"障眼"了……她突然紧张得手一松，花篮掉在了地上，散了。

  这下子，那几个人都注意到了她，包括方浩儒。

  正在讲话的方浩儒看见了她，并没有停顿，继续和Kevin交流。别的人看了陈溪一眼也没有给予特别的关注，其实只是陈溪自己心虚而已。她定了定神，赶忙收拾起花放进篮子，慌忙逃走。

  跑得了和尚，跑不了庙啊……陈溪边走边在心里暗暗叫苦，方氏集团是杨帆的大客户，每月那么多活动都放在御景山庄，自己却偏偏把那个管事的主子给得罪了,而且那个主子以前脾气有多大,她是领教过的,这下可是捅了多大的一个娄子啊!杨帆知道了一定会骂死她的!

陈溪最终无奈地决定,厚着脸皮,主动去找方浩儒认错道歉。哪怕让他吃了自己,也比杨帆不理她强。现在她和杨帆虽没有公开恋情,但已是春意盎然,渐入佳境,绝不能因为这些事被搞得"风雨飘摇"。

"方总您好……"方浩儒离开宴会厅,经过茶廊的时候,陈溪追了上来。其实她已经尾随他很长一段路了,只有这条茶廊没有旁人。

方浩儒扭过头,见是陈溪,有些意外。刚才他也看到她了,只是那种场合不方便打招呼。这个小瓷娃娃平时对自己总是客气恭敬外加冷冰冰,现在居然主动上前问候他……呵呵,有点儿意思!她穿了件深蓝色简洁款式的连衣裙,外套珍珠色的丝质小衫,看起来十分文静雅致。兴许就是这抹深蓝色,今天跟自己沾了些缘分。

"你好,有事儿?"他主动停下问道。

"嗯……实在对不起。"陈溪觉得方浩儒今天的身形比平常越发显得高大,明白这是因为自己想把身体缩到没有。她尴尬地低着头:"我……我那天……不该说那些不尊重您的话……我错了!对不起!"说着她微微弯下腰,算是鞠躬吧,因为头一直是低着的。

不尊重的话?什么不尊重的话?方浩儒没能及时领会她的意思,立刻在脑子里快速搜索……嘿嘿!他忽然暗暗窃喜,猜测是关于上周五的宴会。

其实那天在宴会上,方浩儒的确听见了陈溪在他背后的议论,但他并没有生气,因为这在他的层面上看,实在太微不足道了。如果这是陈溪旁边那个女孩子讲的话,他必然在三分钟后就将这个女孩子连同她所说的话一起忘掉。那天他之所以转回身再次邀请她们,只是为了尝试找个机会跟陈溪解释一下,自己平时并不吸烟——他不想留给她一个她不喜欢的印象。最终陈溪又拒绝了,他纵然委屈也不会勉强。当晚接下来的时间,跟一大群人又是握手又是碰杯的,根本没工夫回味这点不愉快。尔后的两天又是他自己公司的会务,因此这段记忆直到现在才被陈溪本人唤醒。

嘿嘿,这是不是一个借题发挥的好机会?

"我不太明白,"方浩儒佯装不明,"哪天?什么话?"

陈溪更加郁闷——今天遇上了一个"难缠鬼"！

"嗰日，我话你……係我嘅错……（那天，我说你……是我错了……）"她低低地讲了句广东话，希望他能明白她所指的是什么。

"陈小姐，"他都不叫她Rosie了，看来形势不妙，"你我都会说普通话，麻烦你用普通话跟我交流。我是会讲白话，但只是用于对方认为交流方便的时候。尤其不会利用别人听不懂而占便宜，这是一种道德。你们做服务行业的，多几种语言能力都是为了迁就客户的需要，而不是用来歧视别人的吧，这种做法，能称得上是professional吗？"

"对不起！对不起！是我错了！我诚恳地向您道歉！您批评得对，谢谢您的提点，以后这种事情不会再发生了，我一定改正！"陈溪搜肠刮肚，恨不得把她所能想到的致歉辞令全都倒出来。

"嗔拳不打笑面，你既然这样说了，我也不能再说什么。陈小姐，我自己也在管理公司，以过来人的身份再提醒你一句：永远不要在背后议论别人。公司人多口杂，你若是总喜欢跟同事私底下是非八卦，难免会给你自己惹麻烦。"

陈溪连连称是，心想，眼下这个教训就已经够刻骨铭心的了！

"这次是你对我个人的不恭，你道了歉我也接受了，没事儿了。"方浩儒继续一本正经，"不过呢，以点概面地推断，从你们两名员工的行为，也能折射出你们这家企业内部管理中存在着疏漏，像你们这样高素质的员工，居然也会犯这样的低级错误，其实是一个很严重的问题。方氏每次交给你们承办的会务，大多是面向我们自己的客户，因此你们的管理和服务也会影响到我们公司的形象声誉。保险起见，陈小姐，遗憾地讲，这次将是我们最后一次在御景办会了。为了保证方氏公关活动的品质，有些事情我不得不重新考量。当然，你放心，我不会告诉你的老板是因为什么，希望你能吸取教训。"

老天爷啊！！陈溪彻底傻眼了，她刚刚听到"没事了"三个字还小小地松了口气，没想到重磅炸弹在后面！看来这次她闯祸的不良后果远比预想的要大得多！人家讲的也没错，个人是接受了道歉了，但为了自己的企业，不跟你合作了……刚才还说"不打笑面人"呢，陈溪心里大哭：求你还是打我一顿吧！

方浩儒说完，就把头转向一边望着远处的山景，余光却留给了手忙脚乱的陈溪。

"方总，对不起！对不起！我知道错了，请您别这样……我们这里的服务品质您是了解的，以前大大小小的会议，都没让您失望过……这不是公司的问题，是我个人的错误，您别让我们部门所有的人都跟着受罚，我的责任我承担，您说让我怎么样都行，求求您了……"陈溪边说边想着杨帆，眼泪都快急出来了，要是因为这个影响了他的业绩，自己得悔恨一辈子！

陈溪的一句"求求您了"让方浩儒甚感受用。他低头看了看表，道："快中午了，请我吃顿饭总不算过分吧？"说罢径直朝楼下的西餐厅走去。

什么意思？请吃饭？就这么简单？咦！他怎么走了？赶紧跟上！

陈溪疾步追上方浩儒，一前一后进了西餐厅，方浩儒找了个靠窗的安静位子，和陈溪面对面地坐了下来。

"方总，"陈溪将服务员拿来的菜单双手递给了他，"您来点餐吧。"

方浩儒也不客气，单手接过了菜单。

"先说好啊，"他边看菜单边说，"我知道你们是有签单权的，不过，这次是你自己的问题，公款请客不太合适吧？"

"当然，我诚心诚意地自己掏钱请您吃饭。"陈溪赔着笑脸，心里无奈：就当是破财免灾吧，大不了这个月没有新衣服穿了，谁让自己多嘴呢……问题是，他也没说清楚，是不是吃完饭就算放过自己和自己的部门了，她暗自琢磨着怎么提及这个问题。

"嗯，看来你是有诚意的。"方浩儒抬眼看了她一下，扭头问服务员："你们酒库有没有98年的Lafite（拉菲红酒）？我喜欢用它来配鹅肝。"

陈溪顿时感觉自己被他拎着脖子提到了半空中，心里狂骂：你他奶奶的狮子大开口啊！

对面的男人忽而又转念："噢，不行，我下午还有事儿，中午不能喝酒。那就随便来份儿牛扒吧！七分熟，再给我一个依云水——你要什么？"

此时的陈溪，刚刚被方浩儒一个"大喘气"从半空中重重地摔在了椅子上……只得强打精神道："我还不饿，不想吃，随便点个喝的吧……"

"女孩子要保持身材也得吃东西啊，你们这儿的玉米沙拉不错，你听我的，试一试吧！再给她一杯鲜榨的橙汁。"方浩儒没有跟她继续谦让，直接替她做了主，赶紧把服务员打发走。

"方总，吃完饭，就求您原谅我，别取消以后的会务了，我保证以后会改的……"陈溪必须把这件事先说明白。

"当然，吃人家的嘴软嘛。"

有了他这句话，陈溪如释重负，人也放松下来。她想，接下来总得找点话题调剂调剂吧。

"不过方总，您到底是哪里人啊？平时一口的京腔，想不到白话也说得这么地道。"

"我父母是香港人，我在香港出生，也应该算是香港人吧。不过我父亲以前一直在北京做生意，因此我很小的时候就到了北京，基本上算是在北京长大的。你呢？"

"我家在广州，我爸爸妈妈的老家其实是在苏杭一带，但他们大学毕业后被分配到了广州，退休后也一直在那里。您喜欢广州吗？"

"还行，我曾听香港的同事说，广州有很多东西比香港要便宜，我不常购物所以也不清楚。只是觉得吃狗肉方便。其实我大部分时间都是在北京，北京是个很多元化的城市——哎，Rosie，你是怎么到北京的？"

这个问题触动了陈溪的痛处，她当然不会告诉他这个不相干的人，佯装突然想起了食物。"哎呀，怎么还没上菜呀？"不过她脸上快速掠过的一丝灰色还是被方浩儒捕捉到了。他知道她在躲，也就不再追问，女孩子的心事多半与情感有关，问多了惹人家伤心对自己也没好处，他虽然想多了解她一点，但可以先把这个问号留在心里。这时正好服务员将点的餐都端了上来。

方浩儒其实不饿，因为现在还不到十二点，他一般要到一点以后才吃午饭。他主动替陈溪拌好沙拉。"你们这里的沙拉，据说这种汁酱是Chef（厨师长）自己调的，的确挺特别的，你尝尝。"接着体贴地将叉子也送到了她手上。

陈溪不好拒绝，接过叉子，低着头，慢慢一粒一粒地数着吃，因为她也真的不饿。

方浩儒斜靠在座位上，借着喝水，用杯子掩护自己落在陈溪脸上的目光。她垂着长长的睫毛，一点一点地将食物送进嘴里，粉润的嘴唇和灵巧的下巴微微抽动着。她的皮肤，还真是有苏杭秀色的特点，细白光洁，尽管具体评价哪一部分都不算出众，可偏偏就是这样的五官，竟能搭配出如此一副灵秀可爱的小模样。

"您怎么不吃？牛扒好像要凉了。"她突然抬起头。

"我上午说话多了有点儿口渴，先喝点儿水。"他意识到得管管自己的眼睛，于是坐正身体，将事先磨好的黑椒粉慢慢往牛扒上撒，之后又慢悠悠地用刀叉将肉锯成小块，仍然没有要吃的意思。

陈溪看了有点好奇："您不喜欢吃这里的牛扒？"

"一般吧，只能当作中午的一顿便餐。长安街上有一家扒房，牛扒非常非常地道。什么时候你有空？我带你去尝尝。那儿的红酒都是从法国干邑直接空运过来的，和美女一起品尝，肯定更有味道。"

方浩儒的这次邀请，绝对是个败笔。似乎天下有钱男人诱惑女孩子，都是从去高级餐厅开始的，何况他也不是第一个用这种方式来引诱陈溪的男人。女人的第六感是相当灵敏的，陈溪闻言如梦初醒：这个道貌岸然的家伙，终于露出色狼尾巴了！自己险些被他玩死⋯⋯要找人陪你喝酒早说呀，我把刘小慈叫来，让她来"削"你！

"跟我说说，你们近来工作有什么有趣的事儿吧？"方浩儒似乎也觉得有点不妥，立即换了个话题。

"唉，我们的那些杂事有什么意思啊——哎，我今天倒是听了个有趣的寓言故事，我给您讲讲吧！"陈溪转转眼睛，娓娓道来。

"从前，有一个村子，村子里住着一对老夫妻，他们非常恩爱，有什么好东西总是留给对方。有一段时间，村里闹饥荒，老婆婆在别的村子好不容易买到了一块牛肉，不料路上引来了一只狼。狼跟着老婆婆回到了家，说自己饿了要吃东西。老婆婆为了让老爷爷能吃上牛肉，要让狼吃掉自己。老爷爷也不肯，他坚持要让狼吃他，好把牛肉留给老婆婆，两个人争来争去互不相让，老婆婆说：'你对我是最重要的，没有你，我要牛肉有什么用？'老爷爷说：'我也是一样啊，你不在了我也吃不下牛肉了。不如咱们俩都别吃了，把肉给狼吧。'老婆婆也恍然大悟：'对呀对呀，我们彼此在一起就够了，别的什么都不重要，就让狼来吃牛肉吧！'于是最后，他们让狼吃了牛肉⋯⋯这个故事，我也没太明白，但是觉得挺有意思的。"她依然是一副眉飞色舞的神态。

方浩儒盯着盘子里的牛扒突然僵住了，心想：行啊！这丫头片子看来是已经识破了我的意图，还装傻，自己编个无厘头寓言，拐弯抹角的，原来在这儿等着我呢⋯⋯她这点儿小聪明，用广东话说是"古灵精怪"；再用北京话说，就是"欠收拾"！

"小姐，"方浩儒不动声色地放下刀叉，招呼服务员，"埋单，我有事儿急着先走,不签字了,麻烦你们将账单直接送到VIP中心,谢谢。"说罢,他习惯性地用餐巾擦了擦手,同时淡淡地说了句,"我还有事儿,失陪。"一直到起身离开,他都没有再看陈溪一眼。

陈溪被他这突如其来的举动搞蒙了,心想:不是吧?就算他明白自己意有所指,也不至于这样小肚鸡肠的吧……她来不及后悔,连忙又追了出去。

"方总!方总!您怎么又生气啦?我只是不经意地说个小故事,我是无意的……您别往心里去呀!方总!方总!您别生气啊!我错了还不行吗,我向您道歉!"

"不需要。"方浩儒边走边应了一句。

"方总……那会务的事……"陈溪摸不准他那语调温平的"不需要",究竟是何意思,只得硬着头皮又追问了一句。

方浩儒停住脚步,回头看着她。"你说呢?"说罢又加快步子往前走,他每走一步,她就得跟着跑两步。

陈溪吓得全身的血液都要凝固了,看来这个男人不经逗,自己今天也是发神经,他就算是居心不良也没占着自己什么便宜,何必得了机会就撒野?这下好了,局面更难收拾了!

"方总,求您别这样!我错了!我错了!都是我一个人的错!请您再给我个机会,怎么样您才能原谅我?"她心里暗想,你总不至于叫我卖身吧……

方浩儒觉得这种自己在前面走、陈溪在后面追的感觉很是惬意,走廊左手边是酒吧,门开着,他一拐弯进了酒吧,她也不得不追了进去。

酒吧下午三点后才营业,现在只是一片昏暗静谧,仅仅有门口的光亮微弱地照着吧台前面的小舞池,没有背景音乐,但仍可听到大堂飘过来的萨克斯风。方浩儒走到舞池中站定,转身对着追过来的陈溪,心想:既然你都说我是"狼"了,那我也就别客气了。

"Rosie,陪我跳支舞,我就既往不咎。"说罢他直接伸手揽住了她的腰,握住了她的右手,毫不避讳地直视着她的脸。

"不不……方总,我不会跳舞……我一定会踩到您的脚的……"陈溪下意识地推开了方浩儒的手,连连后退。

通常女孩子说"不会跳"时,方浩儒会说"我教你",但今天他却没有。酒会那天明明见过她和杨帆就在这个舞池里翩翩起舞,她的舞步娴熟优雅,旋转的裙摆如同闻风舞动的荷叶，而现在，她明显是在找借口搪塞自己，不愿意和自己跳舞……方浩儒陡然心生一种男人的挫败感。

陈溪也洞察到了他脸上的窘意，心想毕竟不能再得罪他了。无意间，她瞥见角落里的钢琴，灵机一动："方总，要不，我给您弹支曲子吧！"

"你会弹钢琴？"

"我爸爸是教音乐的，我小时候跟他学的。您喜欢什么风格的曲子，轻快的还是缓慢抒情？"陈溪边说边走向钢琴，不等方浩儒回答愿不愿意听。

"方总，"她突然停住又转过了身，"咱们可得说好，您听完曲子，就原谅我行吗？也不取消会务了。"

她的声音有点可怜巴巴的，他也无法再拒绝："嗯。"

"我好久没摸琴了，很多曲谱记不住了，就弹一首我自己喜欢的吧，《蓝色生死恋》中的《祈祷》您听过吗？"她坐下来揭开了琴盖，手指在琴键间开始跳动。

方浩儒坐在过道边的一个沙发上，静静地欣赏着眼前这幅琴声萦绕的动人画面，她的头发、裙子和黑暗融为一体，更突显出白若春雪的脸庞，珍珠色的丝质上衣跟随她灵动的身姿泛出一环一环变幻的光彩，那忧郁轻妙的琴声更似潺潺溪水，缓缓地流进他的心里……

"Rosie！"门口的一声惊呼，一切嘎然而止，唯有陈溪一脸的惊慌。

还好，喊她的只有策划部的David一个人。"我打电话去你办公室找你，原来你在这里啊，我找你要资料，不过Amy已经给我了。你一个人在这里，弹琴？"

"噢……我看到琴了，就想玩一会儿……你别告诉别人啊！"陈溪一时不知该如何应付。

"呵呵，没问题！"David一向对她有好感，乐得做个顺水人情，"那你现在……继续？"

"我……"陈溪没了主意，她也不敢说走，只是悄悄地看了方浩儒一眼。

方浩儒仍然坐着不动，他知道后面的小男生隔着沙发的高背是看不到自己的。他也没有说话，只是轻轻地摆了一下手，示意陈溪可以离开了。其实他还有些不舍，但也不想给她带来麻烦，所以决定今天暂时放过她了。

"等我一下，我们一起走。"陈溪迅速合上琴盖，飞一般地跑了出去。她经过方浩儒身边的时候，他感到一缕轻风拂面，夹着她身上的气息——一种幽幽的花香，不由得回味起她的英文名字——Rosie，最早在拉丁文中的含义就是：正值花期的玫瑰。

方浩儒等他们两人都走远了，又坐了片刻，才起身离去。

陈溪耷拉着脑袋，终于回到了办公室。

"哎呀妈呀，你咋才回来呢？这大半天儿的上哪儿溜达去啦？刚才James问起你两遍了，说策划部要去年夏季嘉年华的资料，我赶紧从你柜子里找了一个folder（文件夹）给他们了，看上面写的是去年夏天的，也不知道对不对，你可真愁人，手机也没带，大半天儿的你到底整啥去啦？"刘小慈从陈溪进门到走回工位，一直关切地跟着她。

"上课。"陈溪重重地坐到了椅子上。

"上课？上啥课？"

"唉……"陈溪叹了口气，又起身将双手搭在刘小慈肩膀上，语重心长地说了一句，"永远不要在背后议论别人。"

第二章

~1~
职场的人生话题

还未到十一点，国贸大厦一层的"意浓"港式茶餐厅里，已陆陆续续有一半台子围坐着客人，方浩儒边走进来边看了看手表，十二点他要去机场，下午的飞机去大连，因此他提早离开了办公室，到这里吃点东西，顺便看看报纸休息一下。

"先生您好，请问几位？"茶餐厅尽管没有迎宾小姐，靠近门口的服务员看到方浩儒四下张望，急忙上前主动问候。

"就我一人，谢谢。"方浩儒随口应道，眼睛突然扫到了一张台子边坐着的女子，他心里一惊：居然是陈溪！

她怎么会在这里？紧接着他注意到，她的台子上有两套餐具，看来她在等人。方浩儒指了指远处靠墙的一组空着的卡座，对服务员说："我坐那儿。"

这组卡座不但隐蔽，而且对观察陈溪有很好的视角，方浩儒怀着深深的好奇坐了下来，服务员很快斟好茶水并送上菜单，他示意其先离开，自己翻开菜单，目光却投向了不远处的陈溪。

今天的她，长发束在脑后，深玫紫的青果领窄版西服裹着苗条的腰身，黑色西服裙配黑色丝袜，一条艳丽的玫红、橙黄混色大花丝巾折成和服领衬于西服领下，干练之余，又有些许女性的绚丽妩媚。她似乎是来出席什么活动的，或者拜访什么重要的人？从自己进来到现在，她一直在慢慢地翻看着菜单，一定是在等人，在等谁呢？

陈溪忽然抬头，莞尔一笑，向门口招了招手，估计是她等的人到了，方浩儒转眼也望向门口，只见杨帆风尘仆仆地走向她。

原来是他。

看杨帆也穿着西装，也许两人是一起来公干的，不过她对他的笑容似乎有些……终于，杨帆走到了桌子边，他没有坐在陈溪的对面，而是拉开了她身边的椅子，坐下时两人再次相视而笑，接着亲密地耳语，他们并没有过分亲昵的动作，但靠得很近。

看着陈溪那副小女人的神态，方浩儒足以断定，她身边的男人和她早已超越了上下级的关系……他有些懊恼地把菜单丢到了桌子上。

"先生，您现在可以点餐了吗？"服务员主动上前，掏出了点菜用的小机器。

方浩儒看了眼服务员便立即起身，掏出钱夹抽了一张百元钞票放在了茶杯旁边。"对不起，我改变主意了。"说罢他默默地离开了餐厅。

今天上午，陈溪代表会员服务部到NST集团在国贸的总部做一个presentation（演示介绍或讲解），向总部的高层汇报近半年御景的会员情况、消费形势分析以及下一步的会籍推广计划。这件事原本应是由杨帆亲自来做，碰巧今早酒店有个重要的记者招待会，于是安排陈溪代替他来国贸，她不仅口才出色，英文也是会员部里最好的，应付集团总部的提问肯定没有问题。

记者招待会后，杨帆便赶来国贸接陈溪，两人约好在国贸吃完午饭再回御景山庄。杨帆停好车到了约定的"意浓"茶餐厅，陈溪已经在等。

服务员点好餐离开了他们，陈溪随即神神秘秘地将一个包装好的小盒子放在了杨帆面前："瞧瞧这个，送给你的！"

"这是什么？"

"打开不就知道了。"她边笑边斜着眼睛瞟他。

杨帆歪着头审视了又审视，又用食指小心谨慎地戳了下盒子，故作狐疑地小声说道："该不是毛毛虫吧？我怕怕！"他知道她最怕那东西。

"讨厌——"她轻轻打了他一下，"你再不看我就不给了！"

杨帆笑着拆开了包装，是一对紫色切面水晶的袖扣。

"好看吗？"陈溪观察着杨帆看袖扣的表情，"你的袖扣都掉钻了，今天我正好有时间逛逛国贸，顺便帮你挑了一副。我看你的领带基本上都有蓝色和紫色元素，而且总是穿深色西装，就特意选了这一款，喜欢吗？"

"喜欢！很漂亮！"他感动地看着她，抬手看了看自己戴着的袖扣，果真有三四颗小水钻没了，自己还没发现，细心的她却已经看到了。

杨帆的心底不由得升起一缕甜丝丝的暖意，陈溪就如同这冷秋之中一缕迷人的阳光，豁然照亮了他的生活。不难觉出，她是个极好的贤内助，默默地支持着他的工作，并且很有分寸。因为担心两人的办公室恋情会给他的工作带来不良影响，她暂时不让公开，自己居然也能在人前掩饰得天衣无缝，一如既往地服从他的领导指挥，似乎她的感情只有毫无保留的付出，不计回报，即使遇到邓雪她们的非难，她也从不让他为难。

"来，我帮你换上。"陈溪说着温柔地拉过他的手腕，替他换上新袖扣，杨帆饶有兴趣地欣赏着两粒小东西在灯光下闪着深沉的光彩，伸头凑到她耳边说了句"谢谢"，接着趁势快速亲吻了一下她的脸颊。

"别人会看到的……"陈溪的脸红了，杨帆没说话，眼含笑意望着她。这时服务员端来了他们点的餐。

"今天的presentation还顺利吗？"杨帆喝了口汤问道。"还好，他们没有提什么刁钻古怪的问题，看来他们对你的工作还是挺满意的，认为你的效率很高。我倒是要说你，别太拼命了！你昨天为了那个记者会，是不是又搞了一个通宵？"陈溪说着又看了看他有些混浊的眼睛。

"哦，没事！明天不是周末嘛，可以补补觉。"杨帆塞了一口米饭在嘴里。

"你别总觉得自己有使不完的劲儿，说实在的，比起前几个月我第一次见你时，你现在可是明显瘦了。"她心疼地看了他一眼，夹起一块带鱼放进他的碗里。

"没办法，现在进入了旺季，市场这一块儿要尽量争取时间，把数字做得漂亮一点儿，否则到下个季度，除了春节，其他的时间就很难把握了。"

"James，你喜欢这种工作、这种生活吗？"陈溪用筷子夹了几粒米饭，放在嘴里淡淡地品着。

杨帆叹了口气，放下筷子，喝了一口茶。"好像，我们大家都没有权利'喜欢'或者'不喜欢'自己的工作和生活。生活在这个时代，有时候我觉得自己很幸运，比起我的父母在国属机关，我不用熬年份来混资历，也不需为了争不上块儿八毛儿的福利而心理不平衡，只要努力就会有相应的回报，也会有向上发展的机会。不过，我同时也会感到很悲哀，因为我们所接触的要比父辈丰富，所面临的挑战和竞争压力也更为残酷，机会人人均等，意味着你除非高人一筹，才有可能最终抢到机会。你会感觉，有时候是自己的主观动力带着自己向前走，有时候却是这个时代在推着你不得不走，你想停下来喘口气，也许后面就会有无数的人踩着你的身体过去，你永远也等不到这支队伍的尽头，永远也没有机会再爬起来……我前两年刚刚回国的时候，进了一家很大的外企，你听说过'科瑞电讯'吧，我在那里干了一年的Sales（销售员Salesman的口语简称），总是没日没夜地加班，不分节假日地跟单……西方人常说生活要跟工作分开，可是我们整天除了八小时的工作，剩下的就是加班，早就分不清什么是工作，什么是生活了。我那时还认为，是自己做了错误的职业选择，于是NST找我的时候，我就同意来了。可到了这里，呵呵，才明白什么叫作'天下乌鸦一般黑'，看来哪里都是一样的，我现在唯一能做的，也只是平衡好自己的心态，适应一切该适应的，以及不该适应但也改变不了的……""你已经很出色了，来了御景才一年，成绩赫赫，你在这里的根基也算是比较稳定的了，应该放松一下。"陈溪再次看着杨帆的脸。

"呵呵，你以为NST总部的人会满足于现在的数字？"杨帆笑笑抚摸了一下陈溪的头发，"小丫头，你太天真了！因为咱们这里从上到下，所有的人都是打工的，人人只求自保，对于Thomas来说，我们的业绩只要足够让他在总部有面子，能让他坐得稳，他也不会再有更高的要求。但谁会知道总部的想法，或者美国股东们怎么想？先说远处的，如果现在有人站出来对美国总部的高层说：'御景现在只赚到了三千万，而我承诺可以赚到三千三百万……'那么Thomas和我，也许就会因为这区区的三百万被挤下台贬为庶人。再说近处的，不管是北京总部还是御景内部，总有一些人看着我们风光会眼红，多数是些职能部门，他们的成绩无法用出色的数字来体现，平时的常规工作做得再好，那也是应该的，因此若想突出个人的能力，最好的方法就是在'节能降耗'这一层面上做文章，于是市场部门的花费投入是不是合理，有没有偷漏的问题，就是他们发掘机会的土壤。你们现在赚了三千万，或许开源的同时再注意节流，你们实际可以赚到三千五百万……呵呵，如果他们真的抓到了什么把柄能证明浪费的行为确实存在，哪怕只是一点点钱，股东们也不会再看你帮他们赚到的三千万，而是开始心疼那没得到的五百万，这五百万虽是个虚数，却可以变成那些职能部门的'业绩'。"

杨帆说着又喝了口茶，"现在你可以感受到了吧？就算你不想去参与办公室政治，不想与哪个人为敌，每天还是会有几百双眼睛在盯着你，他们巴不得抓到一点儿蛛丝马迹,之后就可以踩着你向上爬。什么所谓的'公平''良性'的竞争,其实都是用来麻痹对手、安抚舆论的,大自然的生存法则就是'弱肉强食',因此激烈的竞争必然会导致人人不择手段。"

陈溪静静地听着,没有作声。

"我在科瑞的时候,一年之中也经历了好几次公司高层的人事变动,一会儿是大中华区的VP(副总裁Vice President简称),一会儿又是销售部门的老大,有外国人,也有中国人,总部一道旨意,再大的官帽也是说摘就摘。说白了,这个职场,人人都是打工的,不管你是受人控制的'棋子',还是操控别人的'棋手',谁也无法掌控输赢,谁也看不到最后的结局,只有一场接一场不停歇的战斗。当卒子的希望当将;当将的想方设法要保自己的将位,而手中看似握有重权,其实是戴着一副镣铐,你即使是为了企业好,大家也并不一定都相信你,做任何事,总会有人暗中掣肘……所以从那时开始,我就意识到,只有某一天自己当了老板,才能真正成为自己事业的主人。现在啊,我们所要做的,就是尽量多接触一些高层面的事情,做好原始积累。等再过个几年,有了一定的人脉和财力,就可以自起炉灶了。"杨帆说着,轻轻地握住了陈溪的手,"Rosie,相信我!我一定会让你成为最幸福的女人!"

陈溪看着杨帆闪着希望的眼睛,努力挤出了一个笑容,继而端起茶杯佯装喝茶,实则为了掩饰内心的不安。

尽管杨帆称她为天真的"小丫头",她其实明白他所讲的全部。他说的的确是事实,对于将来的想法或许也是对的,但陈溪还是无法像他一样,满怀希望地憧憬着未来。过去的数年,她接触过很多的私企老板,他们有他们的自由,但也有他们的苦衷,陈溪不愿去想象那些压力将来会如何压在杨帆的肩上,因为她明白,无论是打工皇帝还是实产皇帝,都有"高处不胜寒"的无奈。

对于一个普通的女人,"幸福"的概念就是有丈夫、有孩子的温馨家庭。然而她也清楚,男人们是不屑于听这些话的,尤其在他们摩拳擦掌、心潮澎湃的时刻,最反感女人用这些儿女情长的东西去软化他们的昂扬斗志。

有条件成功且尚处于攀登阶段的男人,都有一种"王者"情结,他们此时只想着如何打出一片天下,然后送给自己的女人一座华丽的宫殿。其实,这座宫殿只是这个男人秀给其他男人看的"荣誉奖杯",至于那女人,或许更留恋以往与他在征途上的携手相伴,而如果此时的宫殿没了这个男人,女人的生活也就失去了光彩……

陈溪又喝了口茶，默默看着如今胃口大开的杨帆。虽因他尚不能理解自己的想法而郁闷，但出于爱也不想令他扫兴。他的想法谈不上是对还是错，她也不在乎他将来能带给自己什么，只要他开心就好。

回程的车上，杨帆突然想起一件事。

"忘了告诉你了，我已经把咱俩的事告诉了我父母。他们希望我带你一起回石家庄见见面，我看就这个周末吧！我们明天走，后天回来，正好这两天我有空，以后就难说了。"

陈溪吃惊道："明天！太仓促了吧？我一点准备都没有……要不等一段时间吧？"

"还要准备什么？我父母很随和的，不会挑你的理儿的。"

"可是我心里……也没有准备好，太快了吧？"她仍有些迟疑。

"快吗？"他遇到红灯停了车，握住了她的手，"我可是等不及了……想要你天天帮我别袖扣……"

陈溪闻言扭过头，与杨帆满怀深情的眼睛相对，娇羞地笑了笑："好吧，那明天下午再出发嘛，上午我可以出去买点礼物。"

他也笑了："OK，听你的。"

下班的时候，杨帆被Thomas找去谈事，陈溪自己坐班车回了家。

刚刚进家门，杨帆的电话就来了，告诉她明天回石家庄的计划暂时取消，因为Thomas叫他代为出席下周一在深圳举行的一个论坛活动，他明天需要做些准备，后天飞去深圳，所以见父母的事暂时放放。陈溪当然对不去石家庄没有意见，但对Thomas这种临时的决定发了几句牢骚，很明显，是他自己不想去，就推给了杨帆。

挂了杨帆的电话，手机又响了，是刘小慈来凑热闹。今天陈溪上午在国贸，中午回办公室时才知道，一整天刘小慈都没来上班，问别的同事，说是"不舒服"，早上请了假，电话也打不通……这家伙，到现在才露面。

刘小慈在电话里没说太多，只说自己现在没事了，约陈溪明天中午一起吃饭，要见面再聊。陈溪对一向快人快语的她这种神神秘秘有点不适应，但猜测可能她现在和梁若清在一起，也就不多讲了。

第二天中午，陈溪来到朝阳公园西门的一家咖啡厅，刘小慈已经坐在靠窗的一张台子边等着她了。

"我刚点了两份儿鸡柳套餐，说是他家的特色，你还要点儿啥？"刘小慈边说边把菜单和酒水单都推给了陈溪。

"你点了就行了，先给我一杯冰水吧，有点渴。"陈溪转向服务员客气地笑笑。

"你昨天怎么病了？我问你，电话里也不说。"她关切地看了看刘小慈的脸，但觉她面色粉润，并无异常。

刘小慈用力叹了口气："唉，你是不知道，昨儿老梁不让我去办公室，说是啥地区的纪委来咱们球会调查取证，他就打电话给我，让我请假，别去办公室。"

"纪委？纪委跟我们有什么关系？"陈溪有点不解。

"可不是咋的！我开头也没整明白，后来老梁偷偷告诉我，国家公务员是不给打高尔夫的，如果有高尔夫会籍的，那准保是有贪污受贿的嫌疑！"接着刘小慈压低了声音，"御景啊，也私下赠送过高球会籍给一些政府官员……你记得不？那个红宝石会籍的名单。"

听刘小慈这么一说，陈溪恍然大悟。

御景高尔夫球会的会籍等级，目前分为银卡、金卡、白金卡和钻石卡。此外杨帆正在筹划明年春天推出一款新的翡翠卡，但那些都是要付费才能入会的。只有这种红宝石卡，表面上没什么特别的，却是最为神秘的会籍。

这种会籍据说是免费赠送给会员的，总共只有几十个人，他们在御景的会员系统中没有任何记录，只有一份纸质的名单。如果会员订场打球，电话里只需报R字头的会员编号，预订部则每次都需要跟会员服务部的专人核实这个会员编号是否存在。只要会员服务部确认了，预订便是有效的。而会员到场时，只要出示一张仅显示编号及照片的红宝石会员卡，即使不知姓名，各部门也是一律放行，不许多问，所有的消费全部挂账。

红宝石会员的名单一直是保存在保险箱里的，以前由陈溪负责管理及更新，她记得其中有些名字是香港的一些政要，经常会在电视上看到他们，其他一些会员她虽看过照片也不认识，但猜得出他们会是什么身份。后来杨帆说了些很笼统的理由，让她将此事转交给刘小慈，因为会籍的事务只有她们俩有权限。现在，陈溪隐约能觉出杨帆的用意，同时对刘小慈，她又萌生出一种莫名的歉意。

看来，御景的副总经理梁若清早就明白，因此这次便出手保护自己的女朋友。陈溪突然意识到，杨帆昨天早上特意打电话让她不用去御景，直接在十点钟去国贸，似乎也有另外的意图。

听刘小慈说，纪委八点已经堵在了会员服务部门口，刘小慈在梁若清的授意下，八点十分打电话跟杨帆说自己生病了，九点不能来上班……

接下来的事，陈溪便能理清脉络了：她记得杨帆是八点十五左右给她打电话的，当时没说原因，只是让她早上不必去御景取资料，直接到国贸，而在总部做汇报所需的数据和文件，他破例发邮件给她……刘小慈生病了，陈溪去国贸，杨帆要忙记者招待会，总经理Thomas理所当然会让梁若清出面应付纪委的麻烦事。

陈溪想到这里，不禁倒吸了一口冷气——两个男人暗中较劲各自维护女友，令她现在面对闺密时着实有些尴尬。而听着刘小慈此时的感叹，她也只得轻描淡写地应付："你也别担心了，既然你不在，也就没事了。再说那些会员，我印象中除了香港的两三个人来打过球，其余的几乎都没出现过。"

"多亏了老梁，要不，你说我咋整？又不能说实话，说了假话，万一把我也扯进去可咋办？听老梁说，他们手里也有一份名单，是这次调查的对象，好像还真有几个就在咱们的红宝石名单上！妈呀，闹死心了！"刘小慈说着拍了拍心口。

"那后来情况怎么样？"

"老梁出面儿应付了应付，给他们瞅了瞅咱们的会员系统，没找出啥人，完了他们也就走了。"

"算了，别再想了，有惊无险而已。"陈溪看着刘小慈，觉得她和自己被挤在两个男人争来斗去的夹缝中，既无辜又古怪。

"这一关是过了，可以后呢？"刘小慈叹了口气，眼睛里突然又闪出了光彩，"哎呀，我把正题儿都给忘了！我找你出来呀，就是想第一个告诉你：我准备跟老梁去领证了！"

"领证？领结婚证？你当真要嫁给他呀？？"陈溪错愕地瞪大眼睛。前段时间听刘小慈说选择了梁若清这个"中年男友"，她还曾劝其慎重考虑，想不到这还没过多久，人家就已经要谈婚论嫁了！

"那咋了？不为了结婚，我为啥跟他处对象啊？"

年过四十、离婚并有个十多岁女儿的梁若清对于刘小慈来说，却是比杨帆更为可靠的婚嫁对象。这位副总经理在北京有户口有房产，职位与收入也很稳定，相较之下，年轻有为的市场总监杨帆最多只能算是支"潜力股"，未来的上升与下沉，何时能熬到副总或是更高的级别，还有很多变数……因此尽管陈溪曾经力劝刘小慈考虑杨帆，刘小慈最终还是选择了梁若清。此外，她还有别的想法：自己除了年轻美貌，并没有其他出众之处，婚姻是现实的，梁若清在年龄和婚史上有"短板"，那么两人在综合条件上也算是"扯平"了，只希望今后的生活中他真的能像现在这样，珍惜自己。

"可是……你们也太快了吧？'闪恋'没多久，就升级为'闪婚'啦！你了解他多少啊？"陈溪一时还是难以理解刘小慈的决定。

"该了解的我都了解了，没了解的我也没啥兴趣。最主要的是，他也是真心想跟我结婚。你说这男的有诚意要跟你结婚，你还有啥好磨叽的？早结晚结，不都是结？我早合计好了，结了婚，我就不想再整这闹心的工作、担这个风险了，辞了职，搁家休息休息，然后再找个清闲点儿的工作。"

"Amy，你记不记得——我曾经跟你聊过一些我以前的事。我不能算是很有生活经验的人，不过有些问题，我是深有体会的。那时我和大学时交的男朋友分了手，一个人在这个又大又陌生的北京城里，看着熙熙攘攘的街道，就想着什么时候我才能在这里扎下根有自己的生活？我也很羡慕那些穿着讲究开着跑车的女人，所以后来……我稀里糊涂地接受了一个男人。他是我去大学老师家做客时认识的，和梁若清一样也是离过婚的。我以前没有跟你细说，其实当时我就是冲着他的经济实力才同意的。可没过多久我就发现，他给我安排的生活并不是我想要的。他让我住在他家里，因为还没结婚，也算是尊重我，以礼相待，还有保姆照顾我。可他很强势，坚决不同意我出去工作。还没真正在一起生活，就已经感觉他几乎控制了我的人身自由。其实……我是趁他去国外的时候突然离开的，没有跟他正式提过分手。好在本身谈朋友的时间也不长，我还没接触到他的社交圈子，所以倒是能断得干净。现在我跟你说这些，只是想提醒你——你要嫁给谁，我们作为朋友当然不会干涉。但感觉梁若清那个人城府很深，你如果真的想和他在一起，千万别放弃自己的工作。不然，你很有可能完全被他左右，那感觉很可怕！真的。不管怎样，女人还是要自立一点，男人不一定靠得住。"

"妈呀，你该不是怕老梁也不让我出去上班吧？"刘小慈不以为然，呵呵乐着，"说实话，我跟你的想法可不一样，老梁要是真有那实力，我还真不想上班了呢！搁家待着还能图个清静，省得上班净整这些闹心的事儿——在这儿管个破会籍，让咱们担多大的风险哪！"

"你如果是为了红宝石会员的事，我看也没必要这样。你只不过是个打工的，也不会有多大的责任啊，那些会籍又不是你去送的。难道你就为了这点小事，就仓促决定了自己的终身大事？喂，你有点搞笑哦！"

"不完全是因为这事儿，这事儿吧，是昨天才发生的，顶多算个'催化'作用，我吧，早就有这个打算了。我觉着作为女人，咱们为什么不能活得轻松一点儿？我不会让别人包养我，咋就不能让自己的老公养着？不是说'女人干得好不如嫁得好'吗？我瞅着也是。你瞅瞅财务部干收银的兰姐，都快三十五了，还天天倒班。她孩子一生病，就得硬着头皮去请假。你说，这孩子闹病能是她的错吗？可在上司面前，总跟做了亏心事儿似的。前厅部的Rebecca怀了孕，人力资源部说，必须是快分娩的时候才能休产假，如果现在休息也行，只能按病假拿基本工资……你说，这男人女人不都是妈生妈养的吗？这女员工一怀孕，咋就跟个罪人似的，表面上对你挺和气，背地里谁都嫌弃你……所以我早就合计好了，要嫁就嫁个有经济能力养我的，我可不想到了兰姐那年纪，还得遭罪。"

陈溪听着刘小慈叨叨，一直沉默不语。不经意中，她瞥见服务员正在为邻座的客人倒可乐。

"你既然自己已经想清楚，我也不再多说了。毕竟我也没有结过婚，不知道你的想法到底对，还是不对……"她叹了口气，又道，"我只是觉得，我们生活在这个年代，凡事讲究速度，只看结果，不管过程。爱情，可以像可乐一样，不用慢慢加热，一开瓶就会沸腾；婚姻，也可以像快餐中的汉堡包，房子、车子、钱只要都具备，就像汉堡里的肉块和蔬菜，料全齐了夹在一起就可以吃了。什么味道、有没有营养先不问，填饱了肚子，大家好腾出时间去做别的事情，因为别的事情永远都比感情和婚姻更重要。"

陈溪的这番话不仅是感慨刘小慈即将成为事实的闪婚，还包括她和杨帆。

他们两人在一起的时间也不长，杨帆也是急于敲定，因为他没有太多的时间浪费在儿女情长的事情上。

她也了解兰姐和Rebecca的情况，不由得回想起昨日杨帆说过的话。这个年代，职场上的男人女人，都有着他们不同的悲哀。男人对女人的感情、女人对家庭的义务……似乎职场与亲情之间的潜规则，就是个"忠孝不可两全"的道理。

男人在这个社会中生存的理由，就是事业与财富地位，于是一切都得为之让路。至于女人，如果要顾全家庭，多数时候就意味着自己要"掉队"，掉了队即不再有职场中的价值，而嫁得好不好，在这时就显现出重要性了。同时，职场上的男人也懒得跟女人浪费时间，不行就分手，行就快点结婚，大家就不用再为此等事耗费精力。谈情说爱，那是有钱人饱暖之后的消遣，没有钱的人考虑这些，便是"玩物丧志"。因此，女人也不得不火速决断，嫁还是不嫁，别拖太长时间，如果想考虑充分些，或者也想先顾着自己的工作，很可能会沦为"剩女"……如此看来，刘小慈现在这么快做决定，也许并不是"草率"，而是"果断"。

"来，"陈溪先端起了水杯，勉强挤出了一丝笑意，"无论怎样，我都祝福你！"

~2~

解围

这个季度，御景山庄为会员们举办了一次大规模的交际活动，考虑到鸡尾酒会后，饮酒的会员不能自己驾车离开，并且不是所有的会员都有私人司机，因此山庄统一安排车辆，分批送会员回市区。

偏偏这次预订部出了差错，将第一批离开的会员名单少报了一个人，结果礼宾部将袁老板的车安排在了第二批……而倒霉的陈溪则是今晚会员服务部最后一个还没下班的员工，于是不得不被揪出来协调这宗棘手的会员投诉。

现在，所有的车都已经安排好时间，根本不可能再多调度一辆车，唯一的解决方式就是取消袁老板的费用，给他及他的朋友安排一些活动，消磨一个小时，然后随第二批车离开。岂知这位袁老板上了些年纪，脾气又倔，在自己的朋友面前更好面子，因此说什么也不肯妥协。

"……狗日的！你前台的娃们家也是瓜么石焉的，都不知道克里马擦地让俺把费一交，奏知道在万儿谝闲传，木囊个啥呢嘛？（你们前台的孩子们也是傻傻的，不知道快点帮我收费，就知道在那里聊天，磨蹭什么呢？）"袁老板感到在朋友面前丢了面子，就对着陈溪大发雷霆。

"袁老板，今天的事真的是非常抱歉！可是我们现在真的没有办法马上帮您安排车了，我知道是我们员工的失误给您造成了这么大的不便，但求您先谅解一下……天气这么凉，您几位总站在外面也不好，不如我帮你们安排去做个足疗，一会儿您的车到了，我们会有人负责去足疗中心接您几位。明天我们一定会追查事故的原因并做处理，您放心，所有的事宜，我们都是免费帮您安排……"

"你这女娃子，真是木乱得很！你得是瞧不起俺？怕俺花不起钱你奏言传！（你这女孩，真是烦！你是不是看不起我？怕我花不起钱就直说！）"袁老板突然又高声嚷嚷起来，"再薄骚情咧！你奏告俺，车在阿达？在阿达？？（别再唆了！你就告诉我，车在哪儿？在哪儿？？）"

陈溪还是第一次接触如此暴躁无礼的会员，但错在自己一方又让她理亏，只得好言相劝，结果并不奏效，接着，袁老板及他的三个朋友一起围着她骂骂咧咧，可怜的陈溪一时也想不出好的对策，只得解释再解释，劝了又劝……

"哟！老袁！您在这儿开什么会呢？"众人停止嘈杂，闻声望去，见方浩儒双手插着裤袋，慢悠悠地从会所里走了出来。

"哎呀，方总，你好你好！"袁老板一看见方浩儒，"黑脸李逵"立即变成"笑面弥勒"，急急上前握手，"你咋也在这儿啊！俺们刚刚莫见着你呀！"

"我可没您那么大面子，我一直坐在后面，哪像您哪……呵，今天西装笔挺的，不走休闲路线了，我刚才还真认不出来了！"方浩儒边说边打量着袁老板身上的西装，又瞥到了他袖子上没拆的标签，笑道，"哟，大牌子！"

"唉，你再薄攘俺了！俺这，奏是沃'笨狗扎个狼狗式'……哈哈哈哈！（你别再取笑我了，我这就是"装相"……）"他说完，大家都跟着笑了，除了陈溪。

"您几位在这儿站着干吗呢，等人？"方浩儒看看四周问道。

"哎呀，木乱死咧！这娃们家弄错咧！把俺们的车子弄到第二批去咧，俺几个伙计现在莫有车回城里。"袁老板说罢，又瞪了陈溪一眼。

"嗨呀！这事儿好解决呀，他们给我安排的是第一批的车，您几位先坐我的车回城，一会儿我再坐您的车走不就行了。"说着，方浩儒掏出自己的车卡递给陈溪，"你去帮老袁安排一下，把我的车和他的调换。"

"你薄管！（你别管！）你薄管！咋能让你在这等呢？"袁老板有点过意不去。

"没事儿，我刚好有事儿还走不了，您几位又急着走，这不是正合适嘛。您也别客气啦，下回我去西安找您，您就用您的大宾利来接我，再让我去试试那家'唐宫汉筵'不就得了，我可一直惦记那个'菊花锅'呢！"

"莫麻达！（没问题！）莫麻达！"袁老板连声应着，"啥时想来咋言传，咱美美地咥一回！（什么时候想来就打声招呼，咱们好好吃一顿！）"他说罢和方浩儒一起会心地大笑。

不多时，陈溪已经安排袁老板的朋友都上了方浩儒的车，袁老板谢过方浩儒之后，也上车离开了。会所大堂外，只剩下方浩儒和陈溪。

"方总，谢谢您今天帮我解围，否则我真是要被他们吃掉了！唉……"陈溪终于松了口气。

方浩儒淡淡笑了一下，望着面前穿白色羊毛套裙的女孩，像只楚楚可怜的小羊羔。

"呵呵，别搞得跟个受气包似的，是你们内部出了问题，人家也不想这样啊。"

陈溪听了无语，只能怪自己倒霉呗。

"这么晚了，你怎么回家？"方浩儒问到了关键问题，陈溪自己也才想起来，对呀，已经错过末班员工巴士了！

"我还好，一会儿可以叫的士。我先帮您安排一下，去里面休息一会儿吧！第二批车还要一个小时呢。"她现在也顾不上自己了，先把今晚的"救命菩萨"安顿好吧。

"我不等了，已经让司机来接我，他可能再过个二十分钟就到。你也下班了吧？不如这样，你去收拾一下，一会儿就跟着我的车回市里吧，我让司机送你到家。"他看出她有些犹豫，"怎么？怕啦？放心，我只吃牛肉，不吃人。"

陈溪听出他话里的含意，顿时有些不好意思，但想他刚刚帮了自己的大忙，也不好推托，再说还有司机在场。

"那……谢谢了……我去拿东西。"

等陈溪收拾停当回到会所门口，司机还没到。夜色已沉，郊区的习习秋风吹得她禁不住微微发抖，又不好表现出来，只得努力装作放松。

方浩儒脱下西服，直接披到了陈溪的身上。"披上吧，否则人家看到你这样，会说我不懂怜香惜玉，你总不能害我被别人指责'没风度'吧。"

"谢谢。"陈溪腼腆地低着头，声音很轻。她的确感到很冷，见他还穿着件西服背心，也没再拒绝。

"对了，你的男朋友是杨帆吧？"方浩儒为了打破尴尬，主动找话题。

陈溪有点意外："您……怎么知道的？"

"我前几天在国贸的一间餐厅，看见你和他在一起。今天他怎么没出面？"

"他出差了。我们的关系……是不能公开的，因为……我们是上下级……这里的员工都还不知道……"

"哦——明白了！放心，我过了今晚肯定就忘了！不过，说真的，你们俩挺般配的。"方浩儒觉得最后一句话有些违心，但除此之外，他实在找不出其他可以讨她欢心的说法。

"呵呵，是吗？"陈溪闻言含羞一笑，抿唇不再多话。方浩儒借着灯光看到了她脸上的两片红晕。这时，司机开着车终于到了。

司机小周远远就看到方浩儒和陈溪站在一起，到了跟前，更发现陈溪身上还披着老板的西服，下车立即就问："方总，您是自己开车回去吧？我正好去帮您把上次寄存的东西取回来，那我自己打车回去。"

"你还挺有眼力见儿，"方浩儒瞪了他一眼，"别自作聪明了！你得把我们俩都带回去，你在，她才放心。如果只有我跟她两个人，她会担心车上还有只狼！"

他的调侃羞得陈溪不知所措，一个劲儿地说："不是的！不是的！"

方浩儒笑了笑，带着自然的绅士风度伸手替她拉开了后座的车门。

车子一路在黑暗中行驶，除了前面的车灯射出的光，路的两边都是黑乎乎的，偶见斑驳的树影。陈溪看着窗外，暗暗庆幸搭方浩儒的车还是明智的，不然这么黑的晚上，杨帆又出差了，万一出租车也订不到，自己该怎么办……她突然连续轻声地咳嗽起来，并且怎么也抑制不住。

"怎么了？是不是刚才受凉了？"方浩儒其实一直都在用余光关注着身边的女孩，尽管她已不大可能在将来属于自己，却仍有些许的期待，哪怕就是像现在这样，和自己近距离地坐在一起。但他并不想主动搭话，免得她那敏感的小脑瓜儿又将自己想象成大色狼，所以情愿就这样沉默地陪着她看窗外的黑魅一片，而陈溪这么一咳嗽，倒让他有种难以言状的兴奋。

"小周，后备厢里还有没有矿泉水？"方浩儒问前排的小周，同时向陈溪递去怜惜的眼神。

"没事的……没事的，我一紧张……有时就会这样，一会儿就好……"陈溪边咳边阻止，她咳得并不厉害，只是总也控制不住。

"紧张？"这个说法倒让方浩儒有些意外，"难道你坐我的车就紧张吗？"他说着笑了笑，终于忍不住伸手轻轻拍了拍她的后背。

陈溪这次没有躲避，她能感觉到他并无邪意。"不是因为您……是我一想起那个袁老板……就紧张……"她突然想到了什么，转过头好奇地问身边的方浩儒，"方总，您跟袁老板很熟吧？今天多亏了您，不然我真的惨了！说实在的，我连他的话都听不太懂……"说罢她又轻咳了几声。

"呵呵，"方浩儒笑笑，"其实我跟他不算是特别熟，聊过几次，不过暂时没有生意上的往来。我们经商的，和你们做服务的一样，三教九流的人都得接触，就当是先结个缘呗。老袁是西北人，据说是在陕北开煤矿的。他们这种年纪的西北人说普通话，都不太容易改掉口音，时间长了你们听习惯就好了，我第一次和他聊天的时候也是一头雾水，其实这些西北汉子为人挺厚道的。"

"我的天哪……他今天说的话，我能听懂几个字就不错了……他们那么多人围着我一个，那么凶……当时真把我吓坏了！"

"坦白说啊，我觉得是你没经验，把他给惹火了。"

"我——"陈溪有点惊讶，"我可是一直在赔着笑脸，好声好气地跟他解释，跟他说好话的。"

"归根结底是你没掌握这种人的心理，没找着跟他们交流的窍门儿。其实袁老板这种人没那么复杂，他也属于是一夜暴富的那类商人。可能以前品位层次低了点儿，有了钱就希望别人能更尊重他，实际上也映射出他内心有脆弱敏感的一面。和这种人打交道，你一不能说他'土气'，二不能说他'小气'，连这种字眼的玩笑都不能开，因为他承受不起，会拿你的玩笑话当真，尤其是在他朋友面前。你今天用一大堆官方语言跟他娓娓道来，本来就让他有一种你以文化素养的高姿态来压着他的不适感，结果你又当着他朋友的面明确说不用他花钱，恰恰就犯忌了，令他神经过敏。他觉得你让他颜面扫地，能不跟你急吗？"

方浩儒的一席话，令陈溪茅塞顿开，她不禁又扭过头看他："方总，您说得太精辟了！仔细想想还真是这样！"她突然冲他开心地笑，眼睛里闪着崇拜的光彩，露出一排齐齐的小白牙，"以后我呀，见着他就唱赞美诗，说他那张又红又光的脸像太阳一样魅力四射，说他身材胖胖聚得都是福气，说他说话粗犷又极富震撼力，说他的穿着……一看就是有品位得一塌糊涂……您这个方法好啊，能让袁老板开心，还能帮我止咳！"

方浩儒被陈溪逗乐了，不单是她的话，还有她的样子。他没料到，这个平日里看起来要么乖乖要么冷冷的女孩子，活泼起来，居然也会这样眉飞色舞地叽叽喳喳。

陈溪忽然注意到了方浩儒看自己的眼神，却误解为，他一定是觉得自己挺碎嘴的……于是不好意思地笑笑，闭嘴不再多话，又转头望向窗外。或许是真的疲倦了，或许是对方浩儒解除戒备而彻底放松了，她迷迷糊糊地，居然在他的车里睡着了。

"小周，开慢点儿，把空调再打暖一点儿。"方浩儒小声吩咐着，又悄悄将陈溪身上的西服向前拉了拉，以便盖住她的手臂，他其实还想帮她整理一下耳边的碎发，但终究忍住了。她刚刚放下戒心，他不想破坏这种和谐的氛围。借着偶尔掠过的路灯灯光，他看着她睡，摇晃颠簸之中她居然也能安睡得像个天使。

机灵的小周很懂老板的心思，按照陈溪告诉的地址，其实他已经借故堵车绕了一个大弯儿，但即便是这样，即便是再减慢车速，也总归要有终点。

车缓缓停住，方浩儒看着陈溪许久，无奈地碰了碰她，将她带出了梦乡。

"噢……到了……我该下车了，谢谢！"睡眼迷离的女孩头脑还算清醒，她发觉自己睡着了，有些不好意思，觉得太失礼，于是想早点逃离这种窘境。

"你还没吃晚饭吧？要不要跟我们一起去吃点儿东西？"他看着她拿起手袋要开车门，有些依依不舍。

"不了，谢谢了！已经很麻烦您了，我有点累，也想早点回去休息。"陈溪礼貌地笑笑，转身推开车门下车便跑。

"哎，等等……"方浩儒从车里探出身，笑着却不说话，陈溪顺着他的目光低头看自己——天哪！自己居然还穿着他的西服！真是臊死人了！

"对不起！对不起！我忘了……"她赶紧脱下西服，双手递了回去。

方浩儒接过衣服时，看见羞笑的陈溪突然用双手捂了下双颊，即便是这样，也没能遮住脸上的两片红晕，他心头微微一暖，知道她这次脸红是因为自己。

"快回去吧，当心着凉！"他其实很想用自己的衣服再暖她一次。

陈溪抱着肩跑出去几步，却又跑了回来，扶着前车窗喊了句："小周师傅，也辛苦你了，谢谢！"说罢侧睇又对后排的方浩儒笑笑，转身跑进了小区。

方浩儒望着她蹦跳着的背影，白色的衣裙随风招扬，像只振翅的白鸽消失在夜幕中。

"方总，您喜欢陈溪？"小周终于可以开口了，"我后来又跟她接触过几次，去帮您拿会员卡的时候。其实我觉得这姑娘品质不错，做事端端正正，模样也挺讨人喜欢的，听说会员都挺买她的账，觉得她认真负责，办事让人放心。不过应该也是有点儿小脾气，上次不就把您给惹着了嘛。"

方浩儒听罢讪笑一下："人家已经有男朋友了。"

"那又怎么样？没结婚就有机会！再说她男朋友肯定比不上您吧，您别放弃呀，跟她这样的女孩子周旋，就得能'耗'得起时间。她会慢慢有改变的，您只要耐心等着。"

"你小子对追女孩子，还挺多花花肠子。别废话了，看着点儿路吧！"

小周的话，方浩儒不是一点都没听进去。这个小陈溪，确实有一种幽兰之气令他着迷，按他一贯的风格，此时早已是物质加精神地狂轰滥炸了，猎人的亢奋，鼓动着他跃跃欲试。可偏偏她身上又有一种神奇的魔力，竟令他不敢轻举妄动。他居然会害怕失败，害怕最后她连个笑脸都不肯给他……如果是那样，他宁愿安于现状。

方浩儒轻轻地叹了口气，抬眼看着车窗外阑珊的夜景，陷入了沉思。

~3~

调职

上午，Thomas 刚吃罢午饭，坐在办公室里边品着咖啡，边津津有味地翻看一本 *Purple*（法国知名月刊《紫色》）杂志，秘书打进电话："Sir, Mr. Michael Fong is here. Are you available to see him?（老板，方先生来了，你有空见他吗？）" "Fong? All right, bring him in please.（方先生？好吧，请他进来。）" Thomas 耸了下肩，喝光了咖啡，将杂志放到一边，起身整了整之前拉松的领带。秘书在门外轻叩两下，随即打开了门，方浩儒双手插裤袋，走了进来。

"My dear friend Michael, how are you doing?（Michael，我亲爱的朋友，你好吗？）" Thomas 张开双手，做了一个极度欢迎的动作。

"Very well, thanks. How about you? You look good.（我很好，谢谢。你怎么样？看起来不错啊！）"方浩儒边和 Thomas 握手，边打量着他那张泛着红光的胖脸。

"This is a fantastic place, I always feel very relaxed, If you stay with us, you will see what I mean.（这里是个绝妙的地方，让我倍感放松，如果你常来这里和我们一起，你会明白我的感觉。）" Thomas 一时不明方浩儒的来意，只能先为自己的球会做做场面上的宣传。

方浩儒不会在这个法裔美国人身上浪费太多的时间，他自顾自地坐到了 Thomas 大班台前其中一把皮椅上。

"Absolutely, I will, if something possible.（这我绝对相信，如果某些事有可能的话。）"

Thomas 呵呵笑着，也坐回到自己的位子。"So, my dear friend, what can I do for you?（那么，我亲爱的朋友，告诉我，我能为你做些什么？）"

二人客套后交谈时间并不长，其间方浩儒像是不经意间随口提及——在长城俱乐部的雪茄藏柜中为 Thomas 存了一盒上等的 Cohiba（古巴雪茄品牌）雪茄。之后，他留下一只装着雪茄柜钥匙的信封便准备告辞。方浩儒起身时，无意间瞥到了台子一边放着的杂志，封面上性感的女模特儿摆着宽衣解带的诱惑姿势。他笑着瞟了Thomas一眼："You like Purple girls, me too. Purple is quite mysterious,（你喜欢"紫色女孩"？我也是，紫色是神秘的，令人浮想联翩……）"转身离开时又意犹未尽地补了一个副词，"suggestively（此处尤指使人产生色情联想地、性挑逗地）…"

Thomas听了哈哈大笑。

待方浩儒离开，Thomas拿起那个信封，亲吻了一下，放进了抽屉。这已经是他们两人之间第三笔交易了，因此沟通的过程不需要太漫长。

第一次，是他主动请方浩儒品红酒，因为那时御景刚刚开业不久，钻石级的公司会籍非常难推，他希望方浩儒能帮他实现零的突破。方浩儒同意帮忙，但也毫不客气地杀了个狠价。不仅如此，还要求免收两年的月费，并且转让会籍不用等够年限——假如他不想要了，或者该会籍升值喜人，随时可以卖掉。而当Thomas听到这么苛刻的条件正准备诅咒对方下地狱的时候，方浩儒却向他个人伸出了橄榄枝，主动表态：免掉的月费会分文不少地转赠给他本人，另外再介绍两家友人的公司入会。这样一来，Thomas不但个人得了实惠，三个公司会籍的业绩成果，对上对下都有了交代，也为特批方氏的公司会籍那个近乎赔本的"腰斩"折扣找到了充分的理由，最终只是御景这家企业吃些亏罢了，折损不到任何一个局内人的面子及利益。于是，气氛突然又变得异常融洽，这之后他们便以"挚友"相称。

第二次交易，是方浩儒在一年后主动来找他。那时方氏集团在御景的消费活动已经体现出一笔可观的营业额，他要求Thomas在今后给他公司的所有消费七折优惠，否则他将重新考虑，要不要再继续在这里花钱。这次的甜头，方浩儒算准了只需一盒上等的雪茄即可降服这个老烟鬼。因为Thomas当时已经看到了方氏带给他的丰硕业绩，能为他在御景稳稳的根基添砖加瓦，而如果自己断了这条路，叫停所有会务，或许就得因为客户的流失应付总部没完没了的质询……Thomas妥协的原因是显而易见的——这个四十多岁的"半大老头儿"现在只想求安稳、少折腾。方浩儒没估计错，同时他也佩服Thomas的能力，确实很快摆平了一切，为方氏省了一笔不小的开支。尽管Thomas对区区几根雪茄不大满足，但他听闻，方浩儒不是普通的港商，似乎有军界的关系，是个通吃黑白两道的厉害角色。虽然没法判断这消息是不是空穴来风，自己终归没有必要得罪他。于是乎，他又利用这个不知从哪儿听来的传言，吓唬了一下总部，算是让方浩儒再次如愿以偿。

不过，Thomas的确很喜欢和方浩儒做交易，双方条件明确，拍定后各司其职，成交后各缄其口，干净利落，永不复提。

而这第三次交易，方浩儒似乎没有什么筹码在握，于是Thomas暗暗窃喜，他知道雪茄盒里一定还有额外的惊喜，因为双方在价格规则上是很有默契的。至于交易本身，他不会过多考虑是否合情理，只在乎自己有没有办法做到。

Thomas在美国时，只能算是一个中产阶级，在加利福尼亚的房子是分期付款的，来中国八年，他的生活却发生了翻天覆地的变化，在最初的两家外企工作时，他住在东方广场后面的豪华公寓里，有专职的保姆和司机。在中国的任期满后，他不想再回美国去"受穷"，索性辞职留在了中国，之后跟NST谈定的条件：他的妻子及儿子一起来北京，NST同意在御景山庄里提供一幢独栋别墅，安排保姆及司机，还要负责他儿子在私立国际学校的教育费用。从此以后，Thomas便在这个物质丰富而又消费低廉的国家里，开始了在美国想都不敢想的天堂般的生活。其实NST给他的薪水并不低，但他长久以来已经习惯了凡事都是别人埋单，花自己的钱，会让他的心理极度不平衡。因此，尽管是些小恩小惠他也是来者不拒，就当是小小的"外块"，调剂调剂生活。他和太太商量再过几年退了休，准备回法国的家乡，用这些年的积蓄购置一个小小的庄园，品着上等的葡萄酒颐养天年。

而现在，他最主要的工作就是好好地维持住自己的这把交椅，业绩做得过得去就好，后台运作不出问题就行，他有一整套一整套的管理经营理论随时准备应付总部，而经历了二十多年的职场沉浮，他最终总结出的，也是实际遵循的原则公式却是：Diligence + Honesty + Professional = Bull shit!（勤奋+诚实+专业=狗屁）"Hi, Jane, this is Thomas. Could you please bring me all the personal files of Membership Services Department? I need them right now, thanks a lot.（你好，Jane，我是Thomas，你能将会员服务部所有的员工档案都送到我这里来吗？我现在就要，谢谢。）"Thomas直接打电话找人力资源总监汪静，以查阅所有会员服务部人员档案为幌子，他需要先看看陈溪以往的工作经历。

当天下午，汪静将会员服务部几名员工的人事档案送到了Thomas的办公室，她亲自带给Thomas，也是想顺便探听消息——难道会员服务部即将有什么人事变动？或是出了其他什么问题？身为在这里做了三年的人力资源总监，汪静最显著的特点，就是触角异常灵敏。只可惜，Thomas什么有价值的信息都没有透露，只是淡淡地说，他想在会籍推广及会员活动下一季度的安排之前，了解一下会员部员工的素质情况。

汪静一离开，Thomas立即抽出了陈溪的档案，翻看她的履历。她的经历并不复杂，大学毕业后，只在一家企业管理咨询服务公司中工作，三年多的时间虽然换过不少的工作地点，但基本上都是协助客户企业，进行人事或者培训部的重组整合。

"Thankfully（谢天谢地），"Thomas突然满意地笑了，拿出那个雪茄柜钥匙的信封又深深地亲吻了一下，"Purple girl, I love her as well.（紫色女孩，我也爱她！）"

梁若清与刘小慈的婚期已定，由于梁若清是再婚，又是原来国营老厂的干部出身，因此抱得美人归就够了，婚礼的排场恐会惹人口舌，加上家里的孩子还有些抵触情绪，于是他说服了刘小慈旅行结婚，只是请少数的好友一起聚聚餐，之后准备去新马泰游玩一圈。两人决定下周就去做结婚登记，于是刘小慈需要提前申请婚假。为了避免尴尬，她请陈溪代劳，将假期申请单拿给杨帆批准。

"这个梁若清，娶了个比自己小一轮的未婚女孩儿，还这么小气，就搞了一个'新马泰'……"杨帆签完字，抬头温情脉脉地望着陈溪，"等我们结婚的时候，除了给我的新娘大摆一次酒席，蜜月的最低档次怎么也得是欧洲！"

陈溪"哧哧"地笑着："杨大总监，您有时间准备酒席，有时间度蜜月吗？"

陈溪拿着刘小慈的婚假申请单刚回到自己的工位，便接到人力资源部秘书的电话，请她去汪静的办公室。

汪静很温和地与陈溪"预热"了几句，接着告诉她：御景山庄因为上市融资的计划，正准备另行成立一个股份公司。这家股份公司的普通员工及资产，可以从御景总公司旗下划拨过去，但对于个别中层的职位，券商那边则有要求：不能由总公司同职位的人兼任，一定要由专人来负责。于是，股份公司组建人事部成了当务之急，而Thomas无意间发现陈溪有人力资源方面的专业背景，又看了看她目前的职位级别及待遇，便打算调她过去任"人事培训主管"。

陈溪对于调职之事虽然意外，但并不怀疑，因为汪静的说法逻辑很充分，她表示要考虑一下。然而 Thomas 只给了今天之内的期限，于是汪静又以筹备股份公司十万火急的理由，只给了陈溪不到两个小时的时间，要求她五点之前务必答复。

一时拿不准主意的陈溪回到会员服务部，直接进了杨帆的办公室，将汪静的征询告诉了杨帆，杨帆靠着椅背，听陈溪说完，静静地考虑了几分钟。

"我觉得你可以考虑一下，如果你不介意做回自己的老本行。"他的话出乎陈溪的意料。

"可是，你别忘了，Amy 马上要休婚假，而且她婚后有可能想辞职，如果我又调走了，到那时候，会籍管理谁来帮你？就算是招新人，至少也需要老员工带一两个月吧。"

"傻瓜，你只是到不同的部门，还是在御景，如果有什么问题，也是可以随时找到你的。我觉得你过去，对我们俩有好处。"

"我们俩？"陈溪一时没搞明白。

"你想想，现在咱们两人在同一个系统，你又不肯公开，正常的恋人也搞得跟偷情似的，你不委屈呀？我可是有点儿心疼了。"外面办公室还有其他人，杨帆只能用眼神向陈溪递去一丝温存。

"你是说……"陈溪的眼神突然有了变化，杨帆点点头。

"是啊，如果你调到了人事部，我们就可以光明正大地相处。那时候你是后台部门，和我这边的对客部门没有直接的业务协作，公司也就没任何理由要求其中一方离职，这样，咱们谁都不用躲躲藏藏的了。"

"咦，这倒真是个好机会！"陈溪扬起一脸的灿烂，佩服杨帆想得周全。"不过……"她又有些迟疑，"他们说那边的空缺只是一个'主管'级的 title（此处指职位名称），我以前做的工作，早就高过这个级别了，如果是在会员部，我是新手，低点倒也罢了。倘若是回到人事培训或者行政，再是这样的 title，对我将来的 career（职业生涯）可是不利的，除非是一个'经理'的 offer。""那倒是……"杨帆想了想又说，"我看，你可以直接要求他们提高这个职位的级别，反正股份公司那边负责人事培训的管理人员只有一个编制，从主管变为经理不是不可能，你就直接提出你的理由，毕竟你已经有足够的资历，他们调你过去，也有责任兼顾一下你的 career。你先提出来，有没有可能性再谈，最多你就不过去了，"他说着突然压低了声音看着她的脸，"在这儿天天陪着我……"陈溪趁背对着大家，佯装生气地冲杨帆努了努鼻子。

陈溪随即又去了汪静的办公室与她面谈。汪静听了陈溪的理由及要求，表面上表示会考虑一下，心里却在暗暗推断：Thomas今天突然这么迫切要自己搞定陈溪的调职，而后这丫头又来"讲价"，绝非巧合。说不定这是两人合演的一出"双簧"，或许老鬼子早已承诺了，只不过要让这丫头自己提出来，然后由她将员工的要求请示老鬼子，他再顺势批准，一切进展就像是走了正常的程序……这只老狐狸！看来这个陈溪背后肯定有什么人，她也早就知道调职的事，自己这个环节，其实就是为了将待遇事宜做正并落实。汪静叹了口气，拨通了Thomas的电话，告诉他陈溪的期望值，尽管她认为他早已心知肚明。

下班之前，汪静转告陈溪：Thomas已批准她调任股份公司"行政人事经理"，享受A级经理待遇，下周一即到人力资源部正式就职。

杨帆对于陈溪这次闪电般的调职并没太在意，他也曾听说一些关于股份公司上市的传闻，看来这是个真实的计划，并且也真的是很着急。如今他和陈溪一样，正沉浸在即将坦然公开恋情的兴奋当中，并未察觉如此顺利的事情会有何不妥。

Thomas因为轻易找到让陈溪调职的理由而沾沾自喜，而杨帆居然对于自己部门的一员重将要被调离也只是淡淡的无奈而非据理力争，更令他心情大好。当杨帆跟他谈及别的工作时，他早已被那盒雪茄搅得心猿意马，推说自己晚上约了重要客人，有事明天再谈。

杨帆也是乐呵呵地回到了自己部门找陈溪："Thomas说今晚有事要去长城俱乐部，一会儿就得走，所以今晚我也没什么事了，我带你去一家很不错的西餐厅，你抓紧时间把手头的事做完，咱们今天准时下班！"

~4~

并非善境

刘小慈和梁若清领取结婚证的那个周末，两人在一家豪华酒店的包房里摆了两桌酒宴，请御景的几位好友一起庆祝。赵玉刚没有去，只是背着妻子钱莉莉准备了一个水晶相框作为礼物，请陈溪带去。杨帆也没有应邀，让陈溪转交一个三千元钱的红包，他本想代表自己和陈溪两个人，但陈溪认为不妥，因为两人的关系尚未公开，她另外又买了一套紫砂陶的高级茶具。

刘小慈没有披婚纱，穿了件喜气洋洋的红旗袍，别有风韵，陈溪望着她开心满足的笑容，心里暗暗祈祷她平安幸福。梁若清一副内敛姿态，话不少也不多，让人实在猜不透他脸上洋溢着的，到底是出自真心的感动，还是场面上的"表情秀"。

周一，陈溪正式到人力资源部报到。

汪静在人力资源部里给她安排了一个单间办公室，其实股份公司筹备处在酒店那边办公，但由于御景的一部分员工只是在形式上划分到股份公司名下，所以为了日常管理中大家沟通方便，陈溪的工作地点还是在人力资源部里，名义上是股份公司的行政人事经理，其实她将和御景人事经理沙志文各有人事工作上的分工，仍然向汪静汇报。

陈溪对工作的安排并没有什么异议，在过去的三年中，她也面对过不少人事局面上的疑难杂症，但凭着过去复杂的工作经历中所练就的职业敏感，汪静异常平静的态度，令陈溪预感到有什么潜在的东西是她未能触摸到的。按道理，如果汪静有意让自己来帮忙，现在自己答应了，并且已经过来了，她至少应该在今天、在表面上，表现出欢迎自己的热情，然而她并没有这样。陈溪仔细观察过，更多地觉得，汪静的脸上写的是一种不情愿的无奈。

陈溪调至人力资源部的这一次入职培训，汪静安排沙志文来为陈溪做，因为他们将来会有很多的事情需要配合。沙志文一开始表现得很热情，领着她和部门同事们逐一认识。在之后的培训中，他主要是对部门的概况，以及陈溪今后的主要工作内容做了介绍。然而涉及陈溪的具体工作，他总是一副客客气气的态度，以陈溪经验丰富为由，只是将一大堆文件夹丢给了她。每一项工作的重点几乎都没有提到，而陈溪凭经验就这些工作提出正常的询问，他也总是含糊其词，一笔带过，最终说了等于没说。近两个小时的培训结束时，陈溪除了被淹没在一堆文件之中，最为实质性的收获，就是发觉这个沙志文似乎有本位主义倾向，这使得当初进入御景时便对他印象不好的陈溪又陡添了几分反感，继而暗自有些忧虑：自己将来与他配合，会是一个什么样的状况？

汪静正在自己办公室里看邮件，沙志文走到门口敲敲门进来。

"Jane，我已经给Rosie做完Orientation了。"沙志文说完并没有走，而是坐到了汪静对面的椅子上。"OK，那她有什么问题吗？"汪静的眼睛并没有离开电脑屏幕。

"还好吧，她基本上没什么问题，可能是她也不知道该问什么样的问题，但是……我倒是有些疑问。"沙志文看出来了，自己要是不直接问，汪静还会继续装聋作哑。

"说吧。"

"Jane，股份公司虽已有了筹备办，但不是还没有正式确定要上市吗，怎么突然间就要设个行政人事经理？这个Rosie在会员部不是做得好好的吗？怎么这么快就调过来了？"沙志文一口气吐出了所有的问题，期待地望着汪静。

"Eric，上面在给我指示的时候，他们可没有解释这些，所以，我也不知道该怎样回答你，总之你们以后两边好好配合，我们给Rosie一天的时间消化一下，后天我会跟你们两人单独开个会，把你们的工作分配一下，各有侧重，这对你也是一种工作担子的减轻。"汪静顿了顿，看了一眼沙志文，"Rosie调过来既然是老板的安排，或许是有原因的。"

沙志文干干地笑了笑："行！既然是上面的安排，那咱们就好好伺候呗！哎，我看她长得，倒有几分姿色，不会是谁的什么人吧？"他用探询的目光望着汪静的神情，希望汪静给点回应，而她没有表任何态——既然没有否认，那就说明有这种可能。

"哼，这当'小三儿'不是她的错，可出来祸害我们就不对了！"沙志文又瞟了汪静一眼，看她仍没反应继续道，"我倒是没所谓，老板怎么指示就怎么办呗，倒是你Jane，你作为她的上司，到底你们俩谁领导谁啊？万一你稍微有点儿力度，人家就不开心了去吹吹'枕边风'，那你这里也是挺难办啊！"

"你可别乱说话啊！她是因为以前有人事培训的工作经验才调过来的，你就别多事了，以后你们俩相互多支持一下吧。"汪静直到现在才否认沙志文的说法，其实只是为了让自己不在他面前落下什么话柄，将来有什么风言风语漏了出去，也是与己无关。而前面她的一再沉默，早已如她所愿地将信息传递给了沙志文：总之，这丫头有些来头，你自己好自为之。而沙志文所说的，关于

～104～

她难管理的问题，汪静自然也想到了，所以她才希望沙志文对陈溪也有反感，最好由他那方面动点脑筋，自己也就不必费事了。

　　汪静是御景开业后，NST总部派驻的第一批高管人员，处事一向低调谨慎却反应灵敏，这也是御景或NST高层不断有"风浪起"，而她都能"稳坐钓鱼台"的保身秘诀。对于她来说，在御景的这点事业，是她现在唯一的慰藉了，听起来有点可悲，但对于一个三十七岁的独身女人来说，离过婚，没有孩子，父母又都在外地，除了工作能给她真实的回报，"神马爱情和友谊都是浮云"。她用了十几年的努力，一步一步走到现在的位置，为此也失去了伴侣放弃了要孩子。而偏偏有一类女人，她们不用如此辛苦，傍个男人，也能顺便"傍"来自己职业的升迁，步伐居然能比她快上几倍……滑稽！真是滑稽！她暗下决心，要制止这种滑稽的事情在自己身边继续猖狂下去。

　　沙志文回到自己办公室坐了下来，他的办公室斜对着陈溪的办公室，看见她正在翻看他丢下的那一堆文件。他的脑子快速地运转着，将汪静所说的"上面"总结出了一个名单。他凭印象感觉，陈溪并不像是在北京很有出身背景的人，昨晚他又悄悄查了一下她的档案，虽未发现任何异常，但凭这次闪电般的离奇调职，他最终判断：她很有可能是某某人物的……

　　汪静的直属上司就是Thomas，难道是他……不太可能！他在老婆孩子的眼皮底下，怎么可能这么明目张胆。剩下的五六个高层分别是甲方和NST的，这还真不好推测了。算了！先不想是哪路神仙的宠物，眼下的问题是，人力资源部目前的情况根本不需要两名人事经理，如果是为了上市先设了一个，那么以后也会多余，最有可能出现的两种情况，一种是成功上市后，一名人事经理挂名在上市的股份公司底下，同时负责股份公司以及原本御景所有员工的人事管理，而汪静仍为御景的人力资源总监，取消人事经理一职，也就是他沙志文现在的位置；另一种情况则是上市计划取消，那么股份公司的人事部肯定就不存在了，御景人力资源部还是维持现状，但如果陈溪上面有后台，到时也会替她安排出路，倘若她坚持要做老本行，那么自己还得腾位置给她……这样看来，不远的将来，这个陈溪的存在，对自己横竖都不是件好事，得想办法弄走她！否则她必会威胁到自己，即便汪静不这么做，NST也不会允许有过剩的人力存在，尤其是在人力资源部。

　　从沙志文那儿结束了所谓的入职培训，陈溪余下的时间几乎都是在看资料和文件。其间，汪静只是从隔壁打来电话，告诉她后天会叫她和沙志文一起开个小会，把两个人的工作重点分一下工。下班时汪静经过陈溪的办公室，也只是从玻璃墙后面浅笑着摆手告别，并未进来关心一下她第一天上班的感觉，虽说这也不是什么重要的问题，但陈溪始终有种感觉：自己并不受欢迎。

下班后，杨帆带陈溪出去吃晚饭，陈溪在车上将自己心中的疑惑告诉了他。

"呵呵，也许Jane是嫌你跟她bargain（讨价还价）职位和待遇，觉得你反过来将了她一军，有点儿没面子了吧？听说这个Eric也是一步一步升到现在这个职位的，你一来，就要求和他平起平坐，他心理不平衡也是正常的，你也不必在意。"

"如果真是这样，我反倒觉得没什么了，我以前做招聘的时候，有人跟我讲条件，我也会不舒服的，但愿他们是因为这个……"陈溪深吸了口气，"我会向他们证明：我要经理的职位可没有高估自己，而且，他们现在付给我的薪水还少了呢！"

"呵呵，没错！让他们看看，我的Rosie是最出色的！"杨帆仍盯着车窗前方，腾出右手抚摸了一下陈溪的头发。

周三下午，汪静和沙志文、陈溪一起开了个会，将两个人的工作做了分工。

御景目前在册的员工有2300人，考虑到高尔夫产业不宜上市，按照计划，可能会在股份公司正式成立之后，将酒店及俱乐部的员工约800人划拨到股份公司底下，现在没有正式划拨之前，陈溪负责这部分员工的日常人事管理，其余的1500人则仍由沙志文负责。由于陈溪所负责的人员基数小，所以相应的事务也会少一些，因此在股份公司上市工作没有大规模启动之前，她还将另外兼负责整个御景的人员招聘、员工过失管理，以及员工餐厅。

表面看来，汪静的这种安排非常公平，毕竟陈溪负责的员工人数少，因此额外分担一些工作也是合情合理的。可陈溪心里非常明白，这额外的三部分工作，完全是在为沙志文甩包袱。

陈溪曾在国内数个城市大大小小的企业中实地服务过，深知国内处处基层闹"人荒"的局面，现在的人员招聘可不像十年前那样，如今招人就如同做销售，要到处去做宣传，要向求职人推荐自己的企业，让他们有信心能在这里找到光明的前途，和向会员推销会籍没什么区别。有经验的人员就会扯皮待遇，没有经验的倒是不挑剔待遇，但是没有专业素质，各部门又不乐意接受，时间长了还没招到合格的人，就会给人资部施加压力，或者自己的部门若是出现工作质量问题，就往人资部推责任——人手不够，全赖你们招不到！而员工的过失审核，更是容易与各部门产生矛盾、得罪人的差事。至于后勤部分的员工宿舍及餐厅，又琐碎又麻烦，幸亏御景另有专职的经理负责员工宿舍区的管理，否则估计那一部分也会一股脑儿丢给陈溪。

　　陈溪暂时无法了解真正的原因，暗想：我也只不过为自己要求了合理的待遇，瞧你们这帮小心眼儿的！但心里再不快，也只能硬着头皮承接下来，否则，只有死路，没有退路。

　　基本上，陈溪到人力资源部的第一周，都是在熟悉工作的细节，重新消化沙志文一开始给她吃的"夹生饭"。这一周，她大部分时间就在自己的小办公室里，一边审核各部门的人事变动文件，一边研究各种各样的制度文档。她并不知道，几天之内，关于她的风言风语已经传遍了御景的各个角落。

~5~

辟谣

　　这几天，杨帆比以前更为繁忙。新的会籍推广方案已经确定，目前正在做前期的市场铺垫；接近年底了，今年整个市场体系的评估总结及明年的预算要开始准备；部门内部的人员变动，也需要重新调整一些环节；天气渐冷，下场打球的人流量锐减，高球会要推优惠促销活动；而会务却进入了旺季，各种宴会酒会几乎订满……

　　杨帆身为总负责人，要兼顾的大事小事暂时令他无暇顾及陈溪。他只能在偶尔一两分钟的间隙中，给她的分机拨个电话，简短的几句之后就各忙各的了。他们只能将相爱的甜蜜寄于未来，至于这个"未来"是远是近，谁也没有时间去想。

　　陈溪调离会员服务部，刘小慈休婚假，有关会籍管理的工作暂时由邓雪负责。老员工邓雪在杨帆之前，已经与多位市场总监共过事，他们都属不同于杨帆的另一类型。杨帆初到时,她认为这个年轻后生还是太"嫩",做市场总监并不够老辣,因此预计他不可能在此待得长久。

然而一年多来,杨帆所管理的几个部门业务量及营业额直线上升,令所有人都刮目相看,邓雪也意识到自己当初是看低了这位帅哥上司。像他这样年轻有为,将来必然前途无量,而今自己单身未嫁,欲通过网络解决婚姻问题又屡试屡败都不靠谱,倘若将来能和他……也应算是不错的选择。于是乎,这几天邓雪的工作表现都非常积极,有什么问题均会虚心请教,并且时常对部门的运作提出一两个改进的小点子,还别出心裁地准备策划一场日本会员的月赛活动。她也明白,杨帆是个工作狂,因此希望先从工作入手,以此博得他的赏识,继而是男女之间的好感。

"James,我昨天拿给您的那个会员简报的文案,您看完了吗?有什么不妥的,我可以再修改,今天已经是周五了,我想下周可以落实印刷。"

"哦,我已经批了,直接让Lucy拿去给美工了,文案写得不错!"杨帆回了一个鼓励的笑容给邓雪,近段时间她的表现的确很不错。恰逢此时,他偶尔听到外面办公室有人在议论着什么,随口问道:"他们在说什么呢?"

"您不知道吗?关于Rosie呀。"

"Rosie?她怎么了?"杨帆怔了一下,停下手中的鼠标,抬头看着邓雪。

"啊——整个御景都传开了,您还不知道哇!这个丫头,还真是有路子……"邓雪的脸上,划过一丝别有深意的浅笑。

"路子?什么路子?"杨帆有些迷惑。

"嗨!听说她是上面……也不知是NST,还是甲方领导谁的'小三儿',据说对方不想让她在会员服务部干抛头露面的工作,才安置到了后台办公室。您真的不知道啊?"

杨帆脸色一沉,淡淡地说道:"Rosie是和你们一起工作过的同事,这种鬼话你们也信?"

"同事又能怎么样?我们也不清楚她的底细啊?"邓雪有些不屑。

"好了,不说这些了,你回去做事吧,让他们也别再八卦了。"杨帆继续看着他的电脑,邓雪察觉到他有些不快,应了一声出了他的办公室。

听了邓雪的话,杨帆的心里说不出是什么滋味,他有些内疚,有些心疼,又有些愤怒,陈溪为了成全自己,在会员服务部一直小心谨慎地为两人的感情保密，不给自己惹麻烦，接着又听取自己的建议，同意调去人力资源部，谁知竟然成了众人所不齿的、一个被"安置"的"小三儿"！这他妈到底是谁散布的？

他定了定神，决定不去想这些，现在先抓紧时间把今天的事情早一点处理完。

关于陈溪是"小三儿"的风传，汪静也已有所耳闻，她心里很清楚，这是沙志文暗中捣的鬼。不过，这也正是她所希望的，陈溪背上这样一个恶名，必然会对她将来与各部门的协调产生不利的影响，大家都会拿住这一点来说事。同时，自己在某些事情上，如果故意说陈溪不服从上司，或是做事态度不端正，哪怕是捏造的，别人肯定也会相信。

一个员工的素质和经验固然重要，但是如果所有人都不认可她的人品，那么，前两者的价值就等于零。"众口铄金，积毁销骨"，她在这里的职业寿命，也就无法长久。

吃过午饭，陈溪就坐在办公室里看过去两个月内总经理及人力资源部会议的纪要。突然听到沙志文怒气冲冲地对着人力资源部秘书Angela嚷嚷："你到底有没有脑子啊？我说了什么，你嘴上就没个把门儿的？！"

沙志文背对着陈溪的办公室，她从门口向外望去，只看到Angela低着头没有说话，一脸无辜的神色。沙志文说完出去了，陈溪便叫Angela进自己办公室。"Angela，麻烦你进来，帮我看看这份Meeting Minutes（会议纪要）的时间在哪里。"Angela哦了一声随即进来。

"刚才怎么了，看你很委屈的样子。"陈溪关切地望着她红红欲哭的眼睛。

"唉，没事，Eric就是怪我把他的话转告给了工程部的老孙。"Angela忍了忍，深吸了一口气。

"工程部，老孙？你转告什么话了？"陈溪好奇，突然想起早上的例会，"是不是今天早上开会说的那件事？"

Angela点了点头。

早上人力资源部例会上，陈溪听到沙志文提及，工程部的弱电主管老孙想要请两周假回家探亲，由于他今年已经休过一次长假，按规定，即便他的这次休假是工程部经理同意的，他今年年底的双薪也是没有的。老孙不接受，继而找到人力资源部，薪酬主管Fiona遂将此事在会上提了出来。沙志文不耐烦地抱怨老孙啰唆，让Angela去告诉老孙最后的决定。陈溪当时也的确听到沙志文傲气十足地交代Angela："你就跟他说，就说是我说的！按规定不行就是不行，没什么好解释的！"

想到这里，陈溪笑着问Angela："你后来又是怎么跟老孙转告这件事的？"

"我就照Eric交代的都说啦……"Angela一脸委屈。

"呵呵，"陈溪忍不住笑了出来，"别告诉我，你就直接跟老孙说：Eric让我告诉你，按规定不行就是不行，没什么好解释的，这是Eric说的……"

"是啊，"Angela眨眨纯朴的眼睛"这不就是Eric的原话嘛！那我还能怎么说？"

陈溪看着她可爱的样子，不禁又笑了："小妹妹啊，不是我说你，你下次可一定得小心，做老板的'传话筒'，可不是这么个'传'法。"

她清了清嗓子，继续说道："很多时候，老板喜欢在传达者的面前发发牢骚，说几句硬话，但传达者就不可能原封不动地向下转达了。你刚才就是犯了这样的错误，我今天也听到了，Eric的确说过：'你就跟他说，就说是我说的……'可是他只是在你们面前发发狠而已，你一旦真的按照这个意思去告诉员工了，员工肯定急，又去找他，那他肯定又要反过来责怪你说：'我让你说，你就真的这么跟他说呀。'"

"对呀对呀！他刚才就是这个意思！"Angela使劲点着头，"可也是他让我这么说的嘛。"

"所以我才说呀，你这样做肯定是不妥的，老板肯定到最后会怪罪你。你这个'传话筒'呢，是要有'过滤'功能的，哪些内容是必须传达的，哪些内容不能说，你自己要先掂量掂量，之后将那些不该说的内容过滤掉。老板也是人，对谁不满意，也会有在人后发牢骚、人前又不想正面得罪的毛病，他虽然当着你的面挺横的，但真的面对其他员工时，就未必理直气壮了。其实呀，他更希望你在听他高调发脾气的同时，会知道如何用低姿态的方式把他的意思转达给员工。这样，他在你面前气顺了，没有失面子，而与那个员工也没有正面翻脸，不会'失民心'，你明白吗？"

"失民心？"Angela闪着费解的目光，她毕竟刚毕业不久，无法完全理解陈溪的话。

"呵呵,可能我没有解释清楚。这样说吧,我所谓的'老板',并不只代表你现在的上司,你Angela现在虽仅是一个部门秘书,只是需要report(汇报)给Eric、Jane和我三个人,但将来你是肯定会有提高的,例如你会成为总经理的秘书,或者给哪一家公司真正的老板做秘书。因此,现在不必局限于某一个上司是什么个性,你需要掌握的就是一个大原则,今后遇到类似的事情,能够真正地理解老板的意图。这样,无论你面对什么样的上司或者老板,抓住规律了,心里就有数了。你必须记住一点:再大的老板,也是人,有人性的优点和弱点,他们对谁不满,或许碍于情面并不敢当着人家面前说狠话,也怕影响自己的风度形象,所以只能对着传话的人骂骂咧咧地'出出气'。而老板在自己的办公室里,对着你发发牢骚还属于是个人行为,你如果不懂得过滤,直接将老板的原话传递给相关的员工,可就属于是'公司行为'了。你这个传话筒如果没做好,势必会给老板造成尴尬,继而,当然也会影响他对你的印象。""天哪,这么麻烦,我得长几个脑子……"Angela撇撇嘴。

"上传下达可是职场中团队沟通的基本功,别小看这些小细节,它们其实对你将来的职业生涯是至关重要的。尤其是我们做人力资源的,天天与人打交道,同样的话对着不同的对象,就要有不同的说法,哪句话说得不到位,哪句话表达过分了,都会有或大或小的麻烦。所以,你现在就应该慢慢留意,看看周围的同事是怎样处理的,凡事多想一分钟再行动。相信我,不用多久你就会把握住规律的。"陈溪说着,脸上浮出善意的微笑。

"我明白了,Rosie,谢谢你啊!以后再有什么问题,我可不可以随时请教你?"

"请教可谈不上,咱们只能说是'互相提点',你刚刚工作不久,我刚刚来这个部门,半斤八两,说不定你还比我多三两呢!我也只是教你个小窍门,以后这话怎么传,还得靠你自己练功力了,没人能够逐字逐句地教你。你现在只是第一步,是最基本的功底。将来等你成了中层管理人员,就会有承上启下以及横向协调的责任,到那时,你还要具备'润滑剂'的功能,那就是更深的一个层次了。所以,从现在开始,你得注意观察Jane平时是怎样处理事务的,多想想她为什么要这样做,都搞明白了,你也离HRD(人力资源总监)不远了。"陈溪边说边调皮地挤挤眼睛,两人突然笑出了声,"好啦,没事啦,你也别不开心了,出去做事吧,咱们改天再聊。"

"好的，谢谢你，Rosie。"Angela 感激地笑笑。

等 Angela 从陈溪办公室里出来，宿舍经理姚峰凑了过来："哎哎！你刚才跟她聊什么呢，那么开心？"

"没什么呀，就是工作上一些为人处世的原则。"Angela 轻描淡写地回答。

"她能有什么原则？是不是教你怎么勾引男人啊？告诉你啊，可别学她……"姚峰一直对 Angela 有意思，担心陈溪把她带坏了。

"你不要这样说人家好不好！我觉得她挺职业化的，好像挺有经验的，不像你们说的那样。"Angela 有点反感，不愿再跟姚峰浪费时间，"我要去培训部送资料，有电话进部门你就帮我接一下。"

Angela 刚离开，就有电话进了人力资源部。姚峰接起电话，是工会主席刘世奇打来的。

"你好，你是哪位啊？我是刘世奇。"刘世奇听不懂刚才姚峰用英文讲的电话接听语。

"啊，您好！刘主席，我是小姚啊，您找哪位？"

"噢，小姚啊，我问你一下：你们那个股份公司的行政人事经理，那个陈溪在吗？我不清楚她的分机号码。"

"她在她的办公室，您稍等，我帮您转进去。"姚峰说罢将电话转给了陈溪，但是他并没提前跟陈溪打招呼，他甚至想，说不定陈溪就是他的……要知道，工会主席看似没有实权，但刘世奇可是有政府机关背景的老干部了，没准儿有点"道儿"，也许真是"老牛吃嫩草"呢。

"喂，你是陈溪吗？我是工会主席刘世奇啊。"刘世奇又听了一串儿英文，但估计这回应该就是陈溪本人了。

"您好刘主席，我是陈溪，您找我有事吗？"陈溪早在进御景的时候，就听说过这么一个人物，只不过没印象他为员工办过什么实事。

"啊，小陈啊，是这样，老梁不是结婚休假还没回来嘛，有个事儿呢，只能由我先来找你谈了，你看看什么时候有空，到我这里来一下，我再跟你具体说吧。"

"噢，这样啊，"陈溪看了看表，"那如果您现在有空，我就现在过去吧。"

"好，好，那你来吧。啊，嗯，嗯。"刘世奇自顾自地应着，没说再见就把电话挂了，陈溪叹了口气，没办法，这些老官僚，连最起码的电话礼仪都不懂。

她稍稍归置了一下台面上的文件，拿了一个记事本，告诉外面办公室的同事，自己要去刘世奇那里，便走出了人资部。

"哎，哎，你说，她跟刘世奇是什么关系啊？"姚峰又开始捕风捉影，问旁边的招聘主管Juliet，Juliet正忙着看网上投来的简历，皱着眉头白了他一眼："你怎么比女人还八卦啊！自己去问她不就清楚了？！"

陈溪来到了工会主席的办公室，刘世奇笑容可掬地与她握手，并把她迎到了办公室的沙发上。

趁着刘世奇亲自帮她倒水的工夫，陈溪环视了一下他的根据地。这是一间典型的国营气息的办公室，墙上挂着多面锦旗，什么"劳模"啦，什么"劳动者知音"啦，看来多半都是为他自己歌功颂德的。老式办公桌的桌面上铺着一块玻璃板，玻璃下压着许多大小不一的旧照片。沙发旁边的书架上还摆有几张装框的照片，每张都是他在那个红色年代中表现革命热忱的留念。办公室里的装潢看起来有些年头了，所有的摆设都泛着一种烟与茶的颜色，并且一如陈溪以往对国企办公室的印象：这里的花草金鱼，一看便知受到了精心的照料，总是生机勃勃的。

"小陈啊，听说你是从会员部调到人事部的，怎么样啊？工作还习惯吗？"刘世奇关切地问着，将水放在她旁边的茶几上，接着在茶几另一边的单人沙发坐下。

"啊，还好，谢谢您的关心。您找我来，是什么事呢？"陈溪不想兜圈子。

"哈哈，不忙不忙，你先喝口水。"刘世奇脸上浮出长者宽厚的笑容，"我平时总是忙，也很少有机会跟你们交流，今天是有点小事，要跟你研究探讨一下，不过，请你过来最主要的目的，还是想看看你到了新的岗位，情况如何，有没有遇到什么工作上的困难，需要我们解决的。所以不忙，你先喝水，咱们可以慢慢聊，不急。"

接下来的交谈，陈溪算是领教了刘世奇那种"弯弯绕"的沟通风格。她揣测这位老干部谈话的主题思想，如同绕了一条蜿蜒曲折的山路，九曲十八弯后才依稀看见山顶。

其实，只是股份公司成立的同时需要组建一个监事会。刘世奇代表甲方的意见，想在监事会中多安排甲方职工代表的席位。而他的一番"要走群众路线，充分发挥职工群众主人翁精神"的高调，甚是令人感到义不容辞。此外，这些干部还有一大特色：明明是强加于你的，还非要你自己说出来，搞得事情的局面如同是你自己主动希望的一样，变成是他们采纳你的意见。他们说话拐弯抹角，旁敲侧击，但就是迟迟不点主题，全凭听话者的功力去猜测他的意思。说到点子上了，他也只是默许，总之是你自己通过分析得出的结论。日后取得了成绩，他会说"我当初也是这个意思"，既是受他点拨，自然他也占一份功劳；倘若出了问题，则表态"我当时可没那么说"，于是，此事乃别人愚钝，根本与他无关。

走出刘世奇的办公室，陈溪长长地吐了口气，看了看表，自己在他这里浪费了近四十分钟，明明可以一两句话在电话里沟通的，非得把她拖到这里来，云里来雾里去地折腾半天……

陈溪回到人力资源部，正巧看到汪静在办公室，便敲门进去，想与她商量一下。

汪静听完了陈溪关于与刘世奇面谈经过的汇报，也明白这是甲方想在股份公司里为自己一方抢先多攻占几个"山头"。不过她并没有那么担心，因为这都属于是股份公司那边的行政事务。她耐着性子听陈溪说完才开口："你觉得，刘主席是什么意思？"

"他虽然话说得很含糊，但如果我没理解错，意思已经很明显了，就是想跟我们透露意向，要让我们帮他们甲方预留出尽量多的席位。现在只是监事会，下一次肯定也会有关于董事会的意见。"

"Rosie，我需要提醒你一点，就人事或者培训而言，你是report给我的，但是在股份公司的监事会或董事会事务上，我就没有能力帮到你了。这些行政部分的工作，是你的职责一部分，但不是我的。因此，确切地说，是'你'个人要和他们协调，而不是'我们'。我想，他们也不会愿意和我沟通这些事。"汪静说话时的平静态度，透着一种袖手旁观的冷漠。陈溪心里暗暗一惊，但没有表现出来。"我明白了，Jane，我会自己处理好的，也谢谢您的提醒。"她随即淡淡地笑了一下，起身出了汪静的办公室。

她现在只有一种感觉，在这件事上，刘世奇和汪静的态度与做派都潜藏着相同的成分，只不过刘世奇的叫"官僚"，汪静的叫"Bureaucracy（官僚主义）",二者的区别仅在于中、外文版本不同而已。很明显,这件事上她孤立无援,是要"走单骑"了。

陈溪从刘世奇处回来,已经是下午三点了,她暂时不想再为那个该死的监事会伤脑筋,又翻开了会议纪要想把它看完。时间过得飞快,等她接着将一堆人事变动单处理完,已经是五点三十四分了,她抬头一看,外面办公室的员工们也都开始收拾台面上的文件,有人已经关了电脑。

这时,她台面上的电话响了,是杨帆打来的。

"你在做什么呢?"他的声音像平时一样温柔。

"还能有什么?工作呗……"她无奈地回答。

"什么时候能结束?"

"大概再有十分钟吧。怎么了?"她一边用下颌和肩膀夹着话筒,一边用双手整理余下的几份文件。

"没事儿,就是看你工作做完了没有,就这样吧。"说罢他挂了电话。

陈溪撇撇嘴,也放下了话筒。这人搞什么啊,打个电话就为问这个。又过了几分钟,汪静拿着一份表格进来,坐到了陈溪办公台对面的一张椅子上。

"Rosie,这是这个月需要转正的新员工名单,我看大部分人都是将来股份公司的,所以你最好熟悉一下他们的情况吧,据说有相当一部分是刚毕业的学生,有的部门反映试用不合格,不想留用,我们明天再具体商量一下。"

陈溪应了一句"好的"便接过了表格,汪静正想跟陈溪闲聊几句,以缓和一下今天下午给她碰了"软钉子"之后的冷僵,忽闻沙志文在外面高声招呼:"哟!James!稀客啊!什么风把您给吹到我们这儿来了?"她和陈溪不约而同向外望去,只见杨帆出现在人力资源部的门口,并立即吸引了所有人的目光。

"什么'稀客'啊!你别拿我开涮了,怎么,我不能来吗?"杨帆笑着,如同老朋友一样拍了拍沙志文的侧肩。

"当然能啦!问题是,您可是全御景的头号大忙人,我们没什么机会能见得到,所以惊讶嘛!怎么?今天这么晚过来,有何贵干?"沙志文心里盘算,好在汪静还在,杨帆要是有什么事要谈,就推给她。

"哦,没有。我只是来接我的女朋友下班。"话音一落,全场愕然。

"你先忙你的吧,回头再聊。"杨帆若无其事地又拍了拍愣住的沙志文,撇下他径直进了陈溪的办公室,这才看见汪静也坐在里面,便站在门口抱歉地笑笑:"Hi,Jane,是不是打扰你们谈事了?"

"啊,没有!我们已经谈完了,坐啊!"汪静连忙用一个似笑非笑的表情掩饰住内心的惊诧,她立即意识到,他要接的女朋友,就是坐在自己对面的陈溪。不过,自己马上起身就走有点失礼,毕竟杨帆在御景也算是个"当红"人物,所以即使是平级,也会对他多几分客气。

"我和Rosie,我们还一直商量,想请你吃顿饭呢。"杨帆走到陈溪台子前的另一张椅子坐下,与汪静面对面地笑着,"我们俩原在同一个部门里,总担心会影响工作上的配合,所以我都有考虑过自己跳槽,留她在这里。好在你这边有机会,并且及时想到了她,现在我们就从容很多了,亏得你成全,多谢了!改天一定赏光一起吃饭!"

"呵呵呵,干吗这么客气?我也是先从自己的角度出发嘛,Rosie首先够条件我才叫她来的,"汪静的笑脸也变得生动起来,"或者,我倒是帮了自己和Thomas一个忙。想想看,要是你不安心在这里做了,那御景现在这么大的业绩额,我以后得请多少个市场总监才能顶得了你一个啊!"

"过奖过奖!不管怎么说,是你首先愿意给Rosie一次机会,我们感激不尽!"杨帆说着扭头看陈溪,"Rosie,你完事儿了吗?"

陈溪自杨帆进来,一直到现在,大脑都处于懵懂状态,听到杨帆问她,木木地应了一声"嗯"。

"哦,那你们聊吧,我也准备下班了。"汪静说着起身,杨帆也起身,轻拍了一下她的胳膊低声说,"那就说好了,找天给个机会,我们请你啊!"汪静笑了笑,没说话。她出去后才发现,外面的人不管是在做什么,余光都不自觉地聚焦到了里面的一对情侣身上。

"你怎么跑到这里来了……"陈溪知道玻璃隔墙外的同事们正盯着自己,趁低头收拾东西时,小声嘀咕了一句,她从未预想过,他们的事会是以这样一种方式突然公布于众。

"别磨蹭了,我的车就在外面,收拾好了就跟我走。"

"现在?"陈溪吃惊地睁大眼睛。

"对呀,就现在!"杨帆见她已经整理好手提包,不由分说,拉起她的手就往外走。

陈溪下意识地想抽回自己的手，却被杨帆握得更紧，出人力资源部的时候，听到杨帆跟大家道别，她却只敢看脚下的地毯，感觉自己惶恐得活像一只过街的小老鼠。然而一出人力资源部，她即刻又变成了一只正在"游街"的老鼠。

此时正值大部分下班的员工聚集在员工通道外等候班车的鼎沸时段。杨帆牵着陈溪的手，两个人就像是瀑布边刮过的一阵急冻寒流，所经过之处便是迅速地凝固。陈溪的手在发抖，怕得几乎不敢呼吸，杨帆却旁若无人地走到一半路程时，突然搂住了她的肩，她顿时感到全身的神经都绷紧了，他却轻松地在众目睽睽之下，俯身对她亲昵地耳语："别怕，跟着我走。"

终于走到了车前，当杨帆替她打开车门时，一辆员工班车刚从酒店开到高球会所的员工通道，并从杨帆的车旁经过，于是陈溪的后背又被车上酒店员工诧异的目光"刺"了一遍，令她感到痛麻。之后杨帆发动了车子，他们每经过一道保安岗亭，当班的保安就会在对杨帆敬礼之后，僵持一分钟，一直到完全驶出了山庄的大门。

"你疯了吗！你今天这样拉着我出来，明天大家都会议论你的！"陈溪终于等到机会歇斯底里，杨帆看见路边的一小片空地，将车拐到那里停了下来，熄了火。

此时的陈溪，如同一只刚刚受到惊吓的小鹿，眼眸中满是无助的光。杨帆抬手抚摸着她的脸，却迟迟不忍告诉她实情，想到在旁人诸如"小三儿"一类的蜚语恶言包围之中，她却为了自己，甘之若饴，他的心便隐隐作痛。

"你怎么了？"陈溪发现了杨帆难过的眼神，刚准备多问一句，却被他的热吻堵住。

杨帆禁不住紧紧将她拥入怀中，清楚有力地说道："我发誓！以后绝不让你再受一点儿委屈！有我在，谁也不能伤害你！"

~6~

危机暗伏

转眼间，北京已进入十一月份，好在市场部门提前筹划了一些会员活动，加之有效的促销，此时高球会里的人气又逐渐回升。这个周一，方浩儒也应了几个同是会员的球友邀约，下午准备打球，他特意早来了一个小时，目的就是看看陈溪。

最近几天，他很少有机会能来御景，即使来了也是匆匆忙忙的，而且在会员服务部也见不着陈溪。难得今天有机会，他在来御景的途中提前打电话到人力资源部，人家说她去吃饭了，他接着在门口的保安那里打听到了离人力资源部最近的员工餐厅具体在哪里。

陈溪今天中午在3号员工餐厅查看后厨的情况，这周是她到人力资源部的第二周，尽管暂时还腾不出手来管员工餐厅的具体事务，但也需要慢慢了解。她在那里吃了午饭后，跟当天带班的厨师领班要了一份本月的菜单，以及上一季度的账本，准备带回办公室抽时间研究。从餐厅出来回办公室的路上，她想起厨师领班反映的一些情况，又翻开了账本的前几页，边走边看。

突然有车在身后"嘟嘟"了两声，陈溪回头，看见一辆亚光银的保时捷跑车，知道是会员，因此习惯性地向路边让了让，继续看她的账本。

保时捷却在她身边慢慢停下，陈溪定睛望了下侧窗，接近黑色的滤光玻璃上只有自己的影像。待车窗降下，她才发现车里原来是方浩儒，便对着他客气地笑笑，以前见他的车好像是辆黑色的奔驰，所以刚才没想到是他。

"Rosie，去哪儿？我载你一程。"

"不必了，方总，我走几步就到了，谢谢。"

"怎么？是不是小周不在，就不敢坐我的车了？"方浩儒忍不住笑了。

"呵呵，不是的，我现在不在会员服务部上班，已经调到人力资源部了。"

"我看出来了，打扮跟以前也不一样了，"他望着她身上宝石蓝色的西服套装，圆角的丝光缎面大翻领上别着颗大大的切面水晶胸针，在阳光下璀璨夺目，"不过嘛，穿着仍然很有品位，看起来，还真是个端庄稳重的白领，现在应该是'经理'了吧？"

陈溪没有作答，只是含蓄地笑了笑，阳光将她的皮肤衬得粉白。

"上车吧，回人力资源部，也要有一段距离吧？"他再次相邀。

"不了，谢谢。"陈溪笑着摇了摇头，望着保时捷在阳光下耀眼的颜色，"跑车噪声大，也太招摇了，开到员工通道那边，会引起别人注意，我现在在人事部门，得留意在员工面前的形象。"方浩儒看着她一本正经的样子，无奈地意识到，自己又一次被她不留情面地打败。

"哦，这样啊，那我就不勉强了。"他失落地笑了笑，"Rosie，你不在会员部了，以后我们会籍上如果有什么事儿，还能问你吗？"其实他是想要她的联系电话，但没有直接说出来。

"您不用担心，现在负责会籍的Anita也是老员工，有什么问题，她一定会帮您解决的。"

"我知道了，"方浩儒迅速从车里拿出一张自己的名片递给了陈溪，"这上面有我的联系方式，有事儿可以打电话给我。"

陈溪点了点头，出于礼貌，接过名片并夹在了日志本里，心里却嘀咕：我能有什么事找你啊？

"那我先走了，bye。"方浩儒略带深情地望了陈溪一眼，刚想发力踩油门，立即又放轻了动作，免得发动机的声音又惊扰到她。今天小周开奔驰去机场帮他接人，他自己一时兴起，驾着跑车出来拉拉风，没想到在陈溪面前又碰了一鼻子灰，不过，他却越发喜欢她身上那种蕙心兰质、不染尘凡的品格。

方浩儒看看时间还早，顺便又去拜访了一下Thomas。

Thomas见到他，一开始暗暗有些惊慌，但仔细想想，这个有钱的富家子应该不至于过来找他"倒前账"，毕竟他已经按要求将陈溪调到后台部门了。

杨帆并未事先与陈溪商量，便主动现身高调辟谣，陈溪尚未知晓御景关于她的风传，但他此举的确达到了让流言蜚语不攻自破的目的，取而代之的，则是他们俩正大光明的恋情。

尽管杨帆只是个总监，毕竟也算是一方诸侯，谁也不得不卖他几分面子，更何况御景及NST的高层，绝不会因为此等韵事而抹杀了他的赫赫战功。也许有好事之徒会对此加入一些或有或无的香艳色彩，但毕竟才子未娶，佳人待嫁，一段再正常不过的浪漫佳话，至少比之前的传闻要纯净许多，因而传播的速度和遍及的密度，也大到了令Thomas很快也听说了此事。

方浩儒和Thomas的交易，就是要Thomas想办法将陈溪调离会员服务部。他盘算着：只要能将陈溪和杨帆先分开，至少不会让他们升温更快，自己便会有机会。再者，陈溪经常接触会员，难料日后是否再有哪个会员看上她，调她去后台部门，也免得再横生枝节。原本Thomas还一度庆幸，这次不费吹灰之力便找到了调动的理由，从此卖给方浩儒一个大人情，日后说不定还会有

"商机",谁料半路竟杀出了杨帆这个"情敌"……

Thomas随即将这个消息告诉了方浩儒,他看上的Purple girl其实已经名花有主,劝他别再浪费时间。而最重要是暗示他:交易失败是出于"不可抗力",并非自己违约,因此不存在"退赔"之说。方浩儒听后,回应虽为惊讶的音调,脸上却是了然的神情。其实他今天本来是想请Thomas日后多关照一下他的小姑娘,不料杨帆抢先一步,抖搂了男友身份。未曾想拆散之举反而成全了两人曝光恋情,他悻悻之余也只能暂时作罢,先由着他们俩,日后再找机会。

陈溪回到了办公室,Angela见她回来,便抱了厚厚一摞员工档案进了她的办公室。

"Rosie,这是你今早要我找出来的,试用期满的新员工档案,全部在这里了。"

"好的,谢谢啦!"陈溪刚刚感激地笑着应了一句,台子上的电话突然响起,是汪静从隔壁她的办公室打过来的。

"Rosie,你是不是昨天上午叫了几个保安来面试?"汪静问。

"哦,是的,我现在审核这些Action Form(人事变动表)的时候,因为对这些员工以前的情况并不熟悉,所以只能根据部门的Headcount(人力编制)或者员工档案来判断,但是他们在底下真实的工作情况我不了解,仍然无法判断是否符合加薪升职的条件,所以我请Angela那边安排,约这些员工分批过来我们面谈一下,我也好对他们的基本情况有个了解,真的符合条件的,也有把握签字。"

"嗯,是挺有必要的。这样吧,刚才保安部的范总监给我打了个电话,问为什么他们的员工提职,还要到人资部来面试,我看你就给他本人打个电话解释一下吧。"汪静的语气温和而平淡,不带一丝的起伏。

"好的,我马上打给他。"陈溪应着,听到汪静挂了线,她也放下了话筒。

"怎么了,什么事关系到保安部了?"Angela在陈溪讲电话时本想回避,但听到"保安部"的字眼,以及她自己的名字,便一直等到她们通话结束。

"没什么,是昨天过来面试的那几个要提升为队长的保安,范总监问Jane是怎么回事,Jane让我打电话跟他解释一下。"

Angela听罢,立刻走到办公室门口把门关上了,陈溪看着她又转回来,预感到她有重要的话要说。

"哎呀！Rosie，你可能还不知道，这个范建山可是个相当厉害的人物，据说他是军人出身，又有区政府的什么背景，连Thomas和其他甲方的领导都很买他的账。我觉得，你要是像跟Jane说的那样解释给他听，他肯定会不高兴，没准儿你得罪了他，自己还不知道呢！"Angela担心地皱着眉头。

陈溪立即意识到Angela说的话其实很关键，如果自己真的对着这个范总监，搬出一套人力资源部也有责任重新审核，看员工是否真的达标的道理，必然会引起他的不快，说白了，保安部是他范建山的"一言堂"，他签字决定了的事情，谁也没有权利再翻案。陈溪以前经手的很多客户公司，保安部的负责人基本上都有当地政府机关层面的人脉，最低也得和区一级的公安或消防扯上些关系。御景这么大的物业，又处于偏僻的远郊，请来的安保总监，必定是大有来头的"盘地龙"了。

"行，我明白该怎么做了，谢谢你告诉我这些。"陈溪感激地看着Angela，Angela点了点头出去了。接着，陈溪拿起电话，拨通了安保总监办公室的分机。

"喂，哪位？"范建山接起电话，慢悠悠地问，语气里裹着专横。

"您好！请问是范总监吗？"陈溪变出一副悦耳动听、热情洋溢的嗓音。

"哦，我就是啊。"范建山听到是个妙龄女子的灵巧声音，话仍然简短，但少了些生硬的态度。

"啊，范总监您好！我是人力资源部的陈溪。打电话来打扰您，是关于昨天，您部门的保安到我这里来见面的事，听我们汪总监说，您来过电话。"

"哦，是啊，我就是问问，你们让他们过来是干吗？"到现在为止，范建山的态度还算平和。

"呵呵，可能这里面有点误会，其实我请他们来，不是来面试的，只是聊一聊。因为我初来乍到，对御景的人事环境并不熟悉，所以趁着审核人事变动单的时候，就约了这些要有人事变动的员工来办公室，大家见面聊聊。我这次还特别希望能和保安部的同事沟通一下，因为全山庄都知道保安部是军事化管理，纪律严谨，我看到这次升职的保安，都是一年以上的老员工了，并且好几位都是主要负责在员工区域值勤的，所以，很想从他们那里侧面了解下其他部门员工的状况。"

陈溪对自己的这个说法一点也不担心，按照她几年来的做法，无论是什么样的面试，也不管职位高低，她都是客客气气，像聊天一样，让面试者完全放松，以便进一步观察对方真实的素质能力，从不高高在上地"审问"对方。因此如果范建山不相信，自己去问保安，他们肯定和她说的差不多。当然，她想一般情况下，他也不会特意去调查，关键看今天自己怎么和他沟通了。

"哦，哦，这样啊……"范建山那边随口应着，陈溪见他没有太过激的反应，接着柔声道："范总监，我现在非常需要保安部的同事协助我，您不会介意吧？"

"哈哈哈哈！怎么会呢？"范建山听到话筒那边似小桥流水般的沁人音符，不觉心头一酥，"放心啊，陈经理，没问题的，有什么需要再找我们保安部。"

"那真是太感谢啦！范总监，我刚才给您打电话的时候还在担心呢，如果您误会了我们，以后不支持我们人力资源部了，那我的工作就真的难开展了，好在您大人有大量，我想以后，肯定有许多事情还得向您讨教呢。"

"哈哈哈，没问题！没问题！有什么事尽管打电话给我！哈哈哈！"范建山此时的笑声爽朗如钟，陈溪见已经将他哄开心了，准备收线："谢谢范总监了！那我今天就不打扰您了，您先忙吧！"

"哪里哪里！不打扰！好吧，改天来我这里坐坐。"范建山继续客套，并没有说再见。

"好的，有机会一定去的，再见！"

"好，好，陈经理，再见！"陈溪等范建山挂了线，自己才挂断，无力地靠到了椅背上。

她觉得自己刚才那副好听的声音着实令人作呕，就像夜店里的坐台小姐在发嗲。悲哀的是，除此之外，她几乎找不到任何有效的方式来与这样一个吃软不吃硬的男人周旋。以前面对会员，她都是不卑不亢，现在她却不敢了。因为那时还没有和杨帆的感情羁绊，她对什么都无所谓，现在不行了，她得保住这份工作，以便和杨帆在一起。

所以，她不仅不能树敌，还要团结一切可以团结的力量。如今在人力资源部，自己已然孤立无援，若是在外再惹了范建山这个"山大王"，自己不好过，杨帆也会跟着为难。至于汪静，如果真的有心维护她，完全可以以她上司的名义出面打个电话给范建山，没有必要推她出去。而现在不但丢给她去协调，甚至连最起码的提醒都没有。

此时，陈溪已明显体会到了汪静的冷漠，可她毕竟是自己的上司，尽管不明白她为何这样排斥自己，但如果自己还想在这里生存下去，就得争取她的信任与支持，否则一切均为徒劳。

陈溪揉了揉眼睛，准备继续看员工的档案，台面上的电话再一次响起。"Rosie，我是Jane，麻烦你来我办公室一下，有点儿急事。"

陈溪立即跑到汪静的办公室，汪静见她进来，从办公桌旁边的副台拿起一份文件交给她。

"有件棘手的事情需要你协助处理。前几天，御景高层开会商量，准备调整中餐菜系，今天正式通知了我们，已经决定要更换现在整个的厨师班底。"汪静没有理会陈溪脸上现出的惊愕，继续说道，"Thomas那边给我们的条件是，每个人只能赔一个月的工资。"

"我印象中，中厨房的这些师傅，没有人是在试用期的，但我还不清楚他们具体在御景待了多久。"陈溪说话间看了看汪静的表情，她其实是要让汪静自己明确，这是违反《劳动法》的。

"确切地说，他们大部分人都是从御景筹备期就在这里的了，也就是说，很多人都是两年以上的了，个别的小杂工来了也超过半年了。"汪静见陈溪没有接话，又补充了一句，"Rosie，你我都明白，第一，他们所有人，非走不可；第二，上面给的条件就是这么苛刻；第三，我们做人事的，这时候就是老板手中的一把刀，这种事必须是我们来做。既然酒店的员工是在股份公司底下的，因此这次，由你来处理比较合适，你刚来不久，这的确是一次很大的挑战。不过我想，你也可以把它当作是表现自己能力的一个好机会，这次如果处理得顺顺当当的，上层也会对你有个好的初步印象。"

陈溪无奈地笑笑，用显示自己的"屠刀"够不够锋利来博取老板的好印象，真是一种莫大的讽刺。不过她也清楚，她和汪静都只是命令的执行者，没有一点决策的权利，上层就是这样一个条件，具体怎样操作，就是你们人力资源部的事了。

她以前协助客户的公司辞退员工时，并未"手软"过，但至少那些人都是不合格的，或者品性不端的员工。现在，汪静又打着"股份公司"的旗号，把整个厨房四十多口子全部丢给了她。这些人，工作上并无差错闪失，并且陈溪在会员服务部的时候，米师傅他们还相当关照，她当时负责会员活动的事务尽管不多，但在餐饮的配合上，中厨房可是给了很大的面子的。调部门之后，遇到米师傅，她会亲切地打招呼，米师傅还开玩笑说，今后得请她多关照了……可现在的结局，竟然是这样一种"恩将仇报"，令陈溪尴尬不已。

"Rosie，你对这件事，有什么建议吗？"汪静见她沉默不语，又追问了一句。

"既然上面已经确定了，那就执行吧。"陈溪定了定神，淡然道，"无法给予他们理所应得的经济补偿，我们也就没法发 Termination Letter（此处指终止合同的解雇信）给他们，只能和他们交涉，赔一个月的工资，他们自己写辞职信离开。倘若不接受，那就按照劳动合同上的条款，先把他们分散调到各个员工餐厅的厨房去，先降职，一周之内找理由降薪，逼他们自己走……不过，我想他们也明白胳膊拧不过大腿，那样做，会影响到他们今后在业内的口碑，应该会明智些，跟我们妥协，从而为自己将来留点余地。"

汪静面无表情地问："这么做，是不是有点儿不妥，也有点儿太慢了？新菜系的厨师班子，已经准备接场子了。"陈溪分明觉察到，她是在试探自己是否有底气。

"呵呵，这样还慢吗？"陈溪笑笑，"我们人力资源部动手，求'快'的同时也得求'稳'吧？上面做这个决定本身就很仓促，我们不得已也只能这样做。如果领导们可以等，那么下周，我可以以股份有限公司的名义，让所有厨师全部换签新的合同，待遇不变，但是新合同也有试用期，如果那样，连一个月的补偿金都省了，Thomas 不是更合算？或者拖一周再动手，待酒店的经营权转到股份公司名下，那么他们想打官司也不一定能马上搞清楚'被诉主体'是哪一方。这样一来，增加很多办事的难度，首先拖不起时间、赔不起精力的是他们。"陈溪泰然自若的神情，泛着一种冷调的颜色。

"可是现在，并不代表他们就不会去仲裁。"

"呵呵，仲裁？"陈溪讨厌汪静总这样盘问自己，趁机将了她一军，语气中夹着一丝轻狂，"仲裁可不是旧时代的衙门，他们不知道仲裁的门朝哪开，您 Jane，不会不知道吧？"

汪静不再出声，陈溪自己将台面上的文件拿了起来，"请您放心，这件事我会小心处理的。如果出了问题，我愿意承担全部责任。"说罢她冲着汪静淡淡一笑，起身出了总监办公室。

　　陈溪走进自己办公室的那一刻，眼泪突然掉了下来。

　　她也搞不清楚，这是为自己难过，还是为米师傅他们，或者兼而有之。她突然憎恨起自己的职业，但手上并未停顿，擦干眼泪，将文件上的名单迅速抄下来，进入公司的人事系统，将这些人的人事信息都调了出来，做了标注之后，将他们划为几组，排了个先后顺序……这一切，几乎是一气呵成。

　　接着，她调整了一下呼吸，给自己以前公司的同事打了个电话，他现在正好负责华北地区的人事咨询服务，陈溪请他帮忙看一下，有哪家酒店或酒楼有意请中餐厨师班子。

　　最后一个电话，她再一次接通了范建山的办公室，刚刚跟他打过交道，想不到这么快就真的有事求到他了。她用同样娓娓动听的声音求范建山帮忙，明天一早安排保安在中厨房边上驻守，以免厨师闹事或毁坏公物，同时需要另一队人马陪着离职的厨师办理手续，并"护送"他们离开山庄。

　　范建山满口答应，通话末尾，提出找天约陈溪一起吃饭，陈溪含糊地应允，她现在只能先"借力打力"，至于以后的事，走一步看一步。

　　第二天上午，按照陈溪列的名单及顺序，米师傅及头锅、头砧师傅先被请到了她的办公室。短短的二十来分钟，陈溪的冷脸与三位师傅怒目之间的空气中，夹杂了惊异、愤懑与无奈，他们最终在陈溪事先打印好的、一模一样的辞职书上签上了自己的名字。签好字的辞职书，立即被Angela收走，和员工档案里他们之前签订的劳动合同比对签名字样。

　　米师傅起身要走的时候，陈溪也站起身，拿出一张纸条。"米师傅，今天的事我非常抱歉，这个电话号码是我一个做人事经理的朋友的，我已经跟他打了招呼，他也许可以帮到您……"她还未说完，头锅大厨突然将纸条夺过去撕碎："甭在这儿猫哭耗子！过河拆桥，你算什么东西！"米师傅连忙拉住头锅，劝道："别吓着人家小姑娘。"继而他转向陈溪："不用了，谢谢，我们先走了。"说完叹了口气，带着两个大厨默默离开。

　　陈溪坐了下来，感觉心里一阵绞痛，她不得不深呼吸来缓解痛感，接着拿起电话让Angela通知下一批过来。

　　最大的几个头儿都松口了，下面的小兵小将也没谁可以蹦跶了。大约到了上午的十一点半，四十几名厨师全部签字辞职，并立即交接物品，由保安陪着离开了山庄。

中午陈溪没去吃饭，跑到会员服务部，在杨帆办公室里哭了一鼻子，之后回到人力资源部，继续工作。

好不容易熬到了下班时间，陈溪很想早点逃离这间杀气蒸腾的办公室。杨帆说，晚上要带她去什刹海走走，散散心，想到这些，她觉得心情稍稍舒缓了一些，准备收拾东西离开。偏偏这时候，汪静走了进来。

"Rosie，今天的事情处理得不错，挺麻利的。"汪静摆着一副赞许的笑容，"Thomas也挺高兴，今天你可是'头功'！"

陈溪干干地苦笑了一下，这个功劳她宁可不要。

"哦，有件事情还要麻烦你一下，我需要你把整个处理经过写个report（书面报告）给我，我们要把这件事备案。""这事也要写report？"陈溪有些费解，通常这些不符合《劳动法》的做法，没有人会写书面记录的，这不等于自己制造隐患、制造反面证据嘛。

"呵呵，你当然不用全部照实写啦，自己斟酌一下吧，但是我需要这份report向Thomas那边回复处理结果。而且……这份东西挺急的，你明天一早能给我吗？"

"明天一早？"陈溪愣了一下，"……好吧，我明天一早给您。"

"呵呵，那就辛苦你啦！"汪静笑眯眯地离开，笑容中似乎带有一丝古怪的得意。

陈溪叹了口气，无奈地打电话给杨帆，告诉他今晚不能去什刹海了，因为自己要加班。

实际上，Thomas并没有要求汪静提交什么报告，汪静之所以让陈溪开这个无谓的OT（Over Time，加班），就是不想放她下班，不让她去会男朋友。通过今天劝退中厨房一事，汪静诧异地发现，这个看起来斯斯文文的陈溪，对付四十几个粗线条的壮汉竟毫不胆怯，俨然一个态度镇定、手法老辣的"终结者"。更甚之，保安部也破天荒地给了她这么大的面子，出动人马协助清场。

前几天，当得知杨帆就是这丫头的男朋友时，汪静的态度还稍稍缓和了一些，尽管她觉得，关于Thomas是应杨帆请求而调走陈溪的推断还是有点牵强，但毕竟自己和杨帆是平级，因此领导陈溪的难度也不至于像之前想象的那么大。不过，她仍然隐隐有一丝不快，却不知究竟是因为什么。

直到今天，汪静彻底搞明白了，她憎恨陈溪，是那种女人对女人的、忌妒和羡慕搅在一起的憎恨！

这个狐媚的小贱人，仗着自己的一张脸蛋儿，总是扮出一副柔弱的德行，居然迷惑了御景两个最有实力的掌门人……汪静一想起来就妒忌得咬牙切齿！所以，她要让陈溪加班，让她也和自己一样被困在办公室里，休想见什么男朋友！

这种困住陈溪的做法要持续到什么时候，汪静并没有想清楚，但现在，她心里这股愤愤不平的岩浆正在暗暗涌动，若是找不到出口，就有可能会全面喷发。因此，为了避免图穷匕见的尴尬，汪静竟病态地认为，这种用软刀子慢慢磨割的方式，对陈溪也算是一种"恩赐"。

~7~

峰回路转

今天，是陈溪来人力资源部的第二个周三，她对自己的工作已经渐渐熟悉，不过与外部门的沟通还未正式开始。以前在会员服务部，接触公司内部的员工还没有见过的会员多，对于各部门的掌门人也只是混个"脸儿熟"，跟有的人甚至从未说过话。

沙志文早上打电话到陈溪办公室，尽管他们的办公室仅几步之遥，但似乎他更倾向于电话联络，好像多走几步路、多说几句话就会大伤元气。这和陈溪的风格刚好相反，她喜欢面对面的交流，至少她可以从对方的脸上或行为中知晓更多的信息。

"Rosie，忙吗？我是Eric，有个事儿需要你那边处理。"

"什么事啊？Eric。"

"有个Memo我已经发到你的邮箱了，你查收一下，收到之后，以你的名义，发给餐饮总监欧阳涛，就是Robert；还有西餐厅经理Andy；还有Fiona；再CC（抄送）给我、Jane，和财务部的老廖，就是廖志明。他们的

E-mail 地址，你在邮件系统的名录里都能找得到，再有什么问题就问我啊，OK，bye。"沙志文一通交代，中间都不带停顿，也不重复，说罢就挂了电话，陈溪早已领教他的这种风格，接电话的同时就开始在手边的纸上速记。她打开了邮件，沙志文已经将内容起草好，就等着她向外转发了。看了看内容，是关于西餐厅营业额连续三个月未达标，准备暂停发放 Andy 的绩效工资。这可是个敏感问题，她又打回电话给沙志文。

"Eric，你的邮件我收到了，内容我也看了，这件事，他们现在知道吗？"

"嗨！没事儿！这都是已经开会、商定好的事儿了，但总得有个书面东西做备忘嘛，再说酒店西餐厅归到你那边儿的股份公司了，我这边儿发 Memo 不合适，所以我都做好了，等着你发出去就齐活儿了！"

"噢，好吧。"陈溪心想既然已经开会确定好了，就等着补个书面手续，发就发吧。她又重新看了一遍，改了改措辞，按照沙志文给的名单发了出去。

不到一小时，餐饮总监欧阳涛突然亲自来到人力资源部，一进门就问 Angela："你们那个 Rosie 在哪个办公室？" Angela 指给他，他走过去敲敲门，没等陈溪应答直接推门便进。

大胖子欧阳涛在陈溪面前如同一座山，他拿出一张纸在她面前晃了晃，问："这个，是不是你发的？"

陈溪正在做别的事，见他突然进来有些意外，接过纸看是打印出来的那封邮件，点头道："是啊，怎么了？"

"怎么了？"欧阳涛"啪"的一声将纸拍在了陈溪台面上，突然变得面目狰狞，"你发这狗屁玩意儿给我，还问我怎么了？！"说着他用粗粗的手指头指着陈溪的鼻子，"昨天你他妈赶走了我的人，我没找你说事儿，你是不是就觉得我们好欺负了？你们人力资源部平时就是这么办事儿的呀？你他妈到底懂不懂规矩啊？知不知道这事儿得先跟我商量商量啊？！"

陈溪完全蒙了，她自己都不明白眼前的这一幕是怎么回事，刚要开口，汪静也进来了。

"怎么了这是？Robert，你找 Rosie 什么事啊？这么大脾气。"汪静在自己办公室也听到了这边很大的动静。

"我正想问问你的这员大将呢！她以前有没有工作过啊？懂不懂部门之间应该怎么沟通啊？我部门员工扣工资的事儿，都不跟我商量一下就发了

Memo，搞得人家员工来找我，我还蒙在鼓里……你们他妈就是这么做事儿的啊？那你说我这个餐饮总监还有个屁用啊！"欧阳涛也不买汪静的账，继续指着陈溪大骂。

"这不是你们已经商量好的吗？"陈溪终于找着个说话的机会，她也是气得浑身发抖。

"商量什么了就商量好了？！我连知道都不知道！你们他妈跟谁商量了？！"欧阳涛气焰依然嚣张。

汪静倒是听明白是怎么回事了，扣西餐厅经理工资的事，实际上是她和Thomas，还有财务部根据绩效工资的规定商议的结果，她让沙志文找陈溪办，估计是……

"好了！好了！这事我来处理吧，Robert，你也不要指责Rosie了，她可能也是不知情。"汪静说着拍了拍欧阳涛的肩，提醒他适可而止。

"你也甭护犊子！她不知道就敢往外瞎发东西，缺心眼儿吧！你再不管的话，咱们到Thomas那儿再谈！"欧阳涛转而对着汪静，照样骄横跋扈。

"行了！Robert，你也闹够了吧？！这事我会处理，之后会给你个答复，你现在也不用在这里骂骂咧咧了，让别的员工看到了，你是不是就有面子？"汪静压着怒火，使劲催欧阳涛离开。

欧阳涛临走时又狠狠瞪了陈溪一眼："以后再有什么事儿，你要是还敢跟着瞎他妈起哄架秧子，咱们就没完！"

"Rosie，我也看到你发的邮件了，难道你事先没有和Robert沟通一下吗？他那人可是出了名的'浑不吝'，让他来我们部门这么闹，多难看啊！"汪静眉头紧锁，望着陈溪。

陈溪透过玻璃墙向办公室外望去，外面办公室以及员工通道已经集了多人在窃窃私语，只是不见沙志文。她没有看汪静，只是冷冷作答："Jane，这件事，您该质问的，是Eric。"

汪静一扭头，发现沙志文早已闪人，心里明白了七八分。她在陈溪对面坐了下来，换了个缓和些的语气："你们之间，是不是沟通上有什么误会？"

"误会？坦白讲我可不这么认为。"陈溪接着把刚才沙志文与她沟通的经过一五一十地讲述了一遍，汪静见她眼睛含泪，急忙说了几句宽慰的话，毕竟如果局面闹得太僵，自己作为部门负责人也难逃其咎。出了陈溪办公室，汪静立即让Angela找沙志文回办公室。平心而论，她也觉得沙志文这次玩得有些过火，这种低层次的伎俩，他一个男人也干得出来，实在没有风度！并且引得餐饮部来闹，丢的面子也有她汪静的份儿。

陈溪坐在办公室里，心情难以平复，杨帆忽然打电话过来，有人已经告诉了他，欧阳涛跑到人资部指责陈溪，他于是来问情况，陈溪听到他的声音，鼻子一酸，低声哭着告诉他事情经过。

"你呀，也是太急了，如果晚一点儿，比如说下午发给他，谅他也不敢胡来。"杨帆在电话那边语气平和。

"你说的什么呀？"陈溪听了气不打一处来，"早一点晚一点不都是一样！我这边整天大堆大堆的事情，当然是能做的尽快做完啦！难道这也有错？！"

"好了，Rosie，别生气了，咱们不难过了！放心，我一定会替你出这口恶气。"杨帆见她真的急了，连忙哄慰。

"算了吧，你也别给自己找麻烦了，我已经没事了，都已经发生了就让它过去吧！只是我以后一定得小心这个姓沙的，他实在太阴毒了！"

"别再想了，中午你想在哪里吃饭？去西餐厅吃自助餐好不好？"

"啊？"陈溪心想他今天是不是没睡醒，"我刚刚被他们闹了一场，难道你还让我自动送上门去，给他们当午饭啊？！"

杨帆忍不住在那边笑出声来："好了好了！不说了，你专心做事吧，中午我来接你，别难过了啊！"

中午，杨帆果然再次来人力资源部接陈溪吃午饭，风度翩翩的他又为陈溪招来不少羡慕的目光。Angela巴巴儿地望着陈溪跟随在杨帆身边时的一双背影，感叹地对姚峰说："我要找男朋友，也得找这样的！"姚峰气得翻了个白眼，自己去吃饭了。

今天中午，本来是Thomas请杨帆吃饭，杨帆说早已约了女友在西餐厅吃饭，邀他一起，Thomas也欣然接受了。Thomas其实是怀着一种好奇，想见见那个令方浩儒向往已久的女孩子。

席间的气氛很是轻松愉快。陈溪文雅大方，英文又好，说话幽默而调皮，逗得Thomas不时开怀大笑，渐渐地，他开始理解方浩儒为何总是对这个并不算太出众的Purple girl念念不忘，她的神秘感的确越琢磨越有味道。Thomas

表面上祝福杨帆和陈溪，却暗暗替方浩儒惋惜——有杨帆近水楼台先得月，他没希望了。陈溪这餐饭吃得虽然放松，但也有一点失望，她原本以为只是和杨帆的二人餐桌，不料多出来一个巨高瓦数的"电灯泡"，不但照亮了他们俩，还把周围的目光都引了过来。后来仔细想想，也许是因为自己今天受了气，杨帆有意这样安排的……算了，他也是好心。

午餐后陈溪回到人力资源部，Angela远远地迎上来跟她打招呼，并指指汪静的办公室，神神秘秘地冲她挤挤眼睛："Jane正在里面大批特批Eric呢！"陈溪叹了口气，没有看他们，进了自己的办公室。

"Rosie，你现在没事了吧？我看今天Robert要吃人的德行，都替你捏把汗，我们都听说了，这事Eric做得也太缺德了！难怪Jane刚才对他发了那么大的脾气，估计今天她也被气着了……"Angela说着捂嘴偷偷笑了几声。

"我没事了，谢谢你。"陈溪感谢地笑笑，她能感觉到，Angela是真心为她打抱不平，何况上周保安面试的事，也是她及时提醒自己。

"不过，Rosie，你还真得多提防Eric。"Angela说话间关上了门，压低了声音，"今天，我听到Fiona和老姚在嘀咕，他们说有可能Eric就是想尽快把你挤走……"

"为什么？我并没有得罪他啊？"

"我听他们说，关于这个股份公司的成立和上市，甲方和乙方NST两边是有很大分歧的，现在是中方极力想上市，据说能融资，但NST不肯，理由是怕影响到集中管理，听说其实还是因为利益分配不均……嗨，老姚说的我也不太懂，总之两边现在还在掐架呢。我当时听他们俩在那儿瞎分析，说Eric有可能是怕你将来取代他的位置，所以现在不遗余力就想撵走你！"这时，外面有员工来领更衣柜钥匙，Angela便出去了。

陈溪默默地坐着，脑子飞快地将刚才Angela的话重播了一遍。她瞬间明白了之前种种迹象背后的隐因。原来，这个股份公司还是个悬而未决的事情……她正思考着，沙志文从汪静办公室里灰溜溜地出来，看见陈溪在自己的办公室，又跑过来敲敲门。

"Rosie，今天上午的事儿……是我疏忽了，抱歉啊！"沙志文嬉皮笑脸地从门口探进半个身子。陈溪微微一笑："啊，没什么，是那个Robert瞎发脾气,我都已经忘了。"

"那就好,那就好!刚才Jane也数落了我一顿,这事儿赖我当时没跟你交代清楚……别往心里去啊!"沙志文讨好地笑着,脸上的横肉挤得纹路更加明显。

"呵呵,我真的没什么了,Eric,你也别往心里去。"陈溪笑得更甜,仿佛真的忘记了所有的不快。只要明确谁是自己的敌人就行了,没有必要让对方知道自己也把他当敌人。她在向沙志文投去友好目光的同时,已经在心底对他暗暗宣战:你我之间,将是一场势不两立的殊死搏斗!

继沙志文之后,下一个来陈溪办公室的,更出乎她的意料,竟然又是欧阳涛!

只见他也是出奇地友善,满脸堆笑,态度诚恳:"不好意思啊,Rosie,今天上午我跟你这儿撒疯……当时也是脑袋被门给挤了,这事儿怎么能赖你呢!我就是一糙人,你别往心里去啊……"

陈溪有点摸不着头脑,心想这两个人是不是今天都吃错药了?继而她还是那副亲切的姿态:"没事的! Robert,是我们这边没有沟通好,我以为你早就知道,也怪我没有专门打个电话跟你核实一下,你也别介意啊!"她对职位级别高于自己的人向来尊称为"您",不过这次给省了。

等应付走了欧阳涛,陈溪仔细想想,觉得沙志文挨了汪静一通狠批,来给自己道歉属于正常,但这个餐饮总监也来凑热闹,似乎有点奇怪。为什么他的态度会是一百八十度大转弯?难道就是因为中午杨帆安排的那个三人的饭局?好像不是……陈溪虽不了解欧阳涛,但觉得他在外企也混了很多年头了,肯定知道这些外籍人工作和休息分得很清,应该不会就因为自己和Thomas一起吃了顿饭,就会变得这么低姿态……算了,就当他是——良心发现吧!

陈溪打开电脑,准备继续做她自己的事,无意中发现邮箱里进了两封新邮件。一封是财务部发给她的,另一封则是总经理办公室群发的Memo。她首先点击打开了这封Memo邮件,看看有什么重要的通知。Memo用中英文同时宣布:原市场总监杨帆先生因能力突出、业绩显著,即日起升为御景山庄副总经理,主要负责酒店、高尔夫球会、国际俱乐部的服务运营管理,具体分管餐饮部、客房部、前厅部、高球运作部、康体部、文娱部、公关部、策划部、会员服务部及销售部……最后的落款是:NST美国总部。

陈溪算了算，除了财务部、采购部、保安部、工程部和人力资源部等后台部门，余下几乎全在杨帆的职辖范围内。她恍然大悟：原来杨帆上午在电话里说的那番话是这个意思啊！她看了看邮件的时间，终于明白欧阳涛为何会亲自跑来道歉……唉，事事难料！她接着拿起电话打给杨帆，正好他在办公室。

"喂，你在忙吗？我看到公司的Memo了。"

"呵呵，刚好有点儿空，怎么，你看到了，高兴吗？"杨帆的声音轻而温柔。

"我为你的成功高兴，不过……这下子你就更忙、更累了。"

"不会的，baby，有你陪着我，我就不累。"

陈溪听了，心里一暖。"对了，Robert刚才自己跑来跟我道歉了。"

"噢，是吗？算他识相。他的部门是我下一步重点整顿的目标。那个Eric那边怎么样？"

"Jane批了他，他也向我道歉了。"

"那就好，否则我也会以餐饮部的名义找他问个明白的。"

"James，我并不希望你为了我的事来针对他们，这样做对你也不利。"

"放心吧，我有分寸。我说过：有我在，谁也不能伤害你。"

陈溪甜蜜地抿嘴一笑："好了，有这句话就够了，有些事就不必太计较了。我不多说了，你忙你的吧！"

"好吧，下班想做什么？"

"你决定吧！"

"那咱们都准点儿下班，我带你先去一家很不错的餐厅，然后去我家。"

"喊！我就说嘛，哪有免费的美餐，又让我给你当保姆……"

"哎哟，你怎么这么想我？我只是想和你多待一会儿，想听你弹琴了。"

"呵呵，好吧，下班后你在门口等我。不说了，挂了。"陈溪放下电话，舒了口气，接着看另一封邮件。

当晚，杨帆和陈溪去了使馆区一家很有名的意大利餐厅，之后驾车带她回他自己的住处。陈溪一直都是和堂妹合住，因此每次要和杨帆单独相处，他们都是去杨帆那里，但她从不过夜，最晚十点半肯定回自己的家，她总是觉得杨帆需要好好休息，现在他那么忙，连健身的时间几乎都挤不出来，充足的睡眠是他精力的唯一保障，因此，尽管每次都舍不得，她还是坚持准时离开，以便他按时休息。好在两人都住在北四环附近,晚上杨帆送陈溪回家也很方便,如果不是刮风下雨或者周末,她大多数时间选择自己搭出租车,到家再给他电话报个平安。

杨帆对陈溪的一片痴情也是倍加珍惜,他享受这份关怀的同时,也在努力希望早一点获得更大的成功,好与她更为幸福地长相厮守,很多次她离开了,他就会又打开电脑继续工作,哪怕再疲惫,一想到温柔似水的陈溪,他便有了无穷的动力。

今晚的空气很是清爽舒服,杨帆打开一点车窗,让料峭的风吹进。两人在车里闲聊,陈溪突然想起白天Angela的话。

"刚才吃饭时只顾着说意大利菜了,忘了跟你说我今天听说的一件事。"

"哦,说说看。"杨帆驾着车,随口应道,眼睛仍然直视前方的路面,听陈溪把Angela的话复述给他。

"你说,这股份公司会不会无疾而终啊?"陈溪望着杨帆的侧影。

"坦白说,很有可能,我昨天在国贸那边的NST开会时,有人提及股份公司上市的话题,大家的反应很冷淡,看来,NST高层的大部分人都不看好。御景尽管是甲方的物业资产,但整个管理层面的实权都在NST手中,如果他们不积极,股份公司的事还真有点儿悬。如果确定项目搁浅了,两个人事经理,将来还真是要有个取舍。"

"我明白了,看来Eric从一开始就知道股份公司命运不定,所以害怕将来上层要在我和他之间淘汰掉一个。"

"我听说,他的业务水平和英文能力都很一般,你来了,对他自然是个威胁,所以挖空心思也得把你排挤掉。呵呵,这个男人的水平也就这样了,黔驴技穷啊。"

陈溪忽然灵机一动:"哎——如果股份公司有可能搁浅,那么上周工会主席刘世奇找我提的那个监事会的事,不也就是'空中楼阁'了?既然是这样,我不如先做个顺水人情给甲方,就把监事会的席位多分几个给他们好了,反正他们也不会高兴太久,以后不行也不至于得罪他们,最起码,现在不用总来烦我了。"

"嗯,那倒是……我发现你自从跟我在一起,就变聪明了!"杨帆开始逗乐。

"臭美！"陈溪嗔怪地捶了他一下。

"呵呵，那你以后打算怎么跟Eric协调？"

"协调？Impossible（不可能）！我们俩必然有一场恶斗……我才不怕呢，斗得过斗不过，我都要冲上去咬他一口！"一席话逗得杨帆大笑，末了止住笑说："我看你还是算啦！我帮你去咬他，你的小嫩牙，留着咬我吧！"说话间他又挨了陈溪两下，只好投降道，"哎哟！不说了，我开车！开车！"

杨帆租的是一套大两居的国际公寓，他刚到北京时不确定会不会长期在这里发展，所以没有买房，等到决定在此稳定了，偏偏一直都忙，房子的事也没时间去考虑，现在能多找点空闲陪陪女朋友就不错了，房子可以等结婚前再定也不迟。按他的设想，既然有经济条件，就准备贷款在郊区买栋别墅，把父母接来同住。不过眼下再忙，他前段时间还是找机会给陈溪买了架立式钢琴，反正以后搬了新房迟早也要买，现在买了，两人有空可以一起娱乐一下。

陈溪每次到他住处，总是忍不住要帮他收拾一番，除了把卧室和书房归置整齐，还会帮他把客厅的植物浇一浇水，餐桌花瓶中的花每周新换一次。杨帆觉得最享受的时刻，就是坐在沙发上，看着陈溪系着围裙像个小主妇一样转来转去，她娇柔的声音婆婆妈妈起来都是甜美的曲调……

"哎呀！我早都说了，毛巾不能这样放嘛，很不卫生的！"

"矿泉水打开了，一天喝不完就扔掉吧，再喝就不新鲜了。"

"我帮你买的螺旋藻，你得记得按时吃啊，别忘了！"

"Baby，你忙乎够了没有？差不多就行啦！"杨帆忽然抱住正在整理书架的陈溪，拿走了她手中的抹布，"我昨天去东方广场见人，在东方新天地里看到一件东西，买来送给你。"说着他从书架上取下一只盒子递给她。陈溪打开一看，是个树脂质地的小猫，两只猫爪各抓着一半破盘子，正低头看着落在脚边的鱼掉眼泪。

"你为什么买这东西？"陈溪拿出小猫，翻来覆去地端详。

"我觉得，它像一个人。"

"像谁啊？"陈溪又仔细瞧了瞧小猫的脸。

"你想想，谁动不动就哭鼻子？"杨帆望着她的眼神，含着一种诡异，陈溪突然回过味来："你太讨厌了！"她举手欲打，却被他笑着抓住手腕揽入怀中。

"你看这小猫,鱼掉在地上,就知道哭,手里却仍然拿着个没有用的破盘子。它应该把没用的东西扔掉,腾出手来鱼捡起来,光是哭就更没用啦……"

"我不听!我就喜欢哭,哭怎么了?!"陈溪蛮横地把小猫推回给他。

"好好好,喜欢就哭,不过你得把它摆在你的办公桌上,我在的时候你就到我这里来随便哭,我不在你身边时,你就看看它,看看它你就会变坚强了。"说罢,杨帆又将小猫塞到了陈溪手里。

陈溪嘟着嘴巴看了看它,放回盒里,盖上盖子放进了自己的手袋。

"对了,有件事我差点儿忘了告诉你,"杨帆拉着陈溪坐在沙发上,"这个周日,在酒店的多功能宴会厅要举行一个大型的酒会,你陪我一起参加,好不好?"

"真的?你带我一起去……合适吗?"陈溪有些激动,又有些犹豫。

"你是我的女朋友,你去怎么不合适?"杨帆搂住她的肩,抚摸着她的脸,"打扮得漂亮些,让大家看看我的女朋友是最出众的。"

陈溪含情脉脉地看着他,笑着"嗯"了一声。

"好了,既然你同意去了,我就——奖励你一个口香糖!"杨帆随手从茶几下拿出半包绿箭口香糖,最普通的五片装的那种,拆了包装后还剩两三片,他拿给陈溪示意她抽一片。

"吃这东西干吗?"陈溪不解,但还是听话地伸手抽了一片,不料就在抽出口香糖的那一刻,一只黑乎乎的虫子从包装里钻出,跳到了她的手上。

"啊!蟑螂!"陈溪吓得失声大叫,甩掉口香糖,躲进杨帆怀里,忽然听到他在大笑,扭头一看,原来地上的蟑螂和口香糖是连在一起的恶搞玩具,她气得使劲捶打笑得前仰后合的他,"James!你太坏啦!"

"哈哈哈哈……看来你不但爱哭,胆子还小……好啦!好啦!不闹啦……让我好好亲一下……"杨帆抱住她正要亲吻,却被她用手挡住。

"不嘛,你闭上眼睛,我亲你嘛!"她望着他,目光似柔水。

"好!"他轻轻地应着,闭上了眼睛。

陈溪的眼神立即切换为狡黠,突然扑到杨帆身上,抄起旁边的沙发靠垫,用力压在他脸上。"叫你使坏!闷死你!闷死你!"

第三章

~1~

晚会的惊艳

　　周日傍晚，御景酒店的多功能宴会厅以及外围的欧式大露台，被装扮点缀得异彩纷呈，辉煌的灯火及热情的歌乐，将入冬的气温欣然烘暖，远处的树叶似乎也忍不住跟着翩翩起舞。

　　方浩儒嘱咐小周过一小时来接他，下了车，披起大衣，慢慢地走向那片华彩。

　　他收到请帖后本没打算出席，因为不喜欢在周末应酬，偏偏外地的券商明天就要离京，最理想的约见地点就是此地，迫不得已，只得牺牲自己的假日。

　　接待台的小姐认得方浩儒，见到他立即现出甜美亲切的微笑。方浩儒递了大衣，签了名字，谢绝了礼品，接着整整西服，手插进裤袋散漫地踱入门廊。夹杂着乐声与笑声的香暖空气立即将他包围，他却低着头，有一种顶风冒雨的不适感觉，很想拒绝即将到来的嘈杂场面。

　　在门廊靠近入口的地方，他遇见一个穿着紫黑色西服及黑西裤的男人，那个男人看到他，先打了招呼。

　　"晚上好啊！方总。"

　　"哟，是杨总啊，你好！"方浩儒最近总是借方氏的活动与杨帆频频接触，表面上自然显得十分熟络。

　　"难得你周末赏光啊！怪不得今晚的气温也变舒服了！"杨帆边握手边客套。

　　"兄弟，要骂我就直说，我还能有机会跟你诉诉苦。说实话，我在你们御景已经表现得不错啦，你可别对我太苛刻啊！"

　　杨帆哈哈笑道："看来我们这儿还是吸引力不够，什么时候你天天都肯光顾，才能说明我们的工作做到位了。"

方浩儒付之一笑，但见杨帆眼睛总是往接待台瞟，有点好奇："你在等人？"

"啊……是啊，"杨帆不好意思地笑笑，"在等我女朋友，今晚我也约了她。可她还没到，应该就在楼下了。"

方浩儒听到"女朋友"三个字，突然感到自己的心被针扎了一下。"噢，是吗，那你慢慢等，我先失陪。"他应付地笑了笑，便急急逃离。

方浩儒当然知道杨帆的女朋友指的是谁，自从陈溪转入人力资源部后，他就很少能见到她了，事情多的时候他顾不得想她，可心里一直有这样一个影子，偶尔他也想找个工作上的理由联系她，看看是否有机会见个面，但绝对不是像今天这样的场合，让她以别人女友的身份出现在自己面前……他感到胸中憋闷，下意识地松了松领口，真想马上离开，可是自己等的朋友还没有到，今天他们要谈一些生意上比较关键的事情。于是，他加快脚步向宴会厅外的露台走去。

这个露台很宽敞，尽管已是十一月，但今晚的空气出奇地好，气温也很宜人。他定了定神，在花坛边的小吧台上拿了杯红酒坐了下来，望着夜空中难得一见的星星出神。

"方总，你可让我好找！怎么一个人坐在这里啊？"来者正是方浩儒在等的人——华德证券的苏总。他立即起身与苏总握手："里面太吵了，我出来透透气。"

"真是抱歉啊，路上堵了会儿车，唉，我每次来北京，就怕遇上这种事，还总是躲不过去。不好意思啊，我晚了！"苏总热情地边握手边解释。

"我也不急，没关系。这边挺安静的，咱们就在这里谈吧，你上次给我的资料，我已经看过了……"方浩儒一边递了杯红酒给苏总，一边开始说正题，尽管他现在暂时没心思再想陈溪的事，但不开心的情绪也在催促着他，早点谈完早点离开。

"哎——"苏总突然打断了他的话，目光投向大厅，"你看那边！"

方浩儒没有心理准备，跟着苏总的眼睛一起转向了大厅。刹那间，他的血液、气息全部凝住，自己努力想逃避的东西最终还是没能摆脱掉！

此时大厅里，刚刚进来的陈溪即刻成为众人目光的焦点。在周围红黄蓝绿、艳丽缤纷的礼服堆里，她身着一袭白缎的长款无袖旗袍，旗袍的胸上至肩部是一层白色的薄纱，依稀可见白纱底下美丽的锁骨和细细的皮肤，胸下及腰部用国画写意的手法绣着一组葡萄藤蔓的图案，浓淡不一的墨色藤叶、深浅层次的青色及藕荷色葡萄显得十分柔融。虽不十分高挑，但她的身材也是苗条修长，加之挺挺的胸、细细的腰以及翘翘的臀部，被下摆几乎垂到地面的旗袍裹衬得亭亭玉立又婀态十足，宛如一朵娇媚的芙蓉花。

"啧啧！那女孩子是谁啊？真是不错啊……"苏总禁不住开始赞叹。

方浩儒僵在那里，眼睛离不开陈溪，望着她挽着杨帆的胳膊甜甜地同他笑语，心里却有一种说不出的绞痛。平常看她的好气色，略施粉黛便是清丽可人；如今精心的妆扮下，居然会呈现出这等惊世骇俗的美貌！可此时的陈溪越是美，就越是让他心痛，这么一个美丽脱俗的女孩子此刻却站在别的男人身边，而似乎自己永远都没有机会……这令向来顺风顺水的方浩儒感到被深深地挫伤。

"咳，苏总，甭看了，这么普通的女孩子满大街都是！咱们还是谈正事儿吧。"他背过身，有些厌烦地拍了拍苏总的肩膀——要不是这个老色鬼眼贼又多嘴，自己何至于受此重创？赶紧谈完事走人！

"Rosie，你太美了！"大厅里，杨帆正拉着陈溪的手感叹。

"真的吗？"她抬头深情地笑望着他，"你喜欢就好，我就是为你打扮的！哎，你是不是感觉我和平时不一样啊？"她悄悄地探问，眼中满是期待，希望杨帆再好好地欣赏一下自己的精心之作。要知道，从衣服和饰品，她足足琢磨了好几天。今晚的酒会，她昨晚就开始敷面膜，今天一早就去做头发……搞得和新娘出嫁没什么两样。做了这么多，只是希望给杨帆一个惊艳的印象，让他至少在今晚能好好地关注一下自己。

"你平时就很美呀！你一直都美！"杨帆动情地看了她一眼，目光又扫向别处。

"哎呀——你再看看我嘛，看我有什么不一样嘛！"陈溪有点不依不饶，也有些失望，怎么可能和平时一样呢？她开始对他的敷衍有些不满。

"好啦，别闹了，我带你去认识一下那边的几个朋友，走吧！"杨帆挽住她的腰，陈溪微微嘟了下嘴，无奈地跟着他游走于宾朋之间……

"各位尊敬的来宾，"酒会主持人的嘹亮嗓音，引来一片平静，"现在，让我们以最热烈的掌声，欢迎御景山庄副总经理杨帆先生以及他的女友共同演奏一曲《天空之城》，为大家助兴！"话音落下，杨帆即披挂着众人或欣赏或羡慕的目光，一手握着小提琴及弦弓，一手携陈溪走到了钢琴旁。

陈溪也是在十分钟前才知道这个早已在酒会策划时就安排好的节目：要由杨帆和她一起来演奏一曲。这首《天空之城》，他们最近的确经常合奏，陈溪一直计划着，将它放在他们将来的婚礼上，代表他们感情的升华，而杨帆却自作主张让她在今天配合他演奏……她心里隐隐泛起一种酸涩，但还是同意了。毕竟，她深爱着他，于是纵容着他。

杨帆拉起了小提琴，悠扬空旷的琴声在陈溪的身边飞舞，像只任她追逐却仍自由自在的小鸟。这首曲子陈溪最初拿到的琴谱，是个单二部的曲式，她加了点修改，变为单三部，A、B两段基本上是杨帆主奏，自己协奏，只有短短的C段由自己完成。她把他捧得像太阳，而自己甘愿做他身边的一片薄云，在阳光下几乎化为透明，她期待着有一天他能读懂她的心，给她一点点回馈的色彩，然而他却未曾真正地眷顾过……

这曲原以为完美的演奏，现在倒让陈溪感觉更像是她与杨帆之间的一种纠结，小提琴声与钢琴声在忧伤又高亢的旋律中，如同两只小鸟，时而缠绵，时而戏逗，他总是主导着一切，而曲子的末尾，却是她一个人哀怨的孤弹。

曲终，他们被热情的掌声所包围，陈溪陪着杨帆接受众人的夸赞，却没人注意到她温婉的笑容中，那双藏着细雨的眼睛。

"原来是他的女朋友啊，呵呵，别说，两人还真算得上是郎才女貌、琴瑟和鸣啊！"苏总站在露台上，再一次感叹，方浩儒却没有搭话。

苏总哪里知道，此时的方浩儒内心已是伤痕累累，他曾经信心满满地以为她将是手到擒来的，如今却只能眼睁睁地看着她去为别人添姿增彩……他极少失败，现在败了，还无法反击！尽管他和苏总一直躲在露台上，却仍阻挡不了悦耳的音律不时飘来，化为他伤口上的盐……要命的是他还不能喊疼，必须用所有的力量压制住内心的决堤，继续若无其事地与苏总谈他们的计划。

两人总算把该谈的事都一一敲定，苏总难得在北京参加这种档次的酒会，一结束和方浩儒的谈话，便忙不迭地为自己拓展人脉去了。有刚才那些公事的麻痹，方浩儒稍觉缓和，今天只喝了很少的酒，却感觉有点上头，他想在外面小坐一会儿，清清脑子再离开。

正闭着眼睛养了养神，方浩儒听到一阵轻轻的声响，睁开眼睛，居然看见陈溪裹着一件白色的毛披肩，倚在他斜前方的欧式柱栏边，静静地望着远处的夜景出神，微风悄悄地撩起她的旗袍下摆，修长匀称的秀腿在开衩间若隐若现。从他的角度看过去，她白色的身影现在一片星暮之中，仿佛刚刚下凡的月光仙子。他想回避，偏偏嘴巴不听大脑的使唤。

"大冷天的，你一个人跑到这里干什么？"

陈溪闻声回头望去，发现了坐在花坛背面的方浩儒。她刚才走出来的时候，他被花坛挡着，所以没有看到他。

"我出来透透气，里面的暖气太闷热了。方总，您怎么也在这儿？"

"我也是出来透气的。"

"咦，您怎么跟我学呀？"陈溪觉得他"盗版"自己的理由很有趣，俏皮地笑了。

"你讲不讲道理啊？你出来的时候，我已经在这儿坐了很久了——谁跟谁学？"方浩儒慢悠悠地说着，起身走到了陈溪面前，端详着她那妩媚又天真的笑容。

"Rosie，你今晚跟平时很不一样，非常美！"

陈溪闻言，忽觉心底有一丝微妙的触动，不禁抬头望着方浩儒的眼睛。

"平时见到你，就是个可爱的职业小白领。不过今天晚上，你真的是楚楚动人……"他的目光顺着她的身体慢慢滑落，"要知道，旗袍对人是很挑剔的，不是谁都能穿出你这样的女人味儿。"

陈溪羞涩地低下了头，方浩儒注意到她盘起头发后，耳后的皮肤有一种诱人的色韵，一颗淡紫色的锆石正在耳垂下熠熠闪亮，"这副耳环很别致，肯定是你为了和旗袍上的葡萄呼应，特意搭配的。"

"呵呵，哪儿啊？我只是随便找了一副戴上，哪知道好不好看……您可真会逗人……"对方明明说中了，陈溪却有一种惯性的躲闪。

"我没有逗你，"方浩儒抽出自己一直放在裤袋里的右手，托起陈溪的一只手，情不自禁地轻吻了一下她的手背，"你太美了，简直是倾国倾城……"

方浩儒火辣辣的目光让陈溪心头又是一颤，她赶紧抽回自己的手裹紧了披肩。"这里站久了有点冷，我先失陪了。"说罢便疾步向大厅走去。

快到门口时，陈溪忽然停住，回头望了望，看见方浩儒仍站在原地，依旧是平时那副双手插裤袋的姿势注视着自己。她想说话，但还是没说，又继续走进大厅，回到了杨帆身边。

方浩儒也感觉到她有话要说，却最终没能知晓她想对自己说些什么……他被她彻底抛进了失意的落寞之中。

回家的路上，方浩儒暗暗下定决心，要跟这个玉面小魔女还有她那个见鬼的男朋友做个了断。

他一个堂堂的集团总裁，怎么能让这两个微不足道的小人物乱了心性！这几个月，他被这个小魔女撩拨得不得安宁，他甚至不惜动钱动力促使她换部门，结果还是成全了他人，而自己竟然一点希望都没有！整天被一种古怪的潦倒情绪所纠缠……他受够了！这种折磨他再也不想忍受了，一个女人而已，他可以就此收手，由着他们两个自生自灭去吧！这件荒唐的事情必须得结束了。他决定，接下来的几个月和杨帆那边关于会务的所有沟通，还是由自己公司的市场部来负责，他尽量避免再去御景，尽快将今晚那个迷人的陈溪忘掉，一切都该结束了……想到这里，方浩儒掏出手机拨通了一个人的电话，继而吩咐司机小周："掉头，去郁金香城堡。"

到了一个高尚住宅区，在挂有"郁金香城堡"字样的铁艺大门边，小周下车在路边拦了辆出租车回家。随后，方浩儒自己驾车驶进了住宅区。

车拐进东边的一个区，这里的绿化带明显比其他几个区讲究许多。方浩儒锁了车，进入中间的一栋楼，乘电梯到达顶层的复式房，接着按响了门铃。

"你都两周没回来了，是不是很忙啊？"开门的是一个高挑的妙龄女郎，叫何艳彩，她边说话边帮进门的方浩儒脱下了大衣和西服。

"我刚喝了点儿酒，给我沏杯茶，再帮我放一下洗澡水。"他说着，慢慢走到客厅的沙发边坐下，把脚放在了面前的茶几上，自始至终没有看何艳彩一眼。

"你今天好像有点儿不开心呀？"何艳彩边泡茶边问。

"没有，只是有点儿累了，头有点儿涨。"方浩儒头枕在沙发靠背上，闭着双眼。

"是不是晚上没有吃东西就喝酒了？"何艳彩一边说着，一边熟练地帮他摘掉领带，解开衬衫的领扣，"我用灵芝片给你煲了醒酒汤，要不要现在喝？"

"不用了，我不想喝。"方浩儒依然闭着眼。

"那好吧，我先去放洗澡水。"何艳彩说完，又替他换好拖鞋，拿着他的皮鞋走开了。

方浩儒闭目养了会儿神，突然想到了什么，急忙起身上了二楼，在书房里打开了电脑，过了约十五分钟，他拨通手机："喂，苏总吗？我是方浩儒。我刚才看过你发来的邮件了，基本上没什么问题，我已经给你回复了，麻烦你查收一下。"

不知对方在电话那边说了些什么，他忽然爽朗地大笑："哈哈哈！这就要拜托你了，我等你的好消息——好，就这样，再见。"

挂了电话，刚刚还有精神谈笑的方浩儒即刻似泄了气的皮球一般瘫到了椅子上。他觉得自己如同上了发条的机器，体内总有一把无形的发条钥匙，无论他此时的情绪状态如何，一旦有事情，钥匙就会自动做功，他立即就像打了鸡血一样，但之后便觉得骨髓都快被抽干……这是一种被名誉、地位和财富层层掩盖着的悲哀，方浩儒想着想着，陡然生出一种莫名的苦寂惆怅。

何艳彩换了件短短的紫红色和服丝绸睡衣进了书房，看见方浩儒靠坐在大班椅上闭目养神，慢慢地走了过去，骑坐在他的腿上，解开了他衬衫的扣子，将手指伸进衬衫里，在他的肩膀和前胸轻轻地按摩。

方浩儒感到浑身酸软，兴致全无，只是微微睁了一下眼，冷冷地问了一句："你这个月的体检做了吗？"

"你问郭医生不就清楚了？我的情况很好——这可不是我说的，是她说的。"何艳彩说话依旧不温不火，因为这体检是他们两人之间一直的约定。

何艳彩实际上是一家外资软件公司的销售，高学历加高收入，唯一运气不好的事，就是爱上了方浩儒。她自己的收入足够让她活得像个无忧无虑的小资女人，之所以一直愿意如同"小蜜"一样守在这套房子里，其实就是为了有一种和他在同一个"家"中的感觉，哪怕一个月里只有几天甚至几个小时。

做销售尽管相当忙，但除非她在外地出差，否则只要方浩儒一声召唤，她会不惜一切代价促成两人见面。他给她的钱，她从来不拒绝也从来不花，收下钱只是为了让他没有心理负担，放下顾虑踏踏实实地和自己维系下去。他们之间的关系就是纯粹的"性"，她管不了方浩儒的感情生活，方浩儒也没有兴趣去追查外向、风骚的她是不是同时和别的男人也有来往，他对她唯一的要求，就是每个月必须到他指定的医生那里去做一次关于性健康的体检，一旦发现她有任何不洁，他们的关系即刻终止。这或许对别的女人来讲是莫大的羞辱，但何艳彩不在乎，她能够很理性地将这种做法看成是稳固两人关系的最有效手段。她是个相当聪明的女人，既然方浩儒在自己身上感兴趣的只有性，那她就将他要的东西，保质保量地提供给他。跟了他之后，她便不再让别的男人碰自己，并且一直都是她单方面采取避孕措施，她的最终目的，就是不能让他的兴趣消失，不能让他这个人消失。

"洗澡水放好了，你是现在就洗，还是再歇一会儿？"

"放柠檬了吗？"方浩儒随口问了一句，这是他的老习惯。

"没有。我今天放了一些解乏的草药，你试试嘛！"何艳彩说着将双手滑到了他的腰间。

"我说过，别改变我的习惯。"

"你今天不是不舒服吗？加一点儿中草药对你有好处呀，再说……"她突然意识到，如果再继续说下去，有可能他就会不耐烦地摔门而走。

"好好好——"她无奈地起身，"我这就去把水换了，重新泡柠檬。"

"你也不看看现在几点了，算了吧，不用换了，你切两个柠檬放进去就行了。"他随即也起身，睁开眼时看到了她身上的紫红色，"你从哪儿弄来的衣服？真难看！"说罢出了书房。

何艳彩耸耸肩，努了努嘴，下楼去厨房了。这件睡衣是她同事从法国帮她捎回来的，很有名的牌子，她在他面前都穿过很多次了……她确信，他肯定是今天心情不佳，所以看什么都不顺眼。一年多来，她已经很熟悉这个男人的脾气秉性了。她也料定，一会儿他还会冷落她，不过没关系，她知道如何让他改变主意。

卧室就在书房旁边，房间并不算大，但有面积几乎同于一整面墙的落地窗，这也是方浩儒喜欢这间卧室的原因，站在窗边望着底下立交桥上来往穿梭的车辆，会有一种站在云端的感觉。

拆袖扣的时候，他瞥见房间内点着几支玫瑰色的茶烛，同时嗅到了香熏炉挥发出的依兰花精油的味道，看何艳彩拿着柠檬回到了楼上，他只淡淡地说了句："今晚不行。我明早八点就得走，九点半公司有重要的会议。"

"今天是星期天你还这么忙，明天就不能休息一下？你这个老板呀，怎么比员工还惨？"她边说边帮他解下了西裤上的皮带，同时用余光留意他的表情。

方浩儒没有再说话，将摘下的袖扣和手表放在了何艳彩的梳妆台上，转身进了浴室，关上了门。

"脾气还不小……"何艳彩撇了撇嘴，打开房间内的音响放了张神秘园的碟，选择从《忆游红月》开始，并调低了音量。接着她关上了灯，只留下暗暗的烛光，脱下睡衣，推门也进了浴室。

~2~

爱情唯美主义

"瞧，那个就是杨总的女朋友，长得还挺漂亮，刚才杨总拉小提琴时，她还弹琴协奏。"

"这杨总还真是挺有才华，想不到小提琴也拉得那么好……难怪能吸引女孩子。"

"是啊，青年才俊，事业有成，女孩子们当然趋之若鹜啦……"

陈溪安静地坐在一组大型盆景前的沙发上，默默听着盆景后人们的窃窃议论。他们以为，热闹的音乐及嘈杂的谈笑声可以掩盖住他们对于"杨总女朋友"的评头论足，不想她竟如数收悉，尽管她自己也不愿如此。

这个晚上，她带给了所有人一个惊艳的印象。而这个印象，其实是关于杨帆的，人们像评价他身上的西装、他的某项业绩一样，点评着他的女朋友。她的美貌，说明他有眼光；她超凡脱俗，印证了他的品位及魅力……她或许是他最有成就的战利品，或许根本不够资格，只是她自己主动倒贴的附属品。

没有人记得，她姓甚名谁。她被挂上了一个标签，标签上注明：这件物品的主人是杨帆。于是，她的身份前面便有了一个定语——"杨帆的"，或是"杨总的"。人们关注她，是想更多地了解主人；抬举她，也是给主人面子，而一旦这个标签被摘下，关于她的喜怒哀乐，便没有人再理会。

噢，对了，今晚其实她有个意外的收获，就是那个富家公子……陈溪心里暗暗自嘲，这真是上天给她的一个莫大的讥讽。她满怀期待的男人偏偏不解风月之情，而自己用心良苦，希望他能给予的回应，居然都被一个她不甚感冒的人代劳了。

"Rosie，你怎么一个人在这里？"杨帆走过来坐在她的身旁，见她情绪有些低落，将手中的酒杯放在茶几上，用手抚摸了一下她的脸颊，"你不舒服？"

"有一点，我累了，想回家了。"陈溪轻轻地挪开了他的手。

"你刚刚来还不到一小时就累了？要不你在这里休息一下，没准儿过会儿就好了，我让他们给你拿一杯热茶。"

"不用了，我确实有点累，想回家休息。"她抬眼瞥了他一下，又垂下了眼睛。

杨帆望着她，轻轻叹了口气："好吧，你在这里坐一下，我过去跟他们打声招呼，然后咱们就走，行吗？"

"算了，你留在这里吧，我可以自己叫的士走。"

"那怎么行？这么晚了，路又黑，你一个人我不放心。再说，你一个人走了，人家会怎么看我？"杨帆的话，仍是平时那样逗她的口吻。

陈溪慢慢转过脸看着他，眼中暗藏着愠怒，语气冷厉如冰："你特别在乎人家怎么看你，对吗？"

杨帆即刻意识到了陈溪的不快，尽管他暂时来不及搞清楚这不快究竟是因为什么，但有一点很明确：她是针对自己的。现在的场合，他们谁也不应该发脾气，他又往她身边挪了挪，悄悄用手在她的后背轻轻摩挲着，轻声道："Baby，别闹了，我现在必须过去先跟大家打声招呼，才能走，否则不礼貌。你乖乖的，就在这儿等我一小会儿，我会很快，好吗？听话。"

陈溪将头扭到一边，默不作声。

"等着我，别走开，我马上回来……"杨帆暗暗吸了口气，起身又投入了人流之中。

陈溪冷眼望着这群衣冠楚楚的男人女人，望着杨帆穿梭于其间，彬彬有礼、张弛自如地和他们揣摩着一种契合。而她却孤零零地坐在边上，像被寄存的防寒大衣，显得另类而不入流。她很想一走了之，将面前的这一切都彻彻底底地甩在脑后，然而却无法甩掉自己付出的感情。她在脑子里反复地演练着，如何拔腿就走，冲出这团靡靡雾气，却最终依然僵直地坐着。他纵有千般不是，仍是自己的深爱，即使再不情愿，她刚才也并没有明确说，不等他回来。

杨帆果然很快回来，脸上仍挂着温和的笑意。"走吧，Rosie。"他优雅地伸出右手，护着她起身。

进了电梯，借着明亮的灯光，杨帆方才留意到今晚的女友那精致如画的容貌，只是不如起初那样，富有动人的神采。

"你怎么了？刚来时还好好的，突然就不开心了。"他终于忍不住开口问道。

"没什么，就是不喜欢这种场面。"陈溪懒懒地靠着厢壁，垂着眼帘，余光散淡，长长的睫毛修饰得又黑又浓，末端则高傲地弯翘着。

"Baby，"杨帆保持着平静，尝试像以前一样开导她，"有些时候，我们身不由己，你也要学着适应。"

她慢慢地抬起下巴，娇艳的嘴唇凝结着他从未见过的倔强，骄傲的睫毛尾继续上翘，那双漂亮的大眼睛倏地闪露出陌生的冷光，配合着硬梆梆的慢板节奏："我不——会——学，我也不——想——适——应。"

杨帆略带愠怒的眼光快速扫过了陈溪的脸，她的顶撞，如同一个硬木塞堵在了他的喉咙里，他说不出话，胸中却有一团气体在膨胀。

两人的僵沉之中，电梯门开了，杨帆只是习惯性地伸手扶住了电梯门，眼望着电梯外，静静地等待，并没有如平时那样招呼她先出去。陈溪站直身体，先走了出去。

酒店的大堂里，值班经理及前台的接待人员跟他们热情地打着招呼，两个人在公众面前倒是有一份难得的默契。杨帆微笑以对的同时，自己心里的郁结也有所舒缓，看着身旁的陈溪对前台小女生们的一片赞叹报以嫣然的神情，他竟有些一厢情愿地认为，她的不快也会随之淡然。

"在这里等一下，我让他们去把车开过来。"杨帆站在大堂门口，掏出车钥匙准备递给正巧站在旁边的行李生。

"不用了，我想走一走。"陈溪没有看他，收起披肩，穿好大衣，自顾自地走下台阶。杨帆费解地看了她片刻，没有坚持，快步跟上她，向酒店喷泉后一百米外的露天车场走去。

陈溪漫无目标地走着,其实她只是想让寒风冷却一下自己,根本没有留意杨帆那辆白色的宝来车在哪里。

"别走了,到了。"他在身后叫住了她。

她愣了一下,身边的一辆深蓝色的轿车突然闪了一下灯,发出解锁的声音,她斜了下眼睛,看到了车胎轴心上那个"ＢＭＷ"的蓝白相间标志。

"你换车了?"陈溪扭头看着杨帆。

"其实早就订了,只是一直忙,昨天才取回来。"

"早就订了?怎么没听你提起过?"

"呵呵,想给你一个惊喜。"杨帆也走到了车前。

"惊喜?"她不明白,喜从何来。

他尽力摆出一个讨好的笑容,在她面前拉开了副驾席的车门。"上车吧,baby,坐好车,是不是心情会好一点儿?"

陈溪突然火冒三丈,"砰"的一声用力摔上车门,扭头往回走。

杨帆彻底被她搞蒙了,等她走出去几步才回过神,急忙赶上前拉住了她:"Rosie! Rosie!你这是干什么?有什么话不能好好说?你别这样!"他拽着她不断想要挣脱的手臂,没有松手。

"我没什么好说的,你让我走!"

"Rosie!"杨帆突然提高了声音,用双手猛地箍住了她的身体,"你别再闹了好不好?!"见她稍稍安静,他也调整了一下语气,"有什么事儿,咱们先上车再谈。我不开走,你要是不开心,随时还可以下来,行了吧?走吧……上车再说。"

陈溪冷静了一下,没再说什么,默默地跟着他回去,坐进了车里。

杨帆启动了车内的空调,加热座席。之后,他望着前窗,低声道:"你今天到底是怎么了?突然之间,发这么大的脾气。"

陈溪抬头望着车窗外,她感到心里很堵,暗暗在抓狂,却不知该如何用言语宣泄出来。她一直都在等,等着他自己能明白,主动与她调和,渴望真正的心有灵犀,可是这些该死的、习惯于线性思维的古怪物种,从来就不明白,女人是细腻而又单纯的,他只会不止一次地如同今夜的寒风,让她的情感降至冰点!这些蠢笨的男人,他们善于复杂运算的大脑,总是不愿意相信,人世间还会有这般简单质朴的感情存在。

"Rosie,我在问你话。"杨帆见她不语,只得又追问了一句。

陈溪深深地吸了一口气,她脑子里千头万绪的,还没理清一个脉络,只是被一种莫名的烦躁情绪所纠缠,半响才开口:"我们在一起,也有一段时间了。到今天,我终于搞明白了,你最大的品好,就是随波逐流。你的一切,都是秀给别人看的,都需要别人的认可,包括你的女朋友,我其实就是你的一个'装饰音'……可是,你有没有考虑过,我到底在乎什么?"

她的话,令杨帆仍然有一种云山雾罩的感觉,她说了一堆,一点条理都没有,更像是单方面的情绪发泄而不是双向的沟通。他快速运转着自己的大脑,回忆着酒会上的片断,尝试理解她所指的"随波逐流",努力想象她所在乎的。

"Rosie, what is the point?(你想说什么?)我是男人,带着自己的女朋友在社交场合,我希望别的男人都羡慕甚至是妒忌我,这是一种很正常的心理,你应该能理解,就像你们女人,喜欢展现自己的服饰一样,谁都会有一定的虚荣心理。"

陈溪怒目圆睁,从座位上坐直身体,面对着杨帆:"You have got the point!这恰恰就是你和我之间的不同,我们只展示自己的衣服,而你呢?你却拿我当你身上的衣服在人前炫耀!""你怎么可以这样去比较……好,好,刚才算是我打了个不恰当的比喻,我收回。"杨帆头一次发觉,原来女人生起气来都是一样的胡搅蛮缠、振振有词……陈溪也不例外。

"Rosie,我不想跟你争吵,我们在一起的机会并不多,应该珍惜。你也别让我再去猜哪里出了问题,就直接告诉我,我会想办法解决矛盾。"

陈溪几乎被杨帆这种一本正经、不温不火的态度逼到癫狂,已经顾不得仪态地厉声怒斥:"你不想争吵,我也不想!什么都要我告诉你,那你的脑子是用来做什么的?!你为什么不能主动关注一下女人的心思?"

"我说你讲点儿道理好不好?!"杨帆终于按捺不住又一次提高了音量,"我又不是女人,也不是整天泡在女人堆里的情感专家,我怎么懂女人的心思?你认为哪里不合你心意了,直接说出来,有那么难吗?!"他说着脸转向一边,狠狠地拽松领带,用手指急躁地解开衬衫的领扣。

"凭什么要我来告诉你!我的感情就这么没价值,什么都得我主动说出来?你就一点都不能主动付出?"

"你又扯到哪儿去了！说来说去，都是同一个问题，不就是因为我猜不透你的心思吗？我猜不准你就告诉我，这是最彻底的解决方法，我不明白你干吗总要在这上面犟，死活就是不直说，非要让我去猜……你累不累啊？"

"我是累了，天天都是我围着你转，我一个人在付出，我能不累吗？！现在还要求我什么事都要跟你汇报，我已经没力气了！"

"你真是越来越不讲理了！怎么叫'都是你一个人在付出'？我现在所做的一切，不都是为了你、为了我们的将来吗？我已经在努力取悦于你，希望将来能够给你一个稳定舒适的生活，也许在某些细节上，还不能达到您大小姐的要求，不能讨得您的欢心，但你也不能一棒子打死，非要说两个人之中，只有你一个人在付出。平心而论，你所做的一切，我都看在眼里，但同时麻烦你Rosie小姐也认可一下，我确实也在努力！我拼命赚钱，想给你住好房子，坐好车，别的女人想要的你都能有，难道这些你还不明白吗？！"

"不讲道理的是你才对！你总是一厢情愿地认为我会如何如何，觉得我应该会开心，什么都是你做决定，然后强加给我！我什么都依着你，是因为我在乎你这个人，你却总拿这些乱七八糟的东西来避重就轻！我现在也累了，已经装不出对你的感恩了，你想给的，根本就不是我想要的！"

"看看！兜了这么大一个圈子又绕回到刚才的老问题了！OK！那咱们俩就好好讲讲这个道理：你说我一厢情愿，说我强加给你……归根结底还不是因为我猜错了你的心思，我以为你想要这些，你却说不是，又不愿意告诉我你到底想要什么，总是在这一点上跟我犟来犟去，我不愿意猜你不高兴，猜不准你又发脾气……您既然讲道理，那么请您告诉我，我究竟应该怎么做，才能让您满意？"

"你为什么不用自己的脑子好好想一想？感情的事怎么可能像你的工作沟通一样，凡事都讲究透明度，你自己不用心去体会，什么都要我说出来，那还有什么意思？！"

"哎哟喂！我的大小姐……"杨帆感到哭笑不得，"难道你觉得，咱们俩这样隔着心猜来猜去的，就有意思？！"

陈溪觉得实在忍无可忍，这个善于雄辩的男人居然把这种细致微妙、只可意会不可言传的情感也当作道理来跟她争论。

"你简直是不可理喻！你把任何事都当作问题来解决，解决完了就过去了，你再去攻克下一个难关,你从不愿意去细细品味一些简单真实的东西,看来我们说不到一起去!如果你所期望的,就是一个什么都听你的,即问即答,从来不需要你费心关注的女人……Someone else!(去找别人!)"她说完气冲冲地转身,伸手去扳车门的开关准备下车,扳了两下居然没有反应——原来杨帆早已将车门都锁住了。

陈溪继而恼怒地扭头质问:"你这是什么意思?!"

"我没什么意思。"杨帆眉头微皱,理智的目光对着她,"这么晚了,天又冷,我怎么可能放你在外面乱跑?我到现在还没有搞明白,你今天到底是怎么了,哪来这么大的邪火?如果你就是冲着我来的,那就不妨在这里,你也少安毋躁,咱们冷静地谈一谈。"

"杨总——"陈溪摊开双手,"你我都不是站在同一个高度、同一个层面,说的也不是同一种思维背景下的语言,还怎么谈?!"

"我求你不要再上纲上线了行不行?!"杨帆浮躁地吸了口气,眼睛瞥向窗外,他已经感到筋疲力尽,"我扪心自问,已经是在尽自己最大的努力来对待你、对待我们的感情了,可能有些小细节我没有照顾到,你能不能包涵一下,别这么计较?并且,我今天到底哪儿又没做到位了,求求您高抬贵手,指点一下好不好?!"

"小细节?我计较?"陈溪瞪大眼睛,咬牙切齿,"……我早说过了,你和我根本就说不到一起去。你所谓的那些微不足道的小细节,在我看来就是至关重要的大事,而你的钱、房子、车,对我来说一文不值!所以,我跟你没什么好说的了,拿你的香饵去引诱别的女人吧!"

陈溪瞥见了控制车门锁的总开关,突然探身伸出手准备去开锁,杨帆见状慌忙抱住了她,他预感到她一旦下了车,也许就是准备要从此离开自己。

"你干吗?!你放手……放手!"她用力挣扎,用手肘使劲顶着他的前胸,想要保持和他之间的距离。

"Baby!Baby……别这样!求你别这样……我错了!都是我的错!你别生气了……好吗……我错了!我道歉!Baby,别难过了……"杨帆虽然仍是一头雾水,但他已经明确了一点:既然是用道理说不清的事,干脆放弃立场,偃旗息鼓,否则只能愈演愈烈,更加难以收拾。

陈溪气极之时,听到杨帆认错道歉,自己愤怒的火焰居然奇迹般地熄灭了！她嗔怒地捶打了他两下，眼泪夺眶而出："你为什么总是无视我的感受……"就势投进他怀里边哭边大诉委屈，"是你说让我打扮得漂亮点……人家听你的话了，你却不正眼瞧一下……"

"我不是说过了嘛——我说你很美，平时就很美……"杨帆不禁自觉无辜，暗暗抱怨：已经告诉过你，就别再问了，如果你不相信我觉得你美，那么我说多少次都没有用……鉴于目前的局势，他还是管住了自己的嘴。

"你那是敷衍！根本就不是真心话！如果我今天跟平时在你看来都一个样，那你还让我打扮什么？！我花了那么多心思，你却说跟平时一样……呜呜呜呜……"

他搂着怀里伤心的女孩，脸上却现出一种恍然觉悟而又大跌眼镜的复杂表情："闹了这么长时间，你发脾气就是因为这个？"

"你总是这样！伤了我还不当回事！我用了好几天才做成的事，你多说两句不应该吗？凭什么都要我告诉你——我告诉你后你才说的话，我还能信吗？还有什么意义……你还强词夺理，倒打一耙，我不说出来，难道就是我的错？！"

"没错！没错！你这么做是对的！都是我不好！Baby，其实我真的认为你特别美，尤其是你穿着旗袍，一下就把别的女宾都比下去了……"杨帆赶紧补功课，他捧起陈溪满是泪水的妆容，看了一眼又马上推回怀里，继续哄道，"盘着头发特别有味道，妆呢，化得也好看……"说着他趁她看不见，偷偷地笑了一下。

"你骗人！你刚才为什么不说？"

"Baby，我刚才不是来不及嘛！我在电梯里就想说，偏偏你又不高兴，你不高兴了，我就不知道该说什么好了。"

杨帆感到又好气又好笑——真是被她打败！就为了这么丁点儿鸡毛蒜皮的小事，她却一直在较劲。什么道理都说不通，反而指责自己是"强词夺理"……唉，也不知到底是谁"倒打一耙"？要听好话，还必须是你自觉主动，否则逼得你走投无路她比你还冤屈！非要闹到最后哭成"大熊猫"了，你还得凭空编造赞美之词……

车里的火药味慢慢散尽，陈溪用湿巾擦净脸，嘟囔了一句："化了一个多小时的妆，全浪费了……"

"没有浪费，我不是都看见了嘛。再说了，我更喜欢你素颜的样子，这才是真正的自然美！"杨帆讨好地吻了她一下，"Baby，别生气了啊，我们回去。"

这次的两性对抗，根本就是理性与感性两种思维的冲撞。杨帆终于悟出了一个似乎不合逻辑的"硬道理"：跟女人争论感情的问题，面红耳赤、精疲力竭也分不出个输赢对错，耐心地"掰开了，揉碎了"想要晓之以理，结果往往是在"拱火"。你坚持己见、据理力争，她便会视死如归、顽抗到底；而一旦你先摇了白旗，她反倒主动缴械，束手就擒……女人这种尤物，一会儿令人神清气爽，一会儿又让人焦头烂额，明明知道她会是个大麻烦，偏偏天底下的男人都争着抢着要沾这个麻烦，沾上了麻烦，即使被折磨得遍体鳞伤，也死不放手。

从事艺术的人，往往是感性大于一切的。陈溪思忖着，也许这也是父母不愿让自己以艺术为生的根本原因。既然人遇事不应过于感性，或许杨帆是对的，爱情不能当房子遮风挡雨，甜蜜也不能当面包来果腹充饥，他身为男人，必须要担负起这种责任。因此吵过之后，陈溪在心底还是向杨帆的务实观点妥协了，然而并没有放弃自己对感情的要求。毕竟，在她的周围，虽有像刘小慈这样理智的实用主义者，也还是遇到了不少像自己一样奉行爱情唯美主义的职业女性。

在职场上，她们有自己的生存本领，相信凭借自己的能力，可以维持很好的生活。或许她们的经济实力在"量"上无法与另一半对等，但在"质"的方面，和对方也可以打个平手。既然可以自给自足，没有物质上的完全依赖，便企盼精神上的纯粹。她们可以视钱财为粪土，总之自己的所得足够应付一切开销；情感对于她们来说，则价如黄金，因为现实生活中，大家往往都忽视了真挚情感的可贵。

陈溪就属于这样一群人，职场上的压力与尔虞我诈令她们在疲惫之余，更渴望一份体贴甜蜜的爱情，否则，她们甘愿抱着"宁为玉碎，不为瓦全"的信念，死钻这个牛角尖儿，哪怕最终沦为"剩女"，也绝不将就。婚姻在她们看来，若是没有精神层面的交流，就如同生活在没有氧气的死水之中。

~3~

"情敌"

周一的早上,北京下着少有的大雨。梁若清驾着车,带着新婚妻子驶向御景山庄。

刘小慈坐在他身边,郁郁寡欢。刚才上车前,因为下雨,她要求梁若清将车开到楼下,可他却嫌麻烦,说不好倒车,非要让她自己打伞,踏着泥水走到小区门口。

刘小慈无奈地照做,当她坐上车,心里的雨却下个不停。蜜月的第二个星期,她便感觉梁若清对自己的态度有了微妙的变化。以前,他什么都听她的,把她装进了蜜罐,不料婚后没几天他的温存便开始稀释,渐渐地也不听她的了,而他以前所承诺的,几乎什么都没有兑现。蜜月旅行刚回来,他的女儿便开始给继母脸色看,但梁若清并没有像他之前所说的那样,不论孰是孰非只维护刘小慈,甚至都没有主持公道。

刘小慈隐隐后悔,看来自己的"闪婚"确实太草率了,本以为男人有诚意结婚,就会珍惜自己,现在她意识到其实不然。人常说男人婚后就会变,她对此早有心理准备,但显然准备还不够充分,未料想他会变得这么快。或许真的因为给予得太轻易,"闪婚"促成了"闪变"。如今,刘小慈只能像许多经历了几年婚姻的女人一样,用一种"模糊视野"看待婚姻生活,大体和谐即不再有什么奢求……而这种心态对于一个新婚的人来说,实在是一种早来的残忍,但刘小慈此时也只能自饮苦酒。人都是要颜面的,她如果现在就跟老公闹翻了,或是表现出过得并不如意,不仅对自己没什么好处,无形之中还成全了御景那些喜好八卦的"闲话族"。

"我今天晚上有应酬,晚回去,你去接倩倩吧。"梁若清驾着车,随口说道。

"她那么大的人了,咋还让人接呢?自己又不是不认识回家的路。"刘小慈本来就不快,听到让她接他女儿,气更不打一处来。

"她一个女孩子,下补习班天那么晚,路上黑不安全,万一出事怎么办?"

"她不安全,我一个人去接她,就安全了?"

"你这不是抬杠吗?你现在是她妈,怎么还跟一个小孩儿计较?行了!

不说了！你早点儿打车过去，别让她等太久，学校关大门之后，就怕有坏人在附近……早点儿去啊！别跟今天早上一样，磨磨蹭蹭的，出个门还得描半天……"梁若清明显是不耐烦的语气。

刘小慈没再说话，其实，她并不是跟小孩子计较，只是计较老公的这种态度，新婚后回到工作的地方，打扮得漂亮点又有何不对？不过最近的这两天他经常是这样跟她说话，尤其是在女儿的问题上，她已经慢慢麻木。

车子进了御景山庄，慢慢地驶入地下停车场。

梁若清停稳车，刚熄了火，突然望着车外道："哟，这是谁的车？"刘小慈顺着他的眼睛方向，看见一辆深海蓝的宝马车从不远处驶过，停到了隔着两排车后面的位置。

这个区域停的都是御景内部工作人员的车，这辆宝马梁若清以前从没见过，他没有下车，想看看究竟车的主人是谁。刘小慈也静静地坐着，直到看清楚，杨帆从车里出来，走到了另一侧的车门，车里隐约看着好像还坐着一个人。

"呵，是杨帆啊，财务部的老沈告诉我说，NST又给他提高了车补，看来是真的了……这小子还真不含糊，这么快就鸟枪换炮，开上新款宝马啦！"

梁若清说话间，远处的杨帆拉开了副驾位的车门，从车里领出一个年轻女孩，接着打开后排的车门，取出了电脑包。女孩出来后先是低着头整理身上的大衣，之后她抬头理了理头发，刘小慈一眼便认出，那是陈溪。

杨帆和陈溪显然没有意识到停车场里还有旁人，他一手提着电脑包，一手温柔地揽过陈溪，亲昵地凑近她的脸。陈溪甜甜地笑着，半躲半就地吻了一下他的嘴唇，继而推开了他。

刘小慈目瞪口呆地望着眼前的一幕，感到心猛地一沉，呼吸快要停止……直到两人分开，陈溪走进南边的出口通道，杨帆提着包进了北边的电梯间，她的思绪被梁若清打断。

"小慈，那个女孩儿看着挺面熟的，是不是上次喝咱们喜酒的那个？我听说咱们休假的时候，她调到人事部了。"

"嗯……就是她。"

"她跟杨帆是一对儿吗？"

"我咋知道……哎，老梁，你昨儿说，James升副总了？"

"是啊，就是前几天的事儿，老沈打电话时告诉我：现在御景几乎所有的营业部门都在他的掌控之下,真正的实权派。哼,别看我们两人都是副总经理,我从国企开始熬了快二十年才到这个位置,他才来多久啊?并且,外企的待遇就更没法比了,据说NST给他的年薪和佣金相当可观,老沈说他上半年的业绩好,自己的收入都快赶上老托马斯了。唉,后生可畏呀!"

刘小慈听了无言以对,心里却有一种难言的酸楚。

"走吧!"梁若清推开了车门,不忘嘱咐刘小慈,"到了办公室别乱说话啊,我可不想让人知道,咱们还在这里偷窥别人……其实我只是好奇而已。"

两人走到电梯间门口,见杨帆一个人还在等电梯。

刘小慈跟在梁若清身后,将目光调整到一个隐蔽的角度,悄悄打量着对面那个一手拎着电脑包、一手插着裤袋斜靠在墙边的男人,觉得他越发帅气,比以前更有一种阳光般的魅力,领带还是那么有格调,一丝不苟的西装,恰如其分地表现着男人健逸的体魄,正在低头沉思的脸转过看到他们,即时调整出带着偶倪笑意的神情。

"呵,梁总,Amy,恭喜!恭喜!"杨帆主动抽出右手,身体前迎,脚下却没有移动。

梁若清热情地上前几步握住了杨帆的手:"嗨哟,是我们得恭喜你啊……杨总!"他在最后的两个字上加重了语调,以前他一直称呼对方"杨总监"。

这个微妙的信号杨帆当然收到,他笑道:"唉,惭愧!惭愧!在你们这些前辈面前,见笑了!"

"你可是太谦虚啦!我们休假的时候就听说,你的市场做得是有声有色啊,现在御景、我们大家都指着你吃饭哪!"梁若清谄媚地笑着,拍了拍杨帆的上臂,以他的身高,拍杨帆的肩并不算便利。刘小慈看着自己的老公挺着"中年肚"仰视着杨帆,陡然有一种难以名状的受挫感,觉得自己无形之中比陈溪"矮"了一大截。

"这新娘子,是越来越漂亮,越来越有风韵啦!梁总好福气啊!"杨帆瞟了一眼刘小慈,又转脸对着梁若清回礼,梁若清的脸上浮出一丝得意的神情,发出一连串的哈哈笑声,显然对此很是受用。刘小慈则不自然地笑了一下,心里像打翻了五味瓶。

正巧电梯到了,门一开,离门最近的梁若清先进了电梯,杨帆跟着上前,用手扶住了电梯门,扭头对站得最远的刘小慈微笑,示意她先进。

电梯里，两个男人又开始寒暄，刘小慈突然插嘴："James，我想先去一趟人力资源部，找一下Rosie，很快就回部门。"

"哦，好，那你在B1层下吧，那边有个通道是直通人资部的。"杨帆心想，或许两个小姐妹急于见面，他也没必要介意。

刘小慈到了人力资源部，先是四散了些喜糖，陈溪见到她自然非常兴奋，忙把她拉进了自己的办公室。

"Amy，你怎么样啊？看你这副小模样，假期肯定过得很滋润吧？"陈溪亲热地用双手轻捂了一下刘小慈的脸蛋儿。

"还行吧！"刘小慈敷衍地笑了一下，接着问，"你到这儿咋样啊？"

"唉……还好吧。"陈溪刚刚还洋溢着风采的脸即刻黯淡下来，"反正我以前也都是要应付一些头疼的事，现在也是一样……算了，说也没用，反正'兵来将挡，水来土掩'呗！"

"Rosie，你最近是不是……在和James处对象？"刘小慈又忍不住犯了"直肠子"的老毛病。

陈溪吃惊地看着她："怎么连你们也听说了？"

看来他们的事已经公开化了，刘小慈倒省了抖出今早停车场的偷窥。

"那你俩是真的了？"

陈溪没回话，淡淡笑了下，点了点头。

"你俩啥时候开始的？"

"时间也不长，也就是你准备结婚的前夕，一次偶然……"

"要是这么说，那我没休假前你俩就确定关系了，还瞒着我。"刘小慈更为不快。

"Amy……当时我们两个也挺尴尬的，毕竟是上下级，所以没法公开，我当时倒是想告诉你，可你整天忙结婚的事，我哪有机会浪费你的时间说这些啊……一直到我调部门了，才公开关系。就为这次调部门，我还背了一个恶名，也是James公开我们的关系后，才'平反'的。"陈溪说着摇了摇刘小慈的手，"你别生气嘛，我不是存心要瞒你的，咱们是最好的朋友，怎么可能呢？"

"你俩……住在一起？"

"没有呀，我还是和我堂妹一起住，你怎么问起这个了？"

刘小慈又憋不住提到了早上："我瞧见你俩今早一起来上班的。"

陈溪愣了一下："你在哪里看到我们了？我怎么没见你呢？"

"噢——"刘小慈顿了顿，"我跟老梁那会儿也在车上，不留神儿瞧见你在他的车上，晃眼儿工夫就过去了，咋打招呼啊……所以我寻思，你住他那儿……"

"嗨，不是的！"陈溪释然地笑笑，笑容中透出一丝掩藏不住的幸福，"今天早上不是下了雨吗？他非得过来接我上班。"

刘小慈闻言，不善隐藏的脸上立即现出一种古怪的表情，陈溪读不懂这种表情，但明显觉察到刘小慈心情不佳，赶紧敛起自己的甜蜜，不敢再晒恩爱。

"其实，他总是忙，经常要出差，在北京的时候也特别忙，我们单独相处的机会很少……"陈溪自知，这些话与刘小慈刚才问的，是文不对题，但她隐约感觉到刘小慈的不快，是与杨帆之前追求过她有关，女人有时和男人一样，吃着碗里的，也会看着锅里的，即便自己已嫁为人妇，知道曾经的追求者转移了目标，还是会不舒服。陈溪只是希望，把自己的情况说得负面一些，好朋友心里是不是就能平衡一点。

刘小慈没有再继续这个话题，坐到了椅子上。

"Rosie，我今天是来辞职的。"

"辞职？这么快！我原以为你回来会继续工作一段时间，之后或许找到了新工作才会走的。"陈溪也坐回到自己的位子。

"我不想干了，寻思着搁家休息几天，然后再找。"刘小慈颓然地靠在椅背上。

陈溪看着她，觉得她有些不对劲，小心翼翼地问道："Amy……这段时间，你过得还好吧？"

"挺好的呀！"刘小慈突然振奋地一扬声调，接着又有些气弱。

"那我怎么看着……你情绪不高啊。"陈溪按以前的印象，想象新婚回来的刘小慈，应该是另外一种欢蹦乱跳、咋咋呼呼的姿态出现在自己面前。

"嗨，可能是最近玩得太累了吧……"刘小慈强打精神，挤出一个生硬的笑容，接着站起身，"我就是过来瞧瞧你，你先忙吧，我回会员部了。"

"等一下，"陈溪也站起身，将已走到门口的刘小慈拉了回来，"Amy，你如果决定离职，准备哪天走呢？"

"就今天呀，我寻思着一会儿把手续办了，完了呢交接一下，就走了。"刘小慈平静的口吻令陈溪感到，她并不是在开玩笑，也不会因为谁的劝说而改变主意。

"那好吧，我告诉你……"陈溪清了清嗓子，压低了声音，"你如果今天即时离职，按合同规定，是要扣一个月的工资作为代通知金的，除非你找个特殊的理由，让James那边特批。不光需要他特批，人力资源部这边也要认为你的辞职理由充分，同意放行。那就等于甲方雇主与你达成共识了，钱也就可以不用赔了。同时，你在这里也不会被归入非正常离职的历史档案，将来有机会，还可以再回来，别的公司如果过来做Reference Check（对员工以往工作经历的背景调查），也不会有什么不良影响。"

刘小慈一开始可没想得这么复杂，她眨眨眼睛："啥理由呢？"

陈溪凑近她的耳畔，小声嘀咕了一句。刘小慈听了便睁大眼睛，望着陈溪确定的眼神，她犹豫了一下，还是报以感激的目光，一时间，她的心里又开始纷繁复杂，有一点点感动，又有一丝妒恨。

"行，我知道了……我合计合计，先回去了。"

回到了会员服务部，刘小慈又忙着应付同事们的欢呼拥抱。杨帆去开会了，正值"山中无老虎"，于是公关部和销售部的同事也悄悄跑过来凑热闹。大家叽叽喳喳地围着"新娘子"，热烈的气氛倒是让刘小慈的心情有了些许回暖。

欢迎仪式结束，众人散去，刘小慈坐在自己的工位上，看着旁边原来陈溪的位子。因为这个月活动的临时需要，办公台上如今堆满了资料，全然一个公用的杂物台，不知道过几天，她这个位子是不是也会变成这样。她想了想，问邓雪："Anita，James啥时候开完会回来，你知道吗？"

"不太清楚，他是去和高球部开会，估计不会很快结束。"邓雪刚才便留意到刘小慈看陈溪的位子，此时便走过来，低声对刘小慈说，"哎，Amy，你还不知道吧？Rosie现在可是抖起来了，她不声不响地，突然摇身一变，竟成了James的女朋友！据说James对她还真好，我听前台的人说，昨天还带着她去出席了活动，这丫头招摇得不得了！"

邓雪自从得知上司已经和陈溪确定了情侣关系，择婿的如意算盘再一次落空，对陈溪更是恨入骨髓。

当初杨帆对刘小慈有所心动，不止是陈溪，邓雪也察觉到了。因为她的办公台离杨帆办公室最近，偶然某次从玻璃门关不严的缝隙中，漏出刘小慈婉拒杨帆的只言片语，被她听到，但她并不清楚两人为何最终没成。后来刘小慈迅速结婚，大家又把焦点转移到梁若清身上，邓雪也不可能自己跳出来是非自己的老板。直到今天，她突然发现了一个出气的好机会，而且是一箭双雕，因为她既恨陈溪，也不喜欢刘小慈：你们俩以前不是一伙的吗，现在还加了个"情敌"的身份，看你们还怎么玩？

"Amy呀，"邓雪难得亲热地将手搭在刘小慈的肩上，又帮她理了理新烫的波浪发，"你可真是漂亮呀！瞧瞧你，咱们部门身材最好的就属你了。唉，只可惜你这么早就结婚了，假如你没结婚，怎么可能轮得上Rosie那只'菜鸟'呢？！"

见一向快人快语的刘小慈居然沉默，邓雪明白自己肯定说到她心里去了，便继续发挥："有句话或许我现在不应该这么说，可我一直就觉得，你和James才是最般配的，虽说你和Rosie是好朋友，可当初你那么快就决定结婚，她也没拦着你？当然啦，口头上拦着，那就是在应付你，不是真心的！你知道人家心里是怎么盘算的啊？这不嘛，你前脚嫁人了，她紧跟着就缠上James了。"

邓雪毕竟是老员工了，早已对梁若清这个人有所耳闻，刘小慈结婚时她便预测到了日后的结局。如今刘小慈回部门，打扮得再光鲜，内心的空虚和惆怅也逃不过邓雪那双锐利的眼睛。现在，她用一种幸灾乐祸的快意作为动力燃料，制造着一种亲切、惋惜的咒语，在刘小慈的耳边弥漫。

"Amy啊，你以后还真得有点儿心眼儿，别再这么实在了。你知道吗？据说，如果御景下半年再次超额完成任务，NST总部很有可能破格再次升James的职务，就算不升职，待遇肯定也会比现在还高，应该就是有'住房津贴'的了，现在看这个势头，年底的营业额应该不成问题。没准儿人家连婚房都计划好了。你可能还没看见，James如今开的车，可是今年的新款宝马！"

刘小慈的脸色变得越发阴郁，邓雪则乐不可支，得寸进尺道："这个Rosie呀，不光是得了这么有本事的未婚夫，将来衣食无忧，现在也是占尽风头。你想啊，James如今也算是御景的第二把交椅，又是美国总部的新宠，要知道，NST在中国的高尔夫项目并不多，目前最成功的就是James任职之后的御景，所以，以后再在中国拓展高尔夫项目，James必定会被重用，前景绝对超过老

Thomas——你是没瞧见，现在连Thomas对他都特别客气。一人得道，鸡犬升天，你知道现在各部门有多巴结Rosie吗？听说就连那个安保总监，那个牛了吧唧的范建山都开始买Rosie的账了。唉！还不都是敬畏James……"

邓雪瞧着刘小慈直直地坐着，表面镇定却濒临崩溃的样子，心满意足地暗自发笑：嘿嘿，傻了吧！见着个有虚名没实权的主儿就当是个宝，结果丢了西瓜抓芝麻，肠子都悔青了也没用！

"呀，不行了，我得去俱乐部见个会员，回头再聊啊！"临走前，她还不忘得意扬扬地在刘小慈的心上再捅一刀，"Amy啊，我觉得，这棵大树原本应该是属于你的……"

刘小慈钝钝地望着邓雪扬长而去的背影，极力调整着自己的呼吸，错也罢对也罢，她都不能在这里失态！她为人豪爽，不代表没心没肺，刚才邓雪的那一番貌似关切之词、阴险之刃她不是没有感觉出来，然而之所以她对此表现得一点免疫力都没有，是因为自己恰恰也是这样想的！

刚才，刘小慈还对陈溪抱有那么一点点的感激，觉得她还是像以前一样关心自己，然而今早杨帆搂着她的柔情画面，却总在眼前闪现，接着再回想以前杨帆曾几次主动接近自己，以及梁若清如今的冷漠……刘小慈感到悔恨交加，痛苦不堪。

"哟，Amy，你已经回来啦！"话音跟随着杨帆足下生风的动作，从刘小慈的面前刮过。

刘小慈含糊地应了一声，安定了一下情绪，走到杨帆的办公室门前，敲了敲门。

"James，有空吗？我有点儿事儿。"

接下来，刘小慈开门见山地告诉杨帆，她已经怀孕了，需要休息安胎，但考虑到这样会影响部门的运作，她还是决定辞职，以便部门尽快安排新人顶替。

杨帆表面上又是祝贺又是遗憾，却心知肚明：肯定是陈溪这个鬼丫头给她出的馊主意！早在刘小慈申请休假时，陈溪已跟他提过，刘小慈有可能婚后要换工作，因此她休假后，他便及时调整了人员，如今刘小慈不走也可以留下，要走也无所谓。杨帆记得，当时陈溪那张"小婆婆嘴"还絮叨过刘小慈辞职的问题，没想到这两个人还真的是……一个敢"导"，一个敢"演"！

其实杨帆并不想就"即辞即走"的问题为难刘小慈,但是如果人力资源部那边坚持要按照劳动合同及公司的规定,他也没有正当的理由非得袒护。因此,怀孕也不失为一个充分的原因,不等炒人,自己走,让大家都避免了尴尬。否则不讲原则地给她行了方便,自己尚有业绩撑腰,没有人会为这种芝麻绿豆指责他,但汪静那边就不好说了,说不定这次通融就变成了一颗"小地雷",她身为人力资源总监随时会因未坚持专业原则而被总部的人借题发挥……

最终,杨帆也乐得做个顺水人情,痛快表态,同意刘小慈辞职,回家专心"养胎"。

休婚假前,刘小慈其实已经交接了工作,所以现在回部门只是收拾一下私人物品即可,她准备直接去人力资源部递交杨帆已签批的辞职信,而后办理离职手续。

临离开会员服务部,她去洗手间补了补妆,理了理头发,回来又走进了杨帆的办公室,怀着一种异样的深情,最后一次凝望着这个温文儒雅的男人。

"James,谢谢您以前的关照……我走了。"刘小慈突然感到喉咙堵得发疼。

杨帆马上起身走到她面前,温和地拍了拍她的肩:"Amy,谢谢你以前的支持。照顾好自己的身体。以后有机会,随时欢迎你回来!"

刘小慈勉强笑了笑,心里一阵哀惋。

"你不等大家回来,一块儿告个别吗?"杨帆看了看外面办公室,快到中午,大家都去吃饭了,他不忍让她离开得这么孤单冷清。

"不了,我还得去人力资源部办手续,等改天,我再回来看大家。"

"哦,那好吧!那你有什么东西,我帮你拿。"

"不用了,谢谢!"她又笑了,装得像平时一样大大咧咧,"也没啥了,就这么一兜子玩意儿,我一会儿扔老梁那儿就行了……您多保重!再见!"

"OK,再见!"杨帆说着,回以一个温煦的微笑。

刘小慈转身急急走出了会员服务部。她不敢回头,拼命忍着眼泪,平复内心的狂澜。她努力要记住刚才的那一刻,希望他的阳光笑容能在自己心间永远定格,从此以后,她便永远失去了他,只有保存在心中的这个美好印象了。

刘小慈很快又回到人力资源部,远远便听到陈溪在自己的办公室里对着

Angela厉声训斥。

玻璃门关不严，陈溪的音量也不小，因此刘小慈依稀可以听到一些内容。

"错了就是错了！还狡辩！我上次已经提醒过你了，居然还会犯同样的错误！"

Angela默不作声地站着，眼睛垂望着地毯，陈溪则趾高气扬地坐着，怒视着Angela的脸。这时，办公室里的电话响了，陈溪接起电话，应了一声便放下了话筒。

"我建议你，好好地检讨一下自己的行为，这种低级错误如果再发生，很抱歉，我保证绝不会像今天这么客气！就这样！我去Jane那里，麻烦你吃饭之前改好它！"

陈溪说完拿起日志本自己出了办公室，她急着去汪静那边，没有留意到站在门口的刘小慈。Angela则悻悻地跟了出来，回到自己的座位上，两颗郁闷的泪珠从脸上滚落下来。

"Angela，咋的啦这是？Rosie为啥说你？"刘小慈走了过去，关切地问道，她也是第一次见到陈溪还有这等凶巴巴的样子。

"唉，一点儿小事，她在那里不依不饶的……就因为我做'员工之星'证书时，把员工的名字给写错了，'宋力'的力是力量的'力'，我写成了立刻的'立'，她就不干了，说上回已经提醒过我了。她是说过，可是我不是一时忙忘了嘛！我天天一堆杂事儿，没记住再提醒一遍不就行了，用得着发这么大火吗？话说得那么伤人……"Angela说着，眼圈一红，又有两颗泪落了下来。

"她骂你，就为了这么一个字儿啊？"刘小慈也跟着有些愤愤不平。

"是啊，以前我觉得她挺有耐心的，平时对人也是和颜悦色的，我还总帮着她，谁知道她现在居然变得这么凶，翻脸就不认人了！"

"嘿嘿，这有什么不能理解的？"姚峰在一旁阴阳怪气地感慨，"人家现在可是有个大后台的，杨帆升为副总，她也就是'诰命夫人'了！脾气见长也属正常。劝你们啊，以后少惹她，没准儿哪天，Jane都压不住她了！"

刘小慈听了更加气愤，本想等陈溪回来出于情面也得打个招呼再走，现在没必要了！她请Angela转交辞职信，归还了自己的员工物品，说有什么事就联系梁若清，便匆匆忙忙告辞了。

出了人力资源部，刘小慈想起平常温和谦逊的陈溪刚才的那副刁蛮德行，很是鄙夷，心中暗骂：啥玩意儿啊？还"诰命夫人"……快拉倒吧！

今天在御景的最后一站，刘小慈去了梁若清那里。梁若清的办公室，就在工会主席刘世奇的对面，也是一间典型国企风格的办公室，只是没有那么多的锦旗，取而代之的是别人送给他的几幅国画。梁若清正坐在敞着门的办公室里，边抽烟，边翻阅着《参考消息》，见刘小慈进来，身体不慌不忙地靠在椅背上。

"你怎么过来了？手续都办好了？"

"算整完了吧！我在人资部交了辞职信，完了呢也跟他们说了，还有啥事儿没完的，他们会来找你，你再告诉我呗。"

"你也真是，没办完的今天就赶紧办完！拖拖拉拉的，还让他们来找我……真是麻烦！"梁若清表情尚为平和，语气明显有些暴躁。

"我就是这么一说，现在完没完，得看他们，我咋知道？！"刘小慈也硬生生地顶了他一句。

梁若清没再说话，吸了口烟。刘小慈则起身去关上了办公室的门，又回来坐在沙发上。

"哎，我跟你说啊，我可跟人家说，我是因为怀孕了，才辞职的。"

"什么？你怎么弄了这么个理由？"梁若清十分意外。

"是Rosie，就是陈溪，她告诉我的，如果不这样，我马上离职就等于违约，要赔钱的，而且会有记录，将来也不好找工作。整一个'怀孕'，公司炒你还来不及，巴不得你自己辞职，啥都好商量啦。"

梁若清想想也对，如果刘小慈辞职不按规定来，他身为副总，脸面上也不好看。"看来这个陈溪还真是挺维护你的，行，改天请她来家里玩呗。"

刘小慈哼了一声："我瞅她也没安啥好心，这事儿也不损害她的利益，就顺个人情呗；真是跟她有冲突的，就难说了。人家可比我有心眼儿，会算计。"

"呵，你们俩看来并不是朋友啊！我还真当她是你的好朋友。以前呢，我怎么都看不惯杨帆，但毕竟你和陈溪关系好，还想着，在股份公司成立的事儿上，给她开个绿灯呢。要知道，杨帆再怎么长袖善舞，甲方这边的人，他可不一定玩得转！"

"我瞅着算了，你省了吧！你就算瞅着我的面子帮了她，她也不一定记你的好。当初，我要跟你结婚，她可是劝我放弃的，说你的条件不好使，还是个'二婚'。哼，她倒真是会算计！"

对任何男人来说，在婚姻情感的事情上被女人否定，都是莫大的耻辱，梁若清深深地吸了口烟，将手中的烟头用力在烟灰缸里碾碎：这个杨帆，年纪轻轻就能在御景呼风唤雨，已然让他梁若清的老脸有些无光，而今又蹦出来个黄毛丫头，居然以前就不把他老梁当回事儿，现在还跟姓杨的有一腿……他瞥了一眼办公桌一角的股份公司的筹备文件，鼻子轻蔑地哼了一声。

"行了，我就是过来跟你说一声儿，人家要是问起我怀孕的事儿，你明白是咋回事儿，我先回家了。"刘小慈说着，拿起了皮包挎在肩上，转身往门口走。

"别忘了啊，早点儿去接倩倩！"梁若清说完，又拿起了杂志。

~4~

旗开得胜

周二，陈溪刚到办公室，便被早到的汪静叫进了她的办公室。

"Rosie，有件事情，当然，不完全是股份公司的事，也有Eric负责的部分，但主要是关于招聘的，所以我想找你商量一下。"陈溪听她这样说，至少能感到一点点诚恳。

"什么事，您说吧。"她在汪静对面坐了下来。

"是这样的，我们现在整个御景山庄的物业保洁，都是外包给'绿力保洁公司'的。当初外包出去，就是希望能够尽量降低人力成本以及管理上的烦琐与压力，其实这一块的外包费用，一个月也要花掉十七八万。但是，现在我们遇到的问题是，各部门对绿力近半年的服务反映非常不好，说他们可能是因为员工待遇差，所以人员更换频繁，加上培训不到位，不但保洁质量大不如前，经常引起投诉，甚至有少部分保洁员搞坏了我们一些昂贵的设施设备。这样一来，我们花了钱，反倒买来了麻烦。其实公司也考虑过更换新的保洁公司，但是横向比较了一下其他几家，并没有把握比绿力做得好。因此，NST及甲方最后都倾向于将保洁工作收回来，我们自己负责。这样，就意味着我们要在短期内重新组建保洁部。"

"您的意思，我这边需要在短期之内招齐一大批的保洁员？"

"不单单是保洁员，还有保洁部的管理人员，比如经理、几个主管或者是领班。总之任务不轻，你如果忙不过来，我跟Eric说一下，让他那边配合你。"

"应该还好吧，不必麻烦他了，他那边也挺多事的。"陈溪心想：让他来帮我？还不够添乱的！

"行，这事我已经发邮件给Juliet了，她会找你商量的。邮件我也CC给了你。"汪静说罢淡淡笑了笑，意思是没别的事，陈溪可以离开了。"好，我等她找我。"陈溪说完起身出了汪静的房间。回到自己办公室，她打开了电脑，看到了汪静发给招聘主管Juliet并抄送给自己的邮件。邮件的附件是一份外包之前御景保洁部的人力编制表。陈溪打开一看，不觉吓了一跳，所有人员加在一起，最少居然也需要180人！她仔细看了看编制确定的时间，已是两年前的事了，估计这份东西是在开业筹备时拟出来的，与现在的事实情况不符也很正常，不过，自己如果还按照这个编制来招人，那可就会成为大笑话了。

她想了想，给杨帆拨了个电话，让他出面，以了解各营业部门的保洁情况为理由，收集第一手的准确信息给她，以便了解目前真实的保洁人数以及工作的质量。不到一个小时，杨帆那边就将各部门回复他的邮件转发到了陈溪的邮箱。

陈溪将邮件的内容全部打印出来，粗略地算了一下，其实如果每天各区域总共需要约80个保洁员，那么加上工休替补的人，招110人已经足够了。她预感到，这次如果能把保洁部成功缩编，并且招聘到位，将是她在人力资源部争得第一个业绩的好机会。问题是，现在不知道之前那份编制是不是汪静做的，如果是，自己应该如何推翻它才能不损汪静的面子？她想了一下，决定先把这个问题暂时放到一边，接着打开了汪静给她的绿力保洁公司在御景服务的人员名单，找出工作年头比较久的两个领班，让Angela联系他们来人力资源部，她准备和他们面谈，了解一些他们内部的情况。

半小时后，两人均到了她的办公室。两个领班的文化水平并不高，对于陈溪编的理由没搞明白，但朴实的他们并没设防，因此陈溪想要了解的，例如保洁的工资待遇、排班情况，以及保洁公司的管理等，他们几乎是和盘托出。

保洁领班离开不久，Juliet愁容满面地进来，一见陈溪就哭丧着脸："Rosie啊，这下我可死定了！高层动动嘴皮子，就是一百八十人！我上哪儿给他们变那么多的人啊！"她一屁股坐在了陈溪的对面，"干脆我去给他们找几个'超生游击队'好了！请一个还能搭好几个！"

陈溪听了使劲笑："你当自己是'计生办'啊！那你应该去医务室报到。"

"老天爷啊！整个御景两千多号人，就算平均每个月百分之五的流失或淘汰，我都要招小一百人，早就忙不开了，现在又来将近两百人……我怎么干啊？！"

"呵呵，你担心什么，如果真的招不进来，挨剋的是我又不是你，别忘了，我还在你上面挡着呢，你都这样抱怨，那我还不得哭死？"陈溪一边说却一边笑，下意识地看了一眼台面上那只杨帆送给她的小猫。

"唉，招不来人，谁也难逃责任啊。这帮当官的哪知我们的疾苦，现在哪儿哪儿都在闹民工荒，家政公司加高待遇都难找人，更何况我们找保洁了，他们还以为跟十年前一样'论堆儿撮'呢，站着说话不腰疼！"Juliet无力地捶了捶额头。

"你怎么总想着招不到人呢？不就是多招一百多个嘛，办法还不都是人想出来的。"陈溪对着Juliet挤挤眼睛，"看到刚从我这儿出去的那两个人了吗？"

"噢，那两个啊，我看见了，怎么了？他们是谁啊？"

"他们就是绿力的保洁领班。"

Juliet听罢瞪大眼睛："咱们不是要清理他们了吗？你怎么还把他们的人叫到这儿来？你没跟他们说咱们要取消外包的事儿吧？"

"我有那么傻吗？我找他们来，只是想搜集点情报，了解一下他们的待遇情况，看看有什么有价值的信息。比如保洁员他们是从哪里招来的啊，工资给多少啊……"

"哈哈哈，那你都了解到什么有价值的东西了？"Juliet诡异地笑着，陈溪也神神秘秘地压低了声音，学着日本鬼子的腔调："价值大大地有！"

"都什么价值啊？快说！快说！"Juliet立刻来了精神。

"他们的工资普遍很低，一周才休息一天，比我们的草坪工人待遇还差，难怪人员经常流动。我们呢，工资标准跟他们的差不多，表面上没有太大差距，但我们规定每月八天工休，又有宿舍，有员工餐厅，可以包吃包住，你认为他们还会对绿力那么忠诚吗？"

"嘿！如果是这样，那我们直接把他们全收编不就行了？"

"我就是这个意思，这两个领班呢，我们先争取过来，据说他们那里也是一个村子里的人相互介绍，所以他们下面，肯定有一大批人是和他们同村，或者有亲戚关系的。"

"噢——明白了！如果他们'起义'了，后面还会有一大帮子人跟着'叛变'。"

"你懂什么呀！"陈溪戳了一下Juliet的前额，"这不叫'叛变'，叫'投诚'！"说完两人一起窃笑，但Juliet突然又收起了笑容。

"Rosie，这样一来，他们的人员不是存在很多'裙带关系'，那样的话，会不会……过一段时间他们也会在这边集体辞职？"

陈溪则对此泰然处之，虽说是有"裙带"的可能，但并不是现在的重点，只要御景待遇好，相信他们不会轻易舍弃。更重要的是，放权利给经理或者领班的同时，还要控制好岗位职责及工作量，防范因为裙带关系而产生的特别照顾。她说着说着，忽又面露迟疑之色。

"按照实际情况，绿力的这批人我们收了，基本上就可以确保运转了，但是我们原本的编制上至少需要一百八十人，最多需要两百四十人，我就不知道这个编制以前是谁做的？万一我们硬是把它给推翻了，会不会……"她佯装吞吞吐吐。

Juliet并未察觉陈溪是有意探查，实话实说："这应该不需要担心，这份东西是Eric当初做的，Jane还没来得及复核，保洁就整个被外包给绿力了，所以后来一直也没有再审核。据说……Eric那时就反映要养的人太多了，管理成本高，建议外包出去，而且绿力保洁也是他之后联系来的。"

"哦，是吗？"听到Juliet这么说，陈溪如释重负，心想如果是这样，汪静那边就好处理了。同时，她又注意到一个细节：沙志文将编制做高，同时又联系介绍了保洁公司，那么，他和这家绿力公司又有什么样的关系？不过现在她需要暂时把这个问号留在心里，眼下先把人员招聘的事搞定。

"这样，Juliet，你回去先拟一个Memo，是要发给我并CC给Jane、Eric的，不过我没有确认过内容之前，你先不要正式发出来。另外你去和老姚那边沟通一下，看看我们现在宿舍区到底有多少床位available（可供使用）。绿力的这些人，基本上可以作为我们的目标，不过我们还需要看看，能否再压缩一些，这样就更稳妥了。"Juliet听说还能再少招一些人，自然高兴，满口答应着回去做事了。

陈溪现在要考虑的，则是另外一个层面的问题，她毕竟和Juliet的需求不同，Juliet只是想顺顺当当地将这次的招聘任务完成，而她陈溪则是要借此事"出彩"的。如果只是简简单单挖绿力一个墙角，费用上没有实质性的降低，在NST高层眼里就不算是一个显著的成绩，但是一味地压低成本，以后工作质量再出问题，或是人也都跑光了，恐怕也难平众怨。所以，她现在需要想想，这110人应该如何压缩人数，同时还能确保工作质量不受影响。其实，她有现成的想法，但还需要探一探汪静的意思，她如果给否了，那也没戏。

陈溪正想着，忽然有电话进来，接起一听，是个陌生的男人。

"喂，您好！陈经理，我是绿力保洁公司的老王，是负责御景保洁的经理。"

"啊，您好！王经理，您找我有事吗？"

"呵呵，我现在就在你们人力资源部的门口，可以进来谈谈吗？"

"噢，"陈溪探了探身子，果然看见外面门口有位男士站着，"好的，您请进来吧！"

"陈经理，你好！你好！"王经理一进门，立即殷勤地伸出双手握住了陈溪的一只手。

"王经理，请坐，您今天来这里，有什么我可以帮到您的？"陈溪重新坐下，问对面笑容满面的男人。

"呵呵，也没什么事，我只是听我那两个领班说，您今天和他们见了面，聊了聊保洁的情况，呵呵，我在想，是不是保洁这部分的工作沟通，都转到您这里来了？"

"啊，呵呵，也不完全是吧，我现在只是参与这方面的事务，之前你们是和沙经理联系的？"陈溪其实并没有把握，但她还是想试着问一下。

"哈哈，是啊，沙经理一直都挺关照我们的。"王经理笑得更加无邪。

"放心吧，我们都会支持你们工作的。"陈溪浅笑了一下，心想，你特地跑来，就是为了等我这句话？

王经理从随身带来的皮夹里，取出一个绿色皮革包面的笔记本。

"这个嘛，是我们公司自己的客户礼品，头一次见面，我们小公司也确实寒酸,您别介意啊,也许平时工作上记个什么东西的,能用得上……"说着他把笔记本放到了陈溪的办公台上。

陈溪出于礼貌,刚想笑着收下,突然瞥见笔记本里夹了一个白色的信封,信封被里面的内容撑得有点厚度,她立刻意识到了里面装的是什么,马上婉拒:"谢谢啊!王经理,不过我这人不喜欢绿色,而且我也不习惯用笔记本记东西,给我就浪费了,还是算了吧!您放心,我以后也会和沙经理一样,该支持的,绝不含糊。"

"哦,您不喜欢没关系,可以留着送人啊!"王经理不肯收回。

"王经理,您真的不必客气了,我心意领了,谢谢啦!我还要去别的部门办点事,要不咱们下次再聊吧!"陈溪依然客气地笑着,希望这个姓王的知趣一些。

"哎呀,陈经理,您可不能不给面子啊!一个小笔记本而已嘛……"王经理还是赖着不肯走,陈溪的拒绝着实让他有些不安。

送礼或者行贿的事,陈溪并不觉稀奇。但这次这个姓王的让她有几分恼火,反正他们也不会再和御景有合作,得不得罪他意义并不大,陈溪于是口吻开始变得生硬:"王经理,我都说了,我不喜欢用笔记本,你非得硬塞给我,莫非本子里有明堂?呵呵,您可不要难为我呀!"说罢她似笑非笑地看着王经理。

王经理没有办法,只得收起本子,灰溜溜地告辞了。陈溪望着他的背影,心想:沙志文果然是收了好处的。不过眼前她暂时没有精力去查他,她还得抓紧时间将保洁招聘的方案尽快确定,这是她的第一个大任务,做好了会出彩,做砸了也会"出名"。并且,这件事拖一天,就是多一天的费用,因此她的动作必须要快。

中午,陈溪只在餐厅喝了点汤就回来了,她打算趁中午安静的时候,好好想一想保洁部人事的重建方案,她希望在下班之前,能拿出一个可行的构想与汪静沟通,最好今天之内就能在人力资源部的内部确定下来。

如今,若是用提高待遇的手段来吸引绿力的保洁员加入御景,理论上并不是件难事,而如何能从宏观上替御景降低人力成本,又可以在微观上让保洁员获得实惠的待遇,从而让他们干劲十足地在御景工作,便是这次招聘重组真正的重点,也将是她这个方案的核心所在。

经过一番测算，预计目前的方案实施后，每月的人力成本大约是十四五万，这个数字与现阶段实际产生的十七八万相差不大，况且还没有计入保洁部的运作费用，因此成本并没有大幅度的缩减，这个结果也无法让她在此次招聘中博得头功，最多只是证明：NST取消外包是个明智的决定。

陈溪叹了口气，在"人数"和"保险"两项上画了个圈，准备在上面再动动脑筋寻找突破。

绿力的保洁员，是不可能照单全收的，那样做，等于只是把他们原先"大锅饭"的炉灶从绿力搬到了御景而已，何况110人的编制只是陈溪按每月8天工休、每天保证80人上岗而推出来的虚拟数字，如果将工休改为每月4天，就有希望缩减一部分人。但员工减工休，等于每月已增加32小时的加班，再延长劳动时间就要违反《劳动法》了，因此要想再压缩，就得考虑其他途径。

陈溪又拿起了杨帆转过来的邮件，三分之二以上的部门反映，保洁员纪律散漫，工作效率低下……她看着看着，脸上浮现出胜利者的微笑，接着按照各部门提供的数据，拿起计算器噼里啪啦不停地核算着，终于，她深深地吸了一口气，靠在电脑椅上旋转了一周。

陈溪和汪静约好下午三点一起碰保洁部招人的事情，在此之前，她又联系了以前在深圳熟悉的一家劳动派遣公司，转而得到了北京当地的一家劳务派遣公司的信息。她没有主动联系北京公司，而是请深圳方面帮助联系，转告该公司：如果有意向与御景合作，可以打电话给她。

果然，过了半小时，北京这家劳务派遣公司的总经理主动打电话联系了陈溪。一番"拉锯"之后，陈溪成功将对方收取的管理费从每名员工60元降到了40元的标准。最后，对方主动询问陈溪，她个人还有什么要求。陈溪开门见山地回复：价格已经很公道了，她感谢他们的支持，希望他们踏实维护正常的业务，也不用在什么回扣的问题上花心思。最重要的是，一定要把事情做圆满，否则，她会第一个提出更换公司，终止和他们的业务。

和劳务派遣公司确定了合作意向及费用，基本上前期的工作安排就有了大框架。陈溪起身到茶水间，泡了杯奶茶慢慢喝着，顺便舒展一下坐久了的身体。

三点钟，陈溪准时走进汪静的办公室，汪静已经准备好，她也是迫不及待想要听听这个新来的姑娘有什么高见，毕竟，这件事如果处理不当，她将第一个对着上层没法交代。

陈溪首先拿出原先的人员编制，简单地分析了一下便否定了它的可行性。接着，将现在御景实际的保洁管理及人力的情况加以总结，提出直接收拢绿力保洁员的做法，继而再一步步地推理，最后引出的主题便是：人员的缩编。

"将普通的保洁员控制在五十人的编制，适当上调他们的工资，加上经理及领班，每月这些员工的工资成本控制在六万五以内。附加人力成本中，员工食宿的费用基本上可以融在我们部门的总成本里，并不会有明显的增加。而关于员工的劳动关系归属问题，我们这次可以采用'劳务派遣'的倒挂方式。"继而她详细解释"倒挂"的具体方法。

"嗯，这倒是个办法。"汪静笑了一下，"不过，五十个人的Headcount，按每月四天的工休，基本上每天只有大约四十几名员工在岗，这的确很紧，如果遇到有人生病或者请假，不就会出现'空岗'现象？"

陈溪微微一笑："没错，不过这种情况的发生是有一定比率的，并不会太多，我们也不大可能只是为了应付这种情况的出现而多招人，人多事必杂，因此尽量精简，如果真的有人请假，每个员工每月还有另外四个小时的加班时间，是《劳动法》允许的，所以足够我们周转了。把请假员工的工资转给加班的员工，这是一种方式；另一种方式，我们还有领班，这些人都算是业务尖子了，他们不应该像经理一样不用做实际的工作，从某种意义上讲，他们可以起机动调配的作用。当然，我们不必管这些，如何安排保洁员的工作，是这些领班的分内之事，如果他同意员工请假，他就得自己处理好余下事宜，我们提高他们的待遇，就是让他们肩负更大的责任。如果他们做不了，相信会有人争着取代他们。"

"Rosie，你真的这么有信心，这些保洁员会愿意加入我们御景？"

陈溪胸有成竹地分析了御景在待遇及劳动保障等方面的优势，见汪静微微点头，知道她也认可，又继续道："这次保洁部的人事重建对于我们来讲，不应该单纯地将它仅仅理解为招聘的任务。其实我们还能再将一些细节做得更扎实些，比如岗位职责进一步细化，强化工作量及效率，或者将加班工资的比例按《劳动法》的要求合理地体现在三方协议中，以便避免我们的违法责任。同时，对保洁员提高技能要求，并将提高待遇作为激励手段，相信他们既会卖力干活儿，也会珍惜这份工作，从而有效降低人员的流失率。我想，这也算是'双赢'吧！"

说到这里，陈溪突然又笑了，小声道："我们常说：花两个人的工资雇一个人干三个人的活儿，我觉得太残忍了，但是，花一个半人的工资，雇一个人，干两个人的活儿，应该是可行的。Jane，如果我们能把每个月的总成本控制在八万元以内，那么每年仅这一个部门都会为御景节约一百多万的人力费用，我想您会赞同：这个数字在总部面前才够漂亮！这也是本次取消外包、重建保洁部的真正意义。"

"Rosie，perfect（完美）！"汪静发自内心地赞叹。她的确很惊讶，沙志文之前磨蹭了好几天才拿出了一个很不像样的人力编制，到陈溪这里，仅仅数小时就能提出相当有说服力的方案，而且在这之前她并没有得到太多有价值的信息，同样也需要自己去做一系列的准备工作。很明显，在效率上，沙志文和她没法相比。

"呵呵，thanks！"陈溪的笑容里现出谦虚，"Jane，如果您认为这样可行，那……"

"当然，你可否将刚才咱们谈的这些形成一个书面的proposal（方案），我会尽快跟Thomas及NST总部沟通此事。最好……我们这周之内就可以落实下来，今天已经周二，你明天给我，有困难吗？"

"A piece of cake!（小事一桩！）我明天上午就可以发给您。那先这样，我回去了。"陈溪说罢起身，无意间看到赵玉刚的个人档案此时就在汪静的案头。

"这不是销售部的Edward吗，他怎么了？"

"呵呵，他不是有问题。人家现在业绩很猛，要被提升为'Senior Sales Manager'（高级销售经理）了。"

"真的！他还真是挺厉害的嘛！"

"你跟他很熟吗？"

"嗯，因为我们是同一天入职的。"

"是吗？早知道啊，我就在你们入职的那天，多安排几个一起入职，看你们两个都挺能干，说不定同时来的其他人也不差。"两人会心地笑笑，这还是汪静第一次正面夸奖陈溪。

陈溪回到自己办公室，立即打电话到销售部，人家说赵玉刚出去了，她又拨通了他的手机。

"Hi! Edward!我是Rosie，你在哪里啊？"

"哦，我请了假，现在去火车站，去接我妈和我妹妹，她们今天到北京。"赵玉刚正坐在开出御景的班车上。

"噢，是吗？那找个时间叫上Amy，我们一起请你妈妈、妹妹吃饭吧！不过啊，在这之前，好像你应该先请我们吃一顿，庆祝一下您的升迁大喜吧？"

"呵呵，你都知道了呀？到底是人事部的！我这个哪算什么'大喜'啊？你家James才叫厉害呢！不过请客是一定的，改天也叫上James，这次也是托他的福呢。"

"哈哈，就这么定了！我才不管是谁请，总之有口福就够了。不说了，你见到你妈妈、妹妹替我们问声好。"

"OK，谢谢。"

保洁部人事筹备的方案，陈溪在周三上午发给了汪静，汪静对她的行文能力也甚为赏识，几乎没有改，直接拿去请示Thomas。

Thomas对此非常支持，于是NST总部也开了绿灯，到下午四点左右，方案被批准了。

紧接着，Juliet在人才档案库里找了几个保洁经理及领班的资料，约他们第二天即来面试。

第二天，也就是周四下午五点，保洁经理人选已确定，领班筛选出了三个人可以进行复试。周五一早，陈溪安排保洁经理对领班求职人进行复试，同时她也通知了绿力的那两个保洁领班，让他们一起来见这位新的保洁部经理。

这几天的安排，只有汪静、陈溪及Juliet在暗中操作，陈溪特意请汪静对沙志文保密，汪静心如明镜，不问陈溪原因便一口答应。

毕竟周四、周五的求职人是在众目睽睽下进入人资部参加面试的，难保沙志文不从中捕得蛛丝马迹，为了防止绿力在周末听得风声，提前采取防范，陈溪说服Juliet和自己周六加班。

周六上午十点，人力资源部门前的员工通道居然被围得水泄不通，叽叽喳喳地挤满了来面试的保洁员，面试休息室别说坐着等了，站都不够地方，陈溪不得不再次向保安部借了几名保安，维持现场秩序。但整个面试进程是非常顺利的，人员的录用也在当天傍晚确定，并通知了相应的应聘者。

到了周一下午五点，所有的50人全部提供了与绿力保洁的解约证明，并办齐了入职手续，这期间，居然连陈溪预想可能会出现的10%流失率都没有。不仅如此，消息一经散出，绿力的其他员工也跑来面试求职。按照陈溪事先的叮嘱，Juliet对外不说人已经招满，来者皆安排面试，转到档案库备选。于是到了下班前，除了招齐的人员，另外还网罗了绿力大约40人的后备资料。

绿力保洁公司从上到下却是纷乱一片，王经理果然来人力资源部找陈溪质问，陈溪则因周六加班而补休，汪静自然是推出沙志文与其周旋，并交代他应对的理由就两条：一是绿力的服务质量令人不满；二是当初双方合同上并没有关于禁止"撬人"的规定，员工也都是自愿的。

沙志文吃人家的嘴软，又不能拒绝上司派给的任务，在自己的办公室里使尽浑身解数，软硬兼施，算是把这事给摆平了，但是王经理临走时撂给他的眼神也让他惴惴不安，私底下还得对人家好言相劝。他暗暗咬牙，不但恨陈溪，也恼汪静，上周他就感觉苗头不对，问汪静两次都没撬开她的嘴巴，原来在这里给自己挖了个大坑。

看来陈溪这个小蹄子还真有一套！居然汪静现在也有点倒戈的意思了，他不禁有些着急，自己还得找机会尽快除掉她。

等到陈溪周二来上班，该扫的障碍已经清除，该做的准备已经落实，而劳务派遣公司今天也准时来刮"东风"了。实际上，昨天她休假也没闲着，让劳务派遣公司将派遣协议，以及日后跟员工一起签的三方协议发给她，她已经提前就协议条款内容跟对方做了协商和修改，之后发给汪静，汪静下午与Thomas及财务部一起确认，晚上回复了陈溪，今早她便可以直接让派遣公司来签协议了。

劳务派遣协议签订之后，保洁经理按照陈溪的要求，在周一也确定了新的岗位职责及工作量，日后便是他和保洁领班一起做具体的工作调整了，不过有好的待遇以及Juliet随后收集的40名候补人员打底，在职的保洁员对工作的调整也不敢不配合。

截至周四，陈溪主导的这场"和平演变"，可谓圆满落下帷幕。

人力资源部打下了漂亮的一仗，不但调整平稳，还有效地为企业节约了一大笔成本，令汪静面子上添了不少光彩，在外部门及总部面前，对陈溪的褒奖也不吝惜。于是陈溪在接下来的几天，一直处于风光无限的"谢幕"阶段，总部给她发来了鼓励函，Thomas在部门总监会议上也是点名表扬，尽管陈溪不在场，但至少在座的汪静和杨帆可以替她受用。一时间，各部门的笑脸及赞扬将她围拢，连她自己也奇怪，难道区区这一次的成功，会有这么大的磁场效力？

她去酒店客房部的洗衣房送洗衣物，洗衣房经理一见她来，远远便从办公室里跑出来，招呼道："Rosie，你有衣服要洗啊？"

"呵呵，是啊，请帮我看看我这个月的额度还够不够，如果超了我就签单。"讲究穿衣的陈溪每个月送洗的衣服不少，她估计，按照经理级所享受的洗衣费用额度根本不够，需要自己另外付费。

"不会！不会！你放心吧，不会超的，你以后还要洗什么，尽管送过来好了。"洗衣房经理殷勤地将衣物亲手接了过去，"这些就交给我好了！"

陈溪客气地谢过他，转身离开时心里不免有些嘀咕，这个世界怎么突然一下子就春暖花开了？

刚刚回到自己办公室，Angela便跟了进来。

"Rosie，Jane刚刚找我谈话了……公章的事，谢谢你为我求情。"

陈溪拿起杯子喝了口水，平静地看着Angela："我没有替你求情，我只是客观地评论了一下这件事。"

昨天，Angela经Jane同意，携带人力资源部的公章，外出去办理一些社保的申报手续。带着公章及授权过去可以方便递交材料，避免为了一些文件的盖章事宜要来回跑好几趟。然而，Angela在办完事回御景的途中，皮包的拉链被拉开，装着公章的袋子不翼而飞。大家猜测可能是小偷以为那里面有手机，所以趁其不备窃走。沙志文得知后，责怪Angela粗心大意，要她承担后果并补回一个新公章，Angela吓得直掉眼泪。陈溪随后去了汪静那里，跟汪静谈过之后，汪静倒是同意不追究Angela的过失责任，只是让她负责处理善后事宜以及申请新的部门公章，但费用由部门承担。

"Rosie，不管怎么样也得感谢你站出来说话。记得上次我写错员工的名字，你狠狠地批了我一通，所以我确实没想到，这次出了这么大的错误，你还能出面帮我说句公道话……真的谢谢你！"

陈溪望着Angela，目光又扫到了自己办公台前的椅子："坐吧！"

Angela随即坐下。

"Angela，也许你到现在还不能理解，为什么当初你写错员工的名字，我却为这个小错发脾气，而昨天你丢了公章，我反倒不认为是不可饶恕。记得上次我已经跟你说过，写错一个老员工的名字，你却不当回事，任由这种小错发生了第二次，这种低级错误重复再犯，就是很大的问题。在我们这个角度，员工犯错，不看错误本身，而重点分析导致犯错的原因。有些不该发生的错误发生了，这种性质会比一些大失误更为严重。小错，往往容易被忽视，而它在你给别人的印象中，却是非常重要的，你连小事都会出错，别人就无法信任你、依赖你。"

Angela静静地听着陈溪的话，若有所思地点了点头。

"Angela，你知道吗？当时我为何会毫不留情面地责骂你，其实我不是真的生气，也不是要借这点小事耀武扬威，我只是要用骂来引起你的警醒。如果我不厉害一些，或许你还会第三次、第四次写错员工的名字，那么，那就是我的责任了，因为我没能及时制止你重复犯错。说回这次丢公章，我相信你事先非常清楚公章的重要性，也知道应妥善保管，不料遇到了小偷，这其实是你自己难以控制的。尽管可以说，你也应该事先考虑到这种可能性而加以防范，但我觉得这个问题是属于你的经验范畴，只要日后吸取教训就行了。既然事故已经出了，不妨多考虑一下善后的补救。有句俗话：不洗碗的人永远不会打烂碗。我跟Jane也是这样说的，对于某些过错如果追究不当，恐怕以后就没有人愿意承担任务的风险了。所以，我说过了，我并不是无原则地替你去说情，我只是站在事物的客观角度摆明我的观点。如果下次，你再不小心写错员工的名字，或许我就不再骂你，而是让你签过失单了。"陈溪说完，突然温和地对着Angela挤了一下眼睛。

"Rosie，我再也不会了。"Angela不好意思地笑笑，"我以前还真的误会你了，没理解你的一番好意。我向你道歉！还有今天的事，你于公也好，于私也好，总之你都帮我挽回了一些公平，放心，我会尽快将公章补办回来，谢谢！"

~5~ 躲过一劫

午饭后,陈溪早早回到办公室。下午她还有一些人事变动单及员工过失单要审核,晚上杨帆约她出去吃饭,因此她想今天早点结束工作,准时下班。正想着,电话铃响了,来电显示了一个陌生的分机号码,陈溪叹了口气,烦人!中午也不让人安宁……她不情愿地接起电话,又装了一个亲切规范的问候。

"你好!陈经理吧?我是梁若清。"那边传来一个中年男人洪亮有力的声音,这种音质的底气,一听便知是经常在大会上发言而练就的。

"啊,梁总您好!我是陈溪。"

"陈经理啊,我这边有点事想找你谈谈,电话里一句两句说不清,你看看什么时候有空,来我这里一趟吧。"

"哦……这事情很急吗?"陈溪看了看面前的一沓变动单。

"应该算是吧!我觉得越快越好……"梁若清还真不像工会主席刘世奇那么客套,说不让步就不让步。

"好吧,我把手头的事处理一下,过二十分钟我过去见您。"

"好,我等着你,再见!"梁若清说完,利落地挂断了电话。陈溪心想,他算是有点素质的了,至少知道挂线之前先说再见。

梁若清放下电话,哼笑了一声,看了一眼将要跟陈溪谈及的文件,顺手撂在一边,起身给自己续了一杯龙井,一边吹着杯里的热气,一边踱到窗前,眺望远处的山影。

1966年生人的梁若清,走过了一个谨慎而略带压抑的少年时期。青春之年适逢新中国具有划时代意义的经济政策转型,原本顶替父亲进厂当工人的他,机缘巧合地利用夜大教育经历进入厂部科室工作,这在当年曾令他一度是车间兄弟们的偶像。梁若清虽不算是才智过人,也不够踏实肯干,但头脑相当灵活。他尽管因为好钻营取巧始终未被工厂的党组织吸纳,却仍凭着另类的"政治敏感度"成功攀附企业上层,并总是可以站对队伍,一路成为干部任免制度的受益者,数次被"破格"提拔;而在周边的同事仍只是安分地围着自己的办公桌转悠的时候，他却利用工作外务之便在行业内与人结交，不仅为自己穿引编织了通达的人际关系网，在那物资尚不丰富的年代还给自家倒腾了不少紧俏商品。取消福利分房之前，他又及时地搭上了"末班车"。因此在同一辈的人眼里，梁若清也称得上是一个会打算盘、善识时务的"俊杰"，用那些老同事的话说——该吃该占的，一样儿都没耽误！

改革开放之初，梁若清提前将自己的思想"平稳过渡"了，于是在随后的国企改制过程中，新一届领导班子评价他：思想进步，能够以深化改革为己任，排除万难，坚决拥护领导创新，力挺"优化组合"……就这样，在众多职工的下岗大潮中，梁若清却逆流直上，最终成为中外企业合作的沟通纽带。改制后的企业作为项目甲方，与NST酒店管理集团合作经营御景山庄。而梁若清则是甲方高层派到御景实地参与运营管理的第一人选。此次委派，并非因他有多大的管理能力，关键在于领导们对他的信任。

总的来说，梁若清在这个崭新时代还是捞着了不少实惠，比如前几年股市赶上几个"牛市"，他也有了以前想都不敢想的可观存款，继而又早早购置了商品房。同时他积极响应"与时俱进"的号召，并在自己的感情及婚姻生活上率先开展了"辞旧迎新"运动。

他还有一个优点，就是善于接受新观念、变换角度看问题，这也是他比刘世奇更吃得开的原因。只是在如今这个职场里，他不再是"主流"人群，在一批像杨帆一样的后起之秀的冲击下，他也感到自己在实力上的捉襟见肘，幸好他还有甲方这艘大船可以搭乘，多年在企业的惊涛骇浪中漂流的功夫，仍是可以派上大用场的。现在甲、乙两方在合作之中的小分歧甚至大冲突，以及平时的协调事务，便充分体现了他这个"润滑剂"的作用。因此，他虽没有实权，但地位也不可小觑。而如今的职场，尽管不再论资排辈，不再说"没有功劳也有苦劳"，但它似乎更为自由公平，可以在竞争中获得自己的精彩，只要摸准了"脉搏"，照样有可能合拍。

梁若清倚望着窗外，远山如黛，岁月如烟，过去的事情或光荣或惭愧，均已封存于历史，他老梁没有退休之前，该争的还是不应手软，没得到的也不能放弃。

"梁总，您好！"

梁若清回头一看，陈溪正站在门口，手里拿着个黑色的皮面日志本。

"哟，陈经理来啦！请进！请进！"他立即迎到沙发边，"请坐。"

有了上一次和刘世奇沟通的经验，陈溪坐下后便直切正题："梁总，我一会儿还要回部门开会，可能待不了太久，您找我是什么事呢？"

"呵呵，好吧，我就直说了。"梁若清熟悉外企的职场风格，大家更愿意直来直去，"是这样的，现在，既然你作为股份公司的行政人事经理，已经到位了，也就意味着股份公司筹备在即。我休假回来后，听刘主席说，他已经跟你沟通过有关监事会的事了。"

"哦，是啊。我也已经认真考虑过他的建议，我会根据需要，多安排几个职工代表担任监事会的职务。至于职工代表的具体人选名单，我届时会提前与您和刘主席确认的。"陈溪心想，这个人情，我索性直接做到你们满意，就看你们能高兴多久了。

"看来你的办事魄力非同一般啊！呵呵，这样我们就放心了。"梁若清半信半疑，但也找不到把柄，便又抛出一球，"第二个问题呢，是关于几个关系户的岗位安排。我想你也许听说过，我们御景有一些方方面面的关系户，他们有一些亲友啦，甚至亲友的子女或朋友啦，只要他们一开口，我们就必须给这个面子，其实都是为了御景的外联事务能够有保障嘛！哎，我提个人，你肯定认识，赵玉刚，我听小慈说，你们几个关系比较好。其实他以前就是被'关照'进来的，岳父就是管我们这一片儿的机关领导，虽然快退休了，但面子总是要给的，毕竟，他的部下现在也都在各个口儿负责主管工作，所以小赵的工作，当初我们就不得不照顾，好在他自己也挺努力。类似他这样的关系户子弟，我们现在还有六七个，像什么卫生防疫站、环保局、消防局管我们这片儿的负责人推介的，还有乡政府祁书记的外甥女，这些人也都是必须照顾进来的。不过，我看了一下这些人的情况，他们估计要比小赵差一点儿……"梁若清说着，递过来一沓大小不一、不同纸质的简历。

陈溪接过简历粗略地翻看了一下，不禁暗暗叫苦，他们比起赵玉刚来，岂止是"差一点儿"，大部分都是初中或职高毕业，而且形象很差，做个保洁员还差不多。不过，她很清楚，这种受照顾对象往往期望值还很高，别说是保洁员了，服务员的工作他们也未必看得上。

她思忖片刻，试探着问梁若清："梁总，坦白讲，这些人的素质跟赵玉刚比，差得可不是一星半点，安排什么样的职位都不合格啊！御景是个高档服务场所，他们进来……恐怕会引起部门及会员两方面的投诉。"

"我知道啊……"梁若清摆出一副无奈的表情，"我这边也是有苦衷啊！以前的厂子早就停产了，现在搞别的技术业务，他们肯定是不行的，而且，他们就是冲着御景来的，我推他们去别的地方，也是一个得罪，跟直接拒绝他们是一回事儿。"

"梁总，如果是这样，我们左右都是为难，或者……可以另外寻找一个方法来安置这些人，也许能尝试一下。"

"陈经理，对此你有何高见，不妨明示。"梁若清进一步问道。

"另外设一个部门，说直接一点，就是一个闲置的部门，随便挂个名头，把他们都安排在里面，先给他们补课，让他们天天上班就是学东西，如果以后真的合格了，再安排实际岗位。当然，他们在这个部门，即便是在学习阶段，我们也是会发给工资的。"

"那他们如果一直都不能学到合格，难道我们就得一直养着他们？"

陈溪笑笑："梁总，难道我们还有更妥善的办法吗？当然，我们还是会对他们进行面试，如果面试后感觉他们可以直接进入部门，那就是最理想的情况，但估计他们不会接受服务员的工作，而销售员或者办公室文员的职位，就目前我凭初步的印象判断，觉得没有这种可能性。"

"既然都是学习，不能直接将他们安排在各个部门里去学习吗？"

"他们现在都还是白纸一张，只有集中培训、学习后，才能确定他们是否合格，以及适合做哪些部门的工作。而现在贸然将他们直接强加于部门，不但部门经理不愿意，他们的特殊来历也会影响其他员工的工作情绪，别人也会对他们有抵触，其实……对哪一方都不太好。"

"哦……你说的，也有一定道理。"梁若清想了想，"如果没有更好的办法，那就照你说的这样吧。要不……就是股份公司名下，再成立一个新部门，具体的落实事宜就由你来主导吧！"

"可以的，不过我还需要您的支持，请您发一份文件给我们股份公司行政人事部，说明这些人的情况，这样，我这边就好跟进余下事宜了。"

梁若清心里一惊，这丫头可比刘小慈有头脑，她还是有些自我保护意识的，懂得为自己争取多一点筹码。不过，这次他是有意要刁难她，自然不可能全力配合。

"陈经理啊,这个是股份公司这边的事,我不论是以什么名义发文给你,都有些欠妥,不如就由你直接自行拟文上报公司,他们如果有什么问题来问我,我一定会配合的。"他说着,脸上浮出厚道的笑容。

"这样啊……"陈溪有些语塞,她知道,股份公司的任何事,汪静肯定是能躲即躲,因此如果有什么问题,肯定是她一人的责任。上次关于监事会的成立,还只是一个形式上的东西,然而这次如果增设一个肯定是多余的部门来安置闲杂人等,还要倒贴工资,这个成本完全是无谓的,因此值不值得浪费这笔钱,关键就要看这些人背后的后台有多硬了,如果梁若清不出文件,自己就直接提议建新部门,这件事本身都会惹人非议。

梁若清看出了陈溪的犹豫不决,于是开口道:"陈经理啊,我也理解你的难处,不过,咱们虽然都是在御景的屋檐下,但毕竟分属两个不同的系统,中间的衔接要有章法,要按规矩。这也就是因为你和小慈的关系,咱们私下能交流一点儿心得,我才跟你这样说。否则,我只是轻描淡写地告诉你,要安排这些人,你说为难,我也不多说,直接到甲方领导面前把责任推给你,说你不愿意配合,你不是也没办法挽回这个局面?"

见陈溪眼中有类似感谢的成分,他又拿出了一份文件:"你看,这里还有一份文件,接下来我们要谈的,就是关于股份公司工会活动资金的事情。这个呢,我考虑到你刚刚到职不久,对于两边以前的情况还在熟悉阶段,所以就替你拟了文,你只要去直接申批款项就行了。但是妹妹啊,刚才说的那个文件,我就真的帮不上忙了!"

因为对方毕竟是好朋友的老公,陈溪果然对梁若清的亲切放松了警惕,她虽然觉得有一点点不妥,但也不想勉为其难。"梁总,不管是公司的哪一个层面,如果有人问起这些人的情况,我可不可以跟他们提起您,或是让他们联系您核实情况?"

"当然!当然!这是我分内的事嘛!"梁若清见她初步应承,暗暗松了口气。

陈溪接过梁若清帮她起草的请款文件,不觉又是一惊,文件不但是以股份公司行政人事部,也就是她的名义起草的,而且申请的金额居然是二十万元!

"梁总,目前那些准备划拨到股份公司名下的员工都还在御景这边,到年底的各项福利费用都会走御景年初已确定的费用预算。现在，要划这么多的钱到股份公司账上，是不是太急了？并且，目前股份公司的独立账户落实了吗？"陈溪尽管并不清楚在酒店那边办公的筹备办现阶段的工作进度，但她推想，既然NST对上市的事不热衷，应该不会那么快落实一些实质性的细节，所以，自己也没必要去做这件无意义的事情，何况二十万也不是个小数目，她现在也无从得知，甲方这几个人物到底对这笔钱有什么样的算盘。

"我在下面不是有注明，'具体的转款方式，将再与筹备办商议，未确定之前，御景可以暂不拨款'？所以说，大家之间的信任度还是有的，只要财务及其他相关部门批了，文件我们保存，什么时候去申转就不复杂了。"说着他又压低了声音，"妹妹啊，我又得说你了，你我都只是在下面跑腿办事的，有些事情高层的领导自有他们的考量，不该过问的，咱们最好也不多问。不过我知道，钱是非常敏感的一个问题，你小心一点也是对的，这下你也不用担心了，我们现在只是先履行申报手续，钱仍然可以暂时留在御景的财务部嘛。"

陈溪听其这么一说，也觉得有些道理，点了点头道："那好吧，我先用您写的这份文件，让财务总监批复吧。"

"呵呵，你如果觉得哪里写得不合适，也可以按照你自己的意见重新起草，总之你自己拿主意吧！哈哈！我也是能力有限啊。对了，关于那几个人的新部门，你也得抓紧啊！不瞒你说，这两件事都关系到甲、乙两方的合作气氛，所以咱们在中间负责协调的，一定不要拖，速战速决。这两件事办好了，甲方领导对你也会认可，否则的话，他们会觉得你身为股份公司的管理人员，不能尽责，缺乏办事能力，万一有了这样的印象，对你可是不利呀！"

陈溪苦笑了一下："谢谢您的提醒，您还有什么事需要我做吗？"

"哦，没有了，主要就是这些，你有什么需要我帮忙的，随时给我打电话！"梁若清轻松地欠了欠身子。

"好的，如果有问题，少不得要麻烦您呢！"陈溪说着也笑了笑，不管怎样，看在刘小慈的面子上，她都不能太冷淡，"那您忙吧！我就先回人资部了。"

"好，好……小慈经常提起你，有时间就来家里玩儿啊！哈哈哈！"梁若清也起身，临别又投给了陈溪一个"迷魂弹"。

梁若清"帮"陈溪起草的请款文件，陈溪又仔细看了看，从文件本身来说没有什么问题，她想来想去，觉得这件事也不可能总在自己手里压着，终归要有个结果的，于是只得硬着头皮去了财务部，心想，批与不批，早点有个结果吧！免得甲方那边真的如梁若清所说，最后将责任赖在她的头上。

财务副总监老沈看了看文件，似乎已经知道此事，没多问就签字了。陈溪对此倒是并不奇怪，因为老沈是甲方派驻的人员，自然会向甲方说话。

然而，这份副总监已经首肯的文件去到财务总监Richard那里时，却碰了一个又冷又硬的大钉子！快五十岁的香港总监说话不留情面，挖苦甲方那班人的同时，连陈溪也没放过。陈溪毕竟是女孩子，脸皮又薄，不想再与其纠缠，便返回向老沈求助，想着他们毕竟一正一副都属于同一个部门，就算是有甲、乙方的分歧，面对面时互相也会表现得过得去。不料老沈一改十分钟前的温和态度，反咬陈溪一口，说原以为股份公司与Richard那边已经达成口头共识，如今只是执行个手续，自己反正也没有实权，也就不发表什么不同意见了，但如果并没有事先沟通，陈溪这不是给他老沈下了个"圈套"嘛……

陈溪这下看清了这帮老贼的嘴脸，摆明了是他们之间的"暗算"，但明着都拿她当枪使，看来别无他法，她只得再去找梁若清。

一路上，越想越窝火，越想越委屈，正好经过高球会所的大堂，她拐过一楼一条走廊，突然想起杨帆刚刚搬入的新办公室就在里面，于是走了进去。

这里的房间都不是玻璃墙，门口的秘书位暂时空着，她拿不准他是否在办公室，抬手轻轻敲了敲深栗色的木门。门上的金色扶手自动转了一下，门居然就开了，杨帆穿件白衬衫，一手还拿着西服，原来他正准备将西服挂入门后的衣橱，听到有人敲门，顺手就开了门。

"是你啊！你来得还真是时候，我也是刚回来，早一分钟都不在。"他见是陈溪，笑了笑，转身去挂西服。

"James——"陈溪看见他，突然忍不住，扑到他后背，呜呜哭了起来。

杨帆吃惊地转过身："Baby，你怎么了？"他连忙拉过她，关上了门。

陈溪依然哭个不停，杨帆扶她坐到了办公台前的椅子上，自己在另一张椅子坐下，又将台面上的纸巾盒推到她面前，抽出两张纸巾递给她。

"别哭了，跟我说说，出什么事了？"

"我烦死了！烦死他们了！这破工作我再也不想干了！我再也不想见到这

帮妖魔鬼怪了！我讨厌死他们了！呜呜呜呜……"

杨帆看着她眼泪横飞，想笑又不敢笑，想骂又不能骂，只得耐着性子问她："又是谁惹着你啦？连工作都恨上了，'他们'是谁啊？"

陈溪恨恨地将那张请款文件拍到了台面上，趁杨帆看文件的工夫，她声泪俱下地讲述了在财务部碰壁的经过。

"Rosie，你干吗去蹚这摊浑水？谁让你去申请的？"杨帆看了文件，不禁皱了皱眉头。

"是梁若清让我代表股份公司去申请的，不过这份文件是他事先拟好的。"

"他拟的？他以你的名义来出文件？"杨帆睁大眼睛看着陈溪，突然用文件轻轻打了下她的头，"你没脑子啊？他让你去，你就去？！"

陈溪抹了把眼泪，蹙着眉头看着他："我当时也觉得有点不妥，还问他了。他说这二十万暂时不用拨款，只是先报批手续，还说……"她接着又将当时与梁若清沟通的细节一五一十复述给杨帆，"……他说是甲方领导的意思，又说这事办不好，会影响他们对我的印象……我想，他好歹也是Amy的老公，总不至于害我吧？就答应试试，可是这件事到了现在这个局面，我根本没法办！"

"这件事不是你没法办，是所有人都没法办。梁若清这么干，分明是想让你来背黑锅，他也够歹毒的！"杨帆平静地说道，表情严肃。

陈溪有些诧异："你是说——他存心害我？"继而又有点不相信，"我跟他素来不接触，更谈不上什么过节儿，他针对我，有何意义啊，而且他今天动不动就搬出Amy……总而言之，我不明白，他如果存心要使坏，到底是为了什么？"

"你信我的吧！我跟他在工作上多多少少有些接触，他这个人，我还是了解一些的，他可比刘世奇'油'多了。这件事的轻重程度，他应该是非常清楚的，这根本就不是你这个层面能够解决的问题。并且，就算是需要，股份公司如今还只是一副空壳，这笔钱即使获批了，他们又不可能马上拿到，按他们一贯的风格，是不会太着急的。说是提前报批，应该另有隐情。"

"另有隐情？"

"你不是也听别人说了吗？NST和甲方在上市问题上意见一直不和。因此，现在股份公司的筹备办公室也没有什么实际进度，你自己也清楚，你到现在都没有接触到关于这方面的实质性工作。我猜测，甲方现在也希望通过一些小细节，慢慢为自己一方增加筹码，之后也好跟NST扯皮，所以梁若清才说，不急于拨款，只是先批文件。Richard更是个老滑头，他当然明白，一旦签了字，他在NST总部可就没法交代了。再者，你别看Richard也给你脸色看了，他其实是在暗地里提醒你，是你这个小脑袋瓜不够用，不识人家的好意。"

"好意？"陈溪费解地望着杨帆，今天这事来得太突然，她感到自己有些转不过弯儿来。

"我说了，梁若清绝对没有安好心。他自己肯定很清楚，这件事谁来主办，都是死路一条，不可能有好结果的。既然明白，他还特意以你的名义拖你下水，可见他用心险恶。至于你和Amy的朋友关系，还有他对你说的那一套拉拢的好话，只有你们女孩子才会这么想，他一个男人，绝不可能考虑这些因素的。至于那个老沈，他们俩私交甚好，怎么可能不知情？依我看，他们是串通好了的，只要你去他就批，如果Richard犯了糊涂，那他们此举就套住了Richard，日后便有理由在上市与否的问题上跟NST叫板，因为只要NST这方有人签署了任何文件，都能证明NST作为乙方也有表示过同意上市；如果Richard拒签将文件打回头，那老沈便是你刚才听到的那番说辞，而这件事卡在你的手上，他们便有理由指责你办事不力。不过，这倒不是主要的，梁若清自己也明白，股份公司的事一拖再拖，他用这条理由针对你未必有力，但如果NST的财务总监看到你站在甲方的立场上，替他们来办事，再将此事往总部一捅，那对你的伤害就大了。幸亏Richard也是有阅历的人，他也知道你是我的女朋友，没有必要为这点儿小事得罪我，但他毕竟和你不熟，所以也不能明着帮你。不管怎么样，你遇到他也算是运气好，至少，他不会将此事告诉NST总部，这样，梁若清他们等于也没能得逞。"

"可是现在，这张文件就要烂在我手里了，我该怎么办？"陈溪看着文件，恨不得立即将它撕碎丢掉。

"简单，写一封邮件给梁若清，告诉他财务总监的反对意见，并告诉他文件你暂时保留，日后如果他认为仍有必要提出申请，再通知你。他估计不会回复，但至少你手上有了一份备忘的记录。这件事，你发邮件之后，估计他也只得暂时作罢，不会催得很紧。而Rosie你呢，必须想明白一件事：不是每项工作分配给你，你就一定要完成才算圆满，诸如此类不可能有结果，并且会起负作用的事，你能拖到它腐烂，或是借别人的力量将它推卸出去，也是一种不容易达到的成功。"

陈溪看了他一眼:"'推卸出去'?这个姓梁的,真是陷我于不仁不义……"突然又失色道,"坏了!他今天还让我安排几个极不靠谱的人进御景,看来也是给我挖了一个大陷阱……"

杨帆听陈溪又提及成立新部门来安排"关系户"子弟的事,淡淡地笑了一下:"现在你自己也意识到是个陷阱了,我就不废话了。你今天下午去他办公室时着了什么魔?看你平时挺机灵的,怎么一下子变得这么好骗?"

陈溪没好气地回了一句:"还不是被'友谊'给害的!他也确实可恨,还总拿我和Amy的关系来迷惑我,搞得好像什么都是在替我着想似的……这男人实在可恶!"

"那你准备怎么处理?"

"当然不能再傻乎乎地出什么文件去建议增设新部门啦!那不等于正中他下怀?"

"其实如果这批人确实不得不安排,你直接拒绝,他有可能真的报告甲方的领导,说你不配合。正像他自己所说的,那样的确对你不利,假如甲、乙两方因为这些人员未能妥善安置又生成什么事端,最后很可能矛头全都对准了你。而你所说的,另成立一个新部门专门安置这些人,倒不失为一个好的solution(解决办法)……"杨帆摸着下巴,像是在深入考虑。

"这种方式我在以前的工作中试用过,集中管理这些'臭鱼烂虾',一定会比把他们丢给各部门要好。"陈溪说着又叹了口气,"但我告诉你了,梁若清肯定不会提供任何书面的东西给我,而他刚才答应的,有什么事问他,他可以配合解释……哼,我现在都能想象,他肯定会和老沈一样,真有问题出来,马上又出尔反尔了。"

杨帆低头想了想,又看着陈溪说道:"这样:你先不理会设新部门的事,这些人,你就让Juliet先interview(面试),之后分配部门,尽量安排在我底下的部门,这样,即使部门经理不敢阻拦,到我这里也会全部挡住。这个局面,则是你Rosie已经尽力尝试去帮着安排,可我这边不接受,你也无能为力,而且这完全是公对公的事情,谁也没法拿我们的私人关系来说事儿。之后,你再以邮件形式联系梁若清,说明我反对的理由,要求梁若清协助解释这几个人的背景以及必须照顾的原因。这个球你再踢回给他,他这次就不得不出面了。不过你得记住,尽量避免跟他进行口头上的沟通,因为你绕不过他那张嘴的。他找你你就躲，逼他发邮件给你，否则你也拖着，等着这件事'烂'在他的手里。而如果他提供了书面说明，你分析一下，真的有必要，你就起草文件建议增设新部门，至于这件事最终的定夺，就是上层的考虑范围了，你只是等结果。假若没有结果，你也不必催促，这种事，很微妙的。"

陈溪点了点头："这倒是个办法……"她忽然起身坐到了杨帆的腿上，搂住了他的脖子，"James，我要回来，还是待在你身边舒服，没有这么多烦心事。"

"好，我这就给Thomas打电话，调你回来！"杨帆说着便拿起台子上的电话话筒拨了四位数的分机号。

陈溪听到电话已通，吓得赶忙扑上去按住电话机的叉簧挂断了线。"我是说着玩儿的，你怎么还当真啊！"

他笑道："哈哈，我也是闹着玩儿的！我料定你是绝不会吃'回头草'的，刚才拨的是你的分机号。"

"你真讨厌！"她推了他一下，又有些困惑地看着那份文件，"我还是想不通，梁若清为什么要针对我？"

杨帆叹了口气："或许……是因为我，可能他知道我以前接近过Amy。"

陈溪歪着头看看他："那都是什么时候的事了！再说，他不是和Amy已经结婚了嘛，还有什么不平衡的？"

他耸耸肩："不太清楚，但有种感觉，觉得跟我有点儿关系，不过也管不了那么多了。哎，你跟其他部门的协调还好吧？"

"嗯，还行吧，自从保洁部的招聘成功之后，近几天大家好像对我特别热情，上午我去洗衣房送洗衣服，那个经理也是客气得不得了，我洗多少衣服我心里有数，应该会有超额要付费的，可他却说不会超的。"

"是吗？这可不是什么好兆头。"杨帆静静地看了她片刻，"这些人都是'墙头草'，最大的本领，就是很会'看风向'。他们这么主动地向你靠拢，恭维你，有我的原因，也有可能是因为你现在主管招聘，手里开始有了一点点实权，因此想慢慢将你也拉进他们的利益网络，以后说不定就能借你的职务便利混得一些好处。你还真的要小心一点儿。洗衣的事，我看你还是自己记清楚一点儿，如果感觉快超额了，索性就不再用你的额度了，另外挂客账，我每个月帮你付了就行了。"

"那倒不必了，我家小区里也有一家干洗店，我在那边开张卡就行了。"

"呵，怎么？还不给我机会？"

陈溪一扬眉毛，戳了一下杨帆的胸口，噘嘴说道："喊！我是在等着你——快点攒够'老婆本儿'，我可贵着呢！"

陈溪按照杨帆的主意给梁若清发了邮件。果不其然，梁若清没有回复邮件，但三番五次打电话找陈溪。于是，她即使是在办公室里，看见来电显示是他的分机号也不会接听，手机则设置为"占线"。梁若清不便亲自来找，只好打到人力资源部请别人转告陈溪联系自己，陈溪随后也不回电，倒是发过邮件说她近期特别忙，有事最好发邮件给她。梁若清预感到，这件事肯定是杨帆在背后"支着儿"，愤懑之余也只得暂时作罢，等待日后的机会，恨只恨甲方在上市一事上还是势单力薄了一些。他也不知道，这个卷土重来的机会，还要等多久……

~6~

等闲视之

保洁部的组建工作告一段落，陈溪着手开始整顿员工餐厅的管理。前段时间，她抽空将员工餐的一些档案资料，以及员工餐委员会每周例会的会议记录做了整理，总结出了一些问题。今天，她约了员工餐主管孙大柱来办公室，想在整顿前期先找他谈一谈。

然而与孙大柱的交流，倒令陈溪有一种沙志文为她做入职培训的熟悉感。"孙大厨子"一副极其放松的态度，明显是不把她这个上司放在眼里。陈溪按捺着不快与他仔细沟通需要调整的细节问题，孙大柱则操着老北京的"胡同腔儿"更像是在"抬杠"，不是强调主观客观的难处，就是答应改善的同时还捎上几句不咸不淡的"片儿汤话"。谈完事他离开时，陈溪望着他一身的囊膪，暗暗感慨这家伙可真是一块名副其实的"滚刀肉"。

陈溪随后调来孙大柱的人事档案，翻到了《职位申请表》要看他的简历，无意中看到，在"是否有公司内部推荐人"一栏，孙大柱当时画了个钩，意为"有"，后面注明：中厨厨师长，米盛利。

她合上文件夹，靠在椅背上，深深地吸了口气。

早上，汪静刚刚开完晨会回来，走进人力资源部的时候，Angela告诉她，有位先生已经等她很久了。汪静扭头看到一个坐在沙发上的男人，正起身对自己微笑，脸上继而也浮现出亲切的笑容："Morning，Peter，你怎么来啦？"

"呵呵，我今天正好去财务部办点儿事儿，顺路过来拜访一下您，方便吗？"Peter点头哈腰地说着，一直没机会站直身体。

"来吧！到我办公室来坐坐。"汪静随即招呼Peter进了自己的办公室，同时关上门，将玻璃墙衬着的百叶帘调整至微微闭合，只留出一丝丝缝隙可以看见外面的动静。

"你找我，除了问候，还有别的什么事儿吗？"汪静在自己的座位上坐了下来，笑吟吟地望着坐在对面的Peter。

"嗨，没急事儿。重点还是要来感谢您一下，上次的几单，承蒙您关照。我知道，当时'骏杰猎头'也都有素质不错的candidates（猎头公司推荐的候选人），但是您当时还是决定用我们，我们才有机会成功。总之，大恩不言谢！呵呵……我看您也挺忙的，就不多打扰了。"Peter说着从公事包里取出了一个厚厚的信封，双手递给了汪静，"这是点儿小心意，见笑了！"

御景的人员招聘，A级经理以上的职位极少通过Juliet那边从人才市场或者自己的招聘会上招聘，均是委托猎头公司，而Peter便是御景现在所委托猎头公司的负责人。前几个月，他们受托要招几个重点职位，不料连着数周都是青黄不接。Thomas着急了，正好有人推荐"骏杰猎头"，便与汪静商量是否需要更换猎头公司，汪静摆出了一大堆不便更换的理由，生生地把他给说服了。好在后来，Peter那边终于物色到了适合的候选人，事情才有了转机。

汪静的笑容更为灿烂："你也太客气了……"她慢慢地伸出了一只手准备接下，"那就谢谢了，总之，你们好好地配合我们，大家就会合作愉快的。"

不料她还没拿稳，Peter就松开了手，结果信封从她的手指间滑落到了地上，里面一厚沓百元面值的人民币也顺着朝下的信封口漏出，散落到了地面上。

"对不起！对不起！"Peter哑然失笑，慌忙躬下身子开始捡钱。

汪静刚想说声"没关系"，办公室的门突然"咚咚"响了两声便直接开了，陈溪一脸慌张地冲了进来，屋里的空气霎时僵住。

汪静和Peter对这个突然杀进的"程咬金"措手不及防，怔怔地望着陈溪，而陈溪，看到地面上一片散落的钞票，也是目瞪口呆。

"对不起！我敲门了……但是事情太急了，对不起！"陈溪的脸上立即现出尴尬，低下头连连道歉。

汪静回过神来，立即收起窘相，看来陈溪并不明白这是什么钱，她现在马上需要做的是，赶紧转移陈溪的注意力。"没事儿！没事儿！你别着急，过来慢慢说。"接着她拉过陈溪到房间一角，悄悄递了个眼色给Peter，示意他赶紧捡钱。

"销售部……销售部新来的那个女孩，那个余小露……今天早上，在宿舍里服了安眠药，要自杀！"陈溪急得有些语无论次，汪静听了也是大吃一惊，急忙问："她现在人呢？"

"已经叫了救护车，现在姚峰和女生宿舍的管理员一起跟着去医院了。"

这时，Peter已经将钱重新装好，放在了台面上一堆文件的旁边，小声道："你们有急事就先去忙，我也走了。"之后不等汪静应答便立即闪人。

"走！你和我一块儿去医院看看。"汪静拉起陈溪，一起急急地出了办公室，陈溪边走边大声问："Angela，张主任派的车到了吗？"

当晚，赵玉刚请杨帆和陈溪吃饭，在市内一家泰餐厅要了间精致的小包房。原本他也约了刘小慈，但刘说家里有事推掉了。赵玉刚猜想她是怕见到杨帆尴尬，没再勉强，并不知刘小慈现在十分抵触陈溪。

这间包房的装潢处处洋溢着浓厚的泰域风情，除了电视等娱乐设备，暹罗元素的镂空木雕装饰窗、宗教题材的传统壁画、柳藤编制的栗色座椅……浅青深黛的朴拙格调间，几件色彩鲜亮的三角木棉靠枕与之形成强烈的对比却并不突兀，另有新鲜娇艳的蝴蝶兰剪插成端庄悦目的造型，以及幽幽的焚香弥散着静谧而悠怡的佛国意韵。

三人在摆着镏金边纹的玫粉色高脚酒杯、铺有暗金色泰丝盘垫的餐桌边坐定，明炉乌头鱼、绿咖喱烧虾、椰汁滑鸡、香麦煲随后被两名身着泰裙的女服务员依次端上，最后捧来还燃着酒精炉以便保温的冬荫功汤，甜点则是黄澄澄的泰式榴莲蛋糕。陈溪一边欣赏着叫人馋涎欲滴的菜肴，一边对刘小慈的缺席大叹遗憾。赵玉刚笑笑，看了杨帆一眼，杨帆急忙岔开话题。

席间,赵玉刚随口问及今早自杀未遂的同事余小露。

陈溪放下盛有柠檬特饮的高脚杯,答道:"还好,幸亏同宿舍的员工发现及时,送到医院去洗了胃,现在应该没有生命危险了。"

杨帆插话道:"她是哪里的?好像才来一个月都不到,怎么会有这种念头?平时看着她挺活泼、挺开朗的。"

"江西女孩,大学刚刚毕业,进销售部可能也就三周吧?"陈溪不太确定,看了看赵玉刚,他跟着点点头,"看她的遗书上写着:觉得生活实在太难了,好不容易毕业了,费尽周折才找到工作,眼看着没有业绩就要被淘汰,她不愿意再成为家里的拖累……"陈溪说着,即感到有些沉重,默默喝了口饮料。

赵玉刚叹了口气,不无感触道:"唉,现在刚刚迈入社会的青年,生存竞争的压力大,本身心理也比较脆弱,更容易选择逃避和放弃。有些人甚至在大学读书期间,就对未来的生活失去了信心,草草了结自己的生命。而有些学生虽说没有轻生,但在校期间性格已经开始变得古怪内向,有些还被诊断出患有不同程度的抑郁症。"

关于抑郁症的话题很快聊及心理辅导及救助,杨帆随即发表议论:所谓的辅导救助,只是他人为了共建和谐社会而尽的一份义务,只能从外围给予心理疾病患者一些帮助。而很多时候,人必须通过自己的主观努力,才能真正化解心理疾病的威胁。除了'弱肉强食'的竞争,自然界的淘汰法则,也包括心理素质的自我强化,因此这一点也是生存的必要能力。这个社会、这个职场,或许邪恶,或许残酷,但它们就如同光明与美好一样,有它存在的道理。每个人没有办法决定自己的出身,就像自然界里的生物,无法自主选择成为食肉的老虎,还是被吃的羚羊,抑或是做悄无声息的一株小草。人可以在评价这个社会时,发出不同的见解,但放弃就是弱者的表现,别人的挽救很有可能是治标不治本的,唯一有效的办法,就是自己学会调整心态,就如同身陷危险时,与其完全依赖外来的救援,不如先主动实施自救。

陈溪觉得这个话题有点沉重,不愿多谈,三人边吃边闲聊了一阵子,赵玉刚的手机响了,接听后立即传出妻子钱莉莉尖厉的声音。陈溪抿着嘴偷笑,赵玉刚有个"虎妻",在销售部是尽人皆知的,他尴尬地起身出了包房讲电话。

杨帆随即叫来服务员埋单,当赵玉刚回来时,杨帆正在信用卡单上签字。

"James,说好是我请客的,你这不是不给我面子嘛!"赵玉刚有点过意不去。

"朋友之间就不用客气了，我也是借这个机会，感谢你在工作上的帮衬，改天再聚时你请！"杨帆起身拍拍他的肩膀，"家里如果还有事，你就先回吧！没事的，Rosie吃得慢，你不用等着她，都是朋友，不必拘泥。"

赵玉刚瞥了一眼正在慢吞吞品着芒果的陈溪，对着杨帆幽幽地笑："我看她是故意慢慢吃……OK，剩下的时间留给你们，我就不好意思了，先走一步，谢谢了，下次再请你们，别不赏脸啊！"说着，他拿起衣服先离开了。

"看来，Edward的太太真是挺厉害的，平时听你们说，还不太相信，今天算是了解了。"杨帆摇了摇头，看回陈溪，"Baby，以后我要是在外面应酬回家晚了，你是不是也会在电话里冲我吼？"

"我才不会，那样不过瘾，"陈溪霸道一笑，"我肯定冲过来大闹一场，让你丢足面子才罢休！"

杨帆呵呵笑道："还是你狠！你慢慢吃，我出去买点儿后悔药。"

陈溪忽然叹了口气，有些遗憾地说："唉，今天就是没见到Amy，她最近也没给我电话，我打她手机总是没人听，也不知她在忙什么呢。"

"她现在可能上班时间忙，你可以周末约她啊，比如说后天周末，你可以叫她出来见见面嘛。"杨帆边说着，也拿起果签叉了一片芒果，却被陈溪夺了过去。

"你难道忘了？上上周就说好了的，这周末咱们要去首博看欧洲艺术展的。"

杨帆看着陈溪瞪得圆溜溜的大眼睛，顿了一下："Baby……这周可能不行了……我明天下午要去一趟首尔，这个周末……那边会员部有酬宾活动。"

陈溪望着杨帆片刻，突然将手中的芒果丢到了台子上，拿起手袋起身就要走，杨帆慌忙站起来拦住了她。

"Baby，baby，你别这样……我知道是我不对，可是这次真的没办法……这样好不好？我们下个周末再去，一定去！"

"我再也不信你了！"陈溪用力想甩脱他的手，"你总是说话不算数，我一周里只占用你几个小时，过分吗？为什么总是我为你的事让路？！"自从上次晚会以后，她便开始对这种局面有些厌倦，总是经历从希望到失望的过程，陈溪感到疲惫，渐渐发觉两人的恋曲中也开始出现不和谐的音符。

"好了，baby，不生气了！"杨帆把她拉入自己怀中紧紧搂住，他一时也感到非常无奈，自己何尝不想和心爱的人多些时间在一起，可是为了两个人的将来，他和她都不得不暂时忍耐，而这个"暂时"对于陈溪来讲，究竟有多漫长，杨帆心里不是不明白。可他毕竟是个男人，男人是属于职场或生意场的，总之，他们的归宿不可能是情场。

"你一开始就知道不可能去，一次一次敷衍我……你就是不想去！"陈溪伏在他怀里开始抽泣。

"绝对没有，baby，我真的很想去欣赏一下，放松放松，尤其是和你一起去。这次的活动，本来安排在下周的，结果临时提前了……Sorry，baby，我们下周一定去，我保证，再有什么我都一定推掉！好吗？"

"你刚刚出差回来，没过两天，又要走……"

"很快我就回来了，周一，周一就回来了，下周我不会再出差，周末我们就去。"杨帆抱着爱人，熟练地说着苍白无力的绵绵软话，他在哄她，更像是在骗她，同时也是在骗自己，他的积极心态，已经强到足以利用一切或清晰或渺茫的希望来振作自己，至于计划在下一分钟会有什么改变，他其实并不知道。偶然间，杨帆的目光落到了包房里的卡拉OK音响设备上。

"呵，这家餐厅的老板还真会做生意！吃泰餐也给配卡拉OK——baby，别难过了，我给你唱首歌吧！"说着他去打开了音响，又搂着陈溪坐了下来，用遥控器翻看着曲目，"你喜欢谁的歌？别点女声的啊，那我可不会。"

陈溪坐在杨帆腿上，背过脸将头靠在他肩上，不愿看电视屏幕。"我不想听。"

"那我自己替你找一首啊……"杨帆翻了一会儿，"哎，这首好！听没听过王力宏的 *Kiss Goodbye* ？"

浪漫伤感的旋律，随即在包房里袅袅飘转，陈溪一直背着脸伏在杨帆的肩头上，没有看他唱歌的神情，静静聆听着，似乎是从他心里传来的节奏……音乐在他们之间的软化作用，向来是神奇的。

"怎么样？喜欢吗？"杨帆唱完歌，看不到陈溪的脸，轻柔地抚摸了一下她的头发，吻了又吻。

陈溪扭过脸看着他，没说话，又伏到他的肩膀上。

"哎，我有个软件，改天我把这首歌录下来再刻成光盘，我不在你身边的时候，你就可以听歌，就当是我在旁边唱给你听的。"

陈溪也许是已经习惯了他的空头支票，对此不置可否，转头又看他："我累了，咱们走吧！"

出了泰餐厅，两人穿过一条小街，途经一家乐器行，玻璃橱窗里，一架白色的"雅马哈"三角钢琴在夜幕中依然醒目，杨帆拽住陈溪停了下来。

"Baby，等我们结婚的时候，就把那个立式的琴换了，我一定送你这样一架钢琴！"

陈溪禁不住笑道："你有心就行啦，哪有地方摆下这么大的琴？"

"这个简单，你等着我先给你买个大客厅的房子。当然，还要有个大厨房，够你发挥厨艺的地方。"

"哼，我就知道大钢琴不会白来，原来是要当一辈子保姆的。"陈溪继续笑，"这样不行，我太吃亏了！别看了，走吧！走吧！"她拉着杨帆继续向前走。

回家的车上，陈溪突然想起白天在汪静办公室里撞见的情景，她突然问杨帆："James，两周前我去你的办公室找你，当时你正和一个男人在谈话，还记得他吗？"

"来我办公室谈话的男人女人太多了，我搞不清楚你指的是谁。"

"哎呀，我看见的也不多，你应该知道是哪个。就是两周前，那个戴钨金架眼镜的，瘦瘦的，你后来还说，他也是石家庄的。"

"噢——你说的应该是Peter吧？怎么了，你也认识他？"

"算不上认识，但我对他这个人有印象，他是做什么的？"

"他是咱们公司用的猎头。"

"猎头？"陈溪扭头看着杨帆，"猎头怎么会去找你？他们不是应该与我们HR接洽吗？"

"呵呵，这个Peter是我一个中学同学的朋友，也算是石家庄人，后来他听说我也在御景工作，那次来和Jane谈事，顺道儿来我这里见了个面。你打听这个干什么？"

"那……你有没有听他说起什么……关于Jane的事？"

"没有，我和他还没熟到那种程度。你问这些，到底是怎么了？"

"我今天在Jane的办公室里看见他了，也许他没有认出我，因为上次在你办公室里，打了招呼我就回避了。"

"他去见Jane，没什么不正常啊，看你怎么老问东问西的？"

"可是……你知道吗？他好像是给Jane送钱去的。当时我因为余小露的事，急着要找Jane，敲了几下门，一时着急也忘了等Jane回应就推开了门，结果正好看见那个Peter在地上捡钱，地上当时有好多钱，怎么也得有一万……可能还不止，说不好。后来我还特地留意了一下，他把钱全部捡起装进了一个大信封，留在了Jane的办公桌上。James……这事儿，你认为呢？"

"呵呵，这不是明摆着吗？难怪，前段时间Thomas说要换猎头，Jane不同意。那几天Peter紧张得也来找我，我没表态，本来也不应该插手，后来还是Jane自己摆平了Thomas。原来玄机在这里啊……"

"这样说来，Jane也不是那么清白……她也在收受贿赂。"陈溪叹了口气，望着车窗外，有些茫然。

"Rosie，这不关你的事，保持缄默就好。要知道，在职场里，有些时候'正义感'是毫无意义的。"

"我明白你的意思，我只是觉得……她怎么可以这样没有职业操守。"

"在这个问题上，你必须一分为二：如果她因为收了好处而损害到公司的利益，你可以指责她没有职业操守，假公济私，但如果她没有牺牲公司的利益，只是自己从猎头那里得了一点儿小恩小惠，你还不能太绝对。猎头这几次推荐的候选人，客观上讲都算是符合条件的。这样一来，顶多算Jane是借着职务之便落了点儿人情答谢礼。这种事，即使你捅了出去，如果没有充分的证据，单单只是说她收了钱，也不一定会动摇到她的根基，因为这些模模糊糊的事是说不清的。像我，收入的一大部分是和业绩挂钩的，肯定不做这些事，因为这样做对我没意义，或许反而会影响工作。但对于那些拿死工资的人员则不然，你相信财务和采购部的人都没拿过供应商的好处吗？你相信Thomas就是那么廉洁吗？"

"那我也是拿死工资的，我绝不会沾这些事，否则传出去，它会影响我的职业生涯。"陈溪垂下眼帘，低低的声音却是一种高傲的语调。

杨帆扭头看了她一眼，笑了笑："Baby，我相信你不会做，因为你是出污泥而不染的莲花。不过我得提醒你，洁身自好是一种品德，但是在职场里，如果你不想被孤立，至少要做到，眼睛里能揉得进沙子。就连政府官员接受了那么多年的'反腐倡廉'教育，仍然不断有人贪赃枉法，大家还要为'高薪养廉'是否可行而争论一番……更不要说咱们身边这个小小的职场了，周围都是一掷千金的会员，你要求这些有思想、有见地的中高层看了都不会眼馋，可能吗？"

陈溪又开始不耐烦了："你今天一晚上教育我好几回了，我一没自杀，二没受贿，凭什么你总对着我说教啊？烦死了！"

杨帆仍然慢条斯理："嘿！你可真是不识抬举，难得我这么好心，你全当作驴肝肺啦！"

她一听这话又咯咯乐了起来："本来就是驴肝肺！"

正遇红灯，杨帆停下车，趁机用手在陈溪的腰间轻轻捏了一下，怕痒的她立即弹起身大笑。

"你知道吗？"他侧脸凝望着她的眼睛，"你有两张不同的面孔。"

"是吗？"陈溪有些好奇。

"以前在会员部，我印象中，你就是个既温和又清高的小白领。后来的你在我面前，只有两大特点：第一，特别爱哭；第二，蛮不讲理。"说罢，他温情脉脉地欣赏着她脸上的戏剧性变化。

"你再说！"陈溪用力拽住杨帆的手臂，"我就让你看看我的第三张面孔！"

"呵呵呵，我不用看都知道，肯定是面目狰狞的……"杨帆笑着刚想抽回手，突然听到后面的车发出催促的"嘀嘀"声，抬头一看，已变绿灯，"Baby，不闹了，人家都催我们了。"他急忙向后摆摆手表示歉意，启动了车。

"哎，对了，"杨帆眼看前方，继续问陈溪，"刚才忘了问了，你撞见Peter给Jane送钱，Jane后来是什么反应？"

"没什么反应，装作一切正常呗，他们当然不会说什么啦，我也只能装傻。之后，正好Angela问我'员工之星'的奖金，我便趁机说，刚才财务部来人把现金送到Jane那里了。我当时站在外面的办公区域，声音并不小，Jane的办公室敞开着门，我想她肯定能听得到。过了很久，我问Angela奖金怎么样了，Angela说问Jane了，Jane说这事不着急，先放在她那边，等过两天再发。其实我早知道，财务部原本也是安排我们过两天才去领钱的，估计Jane肯定会亲自去财务那边拿钱的。"

杨帆乐了："你还挺鬼，还知道找到机会赶紧脱身。"

"喊！你以为就你懂那些道理啊，"陈溪努努嘴，又翻翻眼睛，"我说不过你，但已经这么做了，Jane毕竟是我的老板，我得罪她也没有好处。就算我挤走了她，将来的情况，未必会比现在好。所以呀，对于Eric，我坚决贯彻'反恐'战略；到了Jane这边，就改为'维和'政策啦！这还用得着你来教我啊？"

"唉，baby，做人要谦虚……"杨帆笑着摇了摇头。

~7~

明哲保身

孙大柱在御景管理员工餐厅的日常运作已有一年多，具体负责酒店、球会、俱乐部及宿舍区共四个餐厅。因为是老员工了，在餐厅里跟各部门主管级的员工都比较熟络，所以对顶头上司陈溪的底细自认为也是"门儿清"。

她呢，是新升上去的副总杨帆的马子……哼，这对狗男女，一个是"专吃窝边草的兔子"，另一个则傍着男人赚了个脸皮，最近又因为挖保洁公司的墙角得逞了，有点儿小"跩"，听保安兄弟们议论，那个号称不怒自威的范建山，好像对她也是直流口水。在这么一个"骚娘儿们"的手底下工作，孙大柱的感觉用自己的话说，就是"想吐"！更令他咬牙切齿的是，当初介绍他来御景的米师傅，就是被这个小婊子给赶走的。据说，她当时在会员服务部，乖巧得跟只小猫一样，老米哥对她还挺关照，想不到竟是这样一副毒蛇心肠！

但是恨归恨，人在屋檐下也不得不低头。上次陈溪面谈时交代的工作，孙大柱耐着性子将就着做了，可没想到那些问题都落实之后，陈溪又给了他一页纸，又是几件要调整的"小事"。

几个回合下来，孙大柱有些不耐烦了，心想这小蹄子成天没事找事地折腾人，又没有什么真材实料的本事，成天就知道抠点儿芝麻绿豆的小破事儿作难他……渐渐地，他对陈溪的态度也越来越不恭敬，不断出现阳奉阴违的情况。

当然，陈溪也感觉到了他态度的日益怠慢，谈事情时总是语气消极，时不时还夹枪带棒的，一件事不交代个两三遍，就不落实……最后即使告诉你已经完成了，一去检查，总是有这样那样的毛病，等于没完成。陈溪明白，他是因为米师傅的事对自己心怀怨恨，便不露声色，只是一再地督促他做事。她现在手头要处理的头痛事已经不少，暂时不想跟孙大柱翻脸，不能让他在这个多事之秋再添兵乱。

两周来，在陈溪的监督下，孙大柱虽是一百个不情愿，但也将员工餐厅的一些运作环节完善了不少，由于都是些并不显眼的细微调整，因此暂时看不出有多大的起色，然而足以让陈溪看清楚，后厨房的人员目前是有冗余的。她明白如果强硬要求孙大柱减员，会引起多大的风波，于是最近有两个小工自己辞职，她便一直没有再批准孙大柱的人力申请。

对此孙大柱几次追问Juliet，新员何时可以补进，Juliet都莫名奇妙，后来他才知道，自己的人力申请单还压在陈溪处，Juliet根本就没收到招人的通知。孙大柱去找陈溪提招人的事，陈溪很直白地告诉他，现在厨房的人力已经绰绰有余，不但不会再加人给他，还要求他合理安排，不要再人浮于事。

这次，孙大柱没能压住自己的暴脾气，瞪着眼理直气壮地与陈溪争辩自己缺人手。陈溪也不再客气，连往日伴装的耐心都没有了，一再强调厨房人手足够，并言辞犀利地警告孙大柱：如果员工餐厅的运作出了问题，只会质疑他的管理能力。同时，她不忘最后补充一句："你如果认为我说的不对，也可以去问问沙经理，你们最近不是经常在一起讨论问题吗？"

孙大柱对着她寒似冬雪的表情怔了半响，随即咬着牙根频频点头："行……行……您厉害，耍嘴皮子，我是说不过您！"说完招呼也不打，扭头冲出了陈溪的办公室。

实际上，陈溪早已料到，孙大柱迟早都要来找她扯皮招人的事，她之所以决定此时变脸，除了人员的问题，还考虑到最近很快会增加新的备餐任务，她没有精力再跟他兜圈子。另外，Angela告诉她，最近沙志文经常和孙大柱一起聊天，陈溪预感到有些内容可能与自己有关，看来沙志文正在暗地里联络各方人马，找机会对付自己。既是这样，索性跟孙大柱挑明，也算是敲山震虎。

台面上的电话突然响了，陈溪接听后立即传来赵玉刚急促的声音。

"Rosie，Rosie，你现在说话方不方便？我有急事要告诉你！"

"好，你等一下。"陈溪立即起身关上了办公室的门，回到座位上又拿起了话筒，"你说吧，Edward，什么事呀？"

"你知不知道，御景有一部分员工，每个季度会有一次业绩奖金？"

"什么业绩奖金？我还真不知道，今天头一次听你这样说。"

"糟糕！你居然还不知道，难怪你没有做……"

"我没做？Edward，你的话是什么意思？"陈溪预感到事情有些不妙。

"唉，御景各个营业部门，尤其像我们销售部门，每三个月还有一次业绩评定，合格者还会再发放一次奖金，和每月的佣金结算不一样。刚刚……Eric跟我们讲，这次可能我们没法发奖金，因为你根本没有做业绩评定。"

陈溪大吃一惊："他怎么会跟你们说这些？"

"哼，我看他没安什么好心，今天到我们销售部来转，跟几个人聊天，马上要发奖金了，别人肯定就顺口问了他，他就是这样回答的。他回答得倒是轻松，可这些销售眼巴巴地等着钱进袋，有的已经有用钱的计划了，再说如果等到下一季度一起发，金额大了，税率也有可能高，所以大家一听就急了。我看Eric也没解释什么，没准儿他就是唯恐天下不乱……涉及奖金的不只我们一个部门，估计他在别的地方也是这样散布的，Rosie，你要小心啊！"

"Edward，非常感谢你告诉我这些，我知道了，先这样，我要想想怎么处理。"

陈溪挂了电话，立即叫薪酬主管Fiona进来，询问业绩奖金的事。Fiona虽然知道有这回事，但是她并不经手。因为这奖金，只有工作中涉及营销内容的员工才有，是完全不同于绩效工资及岗位津贴的一种激励措施。Fiona告诉陈溪，通常这都是人事经理直接从财务部要来营销部门的业绩情况记录，然后根据成绩核算，汪静签字之后，直接转给财务核发。并且，奖金的结算周期也不是自然定义的季度，而是从春节前依次推算，每三个月发放一次，到了十一月份，正好应该计发八、九、十三个月的了，而发放日应该就是后天……她还以为，陈溪早就知道这件事。

Fiona出去后，陈溪呆坐了很久。

这个沙志文，可真的是够阴毒，手段卑劣到了这种水平！故意瞒着不告诉她，给她埋了一颗"雷"。这种事情，汪静肯定是无暇顾及并及时提醒陈溪的，而过几天问题闹大了，追查下来，最多汪静跟着自己吃个哑巴亏，而沙志文肯定啥事没有！

如果自己指责他当初没有交接这件事情，估计他也有的抵赖，非说已经提过，是她自己不记得了，因此也拿他没办法。毕竟口说无凭，他既拿不出已告诉自己的证据，自己也拿不出他没提过的证据。而当事人是自己，因此责无旁贷。

陈溪原本还天真地以为，自己和沙志文之间应该会是光明正大的竞争，想不到，原来一个男人也会有这么多低级的阴招，看来，跟他之间并非君子之战。

眼下，最紧迫的就是如何解决已成事实的延误，那是一百多名员工三个月以来的利益，数额庞大到陈溪就算赔了自己整年的工资，也许都只是九牛一毛。她一时想不出什么有效的对策，杨帆这几天正好在美国开会，尽管如此，六神无主的她算了算时差，还是拨通了他的手机。

杨帆也知道业绩奖金这回事，偏偏大家都认为陈溪理应会知道，而没有去提醒她。听了陈溪说的情况，他在电话那边停了两分钟，说道："Rosie，现在越洋电话效果不太好，我没法跟你细说原因，你就照我的话去做，自己主动写一份说明，解释事情经过。关于你不知道这件事的原因，可以写得模糊一点儿，不用针对Eric，然后承认是自己由于不熟悉业务而导致的疏漏，表示自己将在未来一周内，尽力弥补这个过失。"

"可是James，这样一来，不就等于承认了这个问题是我的错——Eric不就得逞了？"陈溪有些诧异，又有些费解。

"你相信我，你这样做，他的阴谋就落空了。如果你越是想尽办法要去圆这个错，反而会越陷越深，直到最终无法解释清楚，到那时，Eric就真正达到目的了。错误就是错误，很少有人会去关注错误的原因还会有什么隐情。职场上的人通常都害怕犯错，更害怕被人抓到自己犯错，于是会百般遮掩，而越是这样，一旦事情暴露了，往往自己所要承担的责任会更大。你即使解释了自己有多无辜，高层们的着眼点仍然是你不够敬业，他们会有一种条件反射：凡是喜欢解释错误的人，就是在pass the buck（推卸责任）。到了这个时候最考验人的，不是你能拿出什么样的理由和证据澄清自己，而是你将会站在一己得失的角度还是全局利益的出发点上去应对问题。所以baby，犯错其实并不可怕，眼下也不必计较这个错误来得有多冤，先把责任承担下来，第一时间去挽回，Eric不但不会得逞，你的老板也不会因为你承认了错误就一定要治罪。"

杨帆停顿了一下，没听到陈溪反驳，又继续道："你自己也是中层，可以想象一下，如果你部门的员工工作出了问题，你首先关注的是问题本身，还是员工出错的原因？如果这个时候员工不管问题的影响，只是一味地解释自己的委屈，你会怎么想？Baby，听我的话，别中Eric的圈套，勇敢一点儿——承认！然后去补救！"电话里的杂音突然变强，显然是信号问题，"Sorry，我在公路上，不能多讲了，你好好的，等我回来……"

电话断了，陈溪迟钝地放下了话筒，心想，现在美国应该是晚上，难道他很晚了还在外面忙着？杨帆的谆谆告诫言犹在耳，她思量片刻，觉得确实有道理。既然如此，事不宜迟，陈溪马上打电话给财务部，请他们准备好前三个月营销部门业绩奖金审核依据的资料，一会儿自己去取。继而打开电脑，按杨帆的建议起草一份给汪静并抄送Thomas的说明文件。

情况说明打印好后，陈溪第一时间去找了汪静。

汪静听说她没做业绩奖金也是吓了一跳，的确，如果营销系统的员工无缘无故拿不到钱，影响了士气，那么部门完不成业绩，可就有理由说人力资源部的不是了。她也在暗暗后悔没能及时提醒一下陈溪。尽管陈溪并未提及沙志文，汪静的心里已有本账，她明白，如果陈溪事先知道有这回事，是不会当儿戏一般完全忘记的。好在眼前她自己已经提出了抢救的方案，看来也是可行，所以应该还不至于影响到自己整个部门的形象。

陈溪提出，自己和汪静一起去跟Thomas解释情况，请求他同意延后一周发放奖金，并出面要求财务部破例，临时准备这笔款项，待审批手续一完成，便有钱能及时转到员工的账户内。

汪静想想也对，财务付钱也是要提前准备的，尤其是大额度的款项，于是带了陈溪一起去了Thomas的办公室。Thomas对此也没有过分责怪本身印象良好的陈溪，何况如果不协助她们弥补，员工有不满情绪，对他也没有好处，万一捅到了NST总部，他还得做解释。因此，Thomas当着她们的面便给财务总监Richard拨了电话，要求他配合安排转款事宜。

回到自己的办公室，陈溪又起草了一份给营销部门的致歉邮件，态度诚恳地承诺，会尽快于未来一周内补发业绩奖金，并保证下次绝不会再发生类似问题。汪静过目认可后，她便将邮件群发了出去。

接下来的几天，倒是并没有掀起什么投诉风波，或许相关的部门对此私下也有些牢骚，毕竟拖延了发钱会对个别员工有些影响，但陈溪的态度也挑不出什么不妥之处。人家犯了错，承认了，又补救了，更何况，她还是整个营销系统掌门人的女友，人家已经客客气气地做到这个份儿上了，大家也不至于再揪住不放。估计此时，最不满的只有沙志文一人。

陈溪加了两天班，业绩奖金于第三天中午转到了每个员工的个人账户内。她随后静下心来，回味着杨帆的话。看来，有时候，事情原本就是这么简单，而往往是被人的错误思路搞得越来越复杂。

然而，业绩奖金迟发的消息，还是不胫而走，不过却产生了意想不到的效果。

过了几天，NST在国贸的中国区总部突然派来了两名工作人员，到了御景酒店后直接打电话叫陈溪去酒店房间见他们，说想和她单独聊聊。陈溪觉得蹊跷，去之前特意到酒店前台查了一下登记，证实使用房间的确实是NST总部的人员。

与她见面的一男一女自报家门，称两人是总部行政高层派来的，这次想跟她了解一下沙志文的情况。接着，主要由那男人与陈溪交谈，一种循循善诱的氛围下，话题似乎从未脱离过沙志文以及汪静。他甚至主动提及，曾听闻陈溪在部门里受到过"排挤"……

陈溪听后腼腆地笑了笑："谢谢您的关心，不过，我不知道您的消息来源于何处，也许是有人误传的。我作为当事人，基本上可以确定，我的上司Jane对我很支持，而Eric，我们因为工作性质有相同之处，偶尔也会有一些意见分歧，不过，那些都是工作层面上的争执，问题解决了，也就没事了，我对他个人没有什么不满的看法。至于他对我的看法，呵呵，您也可以问问他本人。"

男人松弛地笑了笑，表示如果陈溪没有什么不快情绪，他们也就放心了。

接着，他示意女同事不要再做记录，闲聊天似的和陈溪攀谈了一番，当她是邻家小妹一样，漫无边际地闲扯，但偶尔也会蜻蜓点水般提一两句Jane或者Eric。

谈话的整个过程大概有四五十分钟，其间陈溪曾尝试要一张对方的名片，男人却面带歉意地解释说"今天刚好忘带了"。

陈溪回到人力资源部时，汪静已经在等她了。

她见陈溪去了不短的时间，便急于想了解总部的人都问了些什么，都说了些什么。陈溪如实相告，汪静一时忖度不出事情的缘由，只是预感事情远不是了解员工心态那么简单。不过，陈溪的机灵和豁达，她倒是非常欣赏，相比之下，这个沙志文，真是个不折不扣的trouble maker（制造麻烦的人）！

　　杨帆当天早上已回到了北京，上午在酒店开客房休息了几个钟头，倒了倒时差，下午便回到了办公室。晚上下班，他接陈溪回他住处，途中，陈溪将白天发生的事告诉了他。

　　"你感觉，这两个人来这里的目的是什么？"杨帆边驾车边问。

　　"我感觉不出来，但肯定目的不纯。那个男人想方设法，变换着方式总是想打听Eric和Jane的情况，还躲躲闪闪的，也不明确说自己是总部哪个部门的，只说叫什么Jeffry……我记不清了。"

　　"应该是叫Jerry吧？姓高，对吗？"

　　"我记不起来了。个子不高；头发嘛，属于是'聪明绝顶'的那一种。"

　　杨帆听到陈溪这个精辟的比喻，忍俊不禁道："呵呵，那应该就是他了，他是DPME的负责人。"

　　"什么叫DPME？我怎么没听说过这个部门。"陈溪迷惑。

　　"这是一个刚刚成立的新部门，只在中国区。我也是在美国才听说的，但过几天，你们Jane也会收到通知的。DPME的英文全称就是：Department of Performance Monitoring and Evaluation（企业中专门负责监督及评估部门或员工各项表现的部门），它是NST总部高层中不知哪位天才头脑风暴的杰作。据说，NST在中国的几百家酒店、会所，办公室政治以及一些贪腐风波接踵不断，包括国贸那个中国区总部也不太平，因此，他们就增设了这个独立的机构，说是借灵感于国外的政府机构，其实跟中国内地的纪委、监察部，香港的廉政公署是一个概念。只不过又加入了一些细则，是关于各酒店会所的表现评估。据说这个Jerry也是做HR出身的，我跟他打过两次交道，一个典型的政治玩家。"

　　他想了一下，又试探地问陈溪："Baby，他来找你了解情况，你为什么不利用这次机会，狠狠地给Eric扎一针儿？"

　　"我才没那么傻呢！我觉得他明着是想收集一些关于Eric的证据，实则是想针对Jane，在他们那个层面，我和Eric都是些小鱼小虾，他们才不会真的感兴趣呢。假如我点了Eric的炮，他们也许会说他是受Jane的支使，或者说她管理不力。但如果把她这条船给炸沉了，我能落到什么好处？顶多算是个

'小炮灰'。"

"呵，看来我的baby还真不笨。这事儿我判断，也应该是NST那边的内讧，据说CFO（首席财务官）和你们这个系统的CAO（首席行政官）一直不和，而这个Jerry好像就是CFO推荐给总部的，估计以后又会是他的马仔。"

"他们的事我懒得管，只不过，我一直有这样的习惯。一般情况下，如果老板特意来问你，关于具体某一个人的印象或者情况时，说明他心里早已有数了，只是想再证实一下。既然如此，如果没有太过分并且是具体的问题出现，我从来不说太极端的话，他若是问不出什么，可以去找别人打听。我呢，只求能做到'衾影无惭'就好。对于Eric，我是恨得牙根儿痒痒，但在高层面前就一个想法：我不希望他们证实了'Eric是个坏蛋'的同时，还发现'我也不是好人'……如果受到这种牵连，可就太划不来了！"

杨帆闻言，略带诧异地看了陈溪一眼，赞许地笑了笑。

第四章

~1~

反击

十二月初,御景举行了一次招聘活动。由于接近年关,陈溪并不看好现场招聘会的效果,因此人力资源部并没有在外包租场地,仅是在几家知名的招聘网站上公布了消息,而面试现场就设在御景山庄内,他们为此还多安排了几班与市区之间的穿梭巴士。

这次招聘,主要是为高球运作部储备球童新员。熟手球童如今身价提升,并且稳定性也不好。为了降低用人成本,高球运作部和人力资源部协商后,决定招进一批有潜质的生手球童,趁着冬天的"封场期"集中训练,开春便能上岗。于是,陈溪和Juliet在淡季安排了这次规模较大的招聘活动,顺便再捎带一些其他空缺职位的招聘。

当天的招聘现场可谓人头攒动,熙熙攘攘,周围县乡、十里八村的女孩子们将面试入口围堵得水泄不通。谁都知道,做球童可是"肥差事"!好不容易有机会可以接受生手,大家挤破了头也要争一争……尽管事先做了部署,保安部也加派了人手帮忙维持秩序,也架不住几百号人同时蜂拥而至。三个多小时的招聘结束后,陈溪和Juliet好似打了一场群架回来,回到办公室便瘫在椅子上起不来了。

稍稍歇息后,Juliet起身将门关上,小声对陈溪说:"哎,我跟你说件事儿。"见陈溪点头,她继续道,"车队的吴司机,今天悄悄找我,他的侄女也来面试了。其实我看了,她的条件倒不是很差,只不过这次来求职的人太多,他怕比不过别人,所以求我跟你说说情,给她侄女一次机会。"

陈溪接过求职表,边看边说:"这个吴司机跟你很熟吗?怎么会来找你?"

"算是吧。他是咱们这儿专门负责开员工大巴的,以前见了我总打招呼,后来慢慢混熟了。有时候我下班晚了怕赶不上车，就打个电话给他，他那班车会延个几分钟再开。偶尔我也会请他帮忙捎带点儿重东西，他都挺热情。所以这回他开口，我就帮着问问你……"Juliet试探着，看着陈溪的表情，"不过你如果觉得为难，倒也无所谓，我回绝他就是了。"

在御景，除了主管级以上的职位会走外企常规的招聘程序而层层把关，对于普通员工和领班级职位，如果部门也同意，基本上在人力资源部这边都是由陈溪最终定夺，汪静也只是走程序在陈溪的签署意见后面加个总监的签字而已。

陈溪对自己手中的这杆笔，一向是小心斟酌，以避免众人是非。不过，聪明的人事经理也会懂得要为自己的亲信属下网开一面，只要不是太离谱，该给的面子还是会给。

但现在的问题是，吴司机只是一个按时按点开员工巴士的普通司机，陈溪若是给了他这个大甜头，暂且不论自己能落什么实惠，如此轻易通融，这好处给得也未免太便宜了！这会让人家觉得求她理所当然会很容易，没有了"门槛儿"，恐怕将来会有更多的事接踵而来……

车队中最有实权的，当属主任张德光。这位张主任平时见了陈溪也是和和气气地主动打招呼，或许是因为她是副总的女友。不过陈溪对这个人物，倒是非常有兴趣结交。原因很简单，御景各部门每天因为大事小事的用车单，总是要排长队，你部门的事情急不急，也得有个先来后到，而"万一"车今天全部都派出去了，或是一时调度不开，那只能对不起了，你们得自己解决，去叫出租车。要知道，御景以外的荒郊野岭，出租车可不是随手就能打得到，就算提前订车也是要等的。

近期，陈溪有时需要在御景里面的几个食堂转转，要坐穿梭巴士，都得像等公交车一样耗时间，更不用提外出公干了。所以，这位级别甚至比她低的主任对自己工作的实用价值，已然非常明显。

想到这里，陈溪低声交代Juliet："你呢，去告诉吴司机，就说：'你让我去跟陈溪说，或者你自己去求她，估计都没什么用。不如你去求你们的张主任，如果张主任肯出面帮你说一说，没准儿陈溪会给他这个面子……'"说着，她意味深长地递了个眼神给Juliet。

Juliet心领神会，边笑边点头："我明白了，要送人情，也得送给张主任。"

下午，车队的张德光果然打来了电话，寒暄了几句，便开口求陈溪帮忙。陈溪早有准备，一开始故作姿态，佯装为难地告知对方，这次只进150人，求职表却收了五六百份，她也有些难做……不过最后还是答应，会尽量想办法安排。

张德光对此也是千恩万谢，并主动表示当晚想请陈溪吃饭。对于这种能升华双方交情的机会，陈溪自然是欣然接受。不过为了避受人恩惠之嫌，她执意要做东请张德光。

晚上，张德光和陈溪、Juliet一起在中餐包房里用餐。席间三人畅谈，气氛甚为融洽。不但如此，张德光还透露给陈溪一条关于沙志文的信息。据说高球运作部早已有人私下议论，沙志文与该部门里某个经理经常联手，在球童招聘时收受贿赂，估计这次也不例外。

这次的球童面试，沙志文的确是表现出了少有的积极热情，说什么陈溪是第一次负责，自己以前毕竟有些经验，可以协助进行面试。

陈溪默默听着张德光的话，表面上不相信，心里却暗暗思量，这隐约像是个突破口……

由于球会决定让这批新招的球童提前入职，以便在冬季封场时可以有充分时间进行集中培训，因此这批球童的入职以及相关的食宿事宜需要尽快安排妥当。

现在，高球运作部及培训部已就球童的培训做好了计划，姚峰也安排好了她们的住宿，剩下的问题就是员工餐这边要增加一百多人的就餐量。陈溪前几天对着孙大柱态度严厉，就是不希望此时与他谈加餐的事，他又来提一堆困难，大摆"苦水阵"。

"陈经理，您又找我吗？"孙大柱靠在陈溪办公室的门框上，态度平静，自从上次要人被陈溪"撅"了回去，这几天他与陈溪是井水不犯河水，今天还是头一次面对面。

"孙师傅，请坐。"陈溪也是客客气气，但没有附带一丝的笑容，如今这个局面，场面上的"俗套"都免了，她开门见山地告之对方有关新球童的加餐任务。

孙大柱没有吱声，静静地听着，用手摸了摸下巴。

陈溪明白，他又想在人员的问题上做文章，便不准备给他机会，直接说：

"这件事，上面交给我们，并不是跟我们商量，只是通知我们有这项备餐任务，因此我们只能无条件服从，至于有什么操作上的困难，麻烦你自己先想办法克服。当然，必要时我也会协助。"

孙大柱等陈溪话音落下许久，挠了挠后脑勺，才慢慢开口："巧妇难为无米之炊，陈经理，您也明白，我这边儿到底有什么困难，其实还是老问题，我得要人，才能做得了事儿。"

"孙师傅，这一点，我记得我们上次谈话时，已经明确了。"

"但您要是这么不体谅我们，这活儿我可真是没法干了！"孙大柱说着，将自己手中的笔记本"啪"地撂到了台面上，靠着椅子，仰头望着天花板。

"我不是不体谅你们，该支持的，我一定支持。但是人员的问题，我已经提醒过你了，你现在需要做的是合理地调整，而不是再增加多余的闲手。"

"您这么说，就有点儿过了吧！怎么能说是'闲手'呢？！"孙大柱突然从椅子上弹了起来，声音提高了八度，似乎外面的人也跟着安静了下来。

"你不用激动，我只是就事论事，再跟你强调一次：你的人手，目前肯定够用，再增加就是多余！就算是现在要增加就餐人数，按目前厨房的人力，你也忙得过来。"陈溪面不改色，理直气壮。

"我的大经理哟，我们厨房可不是您在办公室抄抄写写这么简单，我们是要抡家伙干活儿、要出力气的！上面儿'咣当'一声，砸给我们一百多张嘴，没有人，我真不知道怎么干这活儿！"

"好办，我这里已经帮你准备了一个解决方案。"陈溪根本不想听他废话，直接拿出了一张事先打印好的文件，摆在了孙大柱面前，大致说了说给他的调班建议。

孙大柱看了一眼，随即道："陈经理，我都说过了，我们厨房不是您在办公室，随便算算写写，就能玩儿得转的，实际的操作按这个，不一定能行得通！"

"那好吧，咱们现在就重新找一个行得通的办法。先不说排班的事，咱们以你们在单位时间内的实际产出量来推算，按你们实际情况来，你告诉我，从你们早班的人开始，每个'砧板'师傅每小时大概出多少斤成品，每个'炒锅'完成所有热菜的供应量，大概需要多少小时……"陈溪其实心里明白，任何一个厨房在实际运作中都不可能把握住非常精准的数据，并且她也不指望孙大柱会认真地与她探讨此类问题，她只是在等待机会。

"哎哟！"孙大柱对着这么一套外行的理论，急得直拍脑门儿，"这是实际的操作啊，小姐！哪能有那么可丁可卯的事儿啊！您这套纯粹是'外行话'，我们每天的供应量，是要根据当天的情况随时调整的，这个我没办法跟您说准确了，因为会有很多变化，我们会按照实情判断，不然还要我们当主管的干吗呀，您在办公室里，不是全能指挥了？！"

陈溪冷冷一笑："孙师傅，你这句话算是说到点子上了！"

她重新拿起刚才的那份调整方案，说道："我也不想再跟你浪费时间，这份方案上，我也只能根据你的人力情况给出一个调整的意见，至于怎样根据实际情况调整，刚才你也说了，这应该算你分内之事。当然，你看，这方案的下面，我也注明了：员工餐主管有权根据实际需要，不采纳或者部分采纳此次调整方案的内容。你看完了，就可以签个字，说明你已经明确了上述内容，同时接受此次加餐任务。"

孙大柱这才注意到，文件的底部还有一个签名确认栏，印着他的名字，就等着他"签字画押"了。这小娘儿们可真够歹毒的，给了一个破意见就让他签字，他再笨也知道，一旦签了字，日后再有什么闪失，什么人员少啦、任务重啦……通通地不用提，就是他孙大柱的全责！

"对不起，陈经理，您这方案我觉着行不通，这字儿，我没法签。"他摇摇头，坐着没动。

"那也简单，"陈溪将文件翻了过来，露出了背面所打印的内容：本人认为，正面之方案所述内容与实际情况不符，没有可操作性。如有不实，本人愿意承担一切后果。签名栏所注明的签字人，仍然是孙大柱。

陈溪将这份文件的正反面又在孙大柱面前翻转了一次，"按照你刚才的说法，如果我的方案你认为没有实操性，那就麻烦你在这背面的声明上签字。"

她瞥了一眼孙大柱那张惊愕的胖脸，又继续道，"你签了这一面的字，我会给你两个选择：一是回家休假一周；二是你每天到人力资源部来上班，我会安排你先做一些整理员工餐历史资料及委员会会议纪要的工作。而员工餐厅的运作，我将从外部安排一个新的主管，临时替你打理。坦白讲，我这个调整方案也是跟他确认过的。我们以一周为期限，一周后，如果厨房因为我的方案而出现任何问题，我承担相应的后果，同时，我会当众向你孙师傅道歉，不过，我作为'外行人'，错了也只有道歉这么简单。如果一周以后厨房运转一切正常，增加的就餐量也能及时供应，作为一个'内行'，孙大柱——"陈溪突然拍案而起，声音大到吓得孙大柱一哆嗦，"你对着我，可就不是道歉这么简单了！！"

外面办公室的人听到陈溪厉声一喝，也都愣住了，纷纷向她的办公室望去。只见陈溪站着，双臂交替抱在胸前，杏眼怒睁，咄咄逼人地盯着低头缩气的孙大柱。

"怎么着？别磨蹭了，给句痛快话！这两个意见，你今天必须给我明确一个！行，就去干麻利了；不行就闪一边去，我再找行的人来。"

陈溪接着又压低了声音，"我其实知道，你和米师傅的关系。你不是跟别人说，我是'两手血腥'吗？既然如此，我也不在乎多杀你一个！不过——指望你媳妇下岗后开的那个小报刊亭，你儿子上学的赞助费能有保障吗？"

陈溪的这番话，一针见血地刺中了孙大柱的要害，他暗暗吃惊，她已经将他查了个"底儿掉"，而且今天找他来谈之前，她也是做了充分的准备。

他已经明显地意识到了，眼前这个女人可不是一般人眼里那种只会依俯男人的寄生动物，她就像传说里那个妲己一样心狠手辣，而且颇有心机，自己根本就不是对手。再想到家里的情况，他立即像泄了气的皮球，蔫蔫地嘀咕了一句："那我回去想想办法，调整试试……"

陈溪没再说话，坐回椅子，将台面上的文件又翻回到正面的方案，取出一支笔，拍到了纸面上。

孙大柱一声不响，拿起笔在文件上签上了自己的名字，之后无精打采地戴上了厨师帽。

"那没别的事儿，我先走了……"

陈溪坐着点了点头，淡然道："好吧，不管怎么说，我得谢谢你今天的配合，祝你好运！"

沙志文远远地在自己办公室里，一直关注着陈溪那边的动静，先看到孙大柱甩脸子，接着是陈溪发飙……但最后，见孙大柱丧眉耷眼、夹着尾巴离开，他明白这一回合又是陈溪赢了，悻悻地灌了一大杯水。他前几天还给孙大柱出主意，让他搞个"联名上书"，让厨房员工都签名，反对陈溪来管理他们，理由是她根本不懂厨房的管理，只知抓一些皮毛来搞"内耗"。然而现在看来，这个姓孙的也是个扶不起的阿斗，自己还得另找机会。

211

下午，汪静找陈溪去她的办公室谈事。最近汪静对陈溪的态度友好很多。虽然陈溪当初那扑朔迷离的调职曾让她怀有种种猜测，并对这个女孩十分敏感加抵触，但在之后的工作相处中，陈溪的职业化表现潜移默化地让大家都渐渐认可了她的能力，而汪静本人，也由衷地相信她是一员得力的干将。

听说杨帆去上海出差，汪静便主动邀请陈溪去她家吃晚餐。陈溪虽觉意外，也不好再推托，笑着答应了。晚上，汪静驾车带着陈溪一起回她在北五环的家，据汪静自己说，对于朋友，她更喜欢约到家里聚一聚。

"James好像这段时间总是在出差，是不是你们很少有机会见面？"汪静边开车边聊。

"是啊，出差啦、开会啦没个完，回到御景，大大小小的事也都堆着等他处理。"

"这个Thomas可真够鬼的，什么事都推给James，让他'能者多劳'，自己却在御景躲轻闲，我前天开会的时候见到James，尽快看着还是精神抖擞的，可明显感觉他憔悴了，不像刚来的时候，那时可真是个意气风发的阳光帅哥。"

陈溪听了，无奈地笑笑："我有时真搞不懂，为什么男人对事业都那么痴迷，投入得近乎疯狂。他升了副总，权力越来越大，又能代表什么？还不是更多的事务来蚕食他的时间和精力。可他们不这么认为，反而很陶醉于这种感觉。你听过孙路弘的'狼羊虫定律'吗？我觉得James似乎就是一头狼，他们不在乎能吃下多少只羊，只醉心于勇猛地冲杀、一只接一只咬死羊时的快感。"

"他这么进取，你应该感到欣慰才对啊？有个男人肯为你拼，不好吗？"

"我可不这么认为，他是为了他自己在拼。如果真是为了我，他应该明白，其实我并不希望他这样。昨天晚上，我去帮他整理行李，直到我离开，他一直在准备出席会议的演讲材料。今早我在西餐厅见到他，一看便知又是一夜没睡，他说上飞机再睡，唉——那能睡得好吗？"

"Rosie，我发现，你是真的爱他。男人总以为女人喜欢有进取心、有成就的男人，其实他们很笨，那种女人爱是并不是男人本身，只会搞得他们越来越疲惫。James有你，应该知足，就怕他不明白，忽略了你的感受，他会犯大错。"

陈溪轻轻地叹了口气，眼望着车窗外，默默无语。

汪静的家是一套三室两厅的房子。一进门，皮质的大沙发围摆成三面，棕红色的家具很气派，客厅一角，还放着一只大大的自动控温鱼缸，看起来，更有些男人居所的味道。而陈溪的另一个印象，就是什么都大，大电视、大茶几、大盆栽……连餐厅的餐桌，也是一张整面帝王石桌面的八人台。

汪静亲自下厨，陈溪热情地要打下手，汪静也没拒绝，正好两人一边洗菜一边聊聊天。

"Jane，这房子，您一个人住？"

"对啊，我离婚后，原来的房子卖了，两人把钱分了，我就买了这套房子自己住。"

"您一个人住这么大的房子，不害怕啊？"

"怕什么！一个人才舒服，想怎么样就怎么样。也让我前夫看看，我一个人照样可以过得很好。他能买得起的，我也有能力。"

"您和他离婚后，就没有再考虑过其他人？"

"暂时不想谈感情的事了，太累！"

陈溪看了看汪静，不敢多问，埋头择洗青菜。

晚饭很快做好，很简单的三个家常菜，将菜摆上桌，两人坐下。由于陈溪不喝酒，便以果汁代替，汪静先举起了杯子。

"Rosie，你一定奇怪我为什么要请你吃饭吧？其实，有三个原因。第一，我为以前的某些做法，想向你说声sorry；第二，我要谢谢你；第三，我希望能成为你的朋友。"

陈溪与她碰了杯，却费解地笑了："Jane，我们成为朋友没问题呀，不过，何来的sorry？又为什么要谢我？"

"你这么聪明，应该明白呀，你刚来人力资源部的时候，我的确不是很热情。我知道，你也受了一些委屈，但对此我只能说sorry。"

陈溪又笑笑，这个sorry更多的成分是"遗憾"，汪静并不认为她做错了，不过也很正常，如果换作是自己，也许也一样，就当是磨砺新人了。

"那谢我什么呢？"

汪静意味深长地看了陈溪一眼，说："在工作上，你的确帮了我很多，当然，我可以说这是你分内的职责，不必言谢，但至少有一件事，我得谢你。你应该还记得上次NST来调查Eric吧，其实……他们应该是针对我的，所以我得谢谢你。"

陈溪淡然地应付了一下："那些事就不必提了。"

"OK，不提了，那你……愿意接受我这个朋友吗？工作上，我们还是上下级，我绝不对你客气，但在私人感情上，我很喜欢和你交流的感觉，我希望能和你做朋友，尽管我比你大十岁。"

"哈哈哈，Jane，我求之不得！"陈溪忍不住大笑，"只不过，我自己没觉得够格能成为您的朋友，我感觉，您是个很骄傲的女人，跟谁都保持着距离。"

汪静叹了口气，喝了口果汁又说："Rosie，难道你还不明白？那只是一种伪装，算是一层'保护色'吧，我不能轻易让人洞察到我的想法，摸清我的性格。在这个职位上，别人是会用放大镜来看你的。我自己也觉得累，但没办法，所以我不求拥有很多朋友，有一两个就够了。"

陈溪看着汪静，举杯道："为友谊，cheers（干杯）！"汪静笑着，用力碰了一下杯。

忽然，电视上的体育节目开始播放冰上舞蹈世界锦标赛的片断，汪静急忙叫陈溪快看。过了十多分钟，几组片断都已播完，汪静仍是一副如痴如醉的神情。

"Jane，你很喜欢冰上舞蹈？"

"是啊，你不觉得很美吗？知道吗？我特别羡慕双人滑中的女选手，她们与男搭档合作，一起演绎优美的瞬间，她们会在男伴的支撑配合下，做出各种高难度的漂亮动作，那么飘逸……她们可以忘情地飞翔，可以自由地旋转，身边总有一双有力的手臂在支撑她、保护她。当然，我知道这一对一对的，并不一定是恋人，不过还是很羡慕那种默契。"

陈溪明白汪静意有所指，便安慰她："Jane，不用羡慕她们，有一天，你也会遇到自己的Mr. Right（如意郎君），你想怎么飞，他都会托着你的。"她第一次用亲近的"你"称呼上司。

"呵呵，算了吧，职场里的男人女人，这种拍档组合的出现概率几乎为零，尤其是有些条件的男人，多半都不甘为了对方而牺牲自己。不是有句话这么说吗？'成功男人的背后，总有一个支持他的女人'，就像你和James；而'成功女人的背后，常有一个伤她心的男人'，呵呵，我虽仍在争取成功的征途上，但背后，倒真有这样一个男人给了我动力。"汪静叹息一声又道，"男人，只要成功了便等于同时拥有了很多东西，而女人呢，想要成功，也许就不得不放弃很多东西……"

御景新招聘的150名球童培训生很快确定了名单，并进入高球会的培训基地开始实施系统的培训。

第一个月的培训课程，基本是由培训部负责的基础素质培训，以文化及服务课程为主。陈溪以节约管理成本为由，说服了培训部及高球运作部，在培训进行到一周时便准备安排一次淘汰考试，并对所有人宣称：如果考试不合格，将立即退出培训。

原本以为三个月中只有两次测试的培训生们，得知消息自然紧张，一周之中学的东西对于她们来说，本就难以消化，如今还没搞明白就要面临考试，一时间闹得人心惶惶。

大家也在私下议论，那个姓陈的"女魔头"真够毒辣，出其不意便来狠招！陈溪可不理这些，将拟定好的试题和标准答案，跟汪静及沙志文早晨开个小会秘密确定后，便于第二天亲自去监考了。

考试结束后，陈溪跟培训经理Vivian说好，让所有判卷的工作人员集中在一间装有监控摄像头的培训教室里，统一阅卷，同时派Juliet及Angela也协助阅卷。

三个小时之后，Angela跑回陈溪的办公室，跟她说了件奇怪的事。陈溪没有表态，打电话叫培训部的人将所有查阅过的试卷拿回人力资源部，随后她当着Vivian及Juliet的面，挑出其中的十四份逐一看了一下，并抽了一份让Angela去复印。之后，四人一起将这十四份与其余的试卷分开封存。

做完这一切，陈溪对着她们三人只是淡淡的一句"这事我来处理，晚点给你们回复"，便拿着那份试卷的复印件回到了自己的办公室，静静地品着刚泡好的奶茶，像往常一样做自己的事。

"Rosie，今天中午我没约事情，咱俩一起吃午饭吧！"杨帆打来电话，他早上刚刚从上海回到北京，便直接来上班。

"今天中午不行，我有很重要的事情在等Jane，她好像在财务部开会，一会儿就回来了，晚上你如果有空，我们再一起吃吧！"

"晚上还有很久呢，我现在就想见你，你有什么重要的事，非要中午谈？人家Jane也是要吃饭的，下午找她不行吗？中午我来接你，去中餐厅好不好？他们最近新推了几道菜，我们正好过去试试味道。"

"搞了半天，你也是去工作啊，还来说我！我不跟你闲扯了，总之中午不行，回头我再告诉你是什么事，晚上再见吧，好不好？"

"唉，好吧……我本来想着，晚上去我家，你又要忙乎，赶紧在中午讨好一下，谁知你还不领情……别后悔啊！"杨帆说笑着把电话挂了。

陈溪忍不住也笑了，而她此时的舒畅心情不仅是因杨帆的调侃，更为重要的是，也许今天，她终于有机会能去除一块心病了。

中午十二点刚过，汪静回来了。她进自己办公室将文件放下，正准备去吃饭，被陈溪拦在了门口。

"Jane，中午有否约了别人吃饭？如果没有，咱们一起去吃吧，正好有件事情要谈。"

汪静有些好奇地看着她："走吧，我没约别人。"

两人一起去了咖啡厅，在一个僻静的角落里坐了下来。点了单之后，汪静喝了口水便问陈溪："什么事儿，说吧。"

"Jane，我想问一下，昨天我和Eric，在您办公室里开会，确认了今天上午考试的试题，之后，您有否将试题及答案给别人看过，包括咱们部门的其他人？"

"没有呀，咱们当时不是说好要保密吗？那份东西在我抽屉里，别人也拿不到啊。"

"呵呵，这就有意思了……OK，我先告诉您今天上午发生的事吧！"陈溪悠然地喝了口水，继续道，"我们昨天确定的那套考题是A套题，我今早发现有一点小的打印错误，于是临时抽调了和A套同样难易程度的B套题，也就是说，今天所有的监考人员，以及参加考试的培训生，能够接触到的，只可能是B套题。但是考试中却出现了一个奇怪的现象：其中十四名考生的B套试卷上，却都是几乎一模一样的A套题的答案。所以我觉得很奇怪，按说……这套题只有我们三个人见过。"

"你是说——Eric？"汪静疑惑地望着陈溪。

"为了稳妥，这次培训部只负责培训，试题是由我本人，根据他们的培训内容拟出的，在没有与你们开会之前，只有我知道试题的内容。而开会之后，你们两人只拿到了其中A套题的内容与答案,我当时忘了说还有B套题,因为那时我并没有想用它。没料到真的用了,却有意想不到的事发生了,"陈溪说着,递出那份试卷的复印件给汪静,"您自己看看,答案非常标准,但是完全不对题啊!"

汪静沉默了很久,又问:"这事儿,你认为该怎么处理?"

"我们不便干预,因为这件事可大可小,小的话,可以只理解为漏题而已,大的话……可能就牵扯到见不得光的利益了。我想,这些农村来的小姑娘,应该不太可能都跟Eric沾亲带故,而且又是这么多人。我建议您最好尽快与保安部联系,让他们火速将这十四个人隔离开,今天下午便问话,了解真实的情况。为了以示公正,您最好就别出面了,免得说您恶意针对Eric。保安部要怎么审这些人,是他们的事。"

汪静不语,点了点头,正好服务员端来午餐,两人便不再谈这件事了。

实际上,陈溪早已打听到,沙志文在这次招聘中收受了球童求职人的钱财。她统计了一下,他面试后签字录取的女孩一共有十六个,并且她还特意细查过她们的资料,但一直苦于找不到力度充分的证据。因为这次招收的就是生手球童,本身并没有什么专业背景,目前看潜质也查不出是否有暗箱交易。所以,她一直按捺着,慢慢寻找线索。但是这种事,操作的人也会很小心,实在难以捕捉到什么蛛丝马迹,更不可能直接去盘问球童本人。而最近,陈溪发觉沙志文又在蠢蠢欲动,寻找机会针对自己。为了早点排除隐患,她决定这次主动出击,布个陷阱,让他自己现形!这也是为何她极力要求培训一周即安排考试,假如等到一个月后,难以想象,沙志文那边又会有多少阴招损招在等着她。

大家都清楚,对这种舞弊行为的调查确认,一定会非常审慎。

因此这次,陈溪的计划堪称周密。A、B两套题难易程度相当,即使套不住沙志文,汪静追究突然换题的原因,她也有理为辩;而两套题尽管格式和类型差不多,答案却是"驴唇不对马嘴"的,一旦张冠李戴,就没法抵赖了。仅凭试卷保密这一点,即排除掉了今天参与考试的所有人,将目标牢牢锁定在了沙志文身上。而阅卷时大家都在一起,有现场的监控记录,陈溪自己也回避了,不可能算是栽赃吧!与此同时,陈溪其实拿不准汪静对沙志文的态度,也有些担心事情影响范围小了,也许她出于对沙志文的包庇或者担心"家丑外扬",想要盖压这件事。不过现在,人力资源部陷入"漏题门",汪静就必须给个说法，否则她自己亦难逃悠悠之口。

下午，培训部在酒店礼宾部开了一个新的培训课程，汪静让陈溪代替她去旁听。

培训进行了三个多小时，等到陈溪回到人力资源部，已快到下班时间了。她经过沙志文的办公室，见他已经下班，办公室里空空如也，倒是挺干净。心想，这人也真能沉得住气，接着，她走到汪静办公室门口，敲门进去。

"Jane，那个observation（听课，旁听）结束了，我和Vivian都认为他们部门的trainer（培训老师，这里指部门里负责业务培训的培训员）还是挺有潜质的，只是英文稍稍差了一点，但对业务经验的传授还是挺会表达的。"

"坐啊！"汪静见陈溪站在门口，笑着示意她进来，"我已经知道了，Vivian刚刚跟我通了电话。她还说，你对培训评估得也很专业。我说，当然啦，Rosie也是做培训出身的。她立即说：'天哪！我得好好干，不然有一天，你就要让Rosie取代我了。'"

"呵呵，Vivian可真会开玩笑。"陈溪禁不住笑道。

"我看她也该紧张一下了，最近她那块儿的工作是有些懈怠，马上要到年终的评估了，她那边有些工作还是没有完成，球童培训我有意让你分担一部分，就算是给她减轻压力了。不过，最近各部门的业务培训监管得还不是很得力。坦白讲，我今天本来准备去听那边的课，也是为了敲打她一下。她再这样下去，就会变成第二个Eric。"

"Eric？"陈溪有些不明白，"Eric怎么了？"

"他怎么了？你应该最清楚啊！"汪静笑道，"他今天下午已经离开了。"

"离开？他离职了吗？"陈溪有点不相信自己的耳朵。

"是啊，你想不到吧？我今天不能去听课，就是为了处理他的事。而让你去，一是你懂培训，二是让你回避一下。毕竟他走时如果你也在场，会有点儿尴尬，给他留点儿面子嘛！"

"您已经劝退他了？"陈溪不免惊叹汪静的麻利，"这么快！难道……他的问题已经查清楚了？"

"是的，我们吃完饭，我立即联系了保安部，他们派人去培训基地，带了那十四个女孩子到保安部，又派出两个主管分开询问。当然，一切都是合法的行为，但是那些女孩儿哪里见过这种阵势，一到那里就开始哭，没问几句就全说了。基本上，每个女孩儿交给一个牵线的人五千元介绍费，至于沙志文分到多少钱，现在没证据，估计也得有个三千左右。后来我问了Eric本人，他只说他收了每人两千元。不过这些都不重要了，我让他把两万八千元吐出来，然后自己辞职，免得我们追究他的法律责任。"

"那您怎么对Thomas解释这件事？"

"他已经知道了，Eric退出来的钱就是他让财务部派人跟着保安部一起去收缴的。这件事完全是Eric自己鬼迷心窍，Thomas也不会怪罪我，所以还好，我没关系。"

"那就好。"陈溪也慢慢地舒了口气，原来，刚才自己看他的办公室那么干净，是因为他也被彻底"打扫"了，"不过Jane，你的手也够快的！我可没料到，他突然就这么走了。"

"你难道不想让他早点儿消失吗？哼，不瞒你说，我早就看不惯Eric的所作所为了。要知道，他那些见不得光的事儿，一旦被别的部门抓住小辫子，我也会跟着倒霉。只是因为他是老员工，我没有正当的理由一时动不了，搞不好还得给他经济补偿……现在好了，一了百了。不过，他留下的那摊子工作，有一部分就得转移到你这边了。我看这段时间，股份公司的事也是似有似无的，你也不用太关注那边了，先把御景的人事整个接下来。放心，我也会帮你分担一部分工作，有些事情，这几个主管也可以支持到你。我看，下周一咱们俩再找个时间坐下来好好梳理，因为我还有一些工作想拜托给你。先不想这些了，这个周末你好好休息一下。"

陈溪笑着"嗯"了一声，便准备回自己办公室去收拾东西，汪静突然又叫住了她。

"Rosie，还有件事我想问问你，"汪静笑着，低声问道，"那套B卷，是不是你故意换的？'钓鱼执法'？"

"没有啦……"陈溪的笑眼闪着狡猾的光芒，"这个嘛，纯属巧合。"

汪静笑着耸耸肩："Well，算他倒霉。"她望着陈溪轻盈的背影，心里不禁感叹：这个女孩子看来真是不简单，不但能力强，还很有头脑及手段。不过，她对外倒也很有她的原则，上次总部主动找她调查自己和沙志文的事，她的表现还是很令人佩服的。

汪静同时也在感慨,世事难料啊!她原本想联手沙志文排挤掉陈溪,岂知最后,竟是借陈溪的力量,除掉了沙志文。不过道理也很简单:其一,眼看着这两名属下明刀暗剑频频交锋,但打来打去都是在本部门内折腾,若是风声传出去,她自己也免不了被扣上顶"督控不力"的帽子,因此必须让其中一人出局以便制止"窝里斗";其二,就拿上一次业绩奖金迟发的事故为例,沙志文不管整个部门以及她汪静是否会被牵连追责,一心只为针对陈溪,而陈溪却能顾全大局独揽责任……所以即使忽略陈溪的个人能力,汪静身为部门的总负责人,面对这两种类型的属下选择留谁、撵谁,也是毫无悬念的。

晚上下了班,刚刚出差回京的杨帆说想吃陈溪做的菜,陈溪自然也是心情大好,满口答应。从超市开车回住处的途中,陈溪将沙志文的事告诉了杨帆。

"小丫头片子,现在越来越厉害了!我一回来就听人说,你把员工餐厅的主管给'修理'了,没想到,今天还有这么一出呢!"接着,他又模仿电影《没完没了》里的台词:"高!实在是高!"

"你就别在这儿讽刺加挖苦了!一听就不是真心夸人,你总是觉得我这边的事都是'小儿科',就你忙的是国家大事!"陈溪瞪了一眼呵呵发笑的杨帆,噘着嘴发牢骚。

"我可没那么说啊,你别这么小心眼儿好吗!你瞧,知道你管理厨房有一套,我这不就马上加封你为我们家的'大厨'了……Oh baby,我想死你做的鸡扒了!"

陈溪甜甜地抿嘴一笑,瞥了下杨帆,没搭话。

"看来,Eric这个周末是别想好过了。"杨帆转而想起沙志文那张奸诈的脸。

"这都怪他自己,"陈溪的嘴角掠过一丝冷漠,"我听别人说,他最早在一个事业单位也是从低层一级一级升上来的,只不过他的晋升几乎都是靠阿谀攀附。到了Jane手下,他还算收敛一些,但也没能安下心,扎扎实实地强化一下自己的工作技能,仍然醉心于拉帮结派、钩心斗角的权利游戏。你听说过那个Wine and Sewage Law(酒与污水定律)吗?他如今,就是那一勺下水道里的脏水。他的可悲就在于,一开始进入职场,根基就歪了,后天也没能及时扳正……这种人呀,往往会被这个职场始乱终弃。"

"嗯,有点儿道理,"杨帆忽然含笑看了陈溪一眼,"没想到,我的厨娘还是个哲人。"

到了杨帆家，陈溪系上围裙在厨房里一阵忙碌，一个小时后便端出了香喷喷的三菜一汤。杨帆伸头一看：洋葱煎鸡扒、豉汁蒸排骨、上汤菠菜外加鱼头豆腐汤，顿时胃口大开，急急洗了手便坐到餐桌前狼吞虎咽。

陈溪帮他盛汤，看着他有些憔悴的脸，不禁开始心疼。

"你应该休几天假，在家里好好放松一下，你最近的脸色可不太好，在上海又没好好休息过吧？"

"年底的事情太多，等忙完这段时间再说吧！"杨帆大口大口地嚼着，"这几天，天天晚上有应酬，就没怎么好好吃饭。以后结了婚就好了，能天天吃到你做的菜！"

陈溪喝了点汤，留杨帆一个人吃饭，自己进屋去帮他整理房间。

杨帆漱完口从卫生间出来，靠在门边看着陈溪像个小主妇似的忙里忙外，动情地说道："人家说，男人要有两个老婆才幸福，一个要大方得体，一个则要温柔贤惠。大方得体的，可以带到人前撑门面；温柔贤惠的呢，专门留在家里伺候人。可我呀，只要得到你一个，就相当于两个老婆全都有了！"

"别贫了，过来帮我拽一下床单。"陈溪从洗衣机里取出刚刚洗净的床单，叫杨帆过来帮忙一起抻平，折叠小一些，接着挂到了晾衣杆上。

"这床单，你明天等它干透了再收起来，否则潮气没散透，放在柜子里会有霉味。不过你要记着，不要晾太久啊！你上次就是这样，出差几天都不记得收起来，结果上面都落尘土了，我还得重新洗……"其实杨帆以前是请钟点工的，但陈溪嫌钟点工做事粗糙，不放心，后来全由她亲自料理。

陈溪边唠叨着，边从柜子里取出干净的床单，伸手摸了摸床垫上的衬褥和床笠，确定是干燥的，便摊开床单，铺平，并耐心地将四边包裹平整。她抬眼看了看床头柜上的闹钟，已经过九点了，于是将换好被套的被子直接铺好，将枕头掸蓬松，放在了床头。

杨帆靠在门口，如痴如醉地欣赏着她舞蹈一般的身姿，怦然心动，常言道：饱暖思淫欲，今天自己算是体会到了。

陈溪铺好床刚一转身，却被身后的杨帆拦腰抱住，扑倒在床上。

"你干吗呀！我刚刚铺好，又搞乱了！"她刚想推他，却发现了他眼中闪动的火苗。

"今晚留下来好不好？和我在一起……"杨帆压住陈溪不让她动，轻轻吻着她的嘴唇，脸颊，接着到脖颈……陈溪突然意识到会有什么即将发生，急忙用力要推开他，"不行，你现在需要休息，你得好好睡一觉……"

"可我现在只想要你……"他握住她的手腕，不住地吻她，同时用自己的身体压紧她，让她也能感受到火一般的热力，"Baby，留下来陪我……"杨帆说着又开始狂吻，他用一只手擒住陈溪的一双手腕，按在她的头顶上方，另一只手则悄悄钻进她的衣服底下，顺着软滑的皮肤慢慢探索到后背，松开了她文胸的搭扣……陈溪动弹不得，开始不住地发抖，似乎要被引燃，呼吸也没了章法，又迟疑又向往。当女人被自己深爱的男人用熊熊的欲火围攻时，往往最先化为灰烬的，便是理智。

杨帆伸手熄灭了床头的灯，房间顷刻间隐藏在黑暗的怀抱里，寂静的空气中潜伏着躁动，却被一丝尖细的铃声骤然划破。

"手机……是你的手机……"陈溪上身动不了，只得用膝盖顶了顶杨帆的腿。

他不得不停下，吸了口气，扫兴地翻身起来，从床头柜上拿过手机，看看是御景打来的，按了接听键。

电话是高球运作部打来的，一个会员正在灯光球场打球，突然心脏病发作，倒在了草地上，已经叫了救护车，但是好像人已经不行了。

"我必须得过去一趟。"杨帆系好领带，转身看着坐在床边的陈溪，"Baby，你留在这儿，等我回来好吗？"

"留在这儿？不行……"陈溪连连摇头，"你不在，我一个人害怕，而且也不知道你什么时候才能回来。"

杨帆叹了口气："好吧，咱们走，我先送你回家。"

~2~

晴天霹雳

周一，办公室里一切似乎如常，只是大家免不了会私下议论一下沙志文的离职。

其实，不只是汪静，其他的员工也会联想到，这是陈溪给沙志文设下的圈套。不过，如果他自己没有贪图小便宜，再险恶的圈套陷阱也没法得逞，怪只怪他自己身形不正，所以影子歪得即便正常，人也会摔跤。

大家对陈溪表面上和以前没什么区别，但心里还是有所敬畏。这小妇人平时一副和风细雨的柔弱做派，备不住什么时候，就能掀掉别人家的房顶。手段高不高明暂且不说，至少让你无懈可击。而培训经理Vivian更是敏感，周一一早便给自己的兵将开会，重新调整工作。遇到有心计的对手还不算可怕，最可怕的是她除了心计，还有相当的能力，以及杨帆这个"后台"。

然而不等Vivian做好"战备"防御，陈溪不但接管了沙志文的工作，居然还被汪静"钦点"为员工新年晚会的总负责人！

员工新年晚会是一年中最重要的员工集体活动。以往的晚会都是由培训部负责组织，并由Vivian来主导，而今年……她在不担责任的同时，还丢掉了"颜面"。尽管汪静告诉她这次将由陈溪负责晚会的策划与组织时，为了排除Vivian心里的抵触情绪，也给了她一些似有似无的肯定与鼓励，说是让陈溪替她分担一些压力，但谁都明白这话的潜台词：你Vivian既然能力有限，只能让别人来帮你一把。

下班之前，陈溪抽空特意去了趟培训部办公室，打算跟Vivian就晚会的策划筹备先"预热"一下。

Vivian自然认为来者不善，因此在汪静面前还承诺百分百配合的态度，到了陈溪这里便大打折扣。陈溪询问上一次员工晚会的情况，Vivian只是叫人拿来了相关的存档文件，客客气气地请陈溪先"慢慢看"。而她的几名属下在拿文件的过程中总是"不经意"地摔摔打打，Vivian则对这样重手重脚的行为并未表态制止。

这种局面，任何一名人事经理都能凭借灵敏的嗅觉感受到办公室里的火药味，加之汪静在上周已经"敲打"过Vivian，陈溪能想象得到，此时大家一定都以为她已经摩拳擦掌，准备"收编"培训部了。她不露声色，接过文件夹，笑着请Vivian跟自己回办公室，单独聊几分钟。半小时后，外间办公区的员工们看到，Vivian灰着脸从陈溪的办公室里出来了。

第二天午餐时，杨帆听陈溪讲了与Vivian"交锋"的经过，讪笑道："你这种开门见山的风格还真是少见，直接说不会取代人家的位置，也不怕别人笑话你狭隘，谁会承认真的担心你威胁到人家？"

陈溪不以为然，边喝粥边道："怕那些才是多余呢！对付沙志文，的确需要玩阴的，因为确实是你死我活的斗争。不过Vivian这里呢，索性就跟她挑明了，用最直接的方式打消她的顾虑，免得她整天防着我而不配合工作，毕竟最终的目的是做好这次的晚会。挑明的同时，我也不会客气，就算我们级别相同，在晚会的事上我是总负责，就有权指派任务给她。这件事，Jane已经明确交派给了我，我就当自己已经有了'尚方宝剑'，具体的事宜将如何安排、如何推进，就是我分内的事了，在与Vivian的协调上如果太磨蹭，让旁人看了，会觉得我没有力度。"

"呵呵，你还真有当领导的潜质。"杨帆边说边替陈溪夹菜，自己似乎胃口并不好。

"你怎么了？吃不下？看你的脸色不好，肯定是这几天又没好好休息，总是骗我……"陈溪心疼地望着他满面的疲惫。

"我没事儿的，baby。'翡翠会籍'整个的推广部署已经到了最后阶段，不能放松。过几天安排好了，我就轻松了。"

陈溪轻轻叹了口气，不再埋怨。聊及员工新年晚会，她便问杨帆有没有什么好主意。

"员工的晚会，不可能像会员的活动那么铺张，所以不可能在装潢或者宣传上做什么大的文章，关键就是，你得找对一个主题。"杨帆边喝汤边说道。

"主题？主题不就是……所有的员工忙了一年了，聚在一起热闹一下，开开心心地迎接新的一年嘛。"

他笑着拍了一下陈溪的头："瞧瞧，主题都没抓对，后续的工作方向当然也就错了。"

"那你说是什么？"她停下筷子，歪着头看他。

"你刚刚才跟我说，我还来不及细想，但凭感觉，我就知道你们没抓住事物的key point（要点），所以去年的活动效果并不理想。今年，如果你们还是沿用这种老思路，就算是调整了一些形式上的东西，多花一些钱，安排好的节目，将一些看似以前没做好的环节再完善，恐怕还是'换汤不换药'，难以保证最后的效果能令人满意。这一年来，人力资源部组织的员工活动也不少了，什么五一聚会啊，中秋晚会啊……你也听说了，无非就是聚在一起吃吃喝喝，台上演台上的，台下聊台下的，顶多有点儿抽奖和游戏，结束了，还不是散伙回家，之后全都忘了，有意义吗？"

"有道理呀，"陈溪回味着杨帆的话，陷入思考，"那我得怎么找准主题呢……"

"别急，等我回去静下心来，再帮你想想，现在你先好好吃饭。"杨帆说着又夹菜放进她的碟子里。

"不用了，"陈溪扭头看着他，"你回去能够听我的话，好好睡觉，好好休息，我就谢天谢地了。我自己想，不用你管。"

"哟呵，我帮忙还看不上啊？"杨帆面带欣赏地笑道，"行啊，那你得向我保证，你一定会做出一场成功又不同凡响的Annual Party（员工年度晚会）！成功了，可没有奖励，但要是失败了，我就罚你！"

"蛮不讲理！那我要是失败了你怎么罚我，不理我了？"

"那倒不会，见不到你，是我自己受罪。"杨帆摇摇头，转转眼睛想了想，"你要是失败了，那我就……不吃饭！不睡觉！把自己搞生病……让你心疼死！"

陈溪忍不住扑哧笑了出来："神经病！你自虐啊？我才不会管你呢！"

员工晚会的节目及活动安排，陈溪想再静下心来考虑两天。眼下，可以先将晚会当天的聚餐做些安排，于是她下午又叫孙大柱来办公室。

自从上次陈溪在增加球童供餐的事情上给了孙大柱一些颜色，他最近的确是安分许多，她交代给他的任务，基本上都完成得令人满意。对此，陈溪也给了孙大柱一些正面的肯定与鼓励。孙大柱也听说了沙志文被劝退，同时，自己无论情愿与否，按照陈溪的指示落实的工作，确实慢慢得到了员工们的好评，令他在不知不觉中也开始佩服这位巾帼上司。随之，两人之间的上下级关系也逐渐融洽。

今天面对面，陈溪再次总结了员工餐的显著改观，由衷地赞赏道："孙师傅，今天我诚心诚意地说一句：你这活儿干得漂亮！"

孙大柱有些不好意思，边挠头边笑："陈经理，说实在的，这段时间跟您也学了不少。我们有时是得抠扯这些小细节，目的就在于，尽量减少这些小事儿以后找麻烦，不让它们来损坏咱们团队的形象。要是别人胡乱指责我们，我们也可以拿出证据来反驳他。"孙大柱一本正经的话语，难得地用到一些正式辞令，令陈溪不禁笑出声来。

"呵呵，行啊！孙师傅，你最近语言表达也有进步啊，越来越'官方化'了！看来你已经进入状态了！"陈溪继而拿出一张纸递给了孙大柱，是一份岗位描述，"你看一下吧！"

孙大柱接过一看，上面的职位标题是：员工餐厨师长。他有些不解："这是什么？"

"这是我即将跟上面建议，要给你调整的新职位。我已经做好了一份分析论述，目前所有的数据表明，你的工作强度不亚于宿舍经理，再把你放在'主管'的位置上就不合适了。不过厨房里封个'经理'，听起来有点怪，所以暂定为'厨师长'，级别和待遇跟同B级经理。这段时间，大家对你们员工餐厅的评价都不错，因此趁着现在向上申请，应该是最佳时机了。我想，你一个三十多岁的大老爷儿们，也需要职业生涯的发展，总不会喜欢老被我压制着做事吧？"

孙大柱此时的感动不言而喻，他一时也不知该说什么好。

"陈经理，我过去……我就是一糙人，您千万别往心里去……"

"我如果往心里去了，还会帮你争取升职？过去的事咱们都不必太在意，总之，职场中只以工作来衡量人，你努力了，就应得到肯定。"陈溪微微笑着，"好了，我该说的都说完了，你回去后，把这份新的岗位描述再消化一下。我已经和Jane沟通过有关你的提职，材料我也都准备好了，如果你对这个新职位的职责和待遇没有异议，明天上午给我一个答复，我们就会正式向上递交申请。而这期间，你一定要加倍用心，在工作上别出什么纰漏。"

今天正值球童集训的第二次测试，Juliet、Angela下午都去培训部帮忙了。通常这种情况下有外线电话打进部门，办公室里的人员便会帮忙接听。碰巧一个电话进来，Fiona她们都在讲电话，陈溪听见电话响了超过五声还没人接听，便切换到了自己的线上。

电话是正在筹备开业的锦华大酒店行政部打来的，他们只是做一下常规的员工背景调查。

陈溪记下了需要调查的御景某部门前任经理的名字，并告诉对方会尽快回复邮件。但对方解释说，他们目前是在一个临时地点办公，网络尚未布好线，所以查到员工以往的工作记录后可以打电话告诉他们情况。陈溪听得出来，与她通话的人似乎只是行政秘书或文员之类的职务，因此没再多说，应允后便挂了线。

陈溪放下电话，脑子里突然闪过了一个念头，她立即打开招聘网站，搜索"锦华大酒店"的招聘职位，果然找到。她浏览了一下招聘的空缺，几乎囊括了所有的部门、各个级别的职位，其中还有"人事培训经理"。

思量片刻，她打了个电话给赵玉刚。

"Edward，如果你现在不忙，麻烦你来我的办公室吧！是什么事等来了我再告诉你。"

赵玉刚见陈溪神神秘秘的，不明何故，好奇心驱使他很快到了她的办公室。

"Edward，我想请你帮一个忙，但是你一定要替我保密。当然，肯定不是违法的事。"

"什么事啊？你搞得这么神秘兮兮的。"

"麻烦你打这个电话——这是一家还没开业的酒店，叫锦华大酒店。我需要你以我们人力资源部的名义，打电话给他们，就按这上面写的大致意思来说。"陈溪说着，站起身递给赵玉刚一张字条。赵玉刚接过字条看了下，忽然抬头吃惊地看着她。

"Rosie，你觉得这样……有必要吗？也许他根本没去过那里呢？"他有些迟疑。

"这一点，我没法判断。不过凭直觉，我觉得他会去的，因为年底的工作并不好找。不说这些了，你只是帮我打个电话，可以用我的名义，但你是男士，将来有疑问也无从查起。他们既然来调查过别的人，说明近期他们所有的招聘都会做背景调查，因此只要你提供信息，估计他们都不会拒绝——Edward，帮帮忙吧……"

赵玉刚叹了口气，难以拒绝陈溪期盼的眼神，慢慢拿起了电话。

陈溪请赵玉刚代劳打的这个电话，是关于沙志文的。看到锦华酒店也招人事部经理，她预感沙志文也会去应聘。当初汪静不想让自己部门家丑外扬，所以叫沙志文自己递辞职信离开，并且当月发到业内的"黑名单"中也没有出现他的名字。对此，陈溪一直心存不满——对于沙志文这样的职场败类，就应该赶尽杀绝，否则他还会去祸害别人。

赵玉刚代替陈溪传递给锦华酒店的，便是关于沙志文违反职业操守、私自谋利的信息。他按陈溪的叮咛，佯称对方曾经来电询问过沙志文的情况，现在只是给予回复。

"请问，我们是什么时候打来电话的？又是哪一位联系你们的？我好转告他。"锦华行政部的人最后问道。

"不好意思，我没有记住是哪位，总之是你们那儿的人曾打过电话——查不到也没关系，你们可以先记下来做个备案。"

赵玉刚从容地应付完毕，挂断了电话，继而又看陈溪："陈小姐，这下你满意了？其实他已经输了，真不明白你为什么还不放过他？"

"Edward，你是不是觉得我只是出于个人恩怨而不依不饶？"陈溪又坐了下来，语气平静，"我们现在的'职场'概念，并不单单只是御景的工作环境，还包括这之外的行业职场。记得我以前的老板曾经说过，一个没有职业操守的人，会毫无原则地与任何人为敌，这种干戈是永远化不成玉帛的。所以说不用指望Eric能够反省自己的过错，他们这种人的思维只会一味地认定，是你比他更坏，因此就算去了别的地方，只要还在这个圈子里，他们仍会不遗余力地诋毁你，破坏你在这个行业里的名誉、形象……而我对此所能采取的措施，就是先发制人，不让他以后在别的职场还有机会跟我交锋——这种人，真正需要的就是回家，闭门思过。"

赵玉刚愕然地望着神情冷酷的陈溪："Rosie，我觉得你变了很多……总之和会员服务部里那个人见人爱的小姑娘不一样了。"

"我知道，我现在是'人见人嫌'，只有James还没嫌弃我。"陈溪坦然地说着，边用手一点一点地撕碎赵玉刚还给她的那张字条。

"那倒不是，谁也没有嫌弃你。我只是感到，你开始有锋利的一面了。"

"谁都会有这样的一面，只是有些人一时隐藏了起来，甚至连他自己都没有意识到。这是一个人的'本能'，只有在生存遇到威胁的时候，才会显露出来。"

赵玉刚缄默不言，陈溪看了他一眼，继续道："Edward，或许我比你进入职场早一点点，能与你分享一些小的心得。过去的三年，我其实经历了数不清的办公室政治，最终总结出一点——不管你有没有政治头脑，首先要确定行事正派，否则总有一天会落得惨淡出局。而只要自己做了正确的事，老天自会还你一个公道。知道吗，我当初来御景，就是以前一个客户老板的司机主动帮忙的。"

"难道你也是别人介绍进来的？我还以为，你是自己应聘过来的。"

"确切地说，是御景主动联系我的。我当时正在家里看电视，好像是Juliet先打电话给我，问我有没有兴趣应聘，之后我才把简历发给了人力资源部。当时我也很奇怪，他们是怎么知道我的？后来才听说，是我以前在深圳的一个客户提供了我的联系方式。那也是一家高尔夫球会，那时候，我被公司派去帮他们重新调整员工培训，尽管只是在那里待了四五个月，但员工们对我的印象还不错。那家的老板碰巧也认识御景的高层，偶尔在吃饭时，御景的人请他帮忙推荐做会员服务的，结果他的司机听到了，歪打正着就把我给推荐过来了——这都是那位司机之后才告诉我的。其实我跟他并不熟，只是他曾开车接送过我几次。Edward，其实我想表达的是，我们在目前这个职场中工作得好与不好，或许在另外一个或近或远的时间与空间中，就会有看似不相干的人正在给予我们肯定或者否定的评价。也许，这些事我们一辈子都无从知晓，但很可能就会影响到我们的一生。"

"呵呵，我承认，你说的不是没道理，陈老师。"赵玉刚说着笑了。

"你还别不信，以后慢慢你就有体会了。"陈溪瞪了他一眼，继续说，"我突然又想起了James有一次说的话：有时候我们的命运，往往就掌握在一些小人物的手里。他们给不给你机会，你是无法知道的。呵呵，在姓沙的眼里，我也是个'小人物'，可惜，我就是不给他生存的机会。"

赵玉刚突然做了个浑身一哆嗦的动作，感慨道："你这个'小人物'还真可怕！我以后可不敢得罪你。行了，我就不在这儿久留了，一是外面很多人，二是怕你一会儿想要'灭口'——我先闪人！"

陈溪笑着没搭话，望着他起身走到门口，忽然"喂"了一声叫住他。

赵玉刚回头看陈溪，立即明白了她的意思，无奈地笑道："放心吧陈小姐！出了这个门口，我就失忆！"

十二月的最后一周，圣诞节刚过，各个公司又忙于新年前与客户或是合作商户的贺年联谊活动，方浩儒这几天也是疲于应酬，即便如此，仍有邀约不断。早上一到办公室，便看到大班台上又是一堆酒宴的请帖，他皱了皱眉，拨通了助理何艳莹的座机。

"Lisa，以后再有什么请帖，或是电话来，你就替我挡了吧！我上周什么正事儿都没干，天天泡在酒杯里。你现在进来，把我台子上的这一堆也拿走，安排市场部或者其他部门的负责人过去应付。顺便帮我泡杯普洱，谢谢！"

不一会儿，何艳莹端着茶杯进了方浩儒的办公室，将茶杯放下，便把台面上的请帖收起准备拿走，但又从中抽出了一张。

"方总，我想起来了，这是高远地产的徐总寄来的，是他们的周年答谢酒会，他后来还亲自打来电话说，有您认识的发改委的领导也会出席，那您还去吗？"

方浩儒正在喝茶，听罢垂头丧气地放下了茶杯，伸手说道："把他的给我吧！"

"对了，还有一件事，我不知是不是该现在跟您说……市场部那边正在协调，还未落实，他们本来让我晚一点儿再告诉您……"何艳莹迟疑的话语，尾音渐渐变小。

"什么事儿？现在说吧。"方浩儒望着电脑屏幕，顺手开邮箱查收邮件。

"御景山庄的杨副总，今早突然被送进医院了，好像说情况挺严重……市场部这几天正好跟他在洽谈新年宴会的方案，打算今年起放在北京举办，可以联络更多的内地商户，但没想到他出了意外，George跟他谈了一半，还没签协议，现在正与御景方面协调确认一些细节，如果有问题，我们可能……又得再挪回香港去做。"

"你说什么？"方浩儒突然一愣，抬头看何艳莹，"谁进医院了？"

"就是他们的副总经理杨帆啊，您不是认识他吗？"

"他得了什么病，怎么突然就进医院了？"他颇为意外。

"听George说，好像是心脏病突发，也就是两个小时前的事，说人可能挺危险的……"何艳莹不明白老板为何会如此关注这件事，又开始有些担心，是不是自己的嘴巴太快了？

"会这么严重……"方浩儒的思维变得有些迟钝，"好了，你出去吧！"

他靠在大班椅上，理了理思绪，觉得这个消息就像天方夜谭一样，杨帆那个健康爽朗的形象仍依稀在目，继而又鬼使神差地回想起他那女友看他时的幸福表情……突然，方浩儒意识到了什么，抓起电话又打给何艳莹。

"Lisa，你快帮我查一下，杨帆在哪家医院？叫小周马上备好车在楼下等我！"放下电话，他起身抓起大衣，快步出了办公室。

方浩儒匆匆下楼，坐进车里的时候，何艳莹的电话就来了，他接了电话，立即吩咐小周："快！去首都医院！"

到了医院急诊部，方浩儒迅速赶到问询台，险些和飞奔而来的刘小慈撞到一起。刘小慈见是方浩儒，以为他也是来看杨帆的，急急招呼一声便转头问护士："御景刚送来的病人，一个叫杨帆的，现在在哪儿？"

护士还没查到，方浩儒突然看到几张似曾见过的面孔，便问刘小慈："看那边，是不是你的同事？"

刘小慈回头一看，见是Frank、Steven、Lucy和人力资源部的Juliet，急忙跑了过去。

"Frank，你们是不是来看James的？他现在人咋样了？"

四人沉默半响，Frank眼睛红红，难过地挤出了几个字："没救过来……"

"啊——"刘小慈闻言如晴天霹雳，"怎么回事啊？他到底怎么了？？"

"原因还不确定，他今天早上开会时正讲着话，突然捂住胸口，倒在地上就不省人事了，救护车来的时候就说挺危险了。"

刘小慈怔了许久，看到Lucy和Juliet吸着鼻子擦眼泪，又问："那……Rosie知道不？"

"她现在就在里面……她说，要单独跟他待一会儿，让我们先走。"Juliet呜咽着说。

"那你们就把她一人扔那儿啊！她要是出了事儿可咋办哪？！"

Steven低着头，声音小得几乎听不见："她不让我们在那儿，她挺平静的……我们想着，她可能就是想单独跟他告别……我们就先出来办手续了。"

"不行，我得进去瞅一眼，告诉我她在哪儿？"刘小慈感觉不太放心，顺着Lucy指的方向往其中一间急救室跑去，方浩儒紧随其后。

两人跑到门口，刘小慈调整了一下呼吸，轻轻推开了门。

只见急救室里，设备都已撤走。杨帆静静地躺在急救床上，神态安详，如同沉睡于梦中。他放松地合着双眼，仿佛刚刚演奏完慷慨激昂的《命运交响曲》，正在品味《月光小夜曲》那悠缓低回的安谧。陈溪守在他身旁，正将头俯贴在他的胸膛上，也是一动不动。她穿着单薄的西服套装，显然是从办公室直接赶来的。

刘小慈望着心中一直眷恋的男人此刻的寂灭,潸然泪下,她尽量克制住不哭出声,轻轻地叫了一声:"Rosie……"

陈溪慢慢抬起头,转过脸,表情静如凝冰,目光幽若深潭。"Amy,你来了。"继而她又将头伏下。

"Rosie……你这是干啥?"刘小慈钝钝地看着她。

"他睡着了。我在找他的心跳,如果找到了,就能叫醒他了……"她边说着,边伸手帮杨帆掖好肩部的单子,似乎怕他着凉,幽幽的声音,令刘小慈不由得感到一丝寒凉:"你……可别吓我……"

陈溪不语,依旧伏在杨帆胸上,不相信那澎湃的律动从此消失无复。方浩儒不忍再看,转过身去,忽然感到喉咙发堵。

"Rosie!你醒醒!你别吓我啊……他不会醒了!"刘小慈忍不住哭了出来,用力摇着陈溪的肩膀。

"你别吵!他已经很多天没好好休息了,你让他安静地睡一会儿,行不行?!"陈溪突然站起来,猛地推了刘小慈一把,刘小慈却抱住了她,开始泣不成声。

"Rosie……你别这样……James已经……走了……"

"你胡说!他没有!他今天早上还好好的!"陈溪厉声反驳。正在这时,两名护士推门进来,麻利地将单子盖回杨帆脸上,平淡地对她们说:"小姐,你们回去吧!人我们先推走了。"

"你们干什么……你们要干什么?!"陈溪突然激动起来,慌乱中拉住杨帆的手臂,"James!你快起来!快起来!她们要拉你走!快起来啊!"

方浩儒见状,急忙上前扶住陈溪往后拉,刘小慈哭着掰开陈溪的手指。"Rosie……别这样……他已经死了!"

"你们骗我!他没死!我求求你们,不要带他走!求求你们了!"陈溪开始哭求,一只手抓住杨帆的手臂,另一只手死死握紧床的扶手,刘小慈和其中一名小护士怎么也掰不开,方浩儒不得已,只得伸手硬用蛮力。

"James!James!你别走……"陈溪被方浩儒及刘小慈拽着,无力地伸手试图去够杨帆的遗体,看到护士打开了门,她身体一哆嗦,突然大叫一声:"你等等我!"疯狂地一用力甩脱了方刘二人,扬手打翻旁边推车上的一只空药瓶，抓起地上的一块碎玻璃划向自己的左手腕……

方浩儒眼疾手快，立即扑上前抓住陈溪的右手腕用力一拍，抖掉了玻璃片。陈溪眼见杨帆被推了出去，不顾一切地又向外追，刚出门口却被方浩儒牢牢拽住。

"放开我！快放开我！放开！"她突然回头拼命要挣脱，用脚使劲踢他，方浩儒没说话，紧握着她的手腕怎么也不松开。

陈溪扭过头，怔怔地看着杨帆的遗体已被推到走廊尽头，正被一扇电梯门隔出了自己的视线，她的眼泪喷涌而出，内心彻底崩溃。

"你放开我——"她撕心裂肺地大叫，突然照着方浩儒的手背狠狠咬去，他疼得咬紧牙关，却依旧不松手。

刘小慈从陈溪要割腕的时候便吓得僵住，直到此时才缓过神来，慌忙拍打着陈溪："Rosie! Rosie!你这是干啥呀！快别咬了！松开！你疯啦……"

闻讯赶来的医生见状，迅速推开旁边的一扇门，喊道："快把她弄到里面去！"转身吩咐一名护士："马上给她注射四十毫克氯丙嗪！"

方浩儒忍着痛，硬把陈溪拖进了门里，抱到了治疗床上，刘小慈马上拉过毯子盖在陈溪身上，继而用身体压住她的腿以免她乱动，方浩儒用力按住陈溪拼命挣扎的上身，与护士合力压住她的手臂注射了一针镇静剂。

陈溪绝望无力地哭喊着，声息渐弱，慢慢昏睡过去。

医生叮嘱要留下观察几个小时，方浩儒去办手续，刘小慈给御景的人打了几个电话，接着坐在陈溪身边，泪眼汪汪地注视着她，心如刀绞。

这个在御景一直和她最知心的小姐妹，怀着一颗纯净的心灵，真挚地对待着她所关爱的朋友和恋人，刘小慈回想起陈溪曾经对自己的帮助，回想刚才她那伤心欲绝的样子，忽然觉得自己根本不配妒忌她。

杨帆平凡之初，她没有挑剔；杨帆腾达之时，她也不计回报；而他离去之际，她更是毫无保留。刘小慈难过中夹带着惭愧，她知道，陈溪为了杨帆所付出的，自己永远都做不到，而自己却昏头昏脑地将错误抉择后的不快偏激地变为妒恨，转加给了无辜的朋友。看着面前心碎的陈溪，刘小慈只能默默地祈祷，求上苍快快为她打开一扇生机的窗户。

方浩儒回来了，临近中午，他刚让小周去买了些食物。"你吃点儿东西吧，她估计还得睡一会儿。"他说话间递给刘小慈一只麦当劳的食品袋，自己则打开了一杯咖啡。

刘小慈谢了一声接过袋子,却没有胃口。她突然看着方浩儒:"方总,您是来看James的吗?"

"嗯,他经常关照我们公司的活动,我本想过来看看他。"方浩儒靠着墙,低着头喝了口咖啡。他自知言不由衷,却也搞不清究竟为何会在这里。

"唉……这么优秀,这么年轻,咋说没就没了呢……"刘小慈擦了擦眼泪,看回沉睡中的陈溪,"Rosie这下可咋办呀?"

"她在北京还有别的亲人吗?"

"就是和她同住的堂妹。她家在广州,我让她堂妹想办法通知她爸妈了。她是独生女,她爸妈要是知道了她想自杀,还不得愁死!"

"当然不能告诉她父母这些了。"方浩儒平静地望着陈溪,继续说,"她突然遇到这样的变故,一时接受不了,有些极端情绪是难免的。慢慢就会过去的,她毕竟还年轻,时间会帮着她疗伤——你和她是好朋友?"

"对,我俩以前一起在会员服务部,Rosie人挺随和,对我特好,所以我俩总在一起。"

"那你这段时间多安慰安慰她吧。"

"嗯,我会的。"刘小慈应着,无意间看到方浩儒拿着咖啡杯的手背上,一个唇形的血印已现红肿,"哎呀!您的手……"

"没事儿,过几天就会消肿。还好,没咬断。"他淡然地调侃。

"这可咋整呢!这丫头也是真急眼了,咬这么狠……您等等,我去叫个护士帮您整整。"刘小慈说着迅速跑了出去。

方浩儒看着刘小慈跑出去,无奈地笑了一下,慢慢走到了陈溪身边,低头看着她熟睡的样子,如同被折断翅膀而跌落人间的天使。

赶来医院的这一路上,方浩儒时时犹豫着该不该掉转车头回办公室去处理那些本该处理的工作,然而心却向着与理智相背的方向疾疾驶去。或许旁人会猜测,他这是急于夺回心爱的女孩,但其实他是有廉耻心的男人,最不屑于如此乘虚而入。此刻站在陈溪床前,他终于读懂了自己的内心——平常,认为她正在某个地方开心甜蜜地过自己的小生活,他不会说什么做什么;可一旦得知噩耗与她有关,他便坐不住了,感觉整个心都被揪紧,即使什么也做不了,不亲眼看到她,他就是放心不下!哪怕下一分钟她又不再需要他了,这一刻,他仍希望能这样静静地守着她，以求让自己安心。

方浩儒不觉又回想起上一次，陈溪在他车里睡觉的模样，便伸出手替她理了理耳际的碎发，不由得用手指轻轻划过她裸露的脖颈，指尖感受到一丝爽滑的清凉，忍不住又悄悄划过一下……刚才的一幕太过突然，令他来不及体会，将她抱在怀中的感觉。她咬他时的疼痛，倒是很清晰，不过，也比不上她平日那副忽冷忽热的态度，能像锋利的刀片一样，每每割得他体无完肤。

刘小慈和一个端着托盘的护士进来了，护士替方浩儒清理了伤口，简单地包扎了一下。刘小慈这才小小地松了口气："方总，今天可是多亏了您，否则我都不知道咋办好了……谢谢啊！"

"没什么。"方浩儒豪爽地弯了下嘴角，而眼前的状况令他实在笑不出来。

刚才那位女医生此时又回来，听了听陈溪的心跳，又让护士帮她量了一下血压，之后嘱咐道："她现在的情况应该算稳定了，你们可以带她走了，回去后注意她的情绪，别再受刺激，让她好好休息，尽量避免频繁使用镇静药物。"

两人谢过医生，方浩儒打电话叫小周把车开到门口，和刘小慈扶起陈溪，用自己的大衣裹住她，小心翼翼地抱了起来。陈溪昏昏沉沉的，眼神空洞，没有一丝反应，缩在大衣里的身体软若无骨。

小周看见方浩儒抱着陈溪出来，连忙下车打开后座的车门，方浩儒让刘小慈先坐进去，再把陈溪放到她身边，叮嘱她扶好，自己和小周坐进了前排。

"你知道Rosie的住处吗？"见刘小慈点点头，方浩儒扭头吩咐小周："走吧。"

~3~

承诺

陈溪从医院回来的当晚便发了高烧。堂妹和赶来的刘小慈陪护了她一整夜，直到陈溪的母亲第二天一早飞来北京。

蒋涵眼见宝贝女儿病成如此惨相，心疼得直掉泪。在母亲的悉心照料下，陈溪终于退了烧，身体仍然虚弱，但意识已在逐渐恢复。

杨帆的父母也赶到了北京，处理独生儿子的后事。白发人送黑发人，悲痛不言而喻，对于儿子的猝死，医院的结论是：劳累过度，导致急性心脏病发作。一直引以为傲的儿子，从一个阳光健康、生龙活虎的小伙子，突然变成了太平间里一具又冷又硬的遗体，令老两口肝肠寸断，纵然留下可观的财产，又让他们如何消受。

杨帆母亲见到陈溪，禁不住老泪纵横。儿子选了一个多好的姑娘啊！即便经历了痛与病的折磨，也能看出原本会是个端庄贤淑的好儿媳。她抖着手，从包里取出一只封好的小信封，上面写着：人力资源部，TO ROSIE。

"这是在他的公文包里发现的，我们问了这个地方，他们说，这人是你……我们不知道里面是什么，但应该是他准备给你的。"说着，她把信封递给了陈溪。

陈溪接过来，摸了摸，里面硬硬的，她打开一看，是一张光碟。"哦，应该是我之前让他帮我收集的资料……谢谢！"其实她也不知道里面是何内容，只是怕又被蒋涵阻拦，于是佯装与平常无异。

蒋涵担心女儿难过，又扯了别的话题，陈溪却起身进了自己的房间，而当她再出来时，所有人都吃了一惊。

她披散着只到肩膀的纷乱短发，将一包用手帕裹好的头发，捧给了杨帆母亲。

"他说过……喜欢我的头发，这个……请一起火化。"陈溪强忍着，捧头发的手不住地颤抖，她不想再去深化一个母亲的丧子之痛，但眼泪还是一颗接一颗地顺着眼角滚落了下来。

杨帆的母亲点了点头，伸手来接时却握住了陈溪的手，再一次恸泣。

儿子最近很少打电话回家，偶尔一次通话，一大半的时间都是母亲在逼问儿子何时带准儿媳回家。儿子一次一次地承诺，她也一次一次地梦想着小情侣回家时的热闹场景，岂知盼来等来的，会是眼前的这番悲凉……

杨帆的父亲含着热泪接过了头发，扶住老伴，对陈溪说道："小陈，你还年轻，好好照顾自己，好好地生活，我想，这也是杨帆希望的……我们就不打扰了，告辞了。"

送走老两口，蒋涵安慰了女儿几句，便进厨房去看汤煲得如何。

陈溪默默地回到了自己房间，将刚才收到的那张光碟，放进了电脑的光驱。这只是一张CD，不一会儿，便传出了杨帆演唱的 *Kiss Goodbye*。陈溪怕母亲发现，立即关上了房门。这些天，关于杨帆的一切都被蒋涵收走，她一直看不到他的影像，今天却意外地听到了他温柔的声音……

她的眼泪唰唰不停，不敢放声哭泣，只能用力咬自己的手指。杨帆曾经说过，要用什么音乐软件录这首歌给她，他不能陪在身边时，她便可以听这首歌，那时她只当他是随口说说而一笑了之，想不到他竟一直记得。他也许是录好后没有机会给她，所以封好想让别人转给她，只可惜最终还是没来得及。陈溪实在控制不住，关了电脑，冲进卫生间打开水龙头，在水声的掩护下低声哭泣。

蒋涵还是听到了女儿那难以掩盖的悲痛，当妈的也跟着心碎。当晚，她再一次劝说女儿跟自己回广州。陈溪依然摇头，看起来却平静了许多。

"妈妈，你放心吧！我没事了。我不能走，我答应过他，要做一个成功的员工晚会，就算只是一个工作上的任务，答应了他，我就不能食言。元旦后我就回去上班，你也回广州吧，告诉爸爸，我没事了。"

元旦期间，陈溪在家里有意识地休整了一下，很积极地配合母亲调养自己的身体。假期一过，她便出现在人力资源部。

大家看着头发剪短、面无血色的陈溪，都明白过去的日子里她经历了些什么，但谁也不敢再提，只当她也像别人一样，正常地休假回来。

当天下午，陈溪主动约汪静一起到培训部办公室跟Vivian开会，商议员工新年晚会事宜。

汪静此次将新年晚会的重任交派给陈溪，也是希望借她的灵活头脑能够有不拘常规的创意。然而杨帆出意外后，她担心陈溪一时恢复不了状态，只能让Vivian先策划一个备用方案。

Vivian今早也听说陈溪已来上班，便主动将方案发给了陈溪。尽管陈溪倒了"后台"，Vivian不无想法，但与恋人从此阴阳两隔的结局，让毕竟是个善良女人的她也做不到幸灾乐祸。她只是猜想，现在的陈溪，应该不至于像之前那样强势了。

三个人找了一间安静的培训教室坐了下来，Vivian在白板上写写画画，将自己的方案简要陈述了一遍。从方案本身来看，她的确很用心，大致总结了去年的不足，也相应提出了一些改良措施。在原有的活动模式上又增添了新的游戏,并且提高了给演员及所在部门的奖励,以便鼓励大家积极参与。

汪静听着,既没有眼前一亮的感觉,也找不出具体哪里有什么不好。她扭头询问似的看了看陈溪,见陈溪不置褒贬,只是静静地坐着听Vivian讲解。汪静不免有些担心,她一时看不出陈溪如今的状态如何。

"Rosie,对于现在这个方案,你有什么意见?"汪静待Vivian讲完了,见陈溪仍然坐着不语,终于忍不住开口主动问她。

陈溪沉默半晌,平静地答道:"Jane,我看得出来,Vivian在这个方案上,是花费了很多心思的。不过,如果您还是要我来负责这次的活动,恐怕我会要……推翻重来。"

话音一落,汪静愕视陈溪:"推……推翻重来?"而此时的Vivian则像一只受了刺激的惊雀,她煞费苦心做出来的东西,一遍又一遍地琢磨修改,居然被陈溪用一句话就变成了垃圾!

"Rosie!你太过分了!"Vivian的眼泪夺眶而出,她再也忍不了这个霸道无礼的女人了,"我看你最近心情不好,主动把方案发给你,可你倒不客气……你这样做,太不尊重我了!"

陈溪眼见Vivian的那副软弱德行,气就不打一处来,霍地站起身:"尊重?尊重不是别人施舍的,是自己争取的!你做得不够好还奢求别人尊重你?!你真的以为外部门那些人对你客客气气,就是尊重你了?表面上的尊重,实质就是敷衍和愚弄!麻烦你清醒一点!难道我上次跟你说的话,全都白说了?!"

"好了!好了!都冷静一下。"汪静无奈地看着眼前的局面,一个嘤嘤而泣,一个怒气冲冲,她叹了口气,"Rosie,我想你是有你的道理,不过有一点,你得清楚,我们现在只剩下不到一个月的时间了,如果真的重新做方案,是不是赶得及?"

"正是因为时间紧迫,所以我才直截了当地说了出来,我现在也没精力去顾及个别人的感受,大家都必须学会,自己寻找心理平衡!"

"那好吧,既然这样,Vivian你也别哭了,咱们大家都坐下来,好好听一下Rosie的想法。"

Vivian抹了抹眼泪,静静地坐了下来,陈溪瞟了她一眼,也坐下,开始陈述自己的想法。

"首先,场地要换。以前是在宴会厅搭舞台,摆座位,台上台下的距离太大,不利于演员与观众之间的互动,所以要变。我之前其实已经去实地看过了,我们可以借用保安部的训练场。"

"保安部的训练场?"汪静仔细回忆着印象中训练场的概貌。

"对,训练场的地方够大,四周围有六层的阶梯看台,可以发给员工防冷的泡沫坐垫,让大家席地而坐。中间的空地,一部分洋灰地面可以摆主席台及贵宾位,安排高层的领导及NST总部的客人。旁边泥土地面的区域,正好可以架设舞台。"

陈溪说着看了看Vivian,又继续将自己的想法一条一条地罗列,并逐一讲解。看得出,这些天她并没将晚会的事情丢到一边。Vivian静静地听着,也时而轻轻地点头。当陈溪提出,准备组织啦啦队增进互动,改善以往"台上热闹,台下冷清"的状况,同时制定新的规则,强化啦啦队的管理与竞争,规定各部门啦啦队只能为其他部门喝彩而非为自己的"小集体"助阵,Vivian也不得不叹服:自己流于常规的做法的确技不如人。

汪静欣慰地笑着:"不再设立'最佳表演奖'或'表演团队奖',而是高额奖金打造'最佳部门表现奖',重点鼓励那些积极和兄弟部门互动的部门团队,打破了我们以往的竞争格局,Rosie,这个点子的确很有创意!"

陈溪微微点了下头:"以前,这些部门积极参与表演就能争得奖金,晚会过程中,又充分体现了他们自己部门的凝聚力。但这种局面其实是各部门只知为自己脸上'贴金',而我们则在无形之中助长了一种'各自为政'的风气。所以现在,我们要彻底扭转思路:倘若只注重加强自己部门的'小团队'建设,就不符合本次得奖的评选标准了。例如,我们的评选规则可以调整为:第一,这个部门的啦啦队为指定的对象——另一个部门表演时捧场的表现;第二,这个部门在前期晚会筹备过程中的参与配合;第三,这个部门在晚会进行期间的纪律性;等等。我们也可以在先期,发一点点经费给各部门,让他们自由发挥创意,制作自己啦啦队的标语、横幅,而这方面的表现也可以被列入评选'最佳部门表现奖'的细则当中。"

讲到这里,陈溪再次停了下来,她需要给汪静及Vivian片刻时间来梳理一下头绪。同时她也理解,她们二人与各部门打交道的时间比自己长,更了解这些部门的服从性及配合度如何。从她们两人赞赏的眼神中,她也读到了一丝质疑,于是坦然一笑。

"我们都明白,这些与我们平级的部门,是不会甘于被我们牵着鼻子走的,他们不可能那么听话。所以,我们要'恩威并重',设立高额奖金的同时,还要将所有部门最终的评选结果公布于众,并上报NST总部,使得那些不积极参与的部门不但得不到奖励,相关的负责人反而还要丢脸。总之,我们要主动给这些部门经理们洗脑,让他们明白:这一次对部门的考核,不再是如何管理好自己的'一亩三分地',而是要看他们在御景这个大集体的企业文化建设中,以及与兄弟部门的交流互助当中,具体做了哪些贡献,又起到了什么样的促进作用。"

陈溪又顿了一下,接着慢慢说道:"这一点,也就是我们这次Annual Party的主题思想:这个晚会不再是一次单纯'凑热闹'的集体活动,我们所要表现的活力,是要让御景'企业大团队建设'的核心文化,将在这几个小时的沸腾当中得以升华。"

汪静和Vivian对视了一下,Vivian由衷地感叹:"这个概念的确很棒,引导各部门积极参与大团队的凝聚力建设,从而充分体现出一个整体的企业文化概念。太好了!Rosie,这个想法我心服口服!这样吧,方案的调整我来负责重新做,就按照你刚才的思路,你还有什么东西要补充吗?"

"谢谢你了!Vivian。"陈溪友善地笑了笑,"关于晚会本身,就是这些了。不过,前期的准备工作我们需要再细化一下。这次的活动规模可不小,场地又分为主会场和烧烤场两部分,相对以前分散很多,所以组织管理难度也将因此而加大,我们从现在开始,就必须在人资部内部建立起一支员工晚会的管理小团队。"

三人随即对所有商议的内容又简要回顾了一遍,确定之后,汪静与陈溪一起离开了培训部。

路上,汪静突然搂住了陈溪的肩,诚恳道:"Rosie,刚才当着Vivian的面,我不便太过热情,但我很想说,我没有看错人,你的点子真的很出色!知道吗?这几天我非常担心你,但今天看来,你做事仍然非常敬业,很了不起!谢谢你支持我!"

陈溪扭头看了看汪静,眼睛却恢复了暗淡的颜色,不再像刚才那样有活力。

"Jane,我不仅仅是为了兑现给您的承诺,还有对James的承诺,我必须要做出一个不同凡响的 Annual Party，这也是他所希望的。其实这也是我留在这里最后的意义，晚会结束后，我就会离开御景。"

早在陈溪病假期间，御景已经为杨帆举行了一个规模不小的告别仪式。之后，杨帆的父母将陈溪的头发随同儿子的遗体一起火化。

然而大家在仪式现场，并未见到陈溪本人。这之前，汪静考虑到应该尊重陈溪，打电话告诉了她，但同时劝她不要来。陈溪听从了母亲和汪静的劝告，没有来送杨帆，因为她也害怕自己再一次崩溃。现在，她必须强打精神，去完成他希望她做到的事情。

告别仪式那天，陈溪在家里悄悄地听杨帆的歌，她宁愿守着他的声音，相信他只是出了一个长差，不确定何时会回来，但只要回来，知道她晚会成功的消息，就一定会有温情的拥抱。

杨帆的离去，都透着他快节奏的、风风火火的做派，像闪电一样，瞬间便消失得无影无踪。

他带走了对生命的抱负、对事业的执着、对爱情的憧憬，以及对未来的向往。昙花一般的闪亮生命，带来了卓越优秀的印象，却也留下了无比惋惜的痕迹。

烟花般绚烂的事业顷刻间灰飞烟灭，梦一样的浪漫爱情也随之化为了泡影，而他留给亲人与恋人的，只是一个永远苦涩黯淡的世界。

~4~

今非昔比

陈溪和 Vivian 很快将员工晚会策划方案及附带的文件做好，汪静遂去向 Thomas 报批方案及预算。Thomas 对此也大加赞赏，方案及预算均顺利通过。

得到了 Thomas 首肯之后，至少有些不涉及费用的事宜便可开始跟进。Vivian 带着培训部的员工着手安排一些细节，而她们在啦啦队的组织上与各部门沟通的情况并不理想。陈溪问及原因，Vivian 躲躲闪闪地暗示可能与杨帆有关，陈溪立即明白，其实就是冲着她来的。

杨帆生前在御景一路披荆斩棘推得业绩连连攀升，本身也算是个重量级的风光人物，继而又被破格提拔为副总经理，掌管多个重要部门，一时间权势地位更是了得。然而，无论此前是如何叱咤风云，死后也难免落得"人去影空风烟散"的萧条境遇，大家对陈溪的态度也随即开始冷淡，认为她已经没有了支持的后盾。

"一人得道，鸡犬升天。"陈溪回忆着杨帆在的时候，各部门对她的那份似真似假的恭敬。那时他们对她工作的积极配合，难以分辨是真的支持人力资源部，还是出于对杨帆的敬畏。陈溪也曾听杨帆说起过，他当时正在着手整顿几个业绩达不到他要求的部门，想必也是给了这些部门的负责人不小的压力。现在，她可以想象，这些人对于他的去世是何态度，又将如何来为自己导演一出"城门失火，殃及池鱼"的悲情剧目。

"Rosie，"Vivian同情地望着陈溪，"其他部门还好，但有几个主要的大部门，尤其像餐饮部、前厅部……我想，他们是知道了这事儿由你牵头，所以才……"

陈溪深深地吸了口气："哼，这就叫'一方落井，八方下石'，我明白他们想干吗……没事，这几个部门你不用管了，我自己去找他们谈。"

"你——"Vivian于心不忍，"他们对着我，都是皮笑肉不笑，你要是去估计更过分，我看，还是请Jane出面协调吧！"

"不必了，他们既然是冲着我来的，Jane帮了这次，他们还能找到下次机会牵制我们的工作，我这一次就跟他们把账算清，免得后面麻烦。"

陈溪回到办公室，打印出啦啦队的行为规则及"最佳部门表现奖"的评选细则，并用订书机将几页纸订在了一起。将订书机放回原位时，她的目光扫到了那只杨帆送给她的小猫，耳边又响起他温切的话语："我在的时候你就到我这里来随便哭，我不在你身边时，你就看看它，看看它你就会变坚强了。"

现在他走了，她也被剥夺了哭委屈的权利。

陈溪突然感觉到眼眶有些潮热，立即起身站直，用力地深呼吸，待到恢复自然，她马上拿起那几页文件夹到了日志本里，快步走出了人力资源部。

她甚至没有事先跟餐饮总监欧阳涛先约一下见面的时间，只是让Angela借故打电话给餐饮部的秘书，得知他现在就在办公室，便打算直接去堵他的门。

到了餐饮部办公室，陈溪远远望见欧阳涛正坐在自己的办公室里，也不跟秘书打招呼，直接进了他的办公室，随手带上门，并把起身准备阻拦的秘书关在了门外。

"Robert，我有事要找你谈，不会很长时间。"陈溪静静地站着。

欧阳涛没有心理准备，瞪视陈溪片刻，接着出言不逊："我说你什么意思？来之前也不打个招呼，你到底懂不懂办公室里的规矩啊？！"他随即对着玻璃墙外的秘书摆了摆手，示意她去做自己的事。

"你跟我之间，一开始的沟通就不按规矩来，现在又何必拘泥于这些俗套？"陈溪说着，自己坐到了欧阳涛的对面，"我知道你忙，我也是，所以不会耽误很久，几分钟的事，关于Annual Party，我来跟你谈啦啦队的组建。""Rosie小姐，您当我们餐饮部都他妈是吃饱饭不用干活儿、全等着你们派活儿的对吗？现在可是年底，我们一天忙得跟'三孙子'似的，哪儿有什么闲工夫来组织什么啦啦队——别逗了成吗？！"

"我没逗，是你在逗我们。去年你们餐饮部年底也是这样忙，不是照样组织了很多节目参加Annual Party？"

"哎哟！你不提还好，一提这个我就来气！托您那男朋友的福，今年给我们揽了一堆子生意回来，现在人家是没法管了，我们还得跟这儿死扛，我找谁哭去？！"欧阳涛似乎也意识到自己说话有些过分，"得！得！我也别那么损James了，都挺不容易的。劳驾您大小姐也甭跟这儿裹乱了，谁爱弄什么啦啦队谁弄去，我可伺候不起！"

欧阳涛的"毒舌"在御景是出了名的，陈溪早有心理准备，知道他会来揭她的伤疤。

"Robert，James已经不在了，麻烦你给他应有的尊重，也是为自己积点口德。你总在我面前提他，是何用意暂且不究，这事如果传出去，让别人知道你一个大男人用这种方式欺负我一个弱女子，可不太厚道。"陈溪就势直接回击他，用的却是一副柔弱的口吻。

欧阳涛语塞半晌，方才说道："成！成！是我不对，我向你道歉！以后也不再这么说了。那你要说的也都说完了，可以请您回了吧？"

"不忙，"陈溪冷冷笑道，"刚才你一通抢白，我都没有机会细说正事，估计

Vivian也是这样被你们给'撅'回去了。你先不要这么快就拒绝配合，先把这两份文件过过目。"她边说边从日志本中抽出了那两份文件，摆在欧阳涛面前。

欧阳涛没说话，正要拿起啦啦队的规则，被陈溪拦住，递给他"最佳部门表现奖"的评选规则。"我建议你先看这一份。看了这些东西，我相信你自己会明白，无须我再废话去解释这次活动如何如何重要。你支持我们的工作，并不代表完全是在帮我；而你如果不配合，到最后受影响的也未必是我。"她又瞟了他一眼，微微一笑，"Robert，其实我早就听说，你已经决定跳槽了，只是还没正式提出辞职，但不管怎么说，这事我得恭喜你。"

欧阳涛闻言吃了一惊："你怎么知道的？"

"呵呵，你也不看我们是做哪一行的，这种事，你瞒得住吗？对方打个电话过来，做一个Reference Check，我们不就什么都明白了。"

"靠！我他妈还特意跟猎头强调这事儿，他们居然还敢这么干！"

"跟猎头没关系，雇主方难道就不会自己暗访吗？他们其实没有明着说是来调查的，不过那套路，凡是做人事的人都能看得出来。"

"Fine（无所谓），就算是你们知道了，so what（又能怎么样）？我无所谓，你也犯不着拿这个来跟我叫板。"欧阳涛依旧是一副软硬不吃的嘴脸。

"你别误会，我也没有低级到用这个来要挟你。我只是想提醒你，即便你要离开，做好这一次的员工活动对你也是一个加分的机会，我们可以不停地换雇主，不过招牌可是自己的。你都要离开御景了，现在还这么拼命地打理自己部门的业务，说明你Robert是明白人，知道如何维护自己的声誉。因此，我也不多废话，这个Annual Party，你是想给自己抹黑，还是锦上添花，自己可得考虑好。"

欧阳涛忽然身体后倾，靠坐在椅子上，看着陈溪不语。

"OK，我要说的重点就是这些，谢谢你的时间，不多打扰了。最后，我想说的是，我今天只是来开诚布公地告诉你这件事的重要性，不是来探询Yes or No的。换句话说，如果你同意配合，请在今天下班之前，让你们部门的秘书将啦啦队的组织方案发给我们，我会全力支持后续事宜；如果你不同意，那就对不起了，不管你有多讨厌见我，我还会过来烦你，你受不了可以去Jane或者Thomas那边投诉我，但他们如果没有充分的理由，也不可能阻止我来找你，原因很简单，这是我的工作。"

陈溪说罢起身，不等欧阳涛回应便走出了他的办公室，离开前经过秘书的台子，她对着秘书淡然一笑："刚才，抱歉！"

第二天，陈溪又去了前厅部、客房部和康体部，一个接一个地游说。好在这几个部门的经理都比"总监"级的欧阳涛好对付，大家也纷纷得知，餐饮部这块硬骨头都已经被这个"小巫婆"啃下，加之最佳部门的评选结果还会对外公布，又要上报总部……这么看来，陈溪过来"及时"提醒他们，倒像是帮了他们的忙，于是也都陆续表示会好好配合。

啦啦队的难关攻克了，Vivian也着实佩服陈溪，积极应承她来负责督进余下的事宜。陈溪则松了口气，准备静下心来，整理一下自己病假期间滞待的人事变动单及年度人事报表。

然而这天上午，Angela又急匆匆地跑进了陈溪的办公室。

"Rosie! Rosie! 不好了！保安部一个主管刚才来了电话，说他们的训练场不能给我们用了！"

陈溪大吃一惊："什么意思？训练场为什么不能用了？"

如今已是"箭在弦上"，保安部的训练场本是她们第一步便确认好的，倘若有了什么变故，那可真是一个大"拆台"了！

"不知道为什么，那个姓李的主管只是说接到了他们范总监的通知，说正在考虑要不要进行一次冬季的消防演习，现在还没确定，但有可能要用，所以先转告我们，让我们另找场地。"

陈溪思忖许久，说："Angela，你不是跟保安部秘书的关系很好吗？你去悄悄跟她侧面打听一下，问问是个什么演习，这样我才好和Jane商量，看看怎么跟范总监协调这件事，最好让他们避开晚会的时期，挪后演习。"

不一会儿，Angela又进来，皱着眉头告诉陈溪："奇怪！他们部门的秘书居然不知道这件事，而且我一问，她还不相信。她说，最近很多保安都请了假，打算回家过年，而且前段时间，御景刚刚进行了一次系统的消防隐患排查，已经落实了，怎么会再搞什么演习……可是，我刚才明明是听他们的主管这么说的啊！"

"你再说一遍，是哪个主管告诉你的？"

"就是那个姓李的，据说还是和范总监同一个县的，他的消息怎么可能有误呢？"

陈溪看着Angela，脑子迅速转动着，终于恍然大悟——根本就没有什么狗屁演习，这分明是范建山在要挟自己！

"Angela，他们既然说，是在考虑之中，还没有最后确定，这事我知道就行了，你先不用告诉其他人，包括Jane。等到保安部完全确定了，我们再想办法。"陈溪若无其事地说道。

"OK……那我就等他们确定后再说吧。"Angela应着便出去了。

陈溪坐在办公室里，望着电脑，脑子里却是一团乱绪。

前几天，她一来上班，范建山便打来电话表示慰问，之后又两次约她吃饭，都被她借故谢绝。而范建山却锲而不舍，每天仍不断有电话打到她办公室，每次并非公事，只是寒暄聊天。陈溪起初还耐着性子应付，因为不能得罪他，但毕竟自己手头也有很多事情要做，后来索性就佯装不在办公室，一看来电显示是他的分机号码，她就不接了。

然而，毕竟人力资源部外的员工通道口是有保安岗的，陈溪明明在，却不接电话……看来范建山已经明白了陈溪是在有意回避，所以他现在不再打电话，而是以什么所谓的"演习"来敲打她——逼她自己主动送上门！

陈溪两眼直直地盯着电脑屏幕上那个未完成的晚会筹备进度表，那是她准备今天就确定下来的，而一旦场地有变，很多细节的调整无异于"牵一发而动全身"……

她一时也想不出什么好办法来对付这个土霸王，看来，这个节骨眼儿上除了委曲求全，别无他法。她叹了口气，慢慢拿起电话，拨给了范建山，装作不知情地约他中午一起吃饭。

范建山此时听到电话那边好似珠落玉盘的娇音，早已是心花怒放，见美人终于"服软"了，乐得嘴都合不拢。

以前，有杨帆挡着，他就算仗有地盘之利，也不会去主动招惹"上能通天"之人，否则闹到总部那边，可就没法收拾了。不过，这世道风水轮流转，架不住他姓杨的自己是个短命鬼……范建山禁不住淫心荡漾，暗自思量着：该着我老范得这口鲜，吃了她是迟早的事儿！

午饭席间，四十好几的男人开始谈笑风生，粗俗的做派中也难得地糅进了一些笨拙的绅士风度。陈溪则若有似无地暗示他：自己现在压力很大，必须集中精力先做好员工晚会才能在御景立足，之后才有更多机会与他这个"大哥"深入交往……因此要他先耐心等自己搞完晚会，并支持自己。趁着范建山开心，她又将员工晚会中几个需要保安部配合的重要环节，半求半哄地让他拍了板，这顿饭便算她没有白白地腌臜自己。

饭罢，陈溪强作娇笑送别范建山，待他的人影消失，她突然感到一阵反胃，急忙冲进走廊边的洗手间，几乎把吃进去的都吐了出来。她跌跌撞撞地走到洗手台，漱口的时候看了看镜中的自己，立即用水奋力洗脸。为了掩盖近几日这张毫无血色的脸，她在来之前厚厚地上了一层妆，特意打了浓重的腮红，现在，她只想快点冲刷掉那张沾染了耻辱的粉面，还有那片扎眼的红晕。

冷水混着泪水，顺着陈溪的脸快速地滴落，她喝了两口凉水，用力地呼吸，镇定着自己，又看回镜中那个孤弱无助的身影。

"James……我不哭！"

~5~

求助

快下班时，陈溪在办公室里接到了一个陌生的电话，是赵玉刚的母亲徐妙娣找她，已经到了人力资源部的门口。

赵玉刚的母亲及妹妹来京后，陈溪作为好朋友，曾经帮赵玉刚背着钱莉莉，周末陪着母女俩逛了逛王府井，还请她们吃了顿饭，因此有了交情。前段时间御景招聘时，赵玉刚曾求陈溪考虑让妹妹赵玉芳应聘文职工作，无奈赵玉芳的资历太过单薄，而陈溪当时又处于沙志文的旁窥之下，暗箱操作很有可能被他抓到把柄……赵玉刚虽说当初进御景是借老丈人的关系被梁若清安排进来的，但有今天的根基全是凭自己的努力。他很理解陈溪的难处，那时便主动提出让她不用再管妹妹的事。然而徐妙娣见女儿找不到工作长期闲在家里，跟着自己一同看媳妇钱莉莉的脸色，心焦之下不顾儿子的劝阻，亲自跑来御景央求陈溪。

上海知青徐妙娣当年插队到安徽农村，没几年丈夫便患病去世。她一个人含辛茹苦地养育一双年幼的儿女，只盼望兄妹俩长大后能重新回到城里。为此，她甚至逼着儿子与大学时的女友分手，娶了"孔雀女"钱莉莉。如今赵玉刚虽说过着"妻管严"的生活，但毕竟算是在北京扎根了。而当年家里只供得起哥哥读大学，妹妹赵玉芳一直等到哥哥毕业，才有条件学了个自考的大专。本来母亲希望女儿能在上海找个工作，自己也好跟着回去，可是女儿没学历，她这个当妈的又没门路，最终只能来北京投奔儿子，挤在媳妇娘家掏首付买的两居室中"惶恐"度日……听着徐妙娣一把鼻涕一把泪的"苦水"，陈溪甚是不忍，或许也因为此时孤零的她对徐阿姨的无助感同身受，她最终答应尽量想办法帮赵玉芳找工作。

赵玉刚听说自己母亲都追到御景来了，着实吓了一跳，速速赶来人力资源部，果真远远地看见徐妙娣就坐在接待室里。他先跑到陈溪办公室里，连连赔不是。

陈溪并没有介意，笑了笑："Edward，你也不用过意不去。天下父母都是为了自己的儿女，我能理解你妈妈也是被逼得没办法了。"

"Sorry，其实我已经跟她们说了你的难处，可我妈……唉，都是莉莉不懂事，总给我妈、我妹脸色看，最近心里不痛快还老在家里摔摔打打的。唉，我妈也是左右为难……不过我已经托别的朋友在帮我妹找工作了。你现在的处境我很明白，我一会儿就跟她解释，你不用管了。"

"呵呵，没事的。现在Eric已经离职，我在人资部里倒没有以前那么艰难了。只不过，安排职位还需要用人部门同意，现在James不在了，各部门对我也不太客气，如果仅仅靠照顾，即使你妹妹进得来，去了部门估计也不一定有好果子吃。不如这样吧，你自己也找，我再联系一下在北京的旧同事，看看最近他们那里有什么空缺可以安排给她的。但是她如果要面试office（办公室，此处代表文职工作）的工作，CV（Curriculum Vitae，个人简历）必须要改。我今晚抽时间帮她改一下，回头发给你吧。"

"Rosie，不好意思啊……这事又让你费心了……"赵玉刚由衷地感激道。

"算啦，咱们是好朋友，不说这些了。你先带阿姨回家吧，等我想想办法。"

赵玉刚离开后，陈溪看看还有些时间，便上网从邮箱里找出赵玉芳的简历，想重新修改，但很快又停了下来，因为实在是无从着手。

目前最主要的是先找到工作机会，才能根据对方的要求来决定简历的侧重点。她随手打开了招聘网站，快速浏览了一下，职位倒是不少，但凭赵玉芳自身的条件，实在没底气看要求……陈溪叹了口气，想想还是得找熟人帮忙，随即拿过台面一边的名片盒打开，慢慢地翻着，手指忽而停了下来，从盒中抽出了一张卡片。

上一次陈溪在回人力资源部的路上遇到驾着跑车的方浩儒，收到了这张名片。回到办公室，她随手将名片插到了盒里，之后便再也没有想起它，直到现在。

陈溪端详着名片，脑子飞速地转着，立刻又在招聘网站上用方氏集团的名称来搜寻，看看他们是否在招聘什么职位……

Yes！果然有！陈溪一阵狂喜，然而这种喜悦很快便烟消云散了——职位描述都是用英文介绍的，不用细看都能猜得到人家的要求。她想要放弃，但看了看方浩儒的名片，于是又抱着一线希望开始逐一浏览他们发布的职位空缺。

除了大部分中层管理的职位，倒是有几个基层的工作，不过像什么IT部美工、程序员之类的，赵玉芳肯定是没戏，唯一可以沾点边的，就是一个"Administration Clerk（行政文员）"。

陈溪仔细研究了一下这个职位的描述和录用条件，不禁又有些泄气，人家倒是也考虑应届毕业生，但要求在校的英文水平必须已达到"Level 6（六级）"，而对于中英文打字以及各种办公软件操作能力的要求，则是"proficient（精通熟练）"……这个职位，赵玉芳除了可以鼓吹一下自己的忠诚和勤奋，其余的就都是"硬伤"了。

陈溪把玩着方浩儒的名片，权衡了半天。

赵玉芳的工作，的确是一大难题。如果陈溪求自己的朋友帮忙，其实就是将自己的为难转嫁给了他们。他们也都是打工的，这种事情解决起来，也会有难度。归根结底，还是因为赵玉芳的条件实在太差……陈溪开始后悔，自己真不该贸然应允，然而此刻，她的脑海里又浮现出了徐妙娣那张近乎风烛残年的无助面容。

除非……像方浩儒这样的总裁身份，才会有能力扭转形势，就像御景高层特批"关系户子弟"进来工作一样，看来这次也得走"上层路线"。但问题是，陈溪也拿不准自己开口后方浩儒会是什么态度。想想以前，自己除了得罪过他，也没替人家办过什么事。对了，听刘小慈说，自己还咬过人家……唉，真是丢人！陈溪想到这里，忽然沮丧地将名片扔到了台面上。

然而抬头看到电脑屏幕上的招聘职位，她又犹豫了。

老天爷啊，还会有谁比方浩儒更有可能性呢？她倏地想起上次袁老板用车的事，他主动替自己解了围，之后也一直都是彬彬有礼，并非以前印象中那样倨傲鲜腆，算是个正人君子吧！不会因为挨了她一口又生气了吧……算了！不想那么多了，既然没有更好的选择，也只能厚着脸皮求他试试了。

陈溪根据招聘要求迅速将简历改完，之后拨通了赵玉刚的手机。

"Edward，我现在需要你告诉你妹妹，让她收拾一下，搬到我家来住一段时间。这些天，我晚上得给她恶补一下电脑技能，白天再让宁宁教她一些英文。网上的职位基本上都有这两项的要求。她多少有所准备，出去面试的成功概率也会大一点。你先跟家里人打个招呼吧！"陈溪并没有提方氏的职位，因为现在还不能确定，她不想让他们抱有希望，而后却失望。

"Rosie，让她去你那里住，怎么住得下？是不是太麻烦了？"赵玉刚有些犹豫不决。

"不麻烦，她和我住一个房间，我的床大，两人睡没问题。我看，她也不用再出去瞎找什么工作了，踏踏实实在我家里把该学的都学了，再说工作的事。这几天，我会教她一些面试的基本技巧，不管将来是你还是我帮她找到了机会，面试的时候她都会用得着的。还有，简历我已经改好了，上面可是说她电脑技能很好的。我发给了你，你看一下。从今晚开始，你先在家让她多多熟悉一下办公室的电脑操作吧。"

"嗯，好的，多谢你啦！Rosie。"

早上，方浩儒正在自己的办公室里，跟三个部门的负责人开会商讨春节后公司个别项目的经营战略。此时的他靠坐在自己的大班椅上，眉头深锁地注视着对面滔滔不绝的网络运营总监。

去年，方氏旗下各分公司的业务均有可观的盈余，本可以算是赚得盆满钵满的好年景，谁料盈利的五分之一却不得不拿来填补网络业务的亏空，这使得一向骄傲自信的方浩儒在集团董事局面前少了许多底气。

大班台对面的另外两人早已是如坐针毡，他们跟着这位总裁的年头已不短，熟知他的秉性，通常到他的办公室里开会，气氛不会太好，因为他只在自己的办公室里骂人。听着网络运营总监口若悬河、不着四六的解释和分析，他们有一种"山雨欲来风满楼"的预感。这个老板，最讨厌员工粉饰自己的错误，或者根本没意识到是自己错了。一旦他拍案而起，涉嫌连带责任的他们俩也逃不过一顿狠批。

方浩儒终于开口，准备教训对面的蠢材，他刚刚磨快了刀，说了几句铺垫的话，偏偏手机突然铃声大作，他看都没看来电显示，一边按了接听键，一边将说了一半的话吐完为快。

"……都不知道你们有没有带着脑子来上班——你好！"他的接听问候语，仍然留有一丝愠意。

"……方总……您好，我是御景的Rosie，您……方便说话吗？"陈溪已经听出他在发脾气，专横的口吻正如他第一次见她时那样，可是电话已经通了，只得硬着头皮说话，心里不免暗暗叫苦，这电话打得可真叫一个"点儿背"！

"哦——你好！有事儿吗？"方浩儒这边却立刻"阴转晴"，语气变得柔缓，他靠在椅背上的身体立即坐正，顾及对面还坐了三个男人，他将她的名字省略了。

"嗯……您现在说话是不是不方便？要不我……"陈溪辨不清形势，不敢随意。

"哦，没关系，我现在方便，你说吧！"方浩儒一摆手，示意立即"清场"。三个男人也注意到了他口吻及姿势的微妙变化，断定电话那边的人物"来头不小"，不管怎样，也算是他们的救星，三人以最快的速度退了出去。

"您确定现在可以吗？我怎么听着您在……开会？"陈溪不敢说"骂人"两个字，找了个万能词语来代替。

"呵呵，你都听到了？没事儿，他们已经走了，你说吧！"方浩儒也想表现得再热情一点，不过以往的印象告诉他，只有这样不温不火的语气，才能安定住她那敏感的小神经。

去医院那天之后，他其实很想打听她的消息，不过没找到什么机会。曾经尝试着打电话到她办公室，人家说她病了，一直没上班。他估计陈溪的父母会在北京，所以也不敢贸然去她家里探访。更重要的是，他并不情愿在她缅怀别的男人时接近她，只得在一旁默默地等待……因此，她今天出乎意料的电话的确带来几分惊喜，他自然也不会介意她是在什么时候打来。

"哦，是这样的，我从网站上看到了您公司在招聘 Admin. Clerk，我是想问……这个职位现在有人选了吗？"陈溪犹抱琵琶半遮面。

"这个嘛，我还真是不太清楚……"方浩儒没料到她会问这个，正在思量之中，陈溪却误认为他这是一种变相的回绝，立即识趣地准备收线。

"噢，我知道了，打扰您了！对不起！"

"哎，等等！"他见势不妙，马上阻拦，"你还没告诉我，你问这个做什么？这种职位不应该是你所感兴趣的。"

"不是我，是我一个好朋友的妹妹……她现在正在找工作。"

深谙世事的方浩儒从陈溪躲躲闪闪的态度中便已探明来意，一向清高的她，如此低眉顺眼的姿态，无非是想求他同意朋友的妹妹来尝试这个职位。

"你看这样好不好？我先去了解一下这个职位目前的招聘情况，之后再回复你——这个是你的号码吗？"

"哦，这个是我办公室的电话。一会儿，我用手机发条短信到您的手机上，您就知道我的手机号码了。"

方浩儒略带得意地窃笑，这正是他的目的。

"好吧，我等你的短信，之后我会联系你。"

没过两分钟，陈溪的信息进了他的手机，他看着她的手机号码，舒心一笑，接着按了下呼叫器："Lisa，你去了解一下，我们是不是最近在招 Admin. Clerk？如果是，叫 Jenny 停止对外招聘，我另有安排。另外，让他们三个回来，继续开会。"

当晚，方浩儒给陈溪发了一条短信：职位有空缺，明晚七点，带她来我公司人力资源部。

他没有直接打电话，因感觉她属于"慢热型"，所以不能急进快攻。而这次他的确摸准了陈溪的"脉"，表现得恰到好处——白天陈溪在电话里闪烁其词，他却能即刻领会，也不多摆架子，确实令她感到颜面上没有那么难看，继而对他多了几分感激；而晚上明确地回复"有空缺"，代表这事有希望，也让她倍感欣喜。

第二天一大早，陈溪和赵玉芳都早早起床。陈溪非常认真地交代赵玉芳如何面试，但她隐隐感觉应该没有那么复杂，如果是总裁发了话，估计下面的人也不会为难她。面试的时间安排在晚上，虽然让她觉得有点奇怪，但想想也合理——人家白天有很多正事要忙，挤一点晚上的时间来处理私下的人情，还要搭上人事部门的工作人员，应该对他感恩才对，怎么还能挑人家的理呢。

陈溪本想在工作的空当抽时间再打个电话给方浩儒，以及在赵玉芳出门之前再叮咛一下，不料当天员工晚会彩排，她和Vivian几乎全天都泡在现场，根本无暇顾及这件事。并且她至始至终都没有留意短信上方浩儒那句"带她来"所隐去的主语是谁，只是重点关注了面试的两要素：七点，人力资源部。

晚上六点半，赵玉芳和母亲徐妙娣一起到了方氏集团所在的写字楼。她本打算自己来，但是母亲不放心，见赵玉刚和陈溪都远在郊区的御景山庄来不及赶回市内，只得自己摸着路陪女儿过来了。

进入门庭豪华气派的接待厅，看到高挑端庄的前台小姐，母女俩顿时感到矮人三分，怯生生地报了名字。估计是事先已经安排好了，前台并不多问是找哪个部门，只一句客气的"请跟我来"，示意赵玉芳跟自己走，而徐妙娣紧随其后却被拦住。

"对不起，您不能跟着，请在这里坐着休息。"前台小姐委婉动听的言语如同电话录音一样标准。

徐妙娣鸡叨米似的连连点头，赶忙坐回原处，又伸着脖子嘱咐女儿："芳芳啊，侬勿要紧张呀！"

前台小姐将赵玉芳带进了后面的办公区域，招聘经理见她们远远走过来，立即从自己的小办公室里迎了出来。然而看着面前这个眉清目秀但略带土气的小姑娘，她不免在心里嘀咕——真的搞不懂，老板要求自己和前台留守到现在，难道就为了接待这么一只小虾米？

招聘经理例行公事地让赵玉芳填了求职表格，随即看了看她的简历。短得不能再短的交流过程中，她发现这个女孩的实际水平远不如简历上所写。尽管简历上并未写夸张不实的内容，但给人的整体感觉，会觉得是个很有思维的人在陈述。然而若与面前的赵玉芳联系在一起，那这女孩子可真是过分地"深藏不露"了。

赵玉芳还是第一次来这种公司面试，尽管其他人员都已下班，但望着外面那些整齐而又拥挤的格子间，依然能想象白天紧张忙碌的景象。她拘谨得大气也不敢出，填好表格，小心翼翼地放在招聘经理的面前，之后直直地坐着，茫然不知接下来会如何。

招聘经理突然站了起来，对着门口招呼了一声："方总，她来了。"

赵玉芳回头一看，是个穿着深咖色条纹西装的男人站在门口，透着一种不怒自威的气势。她瞬间猜到来者身份，卑怯紧张之余"腾"地站起身，深深鞠了一躬："老板好！"

方浩儒淡淡地笑了一下："你好，就你一个人来的吗？"他只打量了女孩一眼，便已明白为何陈溪会如此低声下气地来求他——的确，如果不给予特殊关照，她是绝无可能应聘成功的。

"还有我妈……她在门口。"赵玉芳并不确定自己这样回答是否妥当，可是她没有胆子说谎。

方浩儒应付着点了点头，想问及陈溪，但看看场面并不适合，便从裤袋里抽出右手，对招聘经理说："她的简历，我看看。"

招聘经理应声将求职登记表连同简历都递给了他。方浩儒貌似在浏览简历，实则暗自惆怅没有见到心仪的女孩。看来她并未认真关注他发的短信，他意有所指，她却随便让个老太太代劳。他煞费苦心特意安排在七点，目的就是方便陈溪也陪同来访，接下来便有机会请她共进晚餐或是酒吧小酌，岂料她干脆省了劳顿更图方便……明明是她求到自己，却总是滴水不漏。

这次又被这个小魔女放了鸽子，然而他常常会被这种失落激发出更执着的动力，索性将这个人情一做到底。

"尽快安排她入职吧！这一项……Structure（架构，结构）是怎么规定的？"方浩儒指了指求职登记表上标有"Salary（薪资，工资）"的栏目，低声问招聘经理。

招聘经理不便明着说出来，便用铅笔在纸上写了低、中、高三档的工资金额。

方浩儒思忖片刻，在登记表背面的工资一栏注明了中档金额的数字，随即在"总裁批准"栏内直接签了字。

"可是方总，"招聘经理停顿了一下，小声道，"She is not qualified for that.（她不够条件享受这一档的工资待遇。）"客观地说，凭这女孩的条件拿最低一档的工资都不够格，她对老板会如此决定感到费解。

方浩儒瞥了她一眼。"So, it is your job to make her qualified.（那么，让她变得合格，将是你的责任。）"说罢他将手插回裤袋离开，经过赵玉芳时微微点了下头，算是个告别的行礼。

招聘经理意识到自己多嘴了，不敢再多言，马上交代赵玉芳明天如何来办入职手续。正说着，方浩儒的电话又进来了。

"Sorry Jenny，我刚才忘了说了，你和前台那个Nicole明天如果没什么事儿，可以提早点儿下班——今天你们辛苦了，我有事儿先走，谢谢！"

方浩儒刚刚挂断线，陈溪的电话便进来了。

"方总您好，我是Rosie，您现在方便说话吗？"陈溪乖巧地探问，生怕不择时机再撞到枪口上……

只要能听到这小溪一般的潺潺妙音，方浩儒顿觉心头酥软，一切不快即刻被驱散。

"Hi，Rosie，你朋友的妹妹，我已经安排好了，她明天就会入职。"

"啊——真的！这么快啊！谢谢！谢谢！谢谢您的关照！真不知怎样感谢您才好！"

方浩儒也舒心地享受着陈溪在电话那边兴奋的节奏，他甚至觉得，她或许已经走出了杨帆的阴影。

"呵呵，你想怎么感谢就看你的诚意了，不感谢也没关系。"

"那怎么行呢？谢是一定要谢的！您说吧，我该怎么谢您呢？"陈溪急切地追问，她实在不愿意欠人家太大的人情。

"都说不用了，举手之劳而已。"方浩儒觉得像逗引小猫小狗一样有趣。

"都说不行了，一定要谢的！"陈溪认真地坚持着，"这样吧，上次请您吃饭结果还把您气走了，都怪我不对。这次我诚心诚意请您，就是不知道——我能有这份荣幸吗？"她毕恭毕敬却又不失风仪的交际辞令，让方浩儒即时感到五脏六腑如同熨斗熨过一般舒顺服帖，真恨不得立刻飞奔过去，将这磨人的小妖精一口吞进肚里！

"呵呵，好吧，你什么时间方便，你来决定。"他貌似推托不掉而"赏赐"了她一个机会。

"方总，"陈溪的语气忽又糅进了一些歉疚，"我心里明白，这个'不情之请'如果不是您网开一面，她是绝对没有机会的。她的条件确实不好，我也能想象，您破例录用她，在公司里恐怕也会惹起异议……对不起，我也是受人重托实在没办法了。不过请您放心，我一定会想办法弥补——她现在就住在我家，我这段时间会抓紧给她一些培训，让她尽快上手。我只请求给她一次机会，三个月的试用期，如果还是不行您就直接辞了她，不必为难。"

"呵呵，这事儿没那么严重。不过你受人之托，办事倒是挺认真的。你有心体谅两方就行了，别的也不必太多虑了。我看这女孩子应该是能吃得了苦的，让她自己在工作中摸索吧，我也会交代她的部门经理关照她的。"

"太谢谢您了！您什么时候有空也可以告诉我，请您吃饭。今天就不多打扰了，bye-bye！"

挂断电话后，方浩儒心情舒畅，掩饰不住脸上的笑意。他想靠近时，她不给机会；他佯装退缩，她却偏偏又回头……都说"距离产生美"，真是妙不可言。

他突然决定，即使这个姓赵的女孩子最终还是不合格，也不一定只留三个月，或许时间可以更长……

通常方浩儒都能理性地将工作与私人情感分开，但陈溪绝对是个"例外中的例外"。她实在太特别了，以至于他不得不打乱所有的规则，仅仅靠感觉摸索着与她若即若离的步调。留住姓赵的女孩，便有了牵住陈溪的风筝线，反正没触及原则的底线，也没有动摇到公司业务的核心……他现在已然不在乎要布多大的网、投多少诱饵、等多长时间——只要渴望的猎物最终能落入己怀，一切皆为值得。

赵玉芳办完入职手续回到哥哥家，进门后头一次挺直了腰板。钱莉莉破例在楼下的酒楼订了餐，暗暗庆祝小姑子终于不再赖在自己家里吃闲饭。赵玉刚虽觉妹妹这工作机会来得有些别扭，但也祝贺她终于可以踏入社会、开始独立了。

"哥，你知道吗？那个经理根本没问我什么，陈溪姐帮我准备的那些问题，一个都没用上。那个老板进来跟她嘀咕了几句，她后来就直接告诉我明天去上班了！"赵玉芳边吃饭边讲述自己在方氏的"奇遇"，接着又兴奋地告诉大家她将会享受的工资待遇。

"呵，这工资可不算低呀！看来这陈溪面子够大的！"钱莉莉有些阴阳怪气，赵玉刚则是另一种警觉。

"我当初就觉得，这个面试也太容易了……不过我问陈溪，她说只给了你三个月的试用期，她也只是为你争取了一个机会，行不行就得靠你自己了。这个方氏是家很有实力的企业，你应该能学不少东西。可是……陈溪能有这么大面子让总裁伸手帮你，我还是觉得有点儿不对劲儿。你以后自己好好工作，别给陈溪添麻烦。"

"该不是他们俩有一腿吧？"钱莉莉边咬着排骨边挑眉毛。

"你说什么呢！陈溪不是那种人。"赵玉刚皱了皱眉头，立即又被钱莉莉顶了回来："她是什么人你怎么这么清楚啊？！"

"行了，哥，我知道的，我会努力，不让陈溪姐丢脸。"妹妹近日也熟悉了兄嫂的交流特点，如果他们再争下去，嫂嫂会掀起多大的风浪，她能想象，所以要及时制止并转移话题。

赵玉芳咽了口米饭，想想又道："对了，那个经理一开始有点儿冷冰冰的，后来老板来了，再后来她办手续的时候，对我可客气了，还悄悄地问我是谁介绍来的。我说了陈溪姐的名字，她好像不认识，又问我陈溪姐是干什么的，我说不知道。她接着小声笑了笑，还说，那也够有来头的，还是头一次见老板等到现在，还亲自来她部门见求职人。我后来问她怎么了，她就不笑了，也不说话了。"

"吾坐在门口等，看见一个男人走出了大门，穿得山青水绿的，老有派头的！阿是侬讲的老板？"徐妙娣一听到有神秘色彩的信息，总是喜欢打听更多的内容。

"是不是穿着西装，个子和我哥差不多？那就是他啦！"

"看来我明天还是得再问问陈溪，别是方浩儒有什么企图……"赵玉刚话一出口，立即遭到婆媳俩的围堵。

"你跟着捣什么乱啊？！人家就算是追陈溪，也没亏着她呀！再说陈溪现在也没男朋友，嫁个有钱的有什么不好？你别再把玉芳的事儿给搅黄了！"钱莉莉气焰跋扈，婆婆也在旁帮衬，合伙对付自己的儿子。

"是的呀！侬搞搞清楚好勿啦！嘴硬骨头酥！"徐妙娣白了儿子一眼，想起陈溪，禁不住又操着上海口音咂嘴，"喔唷——小妖精嘎好命哎，要飞上枝头变凤凰嘞，啧啧啧！不得了！不得了！伊勿要太风光！"

~6~

重逢

周五一大早，汪静见陈溪来上班，马上叫她进自己的办公室。

"Rosie，有个麻烦事，我估计，孙大柱这次提升'厨师长'的事，有点儿悬……"

"出了什么事了？"陈溪不解，边脱大衣边坐下。

"唉，又是中国总部那边的政治斗争。"汪静厌烦地叹了口气，"前段时间，我们御景的员工食堂调整得不错，员工对饭菜的满意度也有所提高，本来是件好事。不过，昨晚CAO，Mr. Cheong给我打了电话，说他已经收到消息，CFO有可能在美国总部的年度会议上拿这件事做文章，challenge（质疑、怀疑）我们御景的Cost Control（成本控制）。"

"Cost Control？"陈溪有些没摸着头脑，"Sorry，我不太明白，员工餐厅这几个月的成本，并没有over budget（超出预算）啊？"

"哼，欲加之罪，何患无辞？"汪静冷笑一声，"他们还真是'鸡蛋里挑骨头'的高手！竟然说什么，员工餐厅如今能在不超成本的前提下增加了那么多的伙食内容，说明御景在年初开始报budget的时候，就有弄虚作假、给自己留余地的行为，这对NST旗下的其他企业来说是不公平的，也会有不良影响……你瞧瞧，真是ridiculous（荒诞、可笑）！"

"Jane，我怎么觉得……他们也有针对你的意思？"

"谁说不是呢？真没想到，这么卑劣的理由也能找得出来。Mr. Cheong提前跟我打招呼，是让我给他一份详细的说明，以便他在美国开会时也有理由辩驳。Rosie，我没有怪你的意思，这段时间你付出了这么多精力，我都看在眼里。只是……估计孙大柱的升职，现在不太可能了。"

陈溪默默坐着，深思许久。

"Jane，还有一个办法，也许可以试试。"

"什么办法？"汪静靠在椅背上的身体突然前倾，望着陈溪。

"既然他们玩政治，我们也只能用政治手段来接招。您看，可不可以让Thomas今天就批准孙大柱的Action Form，他这个职位，只要Thomas批了就可以生效了。接着您发一个Warning Letter（过失警告单）给我，指出我在以前员工餐厅的成本控制上存在管理的漏洞。这样，我们就能理出一个事情的脉络：您通过近期员工餐厅的运作发现，我以前的工作存在很大的失误，在成本预算的控制上有问题；而孙大柱呢，他只是在预算范围内，充分发挥了每一分钱的作用，尽可能提供给员工高质量的食品，并且他已具备独立的管理能力，加之员工餐的工作繁重程度已同于宿舍管理，这样，他算是有理由升职了吧？而您及时发现问题，并做出调整及处理，也应该没事了。至于Thomas，那就得看您在他面前怎么说总部这件事了。我想，他明白，如果您这边被challenge，他作为GM（总经理）也脱不了干系，迟早也要落下话柄。这笔账，他算得过来……"

"Rosie……"汪静吃惊地看着她，"你是说，你准备当这只'替罪羊'？"

"Jane，这件事里，没有一个人是真正应该承担过错的，每个人都称得上是innocent enough（足够无辜，或绝对清白），所以谁来顶，都会是'替罪羊'。现在孙大柱那边我已经承诺过了，就不能无缘无故让他来当牺牲品，而您要继续在这里做下去，所以，最合适的人选，就是我这个即将下课的人。"

"Rosie，我必须提醒你，远了不说，暂不管你的豪迈之举会对你的career在未来有什么样的影响，就看近处的现在，各部门目前对你都不是太友好，如果他们知道你还签了个Warning（过失警告）单子，我担心他们在Annual Party的事情上更不会好好配合你。"

陈溪淡然地答道："我早就想到了，不过没关系，我不指望他们支持我的工作，但我可以让他们明白，这次也是秀他们自己的机会，演砸了到底谁难看？现在前期的准备工作已经差不多了，应该还好把握。而眼下的这件事，Jane，除此之外，我们还有其他的解决办法可以选择吗？"她看了看眉头不展的汪静，"我们有时需要踩着别人的肩膀向上爬，有时难免也会给别人当垫背的，这次只不过是……my turn（轮到我了）。您放心，除了您的Warning Letter，我自己会再做一份检讨。这样，当事人承认了过错，他们也就不再容易调查翻案了。否则，我们所有的人都不可能独善其身。如果我是CFO，我也许会更损一些，说你们也有可能是故意做高budget，然后再表现出自己花得省，节约了开支，以这样的方式来哗众取宠。Jane，假如这种猜想真的发生了，我们又该如何辩驳？"

汪静无语，眼前的问题她也是万般无奈，陈溪说的话一点也没错，职场如战场，不可能为了维护一时的正义而猛冲猛杀去做无谓的牺牲，现在，似乎只有陈溪承担了责任，才是保全之策。

临近中午时，汪静从总经理办公室带回了Thomas批准孙大柱升职的人事变动单。接着，Angela默默地拿着一份过失单，进了陈溪的办公室。

陈溪长长地叹了口气，迅速签好了过失单，并从抽屉里取出一份详细的检讨信，附在一起交回给Angela。Angela有些不忍心地看着陈溪，陈溪知道她想说什么，勉强笑了笑："我没事的，你去忙吧！"之后的许久，Angela在外面一直关注着陈溪，只见她无力地靠在椅背上，眼望着电脑，却目中无物。

进入职场这几年，陈溪也经历过一些波折，但从未在自己的职业生涯中有过这样的记录。她也明白，为了兑现承诺，该承担就得勇敢，该牺牲就得壮烈，然而真的变成事实了，她的心里，也会有一种莫名的沉痛。

她的大脑此时已是一片空白，没有替孙大柱高兴，没有替汪静松一口气，也没有替自己愤愤不平，她只是不知道这一条罪名之后，自己还要遭受多少打压和非议，才能实现最后的愿望。面子不算什么了，她早已习惯他们在她背后指指点点，窃窃讥笑……现在，如果那些部门的头头儿们要吸她的血，她也会立即赶着跑去将手腕伸到他们嘴边，只求他们心平气和，能帮她做好这次的员工晚会。

身旁的手机突然响了，陈溪拿起一看，是方浩儒，她用手背轻轻揉了揉额头，以便恢复思绪，按了"接听"键移到耳畔。

"方总，您好！"她尽量捏出一如往昔的平和音调。

"你好，Rosie，在忙吗？"电话那端是方浩儒富有磁性的男中音，兴许是这几天耳边太过纷杂，陈溪竟对这个声音产生了一种莫名奇妙的亲切感。

"哦，还好，现在不忙，您有事吗？"

"有件事儿想求你，不知道你肯不肯帮我？"

"呵呵，您说吧。"

"还记得前两天，我们说过的事儿吗？"

"前两天……噢！您是说赵玉芳的事啊，我后来听她说了，一切都很顺利，太感谢您了！"

"那事儿就不用提了，我是在等你的下文。"

"我的'下文'？什么……"她猛然想起那天主动提出请吃饭的事，惭愧地笑了一下，"哦！哦！想起来了！真是不好意思，我这几天有点忙，居然忘了。没问题，您说哪天吧！"

"择日不如撞日，就今晚吧！正好是周末，你方便吗？"方浩儒趁热打铁。

"今晚……"陈溪的声音有些飘移，她实在没有心情。

"怎么，你有事儿？不过……我可能只有今天有空，过几天要出长差，再约就不知道什么时候了——也没关系，你先忙吧！"方浩儒话尾的失望语气果真骗得陈溪的几许歉疚，以往的数个回合使他早已明悉，对她不可死缠烂打，有时必须欲擒故纵。

"别了，难得您也有时间，就今晚吧！要不然，以后也许就没机会了，我可不想真的就这样赖掉您的大人情。"陈溪淡淡地应许。

"以后没机会，什么意思？你要走？"方浩儒有点意外。

"是啊，我可能过了春节就会辞职。"

"噢，是吗？那今天我们一定要好好聊聊了，你什么时间可以结束工作，我来御景接你。"

"不必麻烦了，我还有点事，可能不会准时下班……这样吧，我坐六点半的班车出去，您就在那个要上高速的路口等我吧，不必进来了。"

"OK，全听你的。"方浩儒心里明白，其实陈溪是不想让他在众人面前出现，又惹是非。

晚上六点半，陈溪搭上了员工班车。她半路下车，又向前走了五分钟，才到约定的路口。

方浩儒打算今天要与美女共品美酒，于是叫小周开车。他六点不到便在路口等待，刚刚看到御景的员工大巴经过，但并没有停下，他有点奇怪，又等了几分钟正准备打她的手机，一抬头，看到一个瘦削的身影背对着路灯走来。他看不清形象，但从轮廓和轻盈的步态，猜到应该就是陈溪，忙打开车门迎了出去。

当两人仅几步之遥时，方浩儒怔了一下，见陈溪原本一头乌黑的长发不知所终，禁不住开口便问："你怎么把头发剪了？"

陈溪用手捋了捋耳后的头发，笑得有些凄楚："这样不好看吗？"

"哦,那倒不是,也很漂亮……"方浩儒意识到自己言出欠妥,"只是……有点儿可惜。"

陈溪没再搭话,跟着他走到车旁。

方浩儒拉开后座的车门,陈溪坐进去时看到了小周,淡淡地打了招呼,接着方浩儒从另一侧上车,坐在了她的身边。

"虽说是你做东,不介意我来挑地方吧?我带你去尝一家很特别的私房菜,怎么样?"见陈溪点头,方浩儒对小周发话:"去'味凝轩'。"转过脸再看陈溪时,他的心头又是一紧。

车里的灯光将面前的陈溪映得苍白,往日的好气色荡然无存,一双明显是被泪水浸蚀的眼睛,流淌着咸涩的忧郁,原本饱满的脸颊明显凹陷,依然修饰得当的妆容却盖不住满面的悲伤。

"你……最近还好吧?"方浩儒看着陈溪,目光中含着怜惜。

"还好,我没事了。"陈溪回答时垂下了眼帘,并不看他。

"一切都会过去的,你现在需要的是,照顾好自己的身体。"他看着她羸弱的身体依偎在后座一角,又是一阵心疼。

陈溪不语,只是默默地点了点头。

车子向前驶进,车里的三人静默无言。陈溪望着车窗外萧索的夜色,心不在焉。方浩儒一时也不知该说什么才能宽慰她,只得用余光"体贴"一下,心里不免暗暗质疑:今天约她出来,是不是有些不合时宜?

出了高速公路,小周放缓车速,打开了广播,交通台主持人的声音方才打破车里的沉闷。

陈溪对主持人的调侃充耳不闻,仍然保持不变的姿势。突然间,她听见广播里飘出熟悉的旋律,不由得浑身一颤,猛然发现自己被困在车上无处可逃……居然是那首 *Kiss Goodbye*!紧接着忧伤的歌声就像无数条蛇缠紧身体,让她无法呼吸。

"Baby 不要再哭泣,这一幕多么熟悉,紧握着你的手,彼此都舍不得分离……"

陈溪再也无法控制胸中的怆痛决堤,她不得不蜷缩起身子捂住胸口,眼泪夺眶而出。

方浩儒突然注意到陈溪不住发抖的身体和满面的泪水,顿时惊慌起来,小周从倒后镜里看到也不知所措，赶紧先把车停靠到了路边。

"Rosie! Rosie! 你没事吧！你是不是哪里不舒服？"方浩儒也顾不得许多，用力扳起她的身体，陈溪痛苦地低着头，眼泪仍然止不住，费力地哽咽："这首歌……James……给我唱过……"

方浩儒立即向小周使了个眼色，小周慌忙关掉广播，车里即时只剩下陈溪悲凄的哭声。

"每次他出差……都说很快会回来……可是这一次……他再也不回来了！"陈溪边说边旁若无人地哀声哭泣，方浩儒听着属于另一个男人的悲伤，确有几分不快，可眼前的女孩无助的样子也令他难过，忍不住将她揽进自己怀里。

小周知趣地指了指挂在锁孔上的车钥匙，表示自己先走，方浩儒点了下头，小周便轻轻推门下了车。

方浩儒搂着怀中瑟瑟发抖、泣数行下的陈溪，没有说话，只是用一只手轻轻抚着她的后背，耐心地陪着她。他第一次真正体会到搂着她的感觉，尽管这种感觉，因怀中的女孩为别的男人哭泣而夹带了一些尴尬和沮丧，但他仍不愿松手。

过了很久，他感觉陈溪稍稍平静了一些，便从座位中间的纸巾盒抽出几张纸巾，准备替她擦干泪痕，陈溪突然意识到自己的失态，连忙接过纸巾自己擦脸，同时坐正了身体。

"对不起！方总。"她面带愧色，见方浩儒胸前的毛衣被自己哭湿一片。

"咱们也算是朋友了，你能不能别再叫我'方总'，叫我'Michael'行吗？"方浩儒说着又递了两张纸巾给她。

陈溪接纸巾的时候，看见他手上被自己咬过的伤痕，虽然已经褪瘀，但还没完全消失，更有些内疚。

"上次我咬伤您，真对不起……我太过分了。"

"呵呵，没事儿的，可以理解。现在……你有胃口了吗？咱们可以去吃东西了吗？"

陈溪低着头说道："我不饿。我突然……想喝酒。"

方浩儒愣了一下，立即应道："好！我们去喝酒。"接着推车门出去，坐进了前面的驾驶席。

大约二十分钟后，方浩儒的车驶进了四季大饭店的停车场。这里离方氏集团的写字楼很近，他在这家饭店有一间长包房，有时应酬喝多了或是疲劳，就从办公室来这里休息一下，偶尔也会约何艳彩到这里。今晚小周走了，他打算喝了酒就不再开车。

方浩儒领着陈溪走进饭店的酒吧，在吧台边挑了一个相对僻静的位子坐下。

陈溪脱下身上黑色的羊绒大衣，和皮包一起放在身边的吧椅上，方浩儒并未殷勤地"秀绅士"，只在一旁脉脉地注视着她的一举一动。她的衣着依然很悉心，深紫色的厚呢职业套装，领子及衣襟均用同色的细管珠镶边，随着姿态的变化滑动着幽幽的珠彩，很是别致，令他即刻联想到她本就是神秘而令他着迷的Purple girl，只可惜，今晚衣服的主人，却被衣服衬得有些黯然失色。

方浩儒先是劝陈溪喝下了半杯热牛奶，又体贴地点了一堆小吃给她。

陈溪却不耐烦了："我不想吃，我要喝酒。"

"好，马上。"方浩儒立即招呼调酒师，"一个Guinness（健力士）的黑扎；一个Pina Colada（"椰林飘香"，一种鸡尾酒），少放一点儿Rum（朗姆酒）。"

"我不要，"陈溪听到是鸡尾酒，立即摇头，手指着旁边酒架上一瓶瓶横倒摆放的葡萄酒，"我要那个。"

调酒师征询地看着方浩儒，他暗暗叹了口气，默许地点了下头。

一瓶红酒很快摆上吧台，调酒师先给陈溪倒了一杯，接着又为方浩儒摆上杯垫，放上黑扎啤。方浩儒应了谢，扭头看陈溪时却吓了一跳，她已经喝完了第一杯酒，自己正在倒第二杯。

"你……慢一点儿……"他说话间，眼睁睁地看着陈溪又灌下了第二杯，待她倒完了第三杯，他赶紧把酒瓶拿了过来。

"你平时也这样喝酒？"

"我不会喝酒，以前从不喝。"陈溪又喝了一大口，感觉有些噎住，停顿了一下，"Amy，就是小慈，有一次难过就喝酒，我还劝她别喝……可她说，喝了酒心就不烦也不痛了，我还不信……我真是傻……现在轮到我自己了，不喝酒……我心里实在难受……"说着，一滴泪珠滚落杯中，她举杯又是一大口，险些呛到。

方浩儒无奈，只得轻轻拍着她的后背，劝道："你既然不会喝酒，就不要喝得这么猛。"

灌下去的酒，开始在陈溪的体内发生作用，她感到心情慢慢松弛，话也多了起来。

"……你知道吗？我刚到人资部的时候，别人说我是上面某个领导的'小三儿'，都看不起我，是James站出来帮我辟谣……他还说：有他在，就不让我受一点委屈……可是他骗人……现在我由着别人欺负，他却不管……"陈溪潸然泪下，又立即用手拭去，接着将杯中的酒喝光，抢过酒瓶又倒满。

方浩儒听了她的话，心情甚为复杂，他很想说"我也不会让你受委屈"，但闻听陈溪调职后被扣了顶"小三儿"的帽子，他一时哑涩，心里也发堵，随即拿起扎啤灌了小半杯。他实在害怕再聊及杨帆，于是想努力转换话题。

"你以后有什么打算？准备辞职吗？"

"对，我不想再在那里工作了，生活总得继续……但我得换个环境。"

"那倒是，"方浩儒稍稍释然，又问，"那你还会在北京吗？"

"还没想好，也许回广州住一段时间再回来，也许不回来了。"

他听到这句话，心又微悬，马上说："还是回来这边发展比较好，我能为你做点儿什么吗？"

陈溪微微垂着头，侧过脸忽然对着他笑了，眼中有种迷离的光彩。

"你不是已经在陪我喝酒了嘛……"说着，她举起杯向他敬酒。

方浩儒和她轻轻撞了下杯，喝了一口酒便放下了杯子，目不转睛地盯着陈溪。

她慢慢将酒喝完，散漫地放下杯子，身体慵懒地前倾靠着吧台，一只手撑着垂下的头，不经意间将头发拂捋得蓬松。兴许是她感到燥热，随即将衣袖撸起，两只嫩白的手臂在射灯的光照下玲珑无瑕，更让人对她身上藏掩住的美肌满怀浮想。早前的泪水已将妆黛洗为素颜，而酒精的神奇作用却令此时的她面若桃花。那绯红的嘴唇，不时泛起丝丝暧昧的笑意，姣然现出一副撩人的姿色。

不知是黑啤酒的催化作用，还是心里早已埋有邪恶的种子，这一刻，一个念头悄然在方浩儒的脑际萌生……他招了招手，低声吩咐调酒师。不一会儿，调酒师便端来一只白兰地杯，里面盛有浅咖色的酒液。

"Rosie，来，试试这个。"方浩儒扶起倚靠在吧台边的陈溪，将酒杯端到她的唇边。

"这是什么？"陈溪强打精神，闻到杯中一阵浓郁的果香。

"Calvados——上好的苹果白兰地，很香吧？你尝尝。"

陈溪没有戒备，听话地将闻起来如苹果汁的四十度烈酒一口喝尽，皱了皱眉："好辣啊！"

"没事儿，一会儿就好了。"方浩儒狡黠地微笑着，伺机用手试探着抚过她的脸庞，发现她已不知躲防。估摸着不久之后陈溪便会不胜酒力，为避免她在人前失态，他拿出房卡吩咐调酒师结账。

"为什么要走？我还没喝够……"陈溪果然醉态初现。

"这里太吵了，我们换个地方再喝。"他一手拿起她的大衣和皮包，一手架着她的肩臂，凑近她的脸小声问："Rosie，你还好吧？"

陈溪勉强点了点头，她还能走路，只是重心有些不定。

方浩儒熟悉这家饭店，他知道邻近的商务中心后面便有一个隐蔽的电梯，一般没人乘用。他扶着陈溪进了电梯，到了楼层，陈溪却双脚发软，几乎站不稳，整个身体都靠在了方浩儒身上，直说头晕。

他明白这是酒精又开始作怪，弯腰将她抱出电梯，走到客房门口，又不得不放下她用左手臂架住，腾出右手掏钥匙卡打开了门。

进了房间，方浩儒小心地将陈溪放到房间中央的大床上。而她现在头脑已然一片混沌，身体瘫软如泥。

方浩儒脱掉外套，倒了一杯温水，喂陈溪喝了几口，起身想将水杯放回茶几，却被她拉住衣角。

"你别走……"她半睁着眼睛，无力地攥着他的毛衣边。

"好，我不走。"他又坐回床边，将水杯放在床头柜上。

大概陈溪已是极度困倦，见他坐在身边，她一偏头便沉沉睡去。

方浩儒坐在陈溪的身边，望着她良久，慢慢俯下身抱着她，轻轻地吻了吻她的额头，脸颊，再到脖颈，她衣服底下的温香软玉正散发着一种诱人的气息，令他顿时欲望高涨，禁不住贴近她的身体，手顺着她的膝悄悄滑进裙子底下……

突然间，他的心猛地一下抽搐，立即放开陈溪转身冲进洗手间，打开水龙头，用冷水使劲拍自己的脸，想尽力赶走脑子里那个禽兽般的念头。之后，他双手撑着洗手台，低头静静地待了几分钟，才擦干脸走了出来。

方浩儒慢慢走回床边，站着望了陈溪片刻，小心地托起她的头垫了一个枕头,她挪了挪身体却并未醒来,他拉过毛毯盖在她身上,转身走到窗前的沙发边坐了下来。

他坐在沙发上,凝望着床上的睡美人,陷入沉思。

这个可谓让自己几近神魂颠倒的女孩,此时就躺在对面的床上,昏醉而不省人事。一直向往的东西如今唾手可得,他却偏偏没了胆量。方浩儒有些沮丧又有些困惑——究竟是什么,让自己居然克制住了冲动,难道真的就这样放过她了?

他开始仔细地回想:当初想方设法接近她到底是为了什么?曾经以为这只是一次不同于以往的猎艳,因为她很特别,令他感觉口味新奇,而现在看来,自己对她似乎并不是单纯的、只为一亲芳泽的情色之欲。

如今,方浩儒不得不开始正视这个事实,甚至有些懊恼地承认:自己这次是真的爱上了这个女孩,所以才不敢去轻易地玷污她,但凡再有一丝非分之想,内心或许又要被那羞耻感加倍煎熬。他开始在乎她对他的感觉,在乎得竟有些惧怕她……

同时,他也明白了,将来要想妥善处理与她的关系其实也并不简单。他曾经用交易伤害过她,今晚又用烈酒灌醉了她,他对她的情感已经蓄积了太多的不良动机,令他心中充满亏欠,不能再错下去了。

现在必须要好好考虑,自己将来会带给她一种什么样的感情。最终,他得到的答案是,他想拥有她,就必须要娶她。然而这个答案一经明确,让他自己也有些紧张失措。

三十三岁的方浩儒,其实以前从没认真考虑过结婚的事。他本打算再逍遥自在地过两年,便根据家族利益的需要,像弟弟一样,某天会和某个名门望族联姻。至于未来将一同传宗接代、共度余生的那位"总裁夫人",或许即在圈子里的二代名媛中确定一个顺眼的,婚后合得来则罢,合不来就在外面"金屋藏娇"养几房填补缺憾。人生嘛,无非是喧嚣中透着孤寂,索然中又时而有些浮华的激情——花天酒地的宿命不过如此。岂料忽如一夜春风来,他的世界顿时因她而繁花似锦,焕发出从未有过的生机……突然意识到自己真正想娶的,就是眼前这个寻常人家的女儿。当然,他也很清楚,这个想法将在他的家族中掀起何等的惊澜,因此他一遍又一遍地思量,也曾找出一大堆理由,试图要先行否定自己,但都没能成功。他也说不清究竟因为什么,总之对眼前的这个普通女孩,自己一直就是放不下,就是想天天看到她,不舍得离开……难道,真的应该相信这就叫"缘分"？

当方浩儒打定主意时，天色已朦朦泛起曙光。他起身又去洗了把脸，之后写了张便条放在床头柜上，俯下身抚摸着陈溪的头发，小心翼翼地吻了她一下，便拿起外套走出客房，轻轻地关上了门。

陈溪一直睡到上午十点才醒来。

她揉揉眼睛环视四周，不知自己身在何处，也记不清昨天发生的事情，只是觉得头有些疼。看到方浩儒留的纸条，便拿起手机拨通了他的号码。

"Hello，Rosie，睡醒了？"接通音没响两声，方浩儒就接了电话。

"方总……您早。"陈溪感到有点不好意思，她依稀想起，自己昨天好像喝酒了。

"方总？这里没这人。"方浩儒回绝得干脆。

"不好意思……Michael。"她羞答答地改口。

"呵呵，你休息好了吗？"他的语调又变得温柔。

"嗯，很好，谢谢。昨天……不好意思……我是不是……喝醉了？"她的声音，渐渐小得像蚊子。

"哦，那倒没有。不用担心，你喝得还不算多，只是睡着了。"他则是不以为意的口吻。

"那我……是怎么到这个房间里的？"

这个傻问题让方浩儒觉得有趣，又想逗逗她："你说呢——"这种回答，果真令陈溪忐忑，也不敢再细问。

"嗯……对了，我看到了您的字条，您让我打电话给您，是什么事？"她怯生生地问道。

"呵呵，没什么。就是告诉你，这间是我的长包房，你不必急着离开，正好今天是周末，就好好休息一下。你昨天晚上就没好好吃东西，我劝你还是叫Room Service（酒店送餐部，或指送餐服务）送点儿吃的。喜欢吃什么自己点，我已经跟总台打过招呼，账单上就签你的名字，我会认可的。"

"谢谢您！我没关系的，真的一点都不饿。"

"不能等觉得饿了才吃，对胃不好，你就听我一回劝吧！另外呢，门口插接电源的那张钥匙卡你就先带走——那东西可是有押金在前台的，所以不能弄丢了,你先替我保管好,下次见面时再还给我。"其实钥匙卡不见了顶多是要求总台重做一张,然而方浩儒又借题发挥,不失时机地为"下次"打伏笔。

"好的,我会记得带走的。"陈溪认真地承诺,转而又有些愧疚,"还……昨天好像您也没吃好……真对不起,说好是我请您吃饭的……要不再定个时间吧!"

"放心,你还欠我一顿饭——这事儿我记着呢!我看你这几天挺累的,先好好休息,过两天我们再约,你看如何?"

"好吧,昨天真的谢谢了!"陈溪释然地笑笑。

两人挂了电话,陈溪靠在床上,看了看身上齐整的衣服,觉得这个方浩儒并不像自己当初想象的那样玩世不羁。他似乎也挺有原则,而且还挺会关心人……杨帆去世后,她承受了一连串的冷遇甚至骚扰,眼前的这份淡淡的温情,不免令她有所触动亦有所向往,然而她很快便恢复了理智,提醒自己适可而止。随即起身开始洗漱,准备离开。

方浩儒早上六点多回到了家,洗完澡本想睡几个小时,却辗转难眠。

他一直在想着,如何让母亲成全自己与陈溪的婚事。而更为尴尬的是:他现在对着两边都是一厢情愿的局面,既不知道母亲会不会同意自己娶陈溪,也没有把握陈溪愿不愿意嫁给自己。

最终,方浩儒选择先跟母亲商量,如果母亲同意了,才好坦然地对陈溪表白,告之自己想与她携手走进婚姻。而陈溪这边,似乎还未完全从杨帆的阴影里走出来,又不能对她操之过急……方浩儒躺在床上,用手捶了捶前额,发觉此刻所面临的问题不亚于往日任何一桩棘手的生意。他考虑再三,最后用了半个小时,写了一封邮件发给母亲,告诉她自己决定娶陈溪。邮件很简短,几句话的基调,似乎是他已经和陈溪商量好了,只是通知家里这个决定,并没有商量的意思。其实这封邮件的目的,就是让母亲在和自己交谈之前先经历一个情绪上的风浪,这样,他在面对的时候便省了许多麻烦。邮件发出后,方浩儒反而有了一种轻松的感觉,总之,该来的终归要面对。

第五章

~1~

置于死地

周一的上午，陈溪正在自己的办公室里，看Vivian发给她的邮件，今天下午她们要一起商讨员工晚会团体操的集中合练。汪静打来电话："Rosie，你现在可不可以将手头的工作放一下，梁总现在也在我这里，你过来和我们一起开个小会吧！"

陈溪放下电话，突然感觉汪静的语气沉稳中透有一丝古怪，她同时又有一种很不安的预感，觉得梁若清此次亲自来找汪静，应该是与自己有关。

"Rosie，进来坐吧。"汪静看见陈溪走到门口，主动招呼她，看似平静的目光中又像有种担忧。坐在她对面的梁若清则转过脸，对着陈溪微笑着点点头。自从上次在他办公室里会过一次面后，陈溪一直都躲着他，不过现在，怕是她想躲也躲不过了。

"您好，梁总。"陈溪坐下时礼貌地打了声招呼。

"陈经理啊，好久不见，看你脸色可不太好啊，要多注意休息啊！"梁若清说着关切的话语，附带的笑容却更像是幸灾乐祸，他突然顿了顿，又无比惋惜地低头道，"杨总的事……节哀吧！唉！天妒英才啊！"这句话，则更如伤口上的盐。

"呵呵，谢谢您。"陈溪也回了一个麻木的微笑。

"Rosie，梁总今天特地来我们部门，主要是和我们一起商量你这边的事……"

"嗯。"陈溪淡然地应了一声，她已察觉汪静的迟疑，料定不是什么好事，估计又跟那个万恶的股份公司有关。

"陈经理啊，你们也都挺忙的，我就直说主题了。"梁若清调整了一个更为舒服的坐姿，继续道，"是这样的，记得上次我曾经跟你提过的吗？我们有几个'关系户'的子女，没办法呀，我也是尽量、尽量地在协调，现在呢，仍然还有六个人，必须要安置。我呢，就把上次陈经理你提出的那个办法跟上面领导请示了一下，他们也说你的这个方法好哇！哈哈！看来还是你们年轻人头脑灵活，能力强啊！"

陈溪和汪静不约而同地对视了一眼，又都等着看梁若清葫芦里到底卖的是什么药。

梁若清也是微微笑着，又转向对面的汪静："现在呢，基本上领导是同意在股份公司名下增设一个部门了，我暂定了一个部门名称，叫'人才集训中心'，名头好听一点儿，免得这帮人挑理儿，说我们不尊重他们，也容易激化矛盾嘛。"

陈溪忍不住扑哧笑了，这些个"人才"，可真是越少越好，没有最好。

梁若清则又转向陈溪，笑得更有含意："呵呵，陈经理的意思我明白，他们的确不足以称为是'人才'，不过相信经过细心的栽培、雕琢，或许就会变为有用、出色的人才，这也不是不可能的，关键是要看，我们如何对症下药地培养他们了。所以，我和领导们商量了一下，他们基本上也同意了我的建议。我们希望呢，这个部门就由陈经理来负责。我也跟他们提了一下陈经理前段时间几项出彩的业绩，他们也是非常赏识，很爽快就批准了！这不，调令我都已经落实了。陈经理啊，我明白，这个任务的艰巨，不过我实在想不出谁能比你更有能力去管理这个部门了，再者呢，这本来不也是你的建议嘛，我想你以前也经历过类似的情况，应该算是有经验的，所以我们也是对你很有信心，并寄予厚望啊！"话音未落，他已经将甲方领导签字批准的、印有"股份公司"标头的调职文件放了台面上，并且略带得意地笑着扫了一眼陈溪惊愕的脸。

不仅是陈溪，就连汪静见了文件也感到如五雷轰顶，这个梁若清居然神不知、鬼不觉地便将陈溪的调令做成了事实！按文件上所述，陈溪需尽快交接好行政人事经理的工作，转任"人才集训中心主任"……她见陈溪瞪着文件还在愣神，急忙想要救局。

"梁总，这个决定实在是太突然了，现在我这边沙经理也离开了，年初正忙的时候，如果Rosie这个时候转部门，我这边就转不开了！您看可不可以这样：让她再在我们部门留到春节前，等过年后再调部门？"汪静知道，陈溪做完员工晚会，就准备离开的，因此想尽量在这之前保住她在人力资源部的位置，至少这个什么狗屁中心将来也不会给她的工作经历掺一些不必要的杂质。

"我理解，我理解，我完全理解你这边的难处。"梁若清同情地连连点头，"不过汪总监，比起股份公司的困境，你这边还不能算得上是最困难的。呵呵，你要知道啊，我现在全面接手了股份公司的督导工作，也是'高粱秆子担水——挑不起来啊'，这边根本没有一个得力的人，不行啊！所以我也只能恳请汪总监你理解理解，小难让大难吧！你总不能因为怕自己少吃一口，而眼睁睁地看着我们这头儿揭不开锅吧！我听说陈经理以前也是从会员服务部调过来的，这不就是'革命战士一块砖，哪里需要哪里搬'嘛！哈哈哈！"梁若清看着陈溪的僵态，笑得更为开怀。

汪静早知梁若清是出了名的"太极高手"，软路拼不来，索性跟他拼硬拳。

"梁总，您的难处我也理解，不过您也别怪我自私。作为人力资源总监，我首先要确保自己部门的运作正常，职责使然，我也只能'自扫门前雪'了，梁总，真是抱歉，Rosie我现在还暂时不能放。要不，我们再安排招聘一个新的主任吧？"

梁若清收起下巴一皱眉，配合着一副幽幽的笑容，仍是不紧不慢的客气态度："汪总监这么说可就不对了啊！这不是明抢嘛！哈哈！开玩笑，开玩笑！"他稍稍坐直了身体，似乎是准备向汪静耐心地解释，"你看啊，陈经理从会员服务部调过来，就是'股份公司'的行政人事经理。也就是说，她的正规编制应该是在股份公司这边的。如此说来，陈经理首先应该服从股份公司这边的调配，而汪总监呀，你都占用我们的资源这么久了，该还给我了吧？哈哈哈！"

梁若清半开玩笑地说着，再次爽朗地笑开，接着又像是一副诚恳的语气："不管怎么说，咱们两方合作就是一个大家庭，和气是最重要的！我想甲、乙两方的高层都不愿意看到我们这样争抢吧，而且甲方毕竟是祖国的企业，在咱们自己家门口，外企也要讲个'中国特色'嘛！所以我实心实意地劝你汪总监一句：外方的有些理念，咱们还是不能生搬硬套，股份公司并不是不顺应天意，甲方还没有最终确定放弃之前，乙方也不好视而不见嘛！我们股份公司自己的人，只能先紧着自己的需要了。你们也不必帮股份公司招主任了，直接招一个人事经理回来顶替小沙的空缺不就行了？你可别骂我老梁不近人情啊！我也是如履薄冰、自身难保，实在管不了你们的'瓦上霜'了……改天我请你们吃饭赔罪啊！呵呵！"他说着便开始抱拳作揖。

汪静哑哑地讪笑着，梁若清一番歪理，她居然沦为了"路数不正"的一方。这个名存实亡的股份公司，竟还能被他"废物利用"，钻了这么一个刁钻的空子，而她之前怎么也想不到，一个简单得跟"1"一样的转职手续漏了，居然让她这一仗输得有种吞了苍蝇一样的恶心感觉。

此时的陈溪已从刚才的恍惚当中挣脱了出来，她定了定神，见汪静已经败下阵来，只得自己出战迎敌："梁总，增设这个新部门的事是我建议的，可是这个部门的性质您也是十分清楚的，您把我安排在那里，并不一定能发挥出我的实际能力。再者，按照我与御景签订的劳动合同，单位与劳动者个人对于岗位的变动，必须事先协商解决。也就是说，如果御景要给我换岗位，必须经过我本人的同意，当初我从会员服务部调过来，也是双方协商之后才共同确定的。我现在虽说是股份公司的人员，但股份公司要调整我的岗位，也应该征求我本人的意见吧？"

汪静脸上的愁云稍有疏散，而梁若清则貌似很耐心地用力点着头，他换了一种语重心长的口吻，配以诚恳的表情："陈经理，我明白这事对你来说有些突然，一时转不过弯来也是在所难免的，你还年轻，有能力固然是件好事，不过我还是得提醒你，做事要权衡利弊、考虑周全。你想想，你在股份公司最需要你的时候，完全站在自己的利益上考虑问题，那么让甲方的领导怎么理解你对企业的忠诚度？说到这里啊，汪总监也不是外人，我不妨提醒你一下：陈经理啊，我听说，你最近刚刚因为员工餐厅费用预算的事，受到处分了吧？"

梁若清说到这里，根本不瞧陈溪，而是扭脸面向汪静，既然汪静的脸上已经写着"诧异"二字，陈溪那边他看都不用看，继续道："呵呵，所以啊，我说你一定要小心，凡是关于费用，关于钱的事，再小也是非常敏感的，动辄就会扯到道德品质的层面上……陈经理，现在甲方领导对你的重视，也是你的一次机会，如果你完成了这次艰巨的任务，那么再有什么事，领导们也会酌情网开一面。但如果你让他们失望了，再反过来给你这次的过失定个性，去质问NST为何还要留用如此没有责任心、玩弄手段的员工……你想想，这会对你个人有什么好处？搞不好，还得连累汪总监呢。当然，你也可以说你辞职，一走了之。不过陈经理，你现在走了，别人议论起你辞职的原因，无非两点：一是背了处分，二是不服从调派。你也很明白，职场上都是'铁打的营盘流水的兵'，你在这里如果有了这样一个名声，就算御景不宣扬出去，这些在各个企业里来回周转的人，也不可能完全不去说一些负面的东西吧！"

陈溪沉默无语，她尚未出手，梁若清早有预见地点了她的穴道，如今她就像是一个木头人，只有挨打的份儿，连汪静也救她不得。

梁若清深深地叹了一口气，显出一种于心不忍却又不得已而为之的无奈神情："陈经理，我知道，这个决定你是不情愿接受的，毕竟你在人力资源部做得好好的，冷不防把你调走，换了是我，心里也是非常难过的。不过难过归难过，大局为重，个人的利益该牺牲还得牺牲，这也是领导们考验你的时刻。当然，我这些忠恳之言，你现在不一定能听得进去。如果你觉得实在无法接受，或者，我们也可以想个办法，迂回解决一下。"

他继而又转向汪静："如果汪总监你这边可以将这几个待安置的人员收编到你们人力资源部里，或者由你们牵头，组建一个新部门，不在股份公司名下，那样，也不失为一种解决的途径，那么陈经理也就不必再调离了。接下来，就要请汪总监这边考虑一下如何向NST总部建议。还有就是，这些人的工资以及日后的管理成本应该如何转到你这边来。哦，当然，可能会是很大一笔费用负担，不过实在没办法避免，毕竟这些人我们得罪不起……必要的话，我也可以出面帮你协调一下。"

汪静又一次哑口无言。梁若清的这种体恤方式，实则一记索命重拳，打得她们溃不成军。从开始到现在，他的话绵里藏针，而且针针见血，逼得她们节节败退却又无计可施。汪静和陈溪心里都已清楚，他这次是有备而来，她们这样仓促应战，就算联起手来也根本赢不了他。

梁若清心满意足地看了看眼前的两人，客气的一句"你们考虑考虑吧！"如同一支凯歌。接着他借故有事，先行告辞。临出门前，他拍了拍陈溪的肩："陈经理，你还是要对自己的能力有信心，你既然有这样的办法来解决这群棘手的人，应该更有勇气面对，并彻底解决这个问题。"

梁若清的鼓励，陈溪听了讪笑，心里早已对此有了准确的破译，他是在耻笑她：搬起石头砸了自己的脚。

汪静的办公室里，阴云仍未散去。两个人面对面坐着，却都无话。最后，汪静打破了沉默。

"Rosie，你辞职吧！你递了辞职信，我想办法向上面说明情况，不是还有一个月的Notice（员工辞职的通知期）吗，至少你可以留到Annual Party结束，算是实现了你的心愿。之后就离开，让姓梁的见鬼去！"

"Jane，我明白您的好意……我现在脑子有点乱，给我点时间，我需要静下心来想一想……我先回去了。"陈溪轻轻地起身，靠着一种惯性回到了自己的办公室，随即瘫到了办公椅上。

太狠了！实在太狠了！陈溪明白，杨帆在的时候，梁若清一直苦于找不到机会，如今即便是面对一个生命的消逝，他也不会选择哀矜勿喜，岂能放过这样一个绝好的机会，在她早已伤痕累累的身上再扎上几刀？现在，再没有人为她保驾护航，他非但要卷土重来，而且还将变本加厉。这个笑里藏刀、巧舌如簧的男人，借着一个冠冕堂皇的理由，就要亲手毁掉她的职业生涯——她在这职场中的一切！他要把她丢到一个废物部门，去当一个最大的废物，活活被困在一个毫无生机的角落里，让她自己窒息而死，腐烂发臭……

陈溪想着想着，不觉一阵眩晕。突然，电话响了。

"Rosie啊！你可愁死人了！你咋不接手机呢？！"那边传来刘小慈急促的声音。

陈溪拿起手机，果真有刘小慈的很多个未接来电。

"噢，Amy啊，你找我什么事啊？我刚才在开会。"

"哎呀，我跟你说啊，我咋觉得老梁好像在算计你似的，他昨天搁家说起你时，咋看着怪怪的，我多问几句，他还给急眼了！我看你还是得小心着点儿，别想着他是我老公就……"

陈溪若无其事地回应着，安慰了刘小慈几句便挂了线。她觉得杨帆以前说得很对，友情或亲情，只有她和刘小慈才会考虑，梁若清是肯定不会顾及的。因此，没有必要再搭上一个无辜的朋友以及刘小慈那本就谈不上稳固的婚姻。

她放下电话没两分钟，汪静又急急火火地跑了进来。

"这个梁若清做得也太绝了！"她随即将刚才梁若清留下的调职文件拍到了陈溪的台面上，在她对面坐了下来，"他把你的办公地点放到了球童宿舍后面的小楼里！这么做，分明是要困死你！还有呢，瞧瞧这后面的附件，他居然将你的工作都安排好了！让你过去，在一个月内将这个部门整个的内部运作文件按照ISO9000质量认证的格式做出来……这儿还写着：这一批学员基本上将来的岗位意向是在高球运作部,要你配合他们的需要,在两个月内将学员培训合格,这些也将作为你这个新职位重新核定级别的考评标准——全是他妈的鬼扯! Rosie……是不是James过去跟他有什么过节儿?姓梁的这次下手怎么这么狠?"

陈溪无力地直起身,自己拿过文件慢慢地看着。

球童宿舍后面的那幢小楼她知道,在一片杂草当中,前面则是宿舍区,通往那边的穿梭巴士每天只有三趟,其余时间如果要到那个区域,就必须步行将近四十分钟的路程。

高球运作总监吴超曾经受杨帆的制压,因业绩不好而被降薪。之前,陈溪找他协调员工晚会啦啦队的事,他完全是迫于部门考核的压力才勉强接受了。而之后,他们部门又有三名员工的提职申请均因条件不附而被陈溪否决。这下好了,梁若清为他们创造了一个新仇旧恨一起清算的机会。

至于那些良莠不齐的学员,如果陈溪能在两个月之内将他们培训合格,那她就不是人,而是"神"了。

"Rosie,你没事儿吧?"汪静看陈溪一直低头,直着眼发呆,不免有些担心。

陈溪木然抬眼,含泪咬牙,无奈地喃语:"职场中最阴毒残酷的折磨,也不过如此了吧!"

汪静一时也感到心酸,她站起身走到陈溪身边,扶住了她的肩安慰道:"会有办法的……你得挺住了!"此时,汪静无意间瞥见办公室外,一名保安进来送邮件。

"Rosie,你和范建山的交情,熟到什么程度?"

汪静的这一发问,陈溪突感奇怪,她困惑地扭头看着汪静:"您干吗问起他?"

"在御景,以前只有四个人能与甲方那边的高层有沟通,Thomas、James、梁若清,再有就是范建山了。Thomas和James都只是工作层面的泛泛交流;梁若清不用多说了,他们忠实的走狗;而范建山就比较模糊了,他原就是这一片地界上比较有根基的人物,在甲方也不是完全的归属关系,所以听说甲方领导那边也会给他几分薄面。我的意思……实在不行,让他出面跟甲方领导说一说……"

陈溪明白,汪静其实并不了解自己和范建山之间的所有情况。她此时也是心如乱麻,早已慌了阵脚,是不是救命稻草似乎都应该尝试一下,然而一想到范建山那副色眯眯的德行,她便又有些犹豫,担心自己最终是逃出了狼窝,又误入虎口。

她沉默半晌,最终无奈地决定放弃一切:"Jane,我觉得您说得有道理,我是应该辞职……"

"Rosie,你不能走!"汪静承认自己刚才也是被姓梁的给气糊涂了,才提议辞职。然而一旦辞职了,就等于放弃了为自己挽回名誉的机会。那么那些对陈溪不利的说法,都将被梁若清渲染为事实,从此后她的职业恶名便可能会如影随形,永远没有澄清的机会。

汪静的提醒像是一盆冷水,一下子浇醒了陈溪。对啊!如果就这么走了,这个屈辱将会纠缠她一辈子!

汪静又拉过陈溪的手:"听我说,Rosie,咱们得想办法让你留下来,你还得继续参与组织 Annual Party。现在你明白了吗?这次的 Annual Party,已不再是简单地兑现你对 James 的承诺,它将是你扭转败局、挽回名声的最好途径。它一旦成功了,之前关于你的很多非议就不攻自破了,高层们的认可,马上就能改变一切!"

陈溪也意识到了这点,但当算了算时间后,她不由得用手拍拍了额头——天哪!一周之内!按照筹备的情况,她必须要在一周之内调回人力资源部……这谈何容易!她像是按照工作习惯,给自己的目标定了一个时限,而这个时限的意义,与其说是为了达到一个希望中的目标,不如说,只是将她的绝望延后一周而已。

"你别着急!会有办法的!"汪静尽力安慰着陈溪,此时正好有别的部门经理来找她谈事,她便回了自己办公室,而陈溪继续靠着椅子,仰望着天花板。

~2~

忍辱负重

第二天,陈溪果真接受了调职,而且她搬迁的速度比梁若清想象的还要快。梁若清暗暗感觉,这也许是陈溪将计就计的做法,于是加强了防范,同时也立即将她调职的消息通过正式的发文散播了出去,以便尽快在她的周围烘托出一种"四面楚歌"的效果。对此,陈溪倒是有心理准备,她想起杨帆以前说过的话,心态!心态是最重要的!现在一定要有他们打不垮的心态,才能变得足够强悍。她在收拾东西搬到新办公室时,心里一直在默念:故天将降大任于斯人也,必先苦其心志,劳其筋骨,饿其体肤……

高球运作部每周都会与和他们有业务协作关系的部门共同开一次协调会,由于陈溪现在为他们部门"培训"新人,所以这次也发了一封邮件通知她参加会议。陈溪不确定,这是不是吴超伙同梁若清一起又为她设下的一个局,不过无所谓,她正好也有事要找他。

然而陈溪按时到达会议室时却发现,人基本上都到齐了,并且所有的座位都已坐满,没留下一个空位子。

"哎呀,不好意思!"吴超远远地靠坐在她对面的主持位,俨然一个端坐于朝上的皇帝,两边则是两排朝臣,"陈主任,我们忘了最近新加了你这个部门,还没来得及添椅子,要不劳驾你今天先站一下,下回我们提前准备个椅子。没关系,站不久的,反正你们部门要沟通的事儿也不多。"他说得平淡和气,不恭的态度和针对则全部由两边的人员代劳并强化,变成一种讥讽的目光,像一支支利箭,集中射向她这个靶子。

陈溪冷冷地笑了笑,她对此并非没有心理准备,只是觉得这个男人水平确实不高,居然玩这么低俗的伎俩。

"这没什么,我这边的确没有太多事情要沟通。不过,既然是站着,吴总监也不会让我站太久吧?要不这样,我先说我这边的事?"她斜起眼睛,征询地看着吴超。

"嗯——"吴超对陈溪的这种回应却是一点心理准备都没有,反应似乎有点迟钝。

陈溪不等他拖的那个长音后面是否还有转折,径直走到会议桌旁,客气又果断地对边上坐着的员工说了句"麻烦你让一让"。

员工愣了一下,下意识地挪出一点地方给她,陈溪便把自己的日志本和里面夹的文件放在了桌面上,开始发言。

"我想,这个新部门目前的情况,吴总监您肯定没有我了解,所以还是我来说吧!"接着,她便开始将所谓的"人才集训中心"目前的"人才"情况大致讲解了一下，继而又拿出一份培训进程表交给吴超，要求他安排配合其中大部分的培训。

吴超看着培训进程表，皱了皱眉头："陈主任，这么多的培训，我们部门可没有多余的人手能安排给他们上课。我们倒是可以提供具体的教材，要不你就代劳，给他们培训一下算了。"

"吴总监，我这边接到的指示可是：要在两个月内将他们培训合格，按这样的时限，如果不给他们安排实操课程，肯定达不到预期的要求。"

"陈主任，那就是你这边的工作了。我们只管到时候，他们合格了才能接收。"吴超悠悠地向椅背靠去，脸上浮出一种貌似无可奈何的笑容，更多地写着得意，而周围人的目光，又将他的这种得意加以升华。

陈溪淡淡一笑："那要是我们这边没办法培训合格，你们可怎么办？"

"呵呵，能怎么办？不合格，我们当然没法接收，你还得继续培训，直至合格为止。"

"哦，那这么说，您这边倒是不急，可以等，但我一定得把他们培训合格，是这样吧？"

"没错，我们可以等，但他们得先达到要求。"

"吴总监，"陈溪顿了顿，又清清嗓子，"您这么说，我倒有点不能理解了。按梁总给我的文件上所写，由于部门急待用人，必须于两个月内完成培训并确保合格，我才这么着急地安排。而您刚才又告诉我，您并不着急，这里面似乎有沟通上的误差。不过我得请吴总监您考虑一个问题：这批学员现在在这个部门，即使是学习阶段，也是足额发放工资的。他们一天不参加工作，不产生效益，等于我们白费一天的人力成本。单凭我一个部门的力量，要想把他们培训合格，从逻辑上就说不过去，您这边如果不配合，难免会遭人闲话——会让大家感觉，您是特意袖手旁观，看企业一天天在浪费钱而置之不理……这要是传到NST那边，对您可就太不公平了……"

吴超一怔，方才发现自己已被陈溪给"绕"进去了，但他并不如欧阳涛那样牙尖嘴利，更不能和梁若清相比，顿时有些语塞："我不是这个意思……我只是说，他们不合格不能上岗。"

"呵呵，我明白。"陈溪狡黠地又笑了笑，"您当然不是这个意思，但我也说了，从逻辑上讲如果不给他们实操培训，两个月根本无法达到合格的目的。

— 279 —

那么，到那时，他们的去留问题只会引发两种不同的声音……我相信，您也不希望有什么负面的声音来损害您部门的形象吧！"

吴超听了又不知应该说些什么才好，终于发现自己还真是黔驴技穷了。

"吴总监，我诚心诚意地劝您，为了您部门的实际利益，咱们联起手来，一起完成这次培训。这样，您部门既可以避免上层不必要的责难，也得到了实际可以派上用场的员工，难道不好吗？"陈溪说这番话的同时，感觉到自己这种笑面虎的风格似乎与梁若清如出一辙。

吴超还是没有说话，看了看培训进程表，突然发现，进程表的第二页居然是对他这个部门的培训效果评估，等于这些人员的培训情况，也将作为高球运作部的培训能力考评项目。他不禁惊问："陈主任，这个进程表后面的考核标准是谁定的？"

陈溪坦然答道："是我定的。"话一出口，所有的人又一起看她。

"你现在又不在人力资源部，这种东西怎么可能由你来定？"吴超的语气中突然又现出一丝锋芒。

"我是不在人力资源部，不过股份公司这边，责成我完成集训中心的运作文件，我们既然是各部门的人员输送地，跟培训直接挂钩，制定这些标准也是情理之中的事。既然现在这批学员都是给您部门的，我就先行做出与你们这个部门有关的运作文件。如果您有问题，咱们可以一起再与梁总沟通。当然，您如果对此现在就有异议，也可以不执行——这都没问题，总之我已经完成了我应该负责的起草工作。"

陈溪直了直腰，高高在上地俯视着眼皮底下的僵愕之众。

"这一周，我这边已经开始了对这些学员的培训，每天培训大约四个小时，其余的时间呢，就请您这边安排一下他们的实操。现在这个方案是否有可行性，我个人认为至少需要试行两周，而后我们再来总结分析。OK，我这次呢，基本上要说的就是这些了。吴总监您请先看一下进程表，有什么不同意见咱们可以再协调。我想，今天您找我肯定也是说这件事，既然刚才都沟通过了，您之后有疑问就随时联系我，现在您和大家继续别的会议内容吧，我先行告辞了。"

不等吴超做出反应，陈溪自顾自收拾了东西，对着众人礼貌性地微笑了一下，转身向会议室门口走去。而没走出几步，又转过身来，道："哦，对了，吴总监，我看您下次也不必安排我的椅子了，我觉得站着发言也不错，可以第一个说，不耽误时间。"

陈溪之前与吴超接触不多，但在杨帆处听过一些关于他的评价。吴超最初是从巡场员转为教练，之后打过比赛，在别的高球会干过多年高球运作总监，之后加入御景。杨帆不否认他的踏实，可是作为一个领导者，他的思维则有些僵化。他能够尽心尽力地"看家护院"，却无法成为勇猛的狩猎犬，只会守株待兔地等生意，营销推广方面的能力一直达不到杨帆的要求。陈溪根据以前的这些印象，推断吴超这个人应该是缺乏攻击性的，果然被她料到。她就是要在梁若清的联盟中，找一个最薄弱的环节，先灭他们的气焰，从而一点一点地减弱梁若清燎烧她的火势。

新办公室的安排，还算梁若清手下留情，至少环境还可以，也难怪，还有那几个"关系户"的子弟，太差了估计他们也不会答应。陈溪对待这些"学员"就像是幼儿园里的小阿姨，亲切温和外加纵容，每天给他们上两三个小时的课，随后发一些资料让他们自己看，对于他们的无知与顽劣，她从不打压约束。这一番"怀柔政策"的目的，是要先将他们安抚住，免得让自己过多分心。

正如杨帆所说过的——不是每项工作分配给她，她都必须要完成才算圆满，诸如这种不可能有结果的任务，能拖到它腐烂，或是将它推卸出去，也是一种不易达到的成功。因此眼下，她只要能将这些学员的培训拖过一两周，静等事态发酵，将来终归是梁若清自己来收拾残局。而同时，这个培训的包袱，既然她暂时无法完全推卸出去，至少要拉进高球运作部一起分担风险，也能缓解自己目前背负的压力。

陈溪调部门的第二天，便尝试联系了范建山。她想来想去，确实除了他之外，没有哪个人可以联系到甲方那边的高层，如果他没有协调的能力，至少应该可以探得一些消息。她现在暂时理不出头绪，但起码多方面地收集关于甲方核心阶层的信息，这个方向应该没有错。

范建山听了陈溪凄凄可怜的求助，自然表现得义不容辞，满口答应在上层打听一下，看看怎么协调。陈溪等范建山消息的同时，还得腾出手来继续协助Vivian跟进员工晚会的筹备事宜，而与此同时，距离的障碍便突显了出来，于是她发了用车单给车队。

不料，邮箱里很快出现了车队方面的回复：近日用车安排已经排满，请她另行解决。陈溪立即拨通了张德光的电话，想跟他解释一下自己要车的紧迫性。无奈车队的调度助理说张主任有事，现在接不了她的电话。然而，后来他一直也没有再打回来……陈溪无奈地笑笑，她一点也不应该奇怪，自己已经被人"架空"，有些"友情待遇"也就一并被剥夺了。

到了下午，陈溪的手机突然出现了一个陌生的号码。

"您好，陈经理吗？我是车队的小孟，现在就在您办公室楼下，您一会儿不是要去培训部吗？直接下来，我送您过去。"

陈溪顿时感激得不知该说什么，马上收拾文件下楼进了小孟的车。小孟告诉陈溪，张德光迫于压力，不便在明面上帮助陈溪，因此她以后也不必发什么用车单了，要用车就打小孟的手机，和他直接联系，这也是张德光交代的。另外，小孟提醒陈溪也别再打电话到车队找张德光，据说梁若清已经开始通过工程部的程控交换系统，在关注陈溪办公室分机的呼进呼出记录……陈溪倒吸一口冷气，她知道工程部跟车队一样，原本已安排在了股份公司名下，姓梁的政治滑头，自然不会错过利用这些资源。

"小孟，我看下次如果不是特别着急，我就不麻烦你了，免得给你们找麻烦。"陈溪了解小孟其实是张德光的亲外甥，绝对可靠，但毕竟自己已身陷泥泽，也不想累及无辜，大不了她多走几步路。

"嗨！陈经理，您就甭跟我客气了。我舅说您现在挺艰难的，他表面上是没法子，但咱们私底下能帮点儿算点儿。您放心，我自个儿会小心。我这车呀，是车队专门给领导预备的应急车，不排在各部门的用车调度内，平常也很少用得到。人家要是问，我们就说是遛车时顺道儿带上您的，没事儿！如果真的有领导的用车任务，我回头会告诉您的，放心吧！平时没事儿的。"

"好吧……替我转告你舅舅，真的很感谢！"

第三天，范建山一大早倒是主动给陈溪打了电话，先说了些让人倒牙的体贴话，接着又告诉她，他向梁若清和其他领导都了解过了，他们调她过来也是出于对她的器重，将来必定要委以重用，所以现在她也不必急躁，踏踏实实地将本职工作做好。正好这里离保安部也近，一有时间他就会过来看她，让她安心在这里工作。

陈溪恍然醒悟，范建山根本没有到甲方的高层那里去帮自己疏通，至于他和梁若清之间的沟通细节也没必要多问，总之，自己原本想求助的救兵，现在反倒成了敌人的援军！她疏忽了一点：范建山的帮助是有目的的，其目的就是她这个人，既然梁若清的举动已将她送到了他的门口，更便于他达到自己的目的，他怎么可能还会舍近求远放她回去？陈溪越想越懊恼自己的失算，这里不但离范建山在保安部的办公室很近，而且是一个偏僻又隐蔽的角落，或许按照他的盘算，根本不需要再等她到员工晚会结束，目前这个孤单的小楼早已淡出大家的视线，就该是他绝佳的机会……想到这里，陈溪立刻感到呼吸紧张，不寒而栗，不行！自己一定要想办法尽快回去！她预感到，自己的愚蠢已经引来了一条饿狼，他很快便会不断地来此纠缠她。

中午，陈溪独自在员工餐厅一个窗边的角落里，就着远处员工的古怪目光及交头结耳，喝着自己的汤，默默地享受着这种被孤立的感觉。已经第三天了，看来她想在一周后便脱离苦海的希望，渺茫得如同窗外灰蒙蒙的天空，几乎找不到一丝回暖的阳光……

手机响了，陈溪拿起一看，是方浩儒。那日她醉酒受他照顾，感动之余也与他熟络了几分，最近他偶尔会来个电话问候几句。不过，她现在情绪极度烦闷，根本没心思跟任何人闲聊，于是直接按了挂机键，随即给他发了条短信：现在正忙，不便说话，这几天都会很忙，过两天联系。

方浩儒很快回复：OK，照顾好自己的身体，心情愉快。

她望着短信，凄然而笑。如何让自己"心情愉快"，眼下也算是一道难题。

"陈经理，尝尝这个，我们准备下周二推出的早餐。"孙大柱端来一碟热气腾腾、白白胖胖的包子，摆在陈溪面前，跟着拉过一把椅子在她对面坐下。

"呵呵，不错嘛，你可真是干得红红火火的！"陈溪勉强挤出了一丝笑容，来回馈这份朴实的温暖。

"嗨！这不都是您当初的栽培嘛……"孙大柱又憨憨地摸了摸后脑勺。

"你还真是'上道儿'了，场面话越说越动听了，就好像这包子是我教你包的一样！"

"您甭等凉啦，茴香馅儿的，趁热尝尝！您别总是光喝汤啊！"孙大柱又将包子往她面前推了推。

"呵呵，谢谢了，我最近胃口不太好，喝点汤就够了，实在吃不下了。不过,你这包子品相还是挺馋人的!"陈溪看了眼包子,挤笑容挤得越来越没有力气。

"陈经理……我们都听说了。您可不能还没怎么着呢,身体先垮了,不就是个调职嘛!他老梁还能把你怎么着啊?俗话说:留得青山在,不怕没柴烧。您现在一定要保重身体,否则他们看着更乐!"

"呵呵,你的消息还真是挺灵通的。"

"那是自然,这些个主管啊什么的,大家一来吃饭肯定就会聊点儿御景里面的事儿。我跟您说啊,这个老梁无非是妒忌以前杨总比他牛,赚得比他多,心理不平衡呗!不过他也未必有那个本事。据说他现在跟NST总部的一个什么人物经常来往,估计也是想往这边儿钻呗,毕竟外企的待遇高,他不可能不馋。而且他现在据说借着什么股份公司负责人的名头,已经开始插手各部门的管理了。哼,我还是那句话:他想揽这'瓷器活儿',还得看到底有没有'金刚钻'!"

陈溪看了一眼孙大柱,低头继续喝了口汤,又说:"这都是哪里听来的小道消息啊?这你也信?"

"嘿!千真万确!我有几个在保安部的哥们儿,他们在监控录像里都看到了,NST的那个人总去老梁的办公室。您想想,老梁一直是甲方这边儿的人,以前跟乙方向来就是死对头,现在怎么稀里糊涂地又跟人家好上了?肯定有猫腻儿!"

陈溪沉默了片刻,笑了笑,夹起一只包子咬了一口:"孙师傅,这包子还真是挺香的,吃一口就有食欲了!谢谢了!"

从员工餐厅出来,陈溪走进附近一个僻静的消防通道,站在那里的一扇小窗边,静静地望着窗外,仔细琢磨着孙大柱刚才的那番话。尽管她当时不便对着孙大柱表态,但他的举动的确令她很是感动,也由衷地感慨:有时在职场上,帮别人,也是在帮自己。当初本着公平的心态给了孙大柱提升的机会,从而化敌为友,如今看来,当时也是为她自己埋下了一颗机会的种子。

显然,杨帆之前的感觉是对的,只不过梁若清并非因刘小慈而那样"小家子气",他对杨帆及陈溪的不满远不是因为什么情感问题,他体积虽小,却胃口超大。梁若清真正仇视的,正如孙大柱所说,是杨帆年纪轻轻的,就比他有能力,比他收入高,在御景的地位总是凌驾于他之上,换句话说,比他更有

"市场价值"。而他所期望的一切，只要杨帆在，就几乎没有可能得到。于是，觊觎权势、金钱也在无形中加剧了他对杨帆的憎恨，甚至杨的英年早逝都没能弱化他的报复心理，或许他还会因此而更加气恼，因为这恰恰体现了，在杨帆的有生之时，他永远没有赢的机会！接着梁若清便将这股怒气转嫁到了陈溪身上，加之她以前又在杨帆的指点下让他报复未遂……这次，看来他的确是不出狠招不足于舒解心头的怨气。

不过说到底，梁若清恨杨帆还是因为权与钱，一切的黑暗情感皆由这个核心衍生而来。所以，现在他在疯狂实施报复的同时，也不可能偏离即定的轨道。

陈溪终于彻悟，梁若清之所以要置自己于死地，也并不是一种单纯的余怒发泄。他其实就是传说中那种所谓的"职场枭雄"，他们并不一定通过正常的途径来表现自己的能力，最惯用的手法，便是用美其名曰"亮剑"的方式来震慑四方，让所有人都害怕，从而臣服于他。她陈溪作为杨帆的女友，之前在御景也是小有成绩，因此是个十分理想的"开刀对象"，说通俗一点，就是先来个"杀鸡给猴看"。

她仔仔细细地将孙大柱的话一个字一个字地捋着，想要从中挖取更多的有用信息。她在通道里来来回回地踱着步，脑子在飞速地运转……忽然站定。对！还是得找范建山，要想个办法，一定要找出个办法……让他帮自己找到梁若清"私下通敌"的证据！

事不宜迟，陈溪想了想，回去那个遥远的办公室，等于浪费时间，于是她直奔梁若清办公室所在的会所后楼。

"梁总，您好，可以进来吗？"陈溪站在梁若清本就敞开的办公室门前，笑吟吟地叩门问道。

"哟，陈主任哪，进来坐！进来坐！"梁若清坐在自己的位子上，并未挪动身体。

陈溪进来并随手关上了门，笑着坐下："呵呵，我也没什么重要事情，只是来这边吃饭，顺便过来见见您，汇报一下这两天的情况。昨天，我已经和吴总监沟通过了，我们将一起合作，实施对这批学员的培训，以确保他们尽快达标上岗。"

"呵呵，不错嘛，我们就是很欣赏你的这种干劲儿！不过陈主任啊，凡事也要体谅一下其他的兄弟部门,吴总监他们确实很忙,我看有些培训,不用让他们负责得太多,还是你这边多多费心吧!"很显然,吴超已经将昨天会上的情形跟梁若清通过气了。

"行!我明白了!我会多多努力的!那……梁总,我还得去赶穿梭巴士,得赶紧走了,不好意思啊,晚了我就得走回办公室了……"陈溪突然看着表,起身急着告辞。

"好!好!你先忙!咱们有空再交流!"梁若清也客气招呼,但仍不动身体。他并不想与她多谈,而看她如今这么主动地前来归顺,也没有动任何恻隐之心。

陈溪说了声"梁总再见"便急急跑到门口,打开门出去又迅速关上门,一个人在走廊里,边用袖子抹着眼睛边向走廊尽头的楼梯处跑去。

一回到办公室,陈溪给学员们布置了一些自习的内容,便立即拿起手机走到办公室外一个无人的角落,打电话给范建山。

范建山在电话里听陈溪哭诉,说梁若清调她过来动机不纯,现在就开始对她"动手动脚",有些半信半疑——这老梁不是刚刚娶了个小娇妻回家嘛,怎么吃着碗里的还盯着锅里的,非要跟他老范争抢……他表面上安慰了陈溪几句,暗地里让人去监控室调来录像,果真看到陈溪进了梁若清的办公室,不一会儿便冲出办公室,哭着跑开……不禁怒火中烧,心想你姓梁的居然还真没憋好屁!我范建山看上的女人你也敢打主意?!他立即联系了陈溪,同意让她自己去监控室找她需要的东西。

陈溪则暗暗无奈于要捏造这种桃色假相,以便先挑起两只恶狼之间的撕咬。她甚至觉得,此时的自己,似乎可比巴尔扎克笔下的"搅水女人",不过她更为"新概念"一些,她这样搅水,并不是为了鱼虾。

为防止范建山那边变卦,陈溪立即赶往监控室,好在保安部离她的办公室并不是很远,到了之后,她便请人调出了梁若清办公室门口的监控录像,果真找到了几段录像,都是同一个人进出他的办公室,并且逗留的时间都不短,而这个有些派头的男人,肯定不是御景内部的人员。

陈溪马上拷贝了录像,又请小孟用车送自己去了汪静处。汪静看了录像,确认那个人就是NST中国总部副总裁的助理。不知道梁若清是用什么方法搭上了这条线,按道理,这名助理只会和Thomas及杨帆有工作层面的沟通,与甲方的任何人都扯不上关系。陈溪稍稍释然，她终于在这片混沌的云空中，劈开了一线曙光。

回到自己办公室，已接近下班时间，陈溪让祁书记的外甥女暂时留下，告之要跟她深入谈一些事情。

祁书记是御景驻地乡政府的党委书记，应该算是这几个学员的后台中背景最大的一个。他的外甥女尽管学历不够，但人很机灵，也并不抵触学习业务知识，其实只要她一直努力，以后应该也会有提高和发展的机会。然而有时候，在错误的时间进入错误的地方，就注定自己也会变成一个错误。不过如果自己有办法将其他的错误因素都扳正过来，也能扭转自己的身份性质。当然，陈溪不会和一个二十出头的小姑娘说这些深奥的道理，和她谈话的目的，就是对她的表现给予肯定加鼓励，激发她的进取心，以及一点小小的野心。

周四这天，陈溪哪里也没有去，而是在办公室里埋头准备梁若清要求的那些集训中心内部运作文件。这些无谓的工作虽然是浪费时间，不一定有实际用处，但她也必须要做，好在这个所谓的"集训中心"其实就是培训，因此对于她并非难事，将以前的文件改头换面，稍加调整，便可以拿来应付一阵子。她粗粗做了一些框架性的东西，看看目前应该是够用了，才松了口气，靠在椅背上，闭着眼睛，脑子却仍在忙碌着。在她发起总攻之前，一定要想好每一个细节，不能有一丝疏漏和闪失。

似乎已是万事俱备，就等着明天起"东风"了。陈溪站起身走到窗台边，望着外面冬日中的杂草与积起的落叶。

除了汪静告之的那个NST中国总部的Bruce，范建山倒是无意中透露过，甲方高层中决定御景这一块事务的是一位"李总"，这两个人物或许就是她的筹码。然而，陈溪早已越来越清晰地意识到，目前，唯一能够救她出这个火坑的人，其实就是梁若清本人。只有给她上了枷锁的他，才真正掌握着打开枷锁的钥匙。

~3~

初试锋芒

周五一早,陈溪到御景后没有直接去自己部门,而是等候在梁若清办公室的通道里。

九点已经过了近半个小时,梁若清才踱着方步出现在走廊里,陈溪从拐角处看着他进了办公室,才走过去敲了敲门。

"哟,早啊!陈主任,这么早来找我,有事儿吗?"梁若清正从公文包里拿出新的报纸,抬头看到陈溪出现在未关门的门口,尽管有些奇怪,但还是客套着打了招呼。

"是有些事,而且挺重要的,估计需要耽误您一点时间,不过不会太久。"陈溪淡淡地笑着。

"来,来,坐!坐!"梁若清招呼她进来坐在办公桌对面,自己也脱了外套坐了下来,"工作还顺利吧?今天找我有什么事儿啊?"

"呵呵,工作还好。我今天来主要是跟您谈一谈'人才集训中心'今后的安排,以及我个人的工作安排。"

"哦——好哇,你有什么想法?说说看。"梁若清听着这种模棱两可的话,一时摸不清来路,于是笑着应和。

"梁总,这几天我在这个新部门,也了解了一下这几个新学员的情况。总的来说,正如您当初所说的那样,他们如果好好地培训一下,也有望成为不错的员工。所以,我已经开始对他们进行系统的培训,再加上吴总监那边的配合,相信他们一定会如期完成培训——"

"这个我已经听你说过了,"梁若清很快打断了陈溪的话。他猜测,陈溪或许这次是想找他说吴超那边的配合协调,他当然会横加阻拦,否则对着吴超他早已拍胸脯说没问题的事,就会有问题了,"我也建议过你,高球运作部那边业务压力也挺大,也是非常忙,所以有些培训还是由你来负责。陈主任啊,现在多经历一些锻炼,并没什么坏处嘛!"

"呵呵,您这观点我非常赞同!确实是这样的,多经历一些锻炼,是有必要的。我不就正在尝试嘛,而且不单是我,连我下面的这些学员,有一两个有潜质的，我也在创造机会让他们多经历一些锻炼。"陈溪神采飞扬地说着，余光扫过梁若清的脸，她早已料定，梁若清肯定会维护高球运作部，于是她的话锋转得也相当快，并直接带出真正的前奏。

"让他们锻炼？他们能锻炼什么？"梁若清果然有些迷惑，的确，在他和陈溪的明枪暗箭之中，这批"废物点心"他还真没怎么正眼关注过。

"梁总，您以前也接触过他们，难道没有发现他们其实各有各的特点？我这几天和他们深入交流之后，对您当初的话还真是深信不疑。怎么，别告诉我，您反倒对他们并不看好啊！"陈溪调侃道，话尾也带出了一串清脆的笑声。

"哦——那倒不是，怎么会呢！我对他们也是很有信心的。"梁若清应付得有些仓皇，因为他到现在还未拿准陈溪提及这些学员的意图。

"是吗？呵呵，那我还有一件事，说出来您就更对他们充满信心了！"陈溪的表情开始有些眉飞色舞，"我现在正在重点培养祁书记的外甥女，那个小宋，宋丽，您肯定有印象吧？那个小姑娘是不是挺机灵的？"

"哦，小宋啊，我知道，是挺聪明的，不过你准备重点培养她哪些方面呢？"

陈溪就势给了宋丽一些好评，夸她尽管年纪轻，但是很有领导的潜质，因此希望创造机会让她独当一面，而目前暂时让她作为自己的助手，代为管理其他的学员……

梁若清此时品出了些许的"伏笔"，马上回话阻拦："陈主任哪，小宋是个小姑娘，你不用太考虑她的想法。咱们既然原本已有计划，还是要遵照事先的安排，否则高球部那边也要跟着做相应的调整，这样就等于将原有的计划全部打乱掉了，这可不行啊。"他仍然是客气的口吻，但话里已明确表了态。他隐隐约约感觉到了，陈溪是想玩个'金蝉脱壳'的把戏，因而准备将这条路直接堵死。

"梁总，不是常有人说'计划赶不上变化快'吗？咱们在工作中，遇到的突发变化也不少了，'变'本身并不是问题，主要是得看变得更糟了，还是更好了。如果情况因为计划的变化调整而出现了更为理想的结果，那也不失为一种更深层次的成功啊！"

梁若清一时语塞，他的确没有料到，这个丫头片子还挺会辩证。而陈溪也明白，他已察觉到了自己的目的，估计开始要集结兵力、组织反攻了。杨帆曾经说过，她绕不过梁若清的那张嘴。既然梁若清的嘴巴如此厉害，与他交锋，就得尽量避免让他有机会"还嘴",因此她果断地乘胜追击,再度侃侃而谈。

"其实,我们应该充分地利用这些学员背后的资源,以便尽量减轻我们股份公司的压力。您想想,我们现在增设的这个新部门,乃是权宜之计,这些大菩萨保佑着的小沙弥,即使培训合格进了部门,估计在接受部门管理方面,或多或少会表现出有恃无恐,觉得自己的后台硬。倘若真的跟其他的员工起了冲突,那么我们不论是高层还是中层,处理起来也都会相当棘手。如此说来,我们增设新部门,提供有薪培训,并不足以证明是从实质上根本解决了问题。而如果我们从这批人当中找出一个后台最为强硬的人来,委以管理的权利,让这个人代表我们去跟其他人协调,必要时,这人自然会动用背后那个最强的后台去制衡其他力量,从而强化管理的力度。这样,是不是效果会更为显著一些?据我了解,祁书记的势力,应该是这一批里最强的吧?即使再有后来的学员,那些所谓的后台,只要是在这一片地界上的,估计谁也不敢惹他吧?这样一来,我们是不是就可以避免很多得罪人的麻烦事?就让他们自己在另一个层面相互制约,转移原本都指向我们的矛头。"

陈溪的一席话的确说得梁若清哑口无言,并且暗暗吃惊。然而他的实质目的并非要解决陈溪所说的实质问题,因此他还是要不遗余力地将她和这个包袱牢牢地捆绑在一起。

"陈主任,你说得不是没有道理。不过我担心,小宋一个小姑娘,涉世不深,玩不转这只不大也不小的盘子。这样吧,如果她希望如此,你让她留下来帮你,我也没意见,但是必须是有你在旁指点,这样我们才会放心,也免得这小姑娘惹出什么乱子。"

陈溪放松地笑着劝梁若清放心。"有可能过一段时间,祁书记也会出面请甲方的领导考虑给他外甥女一个锻炼的机会。我是建议,咱们不如在他开口之前,先行把诚意做足,将来也好求他办别的事。他自己的外甥女在御景也要长期发展,万一御景有什么需要,他又有何不好通融的?"实际上,祁书记的外甥女的确跟舅舅提过要管这个部门,不过这种跃跃欲试完全是被陈溪鼓动起来的。陈溪现在力求达到的,就是渲染出一种令人信服的氛围。就算梁若清自己不信,也没关系,只要他无法阻止别人相信即可。

梁若清又一次低头,沉思不语。陈溪继续道:"您看在Amy的面子上关照我,我也是把您当大哥看。这事情啊,不光是为了我自己,也是想尽全力为您做一张脸啊！您想，这个计划的改变如果真的为甲乙两方的高层们从此去了一些小心病，他们也不会认识我陈溪是谁，肯定要夸奖的是您梁总对不对？这也算是我对您以前照顾的一种感恩吧！不过呢，您如果觉得我这个当妹妹的这次工作完成得还算满意，即使我调回了人资部不在股份公司底下了，也希望您能在甲方领导面前替我多多美言几句啊！"她说到这里，脸上现出了一种含意复杂的微笑。

梁若清却突然坐直了身体，抖擞出一个爽朗的笑容："哈哈哈哈！我说妹妹啊，你还是不了解我啊！我怎么可能将功劳全部揽在自己身上呢！我嘛，顶多算是个'伯乐'，发现了你这匹'良驹'。既然是你的能力，当然，该给予你的肯定就要给你，当之无愧！放心，我一定会在领导面前帮你美言。其实都不能说是'美言'啦！这本身就是对真实成绩的一种正面肯定嘛！啊，对不对？哈哈哈哈！你呀，就放心在这个部门好好工作。小宋呢，跟着你，相信也能学到不少东西。回头如果祁书记提出来了，放心，我一定会解释清楚，绝不让你为难！等你辅导小宋半年一年的，她的翅膀硬了，再单飞，我相信祁书记也会满意嘛！"

陈溪表面上也赔着谦逊的笑容，却明显感觉到梁若清已经运足了功力，准备反扑了——真真应了杨帆以前的话，自己跟他绕"嘴功"，明显不占优势，只怕接下来就会说多错多，不如干脆些……想到这里，她微微前倾身体，并压低了声音："有些话，我一直不知当讲不当讲，不过您是 Amy 最亲的人，我也不敢坐视不管。梁总，您在御景这么久，肯定知道这里人多口杂，即便您是为了更好地工作，有时也必须得加倍小心，免得被人诬陷说您'立场模糊不清'，岂不冤枉？我听说，甲方的李总这个人，特别看重属下是否'旗帜鲜明'。万一要是有人，将您这个月四次和 Bruce 的会晤透露给他，您不是得大大地费一番口舌去为自己澄清？何必呢？"她曾天真地以为，搬出祁书记来吓吓他，没准儿他就会知难而退。想来真是自己太看轻这只老狐狸，原本还担心梁子结得太深而犹豫要不要使出"撒手锏"来威胁他，可如今看来，不用便可能满盘皆输，险棋也罢，如今只能孤注一掷。

久经沙场的男人，此时不得不用一种全新的眼光去审视面前的年轻女孩。这只"小狐狸"尽管尚显稚嫩，牙齿却已经足够尖利了。她甚至知道如何利用他的套路，与他慢慢地周旋……趁他不备便狠狠地咬掉了他的尾巴，虽未致命，但也伤了些元气。

按道理，长期合作的甲、乙双方应该是和气生财的拍档，然而从一开始便无休无止的权利纷争，潜藏着两派高层之间私人利益的冲突，如今已在御景的碧云蓝天下共同开辟了一片没有硝烟的战场。因而这种局势中，双方人员私下交往的敏感度就变得甚之又甚。不要说没有工作沟通需要的，就算是有协调需要的，也都尽量采取非口头的沟通渠道，以至于闹得来往的邮件、纸张铺天盖地，即使不得已要面对面地商榷，也得用白纸黑字记录下"掐架"实况。而梁若清在这种特殊时期"顶风作案"，要是被甲方知道，无疑将会从重发落。

梁若清近期的确是想在NST的高层之中打开局面，他这个人论实干肯定是能力羞涩，可是游走于人际间的本领却堪称登峰造极，如今他费尽周折才刚刚跟想要攀附的NST权贵沾了点儿边，却被一个黄毛丫头拈来当作把柄，心里自然不甘：想我老梁吃的盐比你吃的饭都多，居然也敢跑来这里班门弄斧！

他虽有些气急败坏，但并未乱了阵脚，料定陈溪就算知道这些信息，毕竟职位卑微，她还没养肥自己的胆子去捅这么大的窟窿，最多是在他面前吼几嗓子，就像一只神经脆弱的小吉娃娃狗。至于陈溪是如何掌握到信息的，梁若清猜测肯定与范建山有关，全御景的行踪只有他能掌握得到，难怪前两天范建山向他打听陈溪的事……大家都是男人，估计老范也就是馋这个小丫头本身，并没心思跟自己斗。他妈的！也不知这老色鬼中了什么迷魂计，居然让个丫头套取了这么重要的信息来跟自己叫板。不过，梁若清毕竟比范建山的官位级别高，找个机会"敲打"他一下，不算难事。现在，他只要不撕破脸逼急了陈溪，想必她自己也会掂量掂量，有没有可能扳得倒他。

梁若清想到这里，认为自己还是应该沉住气，便对着陈溪略带挑衅的目光回了一个微笑，慢条斯理地说道："小陈哪，咱们既然关系这么近，我也不瞒你了，我的确是在和NST的总部联系，不过就像你说的，咱们就是为了更好地工作，'身正不怕影子斜'嘛！再说了，现在连你都知道布鲁斯来了四趟，我估计全御景也差不多传开了，可能甲方领导早已经知道了，这也不代表什么嘛——我们本来就是合作伙伴嘛！哈哈哈！妹妹啊，不用替我担心这些，没问题的！放心吧！啊，哈哈！"

这个回应，还真是陈溪没有预料到的。刚才，她分明从他的脸上捕捉到了一丝诧异和不安，怎么可能立刻又变得这么坦荡呢！陈溪有些不甘心："可是梁总，人言可畏，全公司上下也不可能统一都是正面的声音，说不定就有人给您'扎针儿'呢，您还是小心一点吧！"然而"扎针儿"的说法一出口，她立即后悔，怎么感觉自己又傻傻地给他递了一个"话把儿"……

梁若清果然抓住了这个"话把儿"，立时发挥："哈哈哈哈！没事儿！没事儿！咱们干工作，总会有人说好，有人说不好，这不是我们要考虑的，只要自己干好了就行。御景的人是多，不过，大家都会像你一样，有双雪亮的眼睛。你看，你不是也能理解我都是为了工作嘛！所以我相信别人也不会误解的——换句话说，你都不会去给我'扎针儿'，别人也不会的嘛！哈哈哈，放心！"

陈溪暗暗有些发蒙，想不到自己所谓的"重磅炸弹"，居然被梁若清就这么"四两拨千斤"地轻易化解掉了！折腾了半天，她在他面前耍了一套花拳绣腿，只是给他挠了挠痒痒，松了松筋骨。等到真的快要图穷匕现了，她才发现自己原来拿了一把钝刀，对着人家的利刃——完全不是一个量级的对抗，摆明自己又要吃亏。完了！完了！又败了！意识到这一点，她已顾不得回想自己刚才的表现有多蹩脚，头脑中至少有一件事还保持着清醒：自己已经亮了底牌，梁若清却没有捅破窗户纸，还算是给双方都留了一点面子。她尽管心有不甘，眼下也只能先认输收兵，回去从长计议。

"呵呵，没事就好，算我多虑吧！我还真有些担心呢！"陈溪佯装释然，实则笑得有些无力。

梁若清见陈溪不敢恋战，心里有了七八分底，看来自己的直觉没错，她也不敢轻易捅这么大的娄子。他今天受了些惊，也有点乏了，想尽快结束："放心吧！没事儿的。不过呢，还是得谢谢你告诉我这些，以后我也会留意一下。你的事儿呢，刚才我们也谈得比较透彻了，你还是要安下心来，哪怕先把小宋培训好，再调走。员工晚会那边有汪总监坐镇，你也不用担心。再说晚会不是马上就要开了嘛，开完了再把你调回集训中心这边来主持工作，不是太麻烦了？我相信汪总监会克服这个困难的，暂时的嘛！"

"好吧，既然您坚持要我留下，我还是得服从安排。"陈溪也自觉窝囊，但只得先厚着脸皮自己出来圆场。她接着笑笑起身，准备告辞："那没其他事，我就先回去啦！"

"好好，正好我这边一会儿要开个会，你先回去吧，有什么问题随时过来！"梁若清显然松弛了许多。等她离开办公室并关上了门，他想了一下，拿起电话拨了范建山办公室的分机，随即又挂断，直接掏出手机找范的手机号。

陈溪走出梁若清的办公室，这一回是真的掉眼泪了。她这个所谓"心思缜密"的总攻，首战无疑是失利了，火势甚至还没有起烟就已经熄灭了。自己不管是弄巧成拙也罢，是千虑一失也罢，总之已经被逼上了穷途末路。如果以员工晚会来作为期限——两个星期，现在算来，梁若清给她挖的这个坑，土已经埋到她身体的半截了……陈溪感到一种无望的恐惧，她边走边擦着不断流下的泪水，拼命地在心里默念：一定会有办法的！一定会有的！

"Rosie，你怎么在这儿？你怎么啦！"赵玉刚在楼梯拐角处撞见陈溪，同时发现了她那双红红的眼睛和脸上的泪痕。

"哦，Edward，是你啊！你怎么在这儿？"陈溪镇定了一下，又用手抹了下脸。

"梁总找我——你到底怎么啦？怎么哭了？"赵玉刚微微低头看陈溪躲闪的眼睛。

"我没事。梁若清找你做什么？"她突然扭头看他，不再顾及自己的样子。

"不清楚，可能是找我谈销售部的事吧！"

陈溪知道，杨帆去世后，Thomas让赵玉刚代管销售部，但她仍觉好奇："他又不管你们部门，你跟他能怎么谈销售的工作？"

"我也纳闷呢，不过我猜，估计是上面谁有这个意向，让他代替James做这些工作吧！要不他怎么可能这么上心？嘿嘿，就要看他能否接得住这个摊子了。你还没告诉我，你哭什么？"

"唉，算了，你先去他那儿吧，不过千万不要跟他提及我，回头你再打电话给我吧，我先回去了。"

"Rosie，"赵玉刚同情地用手扶住她的肩，"是不是因为调职的事？我从上海出差回来，就看到了关于你的Memo。"

陈溪无奈地做了个深呼吸："你别晚了，回头电话里再说吧！我先走了。"

~4~

重整旗鼓

陈溪一个人静静地下楼,进入了一个消防通道,坐在台阶上,头无力地靠着墙,闭上眼睛慢慢地呼吸。

这一刻,她又想起了杨帆,想起他阳光般的笑容,想起他温暖如春的怀抱。她又回想起以前,自己在他面前那副天不怕地不怕、对什么都无所畏惧的"气焰",他一定觉得自己很可笑、很幼稚,但仍然耐心地纵容着自己。她的那些小小成绩,其实在他看来肯定不足挂齿,他却总对着她表现出一副欣赏恭维的态度。如今没有了他,自己真的要只身一人跳到他这个层面上与人对决,却除了"屡败屡战",就是"屡战屡败"……现在她终于知道天有多高、地有多厚了。

看来,她一直没有将自己摆对位置,没有找准"制高点",同时也低估了梁若清的抗击能力。对方好歹也算个副总经理,自己势单力薄想要"蚂蚁扳大象",怎么可能?姓梁的就算是底气不够足,也会死撑到底,既然他原本就是打算拿自己来"杀一儆百"的,如果轻易就放过自己,岂不贻笑大方?

陈溪依稀觉得,自己手上关于梁若清"私通"NST的把柄,其实对他还是有一定制约作用的,他之所以给她留有一点面子,可能也是对此有所顾忌。只是他也清楚,她地位卑微,说话必然分量不够,在高层那里也构不成多大的杀伤力,因此他尚能泰然处之。她的脑子此刻突然又清晰了起来:自己不可以再这样孤军作战,要想赢他,必须要"搅"出一个更大的气场。

她起身向外走,没有回自己的办公室,而是去了人力资源部,找汪静。

"梁若清在御景的时间比我都长,他一直没什么实权,却坐得稳稳当当,这个人其实是有很大能量的,你这样跟他单打独斗,斗不过是必然的。唉,真是老奸巨猾啊!"汪静听陈溪叙述了事情经过,禁不住感慨。

"我现在也意识到了这一点,所以来找您商量。您看,我们怎样才能将梁若清私下串通NST总部的人这件事,向上捅?"

"你指的是向哪边的'上面'捅?如果捅到NST这边,我想,找Mr. Cheong说一下,他或许就能跟VP说。如果是向甲方的'上面'捅,可能只有范建山还能沾点儿边。不过有一点：这件事如果真的捅了上去，后面的局面可就不是我们有能力控制的了，也许没什么，也许很糟糕。说不定梁若清马上就会倒台，并有可能会捎带上你，而这一切，现在都无法推测。"

"哼，我已经不在乎了，横竖都是一死，当然要搏一下。有什么恶果，我承担我的，他承担他的，就算最后同归于尽，也比现在他笑着看我死强！"陈溪咬牙切齿的语调中，透着一种郁闷和浮躁。

汪静看了她一眼，说："先不要着急，你得先稳住自己的阵脚，心不静则事难成，办法还是要慢慢想的。"

"可我已经被逼到这个地步了，除了这个把柄，再无其他胜算，只能这样了……"陈溪深深地叹了口气。

汪静也随之陷入难过，她从心底同情眼前这个女孩，自己如果处在她的境地，也许表现得还不如现在的她。

"先别着急，我下午找个机会打电话跟 Mr. Cheong 交流一下，探探他的口风。我觉得他会帮忙的，只不过你要有心理准备，有可能就是我刚才说的那样，最后谁也没落得好处。"

"好吧……时间不早了，我先去吃饭，然后还得回去应付那帮孩子……唉！"

"他们学得怎么样？他们真的条件很差吗？"

"哼，如果条件好，还需要让别人关照工作的事吗？朽木难雕啊！"陈溪说着，撇了一下嘴角。

吃完午饭，陈溪从员工餐厅出来，正巧遇到邓雪进餐厅。

"哟！这不是 Rosie 吗？好久没见你了，听说你又调工作了，做什么'主任'了……那部门我还是头一回听说，感觉还好吧！"邓雪歪着头，挑着嘴角。

"还好，谢谢！"陈溪平静地笑笑，她最近经常面临这种待遇，早已习以为常了。

"呵呵，你还挺坚强，就希望呀，你能一直笑到最后。"邓雪还是一张不饶人的嘴巴。

"呵呵呵，我也是这么想的。"陈溪的笑容展得更开，"是不是能笑到最后还不一定，但肯定不会哭到最后。我先走了，祝你胃口好！"说罢，她并不看邓雪，笑吟吟地自己先走了。

路上,刘小慈打来电话。陈溪停在路边一个没人的地方,接了手机:"Amy啊,你有事找我?"

"Rosie,刚才Edward给我打了电话,我才知道老梁把你给调走了,你咋不早告诉我呢! Edward说他看到你今天哭了……是不是老梁又说你啥了?"

"这个Edward嘴巴还真快,都传到你那边去了,没什么事!"陈溪纵然委屈,但仍有一种惯性想要在刘小慈面前隐瞒。

"你就别哄我了!是不是他在整你?这死老梁!你别生气,我今晚上等他回来,要好好跟他说道说道!"

"哎呀,Amy!你就别跟着凑热闹了!你还记得我上次跟你说过的话吗?别管我的事了,他是你老公,你们是夫妻,不要为了我的事翻脸。"

刘小慈在电话那端的声音也变得急切:"那我也不能眼瞅着你这样受气啊!"

"没事的,Amy,你有心就行了,我自己会处理的。你怎么样?他对你……还好吧?"

"唉……结了婚,就那回事儿了,反正没冻着我、饿着我,就行了。"刘小慈的语气中满是无奈。

"那你们就好好生活吧!别担心我了,记住了,在他面前别提任何关于我的事。等我忙过了这阵子,会给你打电话的。"

刘小慈也叹了口气:"那你自己小心啊!瞅这事儿闹的……唉!不过Rosie,我可告诉你啊,你别看他平时对谁都和和气气的,其实有时他挺'阴'的!而且吧,这家伙脾气可火暴了,搁家动不动就吹胡子瞪眼的,你小心点儿啊!"

"嗯,我知道了,你放心吧!"

陈溪挂线之后,陷入了深思。不一会儿,她又拨通了汪静的手机。

"Jane,想问一下您,还没有给Mr. Cheong打电话呢吧?"

"这才几点呀,现在他肯定不在办公室——你也用不着这么着急啊!"

"不是急,是没打更好!我又改变主意了,还是决定不能冒险。我的目的只是要回到人力资源部,但不能搞垮梁若清——他完了,Amy也就跟着有麻烦了……"

汪静那边沉默了片刻,又说:"Rosie,不要告诉我,你现在又有些投鼠忌器了。你这样犹犹豫豫的没个准主意,可真是有点儿难办,机会总是稍纵即逝的。"

"我知道!我知道!可是我不能拉上Amy当垫背的,她也挺不容易的。所以您还不能跟 Mr. Cheong 说这些，我们得另想办法……"陈溪边拿着手机贴在耳边，边用另一只手摸着前额。

"好吧，我理解……"汪静又是一阵沉默，忽而压低了声音，"或许还有一个人可以起点儿作用——我去找 Thomas，告诉他，梁若清与 Bruce 之间正在走动。"

"可是他向上捅，结果还不是一样？更何况，这事捅上去对 Thomas 本人又没好处，并且有可能把梁若清逼急了找辙对付他。他自己毕竟也谈不上清廉，估计也怕引火烧身。而且梁若清现在直接负责管控股份公司，要调动我，Thomas 也无权干涉啊！"

"当然了，指望 Thomas 让梁若清调你回来是不可能的，但是利用他，旁敲侧击'点'一下梁若清，也未尝不可。你想想看，我说的有没有道理？"

汪静虽未点破，陈溪稍加思索，很快也明白了她的意思："嗯——倒是个办法。"

陈溪回到办公室，刚刚坐下不到十分钟，范建山便进来了。陈溪看见他，心情复杂，她很希望跟他说一下梁若清的事，又不得不提防他来此的不良动机。

范建山见到陈溪，立即堆出一张令人起鸡皮疙瘩的温柔笑脸："小陈啊，这几天没见着你，怎么感觉你比以前更漂亮了！"

陈溪抑制住想呕的冲动，勉强笑了一下。

"范总监，您怎么有空过来？有事吗？"在电话里，她曾称呼他为"范大哥"，可是现在办公室里没第三个人，她必须得用"总监"的称呼来提醒他保持距离。

"没事儿就不能来看你啊？"范建山引用了句最老套的对白，嬉皮笑脸地走到陈溪办公台对面的椅子坐了下来。

"您这么忙，还抽时间来看我，真是难得。"她表现出低落的情绪，心里则在思量着怎么推他去甲方领导那边参梁若清一本。

碰巧此时，宋丽敲门进来，给陈溪送了一份高球运作部转来的培训资料。

"范叔叔，您也在这儿？"宋丽见到范建山，立即绽开烂漫的笑容。

"哟，小宋啊，你好吗？你舅舅还好吧？"范建山也还以慈祥的言笑。

"他还行，最近也挺忙的，我都见不着他，都得给他打电话才行！"

"哈哈！是吗？那你下次打电话的时候，替我问候一下你舅舅啊。"

"成！没问题！"宋丽应着，关上门离开了。

"您怎么会认识她？"陈溪随口问道。

"她是祁书记的外甥女嘛，一直在她舅家住着，我有时候去拜访祁书记，都能见到她。这小姑娘在你这里怎么样啊？"

"还不错，挺聪明的。您经常去祁书记家？"

"哼，我倒是想！这个老祁谱儿大着呢，给他送礼也得先求着他给你机会。但是这片儿地区，谁敢惹他啊！我没来御景之前，就开始跟他打交道了，我老范原本谁都不怕，可对着他，怎么也得给几分面子，哼，在这一带，他可以说是一手遮天哪！"范建山说着，不住地摇头。

陈溪靠着椅背，眼睛望向窗外，静默不语。范建山见她情绪不高，猜测是因为调职，于是想改变一下眼前的气氛。

"小陈啊，刚才……又被老梁给气哭了吧？"

陈溪闻言一愣，立即又调整了一下表情，但没有说话。她意识到，自己已经陷入了范建山的监视当中，他一定是又看到了自己抹眼泪的监控录相。

"我说妹妹啊，你也不要跟老梁过不去了，他毕竟是个副总，胳膊拧不过大腿。你瞧，你在这里不是也挺好的？这办公室也挺不错呀，而且山高皇帝远的，我也可以时常过来陪着你嘛！"范建山并不擅长哄女孩子，他在老婆面前不需要这样；以前的那些不上档次的女人也都是主动倒贴的；当下这个"新课题"，他老范还是头一回尝试，不免有些拙劣，语气和表情总是搭配得不太自然，让人听着看着都觉得十分怪异。

陈溪听到这番话，却在心里暗暗吃了一惊：范建山前天还气呼呼地叫嚣着要收拾梁若清，如今却又转回到起初那种袖手旁观的姿态，摇身一变成了梁若清的说客。看来，姓梁的肯定跟他再一次联络过，难怪他又去查了录像……如果是这样，自己想让他在甲方上层参奏梁若清的计划又泡汤了！

她推断的没错，范建山的确改变了主意。他上午接到了梁若清的电话，得知陈溪已经拿录相的事去跟梁谈条件，暗暗又有些后悔，而梁若清在电话那边不温不火的语气也让他不免心虚，尴尬之中只得一口咬定应是属下失职，让陈溪钻了空子，定会彻查！不管梁若清是不是在打陈溪的歪主意，其实他自己也无非是一只爱偷腥的猫而已，并不会为个女人而影响到自己在御景的根基。说到底，小美人固然可爱，但也不至于让他去正面得罪梁若清。毕竟，姓梁的比自己官高一阶，而且深不可测，自己一介武夫，脑子上的功夫肯定不如梁，真的玩政治恐怕也会吃亏。

"您既然在录像里都已经看到了，姓梁的没安好心，您还帮着他说话？"陈溪斜眼看着范建山，声音低低地试探道。她看穿了范建山的心思——他不可能再帮自己跟梁若清对着干。然而她忽然又想到了员工晚会，于是感到左右为难。倘若真的把他也得罪了，即使回了人力资源部，也难料他会不会再一次拆台捣乱。

"唉，妹妹啊，你自己小心点儿，下次别去他办公室了，有什么事在电话里沟通不就行了！你平时就待在这边，不也挺好嘛，我也能常来陪着你……"范建山笑嘻嘻地说着，冷不丁伸手过去摸陈溪放在台面上的右手。他现在可没心思玩什么"英雄救美"，因为他也拿不准这小女人到底在自己这里放了多少心思，但无论怎样，都不值得为她的事在梁若清那边惹一身麻烦。总之，自己赶紧一鼓作气，将她拿下，后面他们再怎么折腾都跟自己无关。

陈溪"啪"的一声，猛地将范建山伸过来的手打了回去，眼泪夺眶而出："算我看走了眼——原来你跟那姓梁的都是一路货色，都没安好心！还以为你会好好对我……你却看着人家欺负我，你不管……你们都是禽兽！你根本就不是真心的！我居然会相信你会对我好——根本就是骗人的！你真让人伤心！我再也不相信你了！"说着她伏在台面上委屈地哭了起来。

范建山被骂蒙了，见陈溪哭得伤心又有些手足无措，下意识地看看门——好在是关上的。这一通"狠话"让他真是又难受又舒坦。难受的是，她的指责多少令自己有些堵心，毕竟就连老婆都不敢这样数落自己；而舒坦的是，似乎自己并不是在单方面地打她的鬼主意，倒像是一种虚虚实实的"情投意合"。他回过神来，连忙起身想靠近她安慰一下。

"你别过来！离我远点！你走！你现在就走！我不想再看到你！"陈溪擦着眼泪，用手指着他的脸不让他靠近。

"哎哟好妹妹，你可别生气啊！我怎么可能不管你呢？我肯定会帮你的，你别难过呀！"范建山无奈地站着，面对着陈溪的手指连连解释。

"您走吧！范总监，以后您就是令我尊敬的安保总监，其他的就不谈了，您也不要再来我这里了。"陈溪平静地擦干脸上的泪，语气冷缓，对他的称谓又客客气气地用回了"您"字。

这种场面,范建山可是犯了愁,一时感到分寸难以拿捏,觉得自己有些灰头土脸,想要逃之夭夭,却又有点恋恋不舍。他僵着站了半晌,才蔫蔫地开口:"好吧……我走,你就别生气了啊!等你心情好点儿,我再来看你啊!"

陈溪坐着不说话,头转向一边,直到听见范建山出去,关上门,脚步由近渐远,她才轻轻地舒了口气,靠在椅背上,面朝着天花板。

这只色狼算是暂时解决掉了,一时半会儿应该不会再来骚扰自己。在没有回到人力资源部之前,陈溪决定就保持这种状态,不再去招惹他。她明白,就算她哭闹N场,范建山当时许了什么诺,之后冷静下来,该赖的还是会赖。他是不可能为了她而去担什么风险的,因为他也清楚,自己只不过是一只"纸老虎",真正的"混世魔王"当属一贯低调、深藏不露的梁若清。看来,要搭上甲方领导的这根线,必须另找突破点。

陈溪取出镜子,看看脸色已恢复正常,随即打电话叫宋丽进来。

和宋丽的谈话则要简单许多,表扬了表扬,又鼓励了鼓励,接着陈溪便摆出一副无奈神情,告诉宋丽,自己已经向梁若清建议过,给小宋锻炼的机会,可惜被他给否决了。就着宋丽毫无遮拦的失望表情,陈溪开始顺水推舟,给宋丽出主意,并着重提醒她告诉舅舅,梁若清可能会用什么理由做托词。

宋丽出去后又过了一会儿,陈溪看看时间,拿起手机准备给赵玉刚打电话,正巧这时赵玉刚的电话就进来了。

"Edward,我还正准备给你打电话呢!怎么样?你那边说话方便吗?"

"方便,你先说,你要打电话找我是什么事吧。"

"估计我们说的都是一回事,我就是想问问,梁若清都跟你谈什么了?"

"嗨,具体的细节就不跟你说了,太琐碎了。总的意思,就是先跟我拉拢拉拢关系,说起当初我老丈人跟他关系如何熟,他又是如何如何将我安排在销售部的。之后呢,就是鼓励我好好创出好业绩,将来他要是负责我们这一块的上层督导,也不会亏待我的。哼哼,说了一堆,就这一条中心思想。我应付了一下,没谈太久就走了。哎,你怎么样啊?今早为什么伤心啊?"

"还能为什么?"陈溪叹了口气,"唉,我去跟梁若清讲条件,让他把我调回人力资源部,他不答应,给我碰了个软钉子。哼,他调我来这个垃圾部门,分明就是想整死我,怎么可能还会放我回去?"接着,她将调职的事原原本本地告诉了赵玉刚。

"看来，他恨James恨得够深的，James不在了，他也不肯放过你。"

"不仅是恨，确切地说，他也十分眼红James的成绩。你没觉得吗？他现在很希望介入御景整个市场体系的管理中去，拿下了这一块，他不就有希望能得到高官厚禄了嘛。"

"这应该就是他真正的目的，所以他现在四下里拉拢各部门的负责人。今天找我去的目的，无非也是这个。"

"我猜到了，他要笼络你。所以我想拜托你帮忙，帮我跟他说一说，让他安排，把我调回人力资源部。"

"我跟他说？Rosie，不是我不帮你，可是……梁若清怎么可能在这件事上听我的？"赵玉刚的声音很是不自信。

"你跟他硬着交涉肯定不行，但可以帮我攻一条'软路'，而且也不会影响到你自己的。"

"我倒不是怕影响自己，而是担心帮不到你，或许还会将事情搞得更糟。Rosie，你为什么不去求求方浩儒？也许他有办法。"

"他？他一个局外人，能有什么办法？再说了，上次他帮你妹妹，我到现在还欠着这个人情没还呢，怎么好意思又去麻烦人家参与一场办公室政治？不可能的！"

"怎么不可能？我感觉，他上次帮我妹妹就是冲着你来的——这我早已经提醒过你了，你不信也罢。现在你自己有难，我觉得他不会冷眼旁观的，你可以试着问问他。他虽不是御景的人，架不住人家神通广大嘛，听说他和Thomas关系很好，或许他能出面，让Thomas要求梁若清调你回去呢？"

"算啦！Edward，他那边我们就不要指望了，找Thomas也不太实际，还是集中精力自己解决吧……哎，你到底愿不愿意帮我？"

"帮是肯定会帮的！"赵玉刚并没有犹豫，"不过效果如何我就不敢保证了——那你告诉我，具体要我怎么做？"

~5~

烽烟四起

周一的早上,梁若清因为路上堵车,到办公室比较晚。正在掏钥匙开门锁的时候,已经听到办公室里的电话惊天动地地闹了起来。

他迅速打开门,接起电话时有些烦躁地"喂"了一声。

"老梁啊,我是老祁啊。你是不是在忙啊?才接电话啊。"

梁若清听出是祁书记,连忙变换了一副毕恭毕敬的语气:"啊呀,祁书记啊!您好!您好!不好意思啊,今早路上堵车,来晚了。这不,刚进办公室,还没脱大衣呢!您找我,有什么事儿要交代我办的吗?"

"啊,小事——你先坐下来,咱们慢慢说。"祁书记慢悠悠地拖着长音。

"我已经坐下了,您说吧,我听着呢,祁书记。"仍然站着的梁若清一只手拿着话筒,另一只手脱大衣。

"哦,我找你呢,是关于我外甥女小丽的事儿。我听她回来说啊,在那个什么部门里呢,也学到了不少东西。本来你不是要把她调到球场上的那个部门吗?现在她不想去了,还是想在这个部门长期地发展——"祁书记的腔调像是在做报告,"老梁啊,你能不能帮她安排一下,就在现在这个部门里留下呢?"

"这个没问题!我会办的。祁书记,您放心!"梁若清爽快应道,心里也暗暗开始戒备。

"嗯,嗯,另外呢,我听小丽说啊,现在她正在尝试负责这个部门的管理工作,你是不是可以再给她创造一些条件?"

"呵呵,当然!祁书记,"梁若清早有准备,马上答道,"我特意嘱咐她部门的主任,好好关照她,多给她一些锻炼的机会,多教她一些东西。这样,要不了半年,我相信小宋肯定能成为不可多得的人才啊,哈哈!"

"哦,这样啊,那如果……直接让她负责这个部门,是不是锻炼的机会能更多一些呢?"

"祁书记,您听我给您解释啊:其实呢,我也是特别看好小宋的,第一次见她就感觉这小姑娘特别聪明!所以我特意交代她的主任,一定要把她作为重点培养对象!当时她的主任还有点儿犹豫,觉得小宋还是太年轻,为这个我也是做了一番思想工作。不过现在据她主任自己跟我反映，都说小宋很有潜质。目前呢，先让她跟着主任学一段时间，等以后我们可以再酌情考虑。祁书记啊，不得不请您多多包涵，毕竟现在，这个人才集训中心主任的位子上有人，也不好硬把人家撵走吧！而且我也担心，这个主任如果害怕自己的职位被小宋取代，将来就不好好培养小宋了……所以祁书记，现阶段还是要让小宋学得扎实一点儿。有个半年，她的基础打牢了，我以后一定想办法给她创造提升发展的机会，这一点，请祁书记您务必放心！"

"嗯嗯，是，是不能撵人家走。不过，就没有其他的办法可以解决吗？"

"唉，祁书记，您就体谅体谅我们吧！确实难哪……"梁若清暗暗有点吃惊——原以为自己的一番话祁书记会理解，并且会满意，半年而已嘛！不料祁书记又追问了一句，似乎并不接受他的解释。

"哦，哦，好吧！既然你该想的办法都想过了，那我还是要谢谢你啊！"祁书记嘴上说谢，语气可并不热情，"那就先这样吧！回头再聊啊。"

"好！好！祁书记，您再有什么随时——"梁若清还没说完，便听到了电话那边挂线之后的长音。

他叹了口气，将话筒放回原位。接着从公文包里取出当天的报纸，又拿起茶杯准备去茶水间冲茶。没走出几步，电话铃声又响了起来，梁若清回来又拿起了电话。

"梁总啊，我是Bruce。您现在说话方便吗？"来电者便是NST中国总部副总裁的助理。

"哦，方便，方便，办公室就我一个人。你好吗，布鲁斯？"梁若清放下茶杯，重新坐回了位子。

"很好，谢谢。梁总，我找您就是说一下，咱们这周三的见面暂时先等等吧！不太方便。"

"不太方便？怎么，你们那边很忙？"梁若清愣了一下，原本Bruce答应帮自己安排见副总裁的，怎么突然变卦了呢！

"唉，梁总，说来话长了……我老板今儿找我问了一下您的情况，然后叫我先通知您，他那边这两天在忙别的事情，暂时见不了您了。"

"他问我什么情况了？"梁若清感到很意外，即将成功地搭上NST这边的关系了，线怎么说断就断了……

"唉，这个不重要了，我就是先通知您一声，有什么消息我会再给您电话。不过，我要是没打电话给您，您就暂时先等等，尽量别打电话过来——先这样啊，我挂了，拜拜。"

梁若清慢慢放下电话，眉头紧锁，他开始有一种不祥的预感，但还不太明确，于是他决定先等一等，什么都不做，看看情况再说。继而拿起茶杯出了办公室。

梁若清正在茶水间里倒开水沏茶，口袋里的手机突然狂躁地又响又振，他慌忙放下茶杯，杯里的热茶因为震荡而溅到了手上，他气恼地甩了甩手，掏出手机，见是御景的总机号码，恶狠狠地按了一下接听键放在耳边，伴随着生硬的一句"哪位啊！"。

"您好，梁总。我是Thomas的秘书小金，他想问您点儿事情，您现在有空吗？"

"啊，啊，小金啊，你好。我正在茶水间里。有什么事儿？现在可以说的。"梁若清立即换了温和的口吻来回应。Thomas很少找他，因为他们之间的沟通存在语言障碍，每次都必须由秘书翻译转达。

"是这样的，Thomas想了解一下，您最近跟总部那边的Bruce，具体是在联系哪方面的事务？有什么需要他这边支持协助的吗？"

梁若清惊得一时张着嘴说不出话来——这件事居然让Thomas知道了！他定了定神，赶紧将茶水间的门关上，接着说道："嗯，小金啊，请你跟托马斯解释一下啊：我和布鲁斯呢，只是偶尔认识了，又比较谈得来，所以偶尔有机会会在一起聊聊天，并没有提过工作上的事儿。如果有的话，我肯定会告诉托马斯的，不会直接去跟布鲁斯谈工作的。呵呵，小金，麻烦你跟他解释一下啊，谢谢！"他对Thomas就他与Bruce之间的联络到底了解多少，并无把握，只得含糊其词。

"嗯，好的，您请稍等一下。"

接着，梁若清听到电话那端秘书小金正在跟Thomas叽哩咕噜地讲着英文，之后小金又转向他说道："梁总，Thomas说他知道了。他就是想跟您打声招呼：如果是与工作有关的事情，他希望他可以了解一下，否则总部那边问起来，他却不知情，就会很被动。另外他知道了，也可以帮助您出面协调，不用您这么辛苦了。"

"好好，一定！一定！我知道了，谢谢你啊，小金。"

挂线之后，梁若清隐隐约约感觉到，其实老滑头Thomas并不相信自己的解释，他的目的也不是听解释，而是想"敲打"自己一下——总之以后老实点！不要再跨过他直接跟NST总部的人联系。梁若清即刻又联想起刚才Bruce那个蹊跷的电话，想必是Thomas和总部的那个副总裁沟通过了……看来情况不妙！想到这里，梁若清急急拿起茶杯要回办公室。

谁料，他在走廊里便听到自己办公室的电话再一次铃声大作，他急匆匆地冲进屋抓起了电话，电话里即刻传出范建山火急火燎的声音。

"哎呀，我说老梁啊！你跑哪儿去了！办公室电话没有接，打手机还老占线！"

"我刚才去倒了杯水，碰巧接了托马斯一个电话——怎么啦，老范，你慌什么？"

"托马斯？"范建山的声音又加进了吃惊的成分，"你是说，老托马斯都找过你了？"

"噢，是啊，不过没什么事儿，说了几句就挂了。"梁若清说得很平静，而脑子里不自觉地开始琢磨范建山为何如此惊恐。

"什么'没什么事儿'啊？！他今天也找我啦！核实了几段录相，就是你和总部那个什么人物的。据说，是汪静告诉他的。"

原来如此！梁若清这下可理出脉络了：原来是汪静从中作梗，估计目的就是帮陈溪调回人力资源部。呸！想得美！没那么容易！

"她告就告呗，我已经摆平了，没什么大事儿。"

"哎哟，我担心你啊，接下来就不一定都能摆得平喽！祁书记是不是今天早上给你打电话了？"

这回轮到梁若清呆住："你怎么知道的？"

"哼哼，他打给你之后，又打给了我，还是关于他外甥女的事儿。他直接告诉我说，你不给他面子，交代我直接去找李总说这事儿。"

梁若清悻悻地吸了一口气，看来自己的直觉没有错，今天还真是把祁书记给得罪了！这些干部的特点他很清楚，他们说话向来都是"蜻蜓点水"，意思点到即止，不会说得太明白，需要听者自己去揣摩。你帮了他的忙，他满意也不会真的说谢谢；得罪了他，他也不会当着你的面翻脸，多半要么以后给你

"小鞋"穿，逼你自己"反思"，要么借别人的嘴巴来给你"递话儿"。

范建山在电话那边听着梁若清沉默不语，急忙又追了一句："我说你为什么要跟陈溪一个小丫头过不去？这下好了，她把祁书记都给搬动了，现在祁书记非逼着我去跟李总提这事儿，我去了不就把你给'装'进去了？不去吧，肯定又会得罪祁书记……搞得我也是左右为难啊！哎我说，你倒是说句话啊！"

"有什么好说的？！简直是乱弹琴！"梁若清终于绷不住开始发脾气。

"得啦！你就别抱怨啦！赶紧把陈溪调回去，腾位子给小宋吧！要不你和我都难办，别再拖啦！"

梁若清咬牙切齿地听着范建山的劝诫还是不肯松口，忽闻手机又响了，看是甲方李总的来电，慌忙跟范建山打了个招呼便挂断了电话，继而接起手机。

"李总，您好，您找我？"他又亮起了精神亢奋的嗓音。

"老梁啊，我找你有点事情，想看看你到底是个什么想法。"那端的声音则很是"中庸"，辨别不出对方此时的心情。

梁若清立即竖起耳朵。"是，您请说。"那声音让人感觉他已经立正站直，随时待命。

"御景的人力资源部，你对于他们的工作，看法如何啊？"

他心里着实一阵紧张，又有些后悔：刚才不该那么急着挂断范建山的电话，也没来得及问一下范建山到底有没有跟李总提过什么……现在，他必须对李总的询问多一份小心。

"哦，李总，是这样的：人力资源部那边呢，工作一直由汪静在负责，基本上还算是比较稳定的。他们以前的人事经理走了以后呢，一直由股份公司的人事经理在帮忙。不过呢，李总，我们最近筹备股份公司也需要人力，所以我上次请您批准，调回了我们自己的人员，将她先安排在'人才集训中心'，负责那边的管理工作。"

"嗯，嗯，我知道。那么，那个集训中心现在怎么样啊？"李总还是一种看似漫不经心的语气，让人捉摸不透。

"哦，目前还算正常。那些学员们正在学习业务知识，就是由那个股份公司的人事经理——那个陈溪在辅导他们。"梁若清毕竟心虚，他对李总的这种发问风格并不陌生，李总常常在最后一句话才会表露出真正的目的，但今天他也有些焦急，索性引出陈溪的名字，试探一下。

"嗯，这样啊，那这些人对这个陈溪的管理，感觉如何呀？"

梁若清听了又有些犯难，莫非，范建山已经顺着祁书记的意思，把自己给"捅"到了李总这边？如果是那样，这个姓范的也太奸猾了！做都做了，居然还跑到他面前扮好人！他清了清嗓子，回答时仍像是摸着石头过河："反应应该还不错，最近没听到什么不满的声音。陈溪呢，我想先让她在这里协助一段时间，只要这个中心的工作基本走上正轨了，我也会考虑重新安排她的岗位，比如调回人力资源部，充分发挥她的特长。另外集训中心这边呢，也可以给一些表现优异的学员提供锻炼的平台。您看这样怎么样，李总？"

"嗯，嗯，你自己酌情处理吧。"李总又是一句模棱两可的应付，继续道，"还有啊，人力资源部那边，听说搞了一台员工新年晚会，场面规模比以往都大，这件事，你了解吗？"

"是的，李总，好像这个周五就会举行。"梁若清小心作答，心里又开始嘀咕，这跟陈溪又有什么关系？

"哦，这样啊，对这台晚会你有什么看法？"

"呵呵，李总，这晚会当然是件好事了，而且我听他们说，他们也请了甲方集团这边的领导，您也要来吧，李总？"

"当然，当然，御景的项目上，我也是倾注了很多心血的，也希望看一看现在的成果嘛，哈哈！不过老梁啊，你认为，是不是应该多增加几位受邀请的中方领导呢？"

梁若清这次心里倒有些底了，或许这就是李总找他的真正主题吧。

"当然应该多请几位啦！李总，不瞒您说，我也是这么想的。李总您说，这么重要的场合，御景的员工高度聚集的机会——我们中方的领导平时在御景大家想见也见不着，现在终于有机会了，当然都想多见见我们这边的高层领导啦！"明明是领导"眼红"晚会的人气，他却能机巧地转换为一个施恩于人的说法。

"哈哈哈哈！"李总果然"龙颜"大悦，一改刚才的庄重态度，"是应该让御景的广大员工多接触一下中方的领导班子，增加对我们的了解嘛。另外，也应该尽可能多地让我们这边的同志，深入了解一下御景的情况和企业文化，交流一下心得，互相取取经嘛！"

梁若清明白，虽然甲、乙两方平时分歧颇多而相互菲薄，但是打这种"亲民牌"却是难得的"步调一致",哪一方也不甘落后。同时,李总这个老滑头这么做也是一举两得:既能在员工面前多为甲方争取一些"出镜"的机会,又可以在甲方集团的高层里给他自己脸上"贴金"。毕竟御景的项目是他在总负责,有风头的一面,就应该尽量秀给大家看看。

"明白!明白!李总您放心,这事儿我马上就去办!我去跟人资部协调,尽量让他们为中方领导多安排出一些席位。"

"嗯,嗯,老梁啊,能有多少席位,你尽力就行了,也不要太为难了。"

梁若清准确收悉这句话的潜在含意:席位越多越好。

"不为难!不为难!李总放心,我争取将领导们都安排上,让他们都能亲眼目睹您管理下的御景员工,将会呈现出什么样的精神面貌!"

"呵呵,好吧,你辛苦了。"

"应该的,李总。嗯……李总,那……那个陈溪,您刚才问起她,是有什么指示吗?"梁若清较早前因为没摸清路数,吃了祁书记的亏,现在不免学乖了些,在李总结束之前,他还是硬着头皮刺探了一句,心想图个踏实。

"哪个陈溪?噢,你刚才说的那个人啊。你自己定夺吧!我刚才只是想泛泛地了解一下御景人资部的情况,因为看到了他们关于员工晚会的报告,顺便就说到你提的这个人了。人员的问题你考虑吧,我只有一点要求:这些学员都有背景,不好惹,你们不要搞出乱子就行了。这次的员工晚会,你倒是应该花点时间关注一下,听说规模将会很大啊!"

"对!对!您说得很对,我会关注的。李总您放心!"

李总那边满意地"嗯"着,挂断了线。梁若清慢慢将手机放到了台面上,吐了口气,从边上的盒子里抽出一张纸巾,擦拭手心里的汗。

如此看来,范建山还没有在李总那里告状,梁若清那忐忑的心终于踏实了一些,幸亏刚才还稍稍迂回了一下,否则岂不是不打自招?然而他立即又意识到,这个问题其实还没有根本解决,范建山此刻仍在等自己的决定。似乎,不把陈溪调回人力资源部,不给小宋腾出这个职位,祁书记那边就难交代了,而如果范建山顶不住,自己便要在李总面前彻底翻一次大船……

此时,梁若清一想起陈溪,不由得怒发冲冠。看她上周五回去后安分了一时,想不到这小妖女竟躲到了暗处,变成了这场风暴的幕后推手,闹得他的周围烽烟四起……尽管在李总那里暂时是虚惊一场,但他很快意识到,如果再不让步，很可能她就要借祁书记的手来报复自己了。

　　陈溪正在自己的办公室里给宋丽交代当天的培训内容，让她领着其余五人完成这部分课程。快说完时，梁若清打来电话："陈主任，你现在马上到我办公室来一下。"他的语气很冷静，比起平时少了许多客气的成分。

　　"好的，不过我到达您的办公室，最快也要在半小时之后了。"陈溪不紧不慢地回应。

　　梁若清却变得有些不耐烦："你想办法跟车队说一下，就说是我找你有事，让他们马上派车。送你过来也就几分钟的事儿！让他们快点儿！"

　　"好的，我这就给他们打电话，一会儿见，梁总。"陈溪放下电话，心里明白火候已到，自己又要出场了。而宋丽坐在她的对面，听到她收线之前提到"梁总"，知道是梁若清的电话，兴奋得嘿嘿直笑。

　　二十分钟之后，陈溪站在了梁若清的办公室门口。

　　"进来坐吧。"梁若清抬眼看了她一下，再懒得做表面上的伪装。

　　待陈溪坐定，他首先发问："明人面前，咱们也不用再说暗话了。你知道我为何急着找你来吗？"

　　"知道，也不知道。"陈溪冷静地回答。

　　"嗯？"梁若清看着她皱了一下眉，"什么叫'知道'，又'不知道'什么？"

　　"知道您今天找我是谈我调职的事；不知道，您到底是如何决定的。"

　　"哼，陈主任，咱们也不用兜圈子了，你在我背后玩什么花招，当我看不出来吗？"

　　"梁总，我没在您背后玩花招。这些事，我事先都已经跟您沟通过了，您并没有给我机会，所以，我也是迫不得已。我知道，汪总监告诉Thomas之后，他一定会提醒您和Bruce，不管怎样，您两位越过他直接联系，都会令他老人家不太开心。但Thomas毕竟是御景的总经理，他也不会做得太绝，因此我们已经算是给您留余地了，并没有直接将这件事捅到NST总部的CAO那里，如果那样，后果您可以想象。至于祁书记，您是知道的，如果小宋得不到我这个位置，他们又会如何？我上次已经跟您说过了，这个职位，小宋是可以试试的，您应该给她机会。祁书记指使范总监联系李总，估计范总监现在还没有去吧？其实祁书记目前还不是很坚决，不管他到底会有多久的耐心，至少现在对于您来说，都算是个缓冲了。"

"照你的意思，在NST和李总那里，我还没有大麻烦，是应该感谢你的喽！"

"您不该感谢我，应该感谢的是Amy。尽管她并不知情，但我的确是看在她的面子上，才不想做得太绝，您毕竟是我好朋友的老公。"

梁若清听着陈溪平平仄仄的音调，最终怒不可遏，"啪"地拍了一下台子，站起身来："陈溪！你胆子还真不小！你这叫'犯上作乱'知道吗？！"

陈溪毫不畏惧，仰头傲视着梁若清："梁总，我需要纠正一下：不是我'犯上作乱'，而是您'官逼民反'！说直接点，我也是被您给逼的！"

"我逼你什么了？！服从上级的调配也能叫'逼'吗？！"梁若清瞪着眼睛据理力争。

"问题是，您为什么一定要我来负责这个部门？明明现在人资部更需要我，可您偏偏在这个时候调我出来，恐怕我没法不误解。再者，现在就您和我两个人，不妨把话挑明了：您忌妒杨帆，忌妒他比您有能力，年纪轻轻的便已是位高权重，又待遇丰厚；而您呢，在这里夹缝中忍辱偷生，好不容易熬到一个副总职位，偏偏又是个'空心汤圆'，没有实权，不受重用，还得整天被他的光芒压着。所以就算是他死了，您都不放过我，利用迫害我来报复他……这难道不是您的真实动机吗？！您放心吧，我不会让您得逞的！杨帆永远都比您强！他即使不在了，御景也轮不到您来争风头！"

陈溪的话，如同在本已燃起的火苗上浇了一盆油，令到梁若清的怒焰顷刻间蹿起万丈。他突然眼露凶光，低低地咆哮着："没错！我就是恨他！又怎么样？！现在没人再来护着你了，你只能待在我让你待的地方！他再比我强也是死人一个，看他还有什么本事再来救你？你也放心吧，我不可能让你这么轻易就能回人资部去！做梦！"

陈溪冷冷地望着梁若清那张杀气腾腾的狰狞面孔，心想刘小慈的话还真是一点不假。这个男人撕去和善的伪装后，竟然是如此的恶毒不堪！她并没有为自己担心什么，反而开始替刘小慈不安：与这样一个男人生活在一起，难道会有真正的幸福？

"话说到这个地步，梁总，您既然是这么固执，我们根本没有继续谈下去的必要了。"陈溪平静地站起身，缓缓地走到门口打开了门，又转过身远远地对着梁若清，"梁总，我给您看一样东西，或许您会改变主意。"

陈溪说完，从日志本的夹层里取出了一支又长又扁的、像手机一样的东西，捏在手中对着他扬了扬，"这叫'录音笔'，过去我们在处理与员工的劳务纠纷或是法务纠纷时，时常需要用到它。今天，我也是迫于无奈。我相信，里面有些内容，会有人感兴趣的。"

梁若清见状立即失态，疯狂地要扑过来抢夺录音笔，可惜他离得太远，陈溪退后一步便站到了走廊里，站在了监控摄像的区域内，而对面则是刘世奇的办公室，幸好他总是关着隔音很好的门。

陈溪对着僵直站着的梁若清，莞尔一笑："梁总再见！"说罢迈着轻盈的脚步，姗姗离去。

梁若清眼睁睁地看着她离开，怔了半晌，才费力地挪动着双脚，回到办公桌旁，瘫到了椅子上。

这个小妖女，还真是有一套！自己聪明一世，不料一时糊涂的"口舌之快"竟落下了真凭实据的把柄！他有些后悔莫及，自己居然没有识破她的"激将法"……罢了！罢了！他最终百般不甘却又千般无奈地卸下了心里的战甲——没有必要为了赌这一时之气而引发不堪设想的后果。

梁若清平静了一下，先打了个电话给范建山，告诉他，自己需要时间做安排，如果祁书记再催他，想办法应付一下，千万不要惊动李总。随后，他开始苦思冥想，如何找个说法，让陈溪不要再把事情闹大，同时自己作为副总也能体面地"下台阶"。而对于是否调她回人力资源部，梁若清仍然心理不平衡：如今这个局面，放她回去就等于向个黄毛丫头"服软"，以后他老梁还怎么在御景的地界上混下去？这不等于自取其辱吗？可是死咬着不放，目前的局势明显是对自己不利，他尽管恨得牙根儿痒痒，却又束手无策。

~6~

软硬兼施

正当梁若清一筹莫展之际，赵玉刚打来了电话，说是请梁总中午在中餐厅包房吃饭，有事要向他汇报。梁若清自然满口答应，他如今正在积极笼络各方人马，为他的振旗大业养精蓄锐。赵玉刚目前在御景的销售方面势头正劲，梁若清对他当然是求贤若渴。

当他到了包房，赵玉刚已在包房里候着了。

趁上菜的空当，赵玉刚告诉梁若清一些关于御景销售业务拓展的情况。在强调了御景销售的难度及压力之后，他又很"偶然"地向梁若清透露：杨帆之前已经做好了一套完善的营销方案，非常详细，这其实也是今年准备在御景全面推出的战略部署。

梁若清对此话听听而已，并不真的感兴趣，毕竟杨帆已经作古，他也不可能拿到这个什么方案，于是敷衍道："呵呵，方案现在在哪里，都成了谜了。算啦，不去想了！你既然已经拿到了销售部的部分，就先试行一下吧，其他部门的，让他们自己再重新规划吧！"

"问题是如果别的部门不知道该怎么配合，单单只是实施我的这一部分，有些细节也落实不了哇！"赵玉刚表现得有些无奈。他见梁若清低头喝茶却不回应，便幽幽地继续道："梁总，我知道一个人手里肯定有这套完整的资料，就是James的女朋友Rosie。我曾经听James无意中提起过，他发了方案给Rosie让她帮忙校对，因此我猜测，Rosie的邮箱里至少有一套原始版本。您如果让Amy问她，她说不定会拿出来给您。反正现在也不存在什么保密或者竞争的问题了，不实施，再有价值也没用啊！"

梁若清听闻不禁愣了一下，抬头看了眼赵玉刚，心里想法复杂。

的确，刚才听赵玉刚的一番介绍，他也觉得御景这么大的一盘棋，实在不好控制，因此杨帆的方案对自己也应该是有一定价值的。他一直在筹划中的目标，近期正是因为业务上的这些个头疼事而举步维艰，所以这套东西的及时出现，说不定就能彻底扭转局面。无奈自己与陈溪已经翻脸，不可能再提什么方案的事了。然而，梁若清也知道，刘小慈、陈溪和赵玉刚，这三个人的关系一直都很要好。赵玉刚今天表面上是建议自己让刘小慈去问陈溪，但看样子，他倒更像是陈溪的"代言人"——与陈溪暗中联手，给自己来个"软硬兼施"。如果是这样，那他这边应该是"软"的一路，那么，从某种角度也可以说明，陈溪其实也是想借用这套方案，主动与自己握手言和……有意思！

梁若清忽然感到神经稍稍松弛了一些，慢慢地笑着说道："小赵啊，小慈和陈溪关系好，但毕竟小慈已经不在御景了，她是局外人，我不想让她掺和工作上的事。我听说，你和陈溪关系也不错，不如你去问她试试？"

"梁总，我估计Rosie知道当初James发给了我关于销售的这部分方案，我如果问她拿全套的，她难免会误会我有野心。野心倒是没什么，只不过她也知道，我没有能力来操控全局，所以估计不会将James的心血就这么随便地交付给我。除非是您，有地位也有能力，才能将这套方案的价值真正体现出来。"

梁若清心里暗笑——被自己猜中了！这其实就是陈溪借赵玉刚的手，伸过来的橄榄枝。既然她也算有诚意，现在无非就是在等自己的态度。瞻前顾后地考虑再三，自己还是需要借这个机会就坡下驴……算了！不跟这丫头片子计较了。

"小赵啊，你是不知道，最近因为陈溪调职的事，她可能对我有点儿误会。所以关于方案，我估计她不会给的，还是你去试试吧……就当是，去帮我问的。"

赵玉刚微微一笑："梁总，这样恐怕不妥吧？就算Rosie答应给我，万一她知道了我是帮您问的，不是很尴尬？有误会，把误会说清楚不就行了，没什么大不了的！Rosie和Amy本来就是好朋友，她也不会计较的。再说了，不就是为了个调职的事儿嘛，简单，她不乐意，再把她调回去不就行了？大家不就能冰释前嫌了？我想啊，她如果知道是您对方案感兴趣，或许也会乐意，把方案提供给靠谱的人嘛！"

梁若清没再说话，笑着摇了摇头。他的意思其实已经很明白，基本上算是妥协了，但不可能主动找陈溪和解。

赵玉刚会意地又笑了一下，掏出手机，边寻找陈溪的号码，边说："这样吧，梁总，我看事不宜迟，我帮您问她方案的事儿，但为了避免她将来误会，我把她叫到这儿来，大家边吃边聊。调职问题也不劳您费神了，我回头再跟她解释。这女孩子啊，有时候就是容易钻牛角尖儿，不过说通了也就没事了，就是因为她们不懂，所以才要跟她们把道理讲明白了，否则下回还是这么不懂事。您当领导的，这种鸡毛蒜皮的小事别出面了，我替您说就行啦！"

梁若清笑着叹了口气，喝自己的茶，见赵玉刚拨陈溪的手机，也未加阻拦。赵玉刚很快联系到了陈溪，得知她还没吃午饭，便邀她过来一起吃饭。

"梁总您好！"陈溪进来，看见梁若清，落落大方地跟他打了招呼。

"哦，你好，你好。"梁若清也浅笑着应了一句。

有赵玉刚从中斡旋，接下来席间的气氛自然融洽许多，陈溪也爽快答应将市场营销方案倾情奉献。梁若清呢，只是默默喝茶吃菜，对方案的接受不置可否，对陈溪调回人力资源部的事也没表态。她明白了，他还在端着一副不容讲条件的臭架子，等着自己主动求他，这个环节，赵玉刚也无法代劳。

"梁总，这周五，御景的员工晚会就要开了，我请求您考虑一下，还是先让我回去协助晚会的筹备吧！或者等晚会结束了，如果需要我，我可以再回来。当然，我还是坚信小宋一定能做好这份工作的。"陈溪说完这番话，暗中给赵玉刚递了个眼色，赵玉刚随即称自己要打个重要的电话，起身离开了包房。

梁若清端起茶杯，慢慢地喝了一口，又放下杯子若有所思地长叹了一口气。

陈溪立即拿起茶壶帮他斟满茶，伴以恭敬的口吻："梁总，我也知道这件事您会有些为难，因为我刚刚调到集训中心，不过，也不是没有办法的。您可以跟领导们解释一下，就说员工晚会那边缺人手，所以调我回去……我想，他们也没时间理会这么细碎的事务吧！"

"这样做呢，不是不可行。不过，你也是要带着任务回去的。我不妨直说，你也不用误会是我个人的意思想要为难你，其实这次也是上方领导交派给我的任务。当然啦，如果你愿意代表人力资源部，我就跟你谈；如果你不愿意跟我谈，我也可以去找汪总监。"梁若清一副公事公办的傲慢语气，但姿态并不算高调。

"梁总可真会开玩笑！"陈溪笑道，"我怎么可能不愿意跟您谈呢！尤其愿意代表人力资源部，您请指示吧，有什么需要我们人资部配合的？"

梁若清端起斟满的茶杯，轻轻吹了吹热气，又喝了两口，端着茶杯慢慢说道："李总这边呢，希望这次的员工晚会，能够多安排甲方这边的领导出席。因此，我正准备去和汪总监协调一下，看看是不是可以，尽可能多地安排席位。"

"呵呵，县官不如现管，席位的事就不劳您和汪总监两位的大驾了，我可以来调整，问题是您具体需要多少席位？"

"甲方高层这边的领导全部算上，大约有二十多位吧！"

陈溪故作惊讶："要这么多啊……他们一定会出席吗？我们原本也就预留了八个位置。"

"是啊，我知道，但李总希望再多一些，最好高层的人员都能参与，这其实也是在为御景的晚会扩大影响面嘛！"

"好吧,我想想办法。"陈溪其实心里有底,晚会的场地弹性还是比较大的,增加十几个座位不成问题,但需要他们准时出席,否则空位过多就显得贵宾席太冷清了。"梁总,座位安排好之后,麻烦您跟李总打声招呼,一定要让这批贵宾准时参加啊!如果他们不来,请您及时通知我,不然,让NST的管理层看到甲方不积极参与,恐怕又要引起误会。"

"这个你放心,这其中的利害关系我很明白。"

"好吧,那……是不是我今天下午就可以回人资部,帮您去安排这件事了?"

"你可以今天先回去,不过小宋这边你要安排好,她如果有什么事,你可得及时协助啊!"

"那是自然,您放心好了!"

"嗯,嗯,另外呢,我还要提一下啊,既然你已经调回去了,我想陈主任你也理解我的意思,一些关于我们之前的沟通记录呢,有些也就没有保存的意义了,你看着处理吧!"

陈溪明白,梁若清的潜台词是指自己手里的谈话录音,但既然他不挑明,她也决定继续装傻,这一次绝不"上赶子"。

"您放心梁总,我会整理一下之前的邮件啊、文件啊什么的,该处理的就处理了,该留的才留下来。"

梁若清见陈溪还在跟自己打哑谜,又有些不踏实了,只得开口补充了一句:"不是邮件——你的录音什么的,应该没有用了吧?再说了,有些内容对你本人也不一定有利啊。"

"那倒确实,所以我还是认为应该'以和为贵'。"陈溪淡淡地笑着,"我想,等我调回去了,并且我的职位归属关系从股份公司正式转到御景人力资源部,那个东西对我就彻底没有用了,到时候,我会当着您的面处理它。"

梁若清没说话,将手中端着的茶杯重重地放在了桌面上,虽然有台布垫着,仍然发出闷闷的声响。原来这丫头临了还要再敲一次竹杠,还想着彻底摆脱股份公司!他很快又压住了火,谈都已经谈到这个地步了,也没必要再翻脸,由她去吧!

"那你到时候再来找我吧!"

"好的,梁总,我会的。"陈溪又拿起茶壶,再次帮梁若清斟满。接着,她看了一下表,想想核心问题都已经谈完了,也该撤退了。

"梁总,我今天下午整理一下就回人资部,回去马上帮您落实甲方领导席位的事情。时间比较紧张,我没法多聊,先走一步,顺便出去看看Edward讲完电话没有,您请自便啊!"

梁若清点点头:"那套方案……你回头给小赵吧!他会用得着的。"

陈溪听了心想,你还真是虚伪!明明是自己想要,还打着赵玉刚的幌子。

"他用还不是为了您吗?无论如何,倘若您能在御景再开创一个盛世,也是我们大家所期待的嘛。梁总,我先告辞啦!"

梁若清仍然坐着,突然眼睛一抬,讪讪地笑了一下:"小陈啊,看来你跟着杨总,学了不少东西啊……"

陈溪闻言,则学着梁若清原先那样一收下巴,微皱眉头,也是幽幽笑容配合不紧不慢的腔调:"梁总这么说可就不对了啊!应该说呢,我是您的好学生,学以致用,受益匪浅。"

梁、陈二人终于磕磕绊绊地达成了协议,之后又不约而同地都给范建山打了电话。

梁若清告诉范建山,已经安排陈溪调回了人力资源部,让范建山不用再头疼联系李总的事,也不必急于回复祁书记,等他落实了宋丽的升职再说。紧接着,他自己主动联系了祁书记,告诉祁书记,自己如何经过一番艰难的协调,终于安排妥当,小宋可以顺顺利利地接任集训中心的"主任"一职了。而陈溪则在电话里对着范建山娇滴滴地自责不该乱发脾气,还"错怪"了他。并且说自己心里明白,梁若清同意调她回人力资源部,其实就是范建山"出面协调"的结果,同时她恳求继续得到他的关照。范建山一时又喜笑颜开,满口答应员工晚会将尽力相助。

下午,陈溪匆匆收拾了一下便搬回了人力资源部办公室,Juliet等人见到她回来,也是兴奋不已。为防夜长梦多,汪静和陈溪第一时间先对外发了Memo,通知各部门陈溪已调回原职,并速速起草了她脱离股份公司的调动公函,准备第二天拿给梁若清签字。

陈溪晚上回到家,感觉一周来紧绷的神经终于得以松弛,倒在床上闭着眼想要缓解一下疲劳,不料却沉沉地一直睡到了第二天早上。

杨帆以前发给陈溪的那套营销方案,的确是有价值的。不过陈溪推测,梁若清这种惯用权术而不善实操的人，即便掌握了详细的内容，也未必能控制好每个环节而达到预期的效果。并且杨帆是个自创性非常强的人，他的营销模式向来和常规的套路不太一样，整体的部署，甚至每一步的思路都带有他独特的风格，这在御景整个市场体系中早已被公认，几个相关的部门拿到方案肯定会识出他的痕迹。即便梁若清借此创造了佳绩，所有人包括NST总部，也都会明白：他实际上是沾了杨帆的光，不全代表自己的能力。陈溪念在刘小慈的情分上，并不想做得太绝，方案给了梁若清，就看他自己的造化了。但是倘若他吃不透其中的要领，也许就会变为"东施效颦"。

经历了这一次的绝处逢生，陈溪并没有凯旋的快意，她仿佛刚刚从沼泽中爬出来，满身的泥水，同时也感觉到了自己善良天性的迷失。她不再是杨帆眼中的那朵出污泥而不染的莲花，而更像是腐土中长成的恶之奇葩。

她暗暗安慰着自己，或许这就是职场中必经的"成长之痛"。

第六章

~1~

转机

　　NST·御景2008年的员工新年晚会，于春节前的最后一个周五如期举行。

　　由于事先的策划及周密安排，各方人员配合得力，控制得当，以及天公作美，没有雨雪的干扰，晚会的宏大场面不但在御景，即便在NST的历史记录中也堪称是空前绝后。近乎专业的灯光及舞美效果，令舞台上的演员仿佛置身于欢声雷动的"星梦"之中；而呈现在观众眼前的，则是一个五彩缤纷的灿烂世界，加之响彻云霄的音乐烘托，整个会场热力非凡，激情四射。尤其是最后压轴的团体操盛况，和着夜空中璀璨的烟花，以及周围势如巨浪的鼓掌呐喊，将晚会推向了最后的高潮。御景中、外方的管理人员，甲方集团老总以及NST总部的高层们，身在其中者，无不拍手赞叹。

　　晚会圆满落幕后，NST总部的高层以及Thomas一起向汪静、陈溪及Vivian表示祝贺，Mr. Cheong特意与陈溪握手鼓励。等送走高层的领导，疏散了所有的员工，人力资源部全体工作人员为这次的成功激动相拥，有人提议出去庆祝一下，汪静也欣然答应请客犒劳大家，而陈溪则笑笑说有点累，先告辞了。

　　大家望着功臣的背影，不免有些扫兴，汪静叹了口气，她能想象，陈溪此刻心里的感受。

　　人力资源部此次的胜仗，也是陈溪自己的"翻身仗"。功不可没的她，不但在御景各部门面前一雪前耻，也成了NST中国总部眼中一颗闪亮的新星，而此时的她却是萧然物外、万念俱寂的冷淡心境。

　　杨帆曾经说过，成功了没有奖励，失败了才会罚她……可是，现在成功了，他为何还要这么残忍地惩罚她、让她心碎？

陈溪一个人走回到高球会会所，穿过大堂、西餐厅，来到了酒吧门口。由于冬季封场，会所里的服务设施到晚间都关闭了。酒吧里空无一人，沉黑一片，陈溪站在门口，却分明看到了漆黑之中，自己与杨帆共舞的那一曲优美光影。

向来在夜晚孤身一人就会害怕的陈溪，此刻却依恋着这片空旷无边的死寂，她伸出手去抚摸黑暗，觉得自己甚至还能呼吸到杨帆的气息，仿佛还能听见，那晚和他第一次合奏《梁祝》，那凄美的旋律……

她渐渐明白，或许，他们的乐章也仅仅是《相爱》的片断，注定什么结局也没有。

这个春节，陈溪提前一天回到了广州。整个假期，她都是在家懒懒地"宅"着，父母看在眼里也是暗暗心焦，然而他们深知女儿性格，谁说什么都没用，只能让她自己慢慢地疗伤。但不管怎样，换了一个环境，又有父母在旁的温暖，陈溪至少在表面上算是缓和了许多，偶尔在餐桌上，她也会有心情和父亲抬一抬杠。

蒋涵极力劝说女儿辞职回广州，重新找工作。陈溪嘴上应着说考虑考虑，回北京的前一天，却不知又在电脑前面忙着看什么工作上的邮件。陈子樵叹了口气，无奈地对夫人说："让她回来？你是自己发梦……"

假期结束陈溪回到北京，倒是主动跟汪静提及了离职一事。汪静则表示，希望陈溪再等一段时间，待元宵节后外省的人员陆续探亲回来，招聘也开始解冻了再提辞职。这样，接替她职位的人员安排以及工作交接都会相对容易一些。陈溪对此无所谓，便很爽快地答应了。

三月初，陈溪被汪静硬拉着，要她一起去市内一家高档医疗健康中心做体检。

这家私立的健康中心尽管规模不算大，但听说医生的水平都很高，护士的服务也好。当然，收费标准不用说，自然要比公立的医院贵出几倍。妇女节前夕，该健康中心主动联系御景人力资源部，并提供20张赠券，建议安排20名年满27周岁的办公室女白领在3月8日前后来本中心免费做一次体检。

汪静也安排了陈溪去体检。陈溪起初不太想去，被汪静一通"教育"，告诉她说到那里就诊或者做检查的女人都是"富"字头的——富婆啦、富姐啦、富二代什么的。陈溪也辛苦了这么长时间，离职之前做做检查又没坏处。并且，好在人家建议的是满27岁的，假如年龄界限再提高一点，她还没资格了呢！

健康中心的环境果然不错，装潢高档，接待及服务的护士态度也超级好，倒真有几分星级酒店的服务水准。一个上午，抽血、心电图、核磁共振、B超……检查的项目还真是详细。两人空腹折腾了半天，渐渐感到疲惫。还剩最后一项妇科检查时，陈溪陪汪静到诊室门前，让汪静进去做检查，自己则准备去外面买点吃的东西。然而她转身刚要走，便被一位穿着白大褂、和颜悦色的女医生叫住了。

"咦，这位小姐，你检查没做完怎么就走了？"

"噢，我还没结婚，所以这一项不用做了吧？"在人事部工作，陈溪多少也有些体检的常识，未婚女员工可以不做妇科检查。

"你要是有男朋友或者性生活史，也是应该做个检查的。"医生耐心而又直白的解释，让年轻的女孩听得有些不好意思，脸唰地红了。

"我从没有过……"这话题令陈溪羞于启齿，声音很小，却让在场的汪静也吃惊地回头看她。

"没有？噢……你是处女……那就来查一下清洁度吧！放心，我会小心的。"女医生轻轻地拉着陈溪，可她并没有动。

"还是不用了吧，我平时挺注意个人卫生的……"陈溪听着就发怵。

"还是检查一下有好处，没事儿的，相信我，不会弄疼你的。来吧！检查完了我们才好给你出综合报告。"女医生亲切和蔼地微笑着。陈溪有些犹豫地看看汪静，汪静随即点点头："去吧，查一下也没坏处——你先去，我在这儿等你。"

陈溪只得怯怯地跟着医生进了里间。

做完检查，女医生亲自将她们送到了前台，让人从电脑里打印出结果，笑吟吟地递给她们："血液的报告等两天后会寄给你们，目前其他的检查结果显示，你们的身体状况都还不错。不过陈小姐，你需要注意在饮食上加强营养，另外平时多做些运动。"

两人出了健康中心一路走着，陈溪突然好奇地问汪静："您说——怎么这医生这么热情？我还是头一次遇到这样客气的医生，客气得让我感觉，她像是在'求'我们做体检一样。"

"呵呵，不奇怪呀！"汪静笑了笑，"也许他们希望通过我们在御景拉拉生意。"

"可是按他们的收费标准，我们人资部是没法安排给员工体检的。如果想向会员推广，那他们应该联系公关、市场部门才对呀。"

"不太清楚，他们最开始联系我们的时候，理由就挺含糊，说是为推广他们新开发的白领女性保健服务项目，所以还给了赠券让御景内部的员工先体验一下。总之天下没有免费的午餐，他们肯定有他们的目的，没准儿下一步，就会与市场部门那边联系了——不想这些了，我快饿死了！走，先找个地方补补给养！"

中午，两人在一家韩国烧烤店吃饭。

汪静用长筷翻着铁板上"滋滋"冒油的烤牛肉，忽然抬眼望着陈溪，脸上现出奇怪的笑容："真想不到，你和James，你们俩居然还都是old-school（守旧派，保守，谨遵传统）。"尽管她用词隐讳，但都明白意指陈溪与杨帆相恋数月却从无欢爱之事。

"现在都什么年代了，我们也没有那么保守啦！"陈溪挑起嘴角，无奈地笑了下，咬了一小口泡菜煎糕，慢慢品着，"您也看到了，James整天只知道忙工作，不是加班就是出差，我们独处的时间里他也总是电话不断，我们根本没有机会。如果两个人是真心相爱……您说，我是应该庆幸，还是应该遗憾？"说罢她看着汪静，眼中流露出哀伤的光。

"都过去了，就不要多想了。你还好，以后还有机会找到你爱和爱你的人，真正要遗憾的是James——这么优秀的男人，一辈子都在拼，连平淡生活的千滋百味都无暇体验，错过了生命中太多美好的东西。"汪静叹了口气，将两小片烤好的牛里脊夹到了陈溪面前一只盘中的苏子叶上。

陈溪沉默着将苏子叶裹住烤肉，却没有想吃的意思。听到汪静催她趁热吃，才勉强送到嘴边咬下一角，又将剩余的放回盘中。

汪静观察着她黯然的神情，想了想，试探地问道："Rosie，他的事也过去有一段儿时间了。你其实是个很坚强的人，应该明白难过是没有用的，必须要面对现实。"

"嗯，我明白的。"陈溪说着，吸了口气，又夹起烤肉塞进嘴里用力嚼着，似乎是想证明给汪静看——她已经"振作"起来了。

"或许我现在提还不是太合时宜，但既然今天刚好有机会能坐在一起聊聊，我也就不避讳那么多了——Rosie，你对于将来，有什么打算？"

"打算？暂时没想好。"陈溪咽下肉，拿起玄米饮料吸了一口，"我爸妈让我先回广州住一段时间再考虑将来的事。说实话，我挺舍不得北京的，也担心回了家，他们以后就不让我再回来了。可是我真的没法继续待在御景了，而如果离职后就这样留在北京，可能心情也不会好。倘若有新的工作，或许多少会分散一下，但既然暂时没事做，就只能通过换环境来换心情了吧！"

"听你这么说，其实你还是愿意留在北京继续工作的。我还以为，你就是要给自己放个长假、暂时不工作了呢——那你有没有试过去找别的工作？"

"还没有。不过，餐饮部那个欧阳涛，不是辞职去了一家新的酒店集团吗？他要被派去厦门管理一家酒店，前两天还联系过我，问我是否考虑那边人力资源部的职位。但除非在北京，外地我是肯定不会考虑的，过去的三年，我已经折腾够了。"

"Robert？哈哈，就他那'痞子相'，过去当了总经理该是什么德行啊？"汪静调侃的同时投给陈溪赞许的目光，"他还真的想让你过去协助他啊？估计也是通过Annual Party的成功看出了你的能力。瞧瞧，是金子总会发光的——现在连'敌人'都不得不认可你了。"

"嗨呀，强将手下无弱兵——还不是因为您领导有方嘛！说实话，这次Annual Party能够成功，多亏了您的支持。尤其是帮我申请下了那笔预算，太感谢了！"

"你可真逗，本来是我拜托你帮忙的，到最后倒谢起我来了！Annual Party成功了，我也有面子啊。"汪静一边笑，一边给陈溪又添了烤肉，随后也为自己夹起一片开始卷苏子叶，"对了，还有一件事，上次因为员工餐问题给你签的那个Warning Letter，我后来向Mr. Cheong说明了原委——我就说经过查实，责任其实不在你这里，是你非常严格自律，主动承担了责任。现在，Mr. Cheong已经把给你的Warning取消了，而对着总部，我们还是按你当初建议的那套说法，只不过这笔账算到了Eric的头上——本来也是有他的问题嘛！这下，你可以放心了，你今后的career不会受到影响的！"

"真的吗？"陈溪惊讶中透着感动，而她很快又意识到翻案可能会给汪静自己惹来麻烦，"我是很感谢您！但是您这么做，总部那边有可能又会有人指责您当初判断失误，弄了个冤假错案……那您不是也很有风险？"

"风险？你为了给你的下属升职都不怕风险，我给我的下属争回一个公道还要计较这些？你也太小瞧我的觉悟了！放心吧——没事儿的，我有分寸。或许他们认为我也有责任，可我错了之后，自己检查出来并且主动纠正了，他们总不至于还要给我定个'死罪'吧？最多口头责备一下，不会有什么大动作的。之前我一直没提这些，是因为当时还没机会跟Mr. Cheong澄清这件事，现在已经落实了，今天就当是正式通知你啦！"

陈溪看着汪静没说话，只是笑了笑，笑意中有种感激，也有种欣慰。

汪静端起自己的蜂蜜柚子茶品了一口，轻松地呼了口气又道："得，先不说这个了，我还想问你另一件事儿，看看你的想法如何。其实呢，我让你等到三月底再辞职，也是想等我这边把事情确定下来再说。我上周已经跟Mr. Cheong谈过了，他也很赏识你的才干，所以，如果你愿意，他可以调你进入NST中国总部，做华北和华东区的Senior HR Manager（高级人力资源经理）——你有意向接任吗？"

"啊……"陈溪睁着圆溜溜的大眼睛，感到难以置信，"你们怎么会……考虑让我来做这个Senior级的职位？"

汪静不以为然，边喝柚子茶边回应："为什么不行？"

"华北和华东，应该算两个最集中的区了吧，要负责的五星级酒店或度假村什么的，估计得有十几家，其他那些小酒店就更不用提了——这么大的盘子，以我的资历怎么接得住啊？"

"瞧你！平时那股子拗劲儿上哪儿去了？你不但看轻我，还看轻了你自己！其实这个职位不用管得那么细。基层那些细碎的事情，各个酒店都有自己的HR嘛，你主要负责的，是每个酒店Supervisor级以上职位的聘用和工作考核。这算是个清闲差事了吧？你想想，只管'聘用'，招聘的事儿由猎头或者酒店自己负责，你只在确定是否录用时给出Yes or No的决定性意见；而关于Performance Evaluation（工作表现或绩效评估），你也只需要根据实际情况做好评估，认为不合格，及时做好督控就行；至于Training Management（培训管理）的部分呢，本来就是你的看家本领，再说又不是让你去备课讲课，主要就是分析评估各酒店的Monthly report（月度报告）——这一项，你也够权威了吧？总之，看了Job Description（岗位描述）就清楚了，相对于你之前的工作内容，这职务无疑是一次全面的提升，所负责的事情格局大了，层面也高多了！这么好的锻炼机会，难道你舍得错过？"

"嗯——听起来确实挺诱人的。"陈溪吸着饮料想了想，"不过，我的水平你们真的放心吗？我在这里，也没几个重要的职位需要我来定夺，除了平常的人事杂务，有名有实的就只是一些关于保洁啦、员工餐啦、球童招聘之类的成绩，但都不是什么上得了台面的、高层次的人事管理呀。"

"嘿，你这么想可就不对了。"汪静放下茶杯摇了摇头，"咱们打个或许不太恰当的比喻吧，一个三星级酒店的工作人员，在处理对客投诉时的应变能力，并不一定比五星级酒店的员工逊色。为什么呢？因为五星级酒店里大部分客人素质相对高一些，可能不像三星级酒店更经常会遇到难缠不讲理的客人。而我们也是一样，NST总部处理的人事工作是显得'高大上'一些，但跟其他的外企一样，其实他们的'能力'有一大部分是靠钱垫出来的——招聘有猎头，会务活动外包给公关公司……如果哪天老板不批准某笔经费，他们就'巧妇难为无米之炊'了。所以我个人一直认为，那些在所谓'低端民营企业'摸爬滚打成长起来的中层管理人员，就像是三星级不输五星级一样，其能力未必比不过外企同等职位的水平，甚至在抗压受挫方面，更优于一些长期在外企养尊处优的人。像你之前那样，能将低层次的事务高水准地完成，才是一个职业经理人真正的功力。所以Rosie，你应该对自己有信心才对。只要你有足够的信心和足够的责任心，其他的资历不存在'不够'的问题。我的确很看好你，应该说，总部那帮人能做到的，你也能做到；而他们做不到的，你照样能成功。你呀，也别再犹豫了，加把劲儿吧！"她说着，将右手握成拳用力做了个加油的姿势。

陈溪却被汪静那调皮的姿势逗乐了，素来不苟言笑的上司居然也会现出这样一种可爱的亲和，她随即止住笑说："好吧，借您吉言，这活儿我接了！"

"哎，我可没催着你今天就表态啊，你可以考虑几天再答复我们。另外，还有个美差倒是不能等了——总部有四个名额，派去奥地利的ITM旅游管理学院进行短期培训，大约八周时间，Mr. Cheong说他考虑安排你也过去——怎么样，你什么想法啊？"

"居然还有这么诱人的条件啊，这岂能错过？OK，我去！就这么定了！"

"行啊，看来，我们那个'嘎嘣脆'的Rosie又回来了！"汪静拿起自己的茶杯与陈溪的饮料罐对碰一下，见陈溪的情绪转好，她也松了口气，"不过呢，别说我没提醒过你啊，总部的Office Politics（**办公室政治**）也是很复杂的哦，以前那些事情，你也是领教过的。那边也是一汪浑水，你怕不怕？""开玩笑！"陈溪不屑地翻了下眼睛，"毛主席教导我们：与人斗其乐无穷。斗天、斗地咱斗不过，斗斗人总可以试试吧？咱不就是干'人事'的嘛！"

汪静忍俊不禁，在人少而并不喧闹的餐厅里大笑："你呀……怎么会是个女孩子呢？整天像只好斗的小公鸡一样！再说老毛同志是这个意思吗？我看你倒是应了那句话，那句……怎么说来着？人事部，不是人——从来不干'人事儿'！"

春节及至节后，方浩儒一直都在香港，中间曾回北京两次，但都没有见过陈溪。不过无论在哪里，他每隔两三天就会在晚上打个电话给她，像老朋友一样聊聊天，说些逗她开心而又不失分寸的话。但每次通话结束后，他自己却变得十分烦躁——很渴望见到她，可是真的见了面，又该说些什么？像朋友一样促膝闲聊，他不情愿；若要如情侣一般温存似胶，他现在又没法给她任何承诺……

自从一月底方浩儒发了邮件将婚事的想法告诉母亲以后，母亲方于凤卿对此一直不置可否，至今未给予正面的答复，甚至连提都不提，好像从未收到过邮件。然而他心里明白，这或许就是暴风雨来临之前的平静。

如果说方浩儒萌生了娶陈溪的想法后，便始终坚定从未动摇过，那不是真的。母亲迄今仍持的沉默态度，无形中也是在拷问着他的信心。抛开两个人的门第差距不谈，对于一个自己并不算透彻了解的女孩，他现有的爱慕之情是否已足够到可以谈婚论嫁的程度？或者说这样的"突发其想"是否过于鲁莽而不计后果？是不是他这个年龄、这个身份的男人能被允许犯的错误？……方浩儒自己的脑子里也时常会弯出这样、那样一连串的问号。

他甚至狠下心预谋过，再次将陈溪灌醉继而占有，事后大不了可以用加倍的金钱来补偿她、安抚她，或许这样既能得到她这个人，又不必再为婚娶而纠结……然而一想到有可能出现的状况，方浩儒的心就开始抽搐，开始绞痛，唯有打消这种可怕的念头才得以宽释。显而易见，这完全是一个他毫无胆量尝试的赌注。

而在这期间，每次和陈溪的通话与其说是他想慢慢虏获她的心，倒不如说是自己被束缚得更紧……

无奈这就是事实——这个向来都是女人看他脸色行事的男人，居然也要小心翼翼地陪奉着一个小女人的肆无忌惮……尽管他无数次地诅咒过这种对自己极为不公的局面，却仍然是屡献殷勤，欲罢不能！并且每一次通话之后，他便会陷入不能自拔的沉迷与饥渴当中，再度深化要与她共度一生的那种所谓的"畸望"，随之不惜又增补些耐力，等着迎接来自母亲这边的狂风暴雨。

方浩儒虽然心焦，但也不想因为催得太紧，惹急母亲一口否决。而这几周，方于凤卿除了家里人聚在一起的时间，似乎也在刻意回避与大儿子单独交流，使得方浩儒一直找不到机会正面询问她的想法。其实他一直待在香港不走，就是在等待方于凤卿最终的表态。

周六下午，方浩儒正在中环附近的一间茶室与几个朋友喝茶，方于凤卿打电话叫他回家，说有事要谈。两小时后，方浩儒走进了母亲的书房。

"浩儒，你回来了。"方于凤卿坐在书桌后，抬头看了眼儿子，又用目光扫了一下书桌前的椅子，示意他坐下。

"您找我有什么事儿，这么急？"方浩儒在母亲对面坐了下来。

"你如果不急，这么久了，为什么还拖着不去北京——你不是一直在等我的答复吗？"知子莫若母，方于凤卿直切主题。

"噢，原来是这件事——那您的意见呢？"方浩儒也不想再绕弯子。

"我现在还没有办法给你意见。坦白讲，看了你的邮件，我几天都没办法平心静气。你应该知道自己的身份，可是没想到，你还不如浩良，居然在婚姻大事上这么任性……"

"妈咪——这不是任性，我这么决定不是没有考虑后果。话说回来，难道您希望我跟浩良一样，天天和楚楚相互猜忌地生活在一起？至少……我可以选择一个有感情基础的吧？"方浩儒提及"感情基础"四个字，也有些心虚，不过现在只能这样，至少他单方面是动了真情的。

"儿子，我不是要强迫你，只是想提醒你，你肩上的责任不允许你只图一己之意。你知道吗？姜家原本是有意把女儿许给你的，我还不是告诉人家，你在美国已经有了女朋友，替你回绝掉了。那时候你跟安心雅在一起，是你自己选择的吧？我哪里有反对过？至少她是高干子女，跟我们也算门当户对，对你将来的事业或许会有帮助，所以即便她家里不像姜家那样在台湾有实力、有根基，我也没有苛求——什么时候我提过让你分手去娶楚楚？可是现在……我实在不能理解,这个陈溪,到底有哪一点这样吸引你?!"方于凤卿说完,从抽屉里取出一叠照片,甩到了方浩儒的面前。

方浩儒瞪着台面上的照片顿时愣住,这些都是陈溪的照片,有在办公室的,有走在路上的,有和别的女孩一起在餐厅吃饭的……

"您居然请了私家侦探去跟踪她……怎么可以这么做?!"他有些恼火地伸手将照片扫出了自己的视线,对着母亲又不好发作,只能背过脸,用手拽了拽紧箍在脖颈上的领带结。

"浩儒!我是你妈咪!你的婚姻大事岂能当儿戏?!你要娶回家的女人,不可能轻易就带回来,之后再随随便便地赶她走!你以为我不知道何艳彩吗?!"

方浩儒听到何艳彩的名字,情绪立刻又有些颓馁,他深深地吸了一口气:"她的事儿,我会在结婚前处理好——这和我要娶陈溪没关系,她跟我之前的任何一个,都不一样。"

"我可看不出来,她有什么特别的。"方于凤卿随手拿起一张照片,鄙然审视着,"长相还可以,不过也不是很出众的美貌。将来有一天你看厌了,我是不是还要替你收拾残局?还有,我请的人给了我一份她的资料,说通过调查,有人说她很亲切、很温柔,也有人说她精明能干,甚至有人说她心狠手辣……哼,儿子,我不知道这个女孩子在你面前摆出了什么样的面孔,又说了什么样的莺歌软语,骗了你的钱难道还不够,还要耍心计让你娶她?"

"您这样说对她不公平!"方浩儒突然坐直身体对着母亲提高了音量,马上又意识到态度欠妥,随即无奈地靠在椅子上,脸转向一边,一边用手拆领带,一边将声调尽量放平和。

"其实确切地说,她现在还不算是我的女朋友,但我已经喜欢她很久了。我想忘也忘不掉,甚至为了接近她做过一些伤害她的事儿……我不敢在她面前提钱,她连我送的礼物都不收。她是个很自爱的好女孩儿。所以,我求您不要再这么贬低她。我已经亏欠她了,不想再……我承认,想娶她目前还只是我一厢情愿的事儿,她到现在仍不知情,因此也谈不上她耍什么心计。妈咪,我不是没有判断力的傻小子,我能确认陈溪的人品很端正,绝不是调查中那种所谓'心狠手辣'的人。我不想再去伤害她,所以没有跟您明确这件事之前,我不能随随便便对她做什么许诺。"

"浩儒!你到底在搞什么啊?!人家还没有答应你,你自己居然要……"方于凤卿责怪之余一转念，坐直的身体忽又慢慢向后靠在椅背上，"这么说——你还没跟她提结婚的事……那如果我不同意，你是不是就不会和她提了？"

方浩儒抬起眼睛望着母亲许久，继而口气坚定地答道："如果不同意的理由，就是因为我是方氏的总裁，那么我还是只做您的儿子吧！方氏还有浩良。"说着，他从西服内袋里掏出自己的名片盒和一个钥匙夹，放在了书桌上。

"给我闭嘴！"方于凤卿勃然大怒，拍案而起，"你想气死我是不是？！怎么？你也想演一出'不爱江山爱美人'给我看啊？告诉你，如果你想放弃自己在方氏的责任，我就当没有你这个儿子！"

"妈咪，您没必要发这么大脾气。我这个儿子对于你们的意义，是不是只有责任？"方浩儒仍然靠坐着，面不改色，"我中学时希望将来去英国上军校，爹地完全可以安排，可是你们都不同意，于是我只能去美国读书；大学时我选修建筑，你们又逼着我改为经济管理；等我硕士毕业想读博士，爹地去世了，您让我立即回国来帮您……而我在一步一步顺着你们的要求时，浩良、浩佳却可以自由自在地按照自己的意愿生活。如果因为我是长子，fine，我认了！但是求您给我一点儿自由——我自己的婚姻，能不能选择一个自己想要的妻子？！"他说完望着母亲，眼中复杂，有哀求，有期盼，也有怨愤和厌烦。

方于凤卿半晌未说话，母子两人面对面默默地坐着。

对于方浩儒一直以来所抱怨的，作为母亲自然明白他的心境，可毕竟不是每个人都可以自由决定自己的命运。他从小就是被他们装在模具里的树苗，长成什么形状，在什么时间伸出枝叶，必须要由父母来决定。

不过这个儿子自小便很有主张，决断力很强——这种性格对于一个统领者来说，无疑算是优点，但偏偏因为这个优点，有时对着父母，他也会突然变成执拗不化的逆子。如果她大发雷霆也没能镇住他，那么只能用亲情去感化了，如若不然，他可能真的会不顾一切地抛弃方氏及方家，去追求他所向往的自由。

"浩儒，妈咪不是不理解你的感受，这些年你为这个家所付出的，为弟弟妹妹所做的牺牲，我心里都明白。抱歉，儿子，我也不想这样，可是这副担子总要有人来挑……"方于凤卿说到这里停顿了下，扫了一眼儿子，见他的表情稍稍有些舒展，便继续道，"这样吧，我们先不谈别的了。目前关于陈溪的事，我坦白告诉你，如果你要把她娶进方家，我就不得不去查清楚她的方方面面——没有一个全面的了解，我没法表这个态。今天找你过来，是因为今早，郭医生终于获得了陈溪身体状况的信息。公平起见，你和我一起听她的电话。还有一点我需要提前告诉你，如果陈溪的健康有问题，就绝不可能成为你未来的太太。"说罢，她挪过电话，按了免提键，开始拨号。

方浩儒再一次瞠目结舌……刹那间，他胸中有一种为陈溪的愤愤不平，和一种对母亲的愚忠盲从搅在一起，令他不得不用力呼吸才能压制住内心的狂澜。

"浩儒，对不起，我必须要这样做。"方于凤卿觉察到了儿子的难过，轻叹了一口气。

"Mrs Fong，您好！"郭医生很快接起了电话。

"郭医生，谢谢你帮忙。我和浩儒都在这里，如果你方便谈谈陈溪的身体情况，我们现在就可以开始了。"

"哦，好的，请稍等一下。"接着，便听到电话那边的关门声以及翻资料的窸窣声。

"是这样的，陈小姐今天上午来过了，所有的检查也都做了。基本上她的状况属于良好，毕竟年轻嘛，身体底子还不错，只不过可能是因为最近没有好好调养，血压有点偏低，但还属于是正常范围。她的心肺功能还行，血常规分析也基本正常，B超显示乳腺和子宫也没有异常……"

"好了郭医生！既然她身体没什么问题，细节就不用说了！"方浩儒很不耐烦地打断了郭医生的认真汇报，他实在不忍再听她们继续剖析一只无辜的羔羊。

"哦，好好好！那基本上就是这些了……总之检查完了没有发现什么异常，健康情况良好。"

"等一下，你有没有了解过，她以前有什么患病史？另外，有没有做过堕胎手术？"方于凤卿紧接着关切地追问，方浩儒则把脸扭向一边。

"噢，问过她了，说从小到大除了普通的感冒发烧，没有得过什么大病。体检的结果也不像是有过什么大病史的。另外也不可能有人流史，她是处女。子宫无法深检，但从B超来看，挺正常的，应该没有生育的问题。"电话那端传出的信息，令母子二人不由得对视了一下。

"处女？"方于凤卿有点不相信，"你确定吗？我可是了解到，她以前是有男友的，而且现在好像也有其他的男人接近她。"

方浩儒又看了母亲一眼，心想她这些天一方面躲着自己，另一方面倒是真的花了不少功夫。

"没错。我起初以为她是方总的女朋友，所以也不相信，后来我亲自查过了，处女膜完好无损，很确定她还是个黄花大闺女。呵呵，跟何艳彩还真不一样。"

方浩儒听到这里，暗暗咬了一下牙——这个郭医生居然还是母亲的"线人"。

"好吧……我知道了。谢谢你郭医生，再见！"方于凤卿说罢用手指按了免提键收线，靠回椅背静静地坐着。

方浩儒坐在她的对面，也是默默无语，暗自思量这个杨帆还真是个正人君子，和陈溪在一起，居然只是个"护花使者"，而一想到自己那些卑劣的"盗花"行径，不免有些自惭形秽。他同时也在暗暗庆幸那晚在酒店没有侵犯到陈溪。否则，也许她这辈子都不会原谅自己。

"浩儒，你真的考虑好了，一定要娶她吗？或者……你们可以先拍拖，先订婚——你可以跟她先相处一段时间。"方于凤卿还是有些迟疑。

"我和她可以先拍拖或者先订婚，总之不必急着考虑结婚的事。假如有一天感觉不好，还可以再分开，这样我就有余地再做别的选择——是这样吗？"方浩儒叹了口气，换了更为诚恳的口吻，"妈咪，这一次，我不想再这么自私了。这不是在谈生意，凡事只求自己一方稳妥。"

"这并不是我们一方稳妥，慎重一点，也是对她负责呀！"

"这只是您单方面的想法。我凭感觉，觉得她其实并不是很信任我。或许在她的印象中，我只是个喜欢沾花惹草、不会正经对待感情的纨绔子弟，如果我不承诺结婚，恐怕她连机会都不给我，不会在我这里浪费时间。"

方于凤卿思忖片刻，深深地叹了口气，慢慢说道："好吧……既然她还是处女，至少证明她以前没有什么太复杂的感情经历，不会令我们方家难堪。我可以同意你们先订婚，你愿意对外公开你们的关系，我也不反对。听说她以前在御景的会员部，后来又调到了人力资源部——这样也好，免得抛头露面的……毕竟那里还有不少会员是我们的朋友，要是她做服务，我们方家的颜面上也不好看……"

方浩儒讪笑一下，却没勇气告诉母亲，这其实是他用见不得光的手段收买来的"成果"。他调整了坐姿，恭声问道："这么说，您同意我们的婚事了？"

方于凤卿当然不甘心儿子娶这样一个背景平凡的女孩，虽说也算是"书香门第"，但毕竟无钱无势。不过她也担心强扭儿子回头，只怕会把他推到更为极端的一面，事情反而越发棘手。

身为母亲，她有时也不得不迁就儿子，现在勉强能说服自己同意的，只有两点：一是陈溪至少还算是自重的女孩；二是她尽管清楚方浩儒反感八字之说，还是瞒着儿子将他和陈溪的八字给了一位易学大师——虽然不知陈溪出生的时辰，但大师确实说过，陈溪命里旺夫，将有助于方家，可以为方浩儒生儿子、添男丁……似乎今天郭医生的信息也印证了一些可能性。所以现在，她即便妥协，心里倒也没有那么难受。

"我看你们还是先考虑订婚吧！订婚也可以举办仪式，向大家宣布，你就是她的未婚夫，我们方家既然愿意娶她，将来也不会无缘无故地悔婚。"方于凤卿语气轻淡，像是不在意似的又补了一句。

"OK，谢谢您能成全。如果她接受，我可以先跟她订婚。"方浩儒说着起身准备离开，他清楚方于凤卿真实的想法，但既然她已经松口，至少现在他准备就此作罢。而走出几步后，他突然又回头："不过有一点，妈咪，我需要先跟您说明，如果她不答应订婚，只愿考虑正式结婚，我也会马上迎娶。我相信您也一定会赞同——我们方家向来注重名誉，既然已经许诺表态，就不会没有诚意。"

方于凤卿闻言，冷冷地看了儿子一眼，没有说话。

~2~

表白

周日下午，方浩儒在首都机场见到来接他的司机小周，直接吩咐他送自己去陈溪的住处。

方浩儒昨晚从香港到了澳门，第二天一早便去考察一个投资项目的场地——这是几周前已确定的计划安排，不可更改，然而他还是压缩了日程，只为尽早回北京找陈溪。由于澳门直飞北京的航班时间不合适，助理帮他安排的是珠海到北京的机票。于是他处理完事情立即赶到珠海，在珠海搭乘中午的航班，下午三点飞回了北京。

凭着记忆，方浩儒摸索到了她住的那幢公寓。可是电梯到了楼层，他又有些犹豫——的确，自己没有提前打招呼就造访，其实是很失礼的，但他实在渴望立即见到她。好在来之前，他在澳门让人买了几盒蛋挞，这也算个体面一点的理由吧。

方浩儒想了想，掏出手机寻找陈溪的号码。

"Hi! Michael。"陈溪接电话的声音有些混浊，似乎在睡午觉。这段时间和方浩儒经常通话，两人熟络许多，她也不再有那种生疏的恭敬。

"Sorry Rosie……你在休息？被我吵醒了？"

"不是……我脸上……有面膜……"她说话有些费力。

"哦……那你是在家，还是在美容院？"

"在家……星期天……家里舒服。"

"嗯，那倒是！"方浩儒回想起自己这一路风尘仆仆的，也是由衷地感叹，"那你有没有时间见见面？"

"你回来了？改天吧……今天不想出门。"她依然是我行我素。

"Sorry……我现在就在你家门外的走廊里……你住16层，没错吧？"他说着，竟不由得有些紧张。

"啊！你怎么突然就来啦！"陈溪一下子从床上坐起来，脸上的面膜立即裂开，"那你等等啊！我去洗脸。"说罢便挂断了电话。

方浩儒此刻却有些傻眼，他不知道自己要在这走廊里站多久。

忽然有一扇门打开，一个戴着眼镜的女孩探出半个身子跟他打招呼："你好！请问是方先生吗？"

方浩儒应了一声，随即想起她好像是与陈溪同住的堂妹。

"方先生，请进来吧！小溪说请你到屋里等，走廊里有点冷。"

方浩儒感激地笑笑，跟着女孩进了屋。一迈进房门，一种暖融融的温馨气息扑面而来，他顿觉全身的神经都松弛下来，旅途的疲劳消减了一大半。

"你好，上次见过，但不知怎么称呼？"方浩儒一边问候，一边将蛋挞盒递给女孩。

"啊，谢谢！我叫陈宁宁，小溪是我堂姐，不过只比我大两个月。你先坐一会儿吧，她正在洗脸。"陈宁宁接过蛋挞，招呼方浩儒坐下，接着倒了杯深红色的水递给他，"这是小溪泡的蓝莓茶，你尝尝。"

"谢谢！"方浩儒笑着接过杯子喝了一口，"嗯，很爽口！"随后瞥了一眼陈溪的房间，低声问陈宁宁，"她最近……情绪好点儿了吗？"

"好像好多了。前段时间她一直忙，可能这样对她的心情恢复也有好处。不过也得谢谢你——经常安慰她。"

"我？"方浩儒有点意外，"她跟你提起过我？"

"那倒没有。不过——你英文名字是叫Michael，对吧？"见他点头，陈宁宁接着神秘地说道，"我叔叔婶婶啊，一直担心小溪会想不开，让我每天都要留意她的一举一动，所以我天天都在'监视'她……我发现啊，每次小溪接了一个人的电话后，心情就会变得开朗。因为她接电话时总是称呼对方Michael，刚才她又说'你让Michael进来等，他姓方'，所以我就猜到了，那些肯定是你打来的电话。"

方浩儒欣慰地笑了笑："你天天这么当哨兵，也挺辛苦啊！"

"嘘——"陈宁宁悄声说道，"千万别让小溪知道！"

"OK!"他笑着点点头。恰逢此时，一个淡粉色的身影从房里跑了出来，着实吓了他一跳。

在飞机上，方浩儒由第一次见陈溪开始，把她每次的形象回忆了许多遍。来的路上，他也在想念着那种种清丽可人的姿态，但怎么也没想到，站在眼前的她居然会是全然不同的样子：一身宽松的粉色家居服，脚上套着大大的、毛茸茸的小熊拖鞋，头上的发箍还有两只圆圆竖起的熊耳朵，一见他便笑嘻嘻地眯起眼睛，露出一排小白牙："对不起！久等了！"

"小溪——你可真慢啊！人家方先生已经等了很久了……"陈宁宁对着陈溪皱皱眉。

"这也不能怪我嘛！他来的时候我才敷了十分钟，还没到时间就给洗了。洗后总要上点爽肤水和润肤蜜吧——我已经够快了！"陈溪说着，又转向方浩儒大大咧咧地笑："嘻嘻，不好意思啊！"

"没关系。是我今天太冒昧了，事先没有打招呼。我刚刚从澳门回来，带了些新鲜的蛋挞，到明天就不好吃了，所以必须今天送过来。"方浩儒笑着回应道，指了指放在旁边桌台上的蛋挞盒，"'玛嘉烈'和'安德鲁'的都有，只是可能不如刚出炉的香。不过他们说，如果你用微波炉稍微加热一下，应该也可以。"

"啊呀，真的是葡式的蛋挞啊！太谢谢啦！我在南方的时候最喜欢吃这种酥皮的蛋挞，还有老婆饼。不过来北京以后，就很少能吃到正宗的了。"陈溪不沾铅华的粉嫩脸蛋儿上满是娇憨的快乐，也帮方浩儒赶走了长途跋涉的疲惫，他感到精神为之一振。

"早知道你还喜欢吃老婆饼，我就从香港带过来一起给你了。"

"没关系，下次吧！我要'恒香'的，有椰蓉的那种！"陈溪一脸调皮，不客气地"点单"，毫无顾忌地蹬掉拖鞋，在长沙发的另一端舒适地蜷起脚侧靠着，顺手拿起遥控器打开了电视。

"好！我记住了。"方浩儒微笑着，坐在一旁欣赏她在自己的领地里那副无拘无束的散漫样子。

"小溪，你陪着方先生吧，我要去学校图书馆查点资料，晚上不回来吃饭了。"堂妹陈宁宁边说边整理着背包，准备换鞋出门。

"咦，你不是说今天不准备出去的吗？Michael带来了'玛嘉烈'的蛋挞，你不想尝尝？"陈溪歪着脑袋看她。

"当然要吃啦！你一定要给我留着啊，我晚上回来吃。刚刚遇到一些问题，我需要赶紧去核对一下资料。"陈宁宁背上背包瞟了方浩儒一眼，冲陈溪挤挤眼睛。

陈溪跟着也看了眼方浩儒，又看看堂妹，忽而满不在乎地说道："哎呀，你不用回避，我们只是普通朋友！"

方浩儒听了有点郁闷，心想这傻丫头……小堂妹都看出来了她还不明白！幸亏堂妹并不愚钝，说了声"拜拜"便马上闪人，否则他接下来还真不知如何找机会跟她说正题。

陈宁宁关门的时候，一阵风将厨房的门顶开，方浩儒吸了吸气："好香啊！"

陈溪立即回过神："哎呀，我的汤煲好了！枸杞菊花排骨汤，你要不要尝尝？"她笑盈盈地歪着头看他。

"好啊！"

"等等啊！"陈溪跳下沙发，光着脚在木地板上跑出去几步，又转身跑回来蹬上拖鞋。方浩儒发现她把拖鞋穿反了，刚要开口提醒，陈溪已经跑进了厨房。

他暗自笑了笑，趁她不在，环视了一下四周，这间客厅也就二十平米，不大的空间中却有一种很朴实的闲适感觉，并且很干净。桌椅沙发全是宜家的，书架上有排列整齐的书籍，以及杂七杂八挤在一起的小公仔，茶几的底层散放着一堆糖果零食和几本时尚杂志。淡绿色的碎花窗帘将春天的风请进屋里，方浩儒解下领带装进口袋，松开衬衫的领扣，深深地呼吸着，希望自己的身体里能够多装进一些这样清新融和的气息。

"快来！快来！"陈溪从厨房里端出一个粉紫色的小托盘，上面放着两只冒着热气的白瓷汤碗，放到了方浩儒面前的茶几上，"我放在冰格里镇了一分钟，现在的温度应该刚刚好，不会烫的。"

方浩儒拿起汤匙尝了一口，一种温润香滑的感觉立刻沁透他的口腔和胃。"嗯！真是不错！"他又端起小碗连着几口喝光，舒心地呼了下气，"你知道吗？我今天在酒店里和飞机上，都是些很难吃的东西——我能再喝一碗吗？"

"好呀！你等着！"陈溪听到他说喜欢，拿起他的碗，喜滋滋地反穿着拖鞋又跑进了厨房，不一会儿，她双手端着一碗汤小心翼翼地走了出来。

方浩儒这次是一口一口地品着，陈溪坐在他身旁不远处，端起自己的汤碗得意扬扬地说道："好喝吧？我煲了快三个小时呢！这种汤春天喝很补、很润的！"

他没说话，扭头看了她一眼，将喝了一半的汤放在茶几上，抽了张纸巾擦了下手，然后伸出右手轻轻托住陈溪的左脚脚踝，架到自己的腿上，摘下她的拖鞋放到地上，又抬起她的右脚，将拖鞋换到左脚上，再将地上的拖鞋套到右脚，接着慢慢把她的双脚又放回原地，顺便用手指理了一下拖鞋上小熊头顶的绒毛。

陈溪一开始不明意图，见他托起自己的脚不觉愣神，意识到是拖鞋穿反了，她憨笑一下，心里泛起一种莫名的亲近感，又歪着脑袋好奇地看着他，突然说："别告诉我，你有妹妹。"

方浩儒有些吃惊："你怎么知道的？"他印象中从未跟她提及过自己的妹妹。

"哈哈！真让我猜到了！"

"呵，你是怎么猜到的？"

"感觉呗！光有弟弟的哥哥不是这样的。"陈溪边说边喝了一匙汤，"她现在在哪儿啊？香港？"

"没有，她在法国读书。"

"她多大啊？你想她吗？"

"她比我小七岁，可能跟你差不多大。小时候有一段时间，她也在北京，也就是五六岁的时候，家里除了我就全是大人，所以天天缠着我带她出去玩儿。她的鞋带老是松开，我总要帮她系鞋带。后来我才知道，她每次故意松开鞋带，就是不愿意自己走路，想让我背着她……再后来，她跟着我妈回了香港，我又去了美国，只有假期才能见面。"

"你们兄妹的感情一定很好吧？"

"怎么说呢？还行吧，不过人长大了，变化也很大。我记得小时候，别人给了她一块巧克力，她都快给捂化了也没舍得吃，说是要留给哥哥。不过长大后她就变得很任性，有时也很自我，我还是喜欢她小的时候。"方浩儒说着又拿起汤碗，"你们俩年龄相仿，但她可不会煲汤。不过，有一点你们倒是很像，她小的时候在家里，跟你现在差不多，也喜欢穿得像动物园里跑出来的。"他边说边望着她，嘴角挂着淡淡的一丝笑意，眼里却饱含深情。

陈溪羞涩地扯下发箍，小声嘀咕："这是宁宁的，我只是洗脸时箍一箍头发，平时也不戴这么幼稚的东西。"

方浩儒忍不住扑哧笑出了声，问她："你很喜欢小熊吗？我妹妹小时候也是。"

"哈哈，是吗？"陈溪也笑了，"你该不是把我当成你妹妹了吧？"

"当然不是，我有一个妹妹就够了。"方浩儒突然看着地板，不再说话。

一直以来，他始终未能知晓，陈溪为什么会令自己如此心动？他分析过很多原因，但都不尽然。他隐隐约约觉得，这个精灵女孩无论何时出现在自己面前，都会透着天使般通透绝俗的灵逸，一颦一笑，总能触及他心底深处那最柔软的部分。他在她身边，会有一种被自然感召的回归，感到很舒服，很放松……以至于他久久不敢提及今日来此的真实目的，生怕破坏了眼前的这份美妙怡心的和谐。

陈溪看着方浩儒坐在沙发上，上身前倾，手肘撑在膝上，低头不语，与他平日的坦然做派很不一样，感觉有些奇怪。

"你怎么了？好像有心事。"

方浩儒尴尬地笑了下，突然感到，自己其实很缺乏勇气。

"Rosie，你……讨厌我吗？"他冷不防冒出一句，话一出口，立即后悔，似乎这样问有些唐突，"我的意思是……你不讨厌我吧？"

"你干吗这么问？"陈溪愣了一下便开始咯咯笑，"我讨厌你，还请你喝汤？你是不是担心我在汤里下毒啊——那你不早问，现在你都已经喝了！"

方浩儒顿时又有些泄气，自从认识她，似乎每一次交流都是她占上风，看来这次也不例外。他只说了两句，其中一句还是多余的，她却连珠炮似的轰炸了好几句。

"Rosie，我这次在香港待的时间比较长，主要是和我妈商量一件比较重要的事——你最近怎么样呀？我在电话里，感觉你心情好多了。"

"呵呵，我还好啊，你什么时间有空，我请你吃饭。这次可是我主动提的，够有诚意了吧？"

"嗯，这回算是。不过……在这之前，我还想求你一件事。"

"什么事啊？我能帮到的，一定帮！"

"你一定能，只要你愿意。"方浩儒自知和她兜圈子总是自己吃亏，不如用最直截了当的方式，他侧过身拉过她的一只手，握在自己的双手间，"Rosie，我不想让你做我妹妹，你能不能做我的妻子？"

陈溪怔住，哑哑地问了一句："你……说什么？"

"我说，"方浩儒调整了一下姿势，拿起遥控器关掉了电视，接着提高了音量，"我想请你嫁给我，做我的妻子。"

……

陈溪瞪大眼睛，一时不知该说什么，她脑子轰乱，心脏狂跳。

"你太过分了！"她突然用力抽回自己的手，从沙发上弹了起来，"居然跟我开这种玩笑！"

方浩儒又把她拉回到沙发上，诚恳道："你认为，我一下飞机就赶来找你，就是为了跟你开个玩笑？我在香港待了这么久，其实就是在跟家里人商量结婚的事……"她开始用力想挣脱他的手，使劲摇着头，不愿听他说下去，而他几乎是在语无伦次地哀求，"Rosie！Rosie！你别着急……你听我说好不好……我是认真的……你听我说呀……"

"你别说了！我不想听！不想听！"陈溪大声嚷着，终于甩脱了方浩儒的手，起身跑进自己房间，关上了门。

"Rosie，求你别这样，你把门打开，咱们冷静地谈谈好吗？"方浩儒有些低落地站在房间门口，轻轻叩了叩门。

"我不想谈，你走吧！"陈溪坐在床边，冷冷地对着门外回应。

"我是认真的，难道你不相信吗？我其实一直都很喜欢你，一见到你，我就没办法控制自己……现在杨帆已经不在了，你为什么不能考虑给我，也给你自己一次机会？一切重新开始！"

"你别再说了，我不会考虑的，我现在不想再谈什么感情的事。你走吧！"

门外沉默了片刻，接着又传来敲门的声音。

"你把门打开，我只问你一个问题，你如实回答，我就走。"

"我不会开的，你现在就走。"

"Rosie，我知道这样有些突然，我们以前接触的机会并不多，但我知道自己是真的爱你，所以想娶你。这段时间我也一直在努力培养和你之间的感情，难道……你对我，就一点感觉都没有吗？"

陈溪突然鼻子一酸，喉咙有些哽咽，她努力平复了许久，才咬咬牙回答："我不喜欢你，我一直都很讨厌你，你听清楚了？现在可以走了！我不想再见到你！快走！"她突然用力捂住嘴不出声，眼泪滚落了下来。

门外又是一阵静默。

"好吧……我知道了。"方浩儒的声音变得软弱无力，"你既然讨厌我，我也不会再来骚扰你。以前的事我很抱歉，以后不会再打电话来惹你厌烦，你自己多保重吧……我走了，再见！"接着听到他的脚步声，以及关门的声音。

陈溪控制不住，趴在床上嘤嘤地哭了起来。

她其实对方浩儒很有好感，从什么时候开始的她记不清，但最近和他的接触，还有他那些温暖的电话，让她刚刚经历严冬的心田开始有了春天的绿色。不过她早已无数次地提醒过自己：不要胡思乱想，他是和自己不一样的人，只能做个好朋友。更没有想过，有一天他会突然向自己求婚，而且还是在杨帆的影子尚未散去之时。其实，她更愿意和方浩儒就保持这种友谊，她需要的时候，能从他这里寻得一丝暖意就好，并无其他奢求。

因此，当面对他的表白时她便方寸大乱，本能地选择了逃避。她现在这个状态，实在没有勇气再去体验任何感情上的颠簸。然而，现在方浩儒真的走了，她却猛然发觉，有一种被掏空的孤苦。

不过关于他的一切现在也都过去了，就像和杨帆一样，什么结果也没有，多想也没有用。

陈溪感到平静一些后，起身擦了擦眼泪，准备去卫生间洗洗脸。不料打开门的一刹那，她却惊愕地发现，方浩儒仍就站在房门口！

陈溪吓得一紧张，立即又要关门，却被他一只手顶住，另一只手猛地将她拽了出来。

"你要干什么！放开我……"陈溪惊慌失措，奋力挣扎，但没有用，方浩儒靠着门边的墙紧抱着她不放。

"你看着我的眼睛说话……为什么哭？为什么撒谎？？"他腾出一只手抬起她的脸，她立即把脸闪向一边。

"你讨厌我，为什么我打电话你从来不躲？你讨厌我，为什么我来你家你一开始不赶我走？依你的脾气，会和一个讨厌的人一起喝汤？傻瓜……你骗得了自己，可骗不了我！你就是不肯承认！不肯说实话！"

"你再不放手，我就不客气了！"陈溪突然气急败坏地大叫。

方浩儒看着她，嘴角掠过一丝挑衅的笑意。"你又要咬我是吧？好！我让你咬！"说完他低下头，果敢地将自己的嘴贴紧她的嘴唇……

墙上挂钟的秒针不知转了多少圈，屋里渐渐静了下来，斜阳照射下，空气中纷乱飞扬的粉尘慢慢地沉落。陈溪不再反抗，头贴在方浩儒怀里低声啜泣。他抱起她坐在沙发上，她坐在他腿上，搂着他的脖子未松手，伏在他肩上继续流泪。

方浩儒相信，这次陈溪不再是为别的男人难过，他抚摸着她软软的头发，在她耳边柔声轻语："Rosie，忘了过去。为了我，把头发留起来……我们开始新的生活，我会加倍对你好，不会让你受委屈。"

陈溪实在不舍松手放弃这份失而复得的温暖，可她并不确定，自己对方浩儒究竟是种什么样的感觉。她擦了擦脸上的泪水，将自己的身体从他身上挪到了沙发上，低下头不敢再看他。

"我心里很乱……我没有思想准备……你给我一点时间，我想想，好吗？你先回去吧……我想一个人静一静……"

方浩儒点点头："我理解，这件事的确有点儿突然，我给你时间，不过你得答应我一件事，"他捧起她的脸，轻轻地抚摸，"别再压抑自己，对将来咱们俩的幸福多一点儿信心。我现在走，你一个人别再哭了，好好休息一下，晚上我会打电话给你。"他说完轻轻吻了一下她的嘴唇，慢慢起身，走到门口打开门，又看了看一直低头不语的她，便真的关上门离去。

陈溪一个人呆呆地在沙发上坐了很久，泪水总是不由自主地流下来。她懊恼地甩了甩头，无意中看见书架上那只杨帆送她的小猫。她如今不敢将它放在办公室里或卧室里，因为看了就会难过，于是将它摆到了书架上。

之后，小猫便一直可怜巴巴地站在这书架上，天天拿着两半破碎的盘子，看着地上的鱼，永远不敢捡起。

~3~

踌躇的"灰姑娘"

自从方浩儒对陈溪表明心迹后，陈溪一直都躲着他。确切地说，从那天他离开她的家，她便成了他无法触及的幻影。那天晚上开始，方浩儒的电话陈溪全部拒接；凡是有预感他将会出现的时候，她就会刻意"隐身"。

实际上，陈溪自己在这种煎熬中也已是精疲力竭。她或许也渴望再次见到方浩儒，在他的怀抱里，再多窃取一点点雄性的热量；从他的亲吻中，再多享受些许罂粟一般的脉脉温情。杨帆的消失也卷走了那明媚多情的阳光，她被置身于天寒地冻之中，即便知道方浩儒带给她的只是一时的激情烈焰，也会隐隐向往。理智不断逼迫着她躲闪、逃避，但她总能感觉到，有一根细细的风筝线拴住了自己的身体。夏娃的基因不时会挑动她的神经，去想那只诱惑的苹果，只要他的电话一来，被孤寂滋养着的贪婪，就会像毒瘾一般在她的体内作乱……

如同戒毒，只能假以时日慢慢地熬。

两周之后，她显然清醒了许多，明白方浩儒的感情对自己而言，就跟他的身份一样，是件要付出昂贵代价的"奢侈品"。她不应再任由这种令人销魂的沉醉继续搅乱自己的心绪，一个像他那样的富家子弟，过去、现在以及将来，都不可能在自己的情感乐园中出现。"灰姑娘"，永远都只生活在梦幻般的童话里。

上周，陈溪已经去过NST中国总部和Mr. Cheong见了面，之后Mr. Cheong亲自打电话给Thomas，希望他同意陈溪调到总部。Thomas早已听汪静说过陈溪原本打算辞职，如果她能去总部工作，自己在CAO面前也能落得几分薄面，于是很爽快地答应了。

接下来陈溪需要做的交接事宜，汪静已经跟她商量好了。这一周，她要开始招聘新的人事经理来顶替自己，尽量在去奥地利之前确定具体的人选，同时着手准备各类文档资料的交接。另外，近期常规的招聘工作中，还需再补充几名开穿梭巴士的司机，车队主任张德光担心陈溪一调走，新的经理恐怕一时拿不起来这么多的工作，自己现在人手已经吃紧，于是求她在离职之前一定帮他搞定。陈溪当即应允，并让Juliet在周一增加了半天的面试时间。

周一临近中午时，陈溪面试了几个司机求职人，做面试意见时抬头见Juliet进来，顺口问了句："没有人要面试了吧？"

"有一个还在填表，已经填了好半天了，而且怪怪的，其中一个高个子陪着那个应聘的，我好像在哪儿见过，死活就是想不起来了，他还让我给你一张名片。"Juliet边说，边将手中的名片递给了陈溪。

陈溪随手接过名片看了一眼，顿时像抓了烙铁一样将卡片丢到了台子上，她盯着卡片上印着的"方浩儒"三个字，心都快要跳了出来——他居然都追到她上班的地方来了！

"Rosie，你没事儿吧？"Juliet看出她行为有些反常。

陈溪定了定神："没事，你先忙你的去吧，这两个人我一会儿来处理。"

Juliet望着她，迟疑地应了一声，临出办公室又停住。

"对了，我刚才催的时候，他还说，你如果现在没空就先忙你的，什么时候有空什么时候面试，他们等一天都没问题。"

陈溪的脸上掠过一丝阴沉，扭头继续看电脑，随口回应道："OK，我知道了。"

Juliet带着疑惑又看了看她，没吱声出去了。陈溪准备将手上的几份人事变动单看完，再去对付那个难缠的疯子，却沮丧地发现，自己早已是乱了阵脚，审张三的人事变动单，居然查的是李四的员工档案……她气恼地将档案摔在台面上，靠着椅子做了几个深呼吸，便起身出了办公室。

面试接待室里，方浩儒慵懒地靠着椅背，随手从旁边书架上拿过一本供应聘者等候时阅读的企业期刊，一页一页慢慢翻看。百无聊赖之际，他忽然透过玻璃墙瞥见一个窈窕的身影，看走路的姿势便知是陈溪来了，立即对着小周使了个眼色："快！继续填表。"

小周忍不住偷笑，方浩儒踢了一下他的脚："严肃点儿！"

陈溪推门快步走进来，站到了方浩儒面前，表情冷若冰霜，白色镶黑边的西服上衣、黑色西服裙以及一条寒光闪闪的粗花银色项链，与家里那个粉红柔软的小熊妹妹形成巨大的反差，简直判若两人！方浩儒顿时后悔那天走得太急，没能再多抱一抱那个温顺可爱的女孩。

"你好，请问你是来面试我们的吗？"他边问边摆出对着陌生人专用的微笑。

"对不起，两位先生，面试时间已经过了。"陈溪也是公事化的口吻，装作不认识对方。她断定外面的保安已经开始留意这个引人注目的男人，也不想表现出自己与他有何瓜葛。

"过了？刚才那位小姐过来，怎么没有提呀？"

"这是我刚刚决定的，求职人这么长时间连填张表都费力，我认为没有面试的必要了。"陈溪一副冷冰冰的态度，高傲地抬起下巴，不看他们两人。

"这样恐怕不好吧？"方浩儒慢条斯理，"我们大老远跑来面试，初步筛选都说各方面条件符合了，就因为填表慢……可你们没有一个人曾经过来说明过，规定填表时间是多久，我们认真一点儿，慎重一点儿，因此慢一点儿，应该不为过吧？"他说着随手翻开了企业文化月刊的第一页，现学现卖，"你这样硬邦邦地赶我们走，可不符合你们人力资源部'热情接待，耐心解释'的办事原则啊！"

"那好，我再给你们最后一次机会，别人十分钟能填完的表，麻烦他也十分钟完成，否则很遗憾，我帮不到你们。"陈溪仍是一脸的漠然。

"你怎么这种态度对待来面试的人？"方浩儒皱了皱眉，指着期刊画页上一张照片，"你应该学学她——笑眯眯的多温柔。"

陈溪定睛一看，那是登在各部门高职人员简介中自己的照片，二话不说伸手便抢，早有防备的方浩儒倏地手一闪，她扑了个空，黑着脸又收回手臂抱在胸前。小周坐在一边哧哧偷笑,脚上又挨了方浩儒的一下:"赶紧填表!人家就给了你十分钟!"

方浩儒继而看着小周手底下的《职位申请表》,随口道:"哎,你们也是家外方管理的企业,居然也会用这种格式的申请表。"

"我们有两种表格,内容不同,一种是中英文的,有些内容是中方要求增加的,司机的职位就填这种表格,如果是管理级的职位,是另一种英文表格。"陈溪说话间并不看他们,像背书一样勉强表现着自己的耐心,脑子里却在盘算如何将他们撵走。

方浩儒则饶有兴致地望着她双臂交替抱于胸前、身体倚着旁边的桌子,通常女人摆出这样一副防御的姿势,恰恰显示了她内心的虚弱。

"哎,如果我来面试,应该填哪种表?"他信口问道。

"你?"陈溪瞥了他一眼,嘴角一挑,"你不需要填表。"

"哦?为什么?"

"我们招'草坪工'从来不用填表,浪费纸张。直接带到球场上,谁拔草拔得快,就要谁。"

小周在旁听到,握笔的手开始乱抖,他不得不用力地咬手指,来镇定自己的笑肌。

"噢——"方浩儒不动声色,眼睛瞟了一下屋角的仙人掌,"我对'拔草'不在行,但对'拔刺儿'倒是很拿手,什么仙人掌啦,玫瑰花啦,带着刺儿的我反而更喜欢!"

陈溪愤懑地将脸转向一边,没有说话。

小周突然插嘴问:"方总,这一项'可到职日期'怎么填啊?"

方浩儒看了看"可到职日期"的英文是 Available Date,想想说:"你就填——随叫随到!"

小周咬牙不笑,偷偷瞥了眼陈溪,见她正狠狠地白了方浩儒一眼。

"那这一项呢?是不是要写'党员'?我可不是……"

"你可真笨啊!"方浩儒瞪他一眼,"'政治面貌'都不懂!不会填就空着吧!"

"不行!上面要求的内容,必须填写完整,否则取消资格。"陈溪不依,口气强硬。

方浩儒叹了口气,又仔细看了看小周,说:"那你就写个——'瓜子儿脸'吧!"

陈溪终于忍无可忍，歇斯底里地冲着方浩儒嚷嚷："姓方的！你到底有完没完？！你这人简直是不可理喻！你们俩要捣乱到别处去！这里是人力资源部，会员也不许胡来——你听清楚了没有？！"

方浩儒悠悠地低下头，一言不发，用手指了指墙上，陈溪扭头一看，墙上贴着一条标语：此处禁止大声喧哗。

……

陈溪有火不能发，脸憋得通红，转身要走。

"等等！"方浩儒叫住了她，"我还有话要说，既然这里是工作的地方，咱们换个地方谈点儿私事儿。"

"我没空！一会儿还有事。"

"现在是中午，你总有休息的时间吧！我也不会耽搁太久，下午还要回公司开会。您陈大经理忙，我也不是闲人，我的时间也宝贵，麻烦你不要再浪费我的时间。告诉你，我的车就在外面拐角的树下，我建议你最好是自己走过去，外面这么多员工，我也不想在人前动手动脚的，让你难堪。"方浩儒说话依然不紧不慢，跷着二郎腿，悠闲地翻着那本月刊。

陈溪扭回头狠狠地瞪了他一眼，气鼓鼓地走了出去。

他在心里暗暗欢呼一声：小样儿的！不信我收拾不了你！和她之间的交锋，他终于赢了一次，扬扬得意地拿起车钥匙，吩咐小周："你留在这儿，一会儿等我电话。"

陈溪在前面走着，快到车前时听到车子解锁的声音，知道方浩儒就在后面，她也没回头，径直打开后座门坐了进去。接着，方浩儒坐进了驾驶席，面朝前平淡地说道："是你自己坐过来，还是我抱你过来？"

陈溪用力呼吸了一下，推门出去，狠狠摔了一下车门，又拉开前门坐进了副驾席。

方浩儒在车里，随着车门撞上，身体也是一震，夸张地皱着眉嘟囔："用那么大劲儿干吗？惹了你的是我，又不是车……"

"你要说什么？抓紧时间！先把安全带系上！"陈溪把头扭向车窗外。

"这里很安全，不用系——你生气了还这么关心我？"

陈溪斜着眼睛瞥了他一下："你系上安全带，我就'安全'了！"

方浩儒扑哧一声笑了："原来'安全带'是这么一种概念——就是用来

'拴狼'的。"

陈溪听了也掩饰不住笑意，立即又绷平了脸："亏你还知道自己是狼。有什么事快说吧！"

方浩儒轻轻舒了口气，发动了车子沿着路边的一个景物树林带慢慢行驶。

"你这段时间为什么老是躲着我？打手机要么不接要么关机，打到你办公室，总是说你出去了不在，我看你们部门那个小秘书，比我们Lisa还厉害！周末我去找你，你堂妹又说你和朋友一起去天津了——你整天这样跟我玩儿捉迷藏，到底累不累啊？！"

"你干吗总是逼我？我只是想安静几天，你居然都闹到人资部来了！"

"Rosie小姐！麻烦你搞清楚——不是我逼你，是你快把我给逼疯了！逼得我今天只能跑来你们部门耍无赖，要不然你告诉我怎么才能见到你？"这时，车子已驶进树林尽头一个僻静的地方，方浩儒停下车并熄了火。

"你跑来就是为了质问我这些？"陈溪无词可辩。

"其实我想说什么，你都清楚，说多了也没意义。我来，只为一件事儿，"方浩儒转过身看着她，"就是想来抱抱你。"说完，他伸手抚摸她的脸。

陈溪有些愣神，但并没有躲，也没有反抗，他手心的温度熨过她的脸庞，令她的心瞬间平和下来……方浩儒慢慢抱紧她，陈溪闻着他西服上淡淡的古龙水味道，隐约有一种熟悉的感觉，而这两周自己在心里一点一点筑起的防御堡垒，竟是如此的不堪一击，他的一点温存，她便土崩瓦解。

他轻轻吻着她的耳朵跟头发，喃喃低语："唉……宝贝儿，你什么时候才肯嫁给我……你可真能折磨人……"

"Michael，你知道的……我们是不一样的人。"

"我知道，你是女人，我是男人。"

"不是这个意思！"陈溪突然着急地直起身，眉头紧锁地看着他，"我是说，你是——"她还未说完便被他用手指轻轻封住嘴唇。

"嘘……我明白你的意思。"方浩儒托起她的下巴，边吻着她的嘴唇边轻声说道，"你记得吗？上次我说过……你要对咱们俩有信心，相信我……你就记住，你是我爱的女人，我想成为你爱的男人……有这些就够了……别的什么都不用理会……"

陈溪鬼使神差地点了点头，默默回应着他的亲吻，眼角不觉又滑下两行热泪。

"哎哟傻丫头，你可千万别哭啊！"他笑着替她拭去泪水，"要是一会儿你跟只小花猫一样回去，人家准以为是我欺负你了。"

她难为情地笑笑，自己开始拼命擦不断流下的眼泪。"送我回去吧，你不是下午也有事吗？"

不多时，车子又回到了原地。

"我先回去了。"陈溪擦净脸要推门下车，方浩儒握住了她的手。

"答应我，别再躲我了！晚上等我电话……"

她回望他一眼，轻轻点了点头，下车走回员工通道。

方浩儒望着她的背影暗暗松了口气，掏出手机打电话叫小周回来。

~4~

渐入佳境

当陈溪去面试接待室见方浩儒时，Juliet终于回想起来——刚才的男人就是那天在首都医院，和刘小慈一起赶来看杨帆的那个人。继而觉得奇怪，怎么这个男人今天突然来找陈溪？她再跑去接待室时，正好撞见陈溪在发脾气，她担心会出事，便又进陈溪的办公室拿了那张名片，跑去告诉了汪静。

汪静看了名片，对这个名字有些印象，接着打了个电话给Thomas的秘书，之后又想了想，没再说什么，只告诉Juliet不用担心，回去做事。她自己去面试接待室的时候，里面只剩司机一个人。

没多久，汪静见陈溪回来，一副魂不守舍的样子，也猜到了七八分。她低头看了看手表，便过去叫陈溪一起去吃午饭。

陈溪的确再没心思工作，就跟着汪静到了咖啡厅。汪静点餐的时候，发现她也是心不在焉的，连自己现在在哪个餐厅都没搞清楚。

"Rosie，你怎么啦？刚才还好好的，怎么突然就变得心事重重的？"

"哦，没什么……可能是饿了吧？"陈溪急忙掩饰，端起杯子喝水。

"呵呵，你刚才的糊涂样子可不像是饿了的表现——是不是遇到了感情的苦恼事儿啦？"汪静见她回避主题，于是直接点破。

"我现在……哪还有什么感情可言。"陈溪轻轻地叹了口气。

"啊，你一个风华正茂的年轻姑娘，情感多多也是正常的，就算没有男朋友，也不妨碍别的男人追求啊。没准儿，有的人早就垂涎三尺了！"

"Jane……"陈溪小声嘀咕了一句，"别说得这么难听嘛。"

"哈哈！还说没有？这都开始替人家说话了！"汪静笑着摊牌，"是不是那个方浩儒啊？"

陈溪闻言吃了一惊："您怎么知道的？"

"别紧张嘛，我知道了也会替你保密的。这人我也听说过，是我们的会员对吧？Juliet今天上午告诉我说他来咱们部门了，好像是冲着你来的，她当时担心你出事儿，才跑来告诉我。"

"哦，这样啊……"陈溪的表情稍稍舒展。

"你们现在……在交往？"汪静试探了一下。

"如果是这样，他怎么还会跑到人资部来——其实是我一直在躲他。"

"他是不是老缠着你？这种男人，还真是不达目的不罢休……"汪静倏然联想起方浩儒去找Thomas的事。

"Jane，别这么说……"陈溪又看了汪静一眼，继续低头喝水，"我其实也……没那么讨厌他。以前我当他是个朋友，觉得就那种状态挺好，可他偏偏……要我嫁给他。"

汪静愣了一下："你说什么？他要你嫁给他？"在她的潜意识里，原本准备听到的是方浩儒想让陈溪做他的女朋友，或者直白些就是情人，如今有误差，便再次问道，"他，真的有说过——要和你结婚？"

陈溪点点头："听他说，已经跟家里人谈妥了……可他之前从没有透露过，我一点心理准备都没有……其实我根本没有想过，会和这样的人生活在一起。"

汪静靠着椅子背看着陈溪，脸上现出明媚的笑容，小声说了一句："这还差不多！"

陈溪一愣，困惑地回望她。

"Rosie，我看得出来，你不但不讨厌他，好像还有点儿喜欢他，对吧？"

陈溪不出声，默默玩弄着手中的杯垫。

"这也很正常嘛，James的事儿已经过去了，你有权利考虑别的男人，只要你喜欢。"

这时，服务员将她们点的套餐送来。汪静等服务员离开，又继续道，"我呢，原本以为你们现在的关系只是暧昧，正想劝你要小心。因为这段时间正是你感情最脆弱的时候，如果男人不怀好意，趁虚而入，往往能轻易得手。不过，如果方浩儒真的有诚意想跟你结婚，那就另当别论了。他嘛，听Juliet说，也是个风流倜傥的帅哥，跟你也般配——干脆一咬牙、一跺脚，嫁了算了！"

"这Juliet可真会添油加醋，这也跟你说……不过，我还是觉得James比他帅。"陈溪的眼中又闪过一丝眷念的火花。

"That is the point（这就是问题的关键），看来……你心里一直没有放下James。虽说这也是人之常情，可你总不能一辈子生活在他的阴影当中吧？再说了，你和James，只是在正甜蜜的时候突然中断了，一切定格在美好之中，你才会觉得所有关于他的，都是好的。或许当你们俩真的成一家了，生活在一起，你也会发现很多不如意的地方。到那时，他可就不再'帅'了……算了，他已经不在了——你得正视这一点，就当是心里一个美丽的回忆，你还得继续走你自己的路。"

"可是，Jane，我总是觉得心里不踏实。James起码是和我一样的人，可方浩儒不一样，我们的出身不同，价值观和生活观估计也会有差别。而且，我到现在还搞不清楚，自己对他到底是种什么样的感情。和James在一起时，我觉得头脑很清晰，从心底里认可他就是我未来的伴侣，只可惜缘分没了……但是对着方浩儒，我却是迷茫的，甚至不知道自己到底是真的喜欢他，还是泛泛的好感。"

汪静笑了笑，放下筷子，语气轻而郑重："Rosie，我是过来人，听我一句劝——我们不可能嫁给自己完全不爱的人，但是嫁一个爱你多过你爱他的男人，要比嫁给你爱他多过他爱你的男人活得更轻松。我以前就看出来了，你为James付出了很多，所以他走了，你会伤得这么重。现在你只要记住这段恋情的美好就行了，女人一生有一次这样纯洁的感情已足矣。将来，不管你是嫁给方浩儒，还是别的男人，记住要为自己保留一些。这样，才不至于让自己再受伤害。"

陈溪没有作声，慢慢地喝着汤。她明白汪静的话无疑都是现实生活中的真知灼见，而失去杨帆的切肤之痛，让她这辈子都会刻骨铭心。

汪静继续道："有时候，真正的缘分来临时，自己是感觉不到的。而有缘分的人，也不一定真的相爱。依我看，你只要不是讨厌方浩儒，基本上就算是喜欢他的了。也许只是因为James的事儿刚过去不久，你主观上不愿意承认罢了。不过，像方浩儒那样没结过婚又有点儿背景的男人如果真心想娶你，至少他给予你的感情是毫无保留的，既然是真心的，就不要错过了。'譬如朝露，去日苦多。'别太在意那些天长地久的传说，生活哪能都像电视剧里演的那样丰富多彩？人一生，没太多遗憾就好。你马上也要换新环境了，再有新的感情，岂不更圆满？"

陈溪抬头看着汪静，目光中疑信参半。

就在前几个月，Thomas办公室里的球具样品不翼而飞，保安部监控室需要汪静配合，排查那段时间出入过Thomas办公室的人员。大部分人，汪静都能认出来，因为基本上全是员工，而对于方浩儒和司机小周，汪静与Thomas的秘书核实后，知道了他是会员，并对他的名字有了印象，同时她在当天的录像中，看到了自己也去过Thomas的办公室，自然而然想起了陈溪的调职。

由此，汪静无意间还关注到一个细节：方浩儒的出现与她第一次去Thomas办公室送员工档案，以及她第二次进去与司机小周去送礼品，看似毫无关联的两组现象却有个共同点：这两人和她的进出，前后时间相隔并不长。这原本在她的脑海里，只是一个单纯的印象，直到今天方浩儒因为陈溪而出现在人力资源部，汪静凭女人的直觉，推断这位会员与陈溪的调职或许有些关系。

汪静原本打算，自己若能找到些线索，可以及时提醒陈溪提防方浩儒居心不轨，而当得知方浩儒希望和陈溪结婚，这倒令她刮目相看。如果方浩儒是真诚的，或许他就是老天爷为这个不幸的姑娘打开的一扇窗，快是快了点，不过现在的社会，几乎找不到慢节奏的美好。而通过刚才的一番试探，她推断，陈溪对方浩儒其实颇有好感，只不过心存顾虑而纠结不定。

出于朋友的积极愿望，汪静也希望陈溪早些走出旧情的伤痛，她想想又说："其实，你当下最关键应考虑的，不是要不要接受方浩儒，而是理智地看清楚他是不是真心想和你结合、共度余生。假如感觉'结婚'只是用来引你上钩的诱饵，那当然不能犯傻，让他有多远就滚多远；但如果人家真的跟家里商量过，就是奔着娶你而和你交往的，那你也应该勇敢一点儿，或许这就是你真正的幸福。"

陈溪听了依然不语，默默地吸了口气。

汪静伸手过来拍了拍陈溪的肩，鼓励她道："职场、情场，皆如'戏场'，落幕则是新剧的开始，你不妨把自己变换成一个更好的角色，重新登台。"

周五的傍晚，郁金香城堡的公寓内，暖光柔和的房子里弥漫着新鲜百合的淡淡香气。何艳彩轻轻地哼着英文歌曲 *Right here waiting*（《此情可待》），麻利地切着青椒和洋葱，不时翻一翻正在腌制的生牛扒。少顷，她又走回客厅，将一个靠窗的沙发重新铺整了一下，多加了一个靠垫——那是方浩儒经常坐的位置。

从春节前他回香港到现在，都快两个月了，今天终于盼来了他的电话。

他六点钟过来，离现在还有半个小时。何艳彩又跑上楼检查他的毛巾是不是摆在习惯的位置，书房里的报纸有没有放好。之后，她以最快的速度冲了个澡，换上一套卡其色的蕾丝内衣，外面则套了件薄如蝉翼的白色短款连衣裙。

一直等到快六点半，才听到大门的密码锁发出悦耳的"嘀嘀"声，何艳彩知道是他来了！兴奋地奔到门口。

方浩儒推门进来，一只手还插在裤袋里，另一只手又将门关上，脸上仍是那副她熟悉的冷漠表情。

"你终于回来了！"何艳彩由衷地感叹，双手温柔地搭上方浩儒的肩，准备像往常一样帮他脱西服，却被他慢慢推开。

"不用了，我就待一会儿。"

"好不容易见到你了，就只待一会儿……"她嘟囔着，弯腰去拿他的拖鞋。

"艳彩，别忙了，过来坐，我有事儿跟你谈。"方浩儒的语气异常温和，温和之中却有一种让何艳彩不寒而栗的陌生，不祥的预感即时笼罩在她心头。

方浩儒仍旧坐在他常坐的那个位置，等着她。何艳彩在他旁边的沙发慢慢坐了下来，如同一个面临宣判的犯人。

"以后，我就不再过来了。"他将手里的钥匙放在了茶几上，接着从西服内袋里掏出一只信封，"这里面是一张汇丰银行的支票，你留下吧。另外，这房子我会尽快安排，过户到你名下。你还有什么需要，可以再告诉我。"

何艳彩木木地坐了许久，用微微颤抖的手拿过茶几上的支票信封，慢慢撕碎。"我不需要钱，你以前给的，我也没有用过。"

方浩儒叹了口气："对不起，我没有别的意思。不过我们……必须结束了。"

"你要结婚了,对吗?"她挑了挑嘴角,脸上浮出一种嘲讽的神情,"听郭医生说,她还是个圣洁的小处女。"

方浩儒立即现出一丝不快:"这跟你没关系。"

"我原本以为,你如果结婚,只会娶名门闺秀……"何艳彩眼睛直直地盯着别处,更像是在喃喃自语。

"我记得我们之前是说好的,都不要管对方的感情,我从来没有干涉过你的私生活,请你也别打听我的事儿。"

何艳彩无言以对,唯有痛楚的泪水在心里翻涌。她承认那是当初的协议不假,不过,协议还提到过彼此不要动真感情,而她却早早就违约了……凝望着面前这个俊朗而又冷酷的男人在窗外夕阳中映出的逆光剪影,她的体内暗暗有一股冲动,想要扑过去跪在他的脚下,乞求他不要对自己这样残忍!然而,理智同时也在警告自己:一旦这样做了,他定会绝情地抬起脚,踩碎她最后的一点尊严。

"我准备了你喜欢的黑椒牛扒,吃完再走吧!"何艳彩拼命压抑着自己濒临失控的呼吸,捏出依旧怡人的音色。

"不了,我还有别的事儿,先走了。你还有什么需要,再打电话。"方浩儒说罢起身,双手插进裤袋,向门口走去,临出门时他又站住,"对了,过几天我会让小周来把我留在电脑里的资料处理一下,到时候会跟你联系。你多保重。"

门关上时发出了一种忧闷的声音,何艳彩感觉被自己为之癫狂的男人抛进了一个寒气逼人的冰窖,牙齿开始打战。她爬到他刚刚坐过的位置,蜷缩在那里,将靠垫放在口鼻间贪婪地嗅着他留下的气息,终将脸埋在靠垫里,失声悲泣。

方浩儒其实走得也并不轻松,他明白何艳彩在他身上是动了心思的,但他们之间注定会是这样的结局,所谓"当断不断,反受其乱"。不过他最佩服的,就是这个女人从不拖泥带水的风格。因此,对于本身就有极强平衡能力的她,他也不想多说废话,甚至连逢场作戏的临别赠言都省略了。按他的逻辑,利益的交易只能用利益来解决,既然自己对她没有感情,用这样直率无讳的方式,至少算是对她动了真情的一种真实"回馈"。

上次向陈溪表白后稍一放松,方浩儒白白忍受了两周的煎熬不说,这么宝贵的时间里本该有的进展全都错过了!陈溪如今心思尚不稳定,他不敢再有丝毫闪失，从周二开始，小周几乎变成了陈溪的专职司机，一大早便在她家的小区门口等着送她上班；到傍晚快下班时，就在人力资源部外的一个隐蔽角落待命，等着接她回家。方浩儒给小周下了死命令：只要陈溪人不在御景，就不许把她跟丢了！而他自己也没闲着，每天中午必打一个嘘寒问暖的"请安"电话。晚上重要的、不重要的活动一概推掉，赶到陈溪家去吃一顿家常便饭，接着陪堂姐妹一起看完无聊透顶的电视连续剧才离开。

这一周，方浩儒上的这个"晚班"，只赶上一天陈溪心情好，做了一顿像样的晚餐，其余三天她都说没胃口吃别的。他忙碌了一天，到晚上也得陪着喝白粥，连点荤腥都没沾着还得说味道好，每次"下班"后就要赶紧找地方补给养。

方浩儒暗暗感慨，尽管没在这个小女人身上花什么钱，却几乎耗尽了他所有的余暇和精力，屡屡毫无底线地讨好、献殷勤分明就是在"犯贱"，居然还乐此不疲……但现在根本没办法计较自己有多狼狈，对着这个不能用物质狂轰滥炸的清高女孩，目前唯一行之有效的做法就是"黏人战术"。他必须"渗透"到陈溪的生活里，只要不是在工作时间，让她眼里看到的只有他，没有机会再去想其他男人。方浩儒很清楚自己这次是动真格的了，他正在品味真正的爱情，只叹这爱情现在还只是酸涩的单相思以及自己的极度神往，因此一定要小心缜密，稍不留神，很可能缘分又会从手指缝间溜走。

陈溪似乎过得随心所欲，凡事都由着自己的性子，想要为自己保留一点。不过这"一点"在她对杨帆和对方浩儒的态度之间，可谓"天壤之别"。她不拒绝也不主动，更不可能为方浩儒做哪怕是一丁点儿的付出。她随时都有心理准备——这个公子哥可能撑不住，在下一秒钟就会打退堂鼓……然而，这都是表面上的假象，女人最大的弱点就是容易被感动，当方浩儒容忍了她的怠慢与为难之后，连陈溪自己都没发觉，她心里的天平已经悄然偏移。即便嘴上不曾情意绵绵，但两人的关系确已日渐亲近。

汪静为陈溪安排的培训，行程及签证其实早已在周二便落实。而陈溪直到周四晚上开始收拾行李时才轻描淡写地告诉方浩儒，自己本周六就要飞去奥地利接受为期八周的培训课程。

方浩儒片刻的沉默中，陈溪并没有发现何种异样。她原本想着倘若他表示愤慨，便一定会义正词严地提醒他，自己从未正式答应过要做他的女友，因此情侣间的责任更无从谈起。不过她居然没费这般力气——看来他挺知趣，只是问了一下航班，若无其事地约定了送机事宜。

　　周六，方浩儒亲自送陈溪去了机场，办理登机手续时领着她到了不同的值机柜台。陈溪这才知道他为自己重新订了同一航班的公务舱位。

　　"Sorry，你告诉我时已经来不及安排头等舱了，只能将就一下——上飞机后就好好休息，降落后马上给我电话，我等着……"他抚摸着她有些发烫、表情复杂的脸，平静的笑容里藏着一丝不易察觉的得意。而直到分别，他都没有主动去吻她，某种微妙的距离感悄然作怪……她像是个被娇宠的懵懂孩子，偶然间才明白，理应时刻享有的零食和玩具也会有得不到的可能。

　　看似她在挑战他的耐性，事实却是他正在悄悄培养着她的惯性，耐心地等待着某一天，她的条件反射，全都是他。

　　异国的新环境令陈溪得以全身心地放松。而这期间，方浩儒居然专程飞来维也纳陪她度过了一个浪漫的周末。他像变戏法似的拿出一场宫廷级音乐会的入场帖，随后陪着她去挑选出席音乐会的晚礼服。星夜中的多瑙河边，她挽着他的手臂散步；古朴典雅的中央咖啡馆里，他趁她不备当众亲吻她；街头艺人快乐的华尔兹中，她被他即兴带起飞步旋转……

　　在这音乐之都满是悠悠情调的天空下，陈溪暗自感慨，原来属于自己的"维也纳森林故事"，男主角居然不是杨帆。

　　方浩儒并非对音乐艺术一窍不通，而且他很懂得迎合女孩的罗曼蒂克情结。陈溪可以不理会方浩儒为她花了多少钱，但对他亲自飞过来的事实没法无动于衷。她能想象他工作上的繁忙不亚于杨帆，而特意花时间只为陪伴她，杨帆虽有心却一次都未能做到……或许，她应该换一个角度，把自己的感情经历单纯看作是一杯经典的维也纳咖啡——和杨帆的故事，如同起初品尝到的冷忌廉，淡香平润但没有足够的温度；而与方浩儒的这一段，便是接着喝下的灼热咖啡，从开始的香郁刺激，到最终的浓甜迷醉。

　　实际上，方浩儒刚刚得知陈溪要来奥地利时，心里的感受并不像面子上表现得那样平静，他确实有些失望，也同时加重了一种危机感。突然发觉，自己多日来煞费苦心与她搭建起的情感小屋仍然摇摇欲坠……本以为一砖一瓦地已见雏形，岂料她去培训这么大的事居然临到要出发了才告知，而且面对着他不带一丝的心虚，似乎是在刻意地暗示他——他和她之间其实并不是他自己认为的那样。然而，这一次他照旧选择了包容，索性退让到底，进而对她继续做到

"无微不至"。

　　劳顿的长途飞行最需要什么，方浩儒自然了解，但他一开始就没有打算给陈溪改头等舱的机票——他非常清楚像陈溪这样的年轻女孩单独出现在头等舱里，或许就会引得邻座的男士主动搭讪……因此不会愚蠢到亲手制造一次哪怕出现概率仅为百分之一的"致命邂逅"来断送自己的爱情。五月中旬，他叫人订了两个头等舱位，亲自又飞来维也纳接陈溪回国。这也是有史以来他最为大手笔的感情投入，在这条长长的战线里，他如同运作巨额利润的生意一般思路缜密，倾尽身心，不惜一切代价誓要驱散杨帆在陈溪心里的影子。

　　陈溪周末回到北京，在家里轻轻松松地倒了一天的时差，周一回到御景山庄上班。而方浩儒又继续每晚到她家里"上班"，不过庆幸的是，接下来的五天里他只喝了一次粥。

　　周六一早，陈溪被手机吵醒，迷迷糊糊地听着方浩儒精神饱满的声音在耳边"震荡"。

　　"Rosie，睡醒了吗？起床吧！我带你出去走走。"

　　陈溪揉揉眼睛看了看表，没好气地顶了回去："不去！才九点，就被你吵醒了！"

　　"起来吧！现在的气温不冷不热的，郊外空气好，我带你去散散步。"

　　"哎呀都说过啦——不去！我要睡觉！"她厌烦地直接挂断了手机，又翻身睡去。

　　手机又嘟嘟响了两声，有信息进来：好吧！你再睡一小时，我十点叫你起床。

　　陈溪放下手机，又拱了拱枕头，调整一个舒服的姿势，却少了很多睡意。她隐隐有些后悔，觉得自己刚才的态度的确过分了一点。

　　十点钟，手机准时响起，陈溪叹了口气，坐起来接听，她根本就没再睡踏实。

　　"怎么样？你是现在起床呢，还是接着再睡一会儿？"

　　"我起来……"她不情愿地伸脚到床下找拖鞋。

　　"那好，过半小时我在楼下等你。你别穿太薄，郊外会比市区凉。"

　　陈溪洗漱梳妆、换衣服，磨磨蹭蹭地收拾停当准备下楼，看了下表，已经是十点五十。

她出了公寓楼，左右望望，并没有找到熟悉的那辆黑色奔驰车。正在张望之际，一辆深灰色的路虎停到了她的面前，方浩儒下车，拉着陈溪到车前，打开副驾席的车门，抱住她的腰扶她坐上高高的座位，关好门后再绕回到另一边，开车门坐进了驾驶席。

"你才到吗？"陈溪望着方浩儒，见他一改平日的西服装扮，淡黄色的细方格衬衫，黑色的V领毛线背心，搭配黑色的灯心绒休闲裤，倏然发现，他还真是很帅气。

方浩儒叹了口气，转身对着她："我的大小姐，我九点钟就已经在您楼下恭候了，碰了一鼻子灰，好不容易等到十点半，眼巴巴地盼着接驾——你看看现在都几点了？"他打量着她身上红白相间的运动衫和深蓝色牛仔裤，还有那高高扎起的马尾辫，心里忽觉花这么久等来一个青春朝气的小可爱，还是值得的。

陈溪脸一红，不好意思地嘟囔了一句："对不起嘛——我还以为你是在自己家里打电话的……"

方浩儒看着她脸红的样子，宠溺地抚摸了一下她的脸颊，坐正身体发动了车。"都快中午了，我先带你去吃东西，然后我们出城。"

"刚才，你一直就坐在车里等吗？"她好奇，又补问了一句。

方浩儒双眼盯着前方，腾出右手用拇指指了指后面。陈溪扭头，看到了后排座位上的笔记本电脑和两个文件夹，接着听见他无奈地感慨："我可没有你命好，你睡懒觉的工夫，我都可以做好几件事儿了。我总想多挤点儿时间陪陪你，结果全被浪费掉了……唉，你呀，一点儿也不在乎！"

陈溪背过脸望着车窗外不作声，却在抿着嘴偷笑，心里有一种很舒服的感觉。

吃过午饭，方浩儒驾车带陈溪去延庆爬山。一路上美丽怡人的自然风景，令办公室里忙碌了一周的陈溪豁然舒畅，再次找到了维也纳森林中的悠然情致。两个人牵着手在阳光及清风下漫步，陈溪走累了，方浩儒就背着她。伏在他背上时，陈溪又想起了汪静的话——看来她说的没错，选择一个爱自己多过自己爱他的男人，似乎真的是更轻松一些……

两人一直到傍晚才回到市区，在附近的酒家吃罢晚饭便回到了陈溪家。方浩儒当了一天的苦力，此时瘫坐在沙发上，已然掩饰不住脸上的倦意。

陈溪给他倒了一杯茶，坐在他身边看着他："今天累坏了吧？"

"没事儿，可能是太长时间不做这样的运动了。"他扭过头对着她微笑，上身依然斜靠在沙发背上。

她起身绕到沙发后，伸出双手，在他的肩膀上轻轻地揉捏。"我看是你今天开车开太久了。"

方浩儒闭起眼睛，享受着这一天当中最舒心的时刻，如果不是时间不早了，明天还有事，他情愿就这样一直坐着不动，静静地品味她难得的体贴。少顷，他无奈地伸手握住陈溪的手，将她拉回到自己身边。

"宝贝儿，我明天可能要出一趟差，去台湾，四天后就回来。"

"四天！要这么长时间啊……"陈溪的眼中闪过一丝失望。

"怎么？你会舍不得我吗？那我争取早点儿回来。"他感到一种莫名的惬意。

"我看算了，还是四天吧，免得你事情没办完，又把账算到我头上。"她努了一下嘴，将心里的不快变换了一个说法转嫁给了他。

"那你会不会想我？"方浩儒观察着她的表情。

"应该不会，周一我就要开始交接工作，也会很忙的。"

"那你喜欢什么礼物？我回来带给你。"

"不用了，我不稀罕。"陈溪这次的硬邦邦，倒让方浩儒有几分窃喜。

如果她欣然点单，或是客气地谢绝，方浩儒都会摸不准；偏偏就是这样一句冷冰冰的话语，他断定她是真的不开心了，因为几天都不能见面。这恰恰说明这段时间自己的努力没有白费——她开始在意了！

"那我现在送你一样东西，"方浩儒从沙发边拿出一个刚才从车里带上来的小盒子，递给她，"打开看看。"

"这是什么？"陈溪漫不经心地斜着眼睛，拆了包装打开盒盖，里面是一条亮橙色的真丝小方巾，她拿起看了看，品质还不错。

"喜欢吗？"

"还可以，你怎么想起来送我这个了？"

"你不是下周五就要离开御景了吗？我听说，离开旧职位时，用一些橙色的东西，可以去掉以前不好的晦气，为将来新的开始增加一些好运气。"

"有这种说法吗？你也信这些？"

"我信不信不重要，不妨碍我祝福你呀，总之你戴上它，图个好彩头嘛！"

陈溪拎起方巾又看了看，自言自语道："可是我得穿什么衣服才能搭配呢？"

"这个嘛，我相信难不倒你。"

"好吧，谢谢了。到时再说吧！"她把方巾连同盒子一起放到茶几上，站起了身，"你该回去休息了，明天还要赶飞机，宁宁也快回来了。"

方浩儒起身慢慢抱住她，轻声说："我一有空就会给你打电话。周五我肯定会回来，正好是你的 last working day（最后工作日），晚上我们一起吃饭。这几天，小周会来接送你上下班。你还要去哪里，就让他开车送你。"

陈溪一歪头，撇了下嘴："我怎么感觉，他像是在帮你盯梢的。"

他忍不住笑了，拍了一下她的头："你这小脑袋瓜儿，想法还真多！"

方浩儒下了楼，小周已经在车前等候，是他悄悄发短信让小周过来替他驾车的。

他头一次体会到，追女孩子原来会这么累！累得自己几乎抬不起脚上车……也不知究竟着了什么魔，他那颗冰做的心，一遇到陈溪便开始蒸腾，他甚至无奈地意识到自己已被她深深吃定……他将全世界都捧给她，也未必能博取她的欢心；而她只要愿意赏赐一个笑脸，他便深刻理解了什么是"赴汤蹈火在所不辞"。

~5~

新的起点

御景新的人事经理，在陈溪去奥地利培训之前并没有找到适合的人。于是她在维也纳期间，利用时差在晚间通过电脑在线面试，再将几个入围的人员转给汪静复试，终于在三周前确定了具体的人选。这周一，陈溪亲自打电话，与其确定了第二天的入职事宜。

放下电话，她整理着手头的资料，同时开始准备工作的交接清单。忙碌的时候还好，稍微有点空闲，她便会不由自主地想：方浩儒现在在做什么？偶尔出办公室去档案房拿一份资料，或者去汪静那边谈几分钟话，甚至是去茶水间，回来的时候她都要拿起手机看一下——有没有他的未接来电？而当电话真的来了，她却又不急于接听，要么继续在电脑上写几句，要么慢悠悠地合上文件夹，总之得"矜持"地磨蹭几秒钟，心里则会有一股甜蜜的微波漾起。

她偶尔还是会想起杨帆，或许是因为曾在他身上全心全意地倾注过。不过的确，想起他的时候，眷恋不舍的成分明显少了。杨帆太忙了，能给她的的确有限，两人间更多的只是对未来如何美好的憧憬，以至于留在她记忆中可以回味的东西实在太少。而方浩儒给予她的体贴与爱护，却是实实在在看得见、摸得着的。尽管与他一起的时光里从没闪现过耀眼的火花，但似乎已有一种幸福在心底悄悄发芽……用堂妹调侃的话说：陈溪是"女阿拉丁"，方浩儒则是那个可以呼风唤雨，随时待命满足她一切要求的灯神。这几天他不在，她竟真的有些心神不宁。

中午，陈溪自己来到西餐厅，点了一杯橙汁，一个玉米沙拉。

难得有此时这样的闲逸，她靠着椅子望着面前斑斓绰绰的景影，缓缓淡淡的音乐流过耳际，仿佛栖身于人生旅途中一处风和水静的驿站。

在御景山庄近一年的光阴，如同一次洗礼。那些曾经的帮助、诋毁、爱护与伤害，都像是催熟的养分，一点一点地促成她的蜕变。往事历历在目，风轻云淡的心境中，黑暗里的刀光剑影与光天下的歌舞升平都已褪色为泛黄的旧照片，收存于记忆的相册。岁月的车轮还要载着陈溪继续前行，即使是一条望不到尽头的荆棘坎途，她也将一路颠簸下去。

佐着回忆，陈溪一粒一粒地数着吃玉米沙拉，品着似曾相识的滋味，恍然明白自己为何脱口而出就要点它。她又吸了口橙汁，咬着吸管，目光扫向落地窗外——就是那条走廊，当初，自己那样憨傻地追着方浩儒跑，央求他的时候眼泪都要急出来了……她想着想着忽地笑了：这个阴险的男人！

"一个人在这儿想什么心事呢？还傻笑，不怕别人看见了笑话你啊？"

陈溪抬头一看，是赵玉刚。她又不好意思地笑笑："没什么，只是想起以前一些好玩的事情。咦，你怎么会在这里？"

"我给你办公室打电话，他们说你来这里了。我今天中午刚好有空，就过来看看你。"赵玉刚说着，拉出她对面的椅子坐下。

"你有什么事吗？"陈溪歪着头看他。

"没事儿就不能找你啊？别多想啊！我只是以一个好朋友的身份。你从奥地利回来以后，这几天一直也没机会来看你，暂且不说你帮了我大忙，你要离开御景了，我也得来送送吧！你知道我老婆的情况，将来你去了NST总部，我们还不一定有机会能坐下来聊聊天呢。"

"呵呵，我想着你最近工作繁忙，还顾不上我们这些老朋友呢！"陈溪得知，杨帆生前倾力筹划的"翡翠卡"会籍项目，现在由赵玉刚负责正式向外推广，想必他十分忙碌。

"业务再忙，也不至于把朋友都忘掉嘛。"赵玉刚仔细瞧了瞧陈溪，"看来爱情的力量就是神奇啊！前几个月见你脸色惨白的，我都担心；现在又恢复粉扑扑的气色，一看就知道是被方浩儒给滋润的！"

"Edward！"陈溪的脸唰地一下红了。

"别难为情啦！Amy都告诉我了，他已经向你求婚了——好事儿啊！干吗还藏着掖着？"

"Amy这个大嘴巴！"

"嘿！咱们算不算好朋友啊？你还不主动坦白？！"

"拜托——你一个大男人，我怎么跟你说这种事情？"

"这你就错了。感情的问题，你就应该找男性朋友讨教，那一堆闺密都没用！"

"那你说，我是嫁，还是不嫁？"陈溪咬着吸管，笑着问他。

"只要他是真心想结婚，当然嫁啦！"

"喊！我看你的回答也没什么新意。"她眼睛一翻，吸了一口橙汁。

"你听我说嘛，我虽然结论跟她们是一样的，但理由可是不同的。"赵玉刚点的冰咖啡端上来了，他喝了一口，待服务员走远，又继续说道，"Rosie，你不介意我现在提一下James吧？"

陈溪轻轻点了下头："说吧。"

"我从男人的角度给你分析，James和方浩儒，是两个不同类型的男人，所以欣赏女人的方式也不一样。James呢，期待的是'夫妻档'式的战友，别看他一开始被Amy所吸引，但迟早会把注意力转移到你身上，因为他更倾向于赏识女人的智慧与才干。如果你和他一起生活，一起奋斗，会有风雨同舟、并肩作战的快乐，但也会很累，因为你必须和他步调一致，距离不能拉得太远。你别看他很在乎你，也有心宠着你，可我是男人我清楚——他潜意识中真正期待的其实是一个能相互照顾的贤内助。而方浩儒的着眼点就是女人本身，可能眼光很高，不过也许他才真正懂得欣赏你作为女人的特质。一旦相中了你，真心要娶你，肯定会把你当作他的女人好好呵护，给你可以依靠的港湾。或许嫁给他，你会生活得更加轻松、舒适。Rosie，James走得太突然，对你而言并不一定全是不幸——你们还没经历过感情中不愉快的部分。你别忘了他就行，其他的，就随缘吧！"

陈溪陷入沉默，随手拿起叉子，又开始数玉米粒。

"喂，别告诉我，你还在犹豫啊！大家可都说你厉害，把方氏霸业的第一继承人都给套牢了，居然你自己还在这儿犯糊涂，摇摆不定……"赵玉刚见陈溪没反应，又追了一句。

"大家！"陈溪吃惊地抬头，"什么'大家'？"

"哎呦我说姑奶奶！您工作起来，还真是不含糊，可怎么一遇到感情的事儿，智商就降为零了呢？我在离你八丈远的销售部都听说了，您作为女主角居然还蒙在鼓里……你也不想想，这种韵事逸闻传得能不快吗？"

她愕然，眼睛瞪得更大：'你是说——外面人都知道啦？"

"这种事儿根本不用Jane或者Amy去散播，"赵玉刚故作无奈地叹息一声，"你以为方浩儒那辆大奔驰在员工区域能藏得住啊？这完全是你自己掩耳盗铃。再说了，他在会员里也算是个显眼人物，年富力强又是单身，这之前仅前厅部、销售部就已经有好几个女孩子瞄上他了——人家都还不敢奢望能嫁入豪门，就想趁着他单身时落个'小蜜'当当捞点儿实惠，所以，他的车牌号早已有人烂熟于心了。对了，你没发觉，范建山最近没有再来骚扰你吗？"

陈溪随口答道："倒是没有。"继而又是一惊，"怎么你们连范建山骚扰我都知道！"

"哟，原来你自己还不知情啊——你Rosie小姐在御景，早已是个传奇女子了。James走后，范建山就开始打你的主意——有这回事儿吧？哼，他在御景这么多耳目，你的行踪他肯定了如指掌。可是现在遇到对手是会员，还不是一般级别的，并且听说方浩儒跟军队上的什么人物私交很好，所以他也只得作罢，要换了是御景里面的人跟他争，说不定他还真敢动什么歪心思呢！这些啊，其实早就传开了。"

陈溪冷笑一声："哼，自从我离开会员服务部，总是有一些闲言碎语跟着我。这次他们肯定也不会说什么好听的。不过我要走了，也无所谓了！"

"没错，你是应该无所谓。别人怎么说，你是控制不了的，职场里处处不是都会遇到吗——即使你做得对、行得正，也会有人想诽谤你，哪怕你从没得罪过他们也避免不了，就是因为忌妒或者图谋不轨。总之，你不是活给别人看的，只要自己觉得坦然就够了。对了，外面虽然传闻是你套牢了方公子，我怎么感觉，其实是你坠入了人家精心布下的情网——还记得上次给我妹妹安排工作的事儿吗？方浩儒办得那么干脆利落，我那时就怀疑醉翁之意不在酒，提醒你你还不信，当人家动机单纯，现在真相大白了吧？"赵玉刚边调侃着，边打量着陈溪，"哎呀——这位方大公子还真是眼光犀利、独具品位啊，一般的艳紫妖红、庸脂俗粉都入不了他的眼，唯独我们的小Rosie让他动了凡心，都准备明媒迎娶啦！"

"Edward呀——我现在可是体会到了，你还真是块做销售的好材料啊，话说得越来越动听了！"

赵玉刚闻言和陈溪一道笑了起来，接着又道："行啦，Rosie，咱们也别说那些无聊的了，就你眼前的这件事，别再犹豫啦——告诉你啊，后面可有的是女孩子虎目眈眈地盯着你们呢！你呀，如果像她们一样看重的是财富，那我劝你没必要委屈自己，吸取我的教训——当初我就是因为太现实了，错过了真挚的感情……不过如果你也喜欢他，那就不要再拖了。看在人家也是一片赤诚的分儿上，你就'从'了吧！"

"Edward，你也算幸运，你没有真正地失去过，可我有这种感受——失去过的人，往往不敢随便接受，不敢轻言得到，因为没有得到过，也就不会经历失去的痛苦。其实现在方浩儒越是对我好，我就会越害怕，我怕将来……我会承受不了……"

"Rosie，你的心情我们都能理解。不过，失去的同时也会有新的获得。不用害怕，你一向都很有勇气，怎么现在却缩手缩脚、患得患失了？我跟你说啊，婚姻对于男人和女人，一样都是有风险的，方浩儒既然愿意为了你去冒险，你也应该勇敢一点儿。记住了：有的女人，吻一只青蛙就能得到一个王子；也有的女人，吻了一辈子的青蛙，却没有一只变成王子……但是，不管会是哪种女人，你如果连吻青蛙的勇气都没有，就永远不会有王子出现。"

好像眨眼的工夫，周五就到了。新的人事经理三天前已来报到，和陈溪的交接已在昨日全部完成。今早，陈溪只是就个别重要事宜再给其他同事交代一下，所以工作不会很多。Juliet和Angela昨天便嘱咐陈溪一定要穿得漂亮些，大家要一起合影，因此她特意选了一套珍珠白麻织面料的低领束腰套装，在颈上系了那条橙色小方巾，清雅而又亮丽，连姚峰都悄悄在她身后不住地赞叹："这Rosie还真算是个标准的'白领丽人'啊！"而他同时又意识到Juliet就在旁边，立即改口，"不过她这人没什么气质，她那套衣服要是穿在你身上，那就是绝对的'白领美女'！"

"'丽人'和'美女'不都是一回事儿嘛！"Juliet鄙夷地白了他一眼。

"'丽人'只是一般的恭维话，'美女'才是由衷的赞扬啊！"姚峰献媚地笑着，眼睛几乎眯到没有。前两周他刚刚从B级经理升到了A级，事业上算是有了一个小小的进展，而感情上仍旧没有突破。他想想，既然自己的"层次"已经有所拔高，择偶的标准也不能停留在Angela这个小秘书身上了，反正也没追到，不如干脆提高级别，直接换人，于是，招聘主管Juliet成了他的新目标。

"得了吧！"Juliet一挑眉毛，"大街上的小混混儿，见了女孩子不也都是这'由衷地赞扬'的！"说罢看都不看姚峰便走开了。

姚峰只得暂时按捺——没法子啊，这级别和脾气总是成正比的，她比Angela还有难度。

陈溪抽时间去找了一趟Vivian，这次的员工新年晚会之后，她帮Vivian做了一份详细的评估分析，总结了一些经验及不足，并且将有保存价值的文件收集起来，做了一套文档留给Vivian。

"Vivian，我知道我有时对你的态度很有问题，请你谅解，我当时只能从工作的角度去处理问题，没法太多顾及你的感受……很感谢你没有跟我计较，并在工作中一直全力地配合。我就这次晚会做了一份资料，希望它能对你将来的工作有一定帮助。"

"谢谢你，Rosie，我明白，你的态度不管是客气还是厉害，其实都是非常真诚的。说实话，和你一起工作很开心，也很有动力！希望以后再有什么问题，我们还能一同探讨。"

"那是自然，有什么事我们随时电话联系！"

下午五点，人力资源部的所有工作人员，陈溪在会员服务部、销售部的旧同事，以及其他部门的一部分同事都聚集到了人力资源部办公室。不仅如此，刘小慈也赶来了。陈溪笑问她为何也来"凑热闹"，她狡黠地眨眨眼，说接到通知，汪静要为陈溪举行一个小型的欢送仪式，这样的"大场面"可不能错过！

汪静先代表部门对陈溪的付出表示感谢，接着她转向陈溪："Rosie，我个人非常希望能与你成为永远的好朋友，你如果不介意，可以拥抱一下吗？"

陈溪笑笑点头："当然！我也希望。"

两人在周围的掌声中亲切地拥抱，汪静悄悄在陈溪的耳边轻声说道："以前的事，我很抱歉，请你原谅。"陈溪也小声地回应她："不用抱歉，换了是我，也会一样。"

"好了，现在，我们看看，Rosie有什么要对大家说的？"汪静轻轻推了推陈溪，众人也都安静了下来，陈溪微笑着环顾了一下四周。

"在御景工作的这段时光，很多回忆就像是昨天刚刚发生的。无论是会员服务部，还是人力资源部，毋庸置疑，我所有的收获都与你们大家的支持是分不开的。在这里的一点一滴，将是值得怀念并且珍藏一生的精神财富。"陈溪说到这里，低头停顿了一下，又抬起头看着大家。

"以前，常常听人说，职场就是一个社会的缩影。不过，我觉得它更像是一片'小江湖'。是江湖便会险恶，当然也有道义。职场的这片江湖不光是钩心斗角，也会有星星点点的温情在闪烁。在这里，平凡之中会有一点离奇，而失意中总会出现惊喜。其中可能有些人很势利、很冷漠，但也会有正直善良的人默默伸出援手，因此，会让人时常有一种冷暖交加的感觉。或许你认为的朋友其实是敌人，而敌人，也可能会变成朋友……然而当我们回首往昔，会发现自己人生中许多挚友都是在职场当中淘炼而来的，因为只有一起经历过利益纷争、腥风血雨，才会沉淀出最真挚的情谊。我和大家在这片江湖中同舟共济，这也是我最后想与你们分享的心得，希望我们在未来的职场生涯中，仍将是最默契的朋友。同时，让我们一起本着自己的职业原则，本着一种职场上特有的'江湖道义'，善待身边所有值得的人，并对这个职场感恩自己所经历的一切……最后，我要感谢Jane，又为我创造了一次机会，使我得以有幸还和大家在同一艘大船上，一起远航。谢谢你们！"

陈溪的话音落下片刻，大家突然从沉静中爆发出热烈的掌声。

孙大柱第一个走到陈溪面前。

"陈经理，我是一糙人，不太会说话。我只想说，我非常、非常地感谢您，您说的话我都会记得，下回咱们再见面，您再看看我有没有进步。"说罢他拿出一个镜框，陈溪一看，是员工餐厅的厨师们前几天拉她一起拍的合影。

"这是我们员工餐厅所有弟兄给您的小纪念，可别嫌寒碜！"

陈溪扑哧笑了一声："怎么会呢？非常珍贵！"

孙大柱也笑了："那就好，那我再送您一件小礼物……"接着，他从手中长长的厨师帽里抽出了一枝玫瑰花。

陈溪见状忍不住咯咯乐道："孙师傅，你搞错了吧？你怎么送我玫瑰啊？"

"别误会！别误会！我就是取一个意境，您的英文名字不就是玫瑰花吗？我就祝您——永远像玫瑰花一样漂亮。请别误会啊！"孙大柱偶尔的文绉绉，惹来周围哄堂大笑，陈溪边笑着接过了花边说："好吧，我不误会，谢谢！"

"这里！这里！我也要送！也是一样，祝你永远娇艳似玫瑰……"Juliet也拿出一枝包装好的红玫瑰，塞到了陈溪手里。

没等陈溪反应过来，Angela、Fiona、Vivian的玫瑰也都递了上来……一时间，场面忽然有些失控，大家都纷纷拿出自己的玫瑰塞给陈溪，接着又从外面进来许多球童，也跟着凑热闹，每个人上来就塞一枝玫瑰。陈溪应接不暇，一头雾水，几乎被球童们团团围住，只有汪静和刘小慈扶着她，熟悉的同事则站在外围，边笑边用手机拍摄……

"Jane，这也是你安排的节目吗？他们怎么都在笑啊……咦，这个球童我好像刚才见过，怎么又来送了……"陈溪一边应付着，一边扭头问汪静。

汪静此时只是一个劲儿地笑，边笑边扶着她说："拿好！拿好！别掉了。当心！拿好！"刘小慈在旁也是边帮她理玫瑰，边止不住地乐。

就这样一枝接一枝地，当球童渐渐散去，陈溪臂弯里的玫瑰已是大大一束，她莫名奇妙地左顾右盼，就看到同事们要么拿手机对着自己，要么嘻嘻哈哈，语笑喧阗……

她刚想放下花问个究竟，汪静却拉了拉她的胳膊，小声说："Rosie，你看那边。"

陈溪顺着汪静的手指望过去，只见一个熟悉的身影站在人力资源部的门口，居然是他！

她惊讶地望着方浩儒，英挺不凡，流露出一种尊贵的王者气质。他依然是平日那双手插裤袋的冷峻模样，神情淡然。身着一袭黑色礼服，黑色的亚光丝质礼服上装，配笔挺的黑色精纺礼服裤，层次明暗有致。白色的衬衫没有打领带或领结，松敞着领口则更显低调的洒脱，而他上装的左胸袋，一条亮橙色的丝质胸袋巾折成郁金香造型插于其中，含蓄却又卓然耀眼。

他款款地走向陈溪，全场立即安静下来，大家的眼睛聚成一束追光，跟随他来到了她的面前。

方浩儒望着陈溪，目光深沉，语气温和："你手里的，是大家替我送的100朵，"继而，他从裤袋中抽出手，由上装内袋里取出一枝典雅的磨砂金玫瑰，送到陈溪面前——她可以看见上面刻着自己的名字，"加上这一朵，一共101朵，代表我的心意。"

"还愣什么神儿啊——赶紧拿着啊！"汪静不由分说，直接插手帮忙将最后一枝玫瑰硬塞给了陈溪。

方浩儒微微一笑："看来，你接受我了。"

"不是的！我——"陈溪刚想开口辩解，即被后面的赵玉刚捅了一下："别乱说话！"

"快点儿求婚呀！"Juliet在一旁激动得等不及了，众人也随之跟着起哄，开始大呼小叫。汪静赶忙帮陈溪移走手中的玫瑰，陈溪想躲，却被刘小慈和Angela架住。

方浩儒微笑着，又掏出一只精致的丝绒盒子，在陈溪面前打开，两枚熠熠生辉的戒指跃入她的眼帘。

"这组套戒是专门为你定制的，红宝石的是订婚戒指，钻石的是结婚戒指，选哪个由你决定。你想先订婚，我就等到你想结婚，婚期由你来定；如果你愿意现在就嫁给我，我们马上举办婚礼。"说罢，方浩儒退后一步，捧着戒指单膝跪下，"Rosie，请求你，答应做我的新娘！"

刚刚安静一刻的场面顿时又沸腾起来，大家开始激动地喧嚷："嫁给他！""挑钻石的！""快接受啊！"

陈溪完全蒙了，直直看着方浩儒竟不知失措，汪静在一旁抱着玫瑰使劲用胳膊肘顶她："还愣着干什么——快点儿选呀！这个一定要你自己来的，别人不能帮，快啊！"刘小慈和 Angela 也在后面急得直推她的胳膊："快点儿呀！快答应啊！"

然而她们急切的催促并未奏效，那傻傻的女孩仍然只是瞪圆一双大眼睛对着面前男人诚恳的微笑和璀璨的戒指，羞得满面绯红……还没来得及感慨他的爱情攻势有多猛烈，突然间又一个求婚的重磅炸弹袭来，幸福近在咫尺，她却被这甜蜜的气氛吓得脑子空白，只觉耳边混乱好想跑开，可偏偏又像是舍不得，一时间也不知自己到底在纠结什么！

"喂——机不可失、时不再来啊！"汪静索性开始小声"恫吓"，"你再磨蹭，回头幸福溜走啦，你可别后悔啊……"

陈溪扭头看了看汪静，这才迟钝地伸出手，全场马上屏息，大家静静地关注着，她停在半空中的手犹豫了片刻，拿起了那枚红宝石戒指。

大家立即欢呼雀跃，刘小慈轻轻打了一下陈溪："妈呀，你可真能磨叽！闹死心了！"

方浩儒起身拉过陈溪的手，轻轻将戒指套在她的中指上，深情地吻了一下手背。

"我会努力，让你尽快嫁给我。"

汪静笑着将金玫瑰塞回陈溪手里："这枝你得保留好，剩下的就留在这儿，让我们都沾沾喜气吧！"她看看垂着眼帘、脸颊依然羞红的陈溪，转而对方浩儒使了个眼色："方总，看样子，我们的小姑娘被你这突如其来的幸福给砸昏了，刚才又受累捧着那么多玫瑰，估计现在已经走不动路了……"

方浩儒笑笑，跟旁边几名男士握了握手，又扭头挥手向周围致谢："感谢大家帮忙，我们先告辞了——谢谢！再见！"说罢突然回身弯腰抱起陈溪，在众人的欢呼嬉笑声中大步走出了人力资源部。

这对恋人离开后，大家都余兴未尽，各自翻看着手机上的录像，仍在热烈议论。赵玉刚正要离开，被汪静叫住，递给他一个红包。

"这是什么？"他接过来，但有些奇怪。

"今天呀，凡是帮忙送玫瑰的，送一枝就有一个红包，要不怎么会有那么多的球童，有的还来回送了好几趟呢。"汪静笑着，边说边派红包给别的同事。

会员服务部的文员 Lucy 面对汪静递来的红包，却摇头道："不用了。我还以为送花只是为了欢送 Rosie，哪知道是帮别人求婚的……"

"怎么？"汪静颇为意外，又半开玩笑似的问她，"难道你不希望看到Rosie找个好婆家？"

"我当然希望她好。只是……"Lucy抿抿嘴唇啜嚅道，"只是没想到，她会那么快就忘了James……"

快言快语的Juliet在旁边听见，忍不住直接插嘴："Lucy，你该不是一直暗恋你们老大吧？到现在还念念不忘——"

"别瞎说！"汪静立即打断Juliet，瞪眼提醒她应该尊重逝者。Juliet也意识到自己语出欠妥，吐了下舌头。

然而Lucy却不避讳，认真道："来御景实习，是我的第一份工作。老是听我们同学说他们的老板怎样怎样难缠，我真的觉得自己特别幸运能遇到James这样的好上司。而且他一直都是我们部门所有女生心目中的'男神'！本来呢，他和Rosie，我们也觉得挺般配的，很为他们高兴；可是现在……James走了还不到半年，Rosie就心有别属，这也太快了吧……"

Juliet听了不快，反问道："照你的意思，Rosie应该为James披麻带孝守上几年寡才叫作'正常'，对吗？"

"哎哟！你这到底是帮Rosie还是咒Rosie啊？！"汪静边嗔怪边伸手戳了下Juliet的头，"说话之前不走脑子，嘴边儿也没个把门儿的！"

Juliet辩解道："我就是替Rosie不平嘛！James是很好，可是事已至此……难不成还得让Rosie赔上后半辈子，就为了证明曾经忠贞不渝的爱情？拜托——这小Lucy纯粹是伤春悲秋的言情小说看多了！"

"我才没有呢……"Lucy显然不服气，觉得Juliet是在笑话她只是个不谙世故的小实习生，"我觉得Rosie人不错，当然也会祝福她，不然我来这里干吗？我也没说Rosie现实一点儿就不对，只不过……算了算了！不说了！反正我也只是表达一下遗憾而已……"

Juliet又压不住自己的直性子，本想再争论几句，却被汪静摁着，最终努努嘴没再开口。

汪静想了想，对Lucy说："我想我大概能明白你的想法。的确，乍一看，这一回Rosie的感情转化很快，让人不免质疑她之前和James到底是不是真心相爱。不过咱们仔细回想一下，从Rosie和James确定恋人关系一直到James出事，估计也就两个多月。这通常会是恋爱最初比较甜蜜的阶段，几乎尽是美好，所以James走时Rosie也会非常不舍，伤心欲绝。但这不到三个月的时间毕竟短暂，James还经常出差不在北京——这你比我们更清楚，所以他们俩其实并没有多少机会可以深入了解彼此。客观讲，Rosie对James的感情，或许跟你一样——更多的是一种崇拜。"

"您的意思是说——Rosie和James其实并不是真正的爱情？"Lucy有些沮丧地看着汪静。

"这已经不重要了，咱们也不该再去深挖只属于他们自己的内心故事。我只是想重点说，我们不该苛求Rosie要为这段短暂的恋情背负沉甸甸的情感包袱，这对她并不公平。"汪静轻轻地叹了口气，"不管怎样，相信在Rosie的心里，永远都会有James的位置。而James那么豁达的男人，肯定也是希望自己爱的人将来能过得幸福。"

坐在一旁的Juliet赞同地点点头，见Lucy默不作声，又说："人家Rosie又不是没心肝的人——你瞧瞧前几个月她那憔悴的样子，整个人瘦了一大圈儿，这不也是才缓过来嘛！"

"你呀，就少说两句吧！"汪静轻轻拍了下Juliet的头，转而对着Lucy继续道："等你将来经历过恋爱就会懂，爱情是很玄妙的东西，什么时候突然爱上什么人，是一见倾心还是日久生情，都是猜不透、讲不清也强求不来的。方浩儒那么用心，估计这几个月也没少努力，看得出Rosie对他也是真挚的。而且我个人认为，Rosie今天的选择，并不是'现实'，确切地说是'勇敢'——人就是要勇敢乐观一些！活在过去把自己困住，可不是成熟的做法。"

Lucy似乎有些不好意思，抿着嘴点了点头，准备离开时却被汪静拉住硬塞了一个红包。"拿着吧！沾沾喜气，你很快也会有男朋友的！"说罢，汪静随手又递了个红包给Juliet。

Juliet接过红包打开，立即惊呼："哇噻！一个红包三百块啊！难怪那些球童那么积极，这位方公子为了搞气氛还真是舍得下本儿——唉，到底是'豪门'啊！"

"你就别眼馋啦！"汪静逗她道，"等有人准备向你求婚了，我帮你策划一个更大规模的仪式！"

"是啊！是啊！你也该考虑一下自己的事儿了……"姚峰不知何时已站在Juliet身边，听见汪静的话立即接茬，脸上堆出殷勤的笑容。

Juliet瞥了他一眼,又如痴如醉地盯着自己手机上的视频,咂了下嘴:"我要嫁老公,也得找这样的!"

姚峰想起Angela以前的话,气得又翻了个白眼:"庸俗!"他扭头走向大门口准备下班,没走两步又拐了回来,"Jane,我的红包呢?"

陈溪坐在方浩儒的车里,一直看着手里那只精巧的金玫瑰。刚才方浩儒抱着她从人力资源部出来,便发现小周还在外面的通道口边派红包边疏散人群,一路上都听到周围有人或欢呼或打趣,难为情的她把脸贴在他的颈窝里直到上车。后面才得知,方浩儒提前跟总经理Thomas打过招呼,难怪大家可以暂时离开岗位过来凑热闹……待车子驶出了御景山庄的大门,她忽然问他:"你今天招了那么多人过来,说是来帮你的忙,但是万一我不接受,你在众人面前岂不是很丢面子?"

驾着车的方浩儒舒了口气,眼望前方诡秘地笑着:"我也担心啊!不过,我在你身上安装了'探测器',至少让我心里有点儿底。"

"探测器?"陈溪拿着那枝玫瑰翻来覆去地检查。

"傻丫头,怎么会是这个,你听过'黄手帕'的故事吗?"

"黄手帕?你是说那部电影,《幸福的黄手帕》?"

方浩儒将车停在路边,转身面向陈溪,伸出右手替她修整了一下颈上的丝巾。

"你说话从来都是口不对心,我实在猜不透你心里是怎么想的,只好准备了这条丝巾。在台湾的时候,我天天都问小周,你有没有戴上它。我呢,时刻准备着,只要你戴上丝巾,也许就说明你真的喜欢我,我回来就马上求婚,还要让你所有的同事为我们见证;如果没有戴,那我只能继续苦等……好在你最后一天,终于给了我机会。"

陈溪瞟了一眼他身上那条同样幸福夺目的橙色胸袋巾,又羞答答地看着他,双颊娇红似玫瑰。"你就是只狡诈的大灰狼!"

方浩儒呵呵笑道:"没办法啊——只怪这小白兔,太机灵!"

经历了一系列工作的动荡与感情的挫折，陈溪最终和方浩儒走到了一起。然而不同背景的两个人，在婚姻生活中将会怎样磨合？在更高一级的职场层面以及家族企业的环境下，既是夫妻又是上下级的两人又将面临什么样的亲情对抗与权利纷争？又会有什么样的人生感悟……

请看《一溪见海》第二部。